中国艺术学文库·艺术学理论
LIBRARY OF CHINA ARTS · SERIES OF ART THEORY

新时期文艺思潮概览

云德　主编

中国文联出版社
http://www.clapnet.cn

图书在版编目（CIP）数据

新时期文艺思潮概览 / 云德主编 . -- 北京：中国文联出版社，2016.8

（中国艺术学文库·艺术学理论文丛）

ISBN 978-7-5190-1889-4

Ⅰ. ①新… Ⅱ. ①云… Ⅲ. ①文艺思潮-研究-中国-当代

Ⅳ. ① I209.9

中国版本图书馆 CIP 数据核字 (2016) 第 188189 号

中国文学艺术基金会资助项目

中国文联文艺出版精品工程项目

新时期文艺思潮概览

主　　编：云　德

出 版 人：朱　庆

终 审 人：奚耀华　　　　　　　　　复 审 人：曹艺凡

责任编辑：邓友女　张　为　　　　　责任校对：朱为中

封面设计：马庆晓　　　　　　　　　责任印制：陈　晨

出版发行：中国文联出版社

地　　址：北京市朝阳区农展馆南里 10 号，100125

电　　话：010-85923073（咨询）85923000（发行）85923020（邮购）

传　　真：010-85923000（总编室），010-85923020（发行部）

网　　址：http://www.clapnet.cn　　　　http://www.claplus.cn

E－mail：clap@clapnet.cn　　　　　　zhangwei@clapnet.cn

印　　刷：天津旭丰源印刷有限公司

装　　订：天津旭丰源印刷有限公司

法律顾问：北京天驰君泰律师事务所徐波律师

本书如有破损、缺页、装订错误，请与本社联系调换

开　　本：710×1000　　　　　　　　1/16

字　　数：430 千字　　　　　　　　印　张：28

版　　次：2016 年 8 月第 1 版　　　　印　次：2023 年 4 月第 2 次印刷

书　　号：ISBN 978-7-5190-1889-4

定　　价：78.00 元

《中国艺术学文库》总序

仲呈祥

在艺术教育的实践领域有着诸如中央音乐学院、中国音乐学院、中央美术学院、中国美术学院、北京电影学院、北京舞蹈学院等单科专业院校，有着诸如中国艺术研究院、南京艺术学院、山东艺术学院、吉林艺术学院、云南艺术学院等综合性艺术院校，有着诸如北京大学、北京师范大学、复旦大学、中国传媒大学等综合性大学。我称它们为高等艺术教育的"三支大军"。

而对于整个艺术学学科建设体系来说，除了上述"三支大军"外，尚有诸如《文艺研究》《艺术百家》等重要学术期刊，也有诸如中国文联出版社、中国电影出版社等重要专业出版社。如果说国务院学位委员会架设了中国艺术学学科建设的"中军帐"，那么这些学术期刊和专业出版社就是这些艺术教育"三支大军"的"检阅台"，这些"检阅台"往往展示了我国艺术教育实践的最新的理论成果。

在"艺术学"由从属于"文学"的一级学科升格为我国第 13 个学科门类 3 周年之际，中国文联出版社社长兼总编辑朱庆同志到任伊始立下宏愿，拟出版一套既具有时代内涵又具有历史意义的中国艺术学文库，以此集我国高等艺术教育成果之大观。这一出版构想先是得到了文化部原副部长、现中国艺术研究院院长王文章同志和新闻出版广电总局原副局长、现中国图书评论学会会长邬书林同志的大力支持，继而邀请我作为这套文库的总主编。编写这样一套由标志着我国当代较高审美思维水平的教授、博导、青年才俊等汇聚的文库，我本人及各分卷主编均深知责任重大，实有如履薄冰之感。原因有三：

一是因为此事意义深远。中华民族的文明史，其中重要一脉当为具有东方气派、民族风格的艺术史。习近平总书记深刻指出：中国特色社会主义植根于中华文化的沃土。而中华文化的重要组成部分，则是中国艺术。从孔子、老子、庄子到梁启超、王国维、蔡元培，再到朱光潜、宗白华等，都留下了丰富、独特的中华美学遗产；从公元前人类"文明轴心"时期，到秦汉、魏晋、唐宋、明清，从《文心雕龙》到《诗品》再到各领风骚的《诗论》《乐论》《画论》《书论》《印说》等，都记载着一部为人类审美思维做出独特贡献的中国艺术史。中国共产党人不是历史虚无主义者，也不是文化虚无主义者。中国共产党人始终是中国优秀传统文化和艺术的忠实继承者和弘扬者。因此，我们出版这样一套文库，就是为了在实现中华民族伟大复兴的中国梦的历史进程中弘扬优秀传统文化，并密切联系改革开放和现代化建设的伟大实践，以哲学精神为指引，以历史镜鉴为启迪，从而建设有中国特色的艺术学学科体系。艺术的方式把握世界是马克思深刻阐明的人类不可或缺的与经济的方式、政治的方式、历史的方式、哲学的方式、宗教的方式并列的把握世界的方式，因此艺术学理论建设和学科建设是人类自由而全面发展的必须。艺术学文库应运而生，实出必然。

二是因为丛书量大体周。就"量大"而言，我国艺术学门类下现拥有艺术学理论、音乐与舞蹈学、戏剧与影视学、美术学、设计学五个"一级学科"博士生导师数百名，即使出版他们每人一本自己最为得意的学术论著，也称得上是中国出版界的一大盛事，更不要说是搜罗博导、教授全部著作而成煌煌"艺藏"了。就"体周"而言，我国艺术学门类下每一个一级学科下又有多个自设的二级学科。要横到边纵到底，覆盖这些全部学科而网成经纬，就个人目力之所及、学力之所逮，实是断难完成。幸好，我的尊敬的师长、中国艺术学学科的重要奠基人于润洋先生、张道一先生、靳尚谊先生、叶朗先生和王文章、邬书林同志等愿意担任此丛书学术顾问。有了他们的指导，只要尽心尽力，此套文库的质量定将有所跃升。

三是因为唯恐挂一漏万。上述"三支大军"各有优势，互补生辉。例如，专科艺术院校对某一艺术门类本体和规律的研究较为深入，为中国特色艺术学学科建设打好了坚实的基础；综合性艺术院校的优势在于打通了艺术门类下的美术、音乐、舞蹈、戏剧、电影、设计等一级学科，且配备齐全，长于从艺术各个学科的相同处寻找普遍的规律；综合性大学的艺术教育依托于相对广阔的人文科学和自然科学背景，擅长从哲学思维的层面，提出高屋建瓴的贯通于各个艺术门类的艺术学的一些普遍规律。要充分发挥"三支大军"的学术优势而博采众长，实施"多彩、平等、包容"亟须功夫，倘有挂一漏万，岂不惶恐？

权且充序。

（仲呈祥，研究员、博士生导师。中央文史馆馆员、中国文艺评论家协会主席、国务院学位委员会艺术学科评议组召集人、教育部艺术教育委员会副主任。曾任中国文联副主席、国家广播电影电视总局副总编辑。）

目　录

CONTENTS

CONTENTS

Chapter 8   Review of Chinese Folk Art Form Trend   335

**Chapter 9   Review of Literature & Art Theory Trend
in the New Period**   378

导　言

　　人们常说，一个时代有一个时代的文艺。然而，这里讲的"时代的文艺"，不是某种抽象的时代化模板，而是指涉一个时代文艺风格的大概念，是所在时代文艺整体风貌与无限多样性的有机统一。在那无限多样的差异化统一中，受社会进程、历史氛围、哲学思想和创作团队审美观念的直接影响，不同历史时期会出现许多形态迥异的文艺思潮，形成自身格调鲜明的文艺创造的整体性症候。解析一个时代文艺思潮的兴衰起落，可以成为窥探某个时期的文艺成败得失的重要窗口，成为了解与把握文艺发展状态的一个不可或缺的重要路径。就此意义上说来，这也是我们梳理与研究中国新时期文艺思潮变迁的目的所在。

　　那么，何谓文艺思潮呢？

　　新时期以来，目之所及，从不同角度、不同类型来研究文学思潮和流派的文章与著作很多，如邵伯周的《中国现代文学思潮研究》，刘增杰主编的《19—20世纪中国文学思潮史》，马良春、张大明主编的《中国现代文学思潮史》，朱寨主编的《中国当代文学思潮史》，宋耀良的《十年文学主潮》，朱寨、张炯主编的《当代文学新潮》，程代熙主编的《新时期文艺新潮评析》，陆贵山主编的《中国当代文艺思潮》等。这些著作功力深厚，论证有力，虽然观点差异甚大，但都产生了很大的社会影响。然而，也有相当多的文艺思潮研究的文章和著作，或抛开具体创作本身，简单地把文艺思潮与某些哲学思潮、政治思潮等同起来，或人云亦云、把国外文艺思潮生搬硬套地嫁接到中国文艺研究中来，或泛泛地将文艺思潮与一般的文艺观点、文艺流派、文艺风格、创作方法、文艺理论论争相混淆，造成了对文艺思潮理解的多元与混乱。因而，我们在问题展开之前，有必要对书中所涉对象、范畴及内涵稍作限定。

　　梁启超在《清代学术概论》中论及"时代思潮"时认为："此其语最

妙于形容。凡文化发展之国，其国民于一时期中，因环境之变迁，与夫心理之感召，不期而思想之进路，同趋于一方向，于是相与呼应汹涌，如潮然。始焉其势甚微，几莫之觉；浸假而涨——涨——涨，而达于满度；过时焉则落，以渐至于衰熄。凡'思'非皆能成'潮'，能成'潮'者，则其'思'必有相当之价值，而又适合于其时代之要求者也。凡'时代'非皆有'思潮'；有思潮之时代，必文化昂进之时代也。"① 这里可以看出，"思潮"只是作为形容词使用，而不是严谨的科学定义；任何"同趋于一方向，于是相与呼应汹涌"的时代思潮都有一个起始盛衰的过程，必然伴随着思想文化的"昂进"；而"价值"系思潮的内在属性，"思"而能成潮者，其充要条件必须具有符合"时代之要求"的"价值"。

有学者将文学思潮概念的性质定位分为三大类：第一类是逻辑抽象的类型论。把属于历史性范畴的思潮完全等同于逻辑学上的类别概念，在文学思潮内涵的界定上往往趋于两个极端：一是抽象狭义化，如厨川白村在《文艺思潮论》中，认定整个文学史贯穿的只是"灵"与"肉"两种思潮的兴衰交替或交融；二是滥用泛化，如有人长期坚持从古到今只有现实主义和浪漫主义两股文学思潮，更甚者甚至把文学历史界定为现实主义文学思潮与反现实主义文学思潮斗争的历史。第二类是历史归纳的分期论。既把诸如"浪漫主义""现实主义""自然主义""象征主义"等，视为文学流派、文学风格、文学运动或创作方法，又可归属于文学思潮。它们之间有联系，有时甚至重合交叠，但又不尽等同。代表人物是韦勒克和波斯彼洛夫。第三类是历史和逻辑兼顾的特殊类型论。如竹内敏雄把文学思潮作为语言艺术的文艺领域的精神潮流，是一种"超个人的"精神存在形式。② 三种类型定性决定了在讨论"文学思潮"的时候，至少有三种选择：一是文学史上公认的具体文学思潮，如"古典主义""浪漫主义""现实主义""自然主义""象征主义"等等。二是或以某些共同类型属性为依据，把文学思潮为分为"古典主义""浪漫主义""现实主义"等；或以哲学、心理学标准，把它们分为理性主义文学思潮和非理性主义文学思潮；或按社会政治尺度，把它们分别归类于资

---

① 《中国历史研究法》（外二种），河北教育出版社 2000 年版。
② 卢铁澎：《文学思潮概念的理论性质》，载《中国人民大学学报》1999 年第 1 期。

产阶级文学思潮和无产阶级文学思潮，进步、革命文学思潮和反动、保守文学思潮等等。三是形而上的文学思潮，即对具体的文学现象进行考察，经过分析归纳将其普遍性抽象出来，建立一个逻辑模型，形成理论体系，为文学思潮研究提供理论见解和方法的指导。

无论把"思潮"是作为一个形容词来使用，还是采用其他三种不同类型的概括，笔者认为，文艺思潮都应该是一种流动、历史性概念，是一定时代和历史条件下文艺创作、文艺运动演革的产物，是受某些历史环境和社会思潮影响而引发的有影响、有意义、有价值的文艺现象。

美国学者韦勒克就把文艺思潮定位于历史范畴，强调文艺思潮是一种历史的自然存在，可供研究者分析、描述，既不能硬性地给定一个人为的定义，同时又具有自身的特殊规定性，是"一种'包含某种规则的观念'的一套规范、程式和价值体系，和它之前和之后的规范、程式和价值体系相比，有自己形成、发展和消亡的过程。"[①]文艺思潮源自某一历史时期特定的艺术创作、理论、批评以及阅读鉴赏背后的起支配性作用的文艺观念，一方面，这种支配性的共同观念促使创作、理论、批评和读者阅读在一定程度上形成文艺之"潮"；另一方面，这些创作、理论、批评本身作为文艺观念的部分参与和推动了文艺思潮的发展。苏联学者波斯彼洛夫在《文学原理》中明确地将文学思潮和文学流派视为文学发展的"阶段"，通过对欧洲文学史发展的几个阶段，尤其是在对公认的古典主义、浪漫主义和现实主义等文学思潮的考察后，波氏对文学流派与文学思潮的关系、文学思潮产生与形成的基本规律及主要特征等方面提出了自己的看法。他认为，在古典主义之前，任何一个民族文学中都没有形成过文学思潮。只有到了17世纪，法国的古典主义文学才算是第一个文学思潮，原因是它强调了创作群体的理论自觉。他说："文学思潮是在某一个国家和时代的作家集团在某种创作纲领的基础上联合起来，并以它的原则为创作自己作品的指导方针时产生的。……是创作的艺术和思想的共性把作家联合在一起，并促使他们意识到和宣告了相应的纲领原则。"[②]为此，他突出强调了文学思潮的四个特征：一是文学思潮是

---

① 《文学思潮和文学运动的概念》，中国社会科学出版社1989年版，第254页。
② 波斯彼洛夫：《文学原理》，三联书店1978年版，第173页。

在特定国家特定时代的作家集团的创作中体现出来的；二是文学思潮具有巨大的创作组织性和促进作品的完整性的功能；三凡是文学思潮，必有共同的创作纲领；四是有创作共性的作家们的自觉联合，且有共同创作原则的确定。

综上所述，尽管学界对思潮的认识和把握上有较大的差异，但每个人都从不同角度强调了构成具体的文艺思潮必须具有某种质的规定性。我们把这种质的规定性理解为，文艺思潮当是特定历史时期经济、政治、社会、文化共同作用下在文艺领域反映出来的某种创作倾向和潮流。这种潮流，既可以是汹涌澎湃的时代大潮，也可以是涓涓细流汇聚而成的潺潺小溪。文艺思潮作为一种"潮"，它理应是与社会发展和人们的精神需求相适应的，由理论、创作、批评以及读者审美鉴赏共同促成的某种文化潮流，在文艺发展进程中产生过广泛反响且留下过创作实绩。它是特定社会环境、思想运动与文化发展合力作用的结果，且这种合力源自于更深层次的精神需求。特别是处在历史大变革的年代里，文艺思潮往往与各种社会思潮激荡碰撞、交织互动、此消彼长，构成时代变革协奏曲中独特而优雅的文化和声。

由于文艺思潮的主客观因素十分复杂，时间与空间伸展性长短不一，既有性质之分，又有阶段之别，更有鲜明的时代特征和个性特点；既可以是跨越时代的文艺思潮，比如像现实主义、浪漫主义、现代主义之类的世界范围的文艺思潮，也可以是具体的、历史的和变化的阶段性的文艺思潮，比如像伤痕文艺、反思文艺思潮之类，在不同的侧重点上可以存在不同的观察视角。

《新时期文艺思潮概览》作为一个特定历史时期文艺思潮的研究课题，我们立足于中国当代文艺的阶段性观察视角，原则上沿用《中国大百科全书》关于文学思潮的概念：即，一定历史时期和一定地域内形成的、与社会的经济变革和人们的精神需求相适应的、具有广泛影响的文学思想和文学创作的潮流。尽管这个定义有较多的陈述性和模糊空间，但对于具体的文艺思潮研究而言，依然比较平实客观，也易于把握与操作。以这个定义为参照，吸收其他论断中的合理成分，我们把文艺思潮视为一种流动的、历史性概念，是一定时代和历史条件下文艺创作、文艺运动演革的产物，是受某些历史环境和社会思潮影响而引发的有影响、有意义、有价值的文艺现象。为此，我们对中国新时期文艺思潮的研究把握以下四个基点：（1）限定于中国改革开放新时期，与社会的经济变革和人们的精神需求相适应而产生的在一定时间段有相当规模且为人们所普遍认可的文艺现象；（2）建立在一定的社会思潮、哲学思潮基础之上，有一批持相同或相近的美学倾向、文艺观点的文学艺术家和批评家，所共同推动的独具特色的文艺潮流；（3）在具有群体性倾向的前提下形成一定思潮，且有一批文艺观点、创作方法、艺术风格相近的作品和现象来体现和支撑；（4）所有具体的文艺思潮均不用假定的、人为的、逻辑抽象的类型学概念，即便是经过他者的描述、分析与鉴别而成，也是客观的、历史的、自然存在的文艺现象和潮流的概括与总结，必须具有某种价值和意义，且发生过广泛的社会影响。这样做有两个好处：一是可以不拘泥于有关思潮的各种概念的孰是孰非，以开放的视野容纳各种客观存在的业已形成潮流的文艺现象；二是便于为发展迅猛、复杂多变的新时期文艺研究，寻找一个以倾向和潮流为窗口的观察视角，这样可以减少许多具体的个案分析过程，领悟提纲挈领、一叶知秋之妙。

以粉碎"四人帮"、推行改革开放为起点的新时期，是中国政治、经济、社会发生翻天覆地巨大变化的历史时期，也是中国文学艺术波澜壮阔迅猛发展的重要时期。关于"新时期"的断代，目前大体有两种说法：一是从粉碎"四人帮"开始（当然也有人从"四五运动"，或者以党的十一届三中全会召开为起始）到现在，统称"新时期"；二是起点相同，又以新世纪为界线，新世纪之前称为"新时期"，新世纪以后为"后新时期"。本来"新时期"的概念就是当代人对当下历史的一个习惯性的模糊称谓，未来如何界定这个概念是历史学家的事情，我们使用的新时期概念采纳第一种分期方法。

"文化大革命"的终结，让长期处于寒冬状态的文学艺术进入了春天。十年的禁锢与压抑积聚起惊人的能量，改革开放给这些能量提供了爆发的契机，老中青三代艺术家整装上阵、同时发力，巨大的能量"瞬间"释放，激情的熔岩像火山般喷发出来。思想的解放，禁区的突破，新时期各种思潮不断涌现，极大地推动了创作的繁荣。文艺似乎在刹那间成了划破夜空的一道闪电，它带来的意外惊喜、引发的强烈震撼令人始料未及。以文学为突破口，戏剧、电影、美术、音乐等各艺术门类迅速跟进，当是时，文艺成为思想解放的排头兵，文艺作品保持着持续的轰动效应，曾一度成为时代的宠儿。伴随着对外开放的深入，各种外来文艺思潮的涌入，中外文化发生了激烈碰撞，在颇具争议的过程中，三十年左右的区间内，海外最活跃的那些文艺思潮几乎在国内演绎了一遍。特别是再加上历史变革时期相伴而来的各种思想观念的嬗变与交锋，创作活跃，观念纷争，带着特有的时代气息且中西交融的各种文艺思潮此起彼伏，构成中国当代文艺的缤纷多彩的独特景观。尽管进程中的确存在浮光掠影、泥沙俱下的问题，存在有"高原"缺"高峰"的现象，存在着机械化生产、快餐化消费等问题，但是，中国新时期文艺无论就其发展速度还是质量，无论就其面上的斑斓还是深层的力度，在整个文艺发展史上也是独步一时，达到了一个前所未有的高度。

深入研究这段文艺发展历程，对于进一步解读文艺与社会变革、文艺发展与思想解放、民族文化与外来文化的关系等问题具有特别重要的学术价值和实践意义。文艺研究的方式固然很多，但思潮无疑是个不错的切入点。对于中国新时期文艺的整体性跃升，研究某个艺术门类，研究某种题材或体裁的创作，研究艺术家和具体作品当然也可以一斑而窥全豹，而研究丰富多彩、变幻莫测的各种文艺思潮演进的过程，似乎更易于在相对短小的篇幅里，宏观而全面地展示和把握新时期文艺波澜壮阔的发展历史。

即便是新时期文艺思潮斑驳陆离、繁复变幻，但认真披捡其演化进程，仍不难发现其中确有不少规律性的线索清晰可辨。应该说，与社会的变革和观念的更新相伴随，大多文艺思潮的起落都有强大的社会思潮相支撑，都与社会发展的进程紧密相连。面对着新时期这样一场巨大的新旧交替的历史变革，各种不同的政治见解、经济思路、思想观念、生活方式和审美意识纷至沓来，革新与守成、方生与已死的斗争异常尖锐复杂，激情与困窘、兴奋与担忧、鼓舞与焦虑交织在一起，每个人都面临着艰难的抉择。文艺作为社会生活的晴雨表，作为特定时代的审美表情，不可能在历史巨变面前无动于衷，各种文艺思潮自然也就随着社会的变革而不断地更迭，形成了与波澜壮阔的社会进程遥相呼应的汪洋恣肆的文艺浪潮。事实上，新时期文艺思潮的兴衰几乎是与整个社会变革和对外开放的进程同步展开的，凌厉中彰显朝气，宏阔中蕴藏活力，尽管少了点韧劲和耐性，但却有效地建立起与当下生活世界的良好"信任关系"。每一个思潮的起落都能找到现实的支点，饱含着变革时代的精神底色，承载着鲜活的历史记忆。

毫不夸张地说，各种文艺思潮的发展与更迭堪称当下社会进程的一个缩影。新时期文艺思潮从文艺的艺术化回归为发端，形成了一条探索创新的鲜明轨迹。拨乱反正伊始，文艺的自在意识逐渐觉醒，在努力挣脱依附角色的同时，尝试作为一个独立的文化自足体，承担起了久违了的审美功能。伤痕文学自不必说，朦胧诗、意识流小说、实验戏剧、新潮电影、抽象画派、无标题音乐等，都把文艺的表现、感应和幻想放在了更加突出的位置。似曾相识的普通化共性成为作家艺术家有意回避的东西，创作个性越来越成为人们主动追求的目标，文艺的主体意识从未像今天这样得以高扬。与对外开放相呼应，吸收借鉴吸收外来文化成果一直是新时期文艺发展的一条重要渠道。从朦胧诗和意识流小说的讨论为开端，曾经引发了一场持续了数年之久的有关西方现代派文艺思潮的广泛论争，这场论争促进了艺术思维方式、感觉方式、表达方式的变革。在艺术思维方式上冲破了机械反映论的束缚，从客观外在的描写向主观性倾斜，使主观的迷惘感、荒诞感、神秘感得以强化，文艺创作从此不再仅仅是对客观经验世界的摹写和再现，而是把人物的主观意识流动、内心的情感体验、遽变的心理感受，以至于幽深隐秘的潜意识世界，都纳入了艺术的表现范围。特别是文学创作中对于潜意识、非理性的运用，对悟性、直觉的艺术思维方式的倚重，对气韵、情趣、意境的追求，都让文学创作从对社会政治批判、社会历史的反思以及对社会生活镜子式反映成规中解放出来，从而激发了文学的想象力，改变了理性主宰一切的局面，展示出人的理性在现实处境中的无能为力，极大地丰富了文学的表现力，为新时期文学从单纯走向复杂，重新摸索和确定未来的发展方向提供了良好的契机，随之而来的必然是艺术视野的拓展和审美意识的更新。

戏剧方面，实验戏剧、小剧场戏剧突破传统戏剧创作思维，一改现实主义戏剧一统舞台的格局，大胆进行新形式探索，超越第四堵墙的束缚，追求全新的自由多样的舞台样式与情感表达样式，比如《绝对信号》《十五桩离婚案的调查剖析》《WM 我们》《一个死者对生者的访问》《桑树坪纪事》等等，都极大地促进了戏剧内容的拓展和形式的创新。电影方面，第四代电影的整体辉煌的亮相和第五代电影导演的崛起，完整地诠释了中国电影从封闭走向开放的历史。西部电影的开发、主旋律电影的进步、娱乐电影的兴起、贺岁片的崭露头角，特别是探索电影的出现和"大片"时代的到来，像《巴山夜雨》《芙蓉镇》《三大战役》《黄土地》《红高粱》《霸王别姬》《英雄》《集结号》等，都标志着中国电影在内容拓展、手法创新和技术应用等方面的历史性进步，真正进入了一个前所未有的繁荣发展新时期。而电视艺术即使不计电视剧的蓬勃发展，电视栏目从单纯的媒体宣传进入产业化的过程，更是全球化媒介融合的一个缩影，纪实、谈话、直播和各种"秀"的游戏娱乐类栏目设置，基本上处在全球一体的生产状态。在音乐、舞蹈、美术等方面，追寻世界文艺涌动的潮汐，民族的、流行的和新潮的艺术交相发展，把传统与现代、民族与外来、主流与前卫、写实与写意、唯美与乡土的相互排斥、相互吸引、相互融合的复杂过程，演绎成新时期文艺发展的独特的文化景观。

新的历史时期，从困惑于纯客观的写实到文艺"向内转"的探索，从客体到主体，从人物塑造的典型化到人物的二重性格组合论，从曾经的无情无性文艺的反拨到人情人性热、甚而形成"性文艺"潮流，从呼吁中国的现代派到向民族文化寻根、再到创造性转化与创新性发展，从雅文艺失去轰动效应到通俗文艺大潮勃兴，从完全听命于市场的商品化浪潮到文艺精品意识的提倡，文艺思潮的演进与艺术的革新交相辉映。尽管其中许多问题褒贬不一，但都为新时期文艺的发展提供了诸多可资借鉴的经验教训。当前的文艺创作，不论是传统的还是新潮的，不论是写实的还是抒情的，不论是高雅的还是通俗的，其创作观念和表现手法都比过去更加考究。艺术美的概念已深深植入作家艺术家的灵魂，开始成为他们自觉的创作追求。新时期文艺就是在这样不断地适应社会和自身发展的需要、不断地探索创新调整、不断地与受众磨合的过程中向前发展的。只要我们不带偏见，各种文艺思潮对推动艺术表现力进步所发挥的特殊作用应该是有目共睹的，文艺正是兼收并蓄、多元互补中逐步走向了繁荣。

为了尽可能地全面准确，我们力避既往思潮研究大多局限于文学领域的通症，有意把文艺思潮研究视野扩展至其他重要的艺术门类，以期相互辉映、相互印证。同时，为了躲开当代人治史可能的偏见，我们着意采取更加包容开放的心态，以"概览"的方式，系统梳理各种文艺思潮的产生与发展过程，客观介绍各种以思潮为统领的文艺观点、文艺现象、文艺流派、文艺论争等的流变与演革，客观陈述，审慎评价，不妄定论，意在为文艺思潮的兴衰涨消预留更多的发展空间。

客观上讲，过去一般性的文艺思潮研究多侧重于各种文艺现象的理论概括，或者是以作品和现象为例的理论思潮，分门别类而又系统地研究各种艺术思潮，并达到客观、深入、准确的目的，确实是个不甚轻松的话题。一是受整个社会大环境影响，当代文艺经历了许多大致相同的发展印迹，如何在交叉部分陈述起来实现同中见避，保持每个艺术领域的鲜明个性，难度不小；二是有些艺术受众面相对较窄，思潮发育过程长短不一，形成思潮的规模也不甚大，以思潮概括论述能否得到社会广泛的认可；三是某些具体的艺术门类在发展过程中，有过一些特别突出的创作现象确实具备了形成思潮的条件，但由于这些门类理论上的薄弱导致思潮并未得到系统梳理，因而在重新进行提炼概括的时候，也自然有个分寸如何把握的问题；四是以思潮为视点来研究新时期文艺，会遗失许多潮流之外的独立个案。有些个案虽难以归潮入流，却能高标独具，堪称当代文艺发展进程中的重要事件或者有重大影响的代表性人物和作品，所以，能否在研究整体思潮的同时，尽量兼顾某些突出个案，进而准确把握住斑驳陆离的文艺发展脉络，也是一个难题。

具体而言，比如探索戏剧、小剧场戏剧能否可以作思潮立论？比如电影类型片、探索片、艺术片的划分，第四代、第五代、第六代导演创作群有没有形成电影潮？比如电视艺术的传媒性与艺术性的界限在哪里？比如绘画中的众多流派、特别是前卫艺术的巨大差异中存在共性，哪些可以归于思潮？比如音乐的民族、美声和通俗三种唱法算不算思潮？舞蹈沦为演唱伴舞的娱乐化倾向如何归类？比如众多曲艺演员加盟的小品和相声剧，算戏剧还是曲艺？是纯粹的艺术形式创新还是艺术发展的一种思潮？再比如，科技与文艺的融合作为时代潮流，在舞台和影视领域如何表述？还有网络文艺狂飙突起，却也泥沙俱下，难成阵容，以思潮论有几成把握？所有这些，对课题执笔者都是严峻的挑战，需要格外精心并付出巨大的努力。

由于这个课题致力于透过文艺思潮来梳理与总结新时期文艺发展的历史进程，因而，必须把关注的重心放在"有影响、有意义、有价值"的各种文艺现象之上，严格的学理意义的思潮界定在个别情况下只能让位于文艺现象的分析，因为这有利于在不长的篇幅内系统而完整地呈现出新时期文艺发展的整体脉络。尽管许多两难的问题纠结始终，好在参与这个课题研究的多是长期从事本专业的专家学者，他们资深的从业经验和专业素养是妥善处置难题并确保课题完成的保障。至于大家的这种尝试成功与否，美好的设想和愿望能否达到，只能交给读者去评判了。

（云德）

第一章　新时期文学思潮述评

通常所说的新时期文学，上限可以追溯到 1976 年的"四五"运动。以《天安门诗抄》为代表的街头诗，于无声处听惊雷，吹响了冲破"文化大革命"精神牢笼的第一声号角。文学率先从万马齐喑的状态中觉醒过来，以其敏锐的艺术触角和最为直观的形象化语言，感应着时代前进的脉动，传递出民主意识苏醒的先声。从此，以"新时期"为标记的新文学走向文坛。此后，各种思潮纷至沓来，掀起了一波又一波文学浪涛，孵化了中国当代文学在涅槃中重生。这是近代历史上绝无仅有的几个文学的黄金时代之一，或许只有意大利文艺复兴、苏联的解冻文学和中国五四新文学运动的狂飙突进可以与之相提并论。在最初的阶段，文学不仅走在各艺术门类的前列，而且带动了整个新时期文艺事业迈上了全新的发展征途。

盘点新时期文学思潮的发展脉络，追踪文学走过的斑斓历程，对于探寻当代文学新世纪的发展前景不无启迪。

第一节　新时期文学思潮的基本特征

正如笔者在导言中所说，新时期文学思潮的兴衰几乎与整个社会变革和对外开放的进程同步展开，凌厉中彰显朝气，宏阔中蕴藏活力。尽管少了点韧劲和耐性，但却有效地建立起与当下生活世界的良好"信任关系"，每一个思潮的起落都能找到现实的支点，饱含着变革时代的精神底色，承载着鲜活的历史记忆。在新时期文学发展的过程中，从困惑于纯客观的写实到"向内转"的探索，从客体到主体，从人物塑造的典型化到人物的二重性格组合，从曾经的无情无性文学反拨到人情人性热、甚而形成"性文学"潮流，从呼吁中国的现代派到向民族文化寻根、再到创造性转化与创新性发展，从雅文学失去轰动效应到审美消费主义文学大潮勃兴，从完全听命于市场的商品化浪潮到文艺精品意识的提倡，文学思潮的演进与艺术的革新交相辉映，所有这一切，堪称当下社会进程的一个缩影。

以思潮作为切入点，多姿多彩、异态万千的新时期文学大致呈现出五个方面的特征。

一、现实主义精神是新时期文学贯穿的主线

新时期文学与中国社会发展进程紧密相联，在几乎是同步发展的过程中，始终贯穿着一条主线：那就是文学的现实主义精神。这里所说的现实主义精神，不是指原来创作方法意义上的现实主义手法，而是指文学在与社会现实的有机联结中，作家对生活变迁的倾心关注、对民众疾苦痛痒的倾情关心、对人类未来的悲悯情怀。其中既包括文学反映客观现实，也包括创作主体对现实生活的主观参与，即把现实主义作为一种文学精神的方式融入文学的创作活动之中去。

现实主义本来是一个哲学术语，源于实证哲学，早期常用于解释经院教义，后为唯物主义哲学加以科学改造，发展成独立的哲学流派。由于不同的人对现实的解释不同，导致了现实主义术语的模糊性。现实主义始于19世纪中叶引入文艺领域，最初是贬义的。画家库尔贝被讥讽为现实主义，原因是其按实际生活作画，此情形如同西方把佐拉的自然主义称之为现实主义一样。而我们通常所讲现实主义作家如巴尔扎克、莫泊桑等却被西方认定为浪漫主义。所以亨利·詹姆斯认为，现实主义是文学批评中最独立不羁、最富弹性、最为奇异、最难把握的一种概念。直到恩格斯在致哈克奈斯的信中提出：文学要真实历史地描写生活，不仅要细节的真实，而且要塑造典型环境中的典型人物，才算是第一次对现实主义给予了科学的界定，开创了马克思主义现实主义概念的先河。

抛开具体的创作方法讲现实主义精神，肯定了文学与现实的内在媾联，体现了文学发展与社会进程的一致性，在要求文学按照生活本来面目描绘生活的同时，更加注重文学表现过程中创作主体主观能动性的发挥，更加注重求真的热情、求实的态度、慈悲的情怀和批判的勇气。传

统的中国文学并不擅长于纯客观地表现生活，但其"载道"的精神宗旨却与现实主义有着天然的契合，中国作家的血管中也天然地流淌着一种被称之为历史使命感和社会责任心的精神汁液。新时期文学中这种现实主义精神更是表现得淋漓尽致。

伤痕文学思潮始于卢新华同名小说《伤痕》，作品通过知青王晓华和她母亲的矛盾冲突，描写了"文革"在两代人心灵上造成的沉重创伤，这是"文革"带给广大群众最为普遍的心理伤痛。同期的《班主任》《小镇上的将军》《内奸》《月食》《李顺达造屋》《灵与肉》等等，都直接把控诉和批判的矛头对准了刚刚过去的"文化大革命"，用强烈的义愤和鲜明的爱憎直面人生，唤起了亿万人民群众发自内心的共鸣，揭开了新时期文学现实主义精神的序幕。文学在这个时期走到了思想解放的时代最前列。而接下来的反思文学思潮就是对现实主义精神进一步深化。这里所说的反思，既不是黑格尔所说的"思想的自我运动"，也不是洛克所谓"意识内在活动的观察"，而是字面意义上反躬自身的沉思与深思。反思的深刻意义在于，文学已经超越了急不可待的现实批判的迸发期，进入了更深层次的历史思考，创作在关注社会现实严峻性的同时，开始关注到所处历史和时代的复杂性，表明社会审美意识中对伤痕文学内容的注意力已经开始转移，表现为更为自觉的现实与历史的思考。

从反思文学之后，新时期文学的现实主义精神一直在一种否定之否定的过程中向前发展。延续伤痕文学直接触及现实问题的创作风尚，改革文学思潮乘着社会变革的东风迅速走上文坛。《乔厂长上任记》《沉重的翅膀》《乡场上》《改革者》《龙种》《花园街五号》《浮躁》等，既感奋时代进步，又触及生活时弊，用一种激昂豪放的声音、奔腾向上的气势，为改革摇旗呐喊、大声疾呼，表现了一种急于改变现状的良好愿望和迫切心情，其现实主义精神不言自明。而伴随着对外开放和文学反思的深入，借鉴国外文学表现手法，以北岛、舒婷为代表的朦胧诗和以王蒙《春之声》为发端的意识流小说走红起来。因其内容的晦涩和形式的怪异，在社会上引起了广泛论争。尽管朦胧诗论者宣称：不屑于做时代精神的传声筒，不屑表现自我感情以外的丰功伟绩，回避习惯了的人物经历、英勇斗争和忘我劳动的场景，不是直接赞美生活，而是追求生活溶解在心灵中的秘密，但是从总体上说来，多数人的反叛意识都是针对极左思潮表现出来的逆反心理，脱不开与现实生活的千丝万缕的干系。而王蒙、高行健、李陀、张辛欣等人的小说更是密切关注着社会现实，尽管他们对生活的评价相距甚远，但就其与现实生活的关系而言，这代人的使命意识从来不会轻言放弃。所以，王蒙曾戏言刘索拉们是吃饱撑的，李泽厚断定中国没有形而上的真正意义的现代主义，许多现代派只不过采取些外来形式或者是其形式的变种而已。

理想化意愿总是代替不了严峻的现实。改革文学的匆忙上阵，对于改革本身的艰难困苦，对于当下生活的把握难度，都使作家们碰到了不少绕不开的问题。与此同时，"现代派"文学的距离感也使大家产生了不少困惑。于是乎，作家和读者开始不约而同地沉静下来。如何让文学不脱离中国大众，又能保持浓厚的文化蕴涵，"寻根"文学思潮不失时机地冒了出来。1985年4月，韩少功首先在《作家》发表文章，提出要寻找我们的根。接着阿城在同年7月的《文艺报》上发表了著名的《文化制约着人类》一文，郑义、李杭育、郑万隆等也相继发表文章。他们认为，文学之根未能深植于民族传统文化的土壤里，民族文化的断裂造成了一代作家民族文化修养的欠缺；如果割断传统，横移一些主题和手法，难有新的活力和生气。他们主张，寻根就是谋求中国文艺建立在一个广泛深厚的文化开掘之中。这些作家身体力行，阿城的《棋王》、韩少功的《爸爸爸》、贾平凹的商州系列、李杭育的葛川江系列、王安忆的《小鲍庄》、郑万隆的异乡异闻录等，都是其中有影响的作品。尽管某些作品也存有过分偏执于古老传统，在一些原始拙朴的生活中发思古幽情的毛病，但它把现实和历史联结起来，着力探索中华民族的心理源流和历史意向，表明了一代作家审美意识中深层的文化因素的苏醒，从整体上对于当代文学增强文化感和历史感都具有一定的积极意义。

在经过一系列共时的与历时的、传统的与现代的、民族的与外来的交互探索之后，新写实主义和新体验主义文学思潮的出现，表明文学开始了新一轮的现实主义回归，当代文学再次找到了与现实社会的契合点。新写实小说长于描写生活的原生态，追求原汁原味原色，它不是传统意义上的现实主义的简单重复，而是现实主义与现代主义相互激荡的情况下，产生的一种崭新的文化形态。《风景》《塔铺》《烦恼人生》《单位》《继续操练》等都采用传统的全知视角、顺时序的结构形态叙写底层社会人生，它们所展示的琐细、逼真、甚至有些残酷的生活现实，虽然在不动声色中娓娓道来，没有太多的典型化处理，但它却深切地揭示出当下芸芸众生的活生生的生存状态，把哀痛和悲悯寓于平实之中，给人以强烈的心理冲击。这些作品所表现出来的大众化平民化的追求，其关注社会、关注现实、关注人生的态度与传统的现实主义精神是一脉相承的。

萨特曾经说过："面对死亡的孩子，《恶心》算不了什么！"套用这句话，我们也可以说，面对急遽变革的伟大时代和变动不居的社会生活，那些或高雅或低俗的"玩文学"，那些故弄玄虚的脱离时代和人民的玩形式的文学同样也算不了什么。中国文艺有着悠久的入世传统，国家兴亡，匹夫有责，同样也是文人恪守的人生准则。抗战时期，在民族危亡的严峻关头，许多平素不问政治的文人勇敢地走出象牙之塔，鲁迅、郭沫若等人更是义不容辞地扛起了救亡的大旗。今天，中国正处在一个革故鼎新的重要历史时期，关注现实，贴近群众，不仅是一个文学的功利需求，更是文学审美观念随着时代发展而不断更新的需要。无论是对社会的褒贬与反思，无论是对文化的臧否和继承，还是对人性的赞美或拷问，新时期文学都有一个共同之处，作家们秉持文人的操守与良知，以清醒的态度不懈为生民鼓与呼，创作的起点和归宿都是基于对中国社会进程的沉思和探索，怀有一腔热血，充盈着变革现实、强国富民的热望，其中发挥决定性作用的，说到底概源于文学贯穿始终的现实主义精神。

二、人的苏醒与"人学"旗帜的高扬

新时期文学在恢复和发展"人学"的过程中，始终洋溢着鲜明的人道主义精神。对林彪、"四人帮"文化专制主义的批判，是人的尊严、人的价值、人的权利的苏醒与恢复的重要标识。新时期文艺界正本清源的结果，在承继"五四"反封建主题的同时，进一步思考当代中国的历史走向与民族命运，对传统伦理文化否定"个体"与"个性"的负面因素予以清算，文学作为"阶级斗争的工具"的观念被彻底抛弃，完成了对欧洲文艺复兴"人本主义"和"五四"新文学思想传统的成功链接。它不仅在人性的层面恢复了文学的"人学"传统，对人最基本的生命权利给予了直接的肯定，而且确立了马克思主义的人道主义原则，使文学中的人道主义思潮成为支撑文学的重要思想支柱，使作家们从对人道主义思潮的感悟、呼应转而以更深层的探索来体现特定的时代精神，进而逐渐获得相对个人化的艺术体验方式、观照角度和文体风格。"人"成了新时期文学创作及其理论批评中使用频率较高的词汇，成了作家创作中首先考虑的重要因素。

新时期文学一开始，就从造神（不食人间烟火的完人）与造鬼（牛鬼蛇神）的羁绊中解脱出来。谢惠敏（《班主任》）、王晓华（《伤痕》）被扭曲了的心灵和情感，因失手倒放了领袖镜头而长期蒙受政治冤屈的女放映员（《记忆》），一代知青痛苦的下乡回城经历（《生活之路》《调动》），在逆境中受新贵奚落且也重新赢得人民群众尊敬的老将军（《小镇上的将军》）等，都在展示人物曲折命运时，刻画了人性在特殊的岁月里经受的磨难和痛苦。

如果说早期的作品大多还只停留在人物坎坷命运的表层描写上，到20世纪80年代之后，随着反思的深入，人们开始了对民族性国民性严肃地自审与自省，开始研究人性和历史深层的东西，摒弃了善恶好坏二元对立的线性思维，人的复杂性多面性得到重视，人的意识进一步觉醒。《人啊，人》《芙蓉镇》《三生石》《盖棺》《人生》《爬满青藤的小木屋》《人到中年》《杂色》等都较好地把握了人物特定历史条件下人物所处的特殊社会关系，触及到人性的内在底蕴，展示了人物性格的丰富性和复杂性。《人啊，人》以明快的语言和思辨的色彩，揭示了何荆夫、孙悦等一代知识分子追求、彷徨、痛苦、觉醒、奋进的心理历程。《人生》《平凡的世界》通过农村青年高加林和孙少安、孙少平们的曲折人生际遇，展现了社会变革时期带给人们思想道德观念的冲突和嬗变。《爬满青藤的小木屋》用心酸的故事写尽了人性的扭曲、压迫的抗争以及对善良美好人性的同情。这里既有对践踏人性、扭曲灵魂、恃强凌弱、损人利己等不道德行为的鞭挞和揭露，也有对美好人性、人情和人道的热情歌唱和赞颂，更有对人的神圣价值和尊严的呐喊和呼唤。随着社会主义市场经济体制的建立和发展，一大批反映经济变革以及商品社会中人的生存状态和价值观念变化的作品问世。像《鲁班的子孙》《商界》《抉择》《原始股》《大厂》《年前年后》《分享艰难》《中国制造》《兄弟》等，都毫不掩饰地尖锐而又真实地揭示了当下人们的生存境况，写出了经济困境中人们潜能的发掘以及与命运抗争的奋发和突围。物质的利益、精神的追求和道德的评判始终纠结着芸芸众生，在强大的艺术张力中彰显出人们在重构人生价值观的困惑与执着，表达了当代作家对普通劳动大众最为直接的人道关怀。

以人为中心的文学思潮最可贵的精神支撑，就是对人性、对生命本体的重视和个体生命体验的尊重。特别是面对物欲横流和文化危机的双重冲击，文学愈益大胆揭示食色性的人生命题，为当代人的精神世界写真。无论各种文学思潮的文艺观念和创作关注点有多大差距，他们对民族的命运和当代人生存状态的关心没多大不同，差别只是表达方式。无论是新潮还是传统，无论是写实还是抒情，无论是高雅还是通俗，各种文学思潮普遍注重于人的生存与发展，注重对人的情绪、感觉和内心世界的深层揭示，刻意反映并表现当代人的追求与梦想，当然也包括他们的迷惘、失落、痛苦甚至是绝望的情绪，描绘人们在传统价值观和社会变革中的两难处境和在精神危机中对自由的渴望，并积极寻找生存的价值和意义。

情爱描写是展示人性的重要途径。爱情作为文学永恒的主题，在新时期文学中占有重要位置，这是新时期文学在"人的觉醒"与"人的文学"表现上的一个新的超越。新时期文学以它对传统人性观念的大胆突破，在激情与理性两个层面上，对合乎人性基本要求的人的情感、爱情以及性的合理性，以直逼灵魂、直面人生的方式予以正面的描写与深层次的挖掘，着意从人的内在本质与情感原则展示人的生活，揭示人的生命本相，体现了当代中国人在"人性"意识上全面意义的觉醒。从《爱情的位置》开篇，到《爱，是不能忘记的》《公开的情书》《抱玉岩》《天云山传奇》《挣不断的红丝线》《杜鹃啼归》《飘逝的花头巾》《男人的一半是女人》《被爱情遗忘的角落》《井》《情爱画廊》《来来往往》《不谈爱情》等，都从不同的侧面和角度涉及到爱情与社会生活、与伦理道德观念、与当事人的生活变迁的关系，涉及到爱情与情感、与事业、与家庭、与婚姻等方面的关系，揭露了由于物质的贫困、思想的愚昧而形成的对合乎人类本性爱情的压抑与戕害，批判了封建意识和陈旧道德观念对爱情的禁锢与摧残，开掘了普通劳动群众朴实无华的美好人性与爱情，表现了爱情的执着与专一的甜美和幸福，揭示了爱的龃龉与变异的艰涩及痛苦，思考了如何将美好的爱情还给自由恋爱的男男女女，如何真正实现恩格斯所说的把婚姻建立在真正的爱情的基础之上，从而通过两性关系的实际状况来探究人生人性的价值和意义。

与此相关，抽象人性论和性爱描写也成了争议不休的热点。本来突破人性和性爱描写的禁区，透过人情、人性和两性关系的折射人生命运、社会风尚、伦理道德和心理意识的态势及变化，对文学发展说来，具有积极意义。但是一些作品宣扬抽象的脱离社会实际的人性，甚至把极端个人主义和利己主义视为人性的标尺。还有一些作品不是通过情爱表现两性之间的情感撞击、灵魂交流和思想纠葛，而是着意描绘生理的快感和动物性本能，甚至渲染畸变的性爱（参见第二节中"文学的涉性思潮"），这就使人性的探索走向了反面，因而受到社会接受的抵触。当然，真正宣扬人性论和色情的文学只是极个别的，探索人性的作品总体上还是沿着健康的方向发展的，其成就应该予以充分肯定。

可以说，新时期文学的"人学"思潮，在当代中国这样一个特殊的历史情境之下，以一种超越时间与空间、超越历史与现实、超越他者与自身的方式，既完成了一次历史性的肯定人的价值、尊重人的权利的"以人为本"的人文革命，又衔接了五四"人学"主题所倡导的"人的觉醒""人的解放"的文化传统，同时也与全球化语境下世界文学重新审视人的本质、重估人的价值、寻求人的全面发展的思想潮流同步，在不断超越、不断自新中建构起一条沟通历史、链接世界、通向未来的崭新的文化路径。

三、在不断否定之否定中曲折前行

一部人类文学发展史，实际上就是一部文学创新史。文学不断地创新与演革是文学生命延续的至关重要的契机。马克思主义认为，任何领域的发展不能不否定自己从前的存在形式。黑格尔也说过，同一之所以发展成差别，就是因为同一中本来就包容了差别，或同一中潜在包容否定性于自身之内。因为，同一无疑是一个否定的东西，不过不是抽象的虚无，而是对存在及其规定的否定。而这样的同一便同时是自身联系，甚至可以说是否定的自身联系或自己与自己的区别。新时期文学以观念和方法的创新为动力，在不断的否定之否定中向前发展，其接续拓新的过程，构成了它与时代同步发展的有序的嬗变梯度。

创新首先是文学观念上的革新，表现为文学自在意识的觉醒。从拨乱反正开始，文艺就挣脱了以阶级斗争为纲的束缚，尽管当时的创作充满了政治色彩，但它却不再是政治斗争的宣传品，而是作为一个独立的文化自足体，承担起久违了的审美功能。在长期占主导地位的"反映论"继续为大家采用的同时，文学对生活的表现、感应和幻想在创作中有了更加突出的位置。似曾相识的文学共性成为作家有意识回避的东西，创作个性越来越成为人们主动追求的目标。比如像《减去十岁》《全是真事》《系在皮绳扣上的魂》《黑炮事件》《尘埃落定》《檀香刑》《水乳大地》《受活》等形式上有几分荒诞怪异的作品，比如像用新的视角来描绘历史的长篇小说《少年天子》《雍正皇帝》《白门柳》《曾国藩》《张居正》《旷代逸才》《亮剑》《血色浪漫》等，如果不是文学观念的巨大变化，无论是文艺界还是文学受众恐怕都是很难接受的，因为仅从过去"政治"的标准去衡量就难以过关。这些作品不要说在"文革"时期，即便是在粉碎"四人帮"初期，都是不能想象的。

　　其次，体现在文学随着社会的需要而不断地进行自我调整。波澜壮阔的思想解放运动是新时期文学的催生剂，政治上的拨乱反正需要文艺的助力，人民群众心中长期积聚的郁结需要文化抒解，伤痕文学正是适应了这种社会需求，才获得了如此巨大的社会反响。后来朦胧诗和现代作品虽然弥补了早期文学大声疾呼、直抒胸臆的直白，但它们的晦涩、模糊和费解，却使文学失去了不少热心的读者。寻根文学试图改变这种现状，从另一个角度独辟蹊径，但创作中泥古带来的陈腐气息也同样让今天的读者缺乏兴趣。通俗文学思潮在这种情况下应运而生，许多市场化的作品以其极为通俗易懂的语言、生动曲折的情节、惊险传奇的故事、中西合璧的表现形式赢得可观的码洋收入。应当说，通俗文学和文学生产活动的市场化运作，对于文学的普及以及文学界自身经济状况的改善发挥了积极作用。但是，通俗大潮中的地摊文化，网络文学中的巨量文化垃圾，或迎合低级趣味、在脐下三寸做文章，或追求感官刺激、离奇而血腥，或膜拜时尚、极尽媚俗恶俗之能事，或追求销量毫无底线的胡编滥造、耸人听闻，从政治的婢女沦落为金钱的奴仆，所有这些，也极大伤害了通俗文学的声誉。当然，尽管文学革新进程中许多问题褒贬不一，但它们都为新时期文学的发展提供了许多可资借鉴的经验教训。当前的文学创作，不论是传统的还是新潮的，不论是高雅的还是通俗的，不论是老派的还是新生代的，不论是写实的还是抒发内心情愫的，其表现方法都比过去更加考究。与此同时，替代了现代派、寻根文学和通俗文学对现实生活反映不足的缺憾，报告文学、纪实文学和新写实主义等都采用了更加快捷直截追踪生活的方式，艺术地展现了鲜活的当下社会的多彩截图，成为读者艺术地了解现实生活的审美窗口。

再次，表现在文学对生活的认识方式和审美形式自身的不断探索上。新时期文学从政治的单一视角开始，逐渐转向更加广阔的社会空间。在观念变革的同时，其传递艺术感觉的方式也在不断地发生变革。伤痕文学时期，文学的内容大于形式，只要是生活气息浓郁、思想上有冲击力，至于表现方法、艺术水准如何，人们似乎并不太关注。而在朦胧诗和意识流小说兴起后，形式问题得到重视，这是艺术的进步，但也存在着思想容量单薄的弊端，形式一度压倒了内容。这些问题社会上有反应，文艺界内部也有感觉。尤其是经过反思、寻根阶段之后，单一地注重内容或形式的东西已明显减少。如果拿《蝴蝶》《古船》《高女人与她的矮丈夫》《孕妇与牛》《那五》《北方的河》《黑骏马》《老井》《迷人的海》《小鲍庄》《尘埃落定》等与前期作品相比，人们不难发现，这些作品无论是内容的表达还是形式的创新，都是极为明显的，让人感觉美文学已经进入了作家的视野，开始成为他们的自觉追求。新时期文学就是在这样不断地适应社会发展和文艺自身发展的需要，不断地在与读者磨合的探索调整过程中向前发展的。只要我们不带偏见，当代文学在形式上创新的成效是显著的，其艺术表现力的巨大进步应该是有目共睹的。现实主义的手法虽然占据主导地位，但其他创作方法也在普遍地被人们所采用，文学正是在各种形式的多元互补中逐步走向了繁荣。

四、创作与批评两翼齐飞、相得益彰

文学创作与批评如一对既相互依存又互相排斥的情感冤家，它们的关系永远是若即若离、纠扯不休。尽管人们不时诟病批评的"滞后""缺席"和"不作为"，但是，平心而论，处在巨大的社会变革时期，特别的社会需求和审美需要为批评的超常活跃提供了契机。逢山开道、遇河架桥，文学创作披荆斩棘的每一个进步，都离不开批评的合作与助力。二

者的密切合作，共同推动了新时期文学思潮的兴盛和文学创作的繁荣。可以说，无论是追踪创作实际，还是着眼于学科建设，新时期文学批评在更新观念、启迪智慧、扶优戒劣、推动创作等方面均建树颇丰、居功至伟，当之无愧地与创作共同构筑起新时期文艺繁荣的大厦，这是毋庸置疑的。

通常而言，创作是基础，理论批评以创作为对象，创作的兴盛是理论活跃的前提；而评论以其独特深入的理论思维臧否文学作品，评介创作现象，辨析文艺思潮，给创作者开阔思路、提供启悟，以推动创作的进步。早期的文学批评在"伤痕"文学带动下走上新时期文艺舞台，立刻以其凌厉的锐气和锋芒跃入思想解放的时代洪流，沉寂多年的理论与批评开始显露出它应有的生机与活力，勇敢地承担起文艺界清除极左思想余孽，激浊扬清、拨乱反正的历史任务。在这里，批评不仅为清理文艺领域诸多的理论是非，为加快落实文艺政策、平反文艺领域的冤假错案，为文学生产力的解放创造了良好文化环境，而且为摆脱单一的思维模式，辨析各种错综复杂的文学现象，把握文学的本质特征等，提供了有力的理论支撑。新时期文艺批评在梳理文艺与政治、文艺与人民、文艺与生活等关系的同时，坚定地走出纯粹以社会本体为主的思维定式，大胆地对文艺本体进行多侧面的深入探索。对文学主体、文学对象、文学表达方式以及文学与民族传统及外来文化关系的处理上，超越直线对位、简单比照线性思维，特别是在创作主体的能动作用、创作中动机与效果的对立统一、特殊表现形式对创作的制约作用、文学价值的实现、文学审美接受的多种可能等一系列问题上，提出了许多新的认识和见解，极大开阔了文学创作的文化视野，从现实嬗变与历史生成的媾联中，从东西方文化交流与融会中，逐步跳出了单一社会学视角考察文艺的狭隘格局，开始了对于文学深层而又内在的规律性把握。

如果说理论与批评在改革开放之初，大胆冲破思想禁区，总结经验教训，梳理创作观念，澄清理论是非，为文学创作轻装上阵廓清道路而扮演着文艺领域的前锋与清道夫角色的话，那么处在社会大变革时期，各种文艺思想交错杂陈，许多直面人生、触及时弊或锐意创新的作品更容易引起激烈争议，文学批评此时更多地为创作扮演着遮风挡雨的边后卫角色。新时期文艺批评始终密切关注创作现象和思潮，及时掌握文艺发展动态，并不断做出客观中肯的分析评价，确保了创作的健康发展。许多作家特别是中青年作家，许多产生过广泛影响且在社会上广为流传的优秀作品，都与文学批评的热情评价和积极推荐是分不开的；许多重要的文学现象，都是批评以其敏锐的洞察力，发他人所未见，给予科学的阐释和美学定位的结果；许多重要文学思潮，都有批评的直接参与，或者由批评首先发现并进行理论概括，褒之长、贬之弊，帮助其不断在实践中发展完善并逐步被全社会所认可。如果没有文学批评的全程参与与精心呵护，新时期文学创作及文学思潮能否形成目前这样一种格局和势头，那是难以想象的。

在评价作品、臧否人物、辨析文学现象和思潮的过程中，新时期文学批评始终保持着清醒的理论自觉和鲜明的个性追求，这是过去极为少见的。文学不是僵死的抽象物，而是一种有思想、有情感、有灵魂的生命存在形式。过往的批评通常都是按部就班地把作品作为物化的客观对象进行理性的分析和把握，而新时期文学批评却注重用心灵去感悟、感知文学作为精神创造所存在的价值和意义。评论中，力求把具体作品的价值取向和作家的心理机制、创作个性，具体的文艺现象和整体的文艺宏观走向，文艺思潮形成的历史渊源和现实动因以及相关文艺现象的纵向考察和横向比较等较好地结合起来，不再孤立地静止地看问题，而是以一种更开放更宏观的视野，从现实生活、文化传统、外来影响、时代要求和作家独特的生活阅历、艺术修养、审美情趣、创作手法等方面进行全面系统的综合考察，审慎地做出判断和结论。对于某些有争议的问题，包括有明显错误倾向的创作现象，总体上都能坚持"双百"方针，不打棍子不扣帽子，不粗暴武断，坚持充分论理，以理服人，诚恳交换意见，严肃指出问题，热情帮助对方，寻求最大限度地达成共识。即便是一时难于统一认识，也允许文艺家在创作实践中逐步求得解决。不同的文艺思想在平等讨论中交锋，在共同切磋中相互启发，创作与评论都能在其中获得助益和提高。

另外，批评界自觉把批评作为一种面向创作、面向历史、面向人类精神和灵魂的科学，在对文学作品及创作现象做出科学阐释的同时，特别注重面向批评自身，有意识地进行学科的重建和设计。比如关于生活真实与艺术真实、关于反映论与表现论、关于主体性与本体性、关于创作心理和审美意识、关于个性与典型性、关于倾向性与共同美、关于创作方法与批评方法以及关于文学的形象思维、审美特征、商品属性和社会功能等的重新认识与深入研究，早已逐渐走出文学外围的理论描述，不断进入到对文学本质问题的深层次探索，积累了许多崭新的学术成果。新时期文学批评或许正以其自觉的主体意识和扎实的理论储备，稳步确立了它在当代文学领域日益独立的学科地位。

五、与世界文学发展的潮汐相伴涌动

与经济上的对外开放相联系，开放条件下的文化不可能在闭关自守的状态中孤立发展。中国当代文学正是在不断的吸收借鉴中，取人之长补己之短，借他山之石以研玉，促进中国文学了取得长足的进步。新时期文学在追寻着世界文学涌动潮汐的同时，也在中外文化的密切交往中迈开了走向世界的步履。这个时期，我们有不少作品被介绍到国外，既增进了中外文化交流，也让国外观众更多地了解了中国，在对外文化交往中赢得了很好的国际声誉。

随着国门的打开，世界各国特别是亚、欧、美和拉美各种风格流派的文学作品和学术著作争相涌了进来，其陌生而又新奇的感受引发了强大的观赏效应，也极大地开阔中国作家的眼界和视野，对于提高当代作家的审美鉴赏和创造能力都发挥十分重要的作用。应该说，其中属于古典文学作品部分译介的较为精致，因为这些作品经过无数读者的选择和长期的历史检验，能够历经岁月磨砺而不褪色者，大多是已有公论的精品力作，且翻译精心，因而产生了良好且持久的社会影响。而现当代作品因其距离太近且又译介方便，翻译出版较多也较匆忙，所以参差不齐、良莠混杂的问题在所难免。迅速形成了文学作品入超的现象，见仁见智的分歧自然不少，但对于长期闭关且猛然开放的国家而言，短时期的文化入超实属必然。

与外国文学作品引进相联系，也有不少作家借鉴模仿国外特别是现代派文学，形成一波现代主义的文艺思潮，有的甚至声称要建立中国的现代派。这个问题曾在社会上引起了较大范围较长时间的争议。

西方现代派文艺产生于 19 世纪末 20 世纪初。一方面，刚刚结束了二次世界大战，社会矛盾激化，经济危机加剧，西方人经历了半个世纪

以来少有的生存困境，而与之相关，战争的残酷教训了长期以民主、自由、博爱为信仰的善良的人们，法西斯的暴行使他们破灭了宗教道义的神话，思想、道德、信仰都发生了前所未有的崩溃。另一方面，战争刺激了高新科技的发展，战后的经济恢复加速了它的发展，工业社会带给人们的不仅是现代化的生活条件，因为生活节奏的紧张、社会竞争的压力、人际关系的隔膜等，也带给了人们以生存的压力和精神的困惑。现代派文艺正是在这样的环境下应运而生，它用特有的形式和手法反映了资本主义社会存在的尖锐矛盾，发泄了他们对现实的强烈不满；从反现实发展到反传统，传统的哲学、文学以及社会价值观都在否定之列，虚无的非理性主义开始蔓延；不少作品中表现了当代人对外部世界的困惑和迷惘，展示了他们内心的孤独、空虚和悲观。

这些东西在开放之初的中国传播与接受有其客观必然性。中国刚刚结束"文化大革命"，十年动乱给社会造成巨大经济损失，给人们的心灵带来极大痛苦，精神的苦闷和理想的危机同样存在。拨乱反正与改革开放在较短的时间里紧张铺开，改革带来的生活方式的巨大变化、新旧观念的转换的剧烈程度，使不少人缺乏足够的思想准备和心理承受力。兴奋、观望、怀疑、迷茫等各种复杂的情绪交织在一起，精神上渴望需要通过某种管道得到宣泄与慰藉。现代派文艺适应人们的这一精神需求，它的存在和畅行也就有了一定的社会基础。抛开社会因素，现代派的流行也蕴藏了中国作家寻求文学与世界接轨、企盼当代文学能被世界所接纳并在其中占据重要位置的美好愿望。

应该说借鉴吸收、为我所用都应予充分肯定，走向世界、渴望认可也无可厚非，但是若要完全照搬、依样办理，甚至提出在改变中国文化的"种"（刘晓波语），祈求以此得到别人认可、以此获取国际地位，那是荒唐的，也是不可能实现的。因为任何一种民族文化的形成和发展都有其特定的历史环境，而这种特殊的自然条件、社会氛围和生活习惯所造就的民族性格和心理，导致了文化的千差万别，也确保了民族文化具有独特的审美特征。中国有五千年的历史，具有悠久的文化传统。正是这一优秀的文化传统，形成了中华民族强大的精神凝聚力，成为中华民族五千年生生不息的精神源泉。中国文化是世界文明宝库中不可或缺的瑰宝，在国际上占据着极其重要的地位，除了综合国力以外，博大精深的民族文化是其中最为重要的基础。放弃自己的传统优势，不加选择地拾人牙慧，不是出于无知就是缺乏民族自信心的表现。因而，论争也就不可避免地发生。讨论的对错自不必管，创作实践早已做出结论。因为事实上，人们所幻想的现代派文学的高潮没有出现。不少持现代派观点的先锋作家，实践中也悄悄开始了把现代派技法与民族文化相融合的路子。所以，在事过若干年之后，连那些新潮的青年评论家也不得不承认，由于社会条件的限制，由于文化心理的障碍，由于缺少现代主义文学产生的哲学土壤，逐渐成长起来的新时期文学没有严格意义的现代主义作品。有人甚至断言：某些被称为现代派作品所表现出来的思想感情，与中国社会环境和心理接受程度相去甚远，是一种纯粹的"矫情"。

毫无疑问，现代主义文学作为西方盛行的一些文学流派的统称，它们确有其独特的思想艺术价值。尤其是在表现方法的探索上，确为传统的文学形式带来许多面貌一新的东西。其中时空的跳跃、节奏的快捷、感觉的流动、视觉的转换、通感的运用、心理的开掘，意象的分割，甚至包括各种魔幻、象征、荒诞手法广泛采用等，都极大地丰富了当代文学的艺术表现领域，开拓了文学的新疆土。可喜的是，许多作家注重从中学习吸收其有益营养，结合中国文化传统和自身成功的创作经验，灵活运用现代派文学中一些成功的创作技巧，大胆创新，勇于探索，写出了不少具有崭新面目的优秀作品。如《芙蓉镇》《钟鼓楼》《冬天里的春天》《红高粱》《白鹿原》《平凡的世界》《活着》《兄弟》《妻妾成群》《伏羲伏羲》《习惯死亡》《心灵史》《九月寓言》《我是太阳》《第二十幕》《尘埃落定》《暗算》《风声》《突破重围》《狼图腾》《秦腔》《生命册》《江南三部曲》《推拿》《生死疲劳》《英国情人》《天行者》《巴尔扎克和中国小裁缝》等作品一经发表，便在社会上引起较大反响。许多作家作品被翻译介绍到国外，同样受到外国读者的欢迎。不计鲁迅、郭沫若、茅盾、老舍、巴金、曹禺、沈从文、萧红、丁玲、周立波等现代作家的创作，仅从新时期成名的作家而言，他们大部分都有知名作品被译介到国外，取得了一定的社会反响。莫言获得了诺贝尔文学奖，包括张洁、贾平凹、苏童、冯骥才、铁凝、余华、高行健、麦家、李洱、姜戎、阎连科、曹文轩等都在国际上不断获奖，虽然其间也有不同解读，但中国作家不断获得国际认可，无论如何都是值得庆贺的。他们创作的反映中国鲜活社会生活，洋溢着浓郁民族文化气息，且具有现代流行技法的作品，不仅为中国当代作家争得了荣誉，也大大提高了中国当代文学在国际上知名度。事实再次证明鲁迅先生的判断，越是中国的越容易成为世界的。

中国的对外开放增进了中外文学的交流和沟通，我们在拿来别人好的东西的同时，也把自己优秀的东西介绍给别人。全球化时代的文化交融，为文学的创新与进步开辟了更加广阔的天地。因为开放是相互的，学习和吸收也是你中有我、我中有你。外国文学通过开放走进中国，中国文学也通过交流走向世界。现代社会的一统化与文化的独特性是对立统一的。社会之于文学的融会力与文学之于文学的吸引力，相伴于审美之于文学的独立性和文学之于文学的排斥性，这种复杂的矛盾构成世界文学关系的实质。在世界空间相对缩小、文化交往极为频繁的情况下，一个国家的文学要想在世界上占有一席之地，重要的不是在交流中与他人的相同，而恰恰是交流后的拓新与相异。中国文学在过去曾因其传统文化独特魅力而傲视群雄，在今天文化大融合的时代，同样也只有显示出独特个性，发出属于自己的声音，才能在强手如林的世界文坛上，展示中国新文学的风采。

第二节　新时期文学思潮的历史演革

关于新时期文学的跃动是个整体的发展过程，为了叙述的方便，我们以相对集中的文学创作现象和思潮作为参照，可大致将它的历史演革进程划分成四个阶段。

一、伤痕文学阶段（1976—1979）：伤痕小说与朦胧诗潮

这个阶段的文学带着作家被解放的喜悦和对林彪、"四人帮"的仇恨登上了文坛。它们直面十年动乱造成的民族浩劫，无情揭露林彪、"四人帮"之流的罪恶，勇敢地揭示极左路线造成的社会矛盾和人生悲剧。它们以残酷的事实、惨烈的场面、顽强的抗争和悲壮的格调，组合成一幅血和泪的控诉状，以凌厉的思想锐气冲破了极左的精神枷锁和僵化的文

学创作模式，展现出感人的文学力量的巨大的艺术张力，赢得了亿万读者的感奋和共鸣，唤醒了广大群众，有力地推动了思想解放运动。此阶段以伤痕小说潮和朦胧诗潮最为知名。

1. 关于"伤痕文学"思潮

"伤痕文学"以《文汇报》（1978 年 8 月 11 日）发表的卢新华的短篇小说《伤痕》而得名。这篇作品与此前刘心武的小说《班主任》，一道成为"伤痕文学"中最负盛名的代表作。此外，还有像孔捷生的《在小河那边》（1979）、郑义的《枫》（1979）、张贤亮的《牧马人》（1980）、张弦的《被爱情遗忘的角落》（1980）、张贤亮的《灵与肉》（1981）、王安忆的《本次列车终点》（1981）、古华的《爬满青藤的木屋》（1981）等，均以反映特定历史阶段源于政治谬误导致的个人的不幸遭遇以及表现个人内心的情感创伤为主要内容，表现荒谬的"文革"政治对国民精神的愚弄、理性被放逐的现实，表现个人的追求、理想被极端的政治运动所吞噬，表现最基本的人伦情感——爱情、亲情被荒谬的政治扭曲的痛苦情绪记忆。这些作品一经发表，迅速在社会上引起强烈反响，掀起了一场声势浩大的"伤痕文学"创作热潮。

"伤痕文学"，以彻底否定"文化大革命"为历史起点，成为新时期出现的第一个全新的文学思潮。它的重要贡献在于：过去文学作品中被禁止的个人生活、个人情绪、个人感情、个人思想获得了表现空间。人们压抑已久的对于"文革"的愤懑情绪得到了决堤式的宣泄，极左路线摧残人性，造成了社会的畸形状态，个人权利被剥夺、个人尊严被践踏所带来的个体的痛苦记忆等，都在提倡思想解放的背景下，借助文学创作得到了酣畅淋漓的表现。伤痕文学首先实现了文学对于阶级斗争思维模式的超越，并在此基础上，使文学与现实精神本质的一致——文学真实的精神得到了恢复。学界普遍认为，伤痕文学作为新时期第一个全新的文学思潮，其"新"表现在：文学融入到波涛汹涌的中国当代社会的思想解放的洪流之中，实现了对"文革"这一森严禁区的重大突破，产生了中国当代文学史上前所未见的社会轰动效应。尤其值得一提的是，它编织了众多悲欢离合的故事，描绘了众多鲜血淋淋的场景，对长达十年的大动乱对中国人民造成的肉体摧残、精神创伤，给予了"字字血、声声泪"的强烈控诉，形成当代文学史上的第一个悲剧高潮。这一悲剧意识，从此成为新时期的"原色"之一。它的"新"还在于，文学第一次走在了政治的前面，第一次显示了文学的独立品格，实现了文学的自我回归。尽管文学的政治翻身并不等于文艺观念的解放，文学的彻底解放有待于其主体意识的觉醒与自身艺术实践及自我人格的塑造，但这无妨伤痕文学成为新时期文艺在政治上重获新生的新征兆。

邓利在论及伤痕文学的历史价值时指出：伤痕文学引发了文坛的大震荡。它的读者效应在中国文学史上可算难得一见的奇观，各个阶层、各种文化背景、各年龄层次的人争相阅读，一睹为快。那是个读者对文学充满想象的年代，是作家充满创作兴奋点的年代，是个只有推到极致才能绽放异彩的年代。对文学而言，那是一段激情燃烧的岁月。以现实的眼光打量伤痕文学，其一，伤痕文学与政治紧密联系，具有强烈的意识形态性；其二，伤痕文学作家具有强烈的责任感，其重要历史价值在于，重新让读者接受了文学。伤痕文学最大的现实意义在于呼唤作家重拾起久违的责任心和使命感，真诚地关爱老百姓，唯有如此，文学才可能重新获得生命。还有一种观点强调，新时期文学的转折性变革，恰恰在于"它结束了中国当代文学那种'一元化'的严格规范的趋势，使文学创作进入了一个较为自由、宽阔的天地，并由此出现了从内容到形式的开拓和创新。"作为新时期文学的先声，伤痕文学践行了从"共名时代的文学"走向"无名时代的文学"之路。共名时代的文学，即在时代含有重大而统一的主题时，知识分子思考和探索问题的材料均来自时代的主题，个人的独立性被掩盖于时代主题之下；无名时代的文学，即在时代进入稳定开放的社会阶段，人们的精神生活丰富多元，曾经的重大统一的时代主题往往拢不住民族的精神走向，价值多元、共生共存的状态应运而生。从共名到无名，从重大而统一的主题到多种主题并存，伤痕文学扮演着极为重要的角色。伤痕文学以其创伤书写，发现并引领了文学的潮流与走向。

伤痕文学在引发轰动的同时，也引起了广泛的争议。黄安思的《向前看啊！文艺》(《广州日报》1979年4月15日)，特别是李剑的《歌德与"缺德"》(《河北文艺》1979年6月)，把写"伤痕"、把揭露社会主义生活中阴暗面的作品斥责为"缺德"，并进而狭隘地主张社会主义文学只能"歌德"。这种批评界的状态反映了伤痕文学所处的社会政治氛围的复杂性和矛盾性，一度引发激烈的论争。《人民日报》《光明日报》《红旗》等报刊很快发表文章，对李剑的文章进行批驳。但是报刊上也有一些人认为李剑的文章是正确的，文艺界的思想解放已经引起了"思想混乱"。当年8月，胡耀邦看到一份情况简报，决定召开一次小型座谈会，统一思想认识。胡耀邦参加会议并讲话，要求用同志式的、平心静气的方法交谈讨论，弄清思想，团结同志，促进文学艺术的繁荣，使文艺上的争论纳入到一个健康的轨道上来。从此，关于伤痕文学的争论才算平息。

这从另一个角度也说明，伤痕文学勃兴的原因，除了"文革"后政治文化提供的大背景外，直接原因在于有文学理性自觉的文艺批评家适时地认可了它的文学特质。这种肯定和论争，对于破除长期以来政治规范支配文学写作的条条框框起到了推动的作用。伤痕文学作家们自觉地参与到了思想解放的思考中，借助于文学实践着政治思想启蒙的努力，伤痕文学的写作及传播起到了文学启蒙的作用。张成华等人认为："伤痕文学"是"蚌病成珠"的结果，但伤痕文学之所以能在新时期之初引起广泛的社会关注，产生巨大的社会修辞效果，不仅在于它描写了"文化大革命"造成的悲剧，更在于伤痕文学叙事中独特的时间取向和伤痕叙写的深层意义。伤痕文学在叙事中明确了当下的时间立场，透过当下人们心灵的伤痕书写，对公共政治生活的反思不仅从历史维度上分析其原因，而且表现在私人生活领域对暴力的公共政治生活的拒斥。其深层意义在于，私人生活对政治暴力的拒斥，构成了新时期文艺政策方针调整的逻辑。

客观地讲，伤痕文学井喷式的突然爆发，的确也存在着思想和艺术双重的准备不足的问题。伤痕文学作为刚刚从禁锢中解放出来的一种文学样式，起点低，技术层面存在诸多局限，这是无法否认的事实。不少论者强调，作为"新时期文学"的起点，伤痕文学有不可磨灭的历史功绩。然而，"十七年文学"作为它的重要思想和艺术资源，二者在文学观念、审美选择、主题和题材诉求等问题上，是一种同构的关系。这决定了伤痕文学在新的历史阶段仍然会按照传统的习惯预设文学方案，并将这种思维方式很自然地带入艺术构思、创作和人物形象的塑造之中。"问题意识"作为伤痕文学"干预"与"服务"于现实的主要基点，也成为其引起轰动效应的一个原因。然而，当上述社会"问题"得到解决，作家的创作便会出现意料之中的障碍和困难。这一局限，在多数"伤痕文学"作家身上都不同程度地存在着。刘杨在"伤痕文学"叙事伦理的偏失中认为，伤痕文学作家在叙事时，存在着由于叙事伦理的偏失而造成的文本撕裂或价值取向的偏颇等问题，体现为忽视个体生命创伤过分强调集体话语，男性中心意识导致女性形象受损，过于极端的叙事而使得文本不和谐以及主观情感干扰叙事等四种现象。具体表现为，一是作家们虽然意识到个体生命在"文革"中蒙冤受屈，但民族、国家的宏大修辞依然在一些作家的意识中居于主导地位，因而他们依然坚持国家伦理本位叙事，在某些作品中过分忽略个体创伤。二是叙事伦理失范。"在革命的图像里，社会、民族、阶级的痛苦是因为女人身体的伤痕和屈辱来表达的，而革命的成功也是在女人身体上得到表彰。"因而，女性形象不啻成为一种意识形态符号，成为男作家在叙事中的一种为达到既有叙事目的而编入的话语符号。三是忠诚自我展示时的极端化。作家和其笔下的人物全都被一种抽象的情感所支配并且深深陶醉于其中，在自我忠诚的展示中获得一种自我安慰。四是主观的伦理倾向干扰叙事。在伤痕文学中控诉"文革"是主要叙事内容，而主观倾向干扰叙事的结果，造成"归罪姿态"和"释罪结果"的矛盾。

2004年，各大报纸和网站转载了这样一则新闻：《"伤痕文学"是短命的》。当年小说《伤痕》的作者卢新华，在重新审视曾经声名强劲的伤痕文学后发表了自己的见解："尽管它使当代文学重新回到'人学'的正常轨道，并摆脱了'假、大、空'的浮泛创作风气，从而备受推崇，但由于它过于注重情感的宣泄，篇篇作品充满了悲情主义色彩，再加上特定时期的社会现实，'伤痕文学'必然是短命的。"这是一个当事人客观中肯的判断和总结。

虽说到了20世纪80年代后期，文学史意义上的伤痕文学结束了，但伤痕文学的使命却远远没有终结。历史"伤痕"的真正"愈合"，绝非是给受伤者一个健康的愿景，而是让受伤者去直面"伤痕"本身，真实且痛苦地反观历史。直到那不敢正视的东西从失语、无语中转化为对象，转化为表述，或许我们才算初步具备了辨别、诊断当代中国社会问题的能力，才算走上康复之路。伤痕文学思潮中的历史伤痕作为一种烙印和痕迹，主要是以记忆的形式体现出来，而对于千千万万的普通民众而言，对这种思潮的赞美不应是放弃追问或与历史达成和解之后的忘却。对待历史创伤的正确态度不是消灭与遗忘、回避和漠视，而是以批判或者反思的方式去记忆。"伤痕文学"就是一种重新审视与记忆"文革"的文学，它的历史角色与责任，是要把那些抗争性的个人记忆引入公众领域，使之成为公众记忆的一部分。仅此而言，"伤痕文学"依然有着巨大的认识价值。

2. 关于朦胧诗潮

"朦胧诗"主要指以《今天》聚集起的一个诗歌创作群。"朦胧"作为一种模糊、不清楚的状态，在中国古代传统的诗学理论中，并没有哪位诗论家将其作为单独的美学概念进行过论述。"朦胧诗"是文学史上一次非常奇特的命名。其"奇特"之处就在于，它的名字来自《令人气闷的"朦胧"》（《诗刊》1980 年第 8 期）一文，作者章明对那些"写得十分晦涩、怪僻，叫人读了几遍也得不到一个明确印象，似懂非懂，半懂不懂，甚至完全不懂，百思不得其解"的作品，称为"朦胧体"。争议的最初阶段，主要围绕诗歌革新与阅读习惯和鉴赏心理之间的矛盾展开，"朦胧诗"的名称遂被广泛使用。随着创作队伍的渐次扩大以及相关诗歌作品在其他文学期刊上不断推出，形成了新时期诗歌创作的一大思潮。

《今天》创刊于 1978 年 12 月，由北岛、芒克等主办，共出版九期。主要刊载了食指、芒克、北岛、方含、舒婷、顾城、江河、杨炼、严力等，写于"文革"期间或写于新时期的诗歌作品。如舒婷的《致橡树》《中秋夜》《四月的黄昏》，北岛的《回答》《冷酷的希望》《结局或开始》，芒克的《天空》《十月的献诗》，食指的《相信未来》《命运》《四点零八分的北京》，江河的《祖国啊，祖国》《没有写完的诗》《星星变奏曲》，顾城的《简历》，杨炼的《乌篷船》等，其中不少作品后来被看作是朦胧诗的"代表作"。这批来自以青年诗人为主体的"复出诗人"的创作，特别显示了"文革"结束之后当代诗歌的创作新趋向，代表着与前三十年的诗歌主流"断裂"的诗歌思潮开始涌动，并在当时呈现出"反叛"的姿态。这种"断裂"，既在诗歌"内容"上，也表现在艺术方法上。

由《今天》发端，全国各地的刊物，如《星星》《上海文学》《萌芽》《青春》《丑小鸭》《芒种》《春风》《长江文艺》《四川文学》等，都陆续发表了被后来称为朦胧诗人的作品。以这些作品为代表的新诗潮在广泛流传的同时，也迅速引起广泛争议，并很快成为诗界的中心话题，形成截然对立的意见。最早公开在正式出版物上披露自己观点的是老诗人公刘的《新的课题》，对于顾城等青年诗人看待历史的"片面"和情绪的"悲观"，他由衷地感到忧虑，主张给这些敏感的"迷途者"以"引导"，"避免他们走上危险的道路"。南宁会议后不久，诗评家谢冕发表了《在新的崛起面前》，对不拘一格大胆吸收西方现代诗歌的某些表现方式，越来越多的"背离"诗歌传统的新诗人予以支持。其立场为一些人所赞同，也受到许多人的批评。接着，孙绍振发表《新的美学原则在崛起》的文章，结果不仅没有唤起一些人的同情，相反倒是遭到更为严厉的批评。1983年，青年诗人徐敬亚在《当代文艺思潮》上发表《崛起的诗群》，从现代主义的写作倾向上论述"朦胧诗"，掀起了论争的第二次高潮，结果是全面否定"三个崛起"，形成波及全国范围的批判讨论。批评中，许多论者包括一些著名诗人认为，朦胧诗人及其支持者"对四周持敌对态度，他们否定一切、目空一切，只是肯定自己……这是惹不起的一代。他们寻找发泄仇恨的对象。崛起论者选上了他们。他们被认为是崛起的一代。"进而断定朦胧诗"是诗歌创作的一股不正之风，也是我们新时期的社会主义文艺发展中的一股逆流。"受当时政治氛围影响，最后徐敬亚不得不公开发表《时刻牢记社会主义的文艺方向》的检讨文章，才算告一段落。这也意味着作为诗歌流派意义上的"朦胧诗"已宣告结束。

后来，徐敬亚曾在《圭臬之死》中这样总结，1979—1984的六年中，朦胧诗大约经历了三个阶段：首先是北岛、舒婷、顾城、杨炼、江河、梁小斌等先锋诗人，点染了最敏感的第一批感应体；第二批韩东等活跃于诗坛表层，丰满了朦胧诗主体的简瘦躯干，强化了群体的力度；第三阶段，诗群在表现承接性的同时逐渐生成一种反朦胧诗的继承倾向，所谓"第三代"诗人从中崛起，开始形成派系，并把批判的靶心挂到了朦胧诗的头上，有人甚至喊出：打倒北岛！中国现代主义诗歌终于从朦胧诗的神秘山川中流了出来。到了"后朦胧诗"的1986年，整整十年的追寻和积蓄把诗歌推到了一个不可驾驭的时期，中国面对的是当今世界上最盛大最纷乱的诗歌现实。

客观地分析朦胧诗发生发展的事实，有人指出，朦胧诗用"狂欢化诗学"的颠覆性与宣泄性，成为诗人们颠覆生存现实、重新寻找独立话语的突破口。应该说，他们的嗓音是多声部的，"具有很强的重建性与否定性"。他们要获得重新思考的权力，把头转了过去就好像为了一口咬断"那套在脖子上的绳索"（芒克《阳光中的向日葵》）；当他们在荒芜的精神旷野上狂奔之后，发现那一把开启理性与智慧的钥匙不在了，于是高呼："中国，我的钥匙丢了"（梁小斌）。而与狂欢化诗学的精神特质最相似的诗人是北岛，他的思考是彻底怀疑与否定：我不相信！即对过去事实采取彻底的否定！朦胧诗人过多地控诉自己的"冤屈"，并将其编织在繁复的意象之中，使理性思考呈现了一定的诗意，但也使得朦胧诗人不能在隐藏自己与显现自己之间表现出诗歌世界所需的艺术策略，在从潜隐地下到浮出现实海面的复活个体精神的历程中，更多地黏着于政治，并搁置了诗人对诗艺的探索。"他们对苦难的思考及对命运的控诉"，他们急于表达哲学意义上的"事功性言说"，使其建构的诗歌王国并未安置于现实冲突的诗意世界，于是，他们最终被搁置在哲学的海滩上。

　　另一种观点认为，朦胧诗话语表达的"私人性"和"边缘性"是明显的：一是由于朦胧诗人作为支配性群体所面临的压力，以及本身不能承受的生命重压，便只能以社会"边缘人"的身份介入公共空间，难以成为整个社会意识形态的代言人；二是在权力话语结构中，朦胧诗难以摆脱被权力话语所说与压抑的命运，他们从个体心灵法则中生长出来的新异意识和思想观念，还不具有改变和拆解权力结构的力量；三是朦胧诗独特的处境，注重个体生存的边缘状态，以及对写作的个人性、话语的隐秘性和渴望家园的地缘性的深层关注，导致这种个体与群体的疏离难以成为社会中心话语，并且还会遭遇历史文化的巨大压力。这种"对抗性"相对于"边缘性"，在权力关系内就是一个悖论："'边缘'是一种自我放逐和心灵流亡。选择边缘就选择了自己的'他者'形象，并准备为这份'孤独'付出选择的代价。"由此可见，朦胧诗的"介入"虽是全方位的，但其收复的领地却是有限的。换句话说，朦胧诗的"介入"可能给一个平庸时代带来荣耀，并唤起一代年轻人英雄主义的激情，但因其边缘话语性质，并没有深邃的理性以穿透无处不在的权力关系。在今天看来，朦胧诗对权力的拆解，其实并没有给我们带来更多有价值的思想。正如一些诗评家们所指出的，随着社会对"文革"反思的不断深入，特别是中国逐渐接续上全球性的现代化道路，朦胧诗的"喊叫"也越来越呈露出偏激狭隘的面目。他们为争取话语权力而过分夸张的非理性激情和玄虚架势，不仅阻碍了它对权力意识的深层穿透，从而削弱了它的启蒙价值，而且还造就了大批效尤者进而加速了对朦胧诗的"反动"。正如欧阳江河概括他们这代人所经历过的精神转变时所说："抗议作为一个诗歌主题，其可能性已经被耗尽了。"

还有一种观点认为，朦胧诗以社会批判的主题宣告诞生，在实践了"提供历史见证"的任务后消隐。其产生与消隐都缘于那段特定的历史，但对我国当代文学发展的影响却是深刻而持久的。它有力开启了启蒙主义思潮的大幕，使当代文学在思维形态和审美观念上发生了革命性变化。在诗艺上，朦胧诗擅长以象征方式来观照生活，注重诗人自我的内心世界的表达，拓宽了诗歌的表现领域，丰富了诗歌的技巧和表现手法，强化了诗歌的暗示意味和思辨精神，在诗歌艺术形态的转变中迈出了艰难的第一步。王文生等人认为，朦胧诗不是传统意义上的诗歌流派，但这些诗人在诗歌"个体"精神价值探索的主导意向上具有共同点。朦胧诗在开启新诗那些被长久封闭的空间上，在激发诗歌探索的激情与活力上，在推动当代诗歌艺术视野的拓展，寻找与人类广泛文化积累的对话，以及发掘现代汉语的诗歌可能性等方面都有难以忽视的功绩。张立群进一步强调：朦胧诗的崛起是现代主义在中国文坛上的又一次勃兴，其鲜明的人道主义色彩和人性的真实回归，成为当代启蒙主义文学的重要源头；其鲜明的个性色彩，从不同角度表达了自我对历史和时代的体验；其暗示、直觉、意象组接和整体寓意等现代主义手法的运用，同时还带有唯美主义和感伤主义的遗风，这既是其成功之处，也是其最终由于"曲高和寡"而遭到失败的重要原因。然而，受惠于朦胧诗，在中国新诗有更高期望的"更年轻的一代"看来，朦胧诗开启了探索的前景，但这不是终结，他们需要继续超越。随着社会生活的"世俗化"的过程加速，公众高涨的政治意识已有所滑落，国家要求诗歌承担政治动员、历史叙述责任的压力明显降低，读者对诗的想象也发生变化。回到个体日常生活诗意与生命意识的寻找，回到作为语言艺术的诗歌自身，或许正在成为新的关注点。

2015 年 1 月，朦胧诗人芒克、杨练等为追忆往昔岁月，专门在上海举办了一个"诗意和幸存者——中国当代诗人视觉艺术展"。这似乎是个有意味的信号，有人借此感慨：虽然随处可见的朦胧诗年代消失了，但幸存者的诗意依然那样灵动、奇异而温暖。

二、文学的反思阶段（1980—1985）：反思、寻根与改革文学

反思，是人们在用伤痕文学的泪水，浇融了心中的垒块之后，痛定思痛的必然产物。这个阶段，大家不约而同地开始了对于中国历史发展的更加深刻的反省和思考，不少文学作品把艺术触角伸到了大跃进（《犯人李铜钟的故事》）、反右斗争（《天云山传奇》）及其四清运动（《记忆》）等等。此时的文学不再简单激愤地批判什么，而是探索和思考产生这些现象的深刻而又复杂的社会原因。在反思历史的同时，文学也开始了最初的自我反思。巴金先生的《随想录》《洗礼》中的钟亦诚等，劫后余生首先检视的不是别人，而是自己在"文革"初期的所作所为。还有包括《这是一片神奇的土地》《流逝》《南方的岸》《本次列车终点站》等，都用宽广的襟怀审视了一代知识青年曾有过的可歌可泣的拼搏、可悲可叹的境遇、永远不能磨灭且也永远值得回味的磨难。反思虽然苦涩，却也多了几分冷静和深邃。另外的一些作品，则再现了中国农村在"大跃进""人民公社""反右""四清运动"以及"文化大革命"时期的曲折历史，深刻反思了中国农民的穷苦命运、思想桎梏和人性渊薮。这阶段比较有影响的，是反思文学、寻根文学、改革文学、通俗文学等创作思潮。

1. 关于反思文学思潮

新时期文艺在告别了长歌当哭的伤痕文学浪潮之后，人们抹去脸上的泪水，不由自主地进入痛定思痛的反思之中。从对自我的反思到对社会进程的反思，发展到文学艺术自身的反思几乎是同步的。反思文学兴盛于 20 世纪 70 年代末 80 年代初，是我们在党的十一届三中全会召开，并系统地清理了包括"反右"扩大化、"大跃进"、十年"文革"等一系列重大政治事件的历史功过是非之后，应运而生的一种文学思潮。

反思文学独特的文学史意义在于：虽然受当时社会环境和文艺观念影响，在处理文学与生活的关系问题上存在某种认识的缺陷，但反思文学在审视"文革"包括十七年的历史时，能以解放了的思想认知和历史哲学的全新视角对之予以更为真实、全面、准确、深刻的反思，无疑对那段扭曲的文学史作了一次意义重大的匡正和补救。熊忠武在论反思文学的文学史意义中认为，反思文学是以伤痕文学直接作为思潮基础的，让伤痕文学无休无止地哭泣悲诉其实是不可思议的，痛定才能思痛。所以反思文学首先提出的问题是：为什么会出现这场空前浩劫？这场浩劫是如何在社会主义这一历史时期得以形成的？于是反思文学把探究的眼光，投向了"文革"之前的建国后十七年。因此，从文学思潮史的线索看，伤痕文学是反思文学的感情基础、感性阶段，而反思文学是伤痕文学的理性发展、转化生成。

如果说伤痕文学以"情"为美学特征，那么反思文学则是以"思"为美学特征。当伤痕文学还沉浸在梦魇般的过去时，反思文学已经出现并迅速崛起。所谓反思文学，不仅在于文学作品内容以反映建国后十七年这段历史为主，而且在于其艺术品味所体现出的那种"沉思历史"的反思格调。与伤痕文学重场景、重情绪不一样，反思文学视野更开阔，更关注历史的过程，更倾心于理性的思考，这使之具有一种历史哲学的美学特征。

对于文学的反思视角，有论者认为：反思文学潮作为以政治决策反思为主的文学，以政治型反思视角为主的文学占据了较大的部分，同时文化型、道德型等角度的反思文学也不断涌现，构成了丰富的反思视角。一是政治型反思。站在政治的立场对过去历史进行反思的文学占据了举足轻重的位置。多数的反思文学都涉及政治视角，小说展示的主题内容也涉及到"阶级斗争及其扩大化、群体性暴力、无政府主义、乌托邦理想、非人道主义等方面"。像茹志鹃的《剪辑错了的故事》、刘真的《黑旗》、张一弓的《犯人李铜钟的故事》都涉及到了"大跃进"这一历史事件的描写，率先从历史的角度对于"左"倾是错误路线进行批判并对其进行符合客观事实的评价，这是政治型反思文学的一大壮举。这些具有重大突破的政治性反思，不只是正视过去的政治错误，更是反思这些灾难带给老百姓的巨大伤害，使作品带有更深刻的国民性批判意味。这与反思文学潮与之前给历史简单下结论的文学有本质区别，在深度剖析基础上流露出更多的对于历史的困惑和疑问，体现了一定的文学高度。二是文化型反思。小说在描绘政治风云变幻的同时与乡村的风俗民情变迁结合起来，其最大特点就是"寓政治风云于风俗民情图画，借人物命运演乡镇生活变迁"，从文化层面上深刻地反思历史，对极左路线所产生的消极影响进行深入的描写和刻画，达到了文化反思的目的。《芙蓉镇》《那五》《烟壶》等是典型代表。三是道德型反思。这类文学的反思主要集中于对婚姻、爱情、家庭等生活领域的描写，张洁的《爱，是不能忘记的》、张弦的《被爱情遗忘的角落》、航鹰的《东方女性》、叶蔚林的《蓝蓝的木兰溪》等较为典型。以文化型的反思作为辅助和依托的作品不仅丰富了本时期的文学创作，同时也促进了后来"寻根文学"的萌芽和成熟，进而表达了对民族深沉痛苦的思考。

关于反思文学的悲剧特点，以往评论者大多是从社会角度寻找根据。如果从文学的角度来考察，反思文学所传达出来的这种触目惊心的悲悯效应和思想道德力量与其所描写的对象是密不可分的。反思文学直接而普遍地把人的生命、人格、价值、精神的受难呈示给人看，不仅引发了新时期关于悲剧问题的文艺争鸣，也使人道主义思潮作为客观的历史必然，在"人性斫丧、兽道横行"的十年动乱之后，人道主义在中国大地上重新崛起。站在人道主义的高度上，反思文学的悲剧性感染力较之个体的性格悲剧更广泛更沉郁，较之泛化的社会悲剧也更深刻更本质。悲剧和人道主义精神的复归在反思文学这里实现了紧密的契合。至于如何用悲剧来展开对"人性、人道主义"的思考，反思文学在发展过程中又表现出不同的层次特征。秉承"伤痕文学"的余续，反思文学对人的思考往往也是从察看伤疤开始，借伤疤带给读者深刻的悲愤与同情，对"四人帮"倒行逆施展开血泪控诉，对维护人的起码生命安全发出正义呼声。如果说造成《山中，那十九座坟茔》的悲剧因素，除了顺之者昌、逆之者亡的荒谬势力外，还有点现代个人崇拜的盲从与愚昧在其中的话，那么《犯人李铜钟的故事》则突显了这种强大力量的无庸置疑与不可抗拒性，以及人在那个本末倒置年代的生存危机。如果把维护人的生存需要和生命安全作为反思文学中人道主义思想的第一个层次的话，那么向人的尊严与伦理道德领域的扩展，可以说是文学人道主义思想的第二个层次了，已经从激情的张扬向哲学的思辨靠近了。反思文学沿着"作为社会人的生存困境——人格尊严——价值心态——作为个体的生命意识"这样一条流脉，体现出对人思考的步步深入；而作为一次悲剧浪潮，它的悲剧审美效应又因其理性思考程度的不同而表现出一种从悲愤到悲悯、从怨怼到宽容、从芜杂到净化、从凡俗到超升的成熟。它用思想之果散播艺术之香的不懈努力，对后来的文学创作不乏启示性作用。

与此相关，反思文学清晰地展示出中国文学中少有的忏悔意识：忏悔的是也许身为受害者不自觉中充当了加害者的事实，是在人人自危的年代中人性和良知的泯灭，是挣脱现实的肉身走向纯净灵魂的追求。有论者认为，反思文学中的"罪"意识，使作家开始真正进入个人化的写作中。尽管对这种"罪"意识的认知程度不一，但也标志着是非正常的状态开始步入正常状态中的人格的自我确认。政治的枷锁控制了肉体，却钳制不住自由的灵魂，在重获自由之后，思想的翅膀早已振翅高飞，站在一个制高点，俯视慢慢步入正轨、渐渐复苏的社会。爱、良知、责任、道德和人性重新浸润到语言、人物和故事情节中，也透过骨肉浸入到作家的血脉里。反思文学中的忏悔意识，用善的光照亮了心灵的黑暗，为踽踽独行中的人们指明了前行的道路，它标志着反思达到了一个新的高度，也是当代文学向新时代迈进的一个有力过渡。尽管这之前的文学复苏以"伤痕文学"兴起作标志，其内容多是觉醒的一代对血淋淋过去的疾呼呐喊，是对压抑心头十年的大痛大恨的宣泄控诉，但其艺术价值却显得稚嫩青涩；而反思文学却用更加深邃的目光，反省、回顾和再思考各种路线和决策的失误，并且在反思历史的同时又把目光延伸到了人性、责任、人道主义、人的价值、爱与牺牲等方面。作家们继承了"五四"文学启蒙传统，在拯救他人的同时完成自救，艺术上也更加成熟。这不仅宣示了知识分子独立话语权的重新获得，也真实地反映了大众对历史重新认识的心灵渴求。在我们这样一个宗教氛围不浓厚的国度中，反思文学在作品中所要传达的忏悔和反思精神显得尤其可贵。

反思文学是继伤痕文学之后的第二次文学大突破，由突破"文革"禁区到突破建国后十七年禁区；当伤痕文学在着力渲染着十年浩劫给中国人造成的"灵与肉"的伤痕时，反思文学已经开始探索那场噩梦的形成过程和历史根源。在整个新时期深沉、厚重的一场"反思历史"的社会思潮中，反思文学无疑是最早的推手之一。由于它是以伤痕文学为文学思潮基础的，所以它也是中国当代文学自我反思、自我觉醒的一个重要环节和重大产物，它的那种历史哲学的美学特征也成为整个新时期文学的"原色"之一。在反思文学的艺术实践过程中，在重新反映新中国建立十七年的真实的社会面貌、真实表达中国人民的思想感情时，对十七年文学创作的不足和缺陷作了一次意义重大的匡正与补救。

尽管以文学思潮而言的反思文学坚持的时间并不长，但反思的精神却深深扎根于后来的文学创作之中，堪称中国当代文学最重要且不可或缺的一大文化思潮。

2. 关于寻根文学思潮

寻根文学思潮的出现，是文艺反思的必然结果。

1984 年 12 月，在杭州召开的"新时期文学回顾与预测"会议上，文坛上几个志同道合的青年作家、评论家，包括韩少功、阿城、郑义、李陀、吴亮、李庆西、季红真、黄子平、许子东、陈思和、李杭育等人，共同商讨"文学与当代性"这一话题，试图为文学创作和批评的发展开拓新路。他们有感于文坛一些人争相模仿西方现代派文艺，标新立异，却少有实绩的状况，率先提出"寻根"的口号。认为民族文化的断裂，造成一代作家民族文化修养的欠缺，文学之根未能深植于民族传统文化的土壤里。担心"如果割断传统，失落气脉……'横移'一些主题和手法，势必是无源之水，很难有新的生机和生气。"提出文化寻根，就是谋求中国文艺建立在一个广泛深厚的文化开掘之中。他们声言，寻根不是出于一种廉价的恋旧情绪和地方观念，而是一种对民族的重新认识，一种审美意识中潜在的历史因素的苏醒，一种追求和把握人世无限和永恒感的对象化表现。从而探求文学如何在对外开放的条件下，把吸收借鉴建立在对自己本民族文化的深刻认识上，以发扬民族文化传统，建设民族的新文化。

作为主要是知青作家的一次群体出场，寻根文学将他们的个人记忆放大成为集体的、时代的和民族的记忆的同时，也将自己推到了文坛前沿，成为一个站在传统与现代临界点上的思考着的群体。寻根文学的倡导者和实践者们多少利用了他们生活过的地区的民间文化的历史积淀，在不长时间内，推出了像《远村》《棋王》《树王》《爸爸爸》《女女女》《归去来》《老棒子酒馆》《小鲍庄》《老井》《孩子王》《商州世事》《遍地风流》《异乡异闻》《最后一个渔佬儿》等一大批在社会上引起强烈反响的作品，把寻根文学迅速推向了高潮。

究竟什么是文学的"根"？"根"在哪里？作家们各执一端，莫衷一是。因而，围绕根的概念绕了许多圈子。虽然大家都不约而同地谈及民族文化，但在实际创作中，除了阿城超越地域，表现出对老庄思想和佛学理念的浓厚兴趣外，大家都把"根"理解为特定的地域文化。韩少功追求楚文化之根，体会楚辞中神秘、奇丽、狂放、孤愤的境界；贾平凹的"商州系列"，带有浓郁的秦汉文化色彩；李杭育的"葛川江系列"，则颇得越文化气韵；郑万隆的根在黑龙江大森林，利用神话、传说、梦幻以及风俗为小说架构；远居草原的乌热尔图，连接了鄂温克族文化源流的过去和未来。这些人共同关注着当代文学一直忽视的领域，即文学创作的深厚文化背景的存在，这是可喜的。表明一代青年作家在热情的学习和模仿之后，进入理性的判断和思考，那就是仅仅靠引进外国的哲学文化解决不了中国的人文精神和创作问题，离开民族文化本位，中国文艺难以获得精神自救。他们把对自我的寻找和民族文化的寻找结合起来，标志着新时期文学开始走向成熟期。

寻根文学思潮作为当时社会文化热潮的一个分支，一开始就和文化扯上了夹缠不清的关系。它的初始动机当然也有在殖民、后殖民话语中，重新审视长久以来在西方话语霸权左右下被边缘化的事物，重新发现各民族文化的特有价值的意味。因此，"世界与本土""现代与传统""主流与边缘""规范与非规范"一直成为争论的焦点。将文学的根扎于民族文化的岩层之中，其本意是为了给文学找到更为深广而坚实的根基，从而规避以往文学依附于社会政治的虚浮现象。然而，这种努力由于遭遇当时的"文化热"，致使作家和研究者们都过多地从文化的角度来阐释"根"的涵义。"文化"本身是一个较为宽泛而虚幻的概念，以此为基础对文学之"根"的探讨就变得更加抽象和虚浮，"为文化而文化"的结果，致使文学自觉性的追求离真正的生活之根、生存之根越来越远，而再次陷入另一种概念性、观念性的虚飘境地。

在追寻"文化之根"的社会氛围中，作家们以"他者"眼光对边远乡村那些略显原始而古老的生活、生存境况展开的情感沉思和追溯，视为寻根的主体从文化的视角进行或启蒙、或批判、或赞扬的阐释，忽视了"寻根"的关键是对一个民族世代生活、生存境况的追寻，这种误读都源于当时那种急切改变现状的社会心态。一部分人过分偏执于传统文化，甚至跑到深山野林、荒凉大漠中去歌颂那拙朴、原始、粗犷、纯净、严峻、神秘的生命力量，去探求那似乎超时代、超现实的永恒人生之谜，继而认定描写现实生活均不足以表现民族独特的文化传统，而只有描写那种古老的超稳定的、甚至是原始落后的社会生活，才可能呈现某些富有民族性的文化传统特点，呈现出一些同当代社会发展并不十分吻合的生活观念和文化观念。另一部分人依附和沿用启蒙主义的话语，集结在"国民性"批判的旗帜之下，即使是对于文化传统的肯定，也采取关注边缘的、异端的和非规范的文化传统和价值的策略。尽管其中也有对某些传统文化的批判意向，但无力的批判却被诚恳的认同和醉心的赞美所淹没。创作上，因终极意义上的虚空和内容上的故事化、传奇化追求，使文学民族化的尝试走向了片面和形式。特别是对民族文化的"根"的夸张、放大式的集中写照，在充分展示民族化的同时，也导致了"后殖民主义文化景观"的出现，最终使得80年代中期中国作家的民族化追求走向了瓦解。

如果剥离有关寻根讨论中的某些偏激言论，可以清晰地看出新时期文艺正日益觉醒的文化意识。不少人态度鲜明地批评了寻根文学回避现实的倾向，认为文艺脱离火热的时代生活，不可能找到真正的民族文化之根，其结果必然陷入新一轮的创作误区。文艺之根，应当深植于民族传统之中，但民族文化传统是流而不是源，文化传统在当代文艺创作中只能表现为文艺的气脉和神韵，而真正的文艺之根在中国人民波澜壮阔的现实生活之中。从这个意义上说来，寻根不仅是几千年来祖辈留下的秦砖汉瓦、唐诗宋词之类，而是一种与当代人息息相通的精神气质，是在古老民族跨入现代社会时民族精神的重新认识和寻找。寻根作为创作主体有意识的文化行为，有助于人们在艺术创作中主动地把现实和历史联结起来，用历史唯物主义原则和当代意识鸟瞰历史的发展进程，从共时性和历时性两个方面审视文化传统，审视与历史紧密媾联的现实生活，从强化文艺民族文化意识的需要出发，探索民族心理源流和历史意向。

从另一个角度看，"寻根"是极富意味的现代文化症候。寻根文学开始调整了80年代单纯的反传统态度，对于传统文化不再是简单的、全面的极端否定，而是开始呈现出复杂的、多元的评价，并且开始形成了对于当下文化进程的某种情感上的怀疑和非自觉性的否定。"寻根"作家在对传统艺术精神的追溯与认同中，使潜伏在民族心理深处、附着在传统文化底蕴上的审美意识，在当代得以复活。"寻根思潮"一下子把模式化文学的历史障碍绕过去了，进而重建了80年代文学的"当代性"。随之而来的必然是艺术视野的拓展和审美意识的更新，尤其是对悟性、直觉的艺术思维方式的倚重，对气韵、情趣、意境的追求，都让新时期文学从对社会政治批判、社会历史的反思以及对社会生活镜子式反映成规中解放出来，从而激发了文学的想象力，为新时期文学从单纯走向复杂，重新摸索和确定未来发展方向提供了良好的契机。

寻根文学是一个相当混沌、充满了矛盾和张力的文学思潮，它与传统文化构成的话语关系值得认真总结。在这个潮流中，作家的意识并不是全部明晰的，一方面，民族文学的架构、建构、发展离不开合理地利用本民族的传统文化资源；另一方面，寻根作家对传统文化介入的范畴和方式显得过于庞杂，对"传统"的理解的复杂多样，结果夹带着难以去除的内在矛盾。如果将其作为"东方主义"来利用，则这种东方主义极易走入绝对化，因为在东方文化中或许无法找到与之抗衡的力量，互为制约的结构关系无从建立，它也就无法真正成为摆脱"关系困境"的有效机制和途径。寻根文学的当代意义和价值，主要并不在于为我们的文学开拓了什么独特的新资源，而在于再次重现了"文化困境"的严峻性。随着"寻根"的式微，民族化建构思路虽然被搁置下来，甚至没有将形成的经验事实传递下去，但它的世纪之梦却仍然延续，其启蒙思想的角色意识依然强烈地在文学创作中延续着。

寻根文学思潮的沉浮启示人们，只要立足于深厚的民族历史文化土壤上来吸取融合西方文化的营养，把对社会现实的横向概括和对历史的纵向求索、把当代意识和历史意识有机结合进来，才是当代文艺创作繁荣的真正出路。在高新科技迅猛发展、全球经济一体化趋势日益显露的当今社会，强调文化的特殊性，保留文艺鲜明的民族风格，是许多发展中国家探索文艺走向世界时共同碰到的问题。寻根不是源自政府的强制性指令，而是文艺本土化发展的必然需求。只有保持和发扬中华民族优秀文化传统，延续这个文化铸就的民族心理以及民族特有的思维方式和情感方式，关注现实生活，关注民众需求，体现时代精神，增强文学创作的文化蕴涵，才能为当代文学创作铺设出一条更加广阔的发展道路。

3. 关于改革文学思潮

"改革文学"这个概念，一般是特指20世纪70年代末初现端倪，至

80 年代形成创作高潮并延续到新世纪的，以反映"改革"为主题的文学创作思潮。这是新时期早期一支引发社会强烈关注的、始终具有鲜明时代特征的文学潮流。

党的十一届三中全会后，随着以"经济建设为中心"的方针和"改革开放"政策的确立，文学迅速对时代进步做出了回应。1979 年，蒋子龙发表了《乔厂长上任记》，快速再现了现实生活出现的巨大变革和转机，标志着改革文学潮的脱颖而出。进入 20 世纪 90 年代，随着社会经济体制改革的逐步深入，出现了诸如下岗、失业、打工等一系列新问题，被作家们及时捕捉和记录下来，形成了改革文学的新浪潮。世纪之交，国企改革处于关键时期，一些党员干部贪污受贿、徇情枉法、以权谋私、贪权恋色，严重危害到国家和社会的稳定与发展，针对这些不良风习和腐败现象，一批作家又拿起手中的笔直指这些敏感而严峻的现实问题，以创作表现他们对社会理想的崇高追求。

一种观点认为，以"改革"为主题的改革文学的发展大致经历了三个阶段：新时期初期的改革文学，指 20 世纪 70 年代末到 80 年代以反映城市工业和农村改革为主题的文学；转型期的改革文学，指 20 世纪 90 年代前期以反映社会经济体制改革所带来的一系列社会变革为主题的文学；世纪之交的改革文学，指 20 世纪 90 年代后期以反映社会主义经济体制改革和社会主义政治体制改革所引发的社会变革的文学。

继蒋子龙的《乔厂长上任记》《开拓者》等作品之后，柯云路的《三千万》、邓刚的《阵痛》、水运宪的《祸起萧墙》、张洁的《沉重的翅膀》、李国文的《花园街五号》等一大批作品，对工业和城市改革做了及时迅速持续的反映与描写。这些反映城市工业改革的文学创作的显著特征是把塑造"改革者"的形象放在最突出的位置上，描写了具有英雄气魄的"改革者"在某一单位、某一地区大刀阔斧地推动思想改革的动人故事。他们的改革虽然有阻力，但改革者们却一往无前，在挫折甚至失败面前却总是有应对的策略和方法，具有一种摧枯拉朽的力量，具有强烈的浪漫主义色彩。这是早期也是社会公认的改革文学最红火的阶段。

用现实主义手法真正从当时客观存在的改革生活实际出发来正面描写改革的小说，是 1983 年王润滋的《鲁班的子孙》。这部作品写出了农村改革带来的可喜变化，写出了农村变化中农民们的道德困惑和思想斗争，引发了一场关于怎样看待农村改革及其道德影响的争论。此后，高晓声的《水东流》、张炜的《秋天的思索》、贾平凹的《鸡窝洼的人家》等描写农村变革生活的创作形成了改革文学的又一道风景线。20世纪80年代后期，中国文坛充斥着狂热、喧嚣和浮躁的气焰，各种主义层出不穷。在这种历史条件下，以依托现实并以沉稳的心理来进行创作的改革文学一度失去了发展的土壤。到90年代初期，随着改革的深化和经济体制转型步伐的加快，残酷的社会现实击碎了文坛"泡沫式"的梦幻，人们不得不冷静地面对现实社会产生的全新的问题。此时，刘醒龙的《分享艰难》、关仁山的《大雪无痕》、何申的《穷人》《穷县》《穷乡》、谈歌的《大厂》等一系列作品开始全方位地反映改革的艰巨性。作家直接关注深化改革带来的新问题、新矛盾和新现象等热点问题，再度引起社会广泛关注。改革文学的创作也发展到一个新的阶段。

20世纪90年代后期，国家在完善经济体制改革的同时又开始了政治体制改革，而最为艰难的国企改革也进入了关键的历史性时期。一批作家以社会主人翁的姿态，把敏锐的目光直刺国家机器的内脏，大胆地剖析了国企改革和政治体制改革中存在的腐败和官僚等一系列敏感问题。如周梅森的改革三部曲《人间正道》《天下财富》《中国制造》、张宏森的《车间主任》《大法官》、张平的《抉择》《国家干部》、陆天明的《大雪无痕》《命运》等作品，在反映了社会改革和发展的种种艰难的同时，又把刻画改革生活中的英雄人物放在了突出位置，并增强了作品的故事性。这似乎是对新时期之初改革文学的又一次复兴。

然而，由于改革题材创作离社会生活距离较近，许多生活没有来得及沉淀与深思，改革文学创作中也出现了这样那样的问题。杜梅在《论"改革文学"的模式化倾向》中指出，改革题材特别是早期创作存在三个问题：一是主题表现的概念化。许多作品的主题是配合中央改革部署而对改革过程进行形象的图解，最突出的表现就是作品用两极对立的方法来表现改革大潮中的矛盾冲突。当作家把生活提纯后，则失去了混沌的生活原色，显得比较单薄。二是形象塑造的类型化。许多作家注目于厂长、经理、市委书记、省委书记，这是可以理解的。但改革是关系到亿万中国人的大事，单纯地描写几位领导者的改革是没有力度的，而且这些人物形象也有严重的类型化、雷同化倾向。三是情节发展的公式化。

情节线索大抵可以概括为：领导顺乎民情、慧眼识才，上任后大刀阔斧，反对者群起围攻，矛盾日益激化，改革面临困境，终而排除万难，尽显一线光明。基本上没有突破人们头脑中惯有的那种"新官上任三把火"的模式限制，情节发展过程中没有一条贯穿始终的主线，而只是多个故事的简单罗列和情节的传奇色彩，势必造成概念化。

深入分析兴盛一时的改革文学大潮衰落的原因：一是现实生活变化太快，作家对生活的不熟悉或者是来不及沉淀和咀嚼，造成作品生活实感较弱，普遍缺乏余味。尽管有些作者做过一些调查，了解下层民众的疾苦，也掌握较为详尽的资料，写起来比较顺手，甚至可能写得较为精彩，并带有震撼性的感受，然而，由于作家们缺乏生活实感，对描写对象生活细节和心理状态仅仅靠想象来完成，导致人物的描写很脆弱，带有公式化、脸谱化的倾向。情节一旦落入了俗套，小说的发展就很难取得突破了。二是人物没个性。尽管人物形象塑造比前期有了一定的突破，但依然缺少生活的厚度，还是贴上了好人、坏人的标签，人物塑造的张力不够，形象依旧单薄。作品中那些改革者无一例外的曾因其奋发有为、敢闯敢干的精神感染了一代读者，但大量的同类题材的作品、同类人物的塑造就出现了一个弊端，那就是改革者的性格特征存在着明显的雷同。他们几乎都不乏信念、不乏勇气、不乏铁腕，几乎都义无反顾、大刀阔斧、雷厉风行，几乎都具有地道的男子汉的气魄，以至谈到改革者形象，人们立即就会想到这种性格。性格雷同化的背后是理想化，绝大多数改革者形象都带有理想化倾向。而在这些理想化的改革者形象背后，是陈旧的清官主义的理想模式。最初的改革文学所塑造的人物形象全是"英雄式"的改革者，故事中的环境主要是为塑造"英雄式"的改革者而营造和设计的，主人公在这种特定的环境中表现出的是一种"英雄气概"，几乎成了"不食人间烟火"的英雄。直到80年代后期，文学才开始塑造社会转型期的"平民式"的改革者形象。三是创作方法和结构模式固定化套路。许多改革文学所表现出来的"改革"比实际生活中的改革容易且简单得多，故事情节设计、环境营造以及人物形象塑造都是理想化和浪漫主义式的；在结构模式上，人物形象的设计和故事情节的描写基本上是一种先进与保守、崇高与卑鄙的二元对立的模式，成为一种典型的理想化的"改革"文学范式。

改革文学思潮中的某些不足甚至失败，预示着单一的、封闭型的艺术思维，弱化了审美主体对改革时代人与社会的审美张力和穿透力。不摆脱这种思维方式，创作就不可避免地落入某种虚假的模式之中，充当某些概念演绎的悲剧角色。如果文学创作不摒弃这种求同性的艺术思维，会使作家不时陷入习惯势力的包围之中，形成对既往规范艺术的简单模仿，也必然带来小说模式的固定化，影响文学的突破与创新。

"改革文学"反映我国各个领域的改革进程，以及由此引发的一系列社会生活、价值观念、文化思想的变革与冲突，具有一定政治思想意识和鲜明时代特征的文学创作样式。尽管改革文学有明显的时代局限，但改革文学大潮的出现依然值得充分肯定。广大文艺工作者带着对时代进步的呼唤和热情，带着对时代负责、对伟大时代需要伟大作品的美好憧憬投入创作，显示出难能可贵的历史使命感，也出现了不少脍炙人口的佳作。可以说，这是时代的召唤、现实的需要，显示出文艺工作者高度的文化自觉。人们有理由相信，只要积极地投身现实生活热潮，切身体验丰富而深刻的改革生活，真诚地看取人生，敢于触及社会各个阶层的敏感区域，只要作家大胆突破思维定势的束缚和拘囿，不断超越前人、超越自我，只要文学创作敢于描绘历史潮汐下的险滩潜流，展现改革的艰难沉重，塑造改革大潮中的风流人物，赞美当代中国令人振奋的大趋势，就一定能够创造出令读者魂牵梦绕的优秀作品。

4. 关于通俗文学思潮

通俗文学大潮借助 20 世纪 80 年代改革开放之势，紧随境外琼瑶、金庸等人言情、武侠小说风靡之后，大浪骤起，迅捷涌进文化市场，以其独特的魅力和为数众多的读者，显示出粗犷而蓬勃的生命力，几乎是在人们毫无心理准备的情况下，与正在全面复苏并创造梦想的雅文学一分天下。文学界吃惊地看着往昔的文学读者大量流入通俗文学的麾下，顿感知音寥落，不禁牢骚肠断；文学批评界从最初的茫然无措中苏醒，不无痛苦地承认通俗文学已成大众重要的文化消费品，正努力跻身于当代文学行列，构成一道别具意味的当代文化景观。

"文革"结束后，严肃文学曾特别受到青睐，轰动效应彼伏此起，为何在不经意间被通俗文学夺走了大量读者，自己反而逐渐冷落起来？

分析通俗文学勃兴的原因，至少有五：一是通俗文学兴盛是文学发展的必然现象，有着深刻的社会和文化背景，在整个文学发展史上始终存在。一方面，我们国民总体文化水准不高，80%以上的人口在农村；另一方面，古往今来形成的特定审美心理和欣赏习惯至今未有大的改变，造就了通俗文学的广大读者层。只要大众中存在着不同的文化层次和审美趣味，适应时代发展和广大读者的多层次精神需求的通俗文学，就有了广泛的群众基础和充分的合理性。二是改革开放以来，人们的生活节奏加快，工作压力加大，相当多的人没更多时间看那些深刻的、理性色彩过浓和探索性很强的文学作品，紧张的工作之余需要调剂、休息，因此一些消遣性、娱乐性、一看而过甚至看过即丢的通俗文学自然应运而生。三是因为伤痕文学产生强烈反响而获得极大自信的文学界，志得意满地开始文学表现形式的探索，现代派对读者的疏离，在雅文学忙于传播各种深奥生疏的新观念、呼唤由外向内转和本体回归的同时，原先关注社会、关注人情世故、关注个体情感饥渴的任务在某种程度上转让给了通俗文学。从接受美学的意义看，这也帮了重视娱乐、消遣功能的通俗文学的忙。四是新时期之初中央政府对群众文化的重视，以及对民间文学、古籍整理的提倡，促进了通俗文学的发展。像《故事会》《山海经》《今古传奇》《采风》《乡土》《故事大观》等民间文学刊物都成了通俗文学的阵地。五是出版发行政策的调整，比如，创办期刊的审批权限下放，导致各地通俗文学刊物种数遽增，迅速达到与纯文学期刊平分秋色的程度。特别是随着出版发行体制改革的逐渐深入，出版发行与经济效益挂钩，在新华书店之外出现了第二、第三发行渠道，发行机会大大增加了；兼之受商品化大潮的冲击，自负盈亏的出版单位自然扩大通俗文学阵地，使好读又赚钱的通俗文学如虎添翼，以严肃文学无法比拟的巨大发行量迅速发展起来。到1988年底，全国500多种各类文学期刊中，通俗刊物占有260种，其发行量一般在10—500万份不等。考虑到"纯文学"的发行额通常只在1万份上下，即使不计书摊上的畅销书，也能推算到，通俗文学的读者是纯文学接受者的几十倍乃至上百倍。这就促使人们开始从社会审美意识、社会心理、社会文化现象和社会生活变化的角度探讨这一思潮。

吴秉杰在《通俗文学的地位、价值和发展》中强调：第一，通俗文学根本上是社会已有的、某种带有普遍性的审美意识的反映。它往往与广大读者业已成熟和定型的审美心理、审美兴趣是同生共存的，这正是它被认为通俗易懂的根源。通俗文学的创作较之纯文学更直接地关联着各种普遍社会心理、意识和愿望，又把这些精神要求与文化心理内化为其特有的艺术规范。第二，可以把通俗文学理解为是一种在已有的、传统的或业已流行的艺术规范内的创作。各种主题模式通常都带有道德的意义，无论犯罪小说、暴露文学或历史传奇创作最后都能归结到善恶的冲突。而情节紧张、曲折、丰富，都是为了考验其主题和人物，并把它们推入规定情境之中，使已被认识到的现实审美属性和读者审美趣味最和谐地结合起来，避免断裂、矛盾和悖逆。第三，通俗文学的艺术创造性便主要表现为模式内的变化，以某种知识、经验与想象力取胜。一方面模式限制了想象力，另一方面又激发着想象力，模式与想象力的矛盾，既构成了它的难点，又构成了通俗文学创作与多样化发展的内在奥秘。第四，正如纯文学指向一些新的、未知的价值目标，或是心灵与精神朦胧的追求，其艺术创新总体上表现为对现存艺术规范的一种不断冲击、突破与发展；通俗文学正相反，它总是指向社会已有确定性价值的目标，表现出由艺术提炼而达到的对已有审美意识的普及、丰富和强化。当通俗文学的发展中产生一些难以克服的矛盾，或是在既有审美定势、创作方法和模式规范内陷入困境时，它也会寻求调整以获得新的生机和活力，从内部革新规范或是从外部注入新的生命。前者如从各种传奇、浪漫型的创作转向各种更密切地联系生活的社会现实主义的创作模式与类型，后者又如历史小说、科幻小说、政治小说以及众多被称为新新闻主义的创作逐渐加入通俗文学的队伍。尽管如此，通俗文学仍是一种和社会文化主潮相一致的创作，其目的是为了适应普遍读者已发展了的审美意识。因此，它与纯文学构成一种互补互动的关系。

秦弓等人在比较现当代通俗文学的价值后，对通俗文学做出了较高评价：一是强烈的家国情怀。当雅文学把主要注意力放在人性解放、个性解放等"人的启蒙"之上时，通俗文学则更多地表现出中国人的国家意识与爱国情怀。当纯文学作品中渲染着非英雄化和消极颓废的情绪时，而通俗文学中的武侠小说，却高扬一种英雄精神和豪放情怀，这是一种有益的反拨。二是丰富的现代文明景观。政治小说表现出强烈的现代民主政治理念，科幻与冒险小说传达出科学的探索精神，侦探小说较之古代公案小说也有本质性的区别，渗透着法治精神与人权意识，在充满悬念的智慧之旅中打上了现代文明启蒙的烙印。社会言情小说也注意表现劳动、妇女、婚姻、新旧思想冲突等社会文化问题，虽然如同放大的小脚，时露尴尬之态，但毕竟受到现代文明的浸染，反映出现代社会的精神风貌，尤其是从传统走向现代的途程中彷徨不定、新旧交织的人物之心态与生存状态。三是广阔的社会生活场景。"黑幕小说"虽有堆砌、展览甚至放大丑陋之弊，背后不乏揭黑以扩大销量的商业目的，但对三教九流等各类丑陋现象的揭示则并非一无是处，各类黑幕的描写有助于人们认识社会黑暗的种种陷阱、腐败的内在机制与人性堕落的可憎可怕，从而提高警惕性与防范能力。各类通俗小说的社会批判也不乏尖锐、深刻之处。尤其是现代都市生活风俗场景的描写更是通俗文学的特长。四是浓郁的娱乐性。武侠小说、滑稽小说、侦探小说等继承了传统文学的娱乐观，讲究趣味，较好满足了读者的娱乐需求，是改变纯文学疏离社会、疏离大众的小圈子化的一个重要途径。五是文体革新的贡献。通俗文学最早引进"问题小说"概念，在社会问题、家庭问题、婚姻问题、教育问题等方面均有较多的表现与探讨。武侠小说在长篇结构、叙事风格等方面，对传统白话小说的继承与发展发挥了积极影响。

当然，通俗文学在快速发展的同时也存在着不少问题：一是缺少生活积累，胡编乱造。有些作家不大讲究生活真实，以为通俗文学就是串情节、编故事，只要掌握一定的文学技巧，掌握一些资料素材，就可以坐在那里编撰故事。然而这种作品往往不能给人以血肉丰满、真实可信的感觉。通俗文学作家表现的生活与个人生活可以有某种距离，上下五千年，纵横大宇宙，都可以收入笔底，但也离不开个人的生活经验。杜撰是脱离生活的胡编乱造，是随心所欲的东拼西凑；而想象却是对生活认识的升华，是对生活的重新理解。这种理解越深刻，想象就越入情理，越符合生活的逻辑。二是急于表现热门题材，未及思考就匆匆下笔，却往往停留在生活的表层。对于生活的反映，纯文学可以显得深沉凝重，通俗文学则可以在轻松之中体现深刻，但大多通俗文学作品做不到在轻松、消遣中寓于某种深刻性。三是经不起金钱诱惑，过分追求文学商品化。通俗文学放任自流，商品化倾向严重，仅为了赚钱而写作，不对作品所产生的社会效果负责。不少作品格调粗俗、情趣低下，或宣扬有悖于社会主义道德的婚恋观，言情小说写"三情"（调情、偷情、奸情）和"三恋"（多角恋、婚外恋、变态恋），侦破小说也掺杂着色情描写，甚至达到无"性"不成书的地步；或散布封建迷信思想，渲染各种因果报应、宿命观念、宗教情绪和末世情怀。这些精神垃圾和末流之作败坏了通俗文学的名声，以至于一提"扫黄"，人们自然要联想到通俗文学。

面对来势凶猛的通俗文学大潮，社会各界持批评态度者居高不下。纯文学界恨之入骨，教育界咒骂不休，家长们义愤填膺，批评界厉声呵斥，通俗文学一度成为众矢之的。以至于连那些十分严肃地从事通俗文学创作、出版和评论的人们，也有低人一等的感觉。虽然也有不少人呼吁冷静对待，但声音比较微弱。这种情况直到20世纪90年代才得以改善，开始采取比较客观、宽容和认同的态度。其具体表现在：一是评论界开始重视通俗文学的地位、价值和作用。对通俗文学的新、巧、奇，或者说通俗性、传奇性和娱乐性的审美特征给予了充分肯定，认为这些通俗易懂、老少咸宜，既奇又真、变幻莫测，寓教于乐、娱心劝善的特性，在大众精神文化生活中应有一席之地。二是社会认可度大为增强。对通俗文学这一普通老百姓业余消遣的精神食粮，人们不再求全责备，普遍认为只要有益无害、愉悦身心，缓冲生活压力，提升阅读情趣，就算是负起了自身的责任。三是伴随着作者和读者文化素养和审美趣味的不断提高，那些恶俗不堪、诲淫诲盗的"地摊货"开始销声匿迹，有趣好玩、格调不俗、能兼顾普及与提高相结合的通俗文学正在向市场走来。

通俗文学思潮有起有落，延续至今，尽管人们依旧把娱乐大潮、把文艺商品化的罪魁祸首算在通俗文艺身上，尽管通俗文学的档次仍然不高，其文化品位全面提升的路程依然很远，但通俗文学中最让人喜闻乐见的特质正在被其他艺术所接受，甚至已渐次演变为探索文艺如何更好地走向大众的正能量。

三、文学的探索发展阶段（1986—1999）：现代派、新启蒙、新历史及涉性文学

这个阶段，伴随着国家改革开放的推行和社会的整体进步，文学呈现出放射状的发展态势。特别是随着改革的深化和对外开放的扩大，在"改革文学"思潮波浪起伏的同时，文化引进也随之而来，继朦胧诗、意识流小说之余绪，文坛上形成了以集中借鉴国外文艺手法来从事创作的"先锋文学"潮以及文化新启蒙思潮，并在文艺界引起了一场为期数年的论争。与此同时，各种关于人性的探讨特别是文学的性描写，关于历史与家庭叙事以及文化散文思潮等蓬勃兴起，并逐渐红火起来，形成了文学多样并存的崭新局面。

1. 关于现代派文学思潮

进入新时期，结束了中国文艺与西方文化长时间完全隔绝的状态。随着对外开放和国际文化交流的逐步开展，西方现代派文艺作品和理论著述被陆续介绍进来，这些作品从内容到形式都给人耳目一新的感觉。许多文学创作者在阅读欣赏之余，大胆吸收借鉴现代派文学潮，在文坛上成为一种引人注目的现象。

20 世纪 80 年代初，一批年轻诗人借用西方现代诗歌的某些表现方式，写下一批语言诡异、联想奇幻的"朦胧诗"。这些诗善于捕捉瞬间感受，大胆表现不加修饰的情感和微妙的潜意识，结构松散，节律跳跃，章法随意，意象晦涩，社会上对此毁誉不一。有人很欣赏这些青年对传统美学观念表现出的不驯服姿态，把那些"不屑于表现自我感情世界以外的丰功伟绩"的诗作，称之为新崛起的美学原则。另一些人在肯定其崭新意绪的表达和诗体探索的同时，对那种回避时代、回避现实，把自己关闭在自我感情世界的小天地里，只追求生活溶解在心灵中秘密的宣泄，以及诗中表现的晦涩乃至颓废的格调给予严厉批评。认为，沉沦于个人自艾自怨，一味追求远离时代精神的"自我"，文学将走向难于自拔的沼泽地。比朦胧诗稍晚出现的现代主义小说潮，最早也可追溯到 20 世纪 70 年代末，像茹志鹃的《剪辑错了的故事》之类的意识流小说。而最具代表性的则是王蒙的《布礼》《夜的眼》《春之声》《风筝飘带》《海的梦》《蝴蝶》等作品，在吸收西方意识流方面进行了更为大胆的尝试。这种艺术形式上的探索引发了热烈争论，形成 80—90 年代初文坛上持续瞩目的热点。这股思潮直到 20 世纪末才算告一段落。

当时，许多作家都不同程度地采用了意识流的表现形式，如高行健的《雨雪及其他》《花豆》、李陀的《余光》《七奶奶》《自由落体》等都名噪一时。发展到 80 年代中期，出现了扎西达娃的《系在皮绳扣上的魂》、马原的《冈底斯的诱惑》、刘索拉的《你别无选择》、莫言的《透明的红萝卜》、史铁生的《命若琴弦》、韩少功的《爸爸爸》、谌容的《减去十岁》等，这些作品中充满了魔幻现实主义、结构主义、感觉主义、黑色幽默、荒诞、寓言、象征等现代主义的因素，显示出现代主义喷涌勃发、势不可挡的气势，标志着它的发展高潮。此后，徐星、残雪、乔良、洪峰、陈染、苏童、余华、格非、孙甘露等作家也以凌厉的锐气、新奇的风貌崭露头角。他们或借用假定性让客观生活变形以讽喻现实，使之在荒诞、夸张、扭曲的状态中与他们既定的主题相融合；或以散乱的感觉意绪，反讽冷嘲的语言格调，表达出对人生、社会、存在的怀疑和荒诞感。这一时期，现代主义作家在文体实验中沉醉不已，忽略了对意义的明晰性和终极性的表达。到了 90 年代，许多现代主义创作渐渐失去了拥趸的受众，大部分作家也逐渐终止了文本游戏。他们发现，新奇怪诞的形式妆裹的仅是贫弱的骨架，而当血肉充盈的思想深度支撑起小说丰满的躯体，当终极意义成为自觉追求的之时，文本形式的花样翻新必将黯然失色。

从朦胧诗和意识流小说的讨论为开端，到 20 世纪 80 年代中后期引发了一场有关西方现代派文艺思潮的广泛论争。这场论争涉及到对现代派文艺的评价，现代派对中国当代文艺的影响和作用，以及中国要不要发展自己的"现代派文艺"等问题，论争持续了数年之久。

所谓现代派文艺，一般是指 19 世纪末 20 世纪初流行于欧美的、区别于传统现实主义创作方法的各种文艺流派的总称，包括象征主义、表现主义、超现实主义、意识流、未来主义、抽象主义、存在主义、荒诞主义、印象主义、新小说派、"垮掉的一代"、黑色幽默等。其共同特点是反传统，不仅否定传统的文艺学观念，也否定传统的哲学观念，否定理性，强调直觉、潜意识和非理性。现代派文艺的兴起，可以在西方经济、政治制度及其演变中，在资本主义社会的基本矛盾和包括精神在内的整个社会生活的发展变化中找到根源。具体说来，它是西方垄断资本主义制度及其发展所带来的严重的政治、经济、精神危机的一个直接产物，同时它又是 20 世纪以来西方资本主义整个社会矛盾尖锐化和社会生活畸形发展的必然反映。二次世界大战及其此后经济危机所造成的残酷现实，加重了人们的危机感，加速了文坛的动荡和现代文艺的轮番变革。

袁可嘉认为，现代派文艺思潮在作品的思想方面，表现出全面的扭曲和异化。在人与社会的关系上，从个人的角度全面反对社会；在人与自然的关系上，表现全面的否定态度；在人与人的关系上，揭示出一幅冷漠残酷、以自我为中心的可怕图景；在人与自我关系上，怀疑自我的稳定性、可靠性和意义。在作品的艺术方面，强调表现内心生活和心理真实，大多是有机形式主义者。要正确评价这种文艺思潮首先应明确五个前提：一是从总体上，应该看到现代派的资产阶级性质，尽管有左中右各种不同情况，要承认它有揭露资本主义社会矛盾的一面，但也不能夸大这种作用，好像它可以和无产阶级文艺混在一起；二是现代派是特定历史条件的产物，主要是现代资本主义工业社会关系所决定的，不是任何一个性质的工业现代化社会必然都产生现代派艺术，它是历史的具体的，不是可以抽象出来放之四海皆准的方法；三是现代派文艺在揭露了资本主义社会矛盾时，也散布了一些有害的思想，所以在欣赏作品时要警惕资产阶级思想的侵蚀；四是现代派文艺有一个是非问题，应该正确地评价对待；五是艺术技巧方面也有两重性，我们既要研究它的长处，用其所长，更要注意避其所短，尊重艺术规律，尊重民族习惯，考虑社会效果。

讨论中，李陀等人把现代派与现代化相提并论，认定实现社会主义现代化，必将出现现代派思想感情的文学艺术。他们从科技发展入手，断言电子时代，机械手已经代替了"流血流汗"的体力劳动，自动化成为现代生活方式特征，脑力劳动已经在许多先进国家成为国民生产总值的重要因素，与蒸汽时代的认识方式不同，艺术上的现代派出现是自然的事情。更多的论者不同意这种说法，认为现代化与现代派是两个截然不同的概念。如果一定要用，"现代化"首先意味着反映时代精神，表现崇高的理想。而西方现代派文艺同社会主义文艺分属两个不同的思想体系。现代派作为资本主义进入垄断阶段的各种现代非理性主义哲学思潮和社会思潮的产物，与中国当代文艺在性质、任务、功能和对象上有着根本区别，因而，现代派文艺不可能成为中国文艺发展的方向。

还有一种意见认为，不能简单地用意识形态界限划分现代主义创作，尤其是吸收改造后的中国现代主义创作，在思想表达和艺术形式探索方面取得的成就值得充分肯定。张学军等人认为：一是中国现代主义作家逃避生存苦难和精神困境而迷恋于形式技巧的时期已经过去，正在关注着人类精神的沉沦和拯救过程，把理性深度空间的开拓和终极意义的追寻当作文学的首要目的。现代主义小说是在"文革"后政治秩序、道德价值观念全面松动，怀疑情绪和文化失落感普遍滋生的历史背景下产生的，是作为传统的现实主义的对立面进入当代文坛的。这就使现代主义小说以反叛者的姿态和否定精神、探索精神，向传统的美学原则和小说规范进行挑战，从而促进了审美意识、审美趣味、艺术观念的变革。二是现代主义小说艺术精神中最引人注目的是对个体生命体验的尊重，是对在文化危机和物欲横流的双重冲击下，当代国人思想情绪的写真。作家们对民族的历史和当今的生存状态进行了深刻的反思，全面而真实地反映出当代国人的迷惘、失落、痛苦甚至是绝望的情绪，描绘出人们在传统价值观和社会变革中的两难处境和在精神危机中对自由的渴望，并积极寻找生存的价值和意义。三是扩大了小说表现的范围和功能。小说不再仅仅是对客观经验世界的摹写和再现，而是把人物的主观意识流动、内心的情感体验，变态的心理感受，以至于幽深隐秘的潜意识世界，都纳入了小说的表现范围。四是现代主义小说的发展还促进了艺术思维方式、感觉方式、表达方式的变革。在艺术思维方式上冲破了机械反映论的束缚，从客观外在的描写向主观性倾斜，使主观的迷惘感、荒诞感、神秘感得以强化。重视非理性的作用，改变了理性主宰一切的局面，展示出人的理性在现实处境中的无能为力。《文学报》2015年12月17日新批评专刊，曾以《三十年，有多少"先锋"可以重来》为题发表了一组文章，特别强调先锋文学的出现，是主流文学逻辑链条松弛和断裂的结果。尽管将之与欧美现代文学相比并不具备多少先锋性，但其意义在于，自从它出现以后，现代汉语文学的发展路径从此改观。后来的写作，无论属不属于先锋派，都无法避开先锋文学的经验。

应当看到，理论上的讨论与创作上竞相实践相伴随，虽然在一定程度上推动了我国当代文艺表现手法和技巧的革新与突破，但是，由于一代人传统文化修养的匮乏，外来文化并未能很好地与中国当代社会现实结合起来，尽管各类先锋文艺造势很大，渲染甚猛，但大多都是观念大于内容，创作实绩明显不足。20世纪80年代后期，大家冷静回眸，猛然发现一些采取新手法进行创作实践的作家艺术家和他们的作品，其社会影响大大超过了他们作品本身的成就，这一无可争辩的事实，让一些热心现代派文艺的人们也为之惊讶与懊丧。就连当时特别推崇现代派的一些青年评论家，也无奈地做出这样的判断：对现代文学艺术技巧的借鉴实际上变为一项纯技术的活动，文艺创作成了单纯技巧的模仿品，不含任何生命的意味。有声有势的仿效现代主义的文化操作，变为一种具有矫情倾向的"伪现代派"。即使在被批评界看好的先锋小说中，才气、激情、巧思甚至焦虑都存在着掩盖矫情的无意识倾向。耐人寻味的是这些先锋文艺往往高举反对矫情和虚假的旗帜，却在抛弃了一种"矫情"的同时，出现了新的"矫情"和"虚妄"。吴义勤这样认为：先锋小说以挑战巨型话语和主流叙事的面目出现，以对"纯文学"的追求和意识形态文学的颠覆为旨归，其所建构的文学性神话是以对文学本体的回归为目标的，它最终同样被定格为新的"巨型话语"和"霸权性"的叙事，这其实也正是对先锋小说暧昧性的一个证明。

总之，鉴于中国独特的社会生活实际和悠久的文化传统以及与之相关的审美鉴赏习惯，"中国的现代派"未能按照预言者的意愿如期出现，这里有许多经验教训有待深入总结。但仅就现代主义与我国当代文艺的关系而言，处在改革开放的历史背景下的当代中国，现代派文艺确为我们提供了一个崭新的艺术参照系统，其中许多作品对现代社会生活节奏的把握，对现代人生存状态的关注，对人的情绪、感觉和潜意识等内心世界的深层揭示，以及包括象征、荒诞、变形、意识流、黑色幽默在内的艺术手法和技巧的运用等，都为丰富我国当代文学创作的手段和方法，发挥了有益的促进作用。对此，我们应予以充分肯定。

2. 关于新启蒙思潮

80年代末，王元化主编了《新启蒙论丛》（后称为《新启蒙》），这份刊物的编辑方针，王元化介绍："我们的宗旨就是《论丛》的名字：新启蒙，或曰新的启蒙运动。启蒙运动也就是思想解放运动，民主、科学、人道、法治、改革、开放、现代化，这些都是和启蒙相联系的。"而"新启蒙"就是"观念改革"，即"观念更新，就是思想解放，就是文化启蒙。我们的力量尽管微薄，但也要尽力来从这一方面做出贡献。"由于刊物发表了一些颇为轰动且有争议的文章，渐渐演化成一次文化思潮。

这一时期，李泽厚发表《启蒙与救亡的双重变奏》，并以"启蒙"与"救亡"两个性质不相同的思想史主题来建构中国现代史。认为在中国现代史的发展过程中，民族危亡的严峻现实迫使知识分子放弃启蒙理想而走向民族救亡，"反封建"的"五四"启蒙任务被民族救亡主题中断，而且被封建主义传统的"集体主义"意识形态悄悄地改头换面，最终造成了封建主义在 20 世纪 50 年代中后期直至"文化大革命"期间的泛滥成灾。与这一观点相近，王元化对于新启蒙的理解是："新启蒙运动并非是五四启蒙运动的简单再版，它是把五四阶段上所提出的任务放到一个更高的基础上来给予解决。"因为"五四启蒙运动不彻底"，而新启蒙有两点："一、民主的爱国主义；二、反独断的自由主义。同时，在另一意义上来讲，它又必然的是一个大众化运动。"客观地讲，第一，以救亡压倒启蒙来否定启蒙，忽视民族救亡图存这个重大历史使命是不对的，救亡是形势所迫，必须履行的责任，国破家亡了启蒙如何完成，完成了又有何用？第二，离开中国当时特有的社会现实来苛责前辈这有失公允。第三，为了避开敏感话题，把新启蒙仅仅视为"文化"启蒙，却反过来注定了"新启蒙"远远没有达到"五四"启蒙的高度。有人认为，"文化"是作者的一种障眼法，政治或许才是真正的主题。程代熙曾经尖锐批评："与四项基本原则尖锐对立的资产阶级自由化思潮之所以越演越烈，一个相当重要的原因就是'新启蒙'构成了它的核心内容。最能说明这一点的，是具有机关刊物性质的《新启蒙》的问世。"李希凡在《从五四启蒙中继承什么——重读〈新民主主义论〉兼评〈新启蒙〉的某些观点》中认为："所谓'新启蒙'，他们要接续'中断'了的五四'启蒙'，实际上不过是在召唤资产阶级思想的亡灵，要我们'补'资产阶级的课，用资产阶级的文化观、价值观来改变中国的社会主义文化航向。"这些批判虽有些过火，但却抓住了《新启蒙》的某些隐微意向。

总结王元化从《新启蒙》到《集林》的思想转变脉络：现实的人与政治激进或温和的问题——普遍性的限度问题——逻辑与历史问题——传统的义理与训诂的问题——理论与实践的问题——人和历史、世界的宏大普世问题。因为愈益抽象艰涩，也渐次推动回去效应。后来有人评价说，80 年代的王元化聊发少年狂，从长期的压抑中，终于获得了喷发的机会，但这种热情退去得也快，最终还是消沉；《新启蒙》也"到了它应该去的地方安息了"（陈思和语）。

关于文化启蒙的话题，虽然最早仅限于学术领域，但却很快在文学界引起热烈的回应，"文学启蒙"的问题被一再提起。尽管都在使用启蒙概念，但其中所指涉的内涵完全不同。文艺创作和研究领域，借助启蒙精神倡导文学是人学，或者进行国民性批判等，并慢慢演化成一种普泛的文学思潮。有人在分析中国文学参与文化启蒙的策略演进后指出：20世纪中国三次文化启蒙高潮分别发生于戊戌维新、五四新文化运动和新时期的"文化热"。每次启蒙，文学都以急先锋的姿态参与其中，其策略呈现出晚清文学改良的"使用传统反传统，使用反传统实现传统"；五四文学革命的"全面反传统"和新时期寻根文学的"使用西化反西化，使用反西化实现西化"，由于思维方式始终没有在文化启蒙运动中被转换。伴随着改革开放的春风，"五四"精神才终于回归它的发祥地，并重新焕发出新的活力，迎来了"五四"启蒙精神的全面复苏和回归。而20世纪80年代文学的发展也被视为类似于"五四"文学那样的"复兴"。"'复兴'的提出，又通常与'五四'启蒙文学相联系，看成是对'五四'的'复归'。在80年代初，人们最为向往的，是他们心目中'五四'文学的那种自由的、'多元共生'局面"。从80年代前期的中心问题来看，所要"复兴"的主要是"五四"文学所提倡的"民主"和"科学"的启蒙精神。"人"的解放和觉醒、独立和自主、价值和尊严等问题被重新提出来，80年代作为一个新时期所肩负的历史使命，就是继续未竟的"五四"启蒙的任务。

一种观点认为，"五四"新文化运动因其激进的启蒙色彩而在中国的思想文化变革中抹下重重的一笔，对中国社会发展产生了巨大的影响。他们沿用西方近代以来的人道主义和个性主义，发现人，呼吁人的觉醒，努力实践人的自由解放和"立人"的目标。而"立人"的根本目的是为了"立国"，从"立人"到"立国"昭示着"五四"时期的启蒙和救亡的双重主题。这股启蒙思潮成为80年代思想界的一股主流思潮。反封建，高扬主体性，崇尚人道主义、自由、民主等西方现代启蒙价值理念，几乎席卷人文学科的所有领域，昭示着"五四"启蒙价值的回归。新启蒙文学作为那个时代的历史产物，必然成为启蒙价值的理想表述方式。如果说对现代性的价值诉求成为80年代文学启蒙的主题的话，那么，反对封建主义、反对专制主义，呼吁现代理性、追求人性解放及批判国民性则是其启蒙现代性的具体内涵。无疑为重返"五四"启蒙主题打开了历史的阀门。在80年代启蒙文学思潮中被启用的另一重要"五四"资源是国民性批判主题。关于"文革"的反思，使得人们不再满足于以忠奸、善恶的戏剧性情节来表现历史的罪人，而开始追问国民性格中的问题。高晓声通过李顺大、陈奂生等一系列典型形象的塑造，韩少功的《爸爸爸》《女女女》等，都对我们的民族劣根性做了深度的解剖。这样，作家便继续了"五四"以来中国现代文学对于"国民性"问题的探讨。新启蒙承续了五四启蒙的"立人""立国"的目标追求和对现代性的价值诉求，正因如此，说80年代新启蒙思潮是"五四"启蒙的历史重构，也不无道理。

另一种观点认为，随着80年代的启蒙话语逐渐退潮，到了90年代，社会文化思潮的"民间性、多元化和非形而上学化"已不可避免。首先，随着新启蒙运动的中断，80年代与启蒙叙事相表里的，中国知识界对西方话语的无条件臣属和对现代性的狂热迷恋遭到了冷落与摈弃。人们纷纷将曾经一度伸向国外的触角缩回，潜入传统，既想在失缺西方话语的处境下寻找新的言说语言，又想迎合此时弘扬爱国主义与民族主义的社会倡导。这一思潮尤以90年代初的"国学热"为代表。其次，随着西方现代性神话的破灭，20世纪60年代以后"后现代主义"思潮勃兴于欧美大陆。后现代主义作为现代性话语的一个反动于此时恰好迎合了中国知识界的特殊处境，90年代的中国理论界一度兴起了一股"后学"热。再次，市场经济的快速发展，由此开始取代权力而显示出比权力更加巨大的化同力量。人们被裹挟在市场的巨大浪潮中一度失缺了清醒的理性思辨与温厚的人文精神，中国的"后新时期"到来。在此背景下，一批具有士大夫情结的知识分子开始批判大众生活的世俗化与肉身化，并极力抵制商业与市场对大众心灵的吞噬。80年代思想与学术相一致的单一文化空间被打破。学术一定程度上与思想分离，不再迷恋于思想的虚空建构而走上了一条知识化甚至考据化的道路。可以说，90年代以后学术的细致而精微已取代思想的粗枝大叶成为后新时期中国学界的新宠。另外，80年代人文精神与世俗情怀的一致状况在90年代以后也遭到了瓦解。市场的引入使世俗越发醒目而人文越发萎缩，大家在世俗的享乐与狂欢中视人文精神的呼喊为杞人忧天。吕约等人进一步指出："五四"运动以前，中国传统知识分子从来就是在"良相"和"良医"之间选择。从"洋务运动"到"戊戌维新"，传统知识分子依然怀着做"良相"的梦想。他们试图通过重复历代封建大臣"变法"的方式，介入政治权力的领域。"五四"运动时期才出现的现代知识分子，面对民族和文化的双重危机，开始接受进化论，进而选择一种激进主义立场。激进主义将各种个人主义价值观念省略，最后走向民族主义。这一大的趋势就像洪流，裹挟着知识分子顺流而下，当代知识分子也在主动疏离"知识分子"原有的意义，自觉地屈从于市场意识形态，导致了知识分子的语义更加混乱不堪。

事实上，如果我们仅仅以那些"人道主义""自由""尊严"等抽象的启蒙理念作为评判的准则，就果断地把"五四"时期和80年代统称为"启蒙的时代"，无疑是在很大的程度上降低了启蒙的标准。从严格意义上说，"五四"时期的启蒙和20世纪80年代的"新启蒙"都远未能真正实现。正如邵向阳、杨荷泉等人所说：20世纪80年代试图延续"五四"时期未完成的启蒙任务，这一出发点固然充满着积极的乐观主义理想，但却被80年代末期一场"动乱"的激进运动掩埋在历史的记忆里。因此有人在20世纪80年代末发出了"启蒙已经终结"的断言。同时，"启蒙尚未终结"的呼声也此起彼伏。发生于1993—1995年间"关于'人文精神'的那场大讨论就是在滤去了'革命'激情之后的'再启蒙'"。然而，80年代以启蒙话语为督导，知识分子大都怀有抚慰创伤的温情、救世的热情和重塑未来的激情。激发出思想文化界固自有一份激浊扬清的劲力，就连文学也显示出一种雄健之风。90年代以后，文化的多元一改中国思想文化往昔格局，思想文化乃至文学的理论与实践上步入了"战国时代"。文学从整一到多元，从忧患寻根到狂欢、漂浮，不仅没有因为新启蒙运动的中断变得脆弱、零落，反倒显示出了更加巨大的活力，形成更加多变的面貌。持这类观点的学者认为，尽管五四文学存在着一些固有的缺陷，并没有完成它应有的"启蒙"使命，但无疑也是那个时代的光荣与辉煌，值得文学史永远纪念。尽管20世纪80年代以来掀起的"新启蒙"运动也很快销声匿迹了，对于当代文学的发展来说，"启蒙"作为一个弥足珍贵的人文思想武器，仍然是一个绕不开、永远也不会过时的话题，启蒙的路仍要走，即使是在艰难曲折中负重前行。

3. 关于涉性文学思潮

长期以来，人性、人道主义长期被贴上资产阶级的标签而受到批判。

"文革"时期推行文化法西斯主义，人的权利被剥夺，人的尊严被践踏，人性更成为理论禁区。性在社会道德观念中不期而然地揉进了某些陈腐的贞节观和禁欲主义色彩，性在文学作品里成为"肮脏""无耻"的同义语，爱成为"小资产阶级情调"的代名词。新时期之初，"文学是人学"的命题被重新肯定，人的尊严、价值、权利被再度提起，人情、人性、人道主义迅速成了文艺创作的热点，爱情小说《爱情的位置》《爱，是不能忘记的》《被爱情遗忘的角落》等引起了广泛而热烈的社会反响。

进入 20 世纪 90 年代，随着时代的发展和观念的开放，作品中的性描写在经历了初期短暂的"爱情"试探后，开始直奔和拥抱"性"主题，性描写的泛滥成为当代文学中的一个引人注目的现象。性，从欲说还休、"犹抱琵琶半遮面"，变得大摇大摆、毫无顾忌地招摇过市，不少作家迷失于性的"黑洞"之中，文学似乎进入了"欲望化叙事"的"下半身写作"时代。

如果不计《绿化树》和《男人的一半是女人》因涉性所引发的争议，仅以具有象征意义的《废都》为代表，其性描写的直露以及与此相关的铺天盖地的商业炒作堪称一个文学事件。紧接着，《白鹿原》《丰乳肥臀》《黑氏》《骚土》《苦界》《无雨之城》《大浴女》《来来往往》《有了快感你就喊》《败节草》《玉米》《去赶集的妮子》《同屋男女》《经典关系》等小说相继问世，汇聚成流，形成了当代文学的性描写热。发展到那些"新新人类"的新生代作家，生命的悸动便是以性为标志，如卫慧的《床上的月亮》《黑夜温柔》《艾夏》、赵波的《情变》《关于性，与莎莎夜谈》、棉棉的《一个矫揉造作的晚上》、魏微的《一个年龄的性意识》、杨蔚然的《紊乱》等，无不以性意识、性体验、性感受作为描述的主体。其间更有当今走红的陈染、林白、海男、徐小斌、徐坤等晚生代女作家们，则把长于抒写情爱的女性文学拓展到了重在表现性爱的空间，让女性个体生命意识得到了从未有过的舒展与释放。她们对隐秘的女性潜意识、女性欲望和女性躯体作了大胆、率真的体认与言说，以有别于男性话语的直觉、意念或内心独白的方式去表现同性人的性饥渴、性压抑、性苦闷和性恐惧，执意让性爱回到本能状态，告别了文坛"男性话语中心"的无性写作。性，既是女性文学的叙事策略，又是一种丰富的文化想象；既是她们向世界敞开的伤口，又是展示自我的极限。

在这类涉性作品中，对夫妻性爱、男女偷情、娼妓卖欢、性变态、性虐待、性器官、性心理、性感受、性意象等方面的偏执兴趣，令人吃惊。其中当然也展示了现代婚姻关系中人的困惑与挣扎，展示了强权的压制下种种性侵犯，展示了商品社会中人的灵魂游走与分裂以及性交换的丑恶实质。这些东西在特定文化、社会、文学背景中并不是没有其合理性价值，然而，一旦这种自我消费态势过于放纵，就会背离了理性，失去了普遍的社会意义，仅仅成了个人的心理补偿，因而显得浅俗而轻佻。性，把文学变成了一场旷日持久的战争。某些作品或把扭曲的错误观念当作人的价值，极力渲染个人主义和利己主义；或把抽象的爱为神器，成为化解一切恩怨的万能药方；或一味孤立、片面夸大人的动物本能，肆意展示各种赤裸裸的病态的性爱，使人类圣洁的情爱世界被粗俗的感官欲念所淹没，使文学融入低级庸俗的市侩主义的浊流。

有人认为，这股性文学潮流是文人和文学的堕落，是当下社会道德沦丧的"罪魁祸首"，折射出世纪末文化人的灰色和颓废。概括吴卫华等人对"新时期文学的性描写"分析，性文学存在的误区大致有四：一是语言由洁净而流俗于粗鄙化。一些作家笔下，猥亵、挑逗性的描写语汇俯拾皆是，"出类拔萃的乳头""光辉灿烂的臀部""极发达的生殖器官""做爱时床上发出来的腥味"不一而足，《废都》着意留下诱人浮想联翩、想入非非的空方框，"丰乳肥臀"成了作家对母亲和大地赞美的词语。二是性由手段变为目的，由虚写变为实证，由精神层面转向肉体本身，性描写已没有意义的归宿和含蓄意指。为数不少的作品流俗于性过程、性技巧的展览和摹写，彻底撕掉了性的神秘面纱，把一幅幅现代"春宫图"摆在读者面前，将官能刺激与震惊当作了最后的深刻并发挥到了极致，将道家的"性交有如战斗"的性爱观进行放大演示，有意识地凸现了性的生物学意义。如果说"三恋"和《绿化树》《玫瑰门》《白涡》的性描写尚有某种诱人神秘和激动人心的美感，还能够撩拨人的生命激情，到了《废都》《骚土》《床上的月亮》等美感和激情已荡然无存、消失殆尽，人的丰富性被简化或掏空，仅仅是作为欲望的对象而存在，只剩下生理上的刺激和放纵。三是作家的主体性由能动趋向于迷失，放逐了审美理想和价值判断。在性爱表现上，灵与肉分离、性与爱分离，更与婚姻与作品主旨相抵牾，把"床上功夫"、个体性能力视为评价一个男人或一个女人是否"能干"和"棒"的天然标准，将弗洛伊德的快乐原则与人的自我实现、生活质量等同起来，用性满足的程度来表明一个人在商品社会中居于何种位置和享受人生的程度。女性的尊严、人格、价值被消弭，重新沦为"毒玫瑰"或"祸水"。性行为被当作女性生存的艺术和谋取既得利益的手段，甚至变异为她们向社会、向男性复仇的武器。四是把官能刺激作为刻意的创作追求。在那些以自恋性、私语化为特征的"女权主义写作"中，更多的是关于女性躯体的顾影自怜和性体验的叙述，是畸形"裸露癖"的绝妙诠释，甚至企图用性本能来向包括父兄在内的整个男性世界挑战，用兽性来动摇菲勒斯中心主义。以玩弄和刺激人的官能为能事，成为那些"渴望堕落"的作家的一种必然的创作追求。

从"谈性色变"到"无性不成书"，包含了许多深层的社会文化心理和文学发展的逻辑必然。有人认为：一是对文化禁欲主义的反拨。性是人类的正常需求，也是文学永恒的话题，性文学潮就是作家的叙事策略和读者的渴望心理共谋的结果。二是世界范围内大众性文化热潮的冲击与启示，成了产生性描写热的外部诱因，中国文学性描写热是全球性文化热的继续。三是文学商品化的需要，是性描写热产生的内在动力。受到市场那只"看不见的手"的牵引，凡涉性的文学一概畅销，因而"性"自然成为趋之若鹜的目标。总之，一个新的市民阶层的崛起，物质主义、享乐主义的滋长和蔓延，促使现实人生的世俗化加剧。在商业机制操纵下，以都市大众为消费对象的大众文化，让理性、终极意义、深度模式显得极为脆弱和不合时宜，逼迫精英文化卸下矜持的面具，从迎合读者的兴奋点出发，按照市场法则来操作，不约而同地把创作基点瞄准那个在当代中国仍有几份神秘色彩的"性"上，用官能刺激来贯彻他们的娱乐至死原则。

应当说，从人的解放和文体的解放的角度看问题，性描写也显现了一定的历史进步性，改变了长期以来视人性为畏途，忽视表现人的情感、两性关系和内心世界，把社会性与人性割裂以至对立起来的创作倾向。然而，是为性而写性？还是通过写性使其与广泛的社会内容、思想意义、价值观念等联系起来，深化并丰富作品的内蕴？任何一个有责任感的作家，都会选择后者。文学的性描写既非洪水猛兽，也不能泛滥成灾，这就需要一个基本的伦理道德底线，适应社会普遍的道德心理承受水平。桑哲等认为，划分"性"描写的美丑界限：首先要坚守严肃的创作动机和创作态度，作品中的性描写应该能够引导人们更好地理解、认识生活的真谛，从而使人们生活得更合理、更美好，而不是一味迎合读者的低级趣味，追求单纯的"畅销"和暴利；二是作品要有积极的社会意义，给读者以认识社会以至于改造社会的有益启示；三要能给读者以美的享受，抱着慎重负责的态度，审慎把握性描写的分寸，不使人感到乏味、恶心与厌恶；四是进入文学作品的性描写，本质上应是一种伦理与美学的情感，能够陶冶人们积极健康向上的道德情操。

文明时代人类的性活动，已不再单纯地具有生理性质和生物学意义，而是灵与肉的结合、情与欲的统一，并蕴涵着复杂而深刻的道德、伦理、社会、历史内容。文学要描写性，也是通过性的自然通道去透视人的社会关系。"性"，一旦进入文学领域，作者就不能把认识停留在自然属性上，而必须把它放在一定的社会大背景中，运用情感尺度、道德尺度、历史尺度、社会价值尺度等多重坐标，在更高的层次上进行审美的观照。在判断一个作品、一段文字的时候，不能仅仅看它的细节程度，而是要看它是把性行为描写成纯粹生物现象还是描写成社会行为。性描写永远有其存在意义和表现价值，但这种描写一定既是大方的又是优雅的，既是道德的又是审美的，既有生命激情的张扬又有理性光芒的烛照。正确的态度应该是坚持马克思主义为指导，从实际生活而不是从主观意念出发，正确认识性在文艺创作中的价值和作用，把文艺表现人性、人情和人道主义视为文艺的基本职能，把描写具体的历史的人性作为作家艺术家反映生活的一种基础手段。理直气壮地表现人性美人情美，展示人性的辉光，表现美好爱情和婚姻，展现人们对于美好生活的追求向往，努力增强当代文艺创作的更加真切丰富的思想、道德和情感的感染力量。

文学中性描写的泛滥已经似乎陷入了某种尴尬境地。走出困境，清除"下半身写作"的恶劣影响，重建主体意识和人文情怀，当代文学任重而道远。

4. 关于新历史主义文学思潮

20 世纪 80 年代末 90 年代初，流行于西方的新历史主义进入中国并被广泛接受，掀起一股文学创作热，到 90 年代中期渐成气候，涌现了一批具有较大影响力的文本，成为新时期文学创作和理论研究的一个不容忽视的文艺思潮。

新历史主义兴起于 20 世纪 60—70 年代，迅速波及了文学、社会学、历史学、人类学等多个学术领域，成为西方学界的热点之一。新历史主义是受新的历史哲学和后现代主义怀疑一切的影响下诞生的，它整合了西方马克思主义、解构主义、女权主义、诠释学等理论，大胆跨越历史学、人类学、文学、艺术学、政治学、经济学等学科的界限，致力于借用其他学科术语和方法来描述文化和文本的相互关系，是一种典型的、能引起跨学科反应并在实践领域有可操作性的文化思潮。新历史主义对历史和文学的关系作了重新定位，强调从政治权力、意识形态、文化霸权等角度，对文本实施一种综合性解读，把文学与人生、文本与历史、文学与权力话语的关系作为自己的中心问题，把历史意识的恢复作为文学创作和文学史研究的重要方法论。然而，由于其理论内涵的驳杂而又充满难以调和的矛盾，社会评价也一直是毁誉参半。

对历史文化的执着，是中国知识分子的一个斩不断的心理情结。现实的焦虑和不安使他们渴望到历史中寻求答案和出路，注定了要将这个年代文学的空间引向历史。从 20 世纪 80 年代后期开始，文化界出现了关于历史、文化、民俗与宗教研究的热潮，一些人站在传统的学术立场上，对中国古典文化进行理解和阐释时，"传统"在这个行为中发生了巨大的作用；另一些人接受西方新历史主义观点，以求找到全球化浪潮中自我认同的方向和可能性。以此为契机，一批中国作家开始用自己的历史观念和话语方式对某些历史事件和历史叙事的重新陈说或再度书写，其目的在于改写或解构被既往话语赋予了特定价值和意义的历史叙事。以莫言的《红高粱》和张炜的《古船》为发端，标志着中国新历史小说的正式开篇。

在"历史的性质"问题上与传统历史小说大相径庭，新历史小说对"文学与历史的关系"做出了令人耳目一新的回答。在新历史主义看来，历史不再是单一的、静止的、可以准确再现的，而是多样的、流动的、在表述中不断变化的对象。展现在眼前的"历史"，不是透过纯净玻璃一览无遗的"历史"本身，而是混着"语言"水汽和"理解"迷雾的镜中的历史。因此，历史是"解释"的，而不是"发现"的结果，历史研究者永远只能构设历史，而不可能复原历史。

有人把新历史主义小说的发展大致分为三个阶段：第一个阶段（1986—1992），为"探索与命名"阶段；第二阶段（1993—2000），为"成熟与完善"阶段；第三阶段（2001—2015），为"深化与转型"阶段。通常被归入新历史主义小说的著名作品大致包括：莫言的"红高粱系列"和《檀香刑》《生死疲劳》《蛙》，张炜的《古船》《家族》《九月寓言》，乔良的《灵旗》，周梅森的《军歌》《国殇》，苏童的《妻妾成群》《红粉》《米》，余华的《一个地主的死》《呼喊与细雨》《许三观卖血记》，陈忠实的《白鹿原》，李锐的《旧址》《无风之树》，叶兆言的《追月楼》《半边营》《日本鬼子来了》，刘恒的《狗日的粮食》《伏羲伏羲》《冬之门》，刘震云的《温故一九四二》《故乡天下黄花》《故乡相处流传》，池莉的《预谋杀人》，格非的《迷舟》《敌人》《大年》《江南三部曲》，尤凤伟的"石门夜话"系列，北村的《施洗的河》，孙甘露的《呼吸》，李晓的《相会在K市》，吕新的《抚摸》，李洱的《遗忘》《花腔》等。

有人这样概括新历史主义创作的特点：一是以边缘的民间意识取代正统的主流意识。新历史主义小说多流连于稗闻野史，发掘不被主流意识纳入视野的民间生活，热衷于拾取民间的故事碎片构建属于自己的历史大厦，其作品中的"历史事件"自然失去了传统正史中具有的深刻意义。小历史从大历史的遮蔽下旁逸测出，并不断地解构着大历史的客观真实性。《温故一九四二》《故乡天下黄花》是典型的新历史主义文本，表明了刘震云对小历史的关注和大历史的怀疑。叶兆言善于想象虚构20世纪上半叶的中国，以一种看似非常传统的故事化叙事解构那段历史。

二是把历史发展规律的必然性让位于突发事件的偶然性。多数新历史主义作品都表现出对偶然性的强烈兴趣，通过对历史偶然因素的渲染，加进自己对历史进程的参与欲望和主观态度。小说家们关心的不再是历史自身，而是历史间隙下个体命运的无常。作品明显强调了偶然性事件造成的严重后果，历史的走向充满了变数，在历史大网上挣扎的生命个体更是像飘摇于惊涛骇浪中的一叶扁舟，渺小而又无助。格非、叶兆言等人的一些作品均执着于将许多意外与偶然叠加，以表现人物的必然悲剧，而人生无常也成了像《江南三部曲》这类小说的突出主题。这种受制于偶然性的人生命运，似乎是人类生存境域的隐喻和寓言。

　　三是将崇高神圣的精神追求还原为琐细芜杂的世俗人性。新历史主义小说将以往历史小说中神圣崇高的光环清除掉，将世态人情中的平庸甚至丑恶的一面展现出来。李书磊认为，刘震云身上有种东西，那就是他对整个世界比较彻底的无情观。他坚定地认为世界是一个笼，人是一条虫。在他的笔下诸如爱情之类形而上的东西都显得子虚乌有，人本质上是低贱而丑恶的，甚至连低贱和丑恶也谈不上，因为本来就没有什么高贵和美丽；人就是那么一种无色的存在，亮色和灰色都是一种幻觉。这个评价可以反映出部分新历史主义小说的反崇高化的特征。

　　新历史主义作家总是试图从乡间野史中找出一些线索，勾画出民间世界的世俗形态。"民间"既包含了富有生命张力的自然人性，又积淀了数千年的国民劣根性，人性的丑陋被刻画得入木三分。李锐等人常把以往历史小说中可以成长为英雄形象的人物还原为真实的个体，写出了由卑琐欲望所控制的普通人的非英雄化特色。叶兆言非常善于描写民间下层人民的芜杂世界，笔下有一群只配做示众材料和无聊看客的愚昧国民。他从一些琐碎的事件中挖掘出人性的自私、冷酷和丑恶，涂染出一幅幅晦暗的生命图案。

　　新历史主义小说用实践创新了有别于传统的"文本"，一定程度上打通了"文本"与"历史"之间的隔离。新历史主义小说与先锋小说大部分是重合的，在文学观念以及叙事上都做了许多新的探索，在叙事结构、叙事视角方面常采用时空交叉或文本空缺等方式构建情节，突破了传统叙事的线性结构模式和追求故事完整性的习惯。作家们常常让想象力自由飞翔，夸张地将听觉、视觉、触觉、嗅觉等元素综合运用，把读者带入一个光怪陆离的声色光的世界。除了细节上具体感性的描写具有象征色彩以外，一些新历史主义小说还采用整体寓言化的叙事来表达对历史的理解，以此构画出的历史文本必然是蕴涵独特个体经验的繁复画卷。

　　一种观点认为，在文化全球化的语境中，如何更好地认识历史是个亟待解决的问题，新历史主义可以给人们一些启示。在这里，文学既不是被动地反映历史，也不独立于历史之外，而是积极能动地作用于历史，对文学文本的阐释也可以采取过去与未来的双向阐释纬度。提倡"再现"历史的同时，阐释者必须试图参与和建构关于未来的对话，以此达到真正的古今融通，实现对传统和历史的有价值的现代转换，从而更好地与其他的文化形态进行对话和交流。新历史主义把文学看作是历史的一个组成部分，一种在历史语境中塑造人性的最精妙的文化力量；文学参与历史的重释，使文学与政治、个人与群体、社会权威与他异权力相激荡的"作用力场"，成为新与旧、传统势力和新生思想的交锋场所。在这个历史和文学整合的"力场"中，让那些伸展的自由个性、成形的自我意识、升华的人格精神，在被压制的历史事件中发出新时代的声音，并在社会控制和反控制的斗争中诉说自己的活动史和心灵史。这对于改变中国文化现代转换中，忽视用现代意识来挖掘"变化"本身的历史构成作用，进而预见这些历史范畴在未来文化建设中的特有价值，具有十分积极的意义。

另一种意见认为，尽管新历史主义小说作为一次观念上的越轨和形式上的冒险，可算是当代文学的一大创新，但若放在社会政治、历史文化的背景下加以考察，你会发现它们也存在着与生俱来的严重缺陷。李钧在《新历史主义小说流变论》中认为，新历史主义小说中历史的神圣与权威性被不断消解掏空，代之以全面的价值混乱与意义虚无；以"玩笑"、戏谑的方式与主流意识形态展开周旋，起步时就有媚俗、平庸、虚浮、弥散的倾向；以所谓"民间意识形态"立论，但杂乱无章的民间话语不可能与主流话语构成对话或解构关系；以逃离现实的姿态进入"历史"，其动机就变得可疑；以"寻根"的名义走向文化人类学，却给人以避席逃离、"躲避崇高"之感；试图远离政治意识形态，却拜倒在"金钱意识形态"的石榴裙下……尽管新历史而且主义，很"小资"、很时尚，但作为"唯新唯西"的新词汇的搬运工，他们消解一切价值，却又想当历史的审判者；他们很清高，所谈问题多是雾里看花无关宏旨，更与国计民生无关；他们很"沙龙"，在一个莫名其妙的小圈子里玩口水之战，制造话语垃圾，打造空中楼阁式的假想之城，把文坛硬是搞成了乌烟瘴气的名利场。

刘川鄂、王贵平等人进一步强调，新历史主义小说以革命历史小说为"前文本"，从历史观、文学观和叙事话语等多层面上"解构"了有关历史和历史写作的观念。通过强调偶然性因素、构造时空破碎的历史图景、运用"反英雄"的写作叙述策略、采取闹剧和讽刺剧的情节化方式，以虚无主义的历史观取代了革命历史小说的进化论史观；通过淡化处理历史情境、书写欲望化的历史景观、"悬置"政治话语判断等方式，背离了革命历史小说的"集体体验—意识形态"模式，对文学反映论提出了质疑；通过彰显历史叙述的主观性和人为性，在对历史的诗性叙述中，消解了革命历史小说"政治—道德"话语的天然合理性，实现了由集体话语向个人话语的转向。新历史小说的局限性在于，对偶然性背后的历史原因、欲望背后的文化原因、人性善恶背后的社会原因缺乏深刻挖掘，不能表达出对历史的深刻理解。第一，在历史观上，表现为从激进的进化主义历史观到虚无主义的历史观。历史成了文化的载体，而它本身的意义则被架空或忽视；分裂"个人历史"和"总体历史"联系，极力排斥总体历史，突出个人历史无边的丰富性和模糊性，进而使探索历史规律的努力变得可笑；质疑历史的意义，将历史描绘成一个莫名其妙的过程。第二，在时间观上，从浓缩的线性时间到历史时空的破碎化与个人化。作品把历史进行了主观切割，不再像革命历史小说那样追求"客观再现"历史并尽力将时间处理成合逻辑的序列，而是只提供时间的破碎图景，打捞起了以往被历史叙述所忽略的个人时间和文化时间，并将"个人时间"推向写作的中心。第三，在历史的主体上，从"有英雄"的历史到"无英雄"的历史或"无历史"的历史。革命历史小说扫除了英雄殿堂中的帝王将相，换上了工人、农民、革命知识分子等平民英雄，这是一种社会进步。新历史主义小说对历史主体的描写呈"反英雄"特色，它将英雄人物置于吃喝拉撒的日常生活之中让他们无法"崇高"，将革命者置于各种利益与偶然性的牵扯之中让他们无法"豪迈"。英雄往往与小丑类同，革命者往往毫无价值地牺牲。它塑造的是细民，是"无英雄"的历史，并在解构英雄历史时解构了历史本身。第四，在情节化方式上，从喜剧和浪漫剧到闹剧和讽刺剧。有的讽刺性新历史主义小说在本质上是反救赎的戏剧，人是自己的俘虏，人被自己的欲望所支配，在各种历史闹剧中，严肃的历史被"去魅"，显出荒诞不经的可笑面目。

还有人强调，新历史主义创作随意否认以往代表正史立场的思想，热衷于发掘逸闻野史，并将这种野史的"真实性"凌驾于正史之上，以记忆在文本中的流动构成生命话语，以完全个人化的方式随心所欲阐述历史、肢解历史、虚构历史、琐碎化历史，经常导致历史的无意义。就其文本而言，新历史主义在传入中国的过程中，反对旧历史主义的部分被接受并突出出来，而反形式主义的部分却没有得到应有重视，这就为新历史主义小说后期创作的游戏倾向埋下了伏笔。一些人把历史书写当作可以任意消遣的文字游戏，他们对传统"历史叙事"所展露出的历史面目，采取了断然否定的粗暴态度，其创作掺杂了过多个体冲动的非理性宣泄，而新"历史叙事"下的历史面目的合理性却并没有得到确证。新历史主义创作虽然致力于发掘另一种真实，但收效甚微，他们以极端的姿态，采取将"崇高""意义"予以颠覆践踏的粗暴方式，预示着他们只会走向另一种极端，陷入另一种话语暴力，而不可能建构起一种更合理的体系。

　　总之，新历史小说创作集结了一批知名作家，创作了一些颇有影响的文学作品，为新时期文学的百花齐放做出了贡献。然而，新历史主义小说在怀疑历史理性之时，也并未发现思考历史的新方法，因此只能走入虚无的境地——当人无法认识对象时，也只能将对象视为本身是不可知的。从本质上看，强调历史的偶然性或者必然性永远是认识的两极，本身并无本质差异，因而，新历史主义小说的叙述同样面临着合理性的危机。新历史主义作品对历史进行任意书写和解构，缺少对历史的应有敬畏，追求虚设的某种"至上价值"，有时甚至不惜歪曲历史、混淆是非，陷入历史虚无主义的泥淖；或者把创作蜕化为一种文字游戏，这就失去了严肃的文化态度，因而，不可能最终完成探究历史真实的神圣使命。这些明显缺失，很可能使新历史主义小说创作，演变成一次无法远行的冒险之旅。

5. 关于文化散文写作潮

　　新的历史时期，散文获得了长足的发展进步。尽管在文学最受社会欢迎之时，还是文学最引人注目的形式之中，散文都不是其中最闪亮的部分，但是散文却一直默默无闻地坚守着，而且越来越好。其标志在于：一是散文的作者队伍不断壮大。在老一辈作家冰心、杨朔、秦牧、刘白羽之后，新时期不仅出现了余秋雨、王充闾、周涛、梁衡、林非、卜毓方、木心、王剑冰等专事散文写作的名家，而且许多的诗人、小说家如严阵、贾平凹、熊召政、毕淑敏等也踊跃加盟，写出了更加脍炙人口、色彩鲜明的散文名篇。二是散文阵地增加，作品逐年增多。除了《散文》这样的专门刊发散文的杂志外，每个文学期刊都有散文专栏，尤其是大量报纸副刊的扩版更为散文提供了广阔的生存空间。三是散文的读者群日益扩大。散文不仅成为大众闲暇轻松阅读的必备品，而且成为学生业余提升文化品味的基础性读物。最能说明问题的是，在目前大部分文学刊物生存困难的时刻，散文刊物普遍能够收支有盈余，更不要说主要选登散文作品的《读者》早已洋洋大观，发展成一个庞大的文化集团了。

在每年以十万计的散文创作中，常规的人物纪事、心理抒发、旅游随笔之类的创作均波澜不惊，有序发展。而"文化散文"的出现确是其中最引人注目的一种文化现象。

文化散文的出现，通常是以1992年《文化苦旅》的出版为标志的。所谓文化散文，一是在历史文化与散文之间找到了一块交界地带，用文学的形象和情感来唤醒沉睡的历史文化，用历史文化的精神维度来丰富散文的深度；二是强调行走，强调在场与现场感，用自己的脚印去追寻前人的脚印，在现在与过去之间建立某种精神应答。《文化苦旅》用余式特有的古今混搭、上下勾连、情绪充沛、表达雅致的风格为人们补了一次"历史文化"课，由此形成了一场声势浩大的文化散文热潮。其间，还有夏坚勇《湮没的辉煌》、南帆《辛亥年的枪声》、曾纪鑫《一个人能够走多远》、葛水平《河水带走两岸》、祝勇《凤凰：草鞋下的故乡》、高洪雷《另一半中国史》、朱以撒《古典幽梦》、任蒙《反读五千年》等，都称得上是出色的文化散文集。从这些作品中，读者突然发现那些僵硬的历史文化，原来也可以如此生动，也可以如此感染人；同时也发现，散文也可以如此知性、如此老少皆宜，成为人们获取历史文化知识的亲切方式。

无论后来的人们怎样质疑，甚至贬损余秋雨和他的文化散文，说他煽情、沦为文化消费品也好，说他不严谨、知识错误百出也好，抑或说他虚伪、虚荣、投机也好，但所有这些，都不可否定《文化苦旅》对中国散文文体拓展和散文表达模式突破的历史价值和意义。有人甚至这样评价：说他是集"深度研究、亲历考察、有效传播"于一身，为守护和解读中华文化做出了先于他人的突出贡献。

文化散文，成为散文从审美趣味过渡到审智趣味之间的一座桥梁，从此散文变得很知性，抒情已退到一旁，独有的见识、经验、知识成为散文的"主打"内容，文化散文甚至成为普通读者获取历史文化知识的重要渠道。许多报刊争相发表这类有一定历史厚重感的文化散文，作为轻松的抒情写意的小品文性质的散文渐渐退隐。然而，当文化散文把自身优势发展到极致之时，人们也很快开始了反思其利弊成败的思考，诟病者不断增多。孙仁歌在"异化了的文化散文"中指出：把散文文体转换成一种传播文化的形式抑或载体，一度被读者普遍接受不说，还一度成为被追捧的一种写作时尚，一时间"文化散文"的写作热潮滚滚而来，各种标签"文化散文"的散文铺天盖地，从热闹到疯长，从高产量到超产量，从小文化到大文化，而且越写越长，越写越大，贪长的可比长篇小说，贪大的可大到学术研究、文物考古、历史演义，以及种种上升到哲学层面的形而上的生命思考与考问等等，于是乎，"文化散文"终于被扭曲、被变形、被变成了一种"四不像"。"异化"了的文化形态，等待它的便是一堆挽歌式的"悼词"。

更有论者认为，那种只有"文化"而没有"散文"的"文化散文"，实际上就不能称之为散文，只能称之为一种不讲究逻辑的、散漫的且失之规范的"学术研究""知识考据""文化调查"甚或"考古探秘"等等。阅读这类文章，你头脑一定要清醒，作者不是在写散文，而是在"炒"文化，千万不要因为被冠以"文化散文"的标签就把它当作散文去读了。评论家雷达曾把"散文"比喻为"一棵小树"，并呼吁不要让这棵小树承载太多的东西，东西压多了，小树就被压弯了。渐渐地，名目繁多的各种标签的"文化散文"之所以遭到读者冷落，就是因为其中所谓的"文化散文"里面只有"文化"而没有"散文"，或者说弱小的"散文"被彪形大汉一般的"文化"遮蔽了，"文化"的分泌物都可以把"散文"淹没。

谢有顺强调自己更愿意亲近那种向下的写作。所谓向下的写作，其实就是一种重新解放感官的写作……期待感官话语的崛起，期待眼睛、耳朵和鼻子在文学中重新复活。这种感官放大与解放与余光中的"感性说"有着异曲同工之妙。而那些"去散文化"的"文化散文"，在许多时候并不需要亲眼去看、亲耳去听、亲鼻去嗅，就能演绎出洋洋万言甚或几十万言的噎死人的"大文化散文"来，这是文学的过末路！散文家只有视角向下，直面人间烟火，让"在场"的心灵与生活中所见、所听、所闻的自然"立体声"及人的生命"立体声"发生碰撞，继而产生诗意情感关系，如此才能写出让人心灵为之颤动的散文。像余光中的《听听那冷雨》、陈冠学的《大地的事》、刘亮程的《一个人的村庄》等之所以得到广泛叫好，就因为这些散文的"在场"与散文家的生命体验乃至读者的生命体验息息相关。唯有阅读这些"在场"而且用心的散文，才会让读者深切地感受到散文是生命的表达者，是诗意情感的表达者，而不是种种"大文化"和"大思想"的表达者。那些贪大求长、借散文"搭台"让文化"唱戏"的"文化散文"，与生命是有隔膜的，不仅与作者直接的生命体验有隔膜，而且与读者间接的生命体验也有隔膜。其要害在于"文化散文"被"文化"害了，也就是说"文化散文"一旦抽掉了"文化"，还何散文之有？假如把散文比喻为母鸡，那么母鸡下的蛋一定是鸡蛋，如果下的是鸭蛋或鹅蛋，那么还是母鸡下的蛋吗？

前后十年左右的时间，文化散文开始沉寂，散文创作重新回到原有的波澜不惊的写作状态。人们逐渐意识到：越是好的散文，其文字往往越是闲淡不惊；而往往越是文字闲淡不惊的散文，其超越字面意义的深层结构也往往越是复杂而又丰富。其奥妙在于闲适之中见生命之真，而那种玩文化的"散文"里面却看不到生命的真性情，则可能成为散文发展的误区。但无论如何，我们都不能简单否定文化散文出现的价值，它的确为散文创作的领域和形式拓展开辟了一条新路。文化散文的历史的功绩不宜抹杀。

四、多样化格局中寻找主潮的阶段（2000—2015）：新写实、新体验、网络文学及时代主旋律

进入新世纪，中国新时期文学在纷繁的探索中不断进步，保持着多样化发展的良好势头。历史性的反思向着纵深拓展，文学在剥离开各种盘根错节的纷争之后，弘扬时代精神主旋律成为一个文艺方针，也引发了主旋律文学的创作潮，革命历史题材的文艺创作十分兴盛，报告文学和历史小说异乎寻常地繁荣起来。尤其以新写实、新体验思潮的兴起，标志了现实主义文学的大踏步回归。而网络文学的崛起，正在抑或逐渐改变着文学的既有格局，成为这个时期文学创作的最热门话题。尽管世俗化的消费主义思潮甚嚣尘上，但文艺思潮的变幻更迭并不意味着其中哪种思潮的完全消失，只是不再占据历史的主导，或退居边缘，或交互渗透，思潮的多元并存加之主潮的追寻，共同构筑起新时期文学蓬勃发展的新格局。

1. 关于主旋律文学思潮

1987年初，针对当时电影娱乐片初潮中出现的"媚俗、庸俗、粗制滥造之作泛滥于市，'裸、露、脱'频频闪现于银幕"的现象，电影行业首先提出"突出主旋律，坚持多样化"的口号，"主旋律"的概念自此在文艺界流行开来。到了90年代，"主旋律"不断"升格"，成了党和国家的重要文艺政策。这似乎与通常党的文艺方针政策由党和国家领导人提出的惯例不太符合，显然这只能用行业共识来解释，至少是针对了文艺领域出现的某些倾向问题而提出的一种补救措施。

何以至此？有人分析：一是部分作者对现实生活尤其是改革开放的现实缺乏热情，越来越多地把自己的描写重心转向历史；而写历史又不去描写人民大众的苦难史、反抗史、革命史，表现他们对美好理想的追求与向往，而是专写封建宫廷内闱帝后妃之间的争权夺利和争风吃醋，专写所谓的阴谋史、传奇史和欲望史。二是一些作者出于某种文化心理或利益驱使，在"躲避崇高"的诱导下，挖空心思地炮制一些诸如《畸恋》《裸野》《野鸳鸯》等俗不可耐的精神垃圾，拿肉麻当有趣，视腐朽为圭臬成为某种流行病。三是"不屑于表现自我感情世界以外的丰功伟绩"的纯粹的私人化写作盛行，创作中极端的个人主义、享乐主义以及虚无主义的东西，对主流价值观传播造成严重的消极影响。因而，"弘扬主旋律"的文艺方针，在某种程度上说来，是基于对异质性价值的疑虑或者排斥，是主流意识形态对其领地收缩的一种"应激反应"。从此，在党和政府主管部门的推动下，弘扬主旋律开始成为一种创作潮流。

"主旋律"是文艺的一种精神追求，是对文学艺术表现时代精神、时代理想的深情呼唤。经过数年的坚持与努力，普遍认可的主旋律创作在革命历史、现代军旅、经济社会改革、当代英模和"反腐败"等题材创作方面有着十分突出的表现，艺术上也较为成熟。比如《历史的天空》《八月桂花遍地开》《亮剑》《狼烟北平》《狼毒花》《军歌嘹亮》《我是太阳》《楚河汉界》《走出硝烟的女神》等革命历史题材创作成绩最为显著，这些作品摆脱了以往的美学禁忌，突破了旧有写作成规，释放了对革命历史的新的想象空间，出现了新的丰富变化，给人面目一新之感。同时也有力带动了当代军旅题材创作，像《突出重围》《波涛汹涌》《DA 师》《惊蛰》《沙场点兵》等，虽从当下军事生活入手，却有着鲜明的主流意识形态内涵，潜藏着一种面对当代军事变革的焦虑意识以及超越了这种历史焦虑的自强自信的精神风貌，为读者塑造并呈现了当代军人的崭新形象，试图回答中国军队如何承接光荣传统，以回应当代世界格局提出的挑战，并肩负起沉重的历史使命。还有像《孔繁森》《焦裕禄》《天下财富》《至高利益》《中国制造》《分享艰难》《英雄时代》《省委书记》《抉择》《大法官》《苍天在上》《大雪无痕》等作品，或近距离展示了改革开放的社会现实生活，或精心塑造了感人肺腑的英雄模范人物，或大胆揭露历史变革时期错综复杂的社会问题，或高扬反腐败的大旗，呈现出反腐倡廉战场上惊心动魄的激烈斗争……这些作品都在社会上产生了强烈反响，成为新时期文学创作的一道亮丽风景线。

然而，由于"主旋律"这个概念不像它在音乐创作中那么实指，其间虽有"四个一切"（即，一切有利于发扬爱国主义、集体主义、社会主义的思想和精神，一切有利于改革开放和现代化建设的思想和精神，一切有利于民族团结、社会进步、人民幸福的思想和精神，一切用诚实劳动争取美好生活的思想和精神）的界定，但具体操作起来，依然不太容易准确把握。有人概括它至少必须具备五个特征：（1）受到主流意识形态的认可，（2）适应国家政策倡导，（3）符合主流文化价值观，（4）情态表现积极向上，（5）体现历史与现实生活的正能量。如果说这种概括大致符合主旋律创作的标准，自然也就构成了主旋律创作的多层性，构成了创作自身思想性与艺术性关系上的平衡难度。思想性高要求与层次复杂性的纠葛，很容易在创作中出现思想大于艺术，或重思想而轻艺术、影响思想表达的现象存在。因而，自然也就引发了主旋律与多样化关系的讨论。

从理论上讲，"弘扬主旋律"后面配上"提倡多样化"，二者理应是相辅相成、有机统一的，但实际操作上难度不小，需要高水平把握。

"弘扬主旋律"，要求文艺创作生产要站在时代发展的前沿，顺应历史发展的潮流，把大力弘扬和培育时代精神，振奋民族精神作为文艺创作中一项极为重要的任务；要求文艺深深扎根于民族文化的深厚沃土，大力弘扬民族的优秀文化传统，从深厚的文化积淀和当代中国人民的创造中吸收丰富的养分，同时又要以海纳百川的宽广胸怀，积极借鉴和汲取人类一切优秀文明成果和精华，努力打造具有中国特色、中国风格、中国气派的艺术作品，增强文艺作品的吸引力和感染力；要求始终着眼于广大人民群众的根本利益，满足人民群众日益增长的精神文化需求，以更多健康文明、积极向上、为人民大众喜闻乐见的作品，去赢得群众、占领市场，同时承担起武装人们的思想、鼓舞人们的斗志、塑造人们的心灵、引导人们的行动的重要职责。

"提倡多样化"，就是要尊重文艺创作生产的内在规律，形成百花齐放、百家争鸣的局面，把文艺产品的极大丰富作为文化繁荣的重要标志；就是要充分发挥作家艺术家个人的主动性和创造性，推进文艺形式、风格、流派的充分发展，实现文艺作品题材、体裁、主题的丰富多彩；就是要使文艺作品充分反映和体现人民群众丰富多样的社会实践和丰富的精神世界，无论雄伟和细腻、严肃和诙谐、抒情和哲理，只要能使人们得到教育和启发，得到娱乐和美的享受，都应当在文艺园地占有一定位置；就是要把满足广大人民群众日益增长的精神文化需求作为根本任务，人民群众不仅是文化的创造者，也是文化成果的享用者，他们对文艺产品多层次、多方面的需求，文艺必须毫无保留地以丰富的多样性予以满足。

实现弘扬主旋律和提倡多样化的辩证统一，要求在弘扬时代精神主旋律的同时，提倡艺术风格、形式、体裁和品种的多样化，二者是坚持"二为"方向的前提下，实现"双百"方针的具体体现，是内容与形式、思想性和艺术性的有机统一。偏废了任何一个方面，都会出现文艺发展方向上的偏颇。实现二者的统一，既要求文艺继承发扬中国主流文学"尊用崇善"的品格，能够"匡世济时""为世所用"，又能够与时俱进，符合人民的利益，促进社会的进步，不断满足人民群众日益增长的精神文化需求；既要求大力弘扬当下时代精神，又保证整个社会主义文化事业能够协调发展。只有这样，主旋律和多样化的关系才是完整的、正确的。

就其本质意义而言，弘扬主旋律不仅应该是文艺的精神追求，也是文艺的理想追求。理想主义精神始终是人类不断前进的推动力，是影响人类灵魂的一个重要的文化载体，文艺作品折射出的是人类正义事业和社会良知的精髓。文艺要想实现对受众的精神引导价值，需要弘扬理想主义精神，让受众在文艺鉴赏中学会感悟和思考，用敏锐的眼光和聪灵的耳朵聆听文艺的声音，通过审美鉴赏和精神影响，在潜移默化中受到熏陶，进而实现全民族的思想、道德、情感的养成与提升。当然，理想不能代替现实，如果一味地从实用的功利主义的需要出发，形成创作上一枝独秀的局面，完全排斥其他"非主旋律文学"，或者不惜牺牲现代美学所重视的文学形式的自由抒写，势必导致创作的单调乏味。在实际操作中，人们也在相当程度上对主旋律存在着片面化、简单化和绝对化的理解，致使一些内容健康向上的作品因概念化、脸谱化失去了应有的鲜活和生动。尽管其中不免有人好心办坏事，却也极大地败坏了主旋律的声誉。事实上，任何"唯题材决定论"，或只重视思想而忽视艺术的方式，都是十分可怕的庸俗社会学。只有思想性与艺术性、观赏性实现了高度统一，为广大群众所喜爱所欢迎的作品，才是真正坚持了弘扬主旋律和提倡多样化的辩证统一；只有让理想接上地气，既符合当下社会需求又经得起历史检验，才能使文艺发展的路子越走越宽广，保证社会主义文艺在正确的轨道上繁荣发展。

总之，正像有的论者所言，主旋律创作是历史过程中一个文艺现象，甚至可能终结于未来历史的某一个时点。然而，作为一种主流文化现象，主旋律所代表的也是一个永恒的文化现象，它不仅在任何一个历史时期存在和发生过，也将在未来同样存在和发生。因为，任何时代或社会，无论是自觉生成还是社会提倡的结果，都客观存在和需要一种主导文化——作为社会"团结的文化"（伊格尔顿语）或社会整体性的象征。从这种意义上看，主旋律创作与主流意识形态的密切联系，或者说文化与政治的结盟，不仅在政治上有其无可厚非的合法性，而且也有逻辑上的合理性。但同时也应更清醒地认识到，要完满实现主流意识形态的要求，不是要将文化政治化，而是将政治文化化，即，强调"文化对于政治的优先权"，把政治或意识形态的"合目的性"要求，置于文化的大框架之下。如果主旋律创作在坚守自身价值范畴的同时，也兼容一些其他非主流意识形态合理的价值范畴，让其内涵在不断扩展，疆界在不断拓宽，以此走向一种融合传统价值和现代价值、本土价值和外来价值的文艺发展之路，它就有可能创造出一种具有广泛文化辐射力的"共同文化"。如果沿着这一思路，预探主旋律创作未来发展方向的话，主旋律创作理应具有广阔的前景。

2. 关于新写实主义思潮

20 世纪 80 年代末，一股热衷于书写当代中国人的日常生活图景，力图还原生活原生态的创作潮流——新写实小说异军突起，此后应者如潮，气势蔚为壮观。作为一种文学思潮，新写实小说短短几年时间，以其独特艺术魅力征服了众多读者，为当代文学创作注入了新鲜活力。较为著名的代表作有：方方的《风景》《白雾》，池莉的《烦恼人生》《不谈爱情》《太阳出世》《冷也好热也好活着就好》，刘震云的《搭铺》《新兵连》《单位》《一地鸡毛》，刘恒的《白涡》《狗日的粮食》《伏羲伏羲》，叶兆言的《艳歌》等，产生了持久广泛的社会影响。

"新写实"的称谓源自 1989 年第 3 期《钟山》新辟专栏推出"新写实小说大联展"，陆续将这类颇具新质的小说以群体性的面貌醒目展现出来。《首卷语》提到："所谓新写实小说，简单地说，就是不同于历史上已有现实主义，也不同于现代主义、先锋派文学，而是近几年小说创作低谷中出现的一种新的文学倾向。这些新小说的创作方法仍然是以写实为主要特征，但特别注意观察生活原生形态的还原，真诚直面现实、直面人生。虽然从总体的文学精神来看，新写实小说仍可划归为现实主义的大范畴，但无疑有了一种新的开放性和包容性，善于吸收、借鉴现代主义各流派在艺术上的长处。"有论者进一步强调，新写实主义的出现，似乎已不仅仅是痛定思痛之后的感伤与情感宣泄，而是生活价值之审美判断的另一走向。作者们仿佛是在借轻松的调侃，以揭示生活的艰难困苦，从而帮助人们充分地认识人生的复杂局面。因此，新写实主义往往不注意剖析人物的深层心理，而一味偏爱叙述大于人物的视角，并且在描述人物时也并非是从道德的善恶与政治意义的好坏出发，以区别于传统写实作品将人物以好坏善恶定终身而推到极端化的程度。当然，这种无鲜明爱憎的描述，也往往容易导致人物性格的模糊性。

作为一种文学思潮的新写实小说，在题材取向、小说结构、人物塑造、叙述策略、表现手法等方面都具有较为鲜明而一致的艺术特色。小说家将笔触伸展到了人们的生存世界，着力对普通人琐碎凡俗的日常生活极其怅然无奈的生存困境进行细致入微的描写，淋漓尽致地展现出一幅幅 20 世纪 80—90 年代中国黎民百姓平凡的世俗生活画卷。方奕、刘冬青等人强调，传统的现实主义小说由于受到国家主流意识形态和政治权威话语的束缚，总是追求宏大叙事和本质真实，关注重大社会问题或矛盾冲突，致力于对启蒙理想、崇高精神、精英意识的肯定与宣扬，而忽视未经理性严格梳整的原生态生活现象。而新写实小说家们却一改传统现实主义的取材方向和创作原则，对曾经被普遍忽视的写作题材予以重视并大胆地诉诸笔端，令读者耳目一新。他们放弃深度追问，躲避崇高与激情，排斥矫情、雕琢和虚伪，不再传达政治理想、俯视社会生活，而是立足于对自然的人及其生活状态的观察、剖析，揭示出未经政治理念图解和浸染过的生活自然形态，惟妙惟肖地展现出芸芸众生裸露的生存本相和"烦恼人生"。因此，婚姻、家庭、工作、单位等成了作家们的聚焦点，老百姓吃喝拉撒、喜怒哀乐、上班下班、夫妻吵架、结婚生子等等一系列细碎庸常的生活琐事，被不厌其烦地一一叙述出来。他们追求所谓的"零度写作"，主动拒绝充当说教者、劝诫者、启蒙者、批判者的创作角色，突破传统小说作家对人物和情节品头论足并赋予明确价值评判的旧有模式，而以一种客观冷静、消解自我的情感态度观照生活，不动声色地展示生活的原生态以及底层小人物的灰色人生。与此相对应，新写实小说在结构形态方面呈现出生活流式的特征。小说摒弃了完整连贯的故事框架和因果化、戏剧化的情节模式，过滤掉人工雕琢的痕迹和突出的中心情节，只按照原汁原味的生活面貌进行描写，不掩丑不溢美，不筛选不删改，让那些原本零碎散乱而成线形连缀的生活片断自由地组接在一起，构成小说情节的主体。有意回避对叱咤风云的英雄人物的塑造，而将目光投向处于社会下层甚至底层的普通民众。新写实小说中的人物形象，已不再是"高大全"式的人物，不再是具有崇高品质和伟岸气度的英雄，而是一个个背负着沉重的生活负荷，体味着种种辛酸苦辣，在各自窘境里忙忙碌碌、奔波劳累、挣扎着求生存的小人物，是一群从理想的云端回归到世俗人间，有着真实的价值追求和生存欲望的平民百姓。

这里的所谓"平民化"倾向，实际上包含了两层含义：一是小说的取材范围，二是作者的观察视角。就前者而言，新写实主义传承现实主义和自然主义的写作方式，本身即有一种平民化倾向。至于视角，在传统现实主义小说中，作者总是站在一个居高临下的观察点，自以为高明地对作品中人物说三道四、品头评足，而在新写实小说中，作者与作品中的人物站在一种平等的立场，平易地去接近他们，对平民眼光和平民的生活态度予以认同。不管作品中人物变得如何"实际"，作者都以一种宽容的眼光打量之、认同之、欣赏之。

《文学评论家》曾发表六人对话录，蒋守谦等人在对"新写实主义"评点中认为：之所以力求保持生活"原生态"或曰"生活的本相"，原因在于像方方、池莉这样一些年轻作家，缺少旧时代的生活体验，对新的东西又格外敏感，所以那些正在变革中的社会现象、精神现象，就成了令人触目惊心的"风景"和"烦恼的人生"。而这些描写，粗看似乎是纯客观的、纯自然主义的，其实却是作家用当代人的眼光看世界，是他们带着同情的感情对纷繁万态的生活进行审美选择的结果。因此，新写实主义小说在新时期小说创作过程中表现为过渡性并呈现出反叛性特征：一是反叛经典现实主义关于典型环境中典型人物的创作原则，只注重个体的或细节的真实；二是反叛传统的文以载道的观念，拒绝作者主观情感介入；三是反叛传统悲剧观念，注重发掘人物个体性格因素对其命运的影响。其结果必然导致，淡化文学的社会价值观念，人物失去了典型意义，小说创作流于自然主义的描写倾向。陈思和认为："新写实之新在于更新了'写实'观念，即改变了小说创作中对'现实'的认识及反映方式"，是在"特定的时期对现实主义的继承和深化"。刘震云、方方等人也认为自己的创作，是在为真正的现实主义正本清源和注入新的活力。

相反的意见却认为："新写实是现实主义精神的下行，在消解了过往文学中肤浅的乐观与虚假的崇高"的同时，也"颠覆掉知识分子的精神操守"。他们不同意将新写实归于现实主义，认为：新写实主义作为一种文学流派，它与现实主义典型化原则呈现迥然有别的叙述姿态。可以认定现象学是新写实主义出现的哲学依据，它对新写实主义的写作具有认识论和方法论的意义。与以唯物主义认识论为背景的传统现实主义典型化写作方式大相径庭。也有人认为，它更倾向于自然主义。"现实主义"文学观是从西方古代的"模仿"说、"再现"说，到19世纪启蒙、批判现实主义再到马克思主义的革命现实主义、社会主义现实主义，一路丰富发展起来的，从开始的对自然、生活表象的模仿，到后来的透过世相对社会历史现实和事物发展趋向的把握，都把作品是否符合客观真实作为是否是现实主义的衡量标准。而新写实之热衷于展现世人日常生活常态和基本生存表象，不在于对现实社会人生给予高深的批判和指导，而只是通过展示，与接受者平等地体验和分享对生活人生的共同感受。正如刘震云所说，新写实真正体现的写实之实，不要指导人们干什么，而是强化给读者以某种感受。於可训则把"新写实主义"作为一种实践形态的东西，而不是或不仅仅是把它作为一个新的理论命题，认为这或许更切合"新写实主义"的倡导实际，更能看出这一倡导对于促进创作和为丰富现实主义理论提供经验的现实意义。尹文涛进一步强调：新写实主义拘泥于琐碎庸碌的日常世象不能自拔，缺乏超越性与审美理想。新写实把"日常身边琐事"当成了我们认识世界、判断世界的标准，当成了我们赖以生存和进行生存证明的标志。因此，以展现当下人的生存状态为主题的新写实，就自然而然地转向了对"日常身边琐事"的专心描摹。而在这种摹写中，对日常生活的超越性理解缺失了，对理想和人的价值建构缺失了，作家笔下人物不免沦为了"为生活而生活"的动物，日常生活也"被沥干成一个抽象概念"，"一种'必然如此'的'元日常生活'，作为一种新的规范，反而让文学更深地陷入了平面化、趋同化的境地。"这样一来，作品的丰富性和批判性大大降低了。这是新写实创作不可能走得太远、却很快衰退的重要原因。

另一些论者认为，"新写实小说"从一开始就不是一个自觉的文学运动或流派，而只是一种"我行我素"的文学现象。由评论家一厢情愿地假设倡扬的"新写实主义"理论，只是一种自言自语的话语形式，是一种空洞的能指语符系统。它在概念定义上、理论阐述上以及对作家划分时表现出的种种缺陷，方方等所谓新写实代表作家们的创作实例，也充分证明评论家用"新写实主义"这个概念时所显示出的问题与不足。由此可见，"新写实主义"不是理论而是现象。李万武更加严厉地评价：一些人一听说有以"还原生活"为旗帜的新品种小说出来，而且能写出"生活的原汁原液"，具有撩人的"毛茸茸的质感"，真是好生喜欢了一阵子，以为这是革命现实主义精神"复归"了。其实仔细推敲一番，"新写实主义"里的"实"，与他们自己阐释的并不一致。如果人们看出"新写实主义"的理论鼓吹本身和所期望成潮的文艺之"实"，是一种以特殊方式表现出来的意识形态形式，这恐怕不该算是一种误读。比如，"零度情感""中止判断"，只是这种小说叙述方式上的特点，是一种伪装的冷漠。据此讲这种小说"放弃了作品的倾向性"，更是一种谎言。被他们视为"样板"的一些"新写实主义"小说所表现出来的思想倾向性不仅鲜明，而且强烈得很。他呼吁人们要在"新写实主义"创作和理论面前保持必要的警惕性，即不再把作家们写进小说里的东西包括作家们的心理偏见，统统当作是对客观社会生活的绝对"写实"。作家对哪些人感兴趣，大约主要取决于作家的鼻梁上架起的是一副什么样的"眼镜"，或者是他们喜欢用自己架着"眼镜"的眼睛往那个方向瞅，当然，归根结底恐怕还是作家们的"心理现实"向哪种价值观念倾斜。

还有论者强调，新写实主义与西方后现代主义有着最显著的共同点，就是丧失了鲜明的理性批判精神。唯其失落了理性批判精神，新写实主义不是现实主义美学原则的直接发展。与现实主义相比，它在把握现实的态度、人物和环境描写、主题的提炼及创作的技巧诸方面，都有相当大的变异。现实主义对客观真实性的强调，并不排斥作家表达出自己的主观倾向，只不过要求用精湛的艺术技巧把自己对现实的褒贬态度、是非立场隐藏起来，让读者在发现、创造的阅读快感中受到作者潜移默化的影响而产生共鸣；而写实主义标榜的所谓纯客观写实，自然也就失去了对现实的理性批判精神。也有人持相反意见，认为：新写实主义没有失去理性批判精神，没有一部作品真正实现过情感的零度。具体表现在，一是对生存困境的思考。新写实小说对当代人的生存状态和心理境况的考察的专心程度和深刻程度是前无古人的，这里没有浪漫的情怀与洒脱的人生，更没有信仰的虔诚，甚至连那最圣洁庄严的爱情也在生存困境的压迫下遭到世俗的亵渎。二是对生命本体的重视。新写实主义大胆面对食色性的人生命题，比如《伏羲伏羲》中杨天青与菊豆的那种扭曲的、"大逆不道"的爱情，充分地显示了作者对生命本体与现实之间尖锐矛盾的深沉思考，猛烈地抨击了扭曲人性、扼杀生命的封建传统伦理。这里的深刻社会批判是蕴藏在作品之中的，需要给予充分肯定。

同时，也应该看到，新写实主义小说的可读性无疑使读者对文学的热情有所回温；新写实主义以它自己的方式建立了文学创作与实际生活的血肉联系，它一方面有别于新潮小说，另一方面亦有别于传统写实小说；新写实主义既恢复了小说中最源远流长的写实主义传统，又吸取了新潮小说的一些创新手法，所以它不简单地是一种"回归"；新写实主义作品虽然生动细腻，亲切可读，但在意识形态上、在个人精神上缺乏伟思宏意，决定了很难产生雄视百代的大作品。迄今为止，新写实主义的成就几乎只限于中短篇小说，在长篇小说上则无所建树。是作家才力和识见的不足，还是这种创作思潮本身就不适于鸿篇巨制？其间的症结，值得深思。

3. 关于新体验小说潮

1994年初，《北京文学》隆重推出由陈建功、许谋清等十位著名作家创作的一系列"新体验小说"，这些作家"率先深入社会的各个层面，躬行实践，通过自己的观察思考和深切体验，迅速逼真地反映新时期社会生活的变幻，表现当代人生存状态和思想情感"，给人们带来一种新异感觉。紧接着，不同题材的新体验小说相继出现，且作家们还不时以座谈、笔谈的形式介绍其"新体验"小说理论和实践，各种评论文章也不断见诸报端，标志着新体验小说潮的诞生。

20世纪80—90年代以来，中国当代小说流派蜂起，诸如"新状态小说""新市民小说""文化关怀小说"等等，标"新"立异，大有你方唱罢我登台的意味。综观这些文学流派，共同目的之一是不满于当时文学创作的沉寂局面，试图开辟出一个较广阔的纯文学市场，为一度陷入危机的纯文学创作带来了一线生机，"新体验小说"正是这种背景下的产物。一批作家通过自己的"体验"，写出一系列作品，像陈建功的《半日跟踪》、毕淑敏的《预约死亡》、许谋清的《富起来需要多少时间》、刘庆邦的《家道》、储金福的《放松》、赵大年的《大虾米直腰》、李功达的《枯坐街头》、徐坤的《从此越来越明亮》、袁一强的《"祥子"的后人》等，都对当代文坛上产生了一定的社会影响。

张颐武在《"新状态"的崛起》中提出：所谓新状态小说，是实验小说与新写实小说在80年代后期一直处于文学话语中心的潮流趋于衰落之后，在五四以来中国文学的寓言化写作的总取向终结之后，兴起的对当下状态直接的书写的新文学潮流。它不是如实验小说式的强调作者的创造力及语言的激进实验，也不是如新写实小说式的追求对经验的直接性和琐碎的日常事务的精细表述，而是以一种主观的投射与外在的世界相融合，将照相式的写实与抽象的表现加以融合的新表达策略。它既是创作中许多作家所表现出的相近的追求，又是批评理论进行概括的归纳成果。学界认为：新体验小说继承并张扬了新写实小说与先锋派小说关于"特殊的个人生活"的探索余绪，只不过采取的是一种温和、中庸、实在、亲切的手法。与新写实小说和一些先锋派小说不同的是，新体验小说不重视"有因有果的故事"，而只是纪实化的生活氛围的展开，其他人生场面的插入，主观感受的强化。新体验小说的出现，为个人生活、个人行为的重要性的重新展示提供了实验基地，它在努力清洗着"个人"表面的蒙翳。与此同时，"个体"的自我拯救也在阅读体验中不知不觉地进行着。

新体验的倡导者有意识深入生活的各个层面，去体验人们的喜怒哀乐。正如许谋清所言："新体验小说，一个严峻的实验，就是把自己逐出伊甸园，让作家去食人间烟火，恢复肉眼凡胎，承认自己身上也有一般人所具有的特点，具有一般人的喜怒哀乐。"这里的作者既是旁观者，又是当事人；既是叙事者，又是评论者。其亲历性、体验性，给读者带来的切近感、真实感，使它反映社会生活达到了一定的深度，并使之与其他小说流派相区别。由于创作主体的参与和某些新闻手法的结合运用，又使它带有纪实性和新闻性的特点。一般地说，小说中的人、事是真实的，倡导者们也不满足于虚构，照他们的说法，"真实性具有虚构无法替代的魅力"。因此，小说中的人物事件一般是作者自己或分裂的自我以及被叙述者思想和行为的真实记录，具有亲历性和纪实性特点。如果从体验本体论角度讲，一切小说都是体验的言语编码和符号表现。但从以往的小说的形态看，这种体验的本体存在是作为一种"他在"本体存在的，小说通过符号化对存在和生命意义领会的显露，是对小说人物的存在和生命遭遇及其意义领会的呈现和显露，作家的自我体验和存在呈现则附属于他存在的亮相和呈现，小说家始终是一个隐含的"他在"。新体验小说的新体验，试图颠覆和消解以往小说模式的体验他在性，走向体验的作家本体我在性，通过我在性体验本体而不是他在性体验本体存在，去敞开生命存在，去实现生命存在的意义领悟。新体验小说倡导者们所提倡的"亲历""体验"，目的也许在于使它产生一种意想不到的文学效果，或者是对传统小说的不满。所以，赵大年说："不是旁观者，不是记者采访，不是评判员，也不是作家式的深入生活。"

谢裕华、杨锐等人认为：新体验小说是在先锋小说陷入危机、新写实小说走向式微、市场经济条件下纯文学受到冲击的背景下产生的，它在某种程度上意味着传统现实主义小说的复归。新体验小说的作者们以各自的方式写出了一些较有分量的作品，受到人们的赞誉，但只要对前后几年的全部作品作对比分析，又不免让人感到困惑，看出其创作实践和理论上的草率和不足。读《半日跟踪》这类小说，我们与其说是在欣赏新体验小说，倒不如说是在阅读作者作为著名作家的某些方面，或者说是在注意小说"形式"的演绎，是在欣赏"意义大于行动"的小说。新体验小说虽然标榜从文学观念到创作方法都与传统小说不同，但这些作家实际上并没有在创作中遵循他们共同推出的流派理论，作品与传统小说的区别并非泾渭分明。这些小说除了让人感到新奇之外，还让人感受到他们创作体验中的无奈。就他们的小说文本来说，一些作品还存在叙事技巧粗糙、体验深度不够、视域比较狭窄的弊端，还没有出现真正意义上的给生命和存在亮相的深刻、惊人之作，至于创作主体的个人，在小说文本之中只是作为一个参与者、追随者，实际上仍有蛇足之嫌；或者只是作为一个旁观者或评判者去论述生活，又有说教之嫌。创作主体不时对他的小说作理论性的阐述，无非是想张扬他们的体验的真实程度，从而让读者知道他们为此倾注了大量的心血。还有论者认为，"新体验"就是与个体生命相类的经历、经验、情感、情愫，它必须唤起记忆深处的深层隐痛，或许它并不能与人分享，或许也激不起人们的强烈共鸣，它只是一根孤独的琴弦在颤动，但它不是被观念冲溅起来的肤浅的感情泥沙，而是个人存在的幸福和痛苦的源泉。熊元义则持不同观点，他认定"新体验小说"和"新写实"小说的不同在于它不是被动地适应环境，而是主动地适应环境。"新体验小说"恰恰是走出了这种怪圈，它是在肯定现实生活中有价值的、有生命力的东西的同时，实现作者的自我的。

总体上讲，新体验小说的倡导者动机是好的，也许他们试图通过本体存在的体验去展示一个时代、表现一段历史，去显露、领悟人的生命存在的意义，但这种文学冒险并不太符合文学自身发展规律，它在不到三年的时间里便夭折，不能不使人深省和思考。因为，作家们没有真正从历史的发展与理论发展的角度更理性地分析创作，没有建构作者与读者"心桥"沟通的心理思考和情感积淀，在试图实现内容上的"融合视界"的更大突破时，又陷入了形式的窠臼。创作中没有形成真正具有"召唤"实力的"视界融合"的创作意识，以至于在寻找、夺回"权力话语"时，不知不觉又脱离了"话语场"。缺少这种作者和读者真正能共享的"话语场"，是他们没能延续的主要原因。

4. 关于网络文学思潮

网络文学通常是指，采用网络思维方式、具有网络语言特征、依赖网络进行传播的网络原创文学，即，由网民用电脑创作、在网络上发表和传播、供网上用户欣赏的原创文学作品。1998 年始，随着《第一次的亲密接触》《活得像个人样》等网络小说的"蹿红"，网络文学作者、读者队伍迅速壮大并受到社会广泛瞩目，标志着网络文学思潮正式兴起。

网络文学兴起初期，网络写作仅仅只是作者们业余的兴之所至，并不是一种谋生的手段，其作品大多蕴含着或多或少的"游戏"意味。"榕树下""天涯论坛""起点中文网"等，是最初以发表网络文学而出名的网站。整体上看，网络文学萌芽时期的作品题材比较单一，文学创作者基本为"新手"，作品风格类似。此时，传统文学界普遍持一种质疑态度，认为网络作品不应该称为"文学"，因为"网络写作根本不是为了'文学'的目的而生的"，是在一种"惊人的自我陶醉的幻觉中"被当作了"属于心灵的文学"。然而，经过十多年的创作实践，网络文学不断做大，影响日益广泛，让广大读者包括文学界大佬们真正见识到了在网络上进行写作的可能性。

有人依据网络作家成名的先后顺序，把他们分为三代：第一代网络作家为 20 世纪 90 年代声名鹊起的"五驾马车"——痞子蔡、李寻欢、宁财神、邢育森、安妮宝贝；第二代网络作家是新世纪初被誉为"四大写手"的王小山、南琛、小 e、今何在；第三代网络作家是近几年异常活跃的一个创作群体，代表人物包括韩寒、春树、李傻傻、流潋紫、海宴、蒋胜男等等。这些网络作家凭借自身的坚持与不懈努力，跨过了"写手"与"作家"之间的藩篱，赢得了文学界对其"作家"身份的认同。另外，网络文学也从最初的免费浏览，开始探索收费阅读的盈利的模式，网络作品也从在线收费扩展到实体印刷。众多网络写手通过网络文学不仅收获了知名度，还获得可观的经济利益。在每年的中国作家收入排行榜上，当年明月（《明朝那些事儿》）、南派三叔（《盗墓笔记》）、安妮宝贝（《告别薇安》）等都榜上有名，击败众多传统作家。可以说，网络文学拓宽了文学创作的疆域，正处在方兴未艾的发展期。据统计，目前，全国网络签约作者突破250万人，文学网站日更新量突破1.5万字。近十年，发表在网上的中文原创文学作品，已超过近60年所印刷的当代文学作品的总和。

网络文学具有比较突出的特点。葛红兵用"自由、快捷、恣意"来概括，他说：如果我们承认文学是一种自由，是人性的、游戏的、非功利的，那么网络文学正是在这点上将文学的大众性、游戏性、自由性还给了大众。藤常伟提出，网络文学较之于传统文学完全是异质性的：（1）发表的自由性，（2）流通的撒播性，（3）文本的分延性，（4）阅读接受的互动性，（5）文本的多媒体化。欧阳友权认为：（1）网络文学的艺术手段不再是硬载体的文本，而是网络上彼此融通、声情并茂、随缘演化的超媒体；（2）艺术加工方式将不再是目标明确的有意想象，而是随机性和计划性的新结合；（3）艺术所奉献的对象将不再是从事仪式性、膜拜性的静观与谛听的读者、观众或听众，而是积极参与、恣心漫游的用户；（4）艺术的内容是同艺术活动融为一体、主客观密不可分的"数字化生存"；（5）艺术环境的构成要素将不仅仅是人和自然，而且包括智能动物、高级机器人等由高科技创造的新型生物。

被普遍认同的网络文学特点大致有四：一是生活化。网络文学起源于海外游子思乡之情的自由抒写，许多网络写手只是想倾诉真实的生活感受。其中最好的是那些描写普遍人生活的小文章，写身边小事，夫妻、家庭、职场、同事之间的家长里短，大多以"流水账"式的叙事手法还原了生活的原生状态，而且边写边贴，不像训练有素的职业作家那么字斟句酌，但那些从心底流露出来的文字，却能在网络上在大行其道，赢得读者。二是游戏化。许多网络写手关注的不是文学，而是以"语不惊人死不休"的游戏心态表达的瞬间快乐，是片刻的打动而不是长久的感动。它们不尊崇什么经典与永恒，更注重休闲性、娱乐性、流行性和消费性。三是包容性与互动性。网络集报纸、广播、电视三大媒体之大成，又具有三大媒体无可比拟的优势。网络文学的发表容易，读者享有更大的阅读自由。凡是传统文学中已有的风格样式，网络文学不仅应有尽有，而且有传统文学所无法具备的新特点，那就是自由便捷、容量巨大、超文本、多媒体呈现。特别是在线互动的方式，更容易通过随时的反馈与交流，加强作者与读者的贴近，增进文学的接受度。四是商品性。作为网络产业链中的一部分，网络文学除作品之外，还有许多衍生品，体现着网络文学不容忽视的商业价值。网络文学的空前繁荣也为其他形式的艺术提供了丰富的素材。从最初的《第一次亲密接触》到如今充斥荧屏的各种穿越剧，网络小说改编成了影视剧创作的热门。由网络小说《失恋33天》改编的电影票房过亿。网络小说《宫锁心玉》改编的电视剧，在湖南卫视首播时创下同时段最高收视率。《杜拉拉升职记》被改编成话剧、电视剧、电影，轮番上演，掀起了一股"职场热"。郑晓龙热播的长篇电视剧《甄嬛传》《芈月传》分别改编自流潋紫、蒋胜男的同名网络小说。由《步步惊心》改编的电视剧不仅在国内受到众多年轻观众的追捧，还出口到日本，也取得了很好的收视。张艺谋的电影《山楂树之恋》改编自艾米的网络小说，陈凯歌的电影《搜索》也改编自网络小说《网逝》，赵薇的电影导演处女作源自辛夷坞的《致我们终将逝去的青春》。网络上众多的玄幻小说也成为网游改编的最佳选择，像《诛仙》《盘龙》《恶魔法则》《佣兵天下》《星辰变》等，都被改编为十分畅销的网络游戏。

网络文学从冷变热以来，相对于新闻媒体的追踪热议，文学界关注的声音一直比较微弱，作品评论基本处于空缺状态，这一现象在2009年发生转变。当年5月，由江苏省作家协会主办，新浪网、搜狐网、天涯社区协办的"中国网络文学研讨会"在江苏无锡召开，会议就中国网络文学的现状、前景和问题进行了广泛的交流和研讨。当年6月，由《文艺报》和盛大文学共同主办了"起点四作家作品研讨会"，会议形成基本共识：随着网络文学和传统文学的不断融合，两者之间的界限在逐渐模糊。主流文学评论家对网络文学不应持失语状态，应当为网络文学输入来自传统写作和评价体系积累形成的价值观念和审美要素，使网络文学得以健康发展。由中国作协长篇小说选刊与中文在线17K文学网主办的网络文学十年盘点，揭开了网络文学理论批评的序幕，此后各种理论研讨会，以及鲁迅文学院开办的首届网络作家培训等活动，显示了传统与网络进入了实际融合的阶段，表明文学理论界和传统作家开始正视网络写作，两种写作之间开始出现最大公约数。

网络文学浩如烟海，量多质差是普遍现象，寻找优秀的网络文学作品如大海捞针。有人这样评价网络文学："网络这个自由的赛伯空间犹如马路边的一块留言板，谁都可以在上面信手涂鸦，它给网络写手提供了发表作品的圆梦阵地，也给恣意灌水的文字垃圾提供了抛洒的乐园。随心所欲的杜撰，漫不经心的表达，即兴式的发挥，情绪化的宣泄，装腔作势的做作，抖机灵的调侃，无病呻吟的抒情，乃至粗鄙的漫骂，肉麻的吹捧，词不达意、文不对题的言说，不负责任的讥讽，乃至错别字、生造字、符号代码等在网络中比比皆是。"有人这样表述：作者卸落责任担当，以点击率为目标，没有底线地向市场做出妥协，因而，80%的网络写作都是令人讨厌的，10%由于其思想偏执而令人发狂，只有10%是精彩有趣的，值得认真看完。

网络文学的这种局限性是最被专家学者诟病的问题。南帆认为：电子技术成为一系列新型大众传播媒介的催生婆，电子传播媒介的诞生，既带来了一种解放，又制造了一种控制；既预示了一种潜在的民主，又剥夺了某些自由；既展开了一个新的地平线，又限定了新的活动区域。作家莫言将网络文学的无序和低俗状态比作"乱写大字报"，风格内容上肆无忌惮，毁掉读者胃口。陈定家认为：网络文学丧失主体、削平深度、标榜多元、对抗主流、疯狂复制、杂乱拼凑等特点，完全可以说是后现代文学在网上的升级版本。桑地认为：网络文学其实就是"聊天文学"，网虫们对现实生活感到厌倦，依恋于那种虚拟世界，其作品比"垮掉的一代"还让人沉沦，实在看不出这些网络文学究竟好在哪里。东方渐明认为：网络文学存在着渎圣主义、乞读主义、批判主义、白色幽默主义、病句主义与方言主义、文化流氓主义等问题。汤小俊认为："网络文学是芦苇文学"，它"头重"，自我标榜太过分；"脚轻"，没有一个明确定义和范畴。网上漫游者多以聊天、游戏、"灌水"为乐事，艺术审美的动机空缺和意义悬置，使网上的自由空间成了文学的"痰盂"，谁都可以去吐上一口。吴过认为：网络文学是快餐文化，网民随取随用，就像餐巾纸用了随手扔掉，极有可能构成对文学的伤害。

葛红兵持相反的观点，认为贬低网络文学是短视的看法。虽然目前网络文学在总体水平上不尽如人意，但任何一种事物初生时都有这样那样的欠缺，欠缺表明这个事物是新生的，它有着光明的前途，正在走向过熟期的路上。对于文学来说是一场表现手段和方式的革命性变革，将几何级数地扩大文学话语的表现力，丰富文学表现的范围和手段，在纸面文学经历其过熟而衰退之后使其获得新的生命。吴晓明认为：网络文学的意义与价值首先在于它打破了文学精英对话语权的垄断，使文学回归民间。在屏幕前随心所欲、言所欲言，在网络上随意自由地发表，不必接受审查，"我"主宰的一切，使主体的创作心态写得更加自由、开放、无拘无束。顾晓鸣认为：网络写作"无评奖之诱惑，无评奖之焦虑，无被拒之困惑"，可以极大拓展自己的想象力和情感空间。欧阳友权认为：网络文学全民参与的诗学意义在于，它革新了文学旧制，颠覆了文学等级观念，彻底消除了贵族书写，打破了传统作家对舆论工具的垄断，开辟了文学回归民间的坦途，创造了文学民主的新神话。网络文学是"脱冕"和"祛魅"的文学，它不再是文人生存方式和承担形式，而只是一种游戏休闲方式和宣泄狂欢途径。从此，文学女神走下神坛，回归民间，与民同乐，形成自由而快意的文学亲和力，让充满欢笑的怪诞、嘲弄、调侃、滑稽、耍贫嘴、假正经以及各种民俗民间文化来颠覆尊贵和典雅，把传统的文学经典范式和价值理念弄得兜底翻。金元浦认为：电子媒质的兴起向纸媒质的一统天下发出强劲的挑战，它启示文学必须重新审视原有的对象，越过传统的边界去关注媒介文学与媒介文化，关注电子媒质的创生变换带来的文化本体革命，加速了世纪之交文学艺术的文化转向，是文学理论的又一次突围。

为什么网络文学在文学失去轰动效应之后异军突起，获得新的生命力？吴晓明认为，网络改变了人们的生活方式、思维方式和行为方式，也改变了网络写手的写作习惯、写作姿势以及思维方式，"网络给文学带来的是一次新的契机、新的希望。"网络写手李寻欢在《我的网络文学观》中感叹：在过去的文化体制里，文学是属于专业作家、编辑、评论家们的事情，"现在有了网络，再也不必重复深更半夜爬格子、寄编辑、等回音、修改等等复杂的工艺了，想到什么，打开电脑输入、发送，就 OK 了，这就是网络的意义。"王朔提出：网络文学代表着文学的未来，它为年轻的文化人提供了前所未有的自由表达自我的机会，"使每一个才子都不会被埋没，今后的伟大作家就将出在这其中。"郭炎武、王东认为：网络对文学的影响首先是文学存在方式的根本变革，"无纸时代"的创作、传播和欣赏方式打造出全新的文学社会学；其次是带来文学观念的变化，如审美本体上由艺术真实向虚拟现实变迁，在价值取向上由社会认同向个人宣泄转换；三是文学生产力的解放，互联网自由、兼容、平等、交互等特性，使文学边缘族群有了圆梦文学的空间，"人人都能当作家"的契机所诱发的"新民间文学"，让文学真正表征着底层大众的审美意识。

网络文学走过了从不屑、批判到认可的曲折过程。在各式各样的消遣方式充斥网络的时候，网络文学开辟的一块文化阵地，使网络不至于成为文化沙漠，但网络文学如何发展，却依然是个巨大的变数。马季在《网络文学的三个变量》中强调，网络文学面对着审美层面、表现方式和受众层面的三个变量。网络作家的生存方式和写作方式，更接近文学的原生状态，有鲜活的在场感；网络文学除了强大的故事性和连贯性，语言必须简洁明了，不能拖沓，对文学语言的挑战成为无法回避和必须面对的问题；市场作为网络文学的第一道门槛，是作品的生死线。一部作品如果无法在网络上存活，即使文学价值再高，在进入专业读者视野之前就已经消亡了。因此，网络文学带来的烦恼和惊喜是这个时代不能忽略的文学话题，也是当代文学必须面对的现实。

传播介质上的革命正在改变着文学的面貌。不管你承认与否，网络文学已然成为一棵参天大树，并把枝丫日渐伸入到主流文学的天空里。且不论网络文学是雅是俗，有多少优秀之作，然而，有数量庞大的作者正在将自己的独立思考和精神资源化成文字，有数量庞大的读者每天上网去阅读，这蔚为大观的网络文学大潮本身就是文学的希望。尽管文学精英们不愿在网络上发声，尽管青春期的网络文学缺乏必要的知识引领，让网络文学少了些文学本该具有的书卷气，少了些振聋发聩的文化力量；尽管网络文学最终的历史认证，取决于它能否走进人文审美的精神殿堂，能否真正与"文学"融合并建立自己的价值体系，但互联网话语权对自由精神的敞开，情感流对生命力的释放，交互性对心灵期待的沟通，就是网络文学给予人类精神世界的重新建构，这也是网络文学的精神价值和意义。

第三节　新时期文学的前景展望

新时期文学经过了三十多年的发展历程，各种文学思潮交相更迭，或接踵而来，或相互渗透，或多元并存，共同构筑起了新时期文学的发展与繁荣。三十多年历经风雨，文学在争论中发展，在探索中进步，取得了举世瞩目的成就。文学的巨大成功，凝聚了老中青三代文学工作者不懈拼搏的心血和汗水，他们以充沛的精力、执着的信念和勤劳的双手在文坛上奋发耕耘，用自己深切的生活见解、丰赡的艺术想象、鲜明的时代特色、独到的艺术风格，为新时期文学的繁荣发展做出了突出的贡献，共同成就了新时期文学的创作繁荣、人才辈出和事业辉煌。

然而，在经过三十多年的不断探索、发展和调整之后，新时期之初文学所赖以生存的客观环境已经发生了很大变化。当是时，文学大声疾呼、奋笔疾书，成为人民群众心声和痛痒的最直接的抒发者，文学作为思想解放的急先锋，成了社会关注的中心。随着经济社会的深入变革和人们审美意识的不断变化，许多情感化的东西慢慢变得理智起来，大众关注的热点也在不断转移和分散，诸多哲学社会科学以及其他新兴的文化业态，开始替代了早期由文学承载的审美之外的社会功能。尤其是处在社会急遽转型期，伴随着改革、建设和市场经济的日新月异，人们的生活节奏在加快、生存的压力在加大、文化生活方式在丰富，特别是影视艺术、大众传媒和网络文学的迅猛发展，都在很大程度上争夺着文学的地盘，改变着文学的阅读结构。文学受到了前所未有的冲击和挑战，风光不再已成定局。文学向何处去？已成为后新时期文学所面临的一个艰难选择。

早在二十年前，文学界就曾经开展过一场关于：纯文学的读者为什么日益减少的讨论。讨论中，充满了一片牢骚和埋怨之气，谴责商品经济侵蚀、谴责影视文化冲击、谴责通俗读物挑战等方面的声音很高，但真正心平气和地从社会现实和文学自身找原因者却不甚多见。平心而论，文学当时成为万众注目的焦点是社会急剧变革、社会政治生活和运作水平尚不健全的表现，文学异乎寻常的轰动效应是社会生活形态剧变的结果。事实上，文学社会影响的大小好坏不能一味地依赖于社会的外部操作，文学应该在与社会和读者的不断磨合适应中寻求属于自己的生存空间。从大的方面看，中国文学的现状与世界文学整体的处境相近。因为科技的进步与视听手段的发达，造成了文学阅读的极大威胁。20世纪末，在英国举行的一次全球性的文学研讨会上，就有人提出了"文学还能存在多久？"的问题，甚至有人做出了21世纪或许不再有文学的断言。我想，这惊世骇俗之语是极而言之，意在引起人们警醒。实际上，文学总体的处境应该是：挑战与机遇共存，危机与希望同在。面对人类的睿智和社会发展多样的巨大潜力，文学无须悲观。

1. 文学的基础地位没有动摇

文学作为伴随人类思维发展最早出现的文体之一，它是一切文艺样式中最基础的形态，也是其他艺术门类赖以生存和发展的母体。文学曾经无私哺育了后继的许多舞台艺术，曾经为电影和电视的壮大输送了最基本最直接的文化营养，但舞台和影视艺术并没有取代文学的地位，而是与文学相辅相成、相得益彰，共同沿着自身的规律向前发展。尽管电子时代多媒体的勃兴包括网络文学的爆棚，让文学受到了越来越强大的冲击，尤其是互联网的自由、兼容、平等、交互等特性，让文学走下神坛、回归民间，网络文学甚至不再是文人生存方式和承担形式，而只是一种游戏休闲方式和宣泄狂欢途径，彻底颠覆了传统的文学经典范式和价值理念。"无纸时代"的创作、传播和欣赏方式带来文学观念的巨大变化，创作态度上，更多人把写作仅仅当成一种生存职业，完全听命于文化市场和读者消费需求的指令；审美本体的价值取向上，由艺术真实向虚拟现实变迁，由追求社会认同向着个人的自由宣泄而转换；审美方式上，关注和描写普通人的庸常生活，表现商潮滚滚芸芸众生的世俗情感，以"新民间文学"的特征标榜代表底层大众的审美意识。客观地说，在一个多元化多媒介的历史时代里，文学承载方式的多样化和传播途径的多样化是人类文明演进的必然。然而，这里仍然不能忽略一个至关重要的问题，那就是：对于文学的人文、历史、美学维度的守护和高扬，事关人类的精神提升。人类毕竟不是一群低级的感官动物，深刻的思想探寻和精神享受对他们须臾不可或缺。尽管文学多元是客观现实，人们尽可各取所需、各美其美，但是，毕竟载体形式不同，文学的审美效果不同，精神层面的含金量也会截然不同。无论如何，网络上无深度的浅阅读都无法取代传统文学的审美鉴赏，文学书面阅读的独特审美感受是一切其他艺术形式所无法替代的。曾一度被视同洪水猛兽的通俗文学大潮悄然退汐的事实，就是一个鲜活的例证。

2. 文学的审美属性没有改变

市场经济条件下对经济利益的充分考虑，固然对文学的收益是个严峻考验，但是，谁也不能改变文学最本质的审美属性。应该说，处在市场经济体制的建立和整个社会的急遽转型期，人们的生活方式、社会心理、价值观念、审美需要都发生了巨大变化，明显呈现出许多后工业时代的心理倾向：物质欲望中心化导致传统价值观的瓦解。社会转型会最终导致文学的转型，文学边缘化的趋势将日益显明。与此相伴随的，西方后现代主义哲学和文学思潮也极大地影响着人们的审美观和文学观，更多的人会自觉不自觉地去追寻现世享受和感观刺激的快乐原则。在这种社会世俗化、欲望化、享乐化思潮的推动下，商业运作会自动加盟，世俗化审美消费主义的文学思潮，可能渐次形成一股新的群体性创作趋向，甚至某些著名作家也会卷入其中。理论上，他们倡导消解崇高、消解意义、碎片化、平面化、无深度；创作上，取媚于低层读者，追求感官刺激，将文学变成一种纯粹的消遣游戏。私人化写作、欲望化叙事等走红文坛，从某种意义上说来，就是世俗化审美与市场消费主义原则浸染文学的必须结果。但是，我们也不能不从另外的角度欣喜地看到，市场经济给社会带来崭新的生活形态和生活方式，也势必为文学创作提供新的题材和主题，增添新的表现内容。市场经济的公平、公正、民主、竞争等观念的确立，必然影响作家观念的革新；社会的巨变带给人们巨大的心理冲击和情感变化，必然为文学提供更加鲜活生动的创作素材，势必大大推动文学从内容到形式上的突破与创新。同时，市场经济顾客第一的原则，将警示作家时刻不忘读者，不忘自己作品如何适应大众的欣赏口味。尽管其中有可能产生拜金主义和一味媚俗的危险，但对于文学贴近群众，走雅俗共赏的道路还是利大于弊。

3. 文学的发展空间更加开阔

一个时代有一个时代的文学，正所谓艺文随世变，无日不趋新。文学作为时代最鲜活的审美表情，它是社会生活的精神化产物。生活积累的厚实、体验的充分、思考的透彻，是作家提炼素材、升华主题、展开想象、从事艺术再创造的前提，全新的多方位的生活积淀为文学创造了更大的活动空间。社会的急遽变化为文学发展带来巨大变数，自然也为文学向边缘形式的拓展提供了更加广阔的空间。尽管边缘拓展主要的作用力来自外在的力量，但同样离不开把外在力量变为内在动力的主体自觉，更何况有时内因还会成为变化的决定因素。尽管社会转型和世俗化大潮的确让文学失却了以往的神圣光环，文学的边缘化已成既定事实，但这从另一个侧面，说明了社会政治经济文化结构相对达到了一个新的高度，也是历史进步的象征。然而，我们更不应该忽略，在文学边缘化的表象之下，是文学审美日常生活化的普遍渗透，这为文学写作方式、媒介与存在方式、鉴赏享受方式的变化提供了更多的可能性。网络文学、手机文学、诗情浓郁的文学短信以及各种与电视联姻文学讲坛等，都为文学的外延拓展寻找到更多的发展空间。虽然这个时代不再要求文学承载过多的政治和历史重荷，然而，关注社会进步和生活的变迁，依然是文学的分内之事与基本功能，这就必然为文学带来鲜明的时代印记。尤其是我们正处在一个伟大的社会变革时代，我们正在从事着前无古人的事业。这是一个需要巨人的时代，也理应产生巨人的时代。这种开创性的事业为社会带来诸多变量，带来前所未有的生机与活力，也必然给文学创作带来鲜活的养分，带来催生的动力。文学大有可为！

尽管文学思潮的将来流向可能会千差万别，但文学的发展与思潮的起落依然会与时代共振。变革的时代离不开文学。历史性的沧桑巨变，为文学提供了千载难逢的历史机遇，任何一个有抱负、有志向、有历史感的文学工作者都应该积极地行动起来，去沐浴变革时代的风雨，创造崭新的文学未来。

（云　德）

第二章　新时期戏剧艺术思潮述评

第一节　新时期戏剧思潮的发展阶段

新时期戏剧，是在改革开放、思想解放的大潮推动下，戏剧创作得以复苏并逐步走向繁荣的时期；是在中西文化融合与碰撞中，戏剧创作走向多样化、凸显个性化发展的新阶段；是在整个文学大潮的裹挟下，戏剧观念不断开放，戏剧创作在不断寻找、不懈追求、不断创新的过程中逐渐走向成熟的时期。其创作进程大体分为如下几个阶段：

一、社会问题剧阶段（1977—1980）：恢复"写真实"的艺术追求

"社会问题剧"，是"文化大革命"结束后出现的一种戏剧思潮。面对思想解放形势的激励，知识分子迸发出前所未有的创作激情，艺术家们以前所未有的勇气和思想解放的锐气突破创作羁绊，以批判"四人帮"极"左"思潮、倡导"写真实"、回归"五四"戏剧传统为目标，以拨乱反正、恢复人的尊严、开辟中国戏剧发展广阔道路为己任，满腔热情地投入到戏剧重建的创作活动中。因此，"社会问题剧"一经产生便出现了蓬勃发展的喜人势头。

1. 思想解放运动促使"社会问题剧"火爆

随着"四人帮"的垮台，祖国大地出现了一派生机勃勃的新气象，全国人民抖擞精神、意气风发向四个现代化进军。在文艺界，久被压抑的文艺生产力，如火山喷发般地汹涌而出，多年来万马齐喑、只有"样板戏"一花独放的戏剧界迎来了全面复苏的春天。

在揭批"四人帮"的斗争中，话剧是反应最快的一种文学形式。1976 年，西藏话剧团演出了独幕话剧《揪出"四人帮"》，紧随其后的是北京第一机床厂话剧队演出的六场话剧《朝阳》、上海戏剧学院演出的独

幕剧《新的一章》、云南省话剧院演出的六场话剧《搏斗》、重庆市话剧团演出的多幕剧《樟树泉》和四川人艺演出的九场话剧《十月风云》等等。这些戏以"急就章"的形式揭露、批判"四人帮"倒行逆施的种种罪行，表达着人民群众"文革"结束后的喜悦心情。

新时期戏剧的真正复苏，是从话剧《枫叶红了的时候》（编剧金振家、王景愚）开始的。该剧创作于1977年5月，是新时期戏剧中出现得最早的一部喜剧作品。剧作以"文革"结束前后一段时间为背景，描写某科研单位以冯云彤为代表的革命群众同"四人帮"的亲信张得志、陆峥嵘等围绕着"万马100号"的生产所展开的一场你死我活的斗争。5月23日，这个戏在北京南城的化工二厂首演，出乎意料地火爆。转到东单的"青艺剧场"演出也是场场爆满，购票的观众连夜在剧场门前排队，长长的队伍一直排到了王府井路口，真正是一票难求。消息传到外地，全国各地的剧团都来观摩。他们想演这个戏，但抄剧本来不及，就用当时最先进的"方砖式"录音机录音，回去就组织排练，全部是"拷贝式"的，连剧中主角陆峥嵘穿的黑制服的样式都不改。《枫》冲破极左帮派理论的束缚，痛快淋漓地表达了人民对"四人帮"倒行逆施的批判和讽刺，使人们看到了思想解放后的艺术创作的活力，给观众带来了情感愉悦和审美快感。该剧的出现充分说明文化专制主义和"三突出"禁律的破产，标志党的文艺"双百"方针的恢复及所取得的胜利。

《枫》剧仅中国青年艺术剧院就演出了220多场，全国有300多个专业和业余话剧团相继上演了《枫》剧，戏曲剧团把它移植成川剧、滇剧、评剧等。最热烈的是郑州话剧团，排了四组，每天下午演两场、晚上演两场，四个剧组轮流上阵，剧场里像放电影似的。此后出现的《丹心谱》（编剧苏叔阳，导演梅阡、林兆华）和《于无声处》（编剧宗福先，导演苏乐慈）同样引起了轰动效果。这些戏由于代表人民群众的心声，表现人民群众与"四人帮"的斗争，批判"四人帮"的丑恶罪行及其流毒，揭露社会上的一些问题，敢于讲真话，被笼统地称为"社会问题剧"。

"社会问题剧"以揭批"四人帮"在各行各业所犯下的罪行及其理论流毒为开端，内容上以批判极左思潮给人们造成的心灵伤害，拨乱反正，恢复人的尊严；艺术上以突破"三突出""高大全"的种种束缚，提倡"写真实"，以戏剧揭示社会人生，创作上以批判"四人帮"、歌颂老一代为主题。一时间，在祖国的大地上处处响起了《于无声处》的滚滚"春雷"声，舞台上出现了一批这样敢于"讲真话"的戏，《未来在召唤》（编剧赵梓雄）、《权与法》（编剧邢益勋）、《灰色王国的黎明》（编剧中杰英）等就是其中的代表。这些剧作或揭露官僚主义给"四化"建设所带来的种种阻碍；或揭露某些干部无视党纪国法，利用职权为所欲为，陷害正直的党员干部的罪行；或揭露、批判一些领导干部不懂生产技术，不懂企业管理，只凭拉帮结派，搞独立王国，贪污盗窃，陷害好人的罪恶，受到观众的普遍欢迎。

随着改革开放的进一步深入，特别是党的十一届三中全会精神的贯彻，四个现代化建设在全国展开，戏剧创作也越来越广泛而深刻地接触到社会生活中的一些实际问题，如《报春花》（编剧崔德志）批判了"唯成分论"和"血统论"，《救救她》（编剧赵国庆）提出了如何对待失足青年学生的社会问题，《血，总是热的》（编剧宗福先、贺国甫）以大胆的改革精神，对凤凰丝绸厂陈旧管理模式和落后的生产技术提出挑战，《谁是强者》（编剧梁秉堃）揭露了利用职权走后门这种不正之风对工业生产的阻碍与破坏。而"文革"时期不敢提不敢碰的题材如人性问题、女性问题、领袖人物形象塑造问题等，也受到了作家的关注。《明月初照人》（编剧白峰溪）批判了陈腐的婚姻观念歧视妇女、损害妇女人格的不道德行为，《哥儿们折腾记》（编剧中杰英）明确提出了改革企业管理体制的问题，使观众受到一种精神鼓舞，并启迪他们对社会人生的深度思考。

歌颂老一代、描写革命领袖题材的剧作也不断出现在舞台上，表达着人民对老一辈革命家的怀念与敬仰，如《孙中山》（编剧宋平、王旭）、《孙中山与宋庆龄》（编剧耿可贵）和《孙中山伦敦蒙难记》（编剧李培健）塑造了孙中山的伟人形象。《马克思流亡伦敦》（编剧赵寰）和《马克思秘史》（编剧沙叶新）是在我国话剧舞台上第一次塑造马克思和恩格斯光辉形象的剧本。这些作品超越了此前只在重大政治斗争、军事斗争中表现领袖人物，并自觉不自觉地加以神化的写法，转向写领袖人物的重大生平事迹，并兼及家庭生活，着力描写人物的性格特征和精神风貌。由于"文革"对老一代革命家的迫害，人们在心中积愤已久，打倒"四人帮"以后，集中出现了一些描写重大历史题材和领袖人物的作品，如《报童》《西安事变》《曙光》《陈毅出山》《陈毅市长》等。这些戏大胆地突破了思想政治方面的禁区，热情地歌颂了老一辈革命家周恩来、贺龙、陈毅等的丰功伟绩，批判了极左路线对老革命家的迫害以及对他们的历史功绩的歪曲与污蔑。这些剧作的演出，对观众正确认识历史，学习革命领袖的风范，把被"四人帮"颠倒了历史再颠倒过来，起到了积极的促进作用。同时在创作上为写领袖人物、英雄人物积累了成功经验。

新时期戏曲也在时代发展的大潮影响下出现了突飞猛进的发展，其创作题材和舞台演出都呈现出鲜明的时代特点与艺术风格。首先是逐步地、全面地恢复优秀传统剧目的排练与演出；其次是在创作上逐步扩大题材的范围，出现了一批新剧目。其内容一是与平反冤假错案有关，如《狱卒平冤》（编剧武纵）、《徐九经升官记》（编剧郭大宇、彭志淦）、《唐知县审诰命》（赵籍身、黄同甫、崔成海整理）等，以历史隐喻现实，鼓舞民众坚持正义、批判邪恶；二是反映现代生活，塑造普通人的形象，表现小人物的勤劳与智慧、坚持正义感的胆识与无私无畏的力量，如莆仙戏《春草闯堂》（改编陈仁鉴、柯如宽、江幼宋）、川剧《四姑娘》（编剧魏明伦）、《易胆大》（编剧魏明伦）、莆仙戏《鸭子丑小传》（编剧郑怀兴）、京剧《膏药章》等。这些作品通过对小人物的描写，精心塑造出一个个性格鲜明感人的艺术形象，形成新时期戏曲舞台上一道亮丽的风景，对广大民众具有巨大的激励和鼓舞作用，并为戏曲现代戏提供了重要的创作经验。

2."红火"背后的隐忧

"社会问题剧"在清算"四人帮"余毒过程中出现了创作热潮，随着改革开放的深入，人们的思想和价值观念不断地发生变化，对戏剧也有了更多更高的要求。特别是多样化娱乐形式的出现，电影作品的解禁，电视节目的增加，体育赛事的红火，卡拉OK的火爆，分流了相当数量的观众，戏剧渐显颓势，出现了所谓的"危机"，艺术家们开始了反思与寻找。

二、探索戏剧阶段（1980—1988）：舞台表现形式多样性探索

探索戏剧，是在改革开放不断深入的时代背景下出现的戏剧思潮；是在文化上打开"窗户"之后，"西风东渐"思潮的影响下，对"社会问

题剧"进行反思的结果。于是，戏剧人开始了一场探究戏剧本质、努力回归戏剧本体的理论探索和艺术实验。

探索戏剧的特点，主要表现为对新形式的探索与实验，突破传统的戏剧创作思维，改变现实主义戏剧创作一统舞台的格局，突破"第四堵墙"的束缚，追求新的、自由的、多样化的舞台样式与内容表达形式，促进对内容的深入开掘。在此过程中，导演、舞美和表演等方面的锐意创新与实验，也使得舞台上出现了一批以"新形式、新内容、新手法"为其特点的、具有艺术创造活力的、新颖的戏剧作品。

1. 推倒"第四堵墙"，增强舞台表现力

话剧的探索与实验，最初是从突破传统的舞台表现形式开始的，一是突破镜框式舞台的框框，推倒"第四堵墙"，增强舞台的表现力；二是演员表演方面的创新，突破斯坦尼斯拉夫斯基的表演体系，学习传统戏曲的写意手法，引进国外现代派艺术的表现手法如布莱希特的"间离效果"，如荒诞派、意识流等等，丰富舞台艺术的表现力。《屋外有热流》《灵与肉》《原子与爱情》等作品就是最初的探索与实验。

上海工人文化宫演出的《屋外有热流》（编剧马中骏、贾鸿源、瞿新华，导演苏乐慈）不讲究故事的完整与情节的连贯，突破"三一律"，推倒"第四堵墙"，现实场景与回忆、梦幻的交替运用，空间的灵活扩展与时间的自由转换，以及与此相适应的非自然主义的舞台调度和灯光投射，构成了此剧的特殊风格。中央实验话剧院的《灵与肉》（编剧刘树纲，导演孙企英、文兴宇）打破传统的分幕分场和时空观念，结构是多场次，场景变幻有更大的跳动的自由。场次的变换用灯光控制，场次之间的组接借用电影的"淡出""淡入""溶""划""化""甩""渐隐""渐现"等手法，以达到一种蒙太奇的效果。与之相适应的舞台也是虚拟的非写实的，并利用舞台表现人的想象、幻觉、记忆的闪回、潜意识等思想形态。总政话剧团的《原子与爱情》（编剧李维新、郑邦玉等）打破舞台分幕的限制，由三十多个场景组成，并使用一些"电影化"的手法如"淡出""淡入"等，把舞台分为多个表演区，使整个演出更加清晰、连贯、紧凑。

2. 舞台演出样式的多样化拓展

《屋外有热流》和《灵与肉》的演出激发了戏剧创作者探索、实验的极大热情，话剧舞台上多场景、无场次、段落体的剧作渐渐地多起来，并逐渐形成一股实验、探索、创新的创作热潮，出现了《绝对信号》《母亲的歌》《周郎拜帅》《十五桩离婚案的调查剖析》《魔方》《WM（我们）》《野人》等一批作品。

这些戏借鉴、吸收了中国戏曲和外国现代派戏剧的创作方法，使舞台的演出样式出现了多样化。其一，在"充分承认舞台的假定性"的前提下，话剧舞台的时空更自由、更大胆地打破"第四堵墙"的限制，充分发挥演员的表演技能，在灯光、音响的配合下，借用电影蒙太奇的手法，将舞台上所表现的现实生活与人物的回忆、想象、内心独白及梦境"外化"有机地联系起来，如北京人民艺术剧院的《绝对信号》（编剧高行健、刘兴会，导演林兆华）。其二，采取中心舞台的形式演出。如上海青年话剧团的《母亲的歌》（编剧殷惟慧，导演胡伟民），四面观众，让演员与观众置身于统一的空间中，舞台的一切技法——布景、灯光、音响等都退出次要地位，突出剧场艺术的主体——表演艺术。其三，以"叙述者"连贯全剧的情节。如中央实验话剧院的《十五桩离婚案的调查剖析》（编剧刘树纲，导演耿震）根据剧情需要特意设置了两个"串场人物"，他们像晚会的主持人，随着剧情的进展，讲述故事，夹叙夹议，画龙点睛，不断地启发观众思考，充分发挥着"间离效果"的作用，同时他们又是演员参加剧场演出。而在空政话剧团的《周郎拜帅》（编剧王培公，导演王贵）中为了剧情的简练，特别设置了一个"叙述人"，由剧中扮演孙权的演员兼任，剧中很多不重要的情节均由这个"叙述人"以讲故事的方式"叙述"。《WM（我们）》（编剧王培公，导演王贵）的舞台演出则把"假定性"手法发挥到极致，导演在演出时设置了"女鼓手"和"男乐手"作为该剧穿针引线的"叙述者"，他们既介绍剧情，引出人物，也参与戏的演出。演出融歌、舞及形体于一炉，并借鉴传统戏曲的表现手法，以虚拟的动作做"无实物"表演，充分发挥"假定性"的作用，以取得以"虚"求"实""假"中见"真"的艺术效果。以这样的形式使人物内在意识物态化，也是对话剧表演的一种突破性试验。

自北京人民艺术剧院《绝对信号》演出取得成功后，全国各地的话剧艺术院团开辟各种可利用的空间，进行了不同形式的小剧场戏剧的实验演出。中国青年艺术剧院在公共食堂或会议厅，以摆地摊的形式演出了《挂在墙上的老 B》；哈尔滨话剧团把剧场休息厅改造成 40 年代北非的夜总会，以一座咖啡馆作为演出场地，演出了《人人都来夜总会》；广东省话剧院将自娱性的跳舞与观赏性的演出结合起来，演出了舞厅戏剧《爱情迪斯科》等等。这些演出吸引了一批青年戏剧爱好者，鼓动起他们对探索戏剧创作的激情，同时培养了大批青年观众参与其中。实验戏剧的兴起，为话剧创作注入了新的生命力，为话剧的发展带来了新的生机。

3. 叙述角度的改变与主题的深化

在探索戏剧发展过程中，关于"戏剧观"的争论始终受到创作者的关注。1985 年初由《戏剧报》发起，展开了一次"关于戏剧观问题的讨论"。同年在中央戏剧学院召开了"第一届布莱希特学术研讨会"，与会者理论联系实际，对布莱希特的辨证戏剧的创作观念和哲理性，以及他大胆化用某些中国传统戏曲程式以加强其"间离效果"等理论问题进行深入探讨，并与戏剧界出现的戏剧探索问题联系起来，对当时的戏剧创作产生了极大的促进作用。

此后出现的一些戏如《街上流行红裙子》《一个死者对生者的访问》《蛾》等，其探索的深度与广度明显加强，其突出特点是：叙述角度的改变与表现主题的深化。中国青年艺术剧院《街上流行红裙子》（编剧贾鸿源、马中骏，导演陈颙），不直接描写劳模的先进事迹，而是从她工作"失误"写起，通过对"失误"的认识过程来表现其人格的成长和思想的成熟。中央实验话剧院《一个死者对生者的访问》（编剧刘树纲，导演田成仁、吴晓江）的视角更为独特。剧中歌颂反扒英雄的见义勇为，没有一般化地表现他与歹徒搏斗的过程，而是让被小偷杀害的见义勇为者叶肖肖的"灵魂"重返人间，去"访问"当天同坐那趟公共汽车的乘客，以此揭示出一些人们的心灵深处的隐秘与社会上存在的种种问题，把对现实的思考从现象引向心灵的层次。

4. 导演意识的奋发及舞美创作的新探索

在新时期戏剧的探索与创新过程中，导演、表演和舞台美术方面的创新与突破，为戏剧的探索与实验奠定了坚实的基础。

我国传统话剧的导演方法基本上是学苏联斯坦尼斯拉夫斯基，其美学观念是以"再现"为原则，以"写实"为表现方法。从 20 世纪 80 年代开始，话剧的导演美学观念有了明显的变化，在创作的美学原则上由

"再现"向"表现"转化，在艺术表现方法上由"写实"向"写意"转化，或寻求两者之间的有机结合。具体地说，导演艺术家在从事二度创造时，不再是简单地复述、阐发剧作者的思想观念，把剧本直译成舞台艺术语汇。他们强烈地要求在舞台演出中表述自己对生活的理解，表达自己的主观感受，用自己所追求的艺术观念去解释剧作，用自己的形式去创造舞台的新样式。而舞台美术创作则起到了一种桥梁与催化的作用，而且充当了戏剧探索与实验的急先锋。《街上流行红裙子》的舞台创作，就是借鉴传统戏曲表现手法过程中体现创新精神的比较成功的例子。北京人民艺术剧院《狗儿爷涅槃》（编剧锦云，导演刁光覃、林兆华）大胆运用戏剧假定性，借鉴中国传统戏曲和说唱艺术的表现方法，将表现与再现、写实与虚拟、荒诞与象征有机地融为一体，把主人公狗儿爷的内心独白变得能和观众直接交流，并外化为有意味的戏剧情景，其中狗儿爷"哭坟"一场就是借鉴了戏曲《玉堂春》中"三堂会审"的表现手法。上海人民艺术剧院《中国梦》（编剧孙惠柱、费春放，导演黄佐临等）在舞台演出中把西方现代戏剧手法与中国传统戏曲表现手法结合起来使用。中央戏剧学院的《桑树坪纪事》（编剧陈子度、杨健、朱小平，导演徐晓钟、陈子度）把写实与写意、现实与幻觉、再现与表现，以及话剧表演与音乐、舞蹈融会一体，在舞台上得到了精彩的呈现，达到很高的美学层次。此外，《周郎拜帅》中的"鼎"的设计与运用，《灵与肉》的"多场景"的设置，《绝对信号》中"假定性舞台"的设置，《母亲的歌》的"中心舞台"的使用，《十五桩离婚案的调查剖析》中"当众换装"等舞美的新颖手法，都对主题的表达起到了促进作用。

5. 新潮戏曲对传统戏曲的突破

这一时期的戏曲创作也进行了大胆的探索与实验，其特点是：突破传统戏曲舞台的程式化规范，在深入开掘内容的基础上，努力创造新的舞台表现形式，并运用新的表演手法去表现现代生活内容，出现了一批新潮戏曲作品，如《山鬼》《弹吉他的姑娘》《洪荒大裂变》《风流寡妇》《潘金莲》等。

新潮戏曲是作为传统戏曲的一种反叛与突破而存在的。它在反映生活和人物关系上，不满足于一般的再现，不满足于简单的道德评价和社会评价，而追求一种深藏的哲理意蕴，通过展现人性的复杂体现出一种艺术之美。在表现形式上，新潮戏曲以表现、象征、荒诞的手法表现人物的心理真实，用音乐、舞蹈与身段（或形体）表现先民的生活及民俗，既有时代特点又有在创新意识指导下产生的新鲜感，并探索、创造一种新的戏曲表现形式。如汉剧《弹吉他的姑娘》（编剧袁国谦、孙彬、余笑予，1986 年）的舞台呈现完全不同于传统的样式，一是强调舞台的整体创造，不拘泥于生活外在形态的逼真，追求事物情与理的内在逻辑真实，着重于传神与写意；二是充分发挥戏曲舞台时空的优势，寻求舞台时空变换的自由和心理时空的创造，突破传统戏曲固有的表现形式，大胆吸收一些姊妹艺术和外来艺术的手法丰富自己，创造出令人耳目一新的戏曲表现形式，其中"电话圆舞曲"一场就是对新形式的探索与运用。《潘金莲——一个女人的沉沦史》（编剧魏明伦，1987 年）运用比较的手法，软化了戏剧因素与非戏剧因素，打破了古、今、中、外的时空观，以"荒诞"的手法把古今中外的人物一起拉上舞台参与演出。《徐九经升官记》（编剧郭大宇、彭志淦，1981 年）开京剧文丑为主角的先河，《风流女人》中的骑车舞、背人舞，淮剧《奇婚记》中"门里门外"的戏，既借鉴了传统戏曲《拾玉镯》中的表现手法，又拓展了其现代内涵，丰富了现代戏曲的舞台艺术表现力。

6. 探索戏剧的局限与不足

新时期探索戏剧取得了令人瞩目的艺术成就。但是，当《狗儿爷涅槃》《桑树坪纪事》《弹吉他的姑娘》等剧出现以后，创作上并没有沿着这样的势头走下去，探索、实验出现了衰微势头。其原因：一是创作者们思想认识的局限引发创作观念的偏差，没有正确认识"创新"与"传统"的关系，出现了疏离政治、远离时代、脱离现实生活的不良倾向，走上形式至上、手法第一的单纯技术主义，乃至出现了"玩戏剧"（即"玩内容""玩形式""玩手法"）的现象；二是只重形式出新，忽略内容开掘，舞台形式越来越花哨，内容越来越肤浅，不重视人物形象的塑造，致使戏剧舞台创作失去了应有的艺术魅力；三是忽视艺术形象创造，一味追求所谓哲理性，为追求"理性品格"、显示高深的哲理而忽视了作品的艺术性和艺术形象的塑造，演员成为导演的"工具"，出现了脱离生活的"思考大于欣赏"的"精英戏剧"，舞台演出枯燥乏味，观众越来越看不懂，随之失去了观赏的兴趣。

三、现实主义戏剧回归阶段（1988—1999）：在学习借鉴中突破创新

当观众对"探索戏剧"逐渐失去热情之时，一台"不创新"的话剧《天下第一楼》（编剧何冀平，导演夏淳、顾威），1988 年在北京演出时却引起了轰动。这一现象立刻引起了人们的反思：现实主义戏剧是否真像有人说的那样"不行了""过时了"？戏剧改革究竟应该重视什么，是形式还是内容？戏剧发展的进路在哪里？

1. 对"社会问题剧"的反思

即使在探索戏剧的创作出现热潮的时候，现实主义戏剧也没有因为新时期初期"社会问题剧"的衰落而销声匿迹，恰恰相反，它也一直在探索，一刻也没有停下艺术追求的脚步。现实主义戏剧的探索首先是从对自身的反思开始的，而引发这种反思的原因，除了来自"社会问题剧"的危机之外，也有探索戏剧的启发与影响，尤其是那场"关于戏剧观念问题的讨论"的促使，还有整个文学发展的大背景对戏剧的影响。

其一，从政治反思到文化反思。值得人们思考的是，新时期的话剧危机不是出现在话剧的萧条期，而是出现在话剧艺术的复苏与繁荣之时。可见，问题的出现不是外部原因造成的，而是内部原因引起的。剧作家刘川说："其实，'社会问题剧'之倒观众胃口，其罪不在剧作家关心社会，而在片面强调'为政治服务'的'左'的时期对戏剧创作留下的公式化概念化影响：以问题简化生活，把活生生的人物形象从复杂的社会纠葛、生活激流中抽取出来，变成剧作家某种概念的符号、某种社会力量或阶级阶层的形象图影，既缺少生活真实，更没有生动的艺术典型。加之，这种戏的矛盾冲突方式、情节故事发展进程，又都按照一种惯性思维逻辑组织展开，'雷同化'也就难以避免。"[①] 剧作家郝国忱说："这种尖锐的社会问题剧刚刚出现的时候，观众们也为之欢呼过。但过了一段时间，他们终于发现了剧作家手中的武器是软弱无力的，只能冒烟出火，并无有弹头。你的议论该咋发就咋发，社会并无变化。于是，他们不再热烈地鼓掌了，甚至开始厌恶了。"而作品本身"不是去研究人，不是去研究人的各式各样的微妙的深层心理，而是下力气去寻找能给政策做注脚的事例；要么就去寻找最尖锐、最让人气愤的社会问题。用庸俗社会

---

① 刘川：《尝试与启示》，载《剧影月报》1990 年第 11、12 期合刊。

学的思想去搞创作,其结果就是,只能满足于当时的政治功利的要求,而没有任何艺术价值可言。"①这其中的主要原因还是作家的思想观念问题,突不破思想上的旧模式,创作思维跟不上时代的步伐。这些问题的存在,造成了戏剧作品中虽然情绪很激烈,却缺乏吸引人的艺术魅力。

其二,对戏剧本体及其特点的反思。新时期"社会问题剧"从兴盛走向衰落的一个原因,就是作品中对人关注的不够。也就是说,那么多受到观众欢迎的戏,能给观众留下深刻印象的人物形象却很少。曹禺认为:"如果我们仅仅写了社会上的问题,而忘了或忽略了写真实的人,真实的生活,那么我们的笔下就只有问题的代表人物,而没有真实生活中的人,没有那种活生生的、一点不造作的人。那种'代表人物'是不会被人民记住的。"②陈白尘在《中国话剧的过去、现在和未来》一文中从"文学是人学"的理论高度强调了人物在戏剧作品中的重要性。因此,如何从生活出发,从关注人的生活、感情以及命运入手,在作品中写出鲜明生动的人物,就成为新时期现实主义戏剧需要解决的一个首要问题。

2. 从对人的发现到塑造艺术形象

与前一时期"社会问题剧"不同,这一时期的现实主义戏剧创作注重的是对人的发现与艺术形象的塑造。如话剧《风雨故人来》(编剧白峰溪)所关注的是女性自身的命运问题,即在现实社会的大环境下如何生存、成长和选择自己的发展道路等问题。评剧《风流寡妇》写新时代女性——寡妇吴秋香的自我意识的觉醒。扬剧《奇婚记》描写觉醒了的秋萍,勇敢地冲破"恩情"与"爱情"的矛盾纠葛,最终做出了既不忘"恩情"又勇敢地追求"爱情"的决定。话剧《昨天、今天和明天》(编剧郝国忱)通过陈雪艳形象的塑造,表达了已经觉醒了的女性为了捍卫自己的人格尊严和爱情的权力而勇敢地同一切腐朽的习惯势力进行抗争的故事。话剧《榆树屯风情》(编剧郝国忱)描写刘三这样一个新型的农民形象。话剧《红白喜事》(编剧魏敏、孟冰等)塑造了郑奶奶这样一个性格复杂的人物。话剧《黑色的石头》(编剧杨利民)中没有"高大全"的英雄人物,所写的都是石油战线上的普通工人,其中透露出来一个强

---

① 郝国忱:《危机中的思索》,载《戏剧报》1986年第9期。
② 曹禺:《戏剧创作漫谈》,载《剧本》1980年第7期。

烈意识就是对人的尊重和对人的尊严的维护，进而通过人物的情感发展和人格成长折射出时代的风云和社会的变迁。

这些作品在描写人、认识人方面所取得的成就为戏剧舞台增添了艺术魅力，也为现实主义戏剧创作开启了一种新思维，给剧作家以信心与鼓励，由此引发了注重舞台人物形象塑造并深化了艺术对人性的深度开掘与探索。如《天下第一楼》（编剧何冀平）通过京城老字号"福聚德"烤鸭店的兴衰，着力塑造了卢孟实、常贵等人物形象，通过他们做买卖的人格操守与经营理念，体现出以人为本的自尊自强意识和具有现代经济思想的改革理念——强烈的竞争意识、开放的经营思想、精打细算的经济理念以及以人为本的处世方法等等。话剧《李白》（编剧郭启宏）写出了李白徘徊于入世（做官）与出世（为民）、兼济天下与独善其身的矛盾心态和他的真性情与真精神。话剧《捉刀人》（编剧北婴）对曹操形象的描写不是用一个"好人"或"恶人"的标准，而是塑造出一个有血有肉的大写的"人"，既写出了曹操的足智多谋，也写出了他的渺小与弱点，以及他生性多疑的复杂性格。莆仙戏《秋风辞》（编剧周长赋）通过对汉武帝晚年复杂心理的剖析，塑造了一个有血有肉的帝王形象。花鼓戏《喜脉案》（编剧叶一青、吴傲君）以喜剧的形式，通过一个个活灵活现的人物形象揭示了一个历史性的悲剧，拷问着一个个人的灵魂。河南曲剧《阿 Q 与孔乙己》（编剧陈涌泉）通过对鲁迅笔下两个小人物阿 Q 与孔乙己的对比描写，细腻地揭示了两个人从互相斥责的冤家对头到同命相怜的沦落人的情感转变，写出了小人物的真性情。话剧《北京大爷》（编剧中杰英）通过德仁贵形象的描写，抨击了在改革开放环境中的不健康的心态与行为，剧中所涉及的道德观、人生观、价值观引发了观众对发生在今天的种种世相的深切思考。

3. 走向成熟的现实主义戏剧

现实主义戏剧创作，经过十几年的探索与寻找，逐渐褪去了"社会问题剧"的弊病逐步走向成熟，出现了话剧《商鞅》《沧海争流》《地质师》，戏曲《曹操与杨修》《金龙与蜉蝣》《程婴救孤》《贞观盛世》等比较成熟的作品。

上海话剧艺术中心的《商鞅》（编剧姚远，导演陈薪伊）是一部具有悲剧美感价值的历史剧。剧中精心塑造了商鞅刚烈倔强、不拘成规、不畏艰险，为了成就大业不惜牺牲生命的坚强性格，写活了一个被权贵们叫作"牲口"的奴隶的觉醒，他用生命保卫生命的抗争，最终埋葬了那个把人当"牲口"的奴隶制时代。他的变法使秦国富裕了强大了，但他的每一步成功也为他埋下了失败的隐患，以致他被害身死之时，那些享受着他变法革新实惠的人们却并不可怜他。商鞅的悲剧并非他个人的悲剧，而是一种社会悲剧，具有着深刻的历史文化内涵。这是一部历史真实与今天的时代精神相契合的佳作，它的出现是新时期的现实主义话剧创作走向成熟的一个标志。福建人民艺术剧院《沧海争流》（编剧周长赋，导演陈永森）从"人学"的角度描写"郑成功与施琅的故事"，写出了人物内心的复杂情感和灵魂的激烈搏斗，揭示了当一切私人仇恨和恩怨被民族大义化解之时，中华民族精神便得到了高扬与传承。大庆市话剧团《地质师》（编剧杨利民，导演陈力）通过对洛明、罗大生、刘仁、曲丹等艺术形象的塑造，展现了大庆油田以知识分子为代表的新一代"铁人"形象。上海京剧院的《曹操与杨修》（编剧陈亚先，导演马科）把敏锐的艺术触角伸入人物的思想深处，从社会和人的角度追踪、剖析、揭示出曹操与杨修的复杂情感背后的丰富的文化内涵，使人物形象更加鲜明生动，且具有深厚的哲理意蕴。该剧准确地找到历史与现实的连接点，通过真实地描绘历史来引起今天观众情感共鸣，是新时期戏曲创作走向成熟的一个标志。

上海淮剧团的《金龙与蜉蝣》（编剧罗怀臻，导演郭小男）在塑造金龙与蜉蝣形象的过程中，描写荒谬时代背景下人性的扭曲与人格的异化——每个人都拼命地追求着自己的理想目标，到头来却落得一个南辕北辙的下场。河南豫剧一团的《程婴救孤》（编剧陈涌泉，导演黄再敏）超越了传统剧目《赵氏孤儿》，深化了主题，丰富了人物，结尾一改"大团圆"的结局，让程婴为"救孤"献出生命，以悲剧的结局延伸了《赵氏孤儿》的创意，提升了该剧的品格，使该剧主题达到了哲学的审美高度，程婴的形象也随之高大起来。《贞观盛世》（编剧戴英禄、梁波）以当代的视角去观照历史人物，以饱满的热情塑造了魏征胸怀坦荡且自然、质朴、率真的鲜明性格，以及李世民善于纳谏、择善如流、知人善任、开明爽朗的帝王形象。福建梨园戏《节妇吟》（编剧王仁杰）深入开掘其内容的反封建意义，通过皇帝御批"两指提筳"与"晚节可风"的所谓

"嘉奖"，把女主人公颜氏推向命运的深渊故事的描写，细腻地揭示出人物内心的复杂情感，其构思非常精妙。这些作品无论是对历史题材的开掘，还是对现实题材的描述，都达到了一定的深度与高度。同时还在深入开掘人物复杂情感的基础上，塑造出个性鲜明生动的人物形象，使作品不仅具有吸引人的艺术魅力，而且给观众以欣赏的愉悦和思考的快乐。

四、多样化发展阶段（2000—2015）：向艺术的深度与广度进发

进入新世纪以来，随着国家经济的发展，政府对文艺事业的重视，昆曲作为非物质文化遗产受到保护与传承。国家艺术基金的成立进一步加大了对艺术创作的扶持力度，为文化的大发展大繁荣营造了良好的创作环境，由此激发了广大戏剧工作者的创作积极性，使新世纪戏剧创作不断向深度与广度进发。

新时期初期的戏剧，因为承担了过重的历史责任和戏剧重建的使命，受某种简单的因果律的支配，往往呈现一种线性发展状态。而政治的情绪化的效果也影响了戏剧文学性的表达，常常使戏剧创作停留在表面现象的描述而无法向幅员更广的生活层面与人性层面进行深度展开。在经历了新时期戏剧从复苏、发展、反思、寻找的历程，以及创作上的借鉴、吸收、融合、提高的过程之后，新世纪戏剧的创作视野更加开阔，思路更加宽广，艺术追求更加自觉。在创作思想上，新世纪戏剧不再盲目追求西方最新的戏剧潮流，生硬地模仿西方某一戏剧家或戏剧流派的创作风格，而是像鲁迅说的那样，放开眼光，从古今中外的文化遗产和戏剧传承中广泛吸收创作营养，尤其注意转化本土资源，重视积累"中国经验"。在此基础上，努力寻找一条戏剧创新之路。在创作方面，新世纪戏剧不断向生活与艺术的深度与广度延伸，在内容的开掘与新形式的选择方面，也从单打一的追求向着多方融合的阶段迈进，由此形成本时期的特点：一是在弘扬主旋律、提倡多样化的原则基础上探索多样化的发展之路；二是在回归戏剧本体的进程中，寻找话剧民族化、戏曲现代化的创作之路；三是注重题材的拓展、内容的开掘和人物形象的塑造，努力提高作品的艺术性与舞台表现力；四是民营戏剧的崛起，已成为当代戏剧创作的重要生力军，其作品也显示出当代现实生活的新鲜感。

1. 丰富多彩的戏剧创作与舞台呈现

新世纪戏剧，在新时期戏剧取得辉煌成就的基础上继续向前发展，创作者激情饱满，目标明确，好作品不断出现，舞台上呈现出丰富多彩的繁荣景象。

首先，从写"社会问题剧"向艺术创作的层面迈进。在弘扬主旋律、提倡多样化原则基础上，剧作家努力消除"社会问题剧"的负面影响，以艺术的思维去结构作品，出现了一批有影响的剧目。这些作品突出特点是，不再空喊口号，也没有简单地在舞台上展览好人好事，而是用感人的故事和鲜明的形象体现作品的艺术魅力。比如，《父亲》（编剧李宝群）经过修改后，已经从描写下岗工人寻找生活出路的主题，提升为描写父子两代人不同价值观念的矛盾冲突，成功地塑造了"父亲"的鲜明的艺术形象，也写活了小儿子与时俱进的奋斗精神。《黄土谣》（编剧孟冰）在揭示父子两代人复杂内心的矛盾冲突中，塑造出真实、感人的艺术形象。《打工棚》（编剧李世勤）通过一个"下岗"的支部书记的反思，去实践中学习、寻找改变农村面貌的事迹，写出了人物的成长与思想升华。《郭双印连他乡党》（编剧王真）突破了某些以真人真事为题材的剧作的"假大空"现象，通过郭双印毛遂自荐担任村党支部书记，舍弃个人利益，为村民做好事、办实事的具体行为，赞扬了干部与人民群众打成一片的优良作风，消除了共产党员与普通民众的思想隔阂，使得普通民众从心底发出了"双印是好人"的赞叹！《共产党宣言》（编剧唐栋、蒲逊）让观众感动是讲了一个好故事。该剧宣扬《共产党宣言》的精神，但它没有照本宣科讲大道理，或概念化地宣讲革命理想和斗争精神，而是依据中国近现代史重新写出自己的故事，塑造出林雨菲等鲜明的人物形象。剧中通过女共产党员林雨霏对革命的忠诚和爱"孩子"的浓浓情感，让观众看到了她为革命事业而不得不舍弃亲情的高尚人格与在危难关头视死如归的大无畏精神，动人心弦，感人至深。

其次，以塑造鲜明人物形象凸显作品艺术魅力。在作品中努力塑造具有独特艺术魅力的舞台艺术形象，是新世纪戏剧在多样化寻找中逐渐走向成熟的一个突出特点。如话剧《知己》（编剧郭启宏）塑造了一个"士为知己者死"的顾贞观的感人形象，写出了他以实际行动对"知己"的深刻含义做出了诠释。话剧《天下第一桥》（编剧王元平）写活了一个具有复杂情感和独特性格的历史人物——清朝官员兰州洋务总局总办彭英甲的形象，使观众看到了一个铮铮铁骨、气贯长虹的铁汉的形象，看到了一个彰显民族正气、具有坚韧不拔之骨气的民族英雄形象。京剧《成败萧何》（编剧李莉）以现代观念处理历史题材，使全剧的旨趣超越单纯的政治批判和道德评价，引向深层的历史文化反思，对萧何这个人物复杂心理的深度开掘，写出了他在"事君王"与"保知己"的两难境况下的苦闷、徘徊的复杂心态，以及他最终做出为政治大局而牺牲道义选择的痛苦挣扎。话剧《伏生》（编剧孟冰）赞颂古代知识分子的气节、人品与风骨，以独特而震撼人心的戏剧动作塑造了伏生这个知识分子的典型形象，从他身上观众看到了一代知识分子保存中华民族历史文化的铮铮铁骨和无所畏惧的高尚精神。商洛花鼓戏《带灯》（编剧徐小强）比较成功地塑造了一个乡镇普通干部带灯的鲜明形象。带灯以真心关心群众的疾苦，以真情帮助群众解决困难，以真诚的精神大胆介入矛盾，为党和政府分忧解难，为维护党的形象和政府的信誉，宁愿自己吃亏受累的具体行为感人至深。带灯不是英雄模范，不是明星大腕，却是普通百姓嘴上念叨着、心里牵挂着的"贴心人"。《祖传秘方》（编剧孙浩、黄伟英）是一部反映抗战题材的剧作，写出了中国人的骨气，开掘了中国人的道义，体现中国人的民族意识与抗争精神。面对日本侵略者的残暴行径，不甘受日本侵略者的压迫的中国人或拿起武器去打日本，或在后方以实际行动支援抗日活动。剧中的卜振堂与邵振刚以国仇化解私怨，与邵正刚结拜为兄弟，显示出中华民族的道义精神和一致抗击日寇的决心。

在塑造清官形象的作品中，京剧《瘦马御史》（编剧盛和煜等）和《廉吏于成龙》（编剧梁波、戴英禄）、晋剧《巴尔思御史》（编剧梁波）等不但视角新，人物也有新的特点。剧中的"清官"没有包公、魏征那样的显赫官位和权力，只能靠坚毅的人格和正义的胆量，与贪官污吏周旋，以智慧赢得皇帝的支持，得到主持正义之士的相助。特别是对他们内心复杂情感的开掘与细腻描写，也赋予了人物形象以生动、鲜活的感人魅力。

再次，以平民化风格讲述小人物的大故事。与新时期戏剧创作相比，新世纪戏剧创作观念出现了一个明显改变，很多作品把创作视角聚焦于普通人，讲述普通人的故事，揭示普通人的情感，塑造普通人的形象，展示"草根"的力量。话剧《独生子当兵》（编剧王宝社）、《爱尔纳·突击》（编剧兰晓龙）描写普通士兵的独特个性，讲述他们不平凡的成长经历。《向上走，向下走》（编剧秦文、李樑）以喜剧化手法描写城市小区的保安与小保姆的生活，在普通中展示他们的生活追求与美好心灵。豫剧《丑嫂》、滑稽戏《顾家姆妈》（编剧陆伦章）、福建的《疙瘩嫂》描写的是最普通的劳动妇女，她们的形象说不上高大，但她们的心灵是善良的、美好的，并具有勤劳的品格和坚毅的人格。沪剧《挑山女人》（编剧李莉）塑造了"一生挑山坦荡荡"的普通农村妇女王美英的高大形象。她以一个女人的柔弱肩膀"挑"起一家人的生计，经受风吹雨打，跨越崎岖山路，硬是靠着不怕吃苦、不怕劳累的韧劲儿"挑出一个柳暗花明的新天地"。在这个人物身上，彰显了中华民族勤劳、朴实、不屈不挠的人格与奋进精神。这些作品的成功，在于面对生活的复杂，不回避矛盾，不粉饰生活，注重人物心灵的描写与性格的刻画。在描写现实生活的艰难与困苦中，展现出人物复杂的内心与崇高的精神境界，具有一种真实的情感和感人的艺术魅力。

最后，突破题材束缚增强艺术创造力。现实主义戏剧与时代发展有着密切关系，但它又不是时代的传声筒和展览台，它既来源于生活，又需要高于生活。因此，创新就是它必不可少的品格，而突破观念的束缚，又是体现它创新品格的重要起点。在这方面，儿童剧的创作出现了很好开端。其突出表现是敢于向世俗挑战，大胆表现现实中那些"棘手"的问题，把以前不敢写、甚至囿于种种原因写不好的题材，诸如中学生的"早恋"问题、网恋问题、厌学问题等，作为创作内容进行探索，产生了很好的艺术效果。如《青春跑道》（编剧陆伦章）和《柠檬黄的味道》（编剧邱建秀）就是其中典型的代表。同样，军旅戏剧的《兵者·国之大事》（编剧王宏、肖立、李宝群）敢于讲真话，敢于触及军队内部的矛盾而受到观众好评，是军旅戏剧在创作观念上的一次突破，也是现实主义话剧创作所取得的重要收获。话剧《惊蛰》（编剧冯大庆）以真人真事为题材创作，却没有落入宣传戏的俗套，所塑造的两个鲜活的人物——朱清扬和韩梅，给人留下了深刻的印象，在普普通通中显现着一种崇高的精神境界。他们以自己的实际行动诠释了中华传统文化的博大和高尚，彰显了传统"孝道"的光彩与美丽。

2. 话剧民族化与戏曲现代化的新收获

新世纪现实主义戏剧在创作上的一个重要贡献，就是通过对舞台呈现形式方面的反思，增强了对戏剧本体功能的认识，使戏剧创作回归戏剧本体，丰富了舞台表现手法，增强了舞台艺术的表现力与艺术魅力。比如，在写实中借鉴写意手法，把传统戏曲的舞台表现手法有机地融入写实风格剧作的舞台创作中去，或者借鉴民间曲艺的创作手法，以增强话剧的舞台表现力和艺术美感，如《生死场》《蛐蛐四爷》《秋天的二人转》《秀才与刽子手》《老汤》等剧的创作就是其中的典型代表。

国家话剧院《生死场》（编剧、导演田沁鑫）在"写实"的表演中融入"写意"的表现手法，以"写意"的美感突出"写实"的情感，使人物的情感更具有真实的美学意蕴，产生了震颤人们心灵的情感冲击力，同时也使人物形象的塑造达到了超越生活真实的艺术真实，具有典型意义与艺术创造价值。《秋天的二人转》（编剧杨利民）在话剧表演中大胆地融入了东北"二人转"艺术，使全剧的演出既具有浓厚的地域特色，也丰富了刻画人物性格的手段与表现方法。《蛐蛐四爷》（编剧许瑞生）把天津地方方言运用到话剧表演中，增加浓郁的地域特色。《秀才与刽子手》（编剧黄维若）以荒诞的形式表现社会人生，以喜剧的手法写严肃的事物，以黑色幽默揭示人物的情感，把悲哀之事化作轻狂一笑，让笑中带着眼泪，在悲哀的极致中看到生活的本质和人的真性情，在普通中见出哲理意蕴，体现出一种批判力量。舞台演出中融入戏曲的表演程式、身段和声腔，虚拟的景象、象征的面具、夸张的表演，以写意的形式折射出写实的内涵，在辛辣的讽刺中显示出一种深刻地批判力量。《老汤》（编剧王宏、王叶丹）讲述信守承诺的动人故事。剧中通过描写"老汤烧鸡店"的创办人罗小船与苑如意的悲欢离合、爱恨情仇的动人故事与罗、苑两家在生意场中的恩恩怨怨，讲述了为人之本、经商之理和处世之道，体现着一种深刻的思想内蕴与中华民族的传统文化精神。该剧把河南曲艺表演手法融入话剧之中，体现出一种诗意的美感。

在寻求戏剧多样化的进程中，一些非戏剧院团也参与了话剧创作，他们以方言演出话剧，既突出了话剧的民间特色，表现普通民众的生活和民间故事，使话剧创作更"接地气"，畅通与普通观众沟通的渠道，在表演中也吸收具有地方特色的说唱艺术和民间曲调，丰富了话剧表现手段。如武汉说唱团创作演出话剧《海底捞月》（编剧李冰），济南市曲艺团演出的话剧《泉城人家》（编剧王宏），佛山越剧团演出的话剧《康有为与梁启超》（编剧李新华）等，在突出话剧的地域特色的同时，也丰富了话剧艺术的表现力。

在戏曲创作进程中，吸收现代艺术手法，丰富、扩展戏曲艺术的表现力，加强与观众的审美沟通，是 20 世纪戏剧创作的新课题，京剧、豫剧、评剧、梆子等众多剧种都在进行尝试。在这方面，京剧《骆驼祥子》（编剧钟文农）、川剧《金子》（编剧隆学义）、京剧《华子良》（编剧卫中）等剧的创作实践具有突破性的意义。与新时期初期出现的"新戏曲"不同，这些作品的观念创新，主要表现在对内容的深入开掘与人物形象的塑造上，而形式的创新又为表现内容、深入开掘主题内涵提供了技术手段，使内容与形式实现了比较恰切的融合。在表演上大胆地创造出一些新的形式，如《骆驼祥子》的"洋车舞"、《华子良》的"箩筐舞"，以及《金子》的现代化表演，不仅拓展了戏曲的表演技巧，而且在表达人物内心情感、刻画人物性格方面也体现出一种现代审美意蕴。

3. 民营戏剧的崛起与小剧场戏剧的红火

首先，民营戏剧在市场中壮大。民营戏剧，是改革开放后出现的戏剧现象。自 1990 年前后出现已有二十多年的历史，主要以北京、上海为主，逐渐扩展到其他城市。最初是以戏剧工作室的形式出现，如孟京辉的"穿帮剧社"（后更名为"孟京辉戏剧工作室"）、林兆华的"戏剧工作室"、郑铮的"火狐狸剧社"，上海有张余的"现代人"剧社、王景国的"边缘剧社"等。1993 年"独立制作人"出现，在走市场的道路上又迈出新的一步。2005 年文化部等五部委联合出台《关于鼓励发展民营文艺表演团体的意见》，民营剧团如雨后春笋般出现，戏逍堂（北京）娱乐文化发展公司、李伯男戏剧工作室、盟邦（北京）文化发展有限公司、三拓旗剧团、黄盈戏剧工作室、北京龙马社文化传播公司、东方桥文化传播（北京）有限公司、明戏坊戏剧工作室、北京典雅天地文化传播公司、北京 1998 国际青年艺术剧团、北京薪传实验剧团、雷子乐笑工厂、北京开心麻花娱乐文化传媒有限公司和上海的何念戏剧工作室、扑鼠器戏剧工作室、上海锦辉艺术传播有限公司、上海恒源祥戏剧发展有限公司等先后成立，还有北京的蓬蒿剧场、9 剧场、繁星戏剧村、木马剧场和上海的下河迷仓、星光剧场等。这些剧场在投入市场使用的同时，也参加剧目的演出与制作，比如蓬蒿剧场和繁星戏剧村等就参与了很多戏的制作。上海、杭州、天津、深圳等地为孟京辉、李伯男等知名导演创办戏剧工作室。而民营剧社的全国巡演，也推动小剧场话剧创作使其出现了一股热潮，很多青年观众被吸引进剧场。民营社团演出剧目逐年增加，经济收入也十分可观。据各方面的数字统计，至 2007 年，民营社团演出的话剧约占整个话剧演出市场的 50%—60%，且呈逐年上升趋势，已成为话剧创作一支不可忽视的新生力量。戏曲民营社团更是遍布全国各地，有些省市的国有院团不太景气，而民营戏曲院团的演出却红红火火，如河南小皇后豫剧团、天津市崔连润文化艺术交流工作室、北京凌空评剧团、陕西嫦娥晋剧团等等。

其次，紧贴时代发展的民营戏剧创作。民营戏剧创作主要以青年戏剧人为主力，他们中多数毕业于中央戏剧学院、上海戏剧学院、北京电影学院和国内其他大学的戏剧专业，也有一些热爱戏剧的青年。因为资金和演出场地的限制，民营戏剧社团（尤其是话剧社团）的演出比较钟情于小剧场戏剧创作，作品多以恋爱、婚姻和青年人的生活为内容，很少历史或重大生活事件的题材。自孟京辉戏剧工作室《恋爱的犀牛》（编剧廖一梅，导演孟京辉）获得成功后，有一批戏迅速在市场上走红。其内容主要表现为如下几个方面：一是描写普通人的生活，表达他们的喜怒哀乐，如盟邦戏剧《我不是李白》（编剧白泊、黄凯，导演黄凯），李伯男戏剧工作室《嫁给经济适用男》《隐婚男女》（编剧哈智超，导演李伯男），黄盈戏剧工作室《卤煮》《枣树》（编剧、导演黄盈），梦剧场《招租启示》（编剧王剑男，导演黄凯）等；描写青年人的婚恋生活，揭示他们的复杂情感，如《恋爱的犀牛》、戏逍堂《有多少爱可以胡来》（编剧田晓威，导演李伯男）、李伯男戏剧工作室《剩女郎》（编剧哈智超，导演李伯男）、何念戏剧工作室《跟我的前妻谈恋爱》（编剧、导演何念）、现代人剧社《单身公寓》（改编薛磊，导演周可）和《白领心事》（编剧、导演周可）等；反映社会现实，直击人性的劣根性，如《玩偶》（编剧程博峰）、《我们的世界，我们的梦想》（编剧许多）、《寻找春柳社》（编剧李龙吟）、《心灵厨房》（编剧费明）、《猫城记》（编导方旭）、《造王府》（编剧雷志龙）等；探索、实验的剧目追求舞台演出的新奇性与独特性，如《非常麻将》(编剧、导演李六乙)、《切·格瓦拉》(编剧黄纪苏)、《故事新编》等。这些作品的内容与年轻人的生活比较接近，很受年轻人的青睐。在创作实践中，一批年轻的戏剧人也迅速成长起来，如编剧哈智超、廖一梅、费明、何念、黄盈、周可、雷志龙等，导演如孟京辉、李伯男、何念、张广天、黄盈、黄凯、邵泽辉、赵淼、周可等，还有大批演员和舞台美术人才在成长，壮大了民营戏剧创作队伍。

民营戏剧受到热捧，与年轻一代观众欣赏趣味的变化也不无关系。以前，人们把剧场看作是"思考问题的场所"，观众进剧场看戏一方面是欣赏文艺作品，另一方面是思想得到提高，心灵得到净化。然而，这样的观念在今天已经发生了变化。一些年轻观众进剧场看戏，纯属于找"乐"来了。这大概就是像《翠花，上酸菜》《想吃麻花现给你拧》一类的话剧，业内人士看不上眼，而在普通观众中却大受赞赏，其原因大概就在于此吧！有观众说，"国家话剧院团演出的戏很经典，制作也很精致，演出很有艺术性，但是，却看不到观众所关心的生活。有时在民间剧团演出的戏中倒能看到一些，尽管他们写的也比较简单。"而民营小剧场话剧所展现的那种青春的律动与浪漫的情感，使得观众找到了情感的寄托和发泄的渠道。哪怕是一句俏皮的台词，也会引发他们会心的笑声。劳累了一天的他们，需要找到一种放松的地方减压；被生活挤压得烦闷、苦恼的他们，需要一个发泄的渠道来舒缓一下自己的情绪。民营小剧场的创作正适应了青年观众的这种需求，成为他们最合适的去处。

民营戏剧社团的创作演出，初期尽管有些作品艺术上不太成熟，但总体上比较严肃认真，2005年以后，随着剧社数量大增，剧目创作反倒呈现出良莠不齐、鱼目混珠的状态。一些演出社团或制作公司因受一些媒体宣传——诸如"选秀""超女""快男快女"等节目——的诱惑，从影视剧中找题材，创作上搞"短、平、快"，一味地"搞笑"，以此为宣传卖点招徕观众。有的剧社急于在市场中赚钱而创作力量又不足，表演水平难以让观众满意，只能一味地迎合观众，靠临时增加一些"婚恋方面的段子"来取悦观众。在市场利益的驱动下，出现了一些低级趣味的"文化快餐"。作品不关注现实，不反映老百姓关心的社会问题，缺乏生活底蕴，打着恋爱、婚姻的幌子，进行"无厘头"的恶搞、效仿、拼贴、段子化，目的是在演出中制造"笑点"，去"忽悠"观众进剧场。这样的创作实际上已失去了话剧本身所具有的"严肃性"，失去了话剧创作对现实人生的观照和审视，剧目缺少文化内涵及人文精神，破坏了戏剧艺术的审美作用。至 2009—2010 年前后，这类低俗的剧目明显减少，尤其是中央提出"坚决抵制庸俗、低俗、媚俗之风"指示以后。有些民营社团从一开始在创作上就有着严肃的艺术追求，演出的剧目虽然有搞笑的成分，但内容积极向上，关注社会、人生，展现人间真情，如盟邦戏剧工坊、李伯男戏剧工作室、北京凤朝阳文化发展公司、龙马社和上海的现代人剧社、捕鼠器戏剧工作室等。就这些民营剧社而言，他们的创作并没有停留在一个水平上，也在演出实践中不断地充实自己，提高自己在艺术创作方面的水平。有些以前演出过低俗作品的社团也在改变并努力提高自己的创作水平。目前，一些搞笑的、逗人一乐的戏，艺术水平不高、缺少相应的美学意蕴的戏，仍然存在，但那些恶搞的低俗剧目越来越少了。总之，民营话剧创作、演出势头仍然强劲，确实已成为话剧创作方面的一支重要力量。如果政府与民间共同携手，定会拓展出一片新天地，为文化大发展大繁荣做出新的贡献。

再次，小剧场戏剧呈现热潮。新时期小剧场戏剧开始于 1982 年北京人艺演出的《绝对信号》，很快在舞台上活跃起来，形成一股小剧场戏剧创作的热潮。其原因：一是小剧场戏剧的探索性创作与实验性演出受到年轻人青睐，比较符合青年戏剧人的艺术追求；二是戏剧出现危机，小剧场戏剧投资少，便于经营，即使赚不到钱也不至于赔的很多；三是小剧场戏剧制作相对简单，便于巡回演出。国营院团也创作演出了很多小剧场戏剧，如《火神与秋女》（编剧苏雷）、《灵魂出窍》（编剧苏雷）、《夕照》（编剧李景宽）、《思凡》（编剧孟京辉）、《留守女士》（编剧乐美勤）、《同船过渡》（编剧沈虹光）、《绿色的阳台》（编剧廖维康）、《男人的自白》（编剧郭启宏）、《WWW.COM》（编剧喻荣军）、《福兮祸兮》（编剧张健莹）、《人模狗样》（编剧喻荣军）、《有一种毒药》（编剧万方）、《向上走，向下走》（编剧秦文、李樑）、《解药》（编剧吴彤）、《燃烧的梵高》（编剧伊非）、《画眉》（编剧苑彬）、《网子》（编剧松岩）等作品。民营戏剧社团创作的小剧场剧目更多。

2000 年以来，小剧场戏剧创作出现了一批以探索、实验为主旨的小剧场剧目，如话剧《原野》（导演王岩松）、《雷雨》（导演陈大联）、《庄先生》（编剧庞贝）、《青蛙》（编剧过士行），戏曲小剧场剧目有《马前泼水》（编剧盛和煜）、《浮生六记》（编剧周眠，导演白爱莲）、《三岔口2015》（导演周龙）、《浮士德》（编剧李美妮）等。这些作品以其锐意的创新和大胆的探索，为戏剧创作提供了一种新的思路。

4. 在创新与寻找中提升艺术品格

进入新世纪以来，随着改革开放的力度不断加大，文化体制改革进一步深入开展，与世界戏剧交流越来越多，戏剧创作的观念和创作生态正在悄然发生变化。文化氛围和创作条件更加优化，演出市场和鼓励政策更加完备，戏剧理论建设得到重视，特别是各级政府对文化的高度重视，对戏剧创作的扶植、资金投入力度加大，戏剧艺术家的艺术智慧和创作热情被极大地激发出来，戏剧创作逐渐走上良性循环的轨道。

为支持戏剧创作出精品、出人才，文化部在原有的"文华奖"的基础上，从2001年开始又增设"国家舞台艺术精品工程"的评选工作，每年从全国的戏剧创作作品中评选出十部作品，至2014年已评选出一百多部优秀作品。中国戏剧家协会的"曹禺戏剧文学奖"和"梅花奖"，大大促进了剧本创作、剧作家的培养和青年演员的培养。与此同时，在世界戏剧潮流的影响下，北京人艺每年举办的"外国戏剧精品邀请展"，上海话剧艺术中心每年举办的"当代国际戏剧演出季"，北京市政府2014年举办的"第六届奥林匹克戏剧"展演，使得大批的外国优秀剧目在北京和上海等地的舞台上亮相，开阔了中国戏剧创作者的视野，从中也学到了很多有益的东西。还有民营戏剧的活跃，大学生戏剧如雨后春笋般地成长，既活跃了演出市场，也培养了大量年轻的戏剧观众，他们创作了大量"接地气"的、描写校园生活和普通民众生活的作品。

新世纪戏剧创作取得了非凡的成绩，但与文化大繁荣大发展的要求仍有一定距离，远不能满足广大观众的艺术审美需求，用习近平总书记的话说就是"有'高原'缺'高峰'"。这既有主观方面的原因，也有客观方面的原因。其一，在市场经济的潮流中，在高科技带来的新媒体的众声喧哗中，戏剧市场又一次受到冲击，戏剧创作环境又一次遇到了新的挑战，人们的思维和价值观念也在这种"冲击"与"挑战"中不断发生着变化。"泛娱乐化"潮流中出现的全国各地各种赛事如火如荼，"快男快女"充盈着荧屏影院，以"收视率"和"票房"为衡量标准的评价观念的出现，更是搅乱了传统的艺术评判标准。一时间，浮躁、喧哗、烦闷，追求"票房"成为一些人干戏剧的目标，而观众尤其是年轻观众也以"文化消费"代替了"艺术审美"。在这种环境下，戏剧的活力和创造力无法与之抗衡，又一次成了弱势群体。戏剧市场竞争力和社会购买力总体低下，而创作资金短缺也制约了一些戏剧作品的诞生。戏剧只能向一般文化消费品转型，出现了创作动机浮躁、内容浮夸、形式浮华、思想肤浅的现象。而消磨个性、艺术趣味趋同的过度娱乐的创作倾向也导致戏剧精神的缺失，损害了中国戏剧的审美价值，好作品不多。从创作方面说，有些作品存在着缺乏生活、创作观念陈旧等问题。编剧缺乏创作激情，写作品主要是为了完成"任务"。为了作品能获奖，有些作品只选英雄模范人物来写，作品中只是在排列好人好事，不敢写矛盾冲突，机械地照搬生活，只有"事"的罗列，不见"人"的性格，更看不到人物的心理变化和成长历史。展现在舞台上的英模人物，思想境界看似很高，实际上是一个没有艺术感染力的概念化的躯壳。其次是剧本内容上缺乏开掘，缺少思想的含量，更缺少"来源于生活，高于生活"的艺术思维与创造。这些都有待于今后努力改善并逐步提高。

第二节　新时期戏剧思潮的基本特征

新时期戏剧继承"五四"以来的戏剧传统，在发展过程中始终贯穿着一条主线：关注社会现实，关心人的命运，呼唤真诚、正直、平等、勤劳的价值观念，表达对祖国、民族命运的忧患意识，在戏剧创作中体现出"文学是人学"的现实主义戏剧创作精神，使新时期戏剧出现了中国话剧史上前所未有的崭新局面。进入新世纪，随着高科技的迅猛发展，信息化社会的日益强化，市场经济体制的全面确立，以经济建设为重点的观念不断深化，文化传媒手段越来越丰富，这种社会转型期的环境引起了人们生存环境、生活方式、思想观念、思维习惯、文化需求和审美趣味的变化，而作为精神产品的戏剧也随着这种变化而变化，随着人们的审美需要而寻找、而探索、而调整，由此出现了主流戏剧创作潮流中的多元发展的格局。在艺术上，新时期戏剧始终不断地走着一条实验创新的路，一是打开窗户，吸收世界戏剧流派的创作方法；二是溯本求源，继承传统戏剧艺术的遗产，在中西文化的碰撞中，不断地寻找融合之路，努力打造具有中国特色的戏剧文化，积累了丰富的经验。其特征大概有如下几个方面：

一、现实主义的批判精神

新时期戏剧尤其是"社会问题剧"的出现，主要是受到社会政治潮流的影响，而它之所以从一开始就得到广大民众的赞扬，就在于其作品中所高扬的"现实主义的批判精神"。在初期的"社会问题剧"阶段，戏剧是以"批判的武器"出现，这不仅是剧作家需要，也是民众的需要。面对"文化大革命"后千疮百孔的社会现实，面对"文革"造成的各种冤假错案，以及他们在文艺创作方面的各种束缚与理论方面的流毒，剧作家们直接拿起戏剧这个武器，向着"四人帮"开火，揭露种种"社会问题"，鼓舞广大民众向着四个现代化进军的信心。这些戏大快民心，也深得民心。1977 年 5 月 23 日，中国青年艺术剧院在"青艺剧场"演出讽刺喜剧《枫叶红了的时候》引起轰动，1978 年 3 月，北京人民艺术剧院演出《丹心谱》盛况空前。特别是这年的 9 月 23 日，《于无声处》由上海市工人文化宫业余话剧队在文化宫小剧场首演，受到观众异乎寻常的热烈欢迎，10 月 12 日，《文汇报》发表长篇通讯《于无声处听惊雷》予以报道。之后《文汇报》于 10 月 28—30 日连续三天刊载了《于无声处》的剧本，顿时引起了全国读者的关注。它就如一声春雷在祖国的上空炸响，震动着整个戏剧界和文学艺术界。11 月 15 日，《于无声处》在北京工人俱乐部剧场演出，观众反映强烈。就在这一天，经中共中央政治局批准，由北京市委宣布：1976 年清明节广大群众到天安门广场沉痛悼念敬爱的周总理、愤怒声讨"四人帮"，完全是革命行动，对于因悼念周总理而受迫害的同志要一律平反，恢复名誉。①《报春花》是三中全会后第一个在戏剧舞台上批判反动的"唯成份论""血统论"的剧作，突破了多年的创作禁区，充分表达了人民的心声，反映了社会

---

① 钟文、鹿海啸编：《百年小平》，载《北京晚报》2004 年 8 月 19 日。

前进的潮流。另一部话剧《救救她》也在全国引起十分强烈的反响，一些犯过错误的孩子说："看到李晓霞改正了错误，还有出路，我们也觉得有了奔头，当时被感动得哭了。"管教员说："看了这个戏，要比对他们进行几天前途教育的效果大得多。"1980年中央实验话剧院演出《灰色王国的黎明》，一天晚上演出结束时，后台突然走进一对夫妇，见到编剧中杰英就跪下了，请求中杰英为他们的冤案申冤。观众的这种热情极大地鼓舞了创作者的积极性。

随着党的十一届三中全会的胜利召开，思想解放、改革开放不断深入，当"文革"时期遗留下来的大量"冤假错案"在党的政策指导下得到改正、平反，民众对戏剧的要求也发生了变化，原来"社会问题剧"的"火爆"慢慢"冷却"了。这种变化使一些戏剧工作者一时感到手足无措，同时也促使他们对戏剧创作进行思考。观众也不再满足于那种"揭露式"的戏剧批判。艺术家们开始把触角深入到社会生活的深处，深入探讨在实现"四个现代化"建设中阻碍人们前进脚步的深层问题，如人的尊严问题、人性与人道的问题、女性问题、生产力与生产关系的问题、体制建设与制度建设的问题，以及人自身的劣根性问题等等，把批判的锋芒直指社会的深层所存在的问题以及人们精神层面存在的问题。《原子与爱情》《明月初照人》《我说爱神醒了》《谁是强者》《哥儿们折腾记》《风雨故人来》《生命·爱情·自由》《山乡女儿行》《红白喜事》《寻找男子汉》等一批话剧作品通过对家庭、婚姻、爱情的描写，批判封建社会遗留下来的陈腐的道德观念，探讨人的尊严、人格成长与事业发展，受到观众的热烈欢迎。由此引发的对"人学"与人性的深入探讨，对现实生活的深入开掘的创作倾向，一直贯穿于整个新时期的戏剧创作中。

二、面对现实的反思精神

新时期戏剧在恢复和发展"文学是人学"的过程中始终体现着一种反思精神，既有对自身的反思，也有面对现实和世界戏剧潮流的反思。其反思的中心紧紧围绕着"文学是人学"的主题。从对"四人帮"法西斯专政的批判开始，把被压抑的人性重新解放，把被损害的人的尊严重新恢复，把被丢弃的人的价值重新认知，重新恢复人的权利，是其重要的标志。这种正本清源的结果，把戏剧作为"阶级斗争的工具"已被放弃，"文学是人学"的概念被重新提出并得到社会广泛认可。"人"成了新时期戏剧创作的主角及其理论批评中重点关注的对象。在此过程中，新时期文学的发展对戏剧的影响起到了催生的作用。比如，"关于戏剧观念问题的讨论"就受到了文学界"反思文学""寻根文学"的影响。尤其是 1985 年"文化热"发生以后，世界各国的文学作品与理论批评译著纷至沓来，艺术家频频出国访问交流，现代世界文学与文化网络不但输入了多学科人类历史文化典籍，而且带来令人眼花缭乱的新观念与新方法。有人说："当代文学历史从来没有过这样，它打破了单一的'一边倒'，面向世界文学潮流。"①

这种世界性的文学潮流，给新时期文学带来的最大收获就是对人的第二次的发现。新时期文学第一次对人的发现，涌现了《伤痕》《神圣的使命》《天云山传奇》《犯人李铜钟的故事》等小说，它们将所谓的反革命、叛徒、右派、罪犯这些被颠倒的"非人"，重新颠倒过来，恢复人的价值和尊严。新时期文学第二次对人的发现即对人的局限的发现，即从人与社会关系的视角发现人的价值之后，转向人对自身的审视，发现人自身也不是单一的，人性包括多层次的丰富内容。于是有关审视人的西方文学和文化书籍，探索复杂人性心态与自我缺陷的外国作品，也大量涌进了中国。

文学中的这种自审意识是由两个问号引发的。前一个问号出现于反思文学后期，面对"文化大革命"给那么多人的精神和肉体上造成的种种伤害，人们不仅要问：十年浩劫难道仅仅是"四人帮"几个坏人酿造的大祸吗？它与民族历史传统有何联系？对这些问题的思考，也使文学家从此前的政治反思转入了文化反思，出现了《黑骏马》《北方的河》《桑树坪纪事》《爬满青藤的木屋》《拂晓前的葬礼》《远村》等一批审视国民性的小说作品，立刻引起很大反响。它们的视线穿越了极左路线的政治边界，从更为悠久的历史文化所沉淀的农民性、知识分子性以至士农工商多边的民族性中质疑它的局限性。在此基础上提出了第二个问号，在反思中人们发现，长期小农经济的封建专制与传统的历史文化，固然存在着极左思潮的土壤，但生长于这块土壤并每时每刻吮吸这一传统文

① 张韧:《新时期文学现象》,文化艺术出版社 1998 年版,第 18 页。

化的人们，难道是"完璧无暇"而毫无责任毫无局限吗？在此过程中出现了《洗礼》《活动变人性》《活鬼》等一类灵魂拷问与剖析人性、心态复杂性的小说作品，还有出自不知名的年轻人之手的《无主题变奏》《你别无选择》等探究自我灵魂的小说，顿时引起普遍的关注。很显然，这种文学思潮对新时期戏剧也产生了巨大影响，引发了艺术家们对新时期现实主义戏剧的反思。

经历了新时期初期"社会问题剧"的火爆与衰退，戏剧艺术家一边反思一边放眼世界戏剧潮流，看看世界上其他国家、地区的戏剧家们在做什么和怎么做，看到适合自己胃口的东西便大胆地拿来。一时间，现代主义戏剧的诸流派，后现代主义戏剧思潮及其舞台表现手法纷纷进入中国，引发了一阵阵布莱希特热、荒诞派戏剧热和小剧场实验戏剧热，促进了对中国传统戏剧创作的反思，改变了戏剧创作观念和舞台表现形式，改变了对生活认知的视角，把对人的表现与对人性的开掘引向了深入，出现了一批令人耳目一新的戏剧作品及令人心灵一震的舞台创作，如《寻找山泉》《背碑人》《生者与死者》《裂变》《大趋势》《死罪》《天才与疯子》《黑色的石头》等。这些作品从不同的视角对人的复杂情感进行开掘，剖析灵魂，拷问生命，体现出反思意识与自省的觉悟，作品一出现便受到欢迎。

三、永不停步的探索精神

新时期戏剧在艺术方面的成就，主要体现在舞台性与在场性，其突出特点是执着的探索、实验与寻找的精神。不只剧作家的剧本创作，导演、舞美、表演的舞台呈现与艺术追求发挥着重要作用，观众作为接受主体的主动参与，也成为新时期戏剧创作中必不可少的一环，不断探索实验，不断开拓创新，便构成了它与时代同步发展的有序的嬗变节奏。

创新首先是戏剧观念上的革新，表现为戏剧自我意识的觉醒；其次是戏剧在时代发展过程中不断地自我调整；其三表现为戏剧在自我调整过程中寻找对生活的新的认知方式和新的审美形式，不断探索舞台表现的新样式，向着戏剧本体回归，出现了话剧《屋外有热流》《周郎拜帅》《街上流行红裙子》《十五桩离婚案的调查剖析》《红房间·白房间·黑房间》《一个死者对生者的访问》《狗儿爷涅槃》《蛾》《桑树坪纪事》《中国梦》《断腕》和戏曲《弹吉他的姑娘》《潘金莲》《金龙与蜉蝣》《变脸》等一批作品。这些作品大胆实验、创新，把对内容的开掘与对新形式的运用有机地融合起来，把对现实的批判与对人的尊重联系起来，把对生命的拷问与对人性的剖析联系起来，令人耳目一新，产生了振聋发聩的效果。而《绝对信号》和《母亲的歌》的出现则引发了小剧场戏剧的创作热潮，由此也带动了整个戏剧创作不断扩大视野、开拓思路，在内容上不断开掘，在形式上不断探寻新的表现方法。

四、回归理性的整合精神

新时期戏剧在经历了探索、实验、反思、寻找的过程中，在学习、借鉴、吸收、创新的实践中，在打开眼界看世界、开阔思维海纳百川的历程中，不断地总结经验，反思自己，逐渐地明确了一个道理，看到了一个方向，即回归理性，整合创作理念，沿着具有民族特色的戏剧创作道路进发。

首先是创作理念的整合。在坚持现实主义的基础上，借鉴西方现代派戏剧的创作理念，吸收传统戏曲的创作手法，把两者有机融合，创造出既有西方现代戏剧新颖的创作理念，又有传统戏曲艺术的精神底蕴的一种新的戏剧风格，即诗意化的现实主义戏剧。话剧《桑树坪纪事》《狗儿爷涅槃》《中国梦》《天下第一楼》《同船过渡》《商鞅》《沧海争流》《生死场》《李白》《秀才与刽子手》《知己》《天下第一桥》《西游记》（儿童剧）《老汤》，戏曲《曹操与杨修》《南唐遗事》《宰相刘罗锅》《徐九经升官记》《成败萧何》《尘埃落定》等就是这种诗意化现实主义戏剧作品的典型代表。

其次是戏剧市场经营理念的整合，形成了"三驾马车"并驾齐驱的局面。国营戏剧、民营戏剧、校园戏剧，受到同等重视，"三驾马车"同一个方向——为戏剧的大发展大繁荣，同一个效果——丰富创作剧目，繁荣演出市场。国营领跑，民营助阵，校园是根基。此前，政府比较重视国营戏剧院团，民营戏剧社团是"无娘的孩子"，校园戏剧缺乏社会关注，全凭爱好戏剧的大学生们以热情为之。自 2005 年起情况发生了大变化。在全国文艺院团深化体制机制改革，国家在进一步完善经济政策，扶持国有艺术院团的同时，转变了此前认为民营戏剧社团是"业余剧团"草台班子"的看法，加大了对民营戏剧社团的支持力度，出台了一系列相关政策。2005 年 9 月，国务院公布了《营业性演出管理条例》，发布了《国务院关于非公有资本进入文化产业的若干决定》，鼓励社会资本以个体、独资、合伙、股份等形式投资兴办民营文艺表演团体，扶持农民和民间艺人自筹资金组建民营文艺表演团体。2005 年 11月，文化部、财政部等五部委出台了《关于鼓励发展民营文艺表演团体的意见》，对民营院团发展提出了多项扶持措施。2009 年 6 月，文化部出台了《关于促进民营文艺表演团体发展的若干意见》。2010 年 6 月，文化部举办了"首届全国民营艺术院团优秀剧目展演"，演出了民营戏剧社团创作的十台剧目，获得各界好评。在展演结束后的表彰大会上，时任文化部部长蔡武发表了《促进民营艺术院团可持续健康发展》的讲话，在谈到"民营艺术院团在推动文化大发展大繁荣中的重要作用"部分时对民营艺术社团给予了高度评价。强调：民营艺术院团是文化体制改革的产物，是我国社会主义文化事业的重要组成部分，是我国舞台艺术发展的重要力量，是繁荣城乡基层文化市场的生力军，是继承和弘扬我国优秀传统文化的重要载体。同时指出："在重视和推动国有文艺院团改革发展的同时，要高度重视民营艺术院团的发展，要对它们加强引导和扶持，进一步促进民营艺术院团的可持续发展"，"加大对民营艺术院团的资金支持"等等。① 这极大地鼓舞了民营艺术院团的干劲，增强了他们的创作信心。

校园戏剧以前是"业余"中的"业余"，进入新世纪以后，中国戏剧家协会正式把校园戏剧列为"中国戏剧奖"中的一项，名为"中国戏剧奖·校园戏剧奖"，当年在上海举办第一届校园戏剧节，由中国文联、教育部、上海市人民政府主办。此后每两年举办一届。有效促进了校园戏剧的创作与发展，同时也为戏剧事业的发展培养了观众与创作人才。

五、不断开放的进取精神

新时期戏剧之所以在短短的三十多年时间内取得如此辉煌的成就，最重要的一点就是它从一开始就秉承着不断开放的原则，张扬着一种不

---

① 见《中国文化报》2010 年 7 月 14 日第 3 版。

断探索、实验的进取精神。在经历了20世纪80年代戏剧创作的活跃期、繁荣期，走出历史的泥泞，在"伤痕"中进行反思与探索；在打开国门、涌入世界戏剧思潮中的兴奋中，经过"沉淀"消解了"浮躁"情绪，逐渐回归理性，逐步找到了融合世界戏剧创作经验与继承戏曲传统创作手法，适合中国戏剧发展并体现着中国戏剧美学精神的一条创作道路。

然而，时代在发展，生活在不断地变化，戏剧创作必将面临时代所赋予的新的挑战，同时也必将受到不断变化着的环境的制约。因此，"带着镣铐跳舞"将是戏剧艺术创作永远的宿命和不断需要突破的藩篱。也许，戏剧艺术就是在这种"挑战"与"制约"中产生的，它的魅力也是在"带着镣铐跳舞"的束缚中、在突破种种"藩篱"的过程中形成并生长的，这是戏剧艺术生命力的体现，也是它永葆青春的诀窍。因此说，戏剧艺术的追求与探索是没有止境的，时代的发展、生活的拓展是它永远取之不尽、用之不竭的资源和给养，它的新生命就是在不断探索、不断吸收、不断融合的过程中诞生的。在这方面，新时期戏剧的发展历程就是最好的明证。从"社会问题剧"的火爆与衰落，到探索戏剧的兴盛与落潮，到现实主义戏剧的回归与拓展，再到多样化戏剧——即风格多样、手法多姿、形式多变、面貌各异的创作局面的形成，都从不同的角度、不同的侧面说明了戏剧创作与时代、生活的密切关系。时代与生活的发展孕育了戏剧、丰富了戏剧，而戏剧也以自己的美学特质概括了生活，提高了人文素质，升华了时代精神。隐含在其中的，不论是"经验"还是"教训"，都已成为今天戏剧创作者宝贵的精神财富，值得后人思考与借鉴。

第三节　新时期戏剧批评思潮透视

戏剧批评，是新时期戏剧在发展过程中的一个重要部分，一直伴随着新时期戏剧创作的发展而成长。每逢新时期戏剧创作遭遇理论的困惑时，总有戏剧理论家和研究者们及时提出问题，力图通过自己的研究成果为创作答疑解惑。翻开新时期戏剧的历史，几乎每个时期都看得到理论批评的推波助澜、欢呼呐喊、鸣锣开道和鞭策鼓励，一方面，他们从国外舶来各种理论与作品，开阔了新时期创作者的视野与思维；另一方面，他们也从中国戏剧传统那里找到了创新、实验方法的根基，并通过批评的手段及时地校正着新时期戏剧创作的前进方向，规避着可能出现的问题。其中，新时期戏剧在发展过程中出现的几次理论方面的"大讨论"，便是对新时期戏剧创作走向的深度思考。从这一点说，新时期戏剧批评与新时期戏剧创作确实形成了"双翼"之势，正是它们的相互促进，使得新时期戏剧创作出现了一次又一次的热潮。

一、关于"写真实"的争论

关于"写真实"的争论，是新时期戏剧在发展过程中所发生的第一次争论。打到"四人帮"以后，随着"实践是检验真理的唯一标准"的讨论不断深入和第三次思想解放运动在全国范围内的广泛展开，文艺创作者的思想也越来越解放，创作思路越来越活跃，特别是《枫叶红了的时候》在全国的成功演出，给新时期话剧创作开了个好头。从1978年开始，《丹心谱》《于无声处》等话剧相继在舞台上亮相。戏剧艺术家们在时代潮流的鼓舞下披荆斩棘，勇于向被"四人帮"禁锢的领域进军，一大批优秀剧目陆续出台。但随之而来的便是对一些作品倾向性的争论。比如《丹心谱》的创作，作者的意图是用这个戏"歌颂一片丹心为人民的周总理，揭露和批判祸国殃民的'四人帮'"[1]。但在排练时就有各种流言吹进排练厅，其中最厉害的一条是说这个戏"以死人压活人""有严重政治问题，要审查作者"等等。[2]

描写"天安门事件"的话剧《有这样一个小院》，从上演一开始就引发了争论，有人认为："演出者们这样来论述'天安门事件'和天安门革命精神，显然是只看到它自发性的一面，有意无意地忽略了它的党的领导作用。……也就难以避免地迎合了当前那种对'四个坚持'有所怀疑和动摇的错误思潮。"并说这个戏的演出"是借总理的灵堂，哭自己的凄惶。即主要目的不是悼念周总理，而是为知识青年上山下乡等问题鸣

① 苏叔阳：《从实际生活出发塑造人物——创作〈丹心谱〉的几点体会》，载《人民戏剧》1978年第5期。
② 苏叔阳：《春风吹拂的夜晚》，载《文艺报》2000年12月30日。

不平"①。对此，很多人提出了反对意见，有人说："没有小院中各种各样人的苦难，也就没有天安门事件；没有这些个人的不幸，他们的思想也不会升华到忘我斗争的高度。'小院'这个剧本写出了党和国家的命运，与千千万万普通的劳动人民的命运的结合一致。"②

由这样的争论可以看出，"四人帮"虽然被打倒了，但他们在文艺方面的余毒并没有完全肃清，而一些持极"左"观点的人，常常以"没有党的领导"或"正面人物不突出"等貌似"革命"的理论来否定当时的戏剧创作，以显示自己的"正确"，实际上正是极左理论的余毒尚未肃清的一种反映，这无疑阻碍了新时期戏剧的健康发展。因此说，没有思想解放运动的开展，没有戏剧理论界在拨乱反正中所起的作用，文艺的真正复苏与繁荣是不可能的。

随着思想解放运动的深入开展及对"四人帮"极"左"文艺思潮的批判，一大批优秀的话剧陆续亮相舞台，如歌颂老一辈革命家丰功伟绩的《曙光》（编剧白桦）、《报童》（编剧邵冲飞等）、《西安事变》（编剧程士荣等）、《陈毅出山》（编剧丁一三）、《陈毅市长》（编剧沙叶新）等，表现工业题材的《未来在召唤》《权与法》《灰色王国的黎明》等，描写市民生活的《报春花》《救救她》等，描写历史题材的《大风歌》（编剧陈白尘）、《秦王李世民》（编剧颜海平）等。这些作品已不满足于对"四人帮"的揭露层面，而是在肃清"文革"时期"假大空"等帮派余毒的基础上，努力使话剧恢复"写真实"的艺术本质。通过深入生活，揭示出种种社会问题，歌颂真善美，鞭挞假恶丑，给人一种积极向上的生活勇气。但有的人仍然以"极左"的面目出现，公然把和林彪、江青炮制的《纪要》极其相似的观点和语言拿出来，"企图说服和吓唬剧作家不要去揭示生活本质的真实"，"忘掉一切吧！只管向前看"。而"歌德"派则主张对现实"掩盖矛盾，粉饰现实，一味歌舞升平"，还有人认为"我们解放思想是把文艺理论的许多基本问题'搞乱了'，在文艺创作也包括戏剧创作中出了什么'倾向性'的问题"，有人担心"社会主义文艺要变质"，由此引发了关于文艺创作"写真实"的讨论。

---

① 石丁：《"借灵堂，哭凄惶"的悲剧》，载《人民戏剧》1979 年第 6 期。
② 王雷：《发人深思的好戏》，载《人民戏剧》1979 年第 6 期。

1979 年《剧本》月刊第 8 期专题 "探讨当前戏剧创作的新问题"，发表了《我们创作的基点》（白桦）、《要敢于说真话》（赵梓雄）、《艺术家的勇气及其他》（张锲）、《突破与创新》（李恍）等文章，一致赞同恩格斯在给《城市姑娘》的作者玛·哈克奈斯的信中说的话，"您的小说，除了它的现实主义的真实性以外，最使我注意的是它表现了真正艺术家的勇气。" 主张 "我们的作品就要对人民负责，对历史负责！"（白桦）"一个作者要有说真话的勇气，还要有对真理的信心。"（赵梓雄）"实践是检验真理的标准，这同样适用于文艺"（李恍）。1980 年《剧本》月刊第 1 期发表了主编凤子的文章《回顾和展望——迎一九八〇年》，文章认为，"一年来创作的许多剧本突破了某些'禁区'，敢于面对现实，大胆'干预生活'。这些剧本贯彻了三中全会的精神，批判了一切妨碍四个现代化的、因循守旧的思想、特权思想和官僚主义作风等等，因而受到普遍的重视与欢迎。" 文章还说，"作者们在抚摩着十年浩劫中留下的伤痕，思考着自己应负的神圣的使命。文学艺术是生活的镜子，作家应当大胆正确地反映现实生活中的矛盾，揭示生活的本质，不但提出问题、回答问题，而且探索产生问题的历史的社会的根源，指出教训和前进的方向。" 该刊在这一期杂志上开辟专题 "戏剧要更好地反映生活、促进四化——座谈戏剧如何反映人民内部矛盾问题"。结合当时新出现的几部话剧如《骗子》（或称《假如我是真的》）《社会档案》《女贼》等，把关于 "写真实" 的讨论引向深入，胡耀邦同志关于这次讨论曾发表过重要讲话。1982 年 2 月，《剧本》月刊开辟新的专题 "谈当前话剧创作中的提高问题"，就话剧如何创新，如何更好地为四化服务，以及社会主义新人形象的塑造问题进行讨论。

二、关于 "戏剧观" 的大讨论

在 "社会问题剧" 从红火走向落潮，探索戏剧、实验戏剧兴起、舞台演出样式呈现出多样化之时，一些新的问题也随之出现，戏剧 "危机" 问题并未得到解决，这给创作者带来了种种困惑。为此，戏剧界曾开展过一次大规模的 "关于戏剧观念问题的讨论"。参加者不仅有戏剧理论家，还有戏剧创作者，所讨论问题的范围之广，论述问题的程度之深，都是研究新时期戏剧应该重视的问题。

关于"戏剧观"的讨论，与创作思想的解放有密切关系，与外来戏剧的影响也有直接关系。它直接源起于《戏剧报》1984 年第 12 期发表的《为什么首都近期几出话剧上座不佳》，文中着重提出了更新戏剧观念的问题，对此反映不一。为了话题的深入，报社第二年特辟"关于戏剧观念问题的讨论"专栏，就此展开深入讨论。

实际上，关于戏剧观念的更新问题，很早就引起了人们的关注。正式提出这一问题是在《推销员之死》的座谈会上。1983 年 5 月，北京人民艺术剧院上演了由美国剧作家阿瑟·密勒创作并导演的话剧《推销员之死》，引起了首都戏剧界的注意。5 月 28 日，《戏剧报》编辑部邀请首都部分戏剧工作者就这个戏的创作与演出进行了座谈。与会同志对一些问题发生了争论。导演王贵说："我从这个戏的演出看到了另外一个天地。虽然《推》剧写于三十年前，这种样式在欧美也许已经司空见惯，但对我们来说，还是很新颖的。今天，当我国的广大话剧工作者正在探索话剧艺术的创新和发展时，这个戏的演出无疑具有借鉴意义。"中杰英（编剧）认为，"就表现形式来看，确实很大胆，但我以为也并不那么新鲜，它毕竟是三十多年前的东西了。鬼魂的出现，中国戏曲就有，莎士比亚也有，只是出鬼魂的方法不同。现在《推》剧出鬼魂的方法，不如戏曲和莎士比亚的好，它使中国的某些观众搞不清哪里是回忆、幻觉，哪里是鬼魂出现。"编剧苏叔阳说："看戏后，我的感受有点和外界评论对不上号，个别评论的评价似乎过分了些。我想它所以在世界上引起那么大的反响，恐怕较多的是由于剧作思想内容的深刻性。"谭霈生、陈颙都认为"这是一部深刻的现实主义作品"。就在这次座谈会上，苏叔阳提出了"能否在我国话剧界引起一场对戏剧观念的广泛而深刻的讨论？"他认为"旧的戏剧观念阻碍着中国话剧的发展，我们很难摆脱易卜生时代的戏剧观念"。[①]

"关于戏剧观念问题的讨论"是以黄佐临的戏剧理论为基础，结合新时期以来的戏剧创作实践展开的。"戏剧观"一词，是黄佐临 1962 年参加中国戏剧家协会在广州召开的"全国话剧、歌剧、儿童剧创作座谈会"上提出来的，他在会上发表题为《漫谈"戏剧观"》的演说。"写意戏剧

[①] 以上引文均见《他山之石——〈推销员之死〉座谈会纪要》，载《戏剧报》1983 年第 7 期。

观"是他结合自己的舞台艺术创作实践，着重研究了斯坦尼斯拉夫斯基、布莱希特和梅兰芳的戏剧观，通过深入的比较之后提出来的。他说："简单扼要地说，他们最根本的区别是：斯坦尼斯拉夫斯基相信第四堵墙，布莱希特要推倒这堵墙，而对于梅兰芳，这堵墙根本不存在，用不着推翻。"他认为，"二千五百年出现无数的戏剧手段，但概括地看，可以说共有两种主要的戏剧观：造成生活幻觉的戏剧观和破除生活幻觉的戏剧观，或者说写实的戏剧观和写意的戏剧观。除此之外，可能还有写实写意混合的戏剧观。"[①] 黄佐临的"写意戏剧观"对新时期的戏剧创作起到了重要作用。1979年，他与陈颙一起导演了布莱希特的名剧《伽利略传》，把他的理论运用到艺术创作实践中去，使人们对"写意戏剧观"有了实践方面的认识，开阔了创作者的思路，对后来的戏剧创作产生了直接的影响。

"关于戏剧观念问题的讨论"的范围涉及戏剧本质、戏剧功能、舞台假定性、戏剧生态结构、民族化、观众学等等。一些剧作家、导演、舞台美术家结合创作实践对戏剧观念问题进行阐述，提出了很多精辟的见解。在研究方法上，虽然整体上沿用了归纳、描述等传统研究手段，但也出现了运用比较的、符号学的、结构主义的某些方法的尝试。无论是从这些论题来看还是从新方法的探索上说，这次理论大讨论与社会政治道德生活显然拉开了一定的距离，不再是那种紧跟政治任务的配合性宣传了，充分显示了理论的独立品格和地位。这是思想解放运动在戏剧界的又一次深入，它对戏剧创作的发展无疑又一次起到了助推作用，在中国戏剧发展史上具有深远意义。

推动"关于戏剧观念问题的讨论"深入进行的还有一个重要原因，那就是1985年4月5—11日由中央戏剧学院、北京第二外国语学院、国际剧协中国中心、中国青年艺术剧院联合发起的中国第一届布莱希特讨论会在北京召开。中外戏剧家、文艺理论家和布莱希特研究专家在会上分别作了《对布莱希特美学思想的探讨》《布莱希特演剧理论在中国的实践》《布莱希特与老舍》等专题报告。与会者高度评价了布莱希特的演剧理论和戏剧实践活动，尤其是对他在创作中提出的"间离效果"

---

① 黄佐临：《漫谈"戏剧观"》，载《人民日报》1962年4月25日。

理论的认识，对中国新时期戏剧的探索与试验具有理论指导意义。与会者认为，布莱希特的戏剧理论是一个现实主义的、开放的、发展的体系，他是在创作实践中发展了现实主义文艺观。他的戏剧理论具有更多的辨证因素。他反对将生活的自然形态的模拟代替艺术创造，自觉地在他的戏剧中注入强烈的哲理内容，引导观众通过戏剧观赏对生活进行深入的思考，产生改造世界的冲动。他的这种戏剧理论曾经受到过中国传统戏曲的影响。

会议期间，中国青年艺术剧院、北京人民艺术剧院、中央戏剧学院为这次会议专门排演了布莱希特的戏剧作品《高加索灰阑记》《第二次世界大战中的帅克》和《四川好人》。这几出戏的搬演，一方面如实传达布莱希特的辨证戏剧的创作观念和哲理性，一方面大胆化用某些中国传统戏曲程式以加强其"间离效果"。几个戏的演出都受到中外戏剧专家及全体与会者的赞赏，对中国的戏剧界产生了很大影响。

三、关于"当代戏剧之命运"的论争

与发生在 80 年代的"关于戏剧观念的讨论"不同，关于"当代戏剧之命运"的讨论发生在社会经济的转型期，是生存环境变化所引起的对戏剧自身命运的叩问。最初发轫是《中国戏剧》2002 年第 12 期刊登了魏明伦的一篇文章《当代戏剧之命运》，一石激起千层浪，引起了一系列的理论回应。[①]

魏明伦文章的中心问题是中国戏剧出现了"危机"，其一是"台上振兴，台下冷清"，"不是没好戏，而是戏再好，也少有观众上门"。他认为其原因在于"当代人生活方式、文娱方式的巨大变化"，人们坐在家里看电视，泡在网吧玩电脑，不愿意进剧场了。其二他认为，"当代戏剧没有市场，却有赛场"。其三他认为，"戏剧的商品价值不高"，"与商品社会很难融合"，不适宜走市场。由此引发了一场关于"戏剧命运"的讨论，赞成者有之，认为文中"所谈感受是真切的"；反对者有之，质疑者有之。然而，不论是反对还是质疑，争论的态度都是积极的，大家都在思考着中国戏剧的"命运"，谁也没有认定只有自己才是"正确"的，发

---

① 详见《叩问戏剧命运——"当代戏剧之命运"论文集萃》，中国戏剧出版社 2005 年版。

表意见只是在"建言献策"。从这一点说，魏明伦的文章确实起到了"抛砖引玉"的作用。在这样的氛围中，理论家们的各抒己见正是思想解放、思维开放的结果。

尽管各自的结论不一，但有两点是争论双方都承认的，一是中国戏剧确实出现了"危机"，其表现就是"台下冷清"。只是对造成"危机"的原因的看法不一，对解决"危机"开出的"药方"也不一样，似乎没有一个公认的"结论"。二是戏剧有商品属性，但它不是赚钱的艺术。然而在商品大潮的冲击下，戏剧应该如何生存与发展？正是每个参与讨论者都在认真思考的问题。经过争论，不论是理论界还是创作界，似乎对"危机"的认识更明确了，对出现"危机"的社会环境认识得更清楚了，对如何走出"危机"则多了一份"自信"。那就是光是抱怨没有用，纸上谈兵也不顶事，能解决问题的只有实干。首先，大家都比较认同这样的判断："戏剧不会灭亡"，因为任何时代都需要，就如魏明伦所说的"人类在，戏剧在"。其次，如何走出"危机"？仁者见仁，智者见智，有提出重视编剧，加强戏剧创作，多出好作品，即多出顺应时代、反映民众心声的作品，才能争取观众，打开市场；有提出加大戏剧作品的宣传力度，让观众在知情的基础上买票进剧场；有提出加强戏剧的营销工作，牢牢掌握市场的主动权，及时了解市场的需求和观众的欣赏需要，适度调整创作的策略与方式；有提出改变售票方式，开辟电话订票业务，利用网络平台扩大推销；有提出重视理论研究，加强戏剧批评工作等等，都在为戏剧创作与市场运营提供借鉴与思路，使戏剧人在实践中多了若干选择。

四、关于戏曲的传承与创新

戏曲的传承与创新问题，是新时期戏剧三十多年来一直被关注并积极探讨的话题。概括地说，一部中国戏曲史就是一部传承、创新、发展的历史。对于历史文化遗产，只有传承才能延长其生命力，只有创新才能使其生命增添活力，才能打通历史与现实的沟通渠道，才能吸引观众欣赏到传统艺术的美，才能使戏曲艺术得到长足发展。

这是历史的命题，也是现实发展所需要关注的问题。中国改革开放三十多年，文化开放政策的实施，商品大潮的汹涌澎湃，冲刷着一切旧的观念和精神束缚，人们的价值观念在不断改变，其艺术审美趣味也在变化。尤其是在多元文化发展的环境下，影视剧的冲击、体育赛事的火爆、网络文化的诱惑、工作上的压力与种种人生的困惑，看戏已经不是普通人艺术欣赏的必需选择。戏剧，作为传统的文化艺术形式受到了极大的挑战。那么，如何面对时代的新挑战使自己站稳脚跟并有所发展，这是戏剧人、尤其是戏曲创作者苦苦思索的问题。那么，今天的戏曲发展，如何随着时代环境的变化，调整自己的创作思维，在借鉴中丰富，在传承中创新，以适应今天观众的审美趣味呢？

经过几十年的探索与寻找，戏曲创作出现了很多令人欣喜的作品，如京剧《曹操与杨修》《徐九经升官记》《宰相刘罗锅》《骆驼祥子》《华子良》《成败萧何》，昆曲《牡丹亭》(青春版)《长生殿》，川剧《易胆大》《变脸》《金子》《尘埃落定》，河南豫剧《程婴救孤》，北京曲剧《烟壶》，苏州滑稽戏《一二三，起步走》等。当然，就戏曲创作整体来看也存在着一些问题：一是趋同。盲目融入或简单搬用其他舞台艺术，泛用歌舞，丢失了戏曲自身的面貌与风格。二是自鄙。以为传统戏曲落后于时代，落后于西方话剧、音乐剧等舞台艺术，结果是去程式化和行当化，即去戏曲化，用话剧等西方艺术简单地改造戏曲。三是自大。有一些主创人员并不真懂戏曲，也不尊重戏曲，自以为"以歌舞演故事"就是戏曲，脱离传统，盲目"创新"，常常以话剧改造戏曲，以写实改造写意，舞台美术搞大制作，挤压演员的表演空间，而有些戏曲演员的表演越来越倾向话剧的写实，淡化戏曲表演的写意之美和内在含蓄的审美韵味，创作出不伦不类的"四不像"的东西。而在戏曲发展过程中也存在着保守思想，排外排新，师承不能动。因此，在谈戏曲的传承与创新问题时，必须首先明确戏曲传承与创新的关系。也就是说，戏曲的创新必须要以坚实的传承为基础，是传承中的创新，是"推陈出新"式的创新，是"返本开新"基础上的创新，是"戴着镣铐跳舞"的创新，而不撇开对传统的传承的另起炉灶。做到这一点，戏曲的创作才有可能打开新局面。目前，反对戏曲创新、发展，一味守旧的思潮在戏曲创作中还有一定的市场，这是需要值得关注的问题。

第四节　新世纪戏剧创作的现状与走向

新时期戏剧在改革开放时代风雨的沐浴中走过了三十多个年头，每个阶段都出现过辉煌，留下了一批优秀作品及精致的舞台演出。进入21世纪以来，各级政府对文化工作与文艺创作越来越重视，出台了一系列方针政策，为改善戏剧生存环境采取了种种措施，为提高戏剧创作质量加大了扶植力度。尽管今天的戏剧创作现状还存在一些这样那样的问题，艺术创作水平还不令人十分满意，特别是在商业化的口号下，一味追求票房，出现了一些媚俗的作品。而戏剧批评的缺席，过多地赞扬或说好话，也不利于戏剧创作的健康发展。然而，在政府的支持和广大戏剧工作者的持续努力下，戏剧创作现状不断得到改善，出现了令人可喜的发展趋势。

一、守"土"保"根"，在挤压下逆势生长

对于戏剧发展前景的展望，首先需要客观地、实事求是地面对戏剧目前的创作现状，既看到不利的因素，也要看到有利的潜力；既要讲辉煌的历史，也要冷静地面对现实。从整体上说，新时期戏剧在三十多年发展过程中所取得的艺术成就是令人惊喜的。尽管历经风雨，多有波折，但艺术家们紧跟时代发展的步伐，孜孜以求地进取，及时调整自己的创作思路，不断地探索，不停地实验，大胆引进，苦心学习，在模仿中创造，在整合中融合，在涅槃中重塑，在创新中保存本色，在吸收中丰富本领，已经逐渐适应了社会现实的一次次变化，经受住了一次次社会潮流的冲击，抵制了一次次来自外界的诱惑。这是戏剧走出困境、迈向繁荣征程的基础。

今天的戏剧创作所存在的问题，有戏剧人的因素，也有大环境的制约。在文化多元发展的今天，戏剧一直受到来自影视及各种赛事的无形挤压，观众减少是很现实的问题，尤其是戏曲更为明显。在这种环境中，戏剧要站稳自己的脚跟，在整个演出市场中挣得一席之地，最关键的问题是守"土"保"根"。在创作思维方面要进行调整，保持与观众情感互动的畅通渠道，保持自身的精神品貌，不要在探索与创新的喧嚣声中迷失了自己，失去了自己的本真。其次在市场营销方面也需要开拓新阵地，

才有可能闯出一片新天地。

二、开疆拓土，寻找新的生长之地

改革开放以来，当一些国有院团因为种种原因举步维艰、叫苦不迭之时，民营戏剧社团却悄然而起，他们没有固定的经费来源，靠一些文化公司的赞助或演戏卖票生存。经过二十多年的打拼，他们终于在筚路蓝缕中闯出了一条生存之路，事业越做越大。他们的实践表明：

一是在剧作上下工夫。民营戏剧创作者都是年轻人，很了解年轻观众的欣赏需求和观剧心理。因此在剧作题材的选择上，他们首先选择那些"接地气"的、表现青年生活、爱情与奋斗经历的题材，表达年轻一代生活中的困惑、爱情婚姻方面的挫折与奋斗中的风风雨雨，直逼青年观众的心理软肋。戏中的故事就如一面镜子烛照着观众，使他们看戏时动情，并获得某种精神方面的启示。看《剩女郎》时一些大龄女青年就发出了很多"感慨"。看《妄谈与疯话》时，一句"人人心里都有一根绕不过去的电线杆"，不知触动了多少年轻观众的情感波澜！看《www.com》和《跟我的前妻谈恋爱》时，多数观众都在反思自己，什么才是生活中最应该珍惜的？看《如果我不是我》时观众分明看到了在成长的道路上什么才是自己应该捍卫的"自尊"？文化部 2011 年举办"全国小剧场优秀剧目展演"时，有三分之一的剧目是民营戏剧社团创作的（如《寻找春柳社》《嫁给经济适用男》《如果我不是我》《我是海鸥》等），而且观众的反应比某些国营剧院的剧目还热烈。戏曲作品如河南小皇后豫剧团的《铡刀下的红梅》、陕西胡嫦娥晋剧团的《龙兴晋阳》、北京顺义凌空评剧团的《恩怨亲家》等也受到广大观众的赞赏。

二是在市场营销方面下工夫。民营戏剧社团没有固定剧场，在一个城市长期演出很困难，租不到理想的剧场，他们就去全国各地巡回演出，因此他们的戏都不是"大制作"。有些戏曲剧团常年坚持在基层、农村演出，一年演出三四百场，而且票价便宜。近年来，民营社团也在逐渐扩大市场营销的范围与规模。2012 年北京联合十几家民营戏剧社团成立了"北京小剧场戏剧联盟"。2013 年"折腾（文化）戏剧传播有限公司"成立了自己的演出院线，以经营剧目为主，即采购合适的剧目，由演出院线组织演员排练、市场营销、巡演发行等，两年来取得了很好的效果。

在这方面，国有院团在政府的支持下也在不断地扩大演出市场，送戏下乡，去外地、去农村和边远地区巡演。各地的儿童艺术院团坚持送戏进校园，去农村学校演出，效果非常好。

三、回归本体，在生活中寻找艺术美

新时期戏剧在发展历程中，有经验也有教训。其中所存在的这样那样的问题，都是因为违反了艺术创作规律所造成的。比如，社会问题剧承载过多的历史重负和社会责任；探索戏剧只重形式的出新而忽略了内容方面的开掘，远离生活和缺乏思想的支撑，使作品成为表面花哨内在空虚的摆设；而现实主义戏剧的最后立足，也是吸收了社会问题剧和探索戏剧的教训，突破了墨守陈规的束缚，重视生活，开阔思路，海纳百川，吸收一切营养为我所用，才使自身逐渐变得强壮起来。

新时期戏剧创作的教训在今天依然不同程度地存在：一是作品很多，但优秀作品较少，有"高原"缺"高峰"；二是演出很多，创新的作品较少；三是现实主义风格的戏剧仍是主流，但精品不多；四是对生活缺乏深入开掘，浅尝辄止，作品中没有深刻的思想。因此，如何多出精品和优秀作品，仍是今后戏剧创作需要突破的问题和奋斗的目标。而向生活中寻求艺术的美，深入探寻人的心灵美，开掘人性的复杂情感，塑造鲜明生动的艺术形象，则是戏剧艺术创作永远应该追寻的方向。

四、乘风破浪，戏剧远景现曙光

眺望今后戏剧的发展与走向，首先值得关注的是几件令人振奋的事情——

一是航路已经开通，环境正在逐步改善。近几年来，中共中央把对文化发展的重视提高到前所未有的高度。2010年10月召开的中共十七届五中全会提出，"文化是一个民族的精神和灵魂，是国家发展和民族振兴的强大力量。要推动文化大发展大繁荣、提升国家软实力，坚持社会主义先进文化前进方向，……充分发挥文化引导社会、教育人民、推动发展的功能，建设中华民族共有精神家园，增强民族凝聚力和创造力。"2011年10月中共十七届六中全会审议通过了《中共中央关于深化文化体制改革、推动社会主义文化大发展大繁荣若干重大问题的决定》，

认为文化的繁荣"对夺取全面建设小康社会新胜利、开创中国特色社会主义事业新局面、实现中华民族伟大复兴具有重大而深远的意义"。2012年2月中共中央办公厅、国务院办公厅印发《国家"十二五"时期文化改革发展规划纲要》，明确提出"以改革创新为动力，发展面向现代化、面向世界、面向未来的，民族的科学的大众的社会主义文化，培养高度的文化自觉和文化自信"。2014年10月15日，习近平总书记主持召开文艺工作座谈会，在讲话中对文艺工作做了一系列指示，强调："文艺是时代前进的号角，最能代表一个时代的风貌，最能引领一个时代的风气。"在贯彻落实中央指示精神的基础上，各省市都相应出台了符合本地文化发展的政策与措施。对于广大戏剧工作者来说，这无疑是巨大的鼓舞。航路开通了，接之而来的必定是万舰竞发的局面。

二是人才储备与创作经验的积累。在中央有关文化发展各项方针政策的指导下，各级政府都加大了对文艺创作的资金投入和扶植力度，戏剧创作越来越趋向多样化。国家院团在主流戏剧创作方面执着的追求，民营戏剧则在走市场中发挥着自己的创作才能，整个戏剧创作呈现出一派风格多样、表现形式多样的创作局面。为加强戏剧创作多出精品，各级政府都在为戏剧的成长创造良好的环境，提供便利的条件。如文化部每三年举办"文华奖"评选，"全国话剧优秀剧目展演""全国儿童剧优秀剧目展演""全国小剧场优秀剧目展演"；中国戏剧家协会每两年举办"曹禺戏剧文学奖"和"中国戏剧梅花奖"的评选，中国戏剧节、中国京剧节、中国校园戏剧节等的举办。各省市定期举办的各类戏剧节、艺术节，如北京举办的"奥林匹克戏剧"展演，"金刺猬大学生戏剧节"，上海举办的"白玉兰戏剧表演艺术奖"，当代国际戏剧演出季，还有各门类的戏剧节，如川剧艺术节、秦腔艺术节、越剧艺术节等等。通过这些活动，一方面展示戏剧创作成就，推出优秀作品；同时，在展演中各剧团互相观摩、交流、学习，为提高戏剧创作水平打下基础。为了培养青年观众，北京、上海、武汉、重庆、广州、吉林等地举办大学生戏剧节，中国剧协举办中青年编剧研修班、读书班，与上海戏剧学院联合举办全国中青年导演高级研修班、梅花奖演员读书班等。中央电视台和中国戏曲学院在京剧人才培养系列工程中，以中央电视台全国青年京剧演员电视大赛和全国京剧院校学生电视大赛作为发现选拔人才的平台，以中国戏曲学院全国青年优秀京剧演员研究生班和中国京剧流派艺术研修班作为培养优秀人才的课堂，以中央电视台《空中剧院》作为"两赛""两班"人才宣传历练的窗口，使优秀人才的发现、培养取得了实效。

三是戏剧人的实干精神。这是中国戏剧发展的传统，也是戏剧人的精神财富。但实干不是蛮干，一定要有计划、有思路地去干，有针对性地去干，才能收到比较好的效果。现在，戏剧创作缺少好作品的主要原因大致有两个方面：一是剧本创作的问题。目前参与剧本创作的人并不少，但真正比较成熟的作品不多，其原因是作者的文化素质和思想修养不够，在创作时缺乏"来源于生活，高于生活"的思考，缺少把生活中的人物转变为"艺术形象"的创作思维。这种现象在一些主旋律戏剧作品中比较突出。二是舞台创作的问题。主要表现为导演独大，不尊重编剧，不尊重艺术创作规律，不管内容是否需要，一味在舞台上搞大制作，削弱了内容的表达，舞台上见物不见人，更谈不上典型的人物形象。这样的舞台创作与粗制滥造的舞台演出一样，倒了观众胃口，对戏剧创作的生态环境也造成了破坏。而民营戏剧创作则存在着如何提高艺术品位的问题，而缺少合适的演出场地也是制约民营戏剧发展、提高的原因。

四是需要扎实得力的措施。首先需要克服戏剧创作上的浮躁情绪。有些主管部门的领导，以"急功近利"的态度去搞创作，一说"主旋律"，就忘记了"多样化"，致使创作题材的范围越来越狭窄。他们想到一个题材就指示剧团去创作，时间紧，作家没有时间深入生活，仓促上阵，只能"完成任务"。这些都严重违反了戏剧创作规律，干扰了戏剧创作的正常进行。在创作方面也应该严格把关，不能导演一个人说了算，应该集思广益，共同完成。否则，几个有些名气的编剧一个又一个地"赶工"，闭门"造"剧本；几个有些名气的导演满天飞，还带着自己的创作团队，这样搞出的作品不是大同小异，就是靠大制作撑"台面"。2014年，辽宁人民艺术剧院完全用本院的艺术家创作的《祖传秘方》，受到各界的好评。在这方面来说，民营戏剧的发展也是一个很好的实例，经过十几年在演出市场中的打拼，出现了一批创作人才，比较突出的是导演方面，如孟京辉、李伯男、何念、邵泽辉、黄盈、黄凯、赵淼等。他们不仅给民营戏剧社团导戏，也常常被聘请给专业戏剧院团导戏，如李伯男为上海话剧艺术中心导演《步步惊心》《魔女的回眸》，为浙江省话剧团导演《女人初老》《非常道歉》《幸福.com》《再见徽因》，为福建人艺导演《隐婚男女》《剩女郎》，为广州市话剧中心导演《画皮》《真情勿扰》，为辽宁人艺导演《秘而不宣的日常生活》，为甘肃省话剧院导演《红水衣》。黄盈为中国国家话剧院导演《枣树》等，李伯男戏剧工作室哈智超编剧的《剩女郎》《嫁给经济适用男》《隐婚男女》分别被浙江省话剧团、福建人艺、武汉人艺、重庆市话剧团、山东省话剧院、乌鲁木齐话剧院、成都艺术剧院话剧团移植演出。盟邦戏剧文化发展有限公司的戏《如果我不是我》被云南省话剧院、陕西省话剧院移植演出，《我不是李白》《如果我不是我》被西安音乐厅移植演出。黄盈戏剧工作室的《枣树》被国家话剧院演出。何念戏剧工作室的《跟我的前妻谈恋爱》被武汉人艺演出，等等。就目前的戏剧市场来说，培养戏剧管理人才——制作人，也是当务之急。

　　五是讲好中国故事，写出时代新人物。戏剧创作精品少，其中一个主要原因是不会"讲故事"，因而作品不感人。一是创作观念陈旧，创作理念跟不上时代发展的需要，作品中失落了感人的文学色彩。时代已进入 21 世纪，改革开放的强劲东风使广大人民群众的思想意识和价值观念都发生了很大变化，但一些从事文艺创作的人的思维似乎仍停留在 20 世纪 50—60 年代。有些作品是从政治的角度去选取素材，以报告文学的思维去展览事件，缺乏把真实生动的生活转化为艺术品的思维。比如一些以英雄模范人物为素材的主旋律话剧创作，思想境界看似很高，实际上是一个没有艺术感染力的概念化的躯壳。或者只是描写了一些英模的事迹，而没有在"来源于生活、高于生活"的基础上把这些"事迹"转化为有趣的故事，所写的人物也没有经过艺术加工而成为典型的"形象"，所以不感人。二是思维狭隘，作品没有展示出思想的光辉。如果说，缺乏生活或对生活认识的浮浅，是造成主旋律话剧创作缺乏时代特色和文学性的一个原因，那么，思维狭隘、缺乏思想则是使主旋律话剧创作失落思想光辉的重要原因。没有好作品，还要去争"奖"，怎么办？只好在舞台创作上"下功夫"——找名导演，不惜血本地搞大制作，由此就出现了一个奇怪的现象：话剧作品内容上的"贫血"，而舞台演出形式的"虚胖"。

　　这种现象在近年来的话剧创作中有了改变。最典型的例子是《共产党宣言》的创作，它的成功就在于，以中国的传统方式讲述了一个"好故事"，以细节的真实塑造了感人的艺术形象——共产党员林雨霏，以人物形象表现了剧作的主题，以人物的高尚品格和思想境界突出了该剧的政治理念，没有丝毫的感念化的描写和喊口号式的政治倾向。《地质师》是以真人真事为题材创作的话剧，却看不到真人真事的痕迹，而是塑造了个性鲜明的人物形象。还有《父亲》《黄土谣》《我在天堂等你》《天籁》《华子良》等作品，也都是这方面的优秀之作。

艺术家罗丹说："今天，大家只知道利益。我很希望这个讲求实利的社会能够明白，尊重艺术家比起尊重工厂主和工程师来，至少应得到同样的待遇。"如果整个社会多为剧作家创造一些良好的创作环境，多采取措施扶持那些艺术上还不太成熟的作品，戏剧定会不断迈上一个又一个新的台阶，创作出一部又一部优秀之作。

（季国平、刘平）

第三章　新时期电影艺术思潮述评

改革开放 38 年，中国历经沧桑巨变，各种社会文化思潮风生水起、异彩纷呈。在社会急剧变迁和经济体制转轨的深刻影响下，各种思潮在交锋与碰撞中不断实现着裂变与整合，它们在激烈博弈和分化冲突中演绎着各自不同境遇的命运图谱，日益趋向开放与多元。作为意识形态角逐场和文化变迁折射镜的电影，发生了由外在风格样式到内层组织肌理的深度变革，在不同阶段掀起了具有迥异特色的电影思潮，它们在不断地交锋、碰撞与承继的发展中，渐趋勾勒出在急流中蜕变的新时期中国电影的发展图景和变迁脉络。

早在 1981 年，著名电影理论家郑雪来先生曾指出："电影作为意识形态的一个部类，总要跟某一种社会思潮或哲学美学思潮发生一定的联系，在作品内容乃至于表达方式方面受后者不同程度的影响。"[①] 新时期以来，在政治、美学、产业等多重语境下的中国电影亦作如是观，它们在文化全球化与本土化的冲撞与融合中，用现代意识对传统文化与现实社会进行扫描、观照、反思和审视，折射出了新时期的社会心理结构和文化景观。对此不少学者以多元化的生命感悟体验，突破沉重历史话语的桎梏、束缚和羁绊，纷纷从美学、文化、创作、理论等维度对不同时期的中国电影思潮进行爬梳和审视，以期走进历史现场，呈现出交织在社会历史文化变革大潮中中国电影发展历史的本真面貌，这对于全方位建构和认知中国电影史"知识体系"有着举足轻重的作用。然而令人遗憾的是，鲜少出现从市场和观众之维进行系统梳理和阐释的专论，本文尝试以"观众本体论"的理念，站在新的市场和产业维度，重新审视新时期以来的中国电影思潮的演变历程。

[①]　郑雪来：《对现代电影美学思潮的几点看法》，载《文艺研究》1981 年第 4 期。

第一节　新时期中国电影思潮的发展阶段

改革开放以来，在"电影的民族化"诉求的引领下，不同社会文化语境下的中国电影展现出迥异的精神风貌，也呈现出了不同的市场和创作特征，形成了各具特色的电影思潮，响应时代的脉搏不断发展变化，成为中国电影史上令人瞩目的文化图景。

一、1978—1989：电影与文学交相演绎的思潮

中国电影的发展史是与文学相伴与共生的历史，近百年来，源远流长的文学与尚显年轻的电影之间不断"抗争"和"交锋"的发展轨迹，渐趋勾绘出了交相演绎的文化景观。文学从创作和理论层面弥散在电影肌理之中，为电影艺术输送源源不断的精神内涵和艺术素养，在审美观念和价值取向上深刻地影响着中国电影的发展走向；电影也为文学拓展了创作渠道和传播方式，以改编的形式影响着文学创作的生态格局。新时期之初，这两种艺术形式以遇合和互渗的方式形成了互文性观照。

1. 思想解放与新时期电影

1978 年 12 月，党的十一届三中全会确立了实事求是、解放思想的基本路线，开创了中国历史上新的发展时期，中国电影迎来了新的发展机遇。"实践是检验真理的标准""人的重新发现和人的本质的深入探讨""知识分子的社会地位及其历史命运"，三个层层递进的思想命题建构了新的时代坐标，突破了"两个凡是"的思想禁锢和"极左"的思想藩篱，推动共和国的社会主义事业迈上新的台阶，从政治层面延伸至思想和精神层面，有效地拨动和改变了中国人的生活方式、行为方式和思维方式。事实上，80 年代的思想启蒙和思想解放，从某种意义上实则承继了五四精神的内核，剔除了长久扼制国民创造活力和独立个性的顽疾弊病。"文革"结束初期，政治话语制约文艺格局，斡旋在创作"禁区"桎梏中的电影艺术家，面对满目疮痍、百废待举的现实，捉襟见肘地在夹缝中艰难摸索着"从花园放逐到沙漠"的人性人情的表达方式。在这种背景下，80 年代初，以现代理性为主体的新启蒙主义作为最具影响的现代化意识形态，凝聚知识分子的启蒙情怀，触底反弹"文革"封建逆流，建构了"民族现代化"和"人的现代化"的精神理念和价值范式。

具有文化现代性和人文精神憧憬的精英文化话语渐成雏形，以此为肇始，形成了80年代以"文化开放"和"历史反省"为主要特征的思想解放运动。这一思想解放对知识分子身份的重新认知，强力推动电影艺术家冲破创作禁区的高压束缚，挣脱"两个凡是"的缰索，高扬现实主义"复归"的美学旗帜，打破观念化的僵硬模式和极左蒙昧思想，以一种世俗化的创作倾向寻求人的主体性表达及个性解放。

在这一背景下，经历过十年浩劫桎梏的中国电影，借力改革开放大潮的涌动，有意识地汲取世界电影发展经验，丰富或推动着自身的理论体系与创作实践，新观念、新思路、新风格纷纷涌现，"艺术创新"被奉为圭臬。电影创作者在开放、动态的现实空间的美学维度上酝酿着新的运动形式和艺术诉求，以配合正在转型的电影市场，试图回归现实主义的创作范式，整体倾覆"三突出""高大全"式的创作思路，建构起"真实性"的创作理念。正是源于在实践、理论和市场三重维度上的思想大解放，形成了以启蒙意识和艺术至上为主导话语的审美观念，建树起新时期电影范式。这一时期的电影艺术家以空前高涨的创作热情，拍摄出了一大批在中国电影史上堪称经典的佳作。如《苦恼人的笑》（杨延晋、邓一民），《小花》（张铮、黄健中），《生活的颤音》（滕文骥、吴天明），《天云山传奇》（谢晋），《巴山夜雨》（吴永刚、吴贻弓），《邻居》（郑洞天、徐谷明），《小街》（杨延晋），《沙鸥》（张暖忻），《知音》（谢铁骊、陈怀皑、巴鸿），《人到中年》（王启民、孙羽），《城南旧事》（吴贻弓），《都市里的村庄》（滕文骥），《我们的田野》（谢飞），《乡音》（胡炳榴），《一个和八个》（张军钊），《黄土地》（陈凯歌），《人生》（吴天明），《黑炮事件》（黄建新），《芙蓉镇》（谢晋），《血战台儿庄》（翟俊杰），《孙中山》（丁荫楠），《人·鬼·情》（黄蜀芹），《红高粱》（张艺谋），《棋王》（滕文骥），《晚钟》（吴子牛），《本命年》（谢飞）等均为这一时期的标志性作品。纵观这些电影作品，它们一方面试图实现电影语言和表达方式上的突破，另一方面也在围绕着人文主义的彰显和现实主义的复苏这两条线索努力探索，沿着人道主义的方向创作和发展，出现了诸如伤痕电影《巴山夜雨》、反思电影《天云山传奇》以及改革电影《野山》等创作。不难发现，这些改编自文学的电影与同时期的文学思潮呈现了某种同步性。

2. 交互演绎的文学思潮与电影思潮

电影与文学有隔舍不开的亲缘关系，正如张艺谋所言："我一向认为中国电影离不开中国文学……我们研究中国当代电影，首先要研究中国当代文学。因为中国电影永远没有离开文学这根拐杖。看中国电影繁荣与否，首先要看中国文学繁荣与否。"① 可以说，新时期电影思潮在"选择与接受"中与文学思潮交互演绎。原因来自于多方面，但有两点尤为重要：一是面对相同历史情境的电影与文学对民族化/本土化的共同的强烈诉求和文化使命感；二是这一时期电影与文学共同彰显的启蒙精神和现实主义气质，深度揭示时代生活、社会矛盾和生命体验，与经历过"文革"浩劫的大众形成了情感的共鸣和情绪的共振。新时期电影思潮紧紧跟随文学思潮步伐，深谙着市场和观众层面的潮动，而观众的先在结构、期待视野、反应批评以及审美心理等，也要求新时期电影从现实主义题材文学中汲取素材内容，寻找创作灵感，从而形成具有深度和广度的启蒙精神。

不同文艺思潮的碰撞、融合，往往会激荡出新的文化景观。文艺思潮与电影的深度交涉影响着电影的创作实践：新时期的文学思潮带动了中国电影风格和技巧的提升，也丰富了电影的精神内涵和美学观念。随着文学领域在社会现实层面展开的伤痕、反思、改革的思潮，电影领域也出现了与之呼应的伤痕电影《生活的颤音》《苦恼人的笑》、反思电影《芙蓉镇》《人到中年》以及改革电影《野山》《花园街五号》等创作，形成了某种互文观照的景象。需要指出的是，这种互文观照并不是以某一种替代/消亡的形式出现，而是以百家争鸣的共存姿态活跃在这一时期的舞台上。整个新时期的文学思潮虽在命名、特征上存在差异，然而从其内在逻辑和内涵上来看，"现实主义"和"启蒙"作为内在精神，以一种连绵、流动的整体态势贯穿于各个文学思潮之间。"整个新时期的文学都围绕着人的重新发现这个轴心而展开的，新时期文学作品的感人之处，就在于它是以空前的热忱，呼唤着人性、人情和人道主义，呼唤着人的尊严和价值。"② 电影思潮的嬗变亦作如是观。20 世纪 80 年代作为"当代

---

① 李尔葳：《当红巨星——巩俐、张艺谋》，北京十月文艺出版社 1994 年版。
② 刘再复：《新时期文学主潮》，载《文汇报》1986 年 9 月 10 日。

文学"的变声期，其转变过程承载着来自两方面的合力：借助对"文革"反思的力量，推翻左翼文学的主导地位；借助来自西方文学文本和思想方法论的现代化力量，冲击固有观念中的糟粕。电影思潮正是借助这股合力，以离心运动形成了"雅努斯的两张面孔"：既对过去政治建构的批判和反思，以期恢复元气；又要对未来电影语言造型展开现代化的艺术诉求，以求创新发展。

3. 娱乐片大潮的兴起

20世纪80年代初期，以社会功能/本位为旨归的电影体制承袭了传统的计划经济模式，与之紧密相连的电影理论特别注重对艺术价值和社会价值的评判。他们将观众设定为集体意义上的、具有伸缩性和灵活性的"人民群众"，而非市场意义上的"观影群体"，这两者之间横亘着"社会意志"的鸿沟。到了80年代中后期，随着向商品经济体制的转轨，电影娱乐观念才出现涌动的契机，以市场为主导、以消费为渠道的特定文化形态于此间珠胎暗结。娱乐片就在电影市场"无米下锅"的窘境下浮出地表，蔚然掀起娱乐片热潮，市场意义上的"观众"回归本位。1985—1989年间，中国电影学术界重新审视电影本性，以"对话：娱乐片"研讨会为标志，理论上全面阐述娱乐片的合理性，掀起为"娱乐片"正名的学术争鸣。带有探索性的娱乐片选择"皈依"商业价值，带着诸多的不足与缺陷，与"探索片""第五代电影创作"共同描摹了80年代独特的"艺术—娱乐"图景。笔者在1987年就提出"把电影的感性娱乐功能看成是电影最基本的文化职能，一点也没有降低电影在现代社会中的地位和作用"[1]，将电影的娱乐意识提升到本体层面进行前瞻性思考。

这一时期，中国电影从政治的渊薮中"位移"到电影艺术本体层面，然而"电影就是电影""与戏剧离婚"已然成为电影理论和创作界的共识，以"娱乐之名"的商业片仍处于主流话语的边缘，成为被漠视或招致批评的艺术创作。观众的狂热和理论批评的漠视见证了娱乐片的"冰火两重天"：从1979年的《保密局的枪声》开始，摘得年度票房冠军的几乎都是娱乐片，如《405谋杀案》《白蛇传》《牧马人》《少林寺弟子》《岳家小将》《神秘的大佛》《少年犯》《镖王》等，这些影片上映时多是

---

① 饶曙光:《论电影的感性娱乐功能》，载《西部电影》1987年第1—2期。

影院爆满、拷贝大卖、街头巷议的狂热局面，屡屡创造票房奇迹。但是即便如此，时至今日，这些影片鲜少被人提及，被遗忘在历史的角落。到 80 年代后期，社会主义市场经济体制改革步入正轨，中国经济文化生活发生深刻变革。娱乐片的创作热潮，引发了电影学术界的讨论热情，诸如关于电影危机与出路的讨论，娱乐电影的模式及其规律的探索，武打片、惊险片以及喜剧片类型化研究等争鸣此起彼伏。然而随着步入喧嚣躁动的多元化时期的"娱乐片"占据电影市场的主流地位，其质量却日渐令人堪忧，佳作难出，一度"低谷"运转。其实这一时期的混乱、喧嚣的世俗化创作是精英文化向消费文化转型和过渡的空档期，可以称之为"文化盲区"。正是在这一临界点上，作为市民话语与大众文化的"王朔电影"成为 1988 年的独特现象，邵牧君先生如此阐释："电影界一哄而上争相改编则反映了电影界在巨大商业压力面前某种无所适从的混乱心态。"① 总的说来，娱乐片的创作呼应社会市场经济结构的转变，推动中国电影实现了艺术本体向娱乐本体的位移，在徘徊与彷徨中的娱乐片，于重重阻力中为电影的"现代化"呐喊助威，重新伸张电影的娱乐本能，成长为中国文化艺术"市场话语"构建的重要组成部分。

二、1989—1999：电影体制改革与电影市场演变潮

20 世纪 90 年代，现代性批判和各种"后学"一度成为显学，不断深化的经济体制改革点燃市场化改革激情，中国社会思潮呈现出明显的世俗化倾向：对个人利益和物质欲望的重视。这期间，在精英文化的漠视和主流文化的箝制下顽强崛起的大众文化，以蓬勃发展的姿态开始向急遽衰落的精英文化强势渗透和扩张，遂而形成了消费视域下日渐融合与界限模糊的文化格局。在这种撕裂、分化与转型相交织的纷繁陆离的社会文化语境下，这一时期的电影创作在不断瓦解、重构和众声喧哗中走向多元化。

1. 主旋律电影与世俗的交响

面对汹涌而至的娱乐片热潮，电影管理部门出于忧虑和警惕采取主动对策，明确提出"主旋律电影"概念。1987 年 3 月，电影局在召开全

---

① 邵牧君：《略论王朔电影》，载《电影艺术》1989 年第 5 期。

国故事片创作会议上首次提出"突出主旋律，提倡多样化"的主张，呼唤电影工作者的时代使命感与社会责任感。准确地说，"严肃性"与"世俗化"是 20 世纪 90 年代主旋律电影的重要标签，它不仅承载着国家主流意识形态，也开始吸收大众和市民文化的价值观念、创作方式，以情感为中介走近观众。主旋律电影题材范围开始扩大，主要呈现为三重景观：一是"大事不虚，小事不拘"、主流话语与大众话语巧妙缝合的重大革命历史题材影片。如表现英雄梦想和红色情结的《大决战》，注重细节，场面逼真、传达人道主义关怀的《红河谷》，展现伟人情感世界的《长征》，揭秘历史真相的《辽沈战役》《开天辟地》等，它们积极适应大众观影心理，展现出自觉的民族意识。二是领袖传记和英模人物题材影片。影片中的楷模人物走下神坛，艺术形象从"高大全"的扁平化转向"凡人化、世俗化"的立体化的塑造，诸如《周恩来》《毛泽东和他的儿子》《刘少奇的四十四天》等影片便展现了领袖人物普通的人性、人情，《离开雷锋的日子》《孔繁森》《蒋筑英》等电影精品也随之浮出地表，引发观众强烈的情感共鸣和怀旧热潮。三是具有主旋律色彩的日常生活题材影片。如表现传统美德和市民理想的《龙年警官》，描绘市民人生景观和生存本相的《过年》等作品，它们填平了政治权力话语、精英文化话语和大众文化话语之间的鸿沟，以主旋律电影的娱乐化路径巧妙地缝合了艺术品格、宣教意识与娱乐享受，体现了这一时期主旋律影片与传统精神、市民理想而不是启蒙精神、精英话语的紧密关系。

历史地看，标志着主旋律创作进入高潮阶段的是重大革命历史题材影片的涌现。重大革命历史题材作为 90 年代主旋律影片的重要命题，承载着权威、严肃的政治权力话语，弘扬国家主流意识形态，构筑观众的"家国"英雄梦。以"献礼片"为契机，出现了不少受到观众认可、票房可观、艺术上乘的标志性影片，如《焦裕禄》《巍巍昆仑》《百色起义》等中国特色大片均取得了显著的经济效益和社会效益。1991 年，在"红头文件"的助力下，主旋律电影无论从产量还是放映数量上均创下记录。当然行政力量的强势干涉，过于明显的意识形态色彩很容易引起观众的逆反心理，一定程度上加速了电影发行放映业务指标、观众观影人次、票房收入等的全面下降。直到 1996 年，电影主管部门提出"九五五〇"电影精品工程，启动电影事业发展专项基金，主旋律电影在各方支持下快速恢复得以有序发展，电影人开始自觉有意识地按照市场规律运作电影，实现了向"新主流电影"的跨越，如《红河谷》《孔繁森》《离开雷锋的日子》《黄河绝恋》等影片均取得了不错的票房成绩。到 1999 年，在行政力量宏观调控和市场力量的合力推动下，《横空出世》《我的 1919》《生死抉择》等优秀影片应运而生，大放异彩。总的说来，90 年代，主旋律电影以独特的编码方式和叙事策略的突破映现出以世俗化为向度的发展路径，完成了承载的国家意识形态使命，满足了大众的消费审美需求，为官方文化与市民文化的互渗探寻出一条市场化的出路。

2. 电影体制改革与电影市场的跃迁

为恢复电影生产力，从 80 年代初开始的中国电影体制改革，经历了三次改革浪潮：1980 年文化部以 1588 号文件的形式调整影片价格，规定制片厂收入与市场挂钩；1984 年文化部提出中影公司体制改革方案，电影业转向企业性质、自负盈亏，电影票价出现松动；1987 年，"975"号文件提出五种结算方式，放开制片厂与中影公司的结算方式……然而这些都是在原有的计划经济体制下进行的修补性和改良性的举措，并未真正触动电影体制的根基而引发全面改革。新的国家意识形态和国家关注在电影实践 / 生产中呈现为新时期电影的崛起，旧有的电影体制 / 政策 / 理念在电影市场化改革的纵深向度上——被映现出来，电影生产与电影管理观念以及公共产品实践的关系呈现出了抵牾、断裂和瓦解的姿态，80 年代遭遇"冰火两重天"的娱乐片正是这种矛盾的明证产物。进入到 90 年代以后，电影机制 / 政策与电影生产 / 创新 / 运行之间愈来愈大的裂隙表明了：中国电影需要的是一种体制上的跃迁而非改良。

20 世纪 90 年代中国电影体制进入全面改革时期。"3 号文件"的实施，打破了传统计划生产模式，新的行政区域垄断业已形成，虽旨在强调市场效率和观念，但市场有序竞争尚未形成，以发行为切入点的电影行业机制改革，使整个行业的电影企业发生大变动。事实上，改革深化的过程亦是制片、发行和放映三大体系趋向融合与"一体化"的历程。从发行上来看，各省市纷纷进行股份制改革，"院线制"经营初现雏形，积极向"产业型、经营型"转变，"制片、发行、放映"等环节出现多形式联合；专营发行集团公司运筹联合制片业，制片业酝酿与电影院打造产销联营院线，电影院则试图联合院线进军发行领域，独立制片与国营电影厂的合作初露头角，一体化态势愈发显明。不过，这次改革虽然激发了制片企业的生机和活力，却也造成了影片销售的两极分化，制片厂内部矛盾不断加剧，社会集资拍摄影片成为国内制片业的主体，初级阶段的负面效应导致了大批低水准、低品位影片的出现，质量堪忧，影院萧条，亏损严重，电影业陷入速即恶化的状态之中。为缓解这一矛盾，1994年广电部电影局下发的《关于进一步深化电影行业机制改革的通知》，确认了所有电影企业的经营自主权限；1995年，广电部发布《关于改革故事影片摄制管理工作的规定》文件，提倡电影业吸收行业外资金，推动社会投资者对民族电影业的助持；1996年，长沙会议上提出的"九五五〇"电影精品工程，推动国家专项资金注入制片业，将出品权放开；1997年，广电部电影局出台的《关于试行"故事电影单片摄制许可证"的通知》，作为电影制片领域的重大改革，罗致和荟萃良多电影制片精英的大陆首部贺岁片《甲方乙方》即刻面世……总的说来，这时期的电影体制改革从断裂走向接续，思想理念与社会空间的对话为电影管理拓宽了市场层面的管道，电影体制完成了具有中国本土特色的现代意义上的跃迁。

3. 分账大片与合拍片：在冲突、碰撞中共赢

20世纪90年代，进口分账大片与合拍片作为两重景观，强劲地浸染和拨动着中国大陆电影的创作与生产，厘革了中国电影市场箱体式坠落的凋敝景遇。一方面，《亡命天涯》《红番区》等分账进口大片引发跨文化争鸣，刺激和催生了《红樱桃》《秦颂》《阳光灿烂的日子》等"准国产大片"，在激烈博弈中有效遏制了汹涌而至的进口大片强劲的市场攻势；另一方面，《少林寺》《新龙门客栈》等具有"生动性"和"灵活性"的合拍片的告捷，盘活了内地武打类型影片市场，成为焕发电影市场活力的新机缘。这两者的交相辉映，再次不可辩驳地明证了邵牧君"电影首先是一门工业，其次才是一门艺术"的历史断言。

从宏观层面讲，分账发行既是方法问题，也牵动着中国电影体制改革的敏感神经。面临长久电影体制瘤疾引致瘫痪的电影市场，电影管理部门出台数项行政法规戮力激活电影市场。1994年1月，广电部电影局在全国各省市电影公司经理会议上建议每年引进十部"基本反映世界优秀文化成果和基本表现当代电影艺术、技术成就的影片"，并授权中影

公司以分账形式在国内发行。即便进口大片引进之初便遭逢诘责、质疑与争鸣，对此电影局出台扶持政策为引进大片摈除障碍，中影公司积极组织协调各省级公司经理进行相关座谈会寻觅市场良机。在这一背景下，随着《亡命天涯》《红番区》《阿甘正传》等巨制佳作纷至沓来，激活了岑寂的电影市场，将观众重新拉回电影院。不可否认，海外分账大片的引进一方面敦促了中国电影市场的良性循环，唤醒了国人心中的"大片意识"，催生了诸如《兰陵王》《荆轲刺秦王》等一批国产大片；另一方面，分账大片携来具有全新经营理念与运作模式的好莱坞范式，为我国电影业注入一股强心剂，"准国产大片"以两极分化的迎接姿势竭力回应和悉力博弈。总的说来，尽管"进口大片"自 1997 年之后热度有所消减，舆论归于平寂，但几年光景里已然成为中国电影市场的重要票仓，"鲶鱼效应"的竞争机制有效激活了低迷疲软的中国电影市场。可以说，进口大片与中国电影产业的改革休戚相关，这种关联也将追随市场化的深入而愈加彰显。

20 世纪 90 年代合拍片跌宕起伏的境遇，深谙着中国电影市场对进口大片的微妙反映情绪或略显窘塞的抉择。其实早在 80 年代，诸如《碧水寒山夺命金》等以"资源驱动，左派优先"为特征的合拍片便已露端倪。以《忍无可忍》为肇端，内地与香港合拍逐日升温，出现了如《火烧圆明园》等合拍片与《似水流年》等协拍片交相辉映的双重景观。这一阶段，内地的政治谋略与香港方面的商业诉求的碰撞，悄然描摹和显映着"循规蹈矩"与"漫不加意"两种文化姿态的对流动态图景。进入 90 年代，内地电影业为挣脱经济窘境与观念镣铐，适当扩大制片厂的合拍权限，两岸三地形成了以"合力筹措资金"为标的和向度的新合拍模式——"台湾的资金、香港的技术以及内地的人力"，几近垄断了当时的市场，内地与香港在资本／市场诉求层面酝酿着心照不宣的借力愿景与共荣期许。伴随 1997 年的亚洲金融危机爆发，香港电影业遭遇市场滑铁卢，面对引进大片占据的萎靡市场，处于"冰冻期"的合拍片在低谷之中踟蹰不前。合拍片的尴尬处境标明了一方面亟待市场和政策的调整与规范，另一方面如何满足两岸三地迥异文化背景下观众群体的文化想象与观影需求成为新的攻关难题。总的说来，20 世纪 90 年代的合拍片浪潮昭示着中国电影在电影观念、制作观念、技术观念三个层面上的鼎新，它为中国内地电影与世界电影潮流的对话构筑起可能性的平台，产业级别得以大幅提升。不难发现，内地香港两地的融资合作以及华语地区的跨界制片，作为中国电影发展的主流样态，既为中国电影市场转型与走向海外市场拓宽渠道、搭建平台，又为华语电影未来的多元化格局做了有益尝试。

4. 贺岁片：平民话语与类型意识的发轫

自 1997 年起，冯小刚执导的《甲方乙方》《不见不散》《没完没了》等中小成本都市喜剧系列，在主流边缘框架内，以小人物 / 平民的悲喜剧和消费社会互文本唤起大众认同与情感共鸣；以后现代文化逻辑颠覆精英话语与崇高权威，勾勒出内地贺岁影片市场的基本轮廓，营筑起贺岁电影放映档期的雏形框架。冯小刚电影以良好的市场公信力和可观的票房业绩一再进入中国电影的历史版图，嵌入大众文化的坐标体系，为突进的本土市场寻觅到与进口大片分庭抗礼的出路，勾勒出与主旋律电影、新主流电影交相辉映的独特本土化文化图景：以观众审美情趣为基点、社会风俗为素材的电影创作。其实，回望 20 世纪 90 年代末傲视群雄的冯小刚电影，不难发现他强烈的市场意识、精准的艺术定位及另类的"欲望"阐释。他的电影文本将京式幽默、戏剧调侃、游戏表达融于平民话语之中，故事小品化，情节通俗化，以艺术与明星的混搭，显现非意识形态化的民间话语，满足市民阶层的心理欲求与消费习性。可以说，冯小刚电影的市场价值，归于他对"贺岁片"概念的本土移植与品牌的建树，档期（商业）意识的回归，既培养起观众的观影习惯和心理期待，也精准拿捏市场脉搏，进而实现"产销定位，以销定产"的运作范式，借助品牌效应引导观众消费。"冯"生水起的贺岁电影再次激活和拉升了内地电影市场，在文化承传体系中以良好作为彰显贺岁片市场张力，由此，中国电影市场才在真正意义上形成了主旋律影片、商业片及艺术片三分天下的市场格局。

三、2000—2015：新世纪中国电影的多元化景观

步入新世纪，在全球化浪潮的推动下，并不熟谙世界市场游戏规则的中国以"入世"的姿态和诚意，昭示着"市场就是最大政治"时代的到来。仍处于现代化转型期的中国电影面临着多重产业窘境：一方面好

莱坞电影虎视鹰瞵般地瞄准中国电影市场，蓄势待发；另一方面，根基未稳的中国电影难以施展自我所长与市场潜力，一度陷入十分尴尬的境地。然则，经受市场竞争淘洗和"鲶鱼效应"刺激下的中国电影，在筚路蓝缕的征程中借力奋起，在电影体制、市场意识、艺术观念、生态格局及商业模式等层面悄然走向系统化、工业化与规范化，生成与世界电影潮流的对话新机制，呈现出多元化的产业模态。

1. 电影产业化在探索中跃升

脱胎于文化经济活动的文化产业，在现代文明的陶染下，以文化资源为根基和依托，以精神生产方式为重心，遵循工业化程序和标准生产文化产品，是具有现代经济意义的商业与文化形态，也是兼具经济效益与社会效益的特殊文化形态。2002年11月，为满足人民群众日益增长的精神文化需求，党的十六大提出"要积极发展文化事业和文化产业"的决议，文化产业作为战略形态被纳入到国家整体发展战略体系。随后我国政府相继制定了一系列推动和扶持文化产业发展的政策法规，加快了文化产业系统的整合、建构及优化升级。在我国，文化产业作为高成长性的朝阳产业，凭借雄厚的文化资源根基，得益于社会主义市场经济体制的确立和科学技术的创新进步，伴随文化体制的改革完善，在市场强劲的需求拉力下，彰显出巨大的市场潜力。

电影产业作为文化产业的核心层，是具有高渗透性、高风险性、高收益性且兼具商品属性和意识形态属性的产业集合。我国电影产业化改革脉络顺延和追寻着国家政策法规的制定和电影市场发展的足迹。2001年"院线制"改革，打破行政区域垄断，推动良性竞争和低票价的出现，民族电影工业得以长足发展；2002年《电影管理条例》的出台，大大降低准入门槛，拓宽投融资渠道，民营电影机构和社会力量为电影行业注入新活力；2003年《内地与香港关于建立更紧密经贸关系的安排》（CEPA）条款的落定，使不少受配额限制的香港电影也涌入内地市场，"救市"良策促使中国电影市场焕发新机；2004年《关于加快电影产业发展的若干意见》，提出建立新型电影市场主体，建设电影强国的目标，从八个方面对电影产业进行全方位部署。自2005年以后，政策的出台开始趋向常规化的补充与完善，直到2009年，《文化产业振兴规划》实施，电影产业成为国家战略性产业的重点推进项目之一，与之相呼应，2010

年《关于促进电影产业繁荣发展的指导意见》中提出迈向"电影强国"的总体目标；2014 年《关于支持电影发展若干经济政策的通知》从资金层面大力扶持电影产业，紧接着 2015 年《中华人民共和国电影产业促进法（草案）》的通过，从法律层面强化电影的产业属性和市场价值，标志着中国电影产业正步入健康新常态。总的说来，十五年来，我国政府以《电影管理条例》为基准，出台了涵盖产业发展规划、市场监管、市场准入以及院线建设、影院资助等全方位的政策扶持，为电影产业发展保驾护航，电影强国梦想正在路上。

2. 中国式大片在喧哗中迈向"主流"

所谓"中国式大片"，通常意义上指的是新世纪伊始，以欧美大片的艺术与商业经验为依照，以蕴含民族传统文化的武侠、动作片为主体，以高科技、数字化为表现方式和技术手段，集两岸三地一线艺人为明星阵容的国产电影。在好莱坞大片的冲击与《卧虎藏龙》建树起的文化自信的双重驱动下，以《英雄》为肇始开启了中国商业大片的帷幕，《十面埋伏》《夜宴》等相继掀起大片创作热潮。中国电影渐趋勾勒出准类型模态和市场逻辑意义上的"大片"商业谱系：高概念商业化配方、精雕细琢的视听奇观、强大的投融资后盾、主流理念与民族精神的交融式传播……摸索出外可与进口大片分庭抗礼，内可激励国产电影走出低谷的一套本土化商业模式。可以说以《英雄》为商业大片滥觞的中国电影，在资本市场的拥趸下步入国际化轨道，完成了从"主流大片"向"商业大片"的转轨。2002—2006 年间纷至沓来的超级商业大片，擢升了中国电影市场竞争力与国际影响力，紧跟时代节拍与市场节奏，有效拓宽跨域市场空间，切入欧美主流院线市场。当然，根深蒂固的载道理念仍时隐时现地跃动在观众期待视野深处，当抽离了"思"的大片盛行于银幕之上时，电影观看（市场／票房）与审美认同之间出现的裂隙与悖谬在多重语境中互相交织与渗透，中国式大片在众生喧哗中仍承受着转捩的阵痛。可以说，这股民间空前活跃的言说欲望与对价值取向、文化类型展开个性表态的社会潮流，于大片的商业话语与艺术品性间难以弥合的裂缝中喷薄而出，将曾亲手缔造辉煌电影时代的张艺谋、陈凯歌们遁入尴尬境地。"所向披靡"的票房与"偃旗息鼓"的艺术诉求之间的无法调和，昭示了中国式大片成长初期所遭遇的市场与文化悖论。

自 2007 年之后，中国电影的核心使命便悄然位移到守望与弘扬民族文化的主体性、提升电影软实力的向度上，有中国特色的主流大片应运而生。诸如 2007 年横空出世的现实社会型大片《集结号》，以个体生命与历史进程的疏离关系为故事载体的主流化价值阐释，有效地实现了战争片类型的拓展和本土化改造，摒弃"拼盘古装大片"的刻意、生硬与晦涩，复归以戏剧性为核心的封闭式线性叙事。真实地洞察和驾驭主流社会文化心理，精准地找寻到以"英雄主义"与"生命关怀"为重心的时代和个人话语的交叉点。主流意识形态以世俗化的方式与散乱的、隐秘的社会公众的意识形态达成了某种程度上的沟通与妥协，用诚意将观众重新拉回电影院。可以说，诸如《云水谣》《集结号》《梅兰芳》等主流商业大片的出现，彰显出丰赡的历史意识、渐显的史诗格局及独特的内在民族精神气质，在产业与文化两个向度上相互激荡，与新主流电影、主旋律电影等相互生发与碰撞，织就出多样化、多类型、多品种的电影新景观。

3. 多样化、多类型、多品种的电影景观

"一个成熟的电影市场需要丰富的电影产品来支撑，呼唤中国电影的多样化、多类型、多品种是广大观众的内在要求，也是做大做强中国电影市场的迫切需要。"① 进入新世纪以来，在方兴未艾的全球化潮流下，电影思潮在承继、革新与融通中日渐淡化政治色彩，于对流与互动中走向"综合创新"与"中西调和"，激荡出具有跨域性、跨界性的多元化电影市场景观，孕育出气象一新的电影创作实践与大众集体认知。在新媒体时代，观众群体相应地遁入广域性、开放性、多元化和个体化的审美场域中，以理性与非理性相交织的"批评"或"舆论"姿态参与到电影思潮的流变之中。电影的娱乐维度在消费文化与媒介文化的拥趸下日趋上位，在理性的统摄与围捕下保持缄默的娱乐性以欢腾之势肆意迸发，多样化、多类型、多品种电影创作的出现，在某种程度上践行着文化现代性规划中的"自由"理想。

2012 年突如其来的"中美电影协议"，好莱坞电影再度以虎狼之势进军热火朝天的中国电影市场，这不仅对国产电影市场份额会造成持续的、

---

① 童刚：《2009：见证中国电影的惊奇跨越》，载《团结报》2010 年 1 月 30 日。

巨大的冲击，而且必将引发中国电影大变局。"鲶鱼效应"刺激下的中国电影业在投融资、制片、发行等各个环节发生结构性革新，迸发出前所未有的朝气与生机，形成了以武侠、动作、爱情、喜剧、剧情为主打类型，以警匪、战争、历史为中等梯度，以魔幻、传记、歌舞等为新兴品种的生态格局，不少影片在类型融合中衍生和杂糅出新的模态样式。现如今，中国电影产业呈现了工业化、国际化、互联网化的发展趋向，在创作、市场、科技空间领域均取得突破性进展。随着互联网重塑电影产业链条，新媒体为电影创作创造出多元化的发展机缘，尚有争议的大数据、众筹、IP 开发等新势力纷纷助力电影创作，描摹出多样化的电影景观。然而需要特别警惕的是，国产电影创作的多元化格局虽渐趋迈向高潮，但在美学维度仍存在繁多不敷之处。在消费主义与市场经济的裹挟下，不少电影创作过于追求票房，冲撞艺术底线，滑向堕落深渊，沦为快餐文化。中国电影产业亟需克服诸多短板，摆脱粗放、数量增长模式，构筑集约化的现代电影工业体系，顺利跨越初级阶段。

概而言之，在社会转型与时代跨越的背景下，多元化电影思潮渗透大众行为模式、社会流行风尚及消费思维观念，以它的兴衰与更迭回应理论层面不同声音的交锋与实践层面的流行趋向，通过一种或多种隐蔽性形式引导观众的消费倾向与关注焦点。事实上，每一股思潮都伴随着诸家论战，先是电影的现代化与现代性之辩，继之发生电影的民族化与民族性之争，而后出现电影的娱乐性与类型片的切磋，理论话语的激烈争论与创作实践的剧烈革新遥相呼应，一唱一和，可谓风起云涌。现如今在资本逻辑大行其道的时代，从市场维度上商酌电影思潮的"另一副面孔"，即撩开长期为人所轻忽或遗忘的市场史一面，对于具有商业属性的电影来讲，有着追根溯源的现实旨趣。

第二节　新时期电影思潮的基本特征

当我们把"电影思潮"厘定为理论阐释对象时，通常无法深入争鸣的原因在于难以真正索解狭窄的"思潮"概念。就电影而言，迥异于流派、社团或代际群体之说，思潮有自己的"格"：思潮之"思"重在精神，而知觉意象之"潮"则深谙着"思"的框定范畴内的流动性、动态性及现象性的特征。真正意义上的思潮研究往往依托既定的思潮品格捕捉整个时代的电影潮动，剥离剔除"宽泛"的作品罗列与研判，勾勒出具有清晰"潮"线的史述。对于产业维度上的电影思潮特征的把握，是基于对各种思潮不断整合、交替、更迭中融会接续而成的内部整体风貌的梳理，聚焦处于相互碰撞、承继与矛盾中的各种涌动起伏的思潮所彰显的共性，勾画出生动的形状特点与演进路径，探寻其间的内部关联，爬梳出电影思潮在思想和创作两个维度上行进的规律。从这层意义上讲，对电影思潮基本特征的爬罗剔抉也是电影史个性化的侧面呈现。

文艺与意识形态之间的关系历来聚讼纷纭。在阿尔都塞看来，文艺依存于意识形态，又千方百计与之拉开距离，进而指引大众"感应"和"直觉"到文艺所寄居的意识形态，文艺被置于社会现实与意识形态两种作用力交汇的场域之内。作为社会意识综合表现形式之一的电影思潮亦可作如是观，正所谓"每一种社会形式和思想形式，都有它的特殊的矛盾和特殊的本质。"① 由此说来，电影思潮不仅由既定的理论形态为思想向度，也交织着通俗意义上的社会心理因素，是连接普通意识和理论意识的中间纽带。其基本特征大致可归于两个方面，一是遵循社会意识的一般规律来审视，电影思潮彰显出政治性、群体性、理论性、实践性等特征；二是从思潮与社会、市场、大众存在的关系角度评判，则体现为时代性、民族性、多元性、承继性等特征。以此为基础，我们可以从社会文化心理、思想体系、电影创作及电影技术等四个层面切入，以期全方位驾驭新时期电影思潮的基本特征。

一、与社会文化心理互动感应的电影思潮

普列汉诺夫曾指出："一切思想体系都有一个共同的根源，即某一时代的心理"，"全部意识形态史，都只是一部人类心灵发展的历史"，"所有的社会意识形态都随着社会心理的变迁而变迁。"② 换言之，所有的思潮都是对社会心理的概括、归纳与映照。而社会心理指的是社会群体共

---

① 《毛泽东选集》（第一卷），人民出版社 1991 年版，第 309 页。
② 《普列汉诺夫哲学著作选集》（第三卷），三联书店 1974 年版，第 20 页。

同的情感和愿望，是大众对社会运行现状直观的主观意志反映，主要分为社会认知、行动倾向等个体层面与风俗、习性等群体层面这两大基本形式，社会心理的嬗变从感性维度深谙着现实生活、经济体制、文化模式的流转变迁。它作为社会变迁的感应器与时代精神的风向标，在保持轴心观念的前提下亦步亦趋地对应着社会凝聚力的松紧变化。事实上，每一个特定时代的政治、经济与文化等多重元素合力融铸着相应的社会心理结构，每一次重大的社会变革、社会动荡及思潮运动都会带来社会心理结构的重构与变迁。对此，李陀认为一切理论争论、思想争论在其表面的原因和动机的下面，往往隐藏着不易为人所察觉的深层文化心理。[①] 与此同时，联动效应下的大众心理亦发生某种程度上的调适，反作用于社会的变革，这种互动和通约性关系牵制着电影思潮的脉动神经与跌宕起伏。

电影思潮的发生发展深潜着公众舆论、价值取向、情感欲求与群体想象力等因素的相互激荡，社会潜意识这股暗流在长久压抑、酝酿后瞄准电影思潮"漩涡"中心地带喷涌而出，于电影史的断裂处一次次重生。新时期中国电影尽管经历了低谷彷徨，但也竭力追踪社会心理的变迁踪迹，始终保持自我调整与革新，不断完善自身的"造血机制"。新时期之初诸如伤痕、反思等文学思潮，以强烈的现实主义精神，承载着修复主流意识形态的社会使命，顺应时代需求，以其振聋发聩的影响力确立了不可撼动的中心地位，并由内而外地浸透着包括电影在内的其他艺术形式。20世纪80年代的中国电影从主题内容开掘到视听镜像层面都顺延着文学思潮的行走轨迹，电影现实主义传统的美学使命得以完成：以对宏阔历史弧度下生命个体和普通平民生活的眷顾，达成对"四人帮"恶劣行径的控诉、非人性的批判、左倾政治运动的内省，一是长久积郁在大众潜意识里的对"文革"反人性和钳制自由所产生的怀疑与逆反；二是蕴含平等、自由原则的商品经济呼唤起大众的主体意识和自我价值实现的希冀；三是中华民族源远流长的人本思想以及"五四"以来"民主、平等"的人文精神传统，重新为大众所追求与捍卫。虽然仅有社会心理因素尚不能构成潮流，但正是对诸层心理因素的深层体悟，才能唯物辩

---

① 李陀：《"看不见的手"：谈电影批评与深层文化心理》，载《当代电影》1988年第4期。

证地审视人道主义思潮的深邃内涵。可以说，不同的电影潮流涌动着不同语境下群体的潜意识和无意识症候，它们在与社会意识形态的顺逆冲折中，敏锐地洞察和反映着群体成员的心理状态和思想倾向。

不过伴随着市场经济大潮的强劲脉动，转型期社会心理的"双重面相"以悖论的姿态，显现出了现代化文化逻辑的世俗化倾向：一方面强调事物及标准的多样性，另一方面价值规范的缺失导致社会集体陷入困惑与迷茫；一方面充分肯定现世追求与个体价值取向，另一方面在消费主义的拥趸下，世俗化走向偏激，对工具理性极端强调，欲求的骤涨引发浮躁之气。与之相呼应，到 90 年代末蔚然成风的娱乐片在众声喧哗中同样显现出"双重面相"：一方面以流光溢彩的银幕和奇妙的潜意识梦幻漂流，满足了大众无法在现实世界中获得的娱乐欲求与精神游戏；另一方面，封闭的游戏文本以缝合方式掩蔽现实的入场，在亢奋眩晕中摒弃了对"人"的关注，以符号、游戏宣泄焦虑，却使沉浸于快感中的大众不自觉地陷入想象力、批判力的"退行"沼泽。正如美国电影理论家查·阿尔特曼所言："现实规范愈加禁止的，娱乐片就愈加予以强化。文明社会需要人们合作、自律、温和与中庸，而类型电影却提供暴力、下流话和看西洋镜。"① 娱乐片的这两副面孔背后正是社会心理于沧海横流的商品大潮中浮现的"双重面相"的外在表征之一。进入新世纪，文学思潮与电影思潮之间的互动日渐式微，电影逐渐摆脱对文学的依附，电影创作体系迈向成熟，多元化格局浮出地表，类型片创作趋向主流。客观地说，两种艺术形式虽截然不同却也脉脉相通。时至今日，或许社会心理潮流难以聚合，无法推动再形成具有强劲凝聚力的社会思潮，但仍以星散的样式濡染着不断寻求革新的电影创作，在新媒体时代构建起新型互动范式。

二、以观众意识和审美取向为基准的电影思潮

具体来说，"观众本体"是以观众需求为价值取向，顺从观众意志，因观众而变的理念，也是从制片、发行、放映等各个环节以观众为核心，以观众为本位的信念。早在 1956 年钟惦棐就呼吁："最主要的是电影与观

---

① 汪天云、祭光：《娱乐片的性格组合》，载《当代电影》1989 年第 4 期。

众的联系，丢掉了这个，便丢掉了一切。"[1] 1957 年贾霁也曾有言："'在所有的艺术中，电影对于我们是最重要的。'这首先是因为：电影是最大众化的、具有最广泛的群众性的艺术。"[2] 20 世纪 80 年代，戴白夜疾呼："我们既要尊重观众欣赏习惯和要求，创造广大观众喜爱的新的美的影片，又以新的美的影片去造就新的观众——这就坚持了创作与鉴赏、电影与观众相互结合、相互促进的艺术辩证法。"[3] 时至今日，尽管互联网颠覆电影生态格局，电影观众群体、观众层次、观众结构随之变动，但是观众依然是电影发展的决定性因素。而如何有效对接和满足不同群体尤其是更大观众群体的需求，让更多的人群共享中国电影改革发展繁荣的成果，倒逼创作开拓更多的类型并且着力提高品质，将会是中国电影可持续发展、高质量发展的关键环节。由此说来，电影思潮的起落与观众的审美动向息息相关，电影对观众的依赖性亦远远超过其他艺术。电影离不开观众。长期以来，我们对于电影观众研究停留在苍白疲软的缺席状态，以 1986 年学术界在安徽黄山召开的第一届全国受众研究研讨会为标志，真正意义上标示着"受众本位"的复归。此后三十年间，中国电影与观众在血肉关系中共同面对市场转型期的机遇与磨砺，历经现代化转型的阵痛，可谓几多欢喜几多愁。

不妨将视点聚焦在新时期中国电影发展的几个节点上。1978 年前后是中国电影史上的重要过渡阶段，一大批诸如《天山的红花》《小兵张嘎》《平原游击队》等老电影纷纷被"解禁"，带有浓厚商业气息的《尼罗河上的惨案》《望乡》《人证》等引进片，均受到观众的追捧和喜爱。我们或可从中嗅到电影触角试图拨动观众心弦的两大动向：一是观众潜在的"情感"消费趋势，二是观众对"娱乐"的审美快感。1978 年，将江南音乐喜剧样式融会民间故事、古典小说及传统戏剧精髓的香港戏曲电影《三笑》（李萍倩）引发万人空巷，创下 4.2 亿元的票房奇迹，还有《暗礁》《黑三角》《斗鲨》等影片，尽管仍受到"十年"反特片基本套路的牵制，然而影片中纷繁复杂的娱乐元素却赢得不少观众的喜爱。相形之下，同时上映重装上阵的国产故事片《大河奔流》，却遭遇"门前冷落

---

① 钟惦棐：《电影的锣鼓》，载《文艺报》1956 年第 23 期。

② 贾霁：《电影与观众》，载《中国电影》1957 年第 2 期。

③ 戴白夜：《关于电影与观众的几点思考》，载《电影艺术》1984 年第 11 期。

鞍马稀"的光景。直到 20 世纪末，类似的"出力不讨好"的事情屡屡呈现。这表明若是违背市场规律，忽视电影产业链中作为"衣食父母"的观众的位置，行政意志逾越于观众需求之上，就会出现电影票房的集体滑坡，甚至陷入"卖厂标"的难以为继的尴尬窘迫处境。这些教训不断证明：尊重观众，尊重市场，以观众为基准的影片才会保持旺盛的生命力，"从群众中来，到群众中去"同样适合于电影创作。著名电影艺术家夏衍曾言："为了让广大观众能够接受，我曾提出过'与其深奥也，毋宁平易；与其花哨也，毋宁朴质'的主张，要求影片力求通俗化……"[1] 也就是说，电影创作需要有意识地在个性表达、艺术诉求与观众接受之间寻求平衡。如 1994 年，在进口大片刺激下出现的诸如《阳光灿烂的日子》《红樱桃》等国产精品，以及瞄准海内外市场的独立制片艺玛公司以及冯小刚的贺岁电影系列，便是这种理念的实践范式。

总的说来，改革开放以来，随着思想观念的解放，大众对电影审美水平日渐提高，电影观众群体结构不断调整。正是凭借这种血肉关系与良性互动，国产电影完成了从"自我表达"向"观众"为中心的位移，开始注重市场调查，以观众意志为出发点。如今步入互联网新媒体时代，如何在契合主流社会价值观的同时，赢得更广阔的市场空间，提升观影群体品位，赢得更多观众尤其是年轻观众的"叫好"与"叫座"，仍是时下亟待解决的关键问题。

三、以技术革新为内驱力的电影思潮

众所周知，任何一次技术革新都会对电影的创作、美学、产业层面产生某种程度上的冲击。新世纪以来，数字新媒体技术以强大的内驱力颠覆了传统电影美学的"真实"观念，电影语言、叙事方式及观影方式的革新掀起了电影的技术革命。回眸电影技术变迁足迹，中国电影历经了"画面时代""声音时代""数字化时代"的风雨，如今数字技术已全方位渗透电影的制作方式、传播方式与审美接受层面，悄然引爆创作观念和艺术形态的美学革命。合成性的"虚拟"美学以非线性剪辑方式，和缓了"长镜头"与"蒙太奇"的对峙态势，个体随意型的电影接受方式应运而生，即

---

[1] 《夏衍电影论文集》，东方出版中心 2011 年版。

便尚未撼动电影的艺术本性，却打破了传统电影美学对"深度"与"意味"的深情守望。在资本和数字技术的拥泵下，新的奇观电影与叙事电影的一唱一和，成为当代"景观社会"下国产电影的独特风貌。

当然，技术革命若能带来电影美学的革命，必然是传统美学在新技术条件下的延伸与递进。但若仅弛懈于技术形式的热闹与狂欢，而无暇眷顾电影美学层面的内涵与精神，便颇有舍本逐末之嫌。事实上，根深蒂固的影戏观念，早已注定中国文化语境下需要的是服务于电影本体叙事的技术。回眸电影史，早期电影中保持主流地位的戏剧式电影形式，最为符合中国观众的接受心理、思维习惯与观赏趣味。像第五代早期作品《黄土地》《红高粱》中相得益彰的视觉奇观与文化哲学意味，时至今日仍是镌刻在国人意识里的经典之作。换言之，若过分热衷于玄幻、奇观、快感的打造而疏于锤炼故事，轻忽精细雕琢的叙事功夫，只会被冠以"恶搞"之名哗众取宠而草草收场，诸如技术上趋于几臻成熟的《无极》《白银帝国》《七剑》等遭遇的滑铁卢败局都是不可辩驳的明证。

新时期以来，数字技术渗透电影行业肌理。从媒介层面看：电影声音的记录、存储和传播均实现了电脑磁盘式的数字记录；就放映层面而言，影片可直接通过卫星、光纤电缆传送至电影院，保证了电影的画面素质和音响效果；在制作层面上：数字剪辑和录音大幅提升电影视听享受与影像质感，数字虚拟技术开拓了影像表现空间、手段与方式，携来电影美学、文化、工业等各个维度的新样貌。可以说，中国电影悉力追踪高科技的行进足迹，以期借"他山之石"擢升影像之于观众的魅力，餍足观众的多元需求，全方位推动电影创作与生产的工业化、专业化、国际化进程，扩大市场占有率，提高市场竞争力，戮力捍卫电影市场的半壁江山。在高科技浪潮的驱动下，政府也给予政策和资金层面的扶持，尽管《紧急迫降》《冲天飞豹》等运用计算机技术制造虚拟时空的国产影片率先登台亮相，但处于无形桎梏的中国电影尚缺乏足够体量的商业规模与适应的土壤根基，因此，兑现大规模、大制作、高规格电影的创作祈愿仍未有期。

2009 年，一批 3D 影片扎堆上映，数字时代的"虚拟现实"推动观影从物质现实、视觉真实范畴迅即转向心理与体验真实层面，促进了沉溺于假定性与逼真性观众与影像的默契，冲破了戏剧严苛的时空限制，在新颖的时空美学中或可阐发出意味深长的哲学气质。诸如《黑客帝国》中的"子弹时间"戏幕,《阿甘正传》中随意翻飞的羽毛段落,以及《少年派的奇幻漂流》中的食人岛及浩渺的宇宙段落,在乏善可陈的高科技制作中显示些许风采神韵。然而矫枉过正的"重造型"观念下催生出的,更多是纷至沓来的天马行空般的"奇观电影",技术的巨大进步似乎反而带来了电影美学短暂且巨大的倒退。电影和观众在特制的眼镜下俨然退行到浮泛的"杂耍"阶段,粗制滥作的大片的审美追求与人文情怀丧失殆尽,毫无艺术价值可言,尤其是数字演员角色对真实演员表演空间的窄化,离间挑拨着真实的"人的电影"的坚守。可以说,部分国产电影对数字技术体验的极度追求,以视觉奇观为主导的体验美学的商业化倾斜,违背了大众亘古不变的"故事"情愫,3D、IMAX 沦为大众意识里的"凑个热闹"。近年来,随着以影像为主导的视觉文化与高科技日益紧密的结合,以及手机电影的登场,实现了双向互动交流的游戏化,互联网时代的新型审美范式正在生成。但是无论形式如何鼎新,历史的规律时刻标示中国电影的强国之路,绝非是数量的物理堆积,需要的是融铸本土精神、民族文化和精神气质的高品格电影。

四、镌刻东方美学精神的电影思潮

电影思潮作为一个结构系统,是相关利益主体的思想关系的总和。它建立在对电影现象的产生、发展、式微及未来趋向深入整合的基础上生成的理论架构与体系建设。事实上,在承继中不断革新的电影思潮的演进过程与电影美学理论体系的完善脉络均清晰可见、有章可循——以"争取/反思现代性"为"潮"线的行走足迹。纵观新时期电影思潮的演进路径,点缀其中的诸如"电影语言的现代化""电影与戏剧离婚""影戏美学""电影的文学性"等此起彼伏的电影理论争鸣,归根结底是对电影本体与电影美学的争议、探究与革新。广义上的"电影本体"不仅涵盖影像、结构、感知等纯电影形式,也包含电影的本质、地位和生存环境,如来自政治、经济、社会和文化等各层面的影响。与之相呼应,广义上的以电影的存在为前提的电影美学既涉及到电影叙事、文本、材质等"审美客体",也包括电影观众认同等"审美主体"以及电影读解、批评等"审美活动"。新时期电影思潮正是在马克思主义文艺思想的引领下，以广义上的电影本体把握为根基，结合中国的文化传统、美学传统、创作实际、观众审美，试图勾勒和创建有中国本土特色和现实针对性的美学体系。由此说来，电影思潮的演进过程亦是电影美学观念与实践的行走路径，共同在中国传统文化与异质文化的交织与碰撞下谋求本土化、民族化的电影创作。

20世纪80年代，作为建构东方电影美学体系领军人物的钟惦棐提出了"中国电影今日之发展，迫切需要建立自己的电影美学体系"的主张，谭霈生、郑雪来、罗慧生、朱小丰等相继深入探讨了不少带有全局性的理论命题，其中"影戏理论"与"纪实美学"的争辩倍受瞩目，影响颇为深远。如果说"影戏"美学在相当长的时间内影响着中国电影创作的话，那么，新时期以来"对现实主义的诉求"则成为电影美学观念的主线，践行着中国电影"民族化"的重要使命。众所周知，电影艺术的基本特征之一是"真实性"——银幕反映现实世界的高度逼真性，并指向了两大坐标向度，一是创作主体使用何种电影表现手段，反映客观规律，接近物质现实；二是电影创作如何适应观众"真实"的审美诉求与多元化审美需要。这时期作为第四代美学旗帜和受到青睐的纪实美学理论的崛起，便是重大的实践尝试，对巴赞的真实美学观的崇尚促使中国电影更趋向生活的本真。直至数字虚拟技术结束了摄影技术作为影像唯一生成路径的时代，迈入"后电影时代"的数字化生存平台的电影美学观念发生革命性震荡，开始摆脱巴赞机械唯物主义的羁绊，潜入到人与现实世界的交织网络之中，完成了观众心理层面的感觉"真实"。而进入90年代后，在中国电影迈向全球化、产业化的征程中，面对西方电影思潮的裹挟之势，"拾人牙慧的语词游戏和今是昨非的理论作秀的潮流淹没了钟惦棐昔日用生命发出的'中国电影今日之发展，迫切需要建立自己的电影美学体系'的呼声。"① 但也有不少学者尚未跌入理论与实践"分家"的裂隙之中，以理论反思的姿态回应着异彩纷呈的创作实践，诸如"费穆研究热""东方电影美学体系构建""重写电影史""电影文化/美学全球化"等争鸣的景观，在交相演绎的电影思潮中探寻着电影美学的深层命题。

---

① 陈山：《光荣与梦想：新中国影坛对于东方电影美学的探索》，载《当代电影》2009年第9期。

时至今日，自电影产业化改革以来，与强调民族文化认同、弘扬民族文化特色、利用民族文化资源的中国特色电影美学构建相呼应的是，具有中国特色电影产业化的体系得以初步建立。从以启蒙和审美为主要特征的新时期电影范式，到新主流电影的出现，形成主流意识形态与大众平民话语相结合的新姿态。继之在消费主义商业机制的驱动下，类型意识勃兴，主流电影演化出两大体系：国家主流电影与主流商业电影。随着新媒体与互联网的渗透，电影产业体系自觉内部优化调整，逐步走出一条产业化、国际化、数字化的中国特色电影类型化道路。

概而论之，新时期电影思潮顺延争取 / 反思现代性这条主线，以中国特色的本土"潮"线为基准，呈现出了它在社会心理层面、创作实践层面、思想体系层面及制作技术层面的特点，生成了具有思潮特性的史述，从横向维度上的断面立体化地呈现了电影思潮的总体风貌。当然，也可从"代际"层面纵向地梳理电影思潮的历史演进及特征，尽管"代际"的划分时至今日已遭受诸多质疑，但有一点可以肯定，它呈现了独特的业内行业法则与共享的社会外在动因，映现了不同的社会历史语境下电影创作理念与社会象征符码不断革新与演绎的全景风貌，在此不作赘述。

第三节　新时期电影思潮透视

抛离传统的"个案"研究范式，以电影思潮的基本特性为前提，以映现电影现象中的市场逻辑为旨归，通过微观扫描实现电影思潮内部逻辑关联的外推，形成对具体电影思潮进行透视与概括，以达成宏观思潮史论与微观具象研究的协调统一。文中所分析对象皆是从进入多重电影史版本中拣选出的具有思潮性电影现象，它们或居于某一时期思潮的漩涡中心，或处于思潮间的"裂隙"之中，抑或具有里程碑价值和拐点意义。

一、波谲云诡的电影创作思潮

1. 关注"人性""人情"的伤痕思潮

1976 年"文革"结束，经历过重创的文学开始了缓慢的复苏，政治上的拨乱反正为文学创作提供了自由的社会环境。所谓"春江水暖鸭先知"，文学作为敏感的艺术载体率先呼应着来自周围力量的涌动。以《班主任》和《伤痕》为肇始，大量"伤痕文学"作品相继出现，对苦难经历的伤痛、哭诉，引发了大众读者共鸣，并扩展为一股社会思潮，旨在呈现十年浩劫对生命个体身体和心灵的戕害。这一时期的知识分子担当起了"抚慰心灵、弥合创伤、治愈伤痛"的历史使命。电影创作积极响应伤痕文学思潮，《小花》《生活的颤音》《泪痕》《苦难的心》以及《春雨潇潇》等伤痕电影如雨后春笋般出现。在现实主义观念的指导下，围绕着人性的讨论，以人道主义启蒙为精神核心，呈现"文革"时期对生命个体的精神戕害和心灵折磨，控诉四人帮的恶行成为这一时期影片主要的故事情感诉求。在伤痕文学的影响下，如《沙鸥》《邻居》等注重现实主义复归、纪实风格的电影，通过对普通人心理和生存状态的关注，将蕴含的反思融溶在通俗的故事和简单的人物情感之中，有效地驳斥了"高大全"式的僵化影像模式，批判尚未肃清的极左思潮，在坚定主流意识形态的同时，以一种乐观的必胜心态期待社会秩序的重新归位。

2. 理性审视历史的反思潮

随着人们历史意识和主体意识的觉醒，反思文学深入和延续了伤痕文学"人性"复归的意旨，从政治和历史层面高度反省"伤痕"成因。以理性、冷静的思考审视社会 / 历史 / 文化中的苦痛、悲剧和弊病，修复了在"文革"中被摧残至几近夭折的艺术观念，美学价值再次被推崇。这一时期出现了诸如《芙蓉镇》《冬天里的春天》《剪辑错了的故事》《天云山传奇》《犯人李铜钟的故事》等反思文学作品。正是这股人道主义文学思潮以腾挪跌宕之势，营造了一种多元、开阔、活跃的社会氛围，大批电影新人开闸出笼。正所谓"对于艺术生产而言，旧有的市场优越性对于艺术生产的天然优惠和新的开放观念给予艺术创造的鼓励环境，共同促成了不可重现的历史创造机运。"[1] 电影创作以一种反思的姿态呈现在银幕上，这一时期最具典型的代表是著名导演谢晋以及他的"反思三部曲"——《天云山传奇》《芙蓉镇》《牧马人》。以"寓政治风云于风俗民情图画，借人物命运演乡镇生活变迁"[2] 的银幕图景，将政治风云、乡

---

[1] 周星：《改革开放造就的中国电影创作观念与市场意识演变图景》，载《当代电影》2008年第 12 期。

[2] 古华：《话说〈芙蓉镇〉》，见《芙蓉镇》，人民文学出版社 2005 年版，第 200 页。

土气息以及历史轨迹巧妙融合，在集体无意识、共通的民族心理和历史反思的基础上得以与大众妥洽沟通，成为时代经典之作。《天云山传奇》在揭露政治浩劫对人民造成心灵创伤的同时，也借助宋薇的悲剧反思了特定年代下一代人所经受的从蒙昧到觉醒的精神历程。作为反思电影最高代表的《芙蓉镇》，以胡玉音的人生遭遇、情感波折和命运起伏为主线，反思左倾思潮对乡土文明和农村生活的摧残，将人性放置在特殊的政治场域和文化牢笼中加以审视与考量，不仅秉承了伤痕电影中的人道主义关怀诉求，也在理性层面呈现了知识分子群体的历史责任。但是需要提到的是，谢晋以"想象式抚慰"联结了政治文化话语与大众文化想象，注重社会功能的设定，局限在道德层面对历史和社会进行反思，并没有真正地从人性深度、历史文化和个体心理角度来寻找历史悲剧成因，这与艺术观念里仍受政治意识形态影响的第三代电影人过于倚重文学改编是有很大关联的，正是这种依赖，反思文学思潮的缺陷不可避免地延续到了银幕影像之中。

3. 承上启下的改革思潮

以蒋子龙的《乔厂长上任记》为标志，改革文学思潮开始发轫，作品中改革者高大的理想化形象寄托了大众对未来的理想和期待，引发了读者强烈共鸣。1984 年前后，出现了一批如《赤橙黄绿青蓝紫》《沉重的翅膀》《鲁班的子孙》《鸡窝洼人家》《秋天的思索》等改革小说，从注重社会功用转向个体情感和价值观的呈现。这些作品以传统乡土观念与现代都市观念的冲突为叙事主线，以微观（家庭、个人）视角折射时代和社会的变革进程，如路遥的《人生》通过高加林的命运起伏投射了新旧价值观交替更迭的社会状态。面对新时期驳杂多样的现代性诉求，第四代导演义不容辞、顺理成章地成为电影改革思潮的创作主体。他们以一种理想主义色彩和浪漫主义气息直面生活，以农村和城市改革进程为主要题材，以"人的觉醒"为主题，揭示旧的经济体制、传统生活方式以及思想观念与现代化改革机制之间的矛盾和冲突，倾心追求"真善美"，如《巴山夜雨》在风雨如磐的动荡年代诗人秋雨的正直品格，《湘女潇潇》中对原始人性、人情的由衷赞美。随着改革文学对时代精神挖掘的渐趋渗入，电影也从表层诉说转向了精神内核的开掘，《代理市长》《我们的选择》等影片则从普通人的角度关注改革者的艰辛和内心苦楚，呈现乡村经济改革体制下个体精神和心灵的裂变。还有将视角聚焦于改革时代下小人物的群像，如《乡音》《乡情》《良家妇女》中的农妇和少女、《如意》中的老校工、《人到中年》的医生等，寄托着第四代导演的人格理想和自我觉醒意识。在艺术追求和审美情调上，第四代导演对电影语言现代化的秉承，对巴赞美学理论的创作实践，诗意化的儒家文化风范，构成了第四代独特的象征影像系统。

4. 走向细化和成熟的档期潮动

众说纷纭的"档期"之于时下众人并非陌生，电影档期及不同档期的电影市场营销策略，极大地影响着电影的市场化程度。2002 年开始院线制的改革，中国电影市场便已着手试水"档期"开发。历经了十余年的调整与流变，时至今日，在节假日与强势影片的合力驱动下，已形成春节档、五一档、暑期档、贺岁档等成熟档期，也分化出诸如七夕档、三八档、万圣档及光棍档等新兴档期。可以说，电影档期与电影产业脉脉相连、休戚相关，成熟的档期可以精准定位影片内容与类型，从总体上影响着电影市场格局与影片艺术品质。

这里仅以热门的暑期档与贺岁档为例来探究其间的奥秘。"贺岁档"作为一个有中国文化特色的档期，经历了两大演进阶段：一是冯氏喜剧"一枝独秀"时代（1997—2001），以《甲方乙方》《不见不散》等为代表的冯氏贺岁喜剧，实现了市场意义上的革新与蜕变，形成相对独立的美学特征与稳定的创作模式。这一时期的贺岁片在美学层面完成了以社会文化心理结构为基准的喜剧类型探索，逐渐培育起成形的贺岁档期。二是百花齐放时期（2002—2015），这一时期"贺岁片"真正意义上发展为"贺岁档"，电影主打片种走向多元化，尤以古装、战争史诗、动作大片为盛，近年来又出现了合家欢及综艺电影等新片种。目前，贺岁档期容量于无形中扩增，具有明确档期意识和清晰市场定位的影片接连上映，并逐步走向成熟。作为广告宣传"边际效应"最好的档期，暑期档给予类型片以实战的良机，诸如动作科幻片、古装爱情片及动画片等市场消费主流类型，亦有恐怖、战争、灾难、魔幻等次生类型。随着中国电影市场持续扩容与升值，暑期档市场容量不断扩大，类型趋向多元。很长时间里暑期档被进口大片所主导，国产电影处于几无抵抗之力的配角位置，历经数次激烈博弈，中小成本电影的崛起助力国产电影守住市场的半壁江山,与贺岁档成为时下两大兵家必争的电影档期。

然而值得警惕的是,两大档期在日渐繁盛的背后却也不免瑕疵。诸如在电影观念层面,内地贺岁片并未有意遵循电影作为消费文化的市场逻辑,还停留在作为电影消费方式的层面,缺少传播民族精神、宣扬主流价值观及渗透真挚情怀的意识,档期内文化特色张力不足,造成过度依赖于档期的局面。在档期秩序规范方面,蜂拥而上争贴"暑期档""贺岁档"标签,却无内容特色之实际。档期概念被泛化为万用筐,排片混乱无序、空间拥挤,造成资源浪费、内耗严重。可以说,档期的选择,需要的是实力与智慧的兼济而非投机取巧,注重培养档期品牌与影片品质,培养高品位高要求观众,方为打造成熟档期之道。

5. 趋向整合且渐成体系的华语大片潮

20世纪90年代初期,郑树森、廖炳惠、李天铎等学者最早提出了"华语电影"的概念,学者鲁晓鹏认为华语电影"主要使用汉语方言,在大陆、台湾、香港及海外华人社区制作的电影,其中也包括与其他国家电影公司合作摄制的影片。"[1]中国电影史上,"大片"因其巨大的经济效益和文化辐射而成为华语电影的标举,往往依托宏阔的话语文化语境,以类型电影的叙事范式刺激着潜在的观众群体。继《英雄》之后,《十面埋伏》《夜宴》《集结号》《唐山大地震》《赵氏孤儿》《金陵十三钗》等华语大片接踵而至,虽题材与类型迥然有别,但均呈现出了高科技、大阵容、跨国族、大营销的显著特征。可以说,华语大片作为主流商业电影的主导范式与票房收入的主要来源,成为推动中国电影产业进程的支柱性力量,适时有效地激活了中国电影深潜的机体能量。

事实上,自2002年的《英雄》肇始,华语大片的成长之路便充斥着诸多龃龉与诟病之声,关于轻忽民族文化主体性的挞伐与争辩更是激烈。2007年主流大片《集结号》的上映,和缓了大众"吊打"式的激越批评气氛,这部兼具丰赡历史意识与宏阔史诗意境的影片,人性化地再现谷子地辗转各地为牺牲战友找回荣誉的艰难历程,接近中国观众的现实生活与精神世界,极大地拓展了华语大片的公共话语空间。2009年,《建

---

① 鲁晓鹏:《华语电影蓝图》,转引自刘宇清:《华语电影:一个历史性的理论范畴》,载《电影艺术》2008年第4期。

国大业》作为"电影事件"，建构起兼具政治色彩与现代气质的文化场域，将政治诉求时尚化表达，有意模糊"主旋律""献礼片""重大革命历史题材"等各类型范式的界限，消弭了观影群体与意识形态之间的鸿沟。这种在商业表征下涌动着官方意识形态话语言说的创作范式的出现，有力地推动了主旋律电影迈向主流商业大片的进程。2015 年提升了整个春节档品质的中外合拍片巅峰之作《狼图腾》，凭借精雕细琢的剧本创作、高规格的技术制作及精良务实的团队精神，描绘了蒙古民族在特定历史时期的游牧文明与草原文化，重新诉诸野蛮与文明的关联的恒久命题。影片以中华文化主体性与民族价值观的国际化传达，以对人类与动物、自然的认知重新审视人类本性，代表了中国电影工业化的新水准和新节点。暑期档被称为"国产大片新标杆"的《捉妖记》，创新性赋予众妖的动漫形象以普适情感，深入挖掘民族传统文化，以不同族群之间的相互沟通，凸显亲情的价值，开创华语电影"新世代"。华语大片在经过多年的类型化探索后，将关注点开始聚焦在创意、质量、品格维度，而非一味地进行"大投资、大制作"，从这个层面上看，华语大片的创作渐趋走向成熟。

6. 粉丝电影与快餐式消费潮

处于转型蜕变期的中国电影，开始按照资本自身的逻辑和规律，生成市场游戏规则。粉丝电影作为数字信息时代经济发展的必然产物，从立项之时，便自带一定的受众基础，甚至坐拥千万粉丝，拥有天生的话题度、活跃的交流性和强大的观众缘。粉丝电影大大降低了投资风险，不仅容易拉到投资方便合作，更简化宣发程序，节约制作成本，受到不少投融资者的青睐。严格意义上的粉丝电影，"只是一个电影营销的概念，电影是特殊商品，有着商品的一般属性，有的卖故事，有的卖情怀，有的卖特技，'粉丝电影'卖的就是偶像。"[1]"粉丝电影"的命名绝非否定影片的艺术价值，而是将"粉丝"放置在更重要的位置。亨利·詹金斯曾提到："粉丝一直是新媒体技术的早期使用者……粉丝是媒体受众中最活跃的群体，他们拒绝简单地接受提供给他们的内容，而是坚持享有

---

① 苗春、罗茜：《"粉丝电影"能走多远？》，载《人民日报（海外版）》2011 年 11 月 7 日。

成为完全意义上的参与者的权力。"①现如今，具有互联网基因的粉丝电影，多为非线性、串联化、碎片化、拼接化叙事，具有极强的娱乐性、游戏性和互动性，它的"导演"成为"客户经理"，"观众"成为"用户"，"艺术审美"换装为"体验"。互联网时代，"大数据匹配、用户经营管理、IP定制、多屏互动、O2O、思维势能逻辑"，成为粉丝电影发展的"关键词"，准确地说，粉丝电影是根据大数据用户喜好进行精准搭配，参照消费者或商业需求进行定制，进而与粉丝交互设计而产生的互联网产品。

然而诸如《分手大师》《心花路放》《小时代》等影片却屡屡出现"票房飙高，骂声不断"的乱象，"粉丝电影"更多地被赋予贬义色彩，沦为快餐文化。粉丝群体作为大量稳定的用户资源，是粉丝电影获得经济利润的重要保障，但是粉丝为电影买账的同时，也催生了电影市场海市蜃楼般的愿景和虚火。对于电影创作，我们认为：不尊重艺术创造力和艺术想象力，不尊重电影创作和生产的基本规律，'快餐'式生产，'任性'化消费，最终失去的恐怕不仅是电影市场本身。纵观当下国产电影，在粉丝的拥趸下流行的总裁文、玛丽苏文、小妞电影以及小鲜肉作品枚不胜数，资本热钱盲目跟风，片面曲解了"用户至上"的创作理念，艺术审美标准被悬置，让位于娱乐口味，在资本的鼓动下走向膨胀的快餐式消费。粉丝电影虽黑马不断，然而表层繁荣的背后却潜藏着快餐泡沫危机，不仅导致电影创作走向狂欢娱乐的极端，也将使其迅速丧失核心竞争力，导致电影产业结构失衡、水平下降。如今，资本的声音压过一切，电影本体走向失落，这将不单单是"粉丝电影"的问题，"电影+互联网"时代，"国产电影路在何方"将是每个电影人必须理性、冷静面对的重要课题。

二、风起云涌的电影理论批评思潮

电影批评是电影史的重要分支，亦是批评史在电影领域的具体实践，更是沟通电影作品与观众、产业及艺术的桥梁与纽带。将电影批评放置在既定社会历史文化的场域中去审视，建构起具有批评特性的电影史

---

① 《融合文化：新媒体和旧媒体的冲突地带》，商务印书馆2012年版，第207页。

观，阐述蕴含在电影文本中的社会景观、时代风貌、意识形态以及文化内涵，建构起有中国特色的电影理论批评系统，可以有效地把电影活动的所有领域有机联系在一起。无法逾越社会历史语境的中国电影批评，始终保持着与中国文艺批评同步的节奏，在 1921—1985 年间呈现出了超稳定的社会学批评模式，继之，历经电影本体批评时期、电影文化批评时期，90 年代步入多元批评模式时代。然而，随着市场经济与消费社会负面效应的膨胀与渗透扩散，令原本贫瘠的思想理论根基面临崩塌退化的危情，电影批评一度偏离科学理性的审美轨道，堕入浑浊芜杂的深渊，浮躁肆意地冲撞、践踏道德底线。因此，有必要建构科学、包容、开放的电影理论批评体系，以推动中国电影更好地弘扬中华文化美学精神与民族价值观。

1. 电影理论批评的拨乱反正

20 世纪 80 年代，在"拨乱反正"社会思潮下成长起来的电影社会功利批评模式，还暂时停留在社会功能 / 价值本位的观念阶段。对于刚刚经历过"文化大革命"摧残和创伤的电影学界，夏衍、陈荒煤、钟惦棐等人纷纷撰文，从政治与文艺的关系层面来反思"文革"伤痕以及惨痛的教训。他们主张客观公正地从人民大众、无产阶级的根本利益出发，强调电影作品要寓教于乐，捍卫影片的真实性原则，反对"为艺术而艺术"，强调要注重影片的思想内容、政治方向及社会功利价值。夏衍的电影批评实践多是将倾向性与科学性协调统一，构建起基于艺术审美感知的、具有历史唯物主义观的辩证批评体系。在"拨乱反正"的社会大潮中，夏衍一方面探究文艺思潮、电影思潮的演进规律与流动趋向，针对文艺现象、电影现象中普遍存在的问题与倾向发表真知灼见；另一方面积极联系实践，从代表性的影片创作中求证取材，形成有理有据的扎实的批评作风。与夏衍在历史关键时刻总是站在一起的电影评论家陈荒煤，进一步思考党如何领导文艺创作的问题。他在 1979 年《一个重要的历史文献——学习周恩来同志在新侨会议上的讲话》中加以深刻阐释："这就是要坚持唯物辩证法的观点，指出文艺工作要按照对立统一的规律办事。"此外，他还在《加强电影理论研究的几个问题》中指出，由于中国电影对"理论研究工作""技术性"及"艺术性"有意无意的忽略，使之落后于世界电影潮流。陈荒煤"经过深思熟虑形成了自己一系列全面完整的文艺思想：发扬艺术民主，尊重艺术规律，反对瞎指挥、'一言堂'。"①他主张倡导革命现实主义与"求真的精神"，加强对人性论、人道主义的研究，鼓励有深度的影片出现。总的说来，他不仅注重和倡导对电影文学创作的评论，呼吁加强电影编剧的队伍建设，对于电影史料、电影史写作、电影文学理论及大众影评活动等都给予高度重视和扶持，积极引导了新时期中国电影的创作实践，为建设有中国特色的理论批评体系做出了卓越的贡献。

电影评论家钟惦棐提出了中国电影美学的新构想，以其具有实践品格的电影批评活动，推动并呼应着电影创作思潮的发展。他努力挣脱"政治第一，艺术第二"的观念束缚，给予电影批评以美学维度的观照，拓宽了电影批评的研究范畴与视野。钟惦棐以"文本"为电影批评的基石，站在人民性的立场，从《电影的锣鼓》《论电影指导思想中的几个问题》《现实主义要深化》《论电影批评》到"电影美学"课题的系列研究，完成了他由"文本分析"到"批评方法"再到"电影美学理论"的转换。这种批评方法基于对审美趣味的判断，以"电影作为一门艺术"为前提，以社会主义现实主义为批评原则，在一定意义上更是对民粹主义的选择。钟老一以贯之地强调电影本体性，提出批评话语要保持独特资质，以及与具体社会语境关联互动的理论，形成了坚守理论与注重实践的批评格局。可以说，以夏衍、陈荒煤、钟惦棐等为代表的电影批评家，以多元的生命感悟滋润与播种荒芜的批评原野，开拓出了电影理论批评的一片绿洲。

2. 电影理论批评的"黄金时代"

"理论滋养灵感"。翻检出如今看似陈旧的 20 世纪 80 年代发起的思辨式争鸣，如关于"丢掉戏剧的拐杖""电影语言的现代化""电影与戏剧离婚""用电影表现手段完成的文学""电影本体论""'影戏'美学""谢晋模式""对话：娱乐片"等电影话题密集出现，明证了电影理论学者们为"电影就是电影"正名的踊跃和豪迈，形成了 80 年代的新浪潮。即便在电影产业化急速行进的今天，再去审视尘封在那个年代学术争鸣，仍会发现它们并未远离中国电影，时隐时现地引导着电影的发

---

① 严平：《荒煤在劫后重生的日子里（1978—1980）》，载《新文学史料》2011 年第 4 期。

展，填补着当下电影产业生态圈所出现的"理论黑洞"。诚如罗艺军所言："80年代的论争与电影创作上的创新浪潮紧密切合，相互促进，蔚为大观，可谓中国电影理论的黄金年代。"[1]

20世纪80年代初期，随着电影理论学者们对关于"电影是什么"的关注，以张暖忻、李陀的《谈电影语言的现代化》一文为标志，打破了中国电影美学理论的沉寂，强调电影语言的研究，要求电影语言的新陈代谢紧跟世界电影语言发展潮流，在吸收和借鉴的同时完成本土化/民族化创新，主张从电影本体层面上反观和审视电影，引发了关于电影语言、电影形式的讨论，发起了中国电影语言现代化的启蒙运动，亦成为"第四代导演的艺术宣言"。与"丢掉戏剧的拐杖"观点相呼应，1980年钟惦棐提出"电影要与戏剧离婚"的主张，强调电影自身存在的价值和意义，反对用戏剧手段解决本来可以用电影方式解决的问题，但并没有反对电影的"戏剧性"。然而当时电影理论界并没有从完整意义上去充分理解钟老的电影"离婚"说，造成了中国电影"重造型轻叙事"的偏颇发展。80年代初，张骏祥就如何提高电影的艺术质量提出了"电影就是文学——用电影表现手段完成文学"的观点，强调电影的"文学价值"，引发了关于电影本性的争鸣。1984年，钟惦棐率先提出的"立足大西北，开拓新型的'西部片'"理念，意在对民族传统的继承和民族文化价值观的传达，在电影界引起强烈反响。继钟惦棐提出的"中国西部片"理论之后，诸如《野山》《老井》《黄河谣》《秋菊打官司》等影片亮相海内外银幕，逐渐形成了有中国特色的西部片。总之，在集体关注"电影本体"和"电影性"的时代，这些满怀激情的学者们依然保持这种平实、冷静、客观的批评姿态，铸就了80年代理论批评的"黄金时代"。

3. "学院派"电影理论批评

到20世纪80年代中后期，国内资深电影学者开始有选择地对西方电影理论进行翻译与推介，并积极与世界当代一流电影理论学者进行对话，力图从完整意义上把握西方电影理论体系。1984—1988年间，中国电影家协会连续五年举办暑假国际电影讲习班，诸如比尔·尼克尔斯、尼克·布朗、大卫·波德维尔、达理·安德鲁等一批学院制体系下的一

---

[1] 《中国电影理论研究——20世纪回眸》，载《文艺研究》1999年第3期。

流学者，相继到中国传播电影理论新观念。其中，1986 年美国加州大学的尼克·布朗教授在北京电影学院设立了西方电影理论系列课程，后来他的讲稿在 1994 年整理成了《电影理论史评》一书，以细致的逻辑知识框架和独特的电影观察视角，较为完整地呈现了当代美国学院派的现代电影理论体系。以此为转折点，中国开启了电影理论批评的"学院派"时代。

随着符号学批评、结构主义批评、意识形态批评、精神分析批评、女性主义批评等西方方法论的引进，对于这一时期的青年电影学者来说，犹如振聋发聩般的理论层面的精神洗礼。在一批青年电影学者的集群研究态势下，扭转了中国电影理论的薄弱局势，传统的电影价值观一定程度上得以革新。客观地说，西方学院式的体制的主要目标是通过培养和推出理论新秀，满足、适应课堂教学的概念阐释与理论讲解，它是针对课程消费得以维持学院生存的一种理论传播。这种纯粹性、封闭式的学院理论，在一定程度上是与电影市场与电影产业的发展相脱节的，也就意味着无法在实践层面上指导电影创作与生产。事实上，在西方电影理论的浸染下，1986—1988 年间，中国电影学界已经开始对巴赞电影理论进行重新评估，并认为"实践的效果虽然有时会闪映出理论的生命之光，但理论生命的延续却在于理论自身的系统之中。"[①] 固然，学院派的电影理论批评浮现出更为科学化的样貌，但独立于创作实践之外的理论，无法真正地深度剖析中国电影现象，只会陷入"自说自话""闭门造车"的怪圈，丧失了构建原创的中国电影美学体系的良好机缘。时至今日，面对中国电影产业快速发展的众生喧哗状态以及复杂的现代化转型，学院派电影理论批评日益彰显出捉襟见肘的尴尬。

4. 网络电影批评兴起

20 世纪 90 年代中后期，电影理论批评遭遇失落的境遇。首先，随着大批电影研究队伍进入高等院校，大家对于电影学学科建设的眷注已远远超过对于电影理论批评研究的关注。其次，过于精英化的电影批评，脱离电影创作实践而自说自话，造成理论与实践的巨大裂隙，偏执、僵化的批评姿态遭到电影生产创作和大众的冷落自然也在所难免。再次，

---

① 李迅、钱竞:《电影: 如何作为科学对象》, 载《电影艺术》1988 年第 10 期。

到 90 年代后期许多县市的影评组织几乎停止了活动，专门刊登电影理论批评的刊物不断减少，甚至出现具有商业气息的广告评论，这种恶性循环导致了真正意义上的电影批评被排挤到边缘位置。正是在这一背景下，寄居于网络载体上的电影论坛、博客、微博等电影评论迅即崛起，渐趋取代了有着百年传统的纸质中国电影批评方式，颠覆了电影理论批评的传统格局。

相较传统电影批评，网络电影批评在文体、风格、篇幅等层面更具灵活性、自主性和互动性。草根批评家的多元化批评，借助网络平台拓宽了电影批评空间和范畴，极大地推动了大众影评的发展，催生了电影批评的新格局。然而，部分批评学者陷入知识格局困境而走向迷惘与偏颇，摒弃科学的论断和基于实践、调查基础上的认知，出现了情绪化的主观臆断，不断以负面的言论误导中国电影的发展。这种空泛的评论不仅降低了专业电影批评的权威，也一度将电影理论批评拖拽到危机之中。为防止一厢情愿地宣泄自我主观情绪或不负责任地误导认知之风的蔓延，重新建构具有中国特色的电影理论批评体系势在必行。我们更需要的是职业化、专业化的电影批评家，恪守职责，在众声喧哗之中仍保持着思辨式的独立思考。

三、国家形象与电影文化软实力

社会学家费孝通认为：21 世纪"就是一个个分裂的文化集团会联合起来，形成一个文化共同体，一个多元一体的国际社会"①，并提出了"文化自觉"理念。随着中国电影全球化战略的推进，建立长期文化发展战略体系，树立文化标识，彰显文化自信，增强文化自觉，承担起文化发展使命，对中国文化软实力和国际竞争力的发展有着举足轻重的作用。这种文化自觉，一方面体现在多品种、多类型、多元化的开放性电影创作格局上，将文化全球化与文化本土化、民族化有机结合而非机械对立，自觉追求先进优秀文化，积极展开文化疆域的开拓与价值理念的传播，显示不惧怕"被殖民化"的文化自信，勾绘出"国家形象"的真实图景；另一方面，体现在电影文化的自主性与独特性，在艺术大量同质化生产

---

① 费孝通：《从反思到文化自觉和交流》，载《读书》1998 年第 11 期。

的语境下，不以完全迎合大众趣味为终极旨归，力求艺术与商业的平衡发展，坚守电影的特性与艺术本性，以电影的可持续发展促进文化软实力的提升。

1. 电影与国家形象构建

全球化语境下，在媒介话语与文艺创作中形塑的国家形象，作为一个国家／民族的精神风貌、国民素养、文化现实及价值诉求的文化表征与符号谱系，深谙着国族认同与民族文化精神内核。然而缘于中国文化输出的"弱势"，中国当代形象成为电影中"不可见的风景"，亦或是被"扭曲"为某种"东方奇观"：宫廷恶斗、恩怨情仇、愚昧落后、封建保守，成为西方人眼中的"中国印象"。但也有不少精雕细凿地塑造具有民族精神和文化内核的国家形象的作品，像《开国大典》《张思德》《梅兰芳》《云水谣》《集结号》等，就是将国家形象蕴藉于富含伦理情感的鲜活艺术形象之中的中国式大片。事实上，国家形象的文化功能绝非只是显现在某种类型或题材的创作中，而是体现在整个国家电影产业的总体格局以及电影制作、发行及放映的理念之中。国家形象不仅深刻地影响着个体对于本民族的想象认同，也影响着其他民族或国家对该国家精神、物质、文化等层面上的认知、接受与评判。它不仅是电影国际竞争力的映现，也是国家文化软实力的重要标识。

自 20 世纪 80 年代以来，随着特定政治与文化事件的出现，"中国威胁论""中国崩溃论"等话题层出不穷，这与我国国家形象的文化宣传严重滞后有很大关联，一方面，西方影像中的中国形象与现实存在极大偏差，被有意无意地扭曲和恶意丑化；另一方面，好莱坞电影凭借强大的传播体系与全球化策略，通过文化渗透将美国价值观灌输给中国电影观众，将西方审美标准内化为某种观影标杆和尺度。就当下而言，在全球化的电影文化语境下，推动中国电影产业的繁荣发展，已经不仅是单纯的经济或文化问题，而是关乎国家文化软实力的发展，关乎国家核心竞争力提升的问题。在国际电影市场上，面对日趋激烈的博弈，中国电影有必要承担起传达民族精神和本土文化的重要使命，以独特的中国元素、中国风格传播中华民族传统文化，重新打造真正的现代化国家形象。可以说，具有悠久历史的文学艺术、文化典籍……都是构筑国家形象的有效途径。当下的电影创作需要以中国故事和本土现实为基本素材，以民族文化精神和核心价值观为灵魂，以时代精神和民族集体记忆为旗帜，向世界展现富有生机活力的、繁荣昌盛的"中国形象"，这更是当下中国电影人任重而道远的文化使命。

2. 电影与文化软实力的提升

如果说政治、经济、军事是属于一个国家"硬件"的话，那么，文化心态、国民素质、民族意识、价值观念则属于一个国家的"软件"，"硬实力"与"软实力"这两股力量共同架构起了国家形象的基本框架。新旧世纪之交，随着政治和经济的发展，对文化的要求不断提高，继"创新性文化"和"文化产业"政策的提出，发展国家文化软实力成为重要的战略使命。具有广泛传播效能的电影以它特有的吸引力、影响力、竞争力为表征，以动态的影像形式与多元的视听造型为载体，以国家形象的塑造与提升为旨归，感召与同化观众客体，勾勒出电影文化软实力的雏形轮廓。可以说，提升国家文化软实力是实现中华民族伟大复兴、协调可持续发展及全面建设小康社会的必然选择，这就不仅需要具有民族性和时代性的文化自觉，在观众市场调查基础上建立起完善、有序、有效的电影产业链条；更需要将具有中国本土化的道德伦理、思维范式、传统文化与主流文化价值观无缝对接，巧妙融合，获得观众的主动认同与潜移默化的接受，有效地传达民族内核精神与文化精髓，将文化资源、文化底蕴高效地转化为文化生产力。

上升至文化软实力战略高度的电影产业，在西方政治话语、后殖民文化语境及资本力量的拥趸下，一度陷入偏离民族轨道的尴尬窘蹇之境。庞大的制作数量却难以实现品质的提升与冲击力的强化，美国电影文化的大规模登陆，悄然成为中国观众的电影审美标准与批评参照。好莱坞电影以其强大的市场竞争力，强劲提升美国文化的国际地位，将民族文化价值观渗透在走向全球化的影像体系之中，以独特的高科技与原创故事的魅力感召、吸引与征服迥异文化背景的观众群体，构建起日渐成熟的全球化传播体系和"好莱坞文化帝国"。相形之下，中国电影的国际化道路却略显曲折，即使在国际电影节上频频获奖的第五代导演，包括以《英雄》为代表的中国式大片，虽极大擢升了中国电影的国际知名度，领略无限风光，却也遁入为迎合西方的"文化想象"而刻意描摹"封闭的中国""乡土的中国"图景的怪圈，被贴上"功夫＋武侠"的符号标签。

从文化传播角度来讲，实则消极扭曲乃至丑化了中国的民族形象，滞碍了民族文化价值观的传播，窒塞了中华民族精神的弘扬与扩散。不容忽视的是，当下对电影文化软实力的认知存在偏差与误区，简单认为电影数量的增多、电影政治性功能强化便代表文化软实力的增强，导致部分电影创作沦为表象的虚拟繁荣与功能符号化的"政治走秀"。因此，电影作为跨文化交流的力量，需要站在文化建设和文化安全的战略高度，立足现实问题和民族根基，凝聚情感认同，打造出现代化的创新型国家形象，全方位提升文化软实力，为实现从电影大国迈向电影强国的梦想而披荆斩棘。

第四节　中国电影现状及其未来走向

20世纪80年代以来，大陆、香港、台湾相继发生风扉云涌的电影思潮，中国电影开始亮相国际舞台，备受瞩目，开创了中国电影新局面。"华语电影"概念的提出给予中国电影学术研究以更为宏阔的视野，为建设具有完整性、独立性、多元化的中国电影研究范式寻觅到新的空间。全球化语境下，华语电影的"跨域性""多地性"与"本土化""在地性"以一种悖论的文化姿态跃然而出，虽不断碰撞与交锋，却也互为增补与矫正。新世纪以来，两岸三地电影的动态对流图景表层之下，潸流着强劲的电影潮动，亦随时在某种历史机缘下、在跨模块拼贴的裂隙处蹿出地表，深谙地幔处的原始风貌与横断面上的流变风景，生成不同的电影景观。如今，随着海外、域内电影研究范式的多元化，从不同角度烘托出了愈加立体化、个性化的中国电影发展图景。中国电影将何去何从，牵动着每一个孜孜不倦为电影发展事业鞠躬尽瘁的电影人的神经。

中国电影风雨兼程110年，历经窘蹇与辉煌，恐难一语概之。新时期以来，随着国家的改革开放和政府政策的大力扶持，中国电影产业发展势头迅猛，保持着高速行进的喜人态势。电影产量、票房收入、银幕数量、观影人次等相关指标的突破与飞跃，佐证世界第二大电影市场的强劲潜力与跻身世界潮流的祈愿。可以说，中国电影正日渐步入"黄金机遇期"，我们或可从一组票房数字中窥见一斑：2010年101.72亿，2011

年 131.15 亿，2012 年 170.73 亿，2013 年 216 亿，2014 年 296.39 亿，2015 年 440.69 亿……近年来，随着市场容量扩增，产业结构优化，发展理念的更新，中国电影在市场与创作层面显现出空前的活力，多样化、多类型、多品种的电影创作格局正迈向生态化建设的新世代。新媒体时代，插上互联网思维翅膀的中国电影，在资本的搅动下，"蝙蝠效应"酝酿发酵，渗透电影产业链条肌理，生成了"电影+互联网"的新常态，"大数据""众筹""网生代""IP"成市场新贵和瞩目焦点，映现出一派方兴未艾、朝气蓬勃之势。当然，电影产业繁盛表层的背后依然潜藏着短板与泡沫危机，单个艺术商品"审美效应"的下降与整个商品消费体系"瞬息效应"的对接，悄然引致电影美学革命，其间显露出的隐患与危机仍需我们高度鉴戒。

一、国产电影的生存环境与成长空间

众所周知，电影政策及它所承载的意识形态形式、电影管理、日常生活、潮流形式等对电影生产起着决定性作用。改革开放的国策和三十多年电影业的市场化改革，为中国电影缔造了可持续的发展空间，创建起优越的竞争环境，铺就出稳健的发展之路。从"中央 3 号文件"和"九五五〇"电影精品工程、《电影管理条例》的实施，再到《关于促进电影产业繁荣发展的指导意见》的发布，提出迈向"电影强国"的总体目标和建立"健全市场公平竞争、企业自主经营的电影产业运营体系"的针对性举措，电影体制完成了现代意义上的本土化跃迁与对接国际轨道的跳超，在政策管理层面为国产电影的创新与发展保驾护航。

其次，消费文化的盛行和居民消费水平的提升为国产电影的舒张开辟更为广宽的市场空间。众所周知，当下消费作为一种文化现象，映衬出所属时代的经济与文化干系，呼应着特定经济条件下的文化实质，主流消费文化、精英消费文化与大众消费文化的交错与混杂，映照出独特的新世纪中国消费生态格局。具有主导性、复杂性的大众趣味虽难以揣测，却以显在的"娱乐"趣味取向历时性地活跃在电影产业领域的纵深向度上。消费文化肯定了大众的世俗欲望，不同质地的文化相互对话，以多元化的姿态向大众/市场层面渗透和辐射。更重要的是，随着信息经济时代居民消费水平的飞速提高，城镇居民的恩格尔系数不断下降，文化消费娱乐支出比重与日俱增。作为需求结构与产业结构互动作用下的产物，消费结构正在发生深刻变革，持续推动精神文化产品的生产与产业结构的优化调整，悄然拓宽了具有娱乐属性的电影市场空间。

再次，观影群体结构的悄然变更，小镇青年骤然崛起，电影新兴力量在众生喧哗中聚势爆发；二三线城市影院数量急剧增长，银幕设备迅即更新换代，中国电影市场扩容之势清晰可见，市场结构趋向优化。诸如作为基础性工程的院线制改革，激活产业链条各环节竞争力，加速电影资源流动性，电影生产力转化效率大幅提升。源于电影产业人力资本密集、技术含量高及高渗透性的特点，决定了中国电影市场正在浮现垄断竞争性的结构特征 ①，表征为大量的电影企业通过并购、集群、联盟等方式进行垂直或纵深向度上的价值链重组，得以有效维持高度市场竞争，保证产品创新效率及缩短创新周期。正是各方的戮力合作，建立起具有中国特色的主流电影体系与现代电影工业体系，为差异化电影市场体系建设提供新契机与新动力，这将满足不同层次观众群体的多元化需求。

自中国加入 WTO 以来，中国电影所赖以生存的客观环境发生急遽变革，除却内部电影机制的重组与调整所产生的排异反应，还面临着好莱坞电影席卷而来的危机与"被殖民"的威胁。承载美国精神价值观的好莱坞电影强势渗透中国电影市场，企图以臻于成熟的数据化精算和跨国资本所累积的竞争优势，撬开亚太新市场，建立美国文化传播的新邦畿，缓解自身市场低迷饱和的焦虑。以"中美电影协议"为拐点，好莱坞电影铆足气力克服文化、市场、观众差异带来的"软""硬"障碍，打通疏离和滞塞的文化经络，企图开拓"电影新大陆"的野心昭然若揭，给中国电影的发展带来空前压力与挑战，"高概念"大制作一度陷入正面失守的窘境。面对民族电影遭逢危机，中国电影的"在地性"与"本土化"在传统与现实的支撑下，在与狼伴舞中焕发生机，一大批具有文化亲同感、本土体验与情感认同的现实题材影片，以勃勃的生命力为中国电影争取了缓冲的空间，诸如近年暑期档与好莱坞分庭抗礼的中小成本电影。当然，仅靠"现象级"影片撑持市场尚为权宜之计，或带有资本泡沫之嫌，只有建立起成熟的电影市场机制方能抵御万变，建树真正的民族形

---

① 陈共德：《中国电影市场结构研究》，载《现代传播》2010 年第 2 期。

象，充分以本土优势参与全球竞争，完成适应文化市场需求的产业化转型，雕镂出多样化的文化图景。近年来，蔚然浮出地表的具有民族气质和本土格调的电影创作，或可视作中国电影拥抱中国梦的新姿态。

二、从观众中来，到观众中去

纵观电影发展史，大众观影心理实则映照着既定时代审美观念与消费娱乐观念，诸如武侠、古装片的兴衰起伏，其内部流变趋向实则由大众的观影兴趣所主导。观众与电影之间在市场层面互为因果，相互作用，相互改造。电影在迎合观众期待视野的基础上，满足他们的观影需求，完成视听驯化，达成票房和市场的初衷，新时期商业电影的流变或可为之立此存照。当下，电影的创作需要以满足不同群体的多元化需求为基准，以多样化的电影类型吸引更多观众走进电影院。而着眼于提高电影品质，培养高品位观众，是中国由电影大国迈向电影强国的重要环节。因此，要下大力气研究当下观众的消费心理变化，做好科学缜密翔实的观众市场调查研究，进而针对不同观众，细分电影市场，挖掘市场潜力，开发制作出投放不同市场的多元化电影，实现百花齐放、百家争鸣，最终达到电影生产的良性循环，开创从政策→生产→市场→观众相对均衡通畅健康的电影生态系统。

互联网时代，观众被赋予多重身份，诸如"用户""粉丝""客户""投资者"等，观众的喜好、消费行为及娱乐方式等大量信息成为大数据体系下的量化指标与数字信息，直接影响乃至决定着电影的创作走向。如今走向群落化的观影群体，日益彰显出"社会化"的观影动机和"电视化"的观影习惯，占据主体的85、90后年轻群体更是凸显游戏化、碎片化的思维特征，这就决定了具有互联网思维电影的批量出现，诸如粉丝电影、小妞电影、IP电影皆为资本、市场与观众相互碰撞与妥协下的产物。其中"小镇青年"的崛起作为票房新增长点最为引人瞩目，随着二三线影院银幕数量的激增，居民消费水平的提升，"小镇青年"渐成票房主力，他们对电影中流行元素、时尚文化、都市情感等情有独钟，有着多元化、多品种的观影需求，甚至牵动着诸多影片的票房命运。然而，若是一味地迎合"小镇青年"及85、90后群体，而非注重电影的文化品格、艺术价值，难以培养出高品位高质量的观众，电影质量的提升也就无从谈起，更多的"小时代们"会浮出地表，"资本在狂欢，电影在哭泣"的势头会愈加肆虐。不过，今年暑期档，我们从《西游记之大圣归来》《追妖记》等影片满载而归的"口碑"与"票房"中，或可窥见国产电影正步入成熟的端倪，正所谓"星星之火，可以燎原"，尊重观众，尊重市场，从观众中来，到观众中去，在迈向电影强国的征途上中国电影亦会是所向披靡。

三、建立电影评价的科学体系与标准

在资本狂欢的今日，电影市场对票房的推崇尤为明显，"票房"在一定程度上影响着电影创作的价值取向。有些投资方、院线方不自觉地陷入"唯票房论"漩涡之中，在利益的导向下对电影的内涵、精神、品质置若罔闻，单以票房论作品优劣，以浮华数字判创作成败，殊不知口碑与品格才是电影命脉要害。导致时下中国电影市场虽票房"黑马"、现象级影片层出不穷，却鲜有可载入史册的怀有真挚情怀的经典之作。众所周知，市场检验包括电影票房是对电影质量、特别是观赏性方面评价的硬性指标，应当尊重和发挥市场对质量评价的基础作用。但是，我们绝对不能走向"唯票房"，而是要"努力创作生产更多传播当代中国价值观念、体现中华文化精神、反映中国人审美追求，思想性、艺术性、观赏性有机统一的优秀作品。"[1] 把握文艺发展的前进方向，建立评价电影的科学体系和标准。

将诸如媒体舆论、电影批评、影片评奖等统统纳入囊内的电影评价体系，在整个电影体制中占据重要地位，口碑与票房作为评价体系的两大羽翼，凝聚着市场运作、观众趣味、价值取向及意识形态等复杂要素。充满张力的动态评价系统，以舆论生态场的范式，呈现出交织在其间的各大评价主体不尽相同的话语体系。电影评价系统中的五大"气场"：兼听则明的领导气场、百家争鸣的学术气场、夺人眼球的媒体气场、上座为王的票房气场以及聚讼纷纭的网络气场，[2] 在电影历史演进中不同时期的强势话语，直接影响着特定时期电影评价体系的价值取向。新媒体时

---

[1] 习近平：《坚持以人民为中心的创作导向　创作更多无愧于时代的优秀作品》，载《电影艺术》2014 年第 6 期。

[2] 李亦中：《我国电影评价系统初探》，载《当代电影》2005 年第 6 期。

代，当影片宣传发行"遭遇"娱乐媒体，热衷于"生产信息"的娱乐记者们，以几乎轰炸之势"热炒"电影话题，对待业内导演，或"围剿"，或"吊打"，相形之下，真正的专业影片队伍却屡屡陷入"集体失语"的尴尬境地。当务之急，需要挣脱固有的习惯性评价尺度与标准，搭建起包容专业型评价、互联网评价、大众评价等在内的多层次系统工程，在互动对流中充分发挥优势，踏入科学理性的电影批评的正轨。

四、用"高科技"讲好"中国故事"

"艺术"与"技术"虽在表征上呈现疏离关系，但是艺术从来都是寄寓于某种技术之中并经由技术体现出来。时至今日，"艺术技术化"与"技术艺术化"已成为艺术活动的普遍现象。电影自诞生之初便与技术紧密相连，百年电影史的演进，亦是电影技术的发展史，每一次电影思潮的兴衰起伏，亦烙刻着电影技术的痕迹。尤其是高科技为电影艺术创作注入无穷的生机与魅力，新时期以来，从数字化电影、3D/IMAX 立体电影、Wire 电影设备装置、电影爆破特效到后期合成等高科技因素，已然内化为电影艺术的有机部分，达成深度契合。作为高科技艺术、工业化艺术、故事化艺术、大众化艺术的电影，是民族国家重要的文化形态与象征想象符号，需要以观众乐于接受的方式和电影化的逻辑呈现好故事，满足当下观众对现代电影的视听期待。可以说，作为双刃剑的高科技的出场，一方面舒展影像的想象力，拓宽艺术空间，强化视听感官冲击，迅即引发电影工业体制的变革；另一方面，在矫枉过正的"重造型轻叙事"的余威下，不可避免地遁入美学危机，不少国产大片在高科技进阶征途中刻意追求奇观快感、娱乐狂欢与游戏恶搞，透支观众信任，导致虽费尽周折，却落得观众不买账的萧瑟处境，陷入"劳而功少""抟砂弄汞"的尴尬。

高科技需要服务于中国电影的美学精神传达，烘托出电影艺术本性中对人文内涵、心灵触动、境界提升、韵味散溢、意境蕴藉的诉求，电影要以视听影像的独特魅力呈现中国梦。动态发展的"中国梦"，在不同历史阶段蕴含着迥异的旨趣、信念与诉求，而今，"中国梦"的打造已突破僵化、陈腐、狭隘的藩篱，成长为承载着集体记忆与强国梦、深谙着文化自觉与文化担当、依托深厚本土"文化芯"的精神体系。若要全方位认知和审视"中国梦",就要在全球化视野和历史纵深处诠释"中国梦",以独有的"中国故事"勾绘国人心中对家、国、族的梦想蓝图,凸显文化差异性中的亮点。打造面向未来和世界,顺应时代变迁,立足现实生活,寻求民族文化主体性,凝聚民族情感认同,丰富、完善和延伸个体形态化的"中国梦",从这层意义上讲,中国电影参与了改革开放、中国崛起的历史进程。电影"中国梦"的实现主要集中在两个方面:一是借鉴欧美电影优长,吸收传统经典电影精髓,坚守民族文化主体性,建树中国特色的电影文化个性;二是推动中国电影走出国门、面向世界,放置在世界坐标体系中重新定位,以民族化的电影创作彰显中国文化的民族风范与魅力。事实上,电影"中国梦"的影响力和辐射力与观众接受的程度有着密切的关系,电影与观众的血肉关系是电影美学的核心问题,在所有艺术形式中,电影在最大的层面上受到观众的影响和制约。换言之,广大观众是否乐于接受,关系着"中国梦"能否成功推动或转化为国家形象或文化软实力,由此看来,深入研究当下中国电影市场及观众群体,促进电影创作与观众喜好的良性互动与有效对接,对于"中国梦"的实现有着现实旨趣和理论参考价值。

中国电影呈现中国梦,在电影化转化与表达中彰显文化软实力,就要结合新的时代语境与条件,在现代化转型中不断创新、承继与弘扬中华优秀传统文化及中华美学精神。中国电影只有在艺术表达层面更有力度、更有温度地弘扬和传播民族精神和文化内核,才能彰显自己的竞争力与影响力,为人类电影发展做出卓越的"中国贡献"。全球化信息时代下,我们更应清醒地认识到,好莱坞电影中的"美国梦",植根于成熟、深厚的工业土壤,有着强大的技术后盾和完善叙事机制的支撑,它是一套完善的商业系统、运作体系和产业生态链,有着独一无二的价值观和哲学认知,是"自成世界,自成生态"的长期作业。相形之下,中国电影要尽快弥补与好莱坞电影在创意层面、工业层面、高科技层面以及产业链层面的差距,拓宽中国电影类型,构建与"互联网+"时代相匹配的、具有民族特色的电影商业模式以及对接公众社会想象的"中国梦"体系。

五、借助互联网拓展中国电影后发优势

具有低成本、高效、便捷优势的互联网，推动了电影行业的重新洗牌，大数据、IP 等纷纷渗透电影行业肌理，并与之产生化学效应，引爆了中国电影产业的深度变革，掀起了一场依托互联网平台的革命风暴。随着移动互联网的崛起，云计算、大数据乃至物联网以前所未有的速度推动着传统产业的升级换代，也酝酿着新兴产业的生态融合。在智能 TV、PC、iPhone、iPad、SmartTV 多屏互动的大背景下，多元化的互联网生态圈渐趋浮出水面。无论从产业还是政策角度，"互联网 +"前景一片大好，不仅给各行各业注入生机和活力，也改变着传统行业的发展理念和产业逻辑。就当下而言，电影行业的"互联网 +"体系已现雏形并初成范式。

在电影与互联网产业融合的大背景下，互联网企业对传统电影产业的"颠覆式破坏"（克里斯滕森提出的"破坏性创新"理论）初现征兆，"BAT（百度、阿里巴巴、腾讯）"三大巨头强势入主电影业，"蝙蝠效应"愈发明显。中国电影产业一方面建构起基于用户基础和互联网平台的垂直性产业链条，网状开发格局业已生成；另一方面，试图打造全方位的 O2O 电影闭环产业生态圈和电影全版权资源运营，从而形成全产业链运作商业模式。随着互联网对电影从制作到宣发环节的渗透和深层次介入，几乎产业链条上的每个环节都与互联网有着千丝万缕的关联，开发者通过构建与粉丝（用户）的社会想象和精神需求相呼应的新型影像模型，驱动用户向消费者的身份转变，进而完成资本层面的经济利益回收和资金流的循环。与此同时，互联网也给中国电影市场带来了大量的速食产品，不断撬动着电影产业敏感的神经，但忽略文化产业"内容为王"的本质，就有可能造成过度迎合观众审美口味而大量拍摄粗俗电影的恶性循环，最终失却观众的信任而造成市场的沦陷。优质内容被埋没，艺术审美被悬置，按照这种生产逻辑，国产电影恐怕将难以抵达"绿色票房"的彼岸。尤其是面临 2017 年全副武装、虎视眈眈的好莱坞超级大片的全面来袭，国产电影需要时刻警惕泡沫式景观，克服受资本逻辑支配的浮躁和膨胀的创作心态，为国产电影在博弈中旗开得胜而未雨绸缪、步步为营。

习近平总书记在讲话中谈到，互联网、大数据等高新技术的发展在深刻地改变着文艺的生态与承载方式，我们必须深入研究、适应和从容应对这种变化。尤其继李克强总理在不同场合反复强调"互联网＋"，使之迅即成为热门话语，产生爆炸性联动效应。互联网、大数据及云计算为电影创作提供了巨大的想象空间，其现实操作性也受到众多资本与商家的青睐。事实上，这一话题虽聚讼纷纭，却难以尘埃落定，前路未可知，对电影业界的理念认知、知识结构产生了空前的挑战。就"电影"与"互联网"两者在产业融合中碰撞产生新的互动范式，笔者更倾向于"电影＋互联网"组合模式，因为"电影＋互联网"可以让电影处于核心和主动位置，让"电影"处于主语位置应成为大趋势。从某种意义上说，互联网对电影的影响、渗透乃至颠覆已经开始显现，使得中国电影发展露出新的样貌。然而，仅仅有互联网、大数据并非万能，必须有健康、鲜活的内容生产，离开了品质和内容的保障，流于浮表的言说只会成为过眼烟云。我们需要宏观审视与微观推敲，前瞻性地把握电影发展脉动规律，趋利避害，促进中国电影产业升级换代，才能真正激发出中国电影的强大的后发优势及内在潜力。

驻足回望，中国电影走过110年，在荆棘丛生的征程中筚路蓝缕，虽几多风雨，几多沧桑，却也所向披靡，辉煌不断。历史长河中鞠躬尽瘁、孜孜不倦的电影人，在命运沉浮中赓续走向觉醒与自主，前赴后继地勾勒、描摹出完整的电影艺术流变图景，用蕴含灵韵的艺术生命浸润着中国电影的行进足迹。时至今日，众多学者纷纷试图重返历史现场，触碰电影演变进程中的迥异横断面，以期在学术视野中还原、浮现出真实电影图景，揭开层层迷雾中神秘的面纱，拖拽出被遮蔽在地下的"看不见的光影"。新时期以来中国电影思潮风起云涌，是电影史个性化的流变脉络与风貌变迁，从理念与创作层面抽离出的独具特色的发展规律与"潮"线轨迹，为略显斑杂的思潮研究提供更加理性、科学的商榷视角，也为高速行进的电影产业领域屡屡出现的理论黑洞与创作盲区建树起前瞻性的理论批评体系，铺筑出理论、创作与批评妥洽谐和之路，谱绘出具有中国本土特色的成熟体系。

如今，电影产业生态圈正发生深刻变革，中国电影正在尊重市场创作规律的基础上展开多维度的深化改革，力求提升电影品质，满足观众对电影的需求，在承继优良传统文化与吸收国外先进经验的基础上，完成从生产大国向电影强国的蜕变。事实上，中国电影也只有依托精良的电影内容与品质，从生活中提炼中国故事和民族精神，弘扬中国精神、传递中国声音、塑造中国形象、融铸中国梦想，才能真正彰显民族的独特魅力，为中国实现大国崛起的鸿图增添浓墨重彩的一笔。在这个充满任何可能的"互联网＋"时代，任何的创新只要尊重观众、尊重电影，都是值得鼓励和扶持的，中国电影需要多元化的电影，更需要多元化的电影人才。正所谓路漫漫其修远兮，中国电影时刻需要头顶"达摩克利斯之剑"，心怀忧患、居安思危，包容多元文化，提炼民族精髓，始终与观众同呼吸共命运，在文化自觉与文化担当中迈向电影强国，创作出无愧于时代和人民的电影佳作，最终抵达电影光荣的目的地。

（饶曙光）

第四章　新时期电视文艺思潮述评

第一节　新时期中国电视文艺的演革

中国电视走过了近六十年的历史进程，有过创业的艰辛、探索的曲折，也有过成功的辉煌与喜悦，而始终未曾间断的是其一以贯之、孜孜不倦的创新。中国电视半个多世纪的发展史，从某种意义上看，就是一部不断满足中国百姓日益增长的文化需求的创新史。

中国电视六十年在内容生产方面，可以用"品"字来划分出三个发展阶段：前二十年是以"宣传品"为主导的阶段；新时期以来又可分为两个时期——以"作品"为主导的阶段和以"产品"为主导的阶段。每一发展阶段上，电视节目创新在目标、内容、方式等方面，也呈现出不同的特点。

一、从"宣传品"时代走来的新时期电视文艺

"宣传品"时代的时间划定大致是从 1958 年中国电视诞生，一直到 1978 年新时期初始。"建立在社会主义政治体制背景下的中国电视，从一开始就奠定了其特殊的重要地位——党和政府的喉舌和宣传工具。"[1] 初始阶段的中国电视的内容生产，主要围绕党和政府的每个阶段的中心工作，来组织、开展宣传，承担的是"宣传教化"功能，扮演着党和政府的"喉舌"角色，突出强调的是意识形态的要求。导向正确、领导满意则是衡量节目宣传质量、效果的最为重要的评价标准。这种"宣传品"式的中国电视的诞生背景、任务地位，深刻决定了中国电视艺术未来的发展，包括新时期以来至今的中国电视的多维状态。

---

① 刘习良：《中国电视史》，中国广播电视出版社 2007 年版，第 30 页。

正如苏珊朗格所言:"在艺术中,每一种事物都是创造的,它们永远不是从现实中搬来的。正是由于这一基本特征,才使得所有种类的艺术的基本创造物融合无间(即使它们具有了相似性)。也正是由于这一基本特征,才使得各门艺术可以互换。"[1] 由于处在初创阶段,电视节目从技术到艺术远未成熟,更多是从邻近的广播、报纸、通讯社、新闻纪录电影和戏剧(舞台剧)、电影(故事片)那里学习、借鉴和模仿,如在影像上模仿纪录电影,在文字风格上模仿《人民日报》,在播报方式上模仿人民广播,在报道体裁上则模仿的是新华通讯社……在传媒系统当中,电视像是新闻纪录电影的缩小版,人民日报的影像版,人民广播的图像版,新华通讯社的精简版;在艺术系统中,电视则更多从戏剧(舞台剧)、电影(故事片)那里直接借鉴、吸纳内容、样态与方式,不少电视节目被观众视为"小戏剧""小电影"。这一阶段电视节目创新更多地体现在借鉴、模仿的"杂交",因此,一些节目呈现出"四不像"状态,如"电视片"既有故事性,也有新闻纪实性,其解说词既不像传统新闻报道,也不像传统文学样式,而显现出"别样"的形貌,《收租院》就是此一阶段电视节目创新影响较大的代表性之作。

从"宣传品"时代走来的新时期中国电视艺术,也便有了一个艺术相对粗糙、政治着实宏阔的背景,这为随后中国电视艺术的实践与思潮,投射了长长的光影。

二、以"作品"为主导阶段:形式与观念的探索

这一阶段从新时期开始到 20 世纪 90 年代中后期,中国电视一方面努力摆脱上一时期模仿、借鉴别种传媒样式、艺术样式的状态;另一方面又在模仿、借鉴别种传媒样式、艺术样式的基础之上,努力探索具有电视独特传媒特征、艺术特征的新形式和新观念,探索具有中国特色的电视内容生产之路。即依据中国的特殊国情,立足中国的社会现实,按照中国电视媒体自身的运行规律,遵循中国电视观众的接受习惯与实际需要,组织、制作与传播具有中国民则特色、气派、风格、口味的电视节目。概括而言,这一阶段电视内容生产是以"作品"生产为主导的阶

---

① 苏珊·朗格:《艺术问题》,腾守尧译,南京出版社 2006 年版,第 98 页。

段，电视从业者的职业化、专业化追求得到了极大的尊重和肯定。在电视形式、观念上追求个性、原创性和独特性；"汇天下之精华，扬独家之优势"是这一时期中国电视的一个重要口号，再加上思想上的空前解放，因此个性、原创性和独特性的追求得到肯定，这些成为这一时期节目创新的突出特点。

1. 形式与类型的探索（20 世纪 80 年代）

20 世纪 80 年代电视节目创新的成果，集中体现为电视专题片、电视剧和电视文艺这几种有中国特色的节目类型的发展和成熟，以及节目主持人这一电视独特标识符号的出现上。

（1）电视专题片。电视专题片是中国电视人在本土实践中提炼、概括出的节目类型。这一时期电视专题片生产量大，影响深远，成为中国电视荧屏支柱性的节目内容之一，主要体现为以下几种形态：一是风光风情片，以展现自然景观、民族风情、地域风光为主，如《哈尔滨的夏天》《三峡的传说》，这些风光风情片在视听表现力与冲击力上做了不少新的探索；二是文化片，以表现历史文化创造与进步为主，标志性的作品就是轰动一时的《话说长江》与《话说运河》，它们将中国古典小说的章回体结构成功地运用到专题片的创作上，创造了电视文化片的"话说体"；三是主题鲜明，同时又渗透着个人独特思想、视角的政论片，如《让历史告诉未来》等，与纯粹的宣传片不同，这些政论片已经有意识地将思想宣传融入个人化思考与表达之中；四是行业宣传片，如农业、工业、教育、军事、外交等众多行业领域，在行业领域宣传中也加入了创作者个人化的理解。这一时期的专题片，无论是哪种类型，它既不同于传统的新闻宣传报道，也不同于国外的纪录片，而是具有中国特色的，体现出创作者独特思考、观察与表达的节目类型。

（2）电视剧。20 世纪 80 年代，小型摄像机、录像机、录像磁带的出现，演播室设备的更新，甚至是特技设备的应用，为电视剧的创作打下了坚实的基础，因此"中国电视剧在 80 年代前期迎来了第一个创作高峰，……并在 80 年代中期以后，逐步走向成熟。"[①] 这种成熟不仅表现在电视剧创作数量的迅速增加上，更表现在对电视剧艺术本体、电视剧剧

---

① 刘习良：《中国电视史》，中国广播电视出版社 2007 年版，第 235 页。

作形式、电视剧题材的探索上：如完成了舞台化向电视化的过渡。本时期的电视剧已由早期直播的舞台剧，发展成为可以录播，且夹叙夹议、跳进跳出等特点的单本剧，如《凡人小事》《蹉跎岁月》等；再如以单本剧为主经由多本剧向以电视连续剧为主过渡。从第一部电视连续剧《敌营十八年》的推出到各种题材电视剧的大量涌现，像人物传记类的《鲁迅》《秋白之死》、哲理类的《希波克拉底誓言》、纪实类的《女记者的话外音》、历史类的《努尔哈赤》、名著改编类的《红楼梦》、农村题材类的《雪野》《辘轳女人和井》、改革反思类的《新星》等等。电视连续剧的故事性、悬疑性、连续性使其很快成为电视受众最受欢迎的节目类型，成为电视荧屏最主要的节目内容，这种情形在全世界电视内容构成中也是少有的一道独特风景。

（3）电视综艺。电视综艺如春节联欢晚会等是电视文艺的创新，它把中国传统的庙会等内容、形式搬到了电视荧屏，创造了中国电视的新的艺术品种。从 1983 年中央电视台第一次春节联欢晚会至今，她创造了吉尼斯世界收视记录，并成为了全世界华人的共同拥有的新春仪式，不可或缺的一种新民俗[1]；再如新的电视综艺节目样式的出现，像电视诗歌、电视散文、电视小品、音乐电视（MTV）等。这些对提升中国电视的影响力做出了重要贡献。

（4）主持人。电视主持人的出现，使中国电视开始由广义的大众传播向人际传播转变，实现了大众传播与人际传播的时代性结合。从 80 年代初期中国电视新闻节目中首次出现"主持人"称谓，[2] 到 1984 年《话说长江》中陈铎和虹云以主持人形象造就的万人空巷的收视景观，到专栏节目、综艺节目和体育节目领域里三位标志性主持人赵忠祥、倪萍和宋世雄的走红，再到后来《东方时空》中主持人群体的横空出世，电视节目主持人日益深入人心，影响巨大，成为了电视节目特有的形象标识。

2. 观念的探索（20 世纪 90 年代）

20 世纪 90 年代，中国电视处于快速上升时期，也是诸多新的电视观念更迭推出的时期。新的电视观念的探索一方面是由于中国电视自身

---

① 耿文婷：《春节联欢晚会的理性省思》，载《文艺研究》2003 年第 3 期。
② 刘习良：《中国电视史》，中国广播电视出版社 2007 年版，第 178 页。

经过十几年的形式、类型的探索，独立性、自主性日益强化；另一方面则是中国电视不断开放进程中，境外、国外大量电视节目的引进所产生的刺激与撞击的结果。全新的观念赋予了中国电视节目颇具东方气韵的内容与形式，成就了大量独具中国特色的电视作品。随着电视节目生产数量的增加，电视节目的质量呈现下滑的趋势，因此，电视"精品意识"的提出和"精品战略"的实施，反映出这一时期中国电视节目创新以"作品"为主导的潮流与趋势。

（1）电视纪实观念。电视纪实是以电视的技术与艺术的方式对生活原生态的真实记录。以电视纪录片《望长城》播出为标志，中国电视的纪实观念开启了电视节目创新的一个全新时期。[①] 此后纪实的新观念不仅影响了电视纪录片创作，也影响了中国电视的其他各类节目的创作，影响了电视节目的制作与传播方式，甚至也辐射到了其他媒介与艺术样式。纪实观念影响下的纪录片代表作有《远在北京的家》《香港沧桑》《邓小平》《毛泽东》等。

（2）电视栏目化观念。电视栏目是电视节目的一种载体方式，是特定的电视传播内容按照相对统一稳定的标准和规则组织串连在一起的一种载体方式。电视栏目与其他电视节目相比较更强调相对统一稳定的播出时段、时间长度及标识、标志，相对统一稳定的节目内容、风格与样式等。从 1985 年中央电视台提出"全部节目实行栏目化播出"的要求，到 1993 年 4 月《东方时空》的播出为标志，中国电视"栏目化"的观念趋于成熟。像新闻评论性类的《焦点访谈》、新闻深度报道类的《新闻调查》和文艺类的《综艺大观》等，引起广泛社会影响。这对于中国电视节目生产与传播整体能力与水平的提高，满足广大电视观众不断变化的需要有着重要意义。

（3）电视谈话观念。电视谈话是电视说话的一种方式，而电视说话方式的观念演进与特定的时代环境、电视媒体自身的发展和人们对电视说话的理解和认识有着密切的联系。"电视谈话（TV Talk）包括了从一有电视起就存在的所有不用写脚本的对话和直接对观众讲述的各类节目形式。……电视谈话节目（TV Talk Show）则是一种主要围绕着谈话而组织

---

① 《对电视的生命感悟——朱羽君自选集》，北京广播学院出版社 2004 年版，第 48 页。

起来的表演，谈话节目必须在严格的时间限制之内开始和结束，并且要保持话题的敏感性。"①1996年3月开播的《实话实说》，标志了中国电视的说话方式进入了一个全新阶段，这便是现代电视谈话观念的形成。之后中国电视谈话节目发展迅猛，并形成了时事新闻类谈话、社会类谈话、娱乐类谈话三足鼎立的格局。除《实话实说》之外还有一些知名的谈话类栏目如《艺术人生》《对话》《锵锵三人行》等。电视谈话观念的逐渐成熟有多方面的意义和价值，除了充分展示电视传播主体的个性化魅力，极大地调动了电视观众积极参与外，相对较低的成本投入与相对较高的效益回报，也使电视媒体以之为提高节目生产能力，创造媒介较好的效益的最佳节目类型选择，而从更大的背景中来看，在主流电视媒体中更多地让普通观众参与表达，某种意义上体现了社会民主化程度的提高，也客观地推进了社会民主化进程。

（4）电视直播观念。电视直播在电视初创时代就是一种基本的传播方式，随着 ENG 设备的引入，中国电视从 70 年代后期开始，变为以录播为主要传播形式。应当看到，录播对电视节目制作质量的提高和生产能力的增强起到了巨大作用，但随着技术的逐渐改进，社会的逐渐开放，人们对电视的收视需求逐渐发生的变化，现代的电视直播观念也开始逐渐形成。1997 年被称为中国电视的"直播年"，中央电视台的三次大直播："三峡截流""黄河小浪底"和"香港回归"，充分借助现代电视的各种技术手段，在第一时空同步地、立体地、全息地并且全方位、多层次、多角度地进行报道，充分发挥了电视独特的传播优势和魅力。从此，直播成为了电视节目普遍的样态。

（5）电视游戏娱乐观念。游戏娱乐是人类生活的一项重要内容，也是电视传媒节目构成中的重要内容。"电视具有娱乐性……电视有时甚至是让人们高兴的一个理由，'娱乐是电视上所有话语的超意识形态'。娱乐不仅仅在电视上成为所有话语的象征，在电视下这种象征仍然统治着一切。"② 但在中国电视长期的发展进程中，游戏娱乐却始终没有获得相对独立的地位。1998 年岁末，湖南卫视一档名为《快乐大本营》栏目的

---

① Horace Newcomb, *Encyclopedia of TV (the first edition)*, Published by Routlege, 1997. 苗棣、王怡林：《脱口成秀——电视谈话节目的理念与技巧》，中国广播电视出版社 2006 年版，第 2 页。

② 尼尔·波兹曼：《娱乐至死》，章艳译，广西师范大学出版社 2004 年版，第 114、121 页。

播出，使人们看到了一种非常纯粹和独立的电视游戏娱乐节目。一时间，冠以"快乐"为主旨的电视游戏娱乐节目在各种主流电视媒体中纷纷亮相，如《幸运 52》《开心辞典》《玫瑰之约》等等，令观众耳目一新，趋之若鹜。电视游戏娱乐节目的迅速走红，使得中国电视的游戏娱乐观念成为一种时尚的观念，影响至今。

电视内容生产在这一时期通过 80 年代形式、类型的探索，90 年代观念的探索，以"作品"的个性、独特性为追求，在节目创新上迈出了坚实的步伐，为电视本体独特的传媒特征、艺术特征的形成，为中国特色电视节目风格、样态的形成，为中国电视迅速崛起成长为"第一大众传媒"和最具影响力的艺术品种，积累了宝贵的经验，创造了丰硕的成果。

三、"产品"为主导阶段：市场化、产业化的探索

20 世纪 90 年代中后期以来，电视传媒市场化程度不断加深，电视的内容与市场、与观众的收视日益紧密地结合在一起。产业化、集团化、市场、效益、效率、收视率、受众需求以及成本核算、营销、广告等影响着电视实践。[①] 中国电视全面进入了以"产品"为主导的阶段，节目创新也是围绕着产品来展开。而"产品"评价标准就转换成它的市场价值的实现，比如较高的收视率、较强的广告拉动能力或者市场的回收能力、开发能力，能否形成产业链、创造市场价值等。所以，具备可观市场价值的大型电视选秀活动、电视栏目品牌的创造以及电视产品的后开发（音像制品、系列图书等）被高度重视，而这一时期，电视创新的主要任务也自然而然地成为了吸引观众的眼球，赢得观众的认可，提高收视率，增加广告额，获取最大的市场回报。

（1）节目娱乐化：追求吸引力。"产品"时期的电视节目整体呈现娱乐化趋势，不仅综艺节目在谈娱乐，新闻节目、专题节目、社教节目以及各种对象性节目都或多或少在谈娱乐。娱乐元素成为这些节目不可缺少的内容，可视性、互动性、参与性、故事性和悬念性，成为它们追求的目标。其中尤以综艺节目的娱乐化程度最高，影响范围最广，掀起了一股娱乐选秀热潮。湖南卫视的《超级女声》，东方卫视的《我型我

---

① 黄升民：《媒介经营与产业化研究》，北京广播学院出版社 1997 年版。

Show》，中央电视台的《梦想中国》，江苏卫视的《绝对唱响》……这些节目与传统电视文艺、综艺节目最大的不同在于：从以电视媒体为主，从我播你看、我说你听变为以观众的参与为主，大家做大家看、大家说大家听，将国外真人秀的表现样式引进国内，进行了本土化改造，吸引了无数人加入到选秀行列，让万千观众有机会成为选秀中的一员，或以"粉丝"等身份直接、间接地介入，参与到节目中来。

（2）栏目品牌化：追求影响力。近些年，困扰电视发展的一个重要问题就是节目同质化。因此，走差异化之路，打造品牌，进而提升影响力成为电视栏目的普遍的追求。对电视栏目而言，品牌的打造最重要的就是要挖掘栏目的独特优势，寻找优质资源、稀缺资源、不可替代的资源，做到人无我有、人有我优、人优我特、人特我绝。如《艺术人生》打情感牌，《新闻调查》打深度牌，《焦点访谈》打舆论监督牌等等。如围绕明星主持人量身订做新的栏目，《幸运52》成功后，又推出了为李咏专门设计的《非常6+1》《梦想中国》；《新闻1+1》则主要围绕白岩松和董倩两位知名新闻评论主持人专门设计制作的。

（3）频道专业化：追求号召力。专业化频道就是以特定专业性的内容、面对特定服务对象所组合成的频道。每一个频道有它非常鲜明的风格和它的主打的内容，形成统一性、个性和独特性。[①] 20世纪90年代中期以来，电视媒体的频道专业化意识开始加强，并开始向频道专业化方向发展。在不断的调整中，各个频道更加突出专业化特色，使节目编排得更加合理、有序，更利于不同群体观众收视。如中央电视台科教频道以"教育品格、科学品质、文化品位"为宗旨，以开掘人的知识、智慧、能力为己任，以传播先进的文化和实现社会的文明进步为目标的文化品格，和追求真、善、美的审美品格，在众多频道中脱颖而出，体现很强的号召力；省级台在频道专业化的步伐上走得也很快，他们根据自己的资源优势进行特色定位，如湖南卫视定位于大众娱乐、重庆卫视定位于故事、江苏卫视定位于情感、安徽卫视定位于电视剧等。随着数字化进程的加快，电视频道的专业化程度将更加细化，例如动作电影频道、钓

---

① 彭吉象、杨乘虎：《中国电视频道化生存的理论构想及其营销策略》，载《现代传播》2006年第3期。

鱼频道、高尔夫频道、老故事频道等等。

在市场化、产业化的探索中，不论节目，还是栏目、频道，都在努力追求创造出有足够吸引力、影响力、号召力的"产品"，节目创新的速度、频率、节奏日益加快，其效益也日益凸显，如中央电视台黄金时段播出的电视剧《闯关东》拉动的广告收入超过1亿元，中央电视台的专业频道如CCTV2、CCTV5、CCTV8拉动的广告收入都超过8亿元，而省级地面频道的"四小龙"年广告收入也都超过2亿元。

四、媒介融合时代：如何激发电视活力

伴随着新媒体的迅猛崛起，电视受到强烈冲击，媒介融合渐成风尚。美国马萨诸塞州理工大学的浦尔教授最早提出"媒介融合"概念时，恐怕不会想到日后的世界会如此迅速而深刻地走向数字化生存、全媒体生存。毋庸置疑，全球范围内，新媒体已蔚然成为当前及可预见的未来里最热络、最具潜力、饱富渗透力的媒介。[1] 当现代传媒发展至媒介融合时代，新媒体的崛起使得传媒越发成为整个人类的生存手段和存在方式，并越加全方位地改变着人类社会的权力结构。

新媒体时代，"电视将死"的"预言"不绝于耳，在各种"判断"中，电视消逝的期限从数十年、十数年到数年不等。这些推断，有一些事实依据，例如就国内而言，《中国视听新媒体发展报告（2013）》显示，北京地区的电视开机率从3年前的70%下降至30%，而且收看电视的主流人群为40岁以上的人群，电视似乎面临着用户大量流失和老龄化加剧两大不可克服的障碍；根据CSM全国测量仪的数据，2014年上半年，全国观众人均每天收看电视的时长跌破160分钟，为159.86分钟，较去年同期减少2.5分钟，与2011年上半年和2012年上半年相比，更是下降5分钟以上，另外15到34岁人群的电视收视时长是45岁以上人群的一半。[2] 再如就海外而言，根据2014年4月一份针对24000名美国成年民众的调查结果，Netflix或Hulu等网络视频网站的订户更倾向于停止付费收看有线电视，退订率是普通电视用户的三倍。截止到2014年7月，

---

① 胡智锋、刘俊：《主体·诉求·渠道·类型：四重维度论如何提高中国传媒的国际传播力》，载《新闻与传播研究》2013年第4期。

② 何兴煌：《在媒介融合大变局中抢占战略制高点》，载《电视研究》2014年第11期。

Netflix 注册用户总数达到了 5005 万，其中 4799 万是付费用户。相比之下，美国最大的付费电视运营商康卡斯特公司用户总数是 2200 万左右。[①] 其实"电视之死"预言与判断，是人类媒介样态发展的自然结果——电影崛起曾让人们惊呼摄影将死，电视崛起曾让人们惊呼电影与广播将死；如果将领域拉开、历史推远，摄影的诞生还曾让人们笃定绘画必将灭亡等等。

但人类实践的发展不断表明，在媒介样态发展的问题上，"二元对立"式非此即彼的简单断定，向来难以取得胜利。如摄影、电影、广播等历经人类实践淘洗，却依然是人类主要的传媒样态，人们对不同的媒介样式总有着特殊的需求，典型的媒介样式也总是以其独特性而为历史所保留。就电视而言，虽然其自身要因应新的媒介环境不断主动调适，但其命运也应大抵如此。

1. 多元终端呈现的依然多是电视内容

（1）各终端收视的内容，多来自电视。仅从生活经验便可知，人们在电脑、手机、iPad 等多终端上观看的内容，大量的甚至绝大多数的都是来自电视台制作或首播的内容，比如时下热播的国内外电视剧和电视综艺节目，以及重大电视新闻和精品电视纪录片等。

腾讯大数据的统计（见表 1、表 2）也印证了这一点，以综艺节目为例，电视台制作或首播的综艺节目在网络的播放量十分惊人，其中《中国好声音 3》的网络播放高达 38.40 亿。而且电视综艺节目较之网络自制综艺节目，在总体网络播放量上有绝对优势，网络播放量排名第一位的网络自制综艺节目《大牌驾到》，只能排在电视综艺节目网络播放量的第 7 位；况且网络自制综艺不比电视综艺节目，它没有电视收视贡献，而电视综艺同时拥有电视和网络双重收视贡献，其总量也会更大。由此看来，如果将电视内容的网络收视计算到电视内容的收视中，电视的整体收视状况依然是惊人的，从一定程度上说甚至是大幅上升的，融媒时代我们还不能仅以"传统电视机终端"的开机率和收视率下降，来判断电视的整体状况。

---

① 李宇：《由"电视消亡论"刍议媒体演进中的新旧之争及特点》，载《新闻春秋》（季刊）2014 年第 4 期。

表1　2014年电视综艺节目网络播放量前十名

排序	节目名称	播出卫视	网络平台	播放量
1	中国好声音3	浙江卫视	腾讯视频独播	38.40亿
2	爸爸去哪儿2	湖南卫视	爱奇艺+芒果TV	23.45亿
3	奔跑吧兄弟	浙江卫视	全网	19.49亿
4	爸爸回来了	浙江卫视	全网	12.10亿
5	中国好舞蹈	浙江卫视	腾讯视频独播	7.60亿
6	十二道锋味	浙江卫视	腾讯视频独播	7.56亿
7	笑傲江湖	东方卫视	全网	7.13亿
8	我是歌手2	湖南卫视	乐视+芒果TV	6.46亿
9	中国好歌曲	央视三套	腾讯视频独播	4.76亿
10	变形计7	湖南卫视	腾讯视频独播	4.72亿

　　数据来源：六大视频网站＋芒果TV截至2014年12月24前公开数据的总结；《奔跑吧兄弟》仍在播出，取前11期全网播放量。

表2　2014年网络自制综艺节目播放量前五位

序号	节目名称	网络平台	播放量
1	大牌驾到	腾讯视频	7.20亿
2	HI歌	腾讯视频	3.1亿
3	你正常吗	腾讯视频	3.0亿
4	大鹏嘚吧嘚	搜狐视频	2.3亿
5	娱乐猛回头	爱奇艺	1.7亿

　　数据来源：六大视频网站（腾讯视频、搜狐视频、优酷、土豆、爱奇艺、乐视）公开数据的总结，截至时间为2014年12月24日。

　　（2）多终端热议的话题，多来自电视内容。媒介融合时代，不仅电视内容在整体收视问题上不落下风，而且电视制作或首播的内容，还常常引领社会话题和舆论。一些话题虽然是通过网络收视和网络平台热炒起来，继而引发了全社会的关注，但这些话题的来源依然多是电视内容。比如，2013—2014年中国电视综艺内容生产的多节目类型集体爆发，成为中国电视综艺内容生产具有标识性意义的拐点，产生了多样态的"现象级"电视节目，如歌唱类的《中国好声音》《我是歌手》《中国好歌曲》、亲子类的《爸爸去哪儿》《一年级》、户外类的《奔跑吧兄弟》《花儿与少年》《极速前进》、达人类的《最强大脑》《出彩中国人》、文化类的《中国汉字听写大会》《汉字英雄》、演讲类的《开讲啦》、生存类的《百万粉丝》《这就是生活》、运动类的《星跳水立方》《勇敢的心》、医患类的《因为是医生》《来吧孩子》、农家类的《明星到我家》《喜从天降》，等等，它们所引发的对亲子、达人、励志、原创、明星、怀旧、健体、医患、城乡、中西、文化、寻根、代际、道德、环境、公益等话题的网络热追、热议、热捧，无疑都来源于电视综艺的内容。再如，两季《舌尖上的中国》的热播，成为近年来经典的由传媒艺术而引发的文化现象，引发了网络和全社会对中华文化和中国性格"顺天顺形的乐天适应，也刚也柔的形气变幻，放眼量取的苍翠传递，精益求索的悠长品察"① 等特质的思考，也来自于电视纪录片的内容。

（3）在重大事件中，电视直播的仪式感难以取代。丹尼尔·戴杨和伊莱休·卡茨曾以"媒介事件"来框定重大事件的电视直播，并视对重大事件（如"加冕""征服""竞赛"）的电视直播为一种大众"节日"。② 大众经常等待着这种电视直播的"节日"，等待一种大众同时同刻的对"视觉奇观"的分享，无论是等待一场足球比赛、一晚选秀决赛、一个盛大晚会、一次国家仪式、一瞬特殊时刻，都是如此。电视直播由于其同时同刻的共享性、无可复制的瞬息性、无远弗届的传播性，成为人们的一种观看仪式，甚至是生活仪式。

很显然，当下虽然大众可以通过多终端的收视体验这种"媒介事件"的仪式感和"想象的共同体"的分享感，但终端上所呈现的内容，还多是"电视"直播，在电脑、手机、iPad 上收看的还是电视媒体的呈现，如中央电视台的春晚直播、奥运会开幕式直播、世界杯直播、APEC 直播，等等。中国的意识形态、传媒工具和社会生态的交织具有特殊性，网络新媒体本身还几乎没有能力、也难以得到授权组织如此高品质的大型直

---

① 胡智锋、刘俊：《2012 年中国电视文艺的几大亮点及几点思考》，载《艺术百家》2013 年第 1 期。

② ［英］丹尼尔·戴杨、伊莱休·卡茨：《媒介事件：历史的现场直播》，麻争旗译，北京广播学院出版社 2000 年版。

播，在可预见的将来网络新媒体也难以独立地进行高品质的"媒介事件"直播。在中国，掌握着核心内容的电视，在平台提供的新媒体面前，依然具有活力，难称迅速消亡。

2. 进行组织重构的电视台依然保持活力

在我国，电视台存在样态的发展从来都是动态的、不断调适的：最初电视台更多的作为原始的播出平台存在；随着电视业发展，制作＋播出成为电视台的存在样态，再又经历了"节目为主导→栏目为主导→频道为主导"的过程；如今，媒介融合时代，电视台又面临新的存在样态的调整，其思维方式必须也是媒介融合的，需要勇于打破惯性思维与现行机制。体现在组织结构的重构上，要进行跨部门、跨区域、跨领域重构的尝试，摸索一种多元并轨的组织重构方式。

这其中，特别要打破传统电视生产部门与新媒体部门的区分与界限，将两大类部门的人员调配和运行机制相融合。电视生产部门中既要有传统的"电视"人才，也要有"新媒体"人才；既需要"电视"人才了悟"新媒体"运作的理念与方式，也需要"新媒体"人才懂得"电视"表达的思维与手段，两类人才在内容生产中最终合二为一。"电视台的'新媒体'部门必须与传统的采编团队深度融合。新媒体部门不应该作为一个外部团队，而是作为一个统一的支撑平台与原来的编辑部门进行整体支撑和整合。"①电视台可以转变为全媒体集团，按照融媒要求和思维分出不同部门，各个部门既有电视生产的任务，也有新媒体生产（还包括传播与营销）的任务，二者交融才得以创作出最终产品，获得价值。总之，这是一个生产力决定生产关系，生产关系反作用于生产力的根本逻辑。

其实更为重要的是，我国的电视台作为具有特殊身份背景的存在，一级电视台与一级政府直接挂钩，其强大的政治和社会资源与地位，绝不可小视，这种资源和地位非特殊情况下也难以撼动。因此，电视台如果能切实做到上述思维、惯性与行为方式的转变，并在媒介融合时代里主动而成功地转型而成全媒体集团，可以有效保障电视台的功能、价值与活力。

---

① 中央电视台副台长何宗就在"BIRTV 台长论坛"上的报告，2014 年 8 月 27 日。

3. 高端电视人才依然抢手

只要电视内容依然具有竞争力，就需要电视人进行内容生产，只是我们对电视人才的需求和电视人才结构将是动态变化的。从现实状况来看，我们对电视人才的需求逐渐从"量"的层面到"质"的层面，"电视蓝领化"现象普遍呈现的同时是对高端电视人才的渴求；从未来发展来看，吸收了电视人思维和手法的"泛影像"生产与创作人才，或许会成为未来改变人才结构的重要力量。

（1）"电视蓝领化"的背后是对高端电视人才的渴求。关于当前电视业者的现状，一方面，我们看到，传统电视人的收入相对比在下降，一些传统电视制作人、主持人、管理者纷纷跳槽，而留守的传统电视人整体上似乎正在从精英变成蓝领；另一方面，如果说电视内容或者说比照电视思维的制作方式，依然是各类影像呈现的主流的话，我们看到在高端或精品大制作的纪录片、电视剧、电视综艺中，依然亟需各种专业化的高端电视人才。而高端精品大制作，也是电视在内容生产方面应对新媒体环境挑战的重要筹码，专业化、高水准的电视人才依然能够藉此有效实现自身价值和自我满足。

特别是如今在电视生产与传播高度专业化的时代，我们还亟需优质的电视节目经营人才、电视的新媒体运营人才、电视的艺人管理人才、电视前期策划统筹人才、电视后期特效人才等高端专业化人才。这也体现了媒介融合时代，我们所亟需的电视人才的结构发生了变化。总之，能够胜任高端大制作生产、传播各环节的各类精英电视人才，依然紧俏并抢手，由高端电视人才创制出的精品电视内容依然收视火爆且引领社会话题。

（2）吸收了电视人思维和手法的"泛影像"生产与创作人才或成主流。在未来，电视人才不再固守于电视也是必然的、合理的。而且未来我们也很可能从"电视内容"的概念走向"泛影像"的概念，"泛影像"同时包括大电影影像、电视影像、新媒体自制影像（含微电影）。前者大电影影像如今更多作为艺术内容而非大众传媒内容存在，所以若以此视角，后两者（电视影像、新媒体自制影像）将是"泛影像"的主流。

而很显然，新媒体自制影像生产虽然有其因应新媒体手段与渠道的"特殊性"，但当前并在未来很长一段时间内，它还难以显示出拍摄与呈现等生产方面的显著"独立性"，以及与电视的鲜明差别，至少不会像电视明显区别与电影那样有质的差别，还是多遵从电视影像的具体生产方式与思维。这也是由于新媒体屏幕的大小、观看的环境和观者的心态、日常化和大众化的传媒属性等，都更接近电视。因此，未来很长一段时间，主流的"泛影像"生产者，不可避免地更多以类似传统电视人的思维来进行创制，而不是以其他选择；即便创作出来的不再叫"电视"作品，但电视人思维的一种长时段影响力，也似乎能说明一些电视活力的问题。当然，我们最终期待的是影像不朽，永远有优秀的人才来创造它。

4. 品牌电视媒体和现象级节目，依然享有高额商业回报

（1）在电视收益危机的背后，品牌电视媒体收益稳定，现象级节目收益不断上扬。较之于近年来新媒体收益的不断提升，电视行业收益的总体增长并不乐观。虽然电视广告收入仍居首位，而且其他媒介形态的广告收入一时无法撼动电视广告（2014年数据依然如此），但电视广告增长总体呈下降状态，与此同时新媒体广告的总体收入和增长速度不断提升。

不过，具体到品牌电视媒体、电视台制作或首播的现象级电视节目，其商业回报却并非如此，从这些方面说，电视收益依然有独具的、难以撼动的实力与活力。品牌电视媒体如中央电视台、湖南卫视、江苏卫视、浙江卫视、东方卫视等，其年度广告收益不断增长或平稳保持，其中中央电视台坐拥平台优势更是收益不菲，广告招标大会也常常是媒体热议的话题。目前，央视"招标＋承包代理＋区域代理"的稳定三角形，共同支撑起央视超过300亿元的广告经营盘子。2014年，湖南卫视的广告创收目标是70亿元，1—9月已完成54亿元，按照每月平均6亿元的进账速度，完成目标不是问题。江苏卫视、浙江卫视、东方卫视也都保证了广告创收以20%以上的增速发展。对于一线卫视来说，每年购剧、覆盖、季播项目、租赁卫星传输等的基本投入在20亿元以上，这种投入一旦上去就下不来，而手握黄金资源的一线卫视也确保了广告创收的持续增长。即便是第三梯队省级卫视频道也只是出现了少量下滑的趋势，短时间内不会影响整体广告花费的增长。省级卫视频道仍是今明两年支撑电视增长的主力军，广告花费份额在电视板块中会缓慢提高，省级地面频道和城市台的广告投放份额将在整体电视板块中降低。①

而现象级电视节目如《爸爸去哪儿》《中国好声音》《奔跑吧兄弟》《我是歌手》《中国梦想秀》《梦想合唱团》《中国汉字听写大会》等近两年崛起的品牌，如《新闻联播》《星光大道》《非诚勿扰》《快乐大本营》等传统品牌，以及如2014巴西世界杯转播等"时令性"节目，近年来也无疑都是商业回报的赢家，这也是网络自制综艺节目和其他相关内容当前远远无法企及的。腾讯大数据的数据（见表3）对此有所印证。

表3   2013、2014年电视综艺节目总冠名价格前五位

2013年					2014年				
排序	节目	平台	数额	冠名商	排序	节目	平台	数额	冠名商
1	星光大道	央视三套	3.40亿	汇源果汁	1	爸爸去哪儿2	湖南卫视	3.12亿	伊利QQ星
2	非诚勿扰	江苏卫视	3.00亿	步步高	2	中国好声音3	浙江卫视	2.50亿	加多宝
3	中国好声音2	浙江卫视	2.00亿	加多宝	3	非诚勿扰	江苏卫视	2.40亿	韩束BB霜
4	中国梦想秀	浙江卫视	1.70亿	雅迪香飘飘	4	我是歌手2	湖南卫视	2.35亿	立白洗衣液
5	梦想合唱团	央视一套	1.70亿	洋河酒业	5	快乐大本营	湖南卫视	1.93亿	VIVO智能手机

数据说明：节目冠名费根据媒体公开数据的总结。

需要说明的是，导致表面上电视业收入下降的原因有很多，比如二三流电视媒体的影响力不足与下降，比如在电视媒体内部非专业人员的占比过高等，这些问题导致在数量上一平均，电视业的收益便从总体上被拉平；作为体制机制问题，许多类似问题如果处理不好，必然会影响到品牌电视媒体和现象级节目的收益。

---

① 李芸：《2014年度全国电视广告发展报告》，《中国广播影视》，2014年12月上（此处引自该文的网站版本 http://www.zongyijia.com/News/News_info?id=30559，2014年12月24日）。

（2）深化改革，对电视传媒收益进行深层提升。当然，要深层次解决电视传媒的收益问题，持续保持电视传媒的收益活力，特别需要在宏观和微观的如下两个方面着力：一则，在宏观的所有制层面，在未来需要考虑股份制、混合所有制问题，以及其所带来的组织结构的变化。这不是依靠传统电视运营模式和组织方式所能完成的。未来需要建立稳定的多元投资融资渠道，重视资本运作对传统电视媒体的重要性。所有制的变化将会使电视台的组织架构发生巨大变化，节目运营、市场运营不仅仅是一种电视台内部的套层关系问题，而是可能是混合所有制下形成的新的组织架构。"一旦国有传媒企业的股权结构实现多元化，尤其是国有股不再控股，就必然意味着在传媒企业的管理层任命等重大决策方面产生一系列的变化，传媒企业的体制制约必将大大缓解，其市场化能力也必将大大增强，而这将使其从根本上建立起真正的现代企业制度，成为真正的市场主体。"①

二则，在微观的具体操作层面，传统电视传媒机构需要以开放的姿态，主动使自己的内容生产和组织运营方式，切实和彻底地适应新媒体的传播和盈利模式，以持续保证传统电视内容的新媒体传播力、认知度和收益效果。最近，电视新闻方面，如地方电视传媒"电视问政"形式因引入新媒体手段而火爆；纪录片方面，如江苏卫视"全媒体大型纪录片"《你所不知道的中国》的新媒体运营与传播创新；电视综艺节目和电视剧方面，如现象级节目和剧作借助新媒体造势发力等，都取得一定效果，达到收益目标。

第二节　电视文艺思潮的探索与论争

新时期以来，中国电视文艺思潮主要受到四个方面的背景影响。

第一，电视文艺实践的发展，对电视理论与思潮的发展，有直接的影响。从改革开放到 20 世纪末的近二十年时间里，随着中国电视从"宣传品"到"产品"时代转型，电视文艺从一个影响较弱的文艺形式，迅

---

① 郭全中：《2014 年传媒改革发展十大关键词》，新媒体观察网，2014 年 9 月 4 日。

速成长为社会影响最大、传播覆盖最广、观众关注最高的当代文艺花园中的生力军。正因为如此，在快速发展中，电视文艺思潮与电视文艺实践紧密相关、密切互动。

第二，电视文艺的理论与思潮，受一般艺术理论、其他相关艺术形式的理论与思潮影响。特别是戏剧艺术等传统艺术形态、电影艺术等电视艺术诞生之前的传媒艺术形式的理论，如戏剧美学与艺术理论、电影美学与艺术理论等，对电视文艺理论都有直接的理论与思潮影响。1988年，苏联电视理论家瓦尔塔夫《电视与艺术》引入中国，他认为"通过电视进行的艺术创作目前仍处于形成阶段；电视艺术正通过它的创造潜力从复制形式中发展出来；电视完全是'前辈'艺术形式（文学、戏剧、电影）的继承者；电视的特点正是通过上述艺术形式的类似创作过程的比较，今天才显得格外明朗。"① 这与当时国内不少学者的观点不谋而合。

第三，西方文艺理论是中国电视文艺理论与思潮的重要来源。诸多西方文艺批评理论在 20 世纪 80 年代和 90 年代，以不同的传播形式和流通渠道被译介到国内来，符号学批评、结构主义批评、精神分析批评、意识形态批评、读者反应批评、女性主义批评、后殖民主义批评、后现代主义批评，或逻辑严谨、或视野广博的各式理论纷纷进入中国电视批评与理论领域，推动了不少电视文艺思潮的形成。在法兰克福学派学者的理论观照中，电视媒介与文化工业的结合，使这一现代电子媒介具有了消解受众主体的能力，也因此制造出大量的文化垃圾。或许正是由于法兰克福学派对文化工业及其意识形态的坚决批判姿态，契合了 20 世纪80 年代的中国社会整体的人文取向，使得这个学派的理论观点和思想资源，一下就成了中国学者重点引介和关注的对象。如果说法兰克福学派的学者们是以传统精英思想者的身份，介入电视媒介批评领域的话，那么伯明翰学派则是以平民阶层知识分子的角色，迎接着电视文化时代的到来，并给予其热切的关注和赞扬。伯明翰学派为"经典"和"高雅"去魅，并借助不同的文本，对电视节目中的性别、种族、阶级、民族和国家意识形态等进行了细致研究。在对电视艺术表现形态及其与受众接受心理的相互作用的探究上，伯明翰学派形成了在电视批评领域具有重

---

① ［苏］瓦尔塔夫：《电视与艺术》，林明虎译，载《当代电视》1988 年第 1 期。

大影响的"金融经济 / 文化经济"和"编码 / 解码"理论。

此外，有学者对布热津斯基的媒介思想进行了评介，认为电视已经成为大多数人特别是青年人接触社会和接受教育的最重要的工具。电视对公众的意识、文化和心理产生的潜移默化的影响是极为深远的。"电视在缔造全国文化及其基本信念中占主导地位"，"不论是在强迫的宗教的正统观念的时代，甚至在极权主义灌输教育的最高潮，都无法与电视对观众所施加的文化和哲学上的影响相提并论。"① 还有学者译介了海外电视批评方法，《意识形态分析与电视》一文运用葛兰西的文化霸权理论与阿尔都塞的意识形态理论，从"意识形态批评的语境""作为消费者和商品的观者""叙事中的意识形态""意识形态和电视文本中的矛盾""作为异质统一体的电视"等方面，详尽阐述了意识形态与电视的种种关系和相互作用。② 新世纪前后，国内不少学者开始大量引用法兰克福学派的理论资源和分析方法，并结合中国社会所发生的文化转型与人文精神流散现象，对中国的影视艺术和媒介传播进行了反思与剖析。由此衍生开来，法兰克福学派的一些专业术语，如商业化、标准化、批量化、模式化、伪艺术、伪个性等，也大量引入到中国电视文艺思潮之中。

第四，进入新世纪以后，受全球化快速推进和新兴媒体的迅猛发展，对电视文艺形成强大冲击波。电视文化的全球"趋同化"隐患，新兴媒体的市场争夺，都给电视文艺的发展提出了严峻挑战。双重的压力把中国电视的媒介融合和电视文艺如何坚守自己的民族文化立场、构建本土化的发展路径等问题，提上了议事日程。电视文艺面对网络的激烈竞争，如何平衡全球化与本土化的发展态势，成为电视人共同思考的问题。一方面要迎接挑战，推进媒体的尝试融合；另一方面又必须坚守电视的主导地位，充分发挥电视文艺的社会正能量。一方面要立足于本国的状况，对西方经验合理运用并进行创新改造；另一方面要确立中国电视文艺的实践、学术自足地位，提升节目水准，与国外进行开放的交流与对话，以积极的本土化实践为努力方向，充分参与到国际学界共同的"知识整

① 闵惠泉：《电视的意识形态影响力——布热津斯基媒体观述评》，载《现代传播》1995 年第 4 期。
② ［美］米·怀特：《意识形态分析与电视》，李迅译，载《世界电影》1993 年第 4 期。

合"当中。①并以此为契机，推动中国电视文艺"走出去"。

所有这一切，无不促成电视文艺的实践者和研究者增强建构电视文艺独特理论的自觉意识。他们针对电视艺术领域一些重要问题的理论思考，形成一浪又一浪的电视文艺思潮，让具有中国特色的电视理论体系逐渐建构起来。

一、本体问题：电视是不是艺术？

电视理论体系建构的出发点，自然在于尝试对电视文艺本体相关诸多问题的思考、界定与框定。这其中包括对"电视艺术"范畴的界定，对电视文艺一些节目形态的分析，对于电视文艺本体美学的思考等，都以电视是不是艺术的讨论为基础。围绕"电视是不是艺术"的一场旷日持久的激烈论争，对于中国电视理论体系的建构具有基础性意义。

（1）电视与电视艺术。1987年10月，有学者发表《电视不是艺术》一文，从电视的功能出发认为，"电视是一种最有效的文化信息传播媒介。这一本性规定电视最主要的功能是社会文化的交流——接受者从电视屏幕的反光镜中建立自我个体与社会群体的认同，而略具艺术性的低度娱乐只是电视的一个附属功能。"②有学者驳斥了"电视不是艺术"的观点，从传播内容角度认定，"电视是艺术，而且是很纯的艺术；电视中有艺术，而且还有很多艺术！当然，并非所有电视节目都是艺术节目，如新闻、专题、服务、电教等节目，但也不能否认它们都具有一定程度的艺术性。"③否定电视是艺术是不科学的，把电视艺术的范围局限于电视剧等文艺节目也是不恰当的。有学者在总结当时的主要论点基础上提出，"广义上的电视艺术，并不是任何一个具体节目都是艺术或都具有艺术性，而是把电视作为一个整体来考察的"，"电视艺术是以电子声像技术为手段的包容各种艺术形式的综合性通讯艺术。"④"电视是一种在大众传播系统中发挥其作用的艺术"，有学者从电视的功能角度对"电视不是艺术"的观点进行了回应，"纯粹用于传播的电视是不可想象的，电视之

---

① 欧阳宏生、晏青等：《电视文艺学》，陕西师范大学出版社2012年版，第13页。
② 钱海毅：《电视不是艺术》，载《当代电视》1987年第4期。
③ 谢文：《问题成堆——〈电视不是艺术〉读后感》，载《当代电视》1988年第4期。
④ 壮春雨：《论电视艺术》，载《中国广播电视学刊》1989年第1期。

所以能对千百万观众产生重大影响，其前提就是电视中结合着传播和艺术两大功能。"①

其实，电视是不是艺术，涉及词汇运用与概念界定的问题，不少学者逐渐注意到这一问题。"电视，是信息传播的媒介和载体；而电视艺术，则是被电视所传播的艺术形态。"有学者指出了此前学界把"电视"和"电视艺术"概念混淆的问题，并为电视艺术作了明确定义，"电视艺术是以电子技术为传播手段，以声画造型为传播方式，运用艺术的审美思维表现客观世界，通过塑造鲜明的屏幕形象，达到以情感人的目的的屏幕艺术形态。"②"电视不等于艺术，这是毫无异议的。"有学者认为，"电视和电视艺术是两个不同的概念。不能否认电视节目中有艺术，更不能否定作为特殊形态的电视艺术的客观存在。"同时，还对电视艺术的概念进行了界定，电视艺术"是根据电视艺术创作的物质手段、传播媒介、传播方式、传播特性、欣赏环境和审美心理等多种因素，从观察体验生活到具体进行审美把握，自始至终运用电视艺术创作特有的思维模式和审美意识进行创作的艺术品。"③

总之，对电视是否是艺术的认知，大致经历了"电视不是艺术""电视是艺术""电视与电视艺术概念区分"等认知阶段。

（2）电视文艺的界定。在对电视是否是艺术的认知基础之上，特别是确立了电视艺术是一种新的艺术形态之后，研究者继续展开对电视文艺节目类型的讨论。由于电视的兼容性，电视节目无论从性质的多重性、形式的多样性、对象的广泛性、功能的多面性，还是从分工的复杂性、传播手段的多元来说，都是先前的传媒艺术形式所无法比拟的。

有学者曾对电视节目分类提出过系统的见解，提出了节目分类的几种方法：内分法（按内容和属性划分）、外分法（按形态划分）和平分法（按节目种群加以总合依次排列）。④还有学者提出了从明义（按性质、功能）、致用（按传播的目的、接受的动机）、辨体（纪实或虚构）、互借（虚实相兼）和制作方式（影片、直播、录像）等不同角度把电视节目分

---

① 洪沐：《什么是电视艺术》，载《当代电视》1988 年第 9 期。
② 高鑫：《电视艺术概论》，学苑出版社 1992 年版，第 2 页。
③ 王维超：《电视与电视艺术辨析》，载《当代电视》1987 年第 5 期。
④ 金戈：《试论广播电视节目分类》，载《中国广播电视学刊》1988 年第 3 期。

成不同形态的分类方法。①

　　关于电视文艺的分类之辩，不仅在于形式，也在于内容；其涵括面不仅涉及非假定性艺术，也涉及假定性节目，即虚构的艺术。"电视文艺是以电视技术、电视设备为主要录制、储存和传播手段，以电视屏幕为载体，以个人和家庭室内为主要观看方式的声像综合艺术。"有学者认为"人们通常所说的电视文艺就是指不包括电视剧在内的、所有其他一切文艺性节目的总合。"它是"一个内容极为广泛的，风格样式丰富多彩的电视节目系统"，"凡是以满足观众审美需求为主要目的的电视节目，就均可划在电视文艺名下。"②《电视艺术辞典》把电视文艺界定为，"电视文艺指通过电视传播媒介而播出的各类文艺节目，是电视台文艺性节目的总称。""广义地说，电视文艺包括电视剧和其他类电视文艺节目，狭义地说，电视文艺是指电视剧之外的其他各类电视文艺节目。"全国电视文艺"星光奖"把除了电视剧以外的通过电视传播媒介播出的各类文艺节目都囊括在内，包括综合性文艺节目和专题性文艺节目，音乐、舞蹈、话剧、歌剧、戏曲、曲艺、杂技，凡是通过电视手段传播的都包括在内。

　　电视综艺晚会的兴起，引发了批评界对电视综艺晚会尤其是春节联欢晚会的关注与评论。1984年春晚之后，当年《中国广播电视》的第4期上就有《"春节联欢晚会"变谈记》《春节联欢后，余兴犹未消》《除夕之夜荧屏随想》《匠心巧运——记中央电视台春节联欢晚会美术设计》《春节谜语寓意深》等节目评介探讨文章，对1984年春晚进行了分析总结。这些文章总结了这次晚会的成功因素在于：在总体构想上有明确的主题立意，抓住春节这个重大的民族传统节日团圆、欢乐的特征，确定了晚会团结、爱国、健美、欢乐的主题，打动观众的心；在节目选择和编排上，注重节目和人物的多样化及民族性，用鲜活的文艺形象来体现民族的精粹，表现民族美；注重电视的"家庭艺术"特征和观众心理学，选择有吸引力、长度适中、能感染人心的节目，用电话点播的新方式让小小屏幕与千家万户联系、沟通起来，用"包饺子比赛"的游艺活动来加强晚会的家庭参与感等等，这些方面其实也是举办所有电视综艺晚会

---

① 任远：《浅议电视节目分类》，载《电视研究》1989年第6期。
② 宋春霖：《关于电视文艺的几点思考》，《电视文艺论集》，人民出版社1993年版，第56页。

都应关注的因素。

在电视文艺之下,具体呈现出了一种电视纪录片与电视专题片的概念之争,主要集中在纪实类节目的表现形式和手法。电视纪录片与电视专题片二者的边界模糊不清,许多实践者自身在创作过程中很难说清楚二者的异同。有学者对电视纪录片作了如下定义:通过非虚构的艺术手法,直接从现实生活中选取画面、音响素材,真实地表现客观事物以及作者对这一事物的认识的纪实性的电视片。电视专题片是在专栏节目中播出的纪录片,它是电视纪录片的一种,更偏重题材的小型化和生活化,更偏重内容的现实性和单一性。[1] 对专题片能否归属纪录片,也有完全相反的认知。有学者认为,纪录片"是对某一政治、经济、文化、军事或历史事件作纪实报道的非虚构的电影或录像节目",纪录片基本的叙事报道手法是采访摄影,"即在事件发生发展的过程中,用挑、等、抢的摄录方法,记录真实环境、真实时间里发生的真人、真事","纪录片是专题片的一种形式"。[2]

也有学者从并列关系进行讨论,电视纪录片与电视专题片"是两种不同的节目形态""有着明显的差异,各自都表现出鲜明的构成特征"。有学者认为它们的不同之处在于:首先,反映生活的方式不同,电视纪录片"不允许创作者主观意识的直接表露",而电视专题片允许采用"表现"的手段,艺术地表现社会生活,"有较强主体意识的渗透";其次,结构作品的形式不同,电视纪录片多是"纵向结构"形态,而电视专题片多采取"横向结构"形态;再次,表现生活的手段不同,电视纪录片具有较强的"新闻属性",而专题片具有较强的"纪实属性",乃至于"艺术属性"。[3] 还有学者认为"无论从其内涵还是外延来看,'专题片'这一指称与审美表现形式和风格都无关,而仅涉及到内容范畴的问题",因而是"有悖于分类原则的"。"把'画面加解说'当作纪录片唯一风格模式"这种"历史的玩笑","实在太贻害无穷了"。[4]

1992年3月,北京广播学院纪录片研究中心与北京市电视艺术家协

① 钟大年:《电视片编辑艺术》,北京广播学院出版社1987年版。
② 任远:《电视纪录片的界定与创作》,载《中国广播电视学刊》1991年第5期。
③ 高鑫:《"电视纪录片"与"电视专题片"界说》,载《中国广播电视学刊》1992年第3期。
④ 路海波:《从昨天到今天》,载《中国广播电视学刊》1992年第4期。

会联合召开"电视纪录片学术研讨会",与会者就纪录片和专题片的概念展开了争鸣。当时主要存在以下四种观点:一是"等同说",认为电视专题片就是电视纪录片,二者没有什么区别,只是同一种节目形态的两种不同称谓而已;二是"从属说",认为电视专题片从属于电视纪录片,或电视纪录片从属于电视专题片;三是"怪胎说",认为电视专题片是在中国特定国情下产生的"怪胎",这种画面加解说的作品本来就不该存在;四是"独立说",认为电视纪录片与电视专题片是两个独立的概念,它们构成了两种不同的节目形态。

电视专题类节目是相对于综合节目而言、内容和主题都相对专一、可连续深入的一种电视节目形态。它脱胎于早期的新闻记录电影,发展初期又与电视新闻密切相关,但又在新闻之外开拓了更宽广的文化、社会表现范围,它的真实性、纪录性与艺术性特征使它具有了独立的艺术品格。中央电视台《祖国各地》栏目开办以来,电视风光片开始繁荣起来,有学者从民族艺术创作理论出发,对风光片创作的社会功能、民族特色和艺术手法进行了理论性的梳理和深化。①

(3)对电视文艺本体美学的思考。在以"宣传品"为主导的历史阶段,电视节目从技术到艺术远未成熟,更多的是从邻近的广播、报纸、通讯社、新闻纪录电影、戏剧(舞台剧)、电影(故事片)那里直接借鉴、吸纳内容、样态与方式,尚未形成自己鲜明独立的艺术特征。进入以"作品"为主导的历史阶段后,电视艺术的本体美学特征凸显,逐渐被学界所关注和思考。

一是电视与电影美学同一论。有学者认为"影视是一门艺术,没有质的区别",影视"同样是在二维空间的银幕或屏幕上映出三维空间实体性的视听形象,在第四维即时间内延续其运动,所以从艺术分类上界定,二者并无不同,影视是迄今为止诸艺术中唯一的直接诉诸视觉听觉自由地显示四维空间具有四度向量的动态造型艺术","从审美方式上看,两者的性质也是相同的",电视艺术"实质上依据电影美学原则并在现代电影观念中迅速发展起来"②。当时李泽厚也认为电视和电影都属于视听艺

---

① 马靖华:《壮物抒情 意味深长——风光片创作杂谈》,载《北京广播学院学报》1980年第2期。
② 张瑶均:《影视美学系统观》,载《电影艺术》1986年第8期。

术，两者在美学上没有太大差别。[①]

二是电视与电影美学差异论。有学者指出这种"影视同一论"的危害是显而易见的，为使电影艺术和电视艺术能够在理论和实践、创作和欣赏诸方面都得到健康发展，有必要廓清二者之间的差异。电影艺术和电视艺术至少在画幅尺寸的大与小、影像质量的细与粗、艺术感染力的强与弱、制作程序的繁与简、艺术风格的虚与实、作品时间的长与短、观众数量的多与少、欣赏过程的连续与间断、接受方式的强迫与自由、欣赏接受的仪式化与非仪式化等十个方面存在着一定的差异。[②]

电视艺术"因其表现手段、传播方式和接受方式都有着自己独特的性质，完全可以被看作是一门独特的艺术"，有学者认为，电视艺术区分其他艺术门类的标准是其物质存在形式和艺术表现手段，电视艺术作为独立的艺术存在依赖于其基本工具——电子媒介。电视艺术具有即时传播这一特性，从而使得电视艺术迥异于电影。即时性能够提供给观众一种"假定性"，使观众产生真实感，这是电视艺术本质特征。[③]与电影相比，电视的小屏幕、日常性、家庭性和连续性等特征已逐渐为人们所认知和接受，由此形成的两者在艺术美学特征上的差异，也同样为人所关注。有学者认为，电视剧是从舞台剧和电影发展来的新颖剧种，也是电视与电影、舞台剧竞争的产物。[④]因为屏幕大小和收看方式、状态的不同，电视与电影在技巧手法和情节编排上都有很大差别。还有学者指出电视剧和电影相比，在接受上有迅速灵活、家庭化、屏幕小、距离近等特点，以此区分二者为不同的艺术形式。[⑤]有学者对此并不认同，认为电视剧和故事电影一样，都是综合艺术，所综合的艺术都是文学、美术、音乐、戏剧、舞蹈、建筑、摄影等，而又都以摄影艺术为表现形式。从所综合的艺术种类和艺术表现形式这两方面来看，电视剧和故事电影都不存在本质属性上的差别。[⑥]

---

① 张凤铸、施旭升主编:《广播电视艺术学通论》，中国传媒大学出版社 2011 年版，第 7 页。

② 万勤:《影视艺术差异论》，载《当代文坛》1993 年第 5 期。

③ 苗棣:《电视艺术哲学（上编）》，北京广播学院 1997 年版，第 9 页。

④ 汉生:《电视剧杂谈》，《电影与戏剧（第一辑）》，上海文艺出版社 1981 年版。

⑤ 仲言:《电视剧初探》，载《黑龙江广播》1981 年第 1 期。

⑥ 卢炳勋:《电视剧与故事电影属于同一艺术形式》，载《北京广播学院学报》1981 年第 4 期。

故事片和电视剧同为视听艺术形式，因而具有一些相同点，不过有学者更多地从传播角度对二者摄录方式、传播媒体、镜头表现特征、接受场合和方式，以及影视放映/播放方式等五个方面，分析了二者存在的重大差别，以此论证电视剧艺术的独特性，并进一步指出在后续发展力上电视剧比电影更具有优势。二者同属综合艺术，具有声画结合、使用蒙太奇剪辑的共性的同时，电视剧导演和演员要在人物性格、心理上下工夫，同时电视的日常化和家庭化收看方式要求电视剧要注意一定的娱乐性，要雅俗共赏，老少咸宜。[1] 有学者对电视剧艺术的本体美学特征进行整体分析概括，细致深入地分析了电视剧具有戏剧性、纪实性、及时性、家庭性和长短相宜、形式灵活等美学特征和优势。[2] 因此，"不能用电影美学来套电视美学，电视美学有其自身的特点和规律。在电视美学中应当研究怎样运用电视的研究手段认识和反映现实的规律。"有学者在注意到电视和电影在美学上存在差异的同时，还指出了当时电视艺术尚未独立的现状，"作为视听艺术的电影和电视，目前还很难作更严格的艺术区分，电视艺术还处于一个从电影艺术中剥离、分化出来的历史过程。"[3]

三是关于电视剧美学的探索。1987 年在山西太原召开的"全国电视剧美学研讨会"是电视美学理论建设的重要转折点。会后，1987 年 4 月 7 日的《人民日报》以《新时期电视剧美学特征的探讨》为通栏标题，选发了研讨会的 8 篇论文：《屏幕呼唤时代的美》《要有浓烈的民族情感》《情感纪实的美学追求》《与时代同步 与人民同心》《兼容众家所长》《面对新的挑战》《贴近生活》《造型对比的力量》，以上文章探讨的正是这次电视剧美学研讨会所讨论的主要内容。会上还总结了中国电视剧的五大特征：时代性、纪实性、综合性、连续性和亲切性。

电视剧初生期"戏剧的审美意识形成电视剧的美学基本特征"，80 年代后，这种戏剧模式已有了一定的突破，"注意到戏剧性与纪录性、假定性与真实性的结合，注意吸收和借鉴电影艺术的一些方法，影视关系逐渐密切。"此后，受纪实美学的影响，电视剧创作开始侧重从艺术与现实

---

[1] 沈耀庭：《电视与电影异同之管见》，载《电视艺术》1984 年第 1 期。

[2] 张凤铸：《博取广纳自成一体——电视剧探讨》，《北京广播学院学报》1985 年第 1 期。

[3] 田本相：《重视电视理论建设创立具有中国特色的电视学》，载《北京广播学院学报》1986 年第 1 期。

世界的关系角度去探索电视艺术的审美作用，重视对客观现实的"模仿"和"再现"。随后，意识到纪实美学对电视艺术表现力的限制，电视剧创作开始注意对艺术"表现"功能进行探索。这种有意识地自觉为观众创造"美学客体"的行为标志着电视剧美学意识的觉醒。有学者对电视剧的发展历史进行了反思，以线性结构构画了电视剧美学观念的嬗变。[①]有学者指出"雅俗共赏"是电视剧这一大众文化要努力实现的目标，审美功能是电视剧多种功能的核心，民族美和现代美的统一是中国电视剧美学的品貌，应扬己之长，探求电视剧美学的独特艺术规律。[②]

电视剧是"一种向现代人提供自由、舒展、繁复多样、长短自如的审美感知和审美空间的艺术样式"。有学者从电视文化着眼来研究电视剧美学，认为在电视剧的艺术陈述上，"通过多角度的丰富多变的形象呈现和高度自由的形象系统结合，以达成艺术上的浑整圆照"；从电视剧内容因素上把"现实感作为电视剧美学构成的一个重要元素"；而从电视剧作内容来看电视剧的美学特点，"属非确定化范畴"。[③]"通俗性是电视剧的主要特征，也是电视剧美学上的局限性"，有学者认为前者是因为和电影一样，电视剧也以情节内容取胜，后者则是因为电视剧有区别于电影的独特审美特点，即电视欣赏的间离心理感受。[④]有学者通过对电视剧与电影的比较来说明电视剧有其独立的美学特征，如电视的媒介特性使电视剧更具有"直接性"，电视剧的观赏以家庭为主，因而具有"群众性"特性，作为"家庭艺术"，电视剧更趋向"现实性"。[⑤]

有学者概括了中国电视剧的审美历程：向电影美学"吸取营养"，经历了形式美学、纪实美学、造型美学阶段。中国电视剧通过对中国社会现实的社会关系的真实描写和艺术表现，展现出一个崭新的、充满理想和希望的美学境界；中国电视剧以崇高、壮美为其基调，以社会主义现代化传播媒介特有的恢宏博大气度，全面发展题材、风格、流派、形式

① 王心语：《电视剧美学意识的觉醒》，载《当代电视》1987年第1期。
② 吴素玲：《中国电视剧发展史纲》，北京广播学院出版社1997年版。
③ 田本相、崔文华：《电视剧美学随想》，载《北京广播学院学报》1987年第3期。
④ 林大庆：《如何寻找电视剧的美学特征》，载《中国电视》1988年第1期。
⑤ 何振淦：《孪生不等于一致——电视剧为建立独立的美学而努力》，载《中国电视》1986年第3期。

多样化得美学追求，不断拓展社会主义屏幕百花齐放的新天地。①《电视剧美学》是我国第一部电视剧美学专著，探讨了电视剧的美学特征：即时的直观性、样式类型的"跨边缘性"、时空存在形式的多极性、观赏的选择性和主动性、长篇电视连续剧的美学特异性。②

二、形态构成：电视艺术是以声音为主还是画面为主？

新时期开始，电视文艺的独立性逐渐增强，对于"视"与"听"等属于电视独特语言的思考也逐渐开始深入。

有学者对《浅谈电视专栏节目音乐》一文的论点——"音乐和画面是主从关系""音乐的存在以画面的需要为前提""音乐必须改变其某些自身的规律，同画面有机地结合，以适应节目的需要"——提出异议，认为"音乐与画面同是重要的表现手段""音乐与画面之间不存在主从关系""音乐与画面的存在均以主题思想及其情节内容需要为前提"等观点。③ 有学者从"语言和非语言的比较""语言符号与非语言符号传递功能的比较""电视传播中语言与画面的功能比较"等角度分析，得出结论："电视传播以语言为主"，"作为广播同族的电视，与电影相比应当更多地依赖语言进行传播。"④

"作为综合性纪实艺术，电视片要求视听效果和谐美"，有学者提出电视节目要注重视听综合效果，解说词、同期声、音响、音乐等声音"正像一曲多声部大合唱、交响乐，各自演好自己的声部，便是完美和谐的音乐佳作"，"各种手段过分完整，合在一起，呈堆积状态，是一种相互干扰，破坏完整性"，互相让路，则可收"以少胜多、以缺胜全、以无胜有"之效。⑤"若即若离"是声画关系的佳境，有学者认为它"往往是通过声音和画面互相依存、互相制约、互相渗透、互相补充的关系显示出来的"，"即"，不是被动地"硬贴""拼凑"，"离"，就是声音不能简单地重复画面。⑥ 有学者总结了声画"离与合""虚与实""主与辅"的

---

① 仲呈祥：《中国电视剧概观及其审美特征论纲》，载《中国电视》1991年第10期。
② 路海波：《电视剧美学》，江苏文艺出版社1986年版。
③ 李先芬：《电视专栏节目中音乐与画面之关系》，载《电视业务》1987年第4期。
④ 朱光烈：《对一个定论的异议》，《电视声画论集》，人民出版社1993年版，第335—343页。
⑤ 朱景和：《残缺美与和谐美》，《电视声画论集》，第313—320页。
⑥ 孙玉平：《若即若离 和谐统一》，《电视声画论集》，第348页。

辩证关系，从声音的运动性、表情性和概括性论述了视听的同一性以及"声画并茂"的可行性。[1]

1991 年 11 月，中央电视台研究室在浙江省舟山市举办了"电视节目声画关系理论研讨会"，达成了几项共识。第一，"电子技术的发展创造了今天的电视时代"，"我们的任务是去创造电子时代的视听语言"；第二，视听语言是"视听形象同时发生的表意系统"，并分化为纪实语言、抒情语言、意象语言、抽象语言等；第三，对电视声画关系的探讨，不能停留在艺术构成元素的层面上，只有深入到结构——功能整体中去思考，才能避免片面性和表面化；第四，对声画关系的研究应尊重历史，注重实践。在研究者对"视""听"争论的过程中，《现代传播（中国传媒大学学报）》等刊物刊发了大量讨论。

三、美学特质：电视美学属于纪实还是非纪实美学？

纪录片《望长城》开启了纪实主义的潮流，"纪实"与"真实"开始成为学界和业界讨论的热点。《纪实不是真实》一文的发表引起了广泛注意，打破了许多人对纪实的种种误解和对"真实"的盲目崇拜。有学者认为，纪实不是真实，纪实是一种美学风格，是一种与真实的关系。纪实风格强调纪录行为空间的原始面貌，强调纪录形声一体化的行为活动；纪实的审美不是在冷眼旁观中进行，而是在创作者投入了情感与评价的"参与的观察"中完成的；纪实又是一种独特的叙事方式，这种叙事建立在表达层与内容层相一致的基础上；纪实的真正目的，是创作者通过对客体的观照实现与观众的情感交流，因而纪实的品格必须上升为思维的品格，并把握好实与虚的关系，才能使创作进入审美层次，达到感染观众的目的。[2]

电视纪录片是最能体现电视特性的一种样式，它融信息传播、纪录与艺术表现功能于一身。有学者认为，可按照电视纪录节目再现与表现社会人生的深度，将真实划分为外在真实、内在真实、哲理真实三个逻辑层面。说真话，认识与发现社会问题，给人以感染和启迪是纪录片的

---

[1] 李近朱：《关于声画结合的理论依据的探讨》，《电视声画论集》，第 360—366 页。

[2] 钟大年：《纪实不是真实》，载《北京广播学院学报》1992 年第 3 期。

主要社会功能。可根据电视纪录片洞察社会、洞察人的深度，将电视纪录美学划分为"描述"生活、"发现"生活、"创造"生活。电视纪录片的思维和表达方式，可以划分为单向交流、双向交流、立体网络交流三种。"视点"在电视纪录片的创作、拍摄、制作、传播过程中，体现为创作者的角色、创作主题的选择、叙事角度的选择，分别对应主体视点、思想视点、表现视点。[①]

现代的电视纪实努力保持生活的原始形态，声画同步地在生活的自然流程中撷取素材，并努力保持一段生活流程的完整性，让其发射出生活自身具有的全方位的信息，它包括着生活中的形象、情节、声音、环境、氛围、心态等。有学者指出，在以往长期的纪实思维的积淀中，对记录"结果"的兴趣大于记录"过程"，而现在的纪实重视"过程"。纪录片的故事化，是现代纪实美学发展的一个重要方面。重视事件进程中的偶发因素，顺其自然地加以利用，使纪实具有细节的丰富性，不但要声画同步地记录形象，而且要注意形象所在的环境氛围和行为过程中的心态。现代的电视纪实强调调动观众的参与，努力缩短观众与所报道事件之间的距离，发展了多种的形式来达到这一目的。其关注点在于如何立足于现在时态的形象网络之中，来记述已经发生过的事件。纪实不是目的，纪实还是为了让观众洞察生活、理解生活。纪实与抒情并不矛盾，而是相互渗透、同时展开的。[②]有学者认为《纪实不是真实》一文，因为没有能区分清楚现实主义与纪实主义所追求的具体真实的不同，所以也就没有能区分清楚现实主义创作方法与纪实主义创作方法的不同。纪实作为一种创作方法，它是与客观真实联系在一起的，绝不是"与真实性的命题无关"的。"当人们谈论纪实时，总愿意把它与真实联系在一起"是很自然的，因为它们本来就是内在地联系在一起的。[③]

真实是内容层面事物内涵意义的属性，确切地说，应该叫做"真实性"；而表达层面的行为表象，是客观现实的摹拟形态，确切地说，应该叫做"逼真感"，它与"真实"的命题无关。有学者认为，真实性是纪录

---

① 胡智锋：《论电视纪录美学》，载《北京广播学院学报》1993 年第 1—2 期。
② 朱羽君：《论电视纪实》，载《电视研究》1994 年第 2—3 期。
③ 杨田村：《纪实与真实》，载《现代传播》1994 年第 2 期。

片的本质属性。视像逼真是内容真实的前提，但两者并没直接的因果关系。真实地反映生活并不是纪录片创作的根本目的。纪录片创作的目的，在于表达创作者对生活具有主题意义的价值判断，并依此实现与观众的情感交流。因此，纪实风格在强调"避免描绘现实的主观形式"的同时，也要遵循现实主义创作方法的一般原则。[①]

"纪实不是真实"命题的提出，实际上已经构成对真实是纪录片本质属性的挑战。有学者认为，纪录片不同于新闻，后者强调真实的基础是一个大众共享的价值标准，而纪录片的真实必须经过创作者的主观意识和镜头对生活的介入所造成的"破坏"这双重改变；并且它关心的并不是事件，而是事件中人和人性的展开。它又不同于虚构的文学，后者提供一种自居和自怜的白日梦；而纪录片的真人真事则破坏了这种幻觉，它要求理性的参与，实际上它提供的是人类自我生存的镜子，是介于新闻与文学之间的富有历史意义和人文意义的文体形式。[②]

四、文化传播：电视文化是高雅文化还是低俗文化?

当电视因其传媒属性逐渐成为中国的第一大媒体之后，它必然同时而自然地成为一种文化现象和状态。中国电视的迅猛发展和普及，电视干预生活、改变人际关系、扩大人的精神观照的作用日益显著，电视已不容置疑地成为生活方式的一部分，且归于文化之列。对此，一些学者尝试拨开眼花缭乱的电视现象，对电视文化身份予以观照和审视。

对电视的文化独立性的认同，是确立电视作为人类文化艺术重要力量的基础。电视作为一种文化形态之所以独立存在，在于它有别于别的文化形态多不具备的、独特的、内在的质的规定性，有学者认为"电视文化形态是以家庭为其网状结构的，最具家庭性"，电视文化是"人对自身的再认识"，"电视文化形态是一种意识形态"，最后总结"电视是一种文化形态，是最具辐射力的大众传播媒介……这种文化形态具有多层次

---

① 钟大年：《再论纪实不是真实》，载《现代传播》1995 年第 2 期。
② 吕新雨：《人类生存之境：论纪录片的本体理论与美学风格》，载《现代传播》1996 年第 1 期。

性与流动性"①。

《电视文化学》是中国第一部将电视文化作为一个专门的学科研究的著作，标志着中国电视文化研究开始进入真正学科意义上的研究。②该书从"电视文化的历史原因、特性、功能""电视文化与其他文化部门之间的关系""电视与社会系统中的其他子系统的关系""电视文化的弊端""电视文化结构的设想""电视对人类思维的影响"等方面对电视文化作了全息式审视。以文化的视角，就电视与受众的关系来看，新时期前半段更重视"文人"，是期待电视作为一种精英文化来引领大众的时代；而后半段则更重视"大众"，是将电视视作流行文化来适应大众需求的时代，对电视作为大众文化的思考就更加热络和深入。

认为电视艺术是俗艺术、电视文化是俗文化的一支，持有这样的观点：电视"使人们无法进行必要的交往和社会活动，让人与世隔绝，人际关系淡漠，自身也会产生一种孤独感"。有学者认为，"老看电视会使人的思维方法简单化与模式化，缩短了人的注意力集中的持续时间，势必导致阅读能力和逻辑思维能力的衰退。"③虽然是电视文化断想，但却为电视迷们提出警醒，不要让"生活的窗口"变成"魔鬼的眼睛"。有学者从电视对人类生活的重大影响入手，直接肯定电视文化的存在，随即从社会角度考察电视广告对儿童造成的负效应，认为电视应充分发挥"引导大众与公众参与"的功能，并呼吁社会学工作者重视电视文化，创立电视文化理论体系。④有学者提出，电视虽然属于一种"俗文化、大众文化"，"呈现出频率高、流转方式快的特点"，但应努力创造高品位的电视文化作品，去"征服"而不是服从观众，"使观众的接受思维定式从习惯性的情感性迷恋过渡到人生况味的品尝探究"。⑤

电视文化的雅与俗之争，从电视文艺构成独立的文化生态时便开始，争执双方各有坚守的态度，这一争论甚至一直持续至今，成为电视文艺

---

① 邢元晖：《论电视文化形态：一种最具辐射力的大众传播媒介》，载《聊城师院学报》1988年第2期。

② 田本相：《电视文化学》，文化艺术出版社1990年版。

③ 朱汉生：《电视文化断想》，载《当代电视》1989年第2期。

④ 邓瞳瞳：《电视文化随想》，载《社会》1990年第7期。

⑤ 潘小扬：《电视文化特性与电视导演》，载《中国电视》1991年第2期。

思潮中一个经久不衰的典型命题。究其原因，一方面电视因为其大众传媒属性，而使得电视文艺的传播广度与深度，是之前的艺术形式所不具备的；面向审美能力、文化水准参差不齐的大规模的人们进行传播，必然使电视艺术的创作者、传播者不得不考虑大众多样的审美与文化需求，并照顾到不同的审美与文化水准，从而使得电视文艺和其形成的电视文化不可能完全是一种小众、小圈子的精英状态；当然，消费文化、消费社会在这一过程中是重要推手。另一方面，由于作为大众传媒样态的电视，具有因为资源稀缺性、大众传播性而带来的诸多权威性的价值与功用，即便是在当下的媒介融合时代我们也不能否认这一特点。因此，电视文艺研究者与实践者，也不断希望电视文艺能够携一种权威的力量，对全民族、全社会的精神提升有所贡献，从而使电视文艺不仅是艺术领域的一种样态，更能跳出艺术，成为社会文化塑成的重要力量。

五、发展方向：全球化与本土化之论

进入新世纪之后，全球化浪潮不断加剧，"地球村"的预言已经变成了现实。在经济全球化的推动下，文化全球化的呼声逐渐高涨，欧美发达国家的影视作品不断涌入中国，中国电视也面临着全球化与本土化的艰难抉择，这一问题引发了许多学者的思考和讨论。

（1）引进与原创之辩。20世纪90年代以来，伴随经济增长、传媒进步和生活方式转变，中国内地的电视综艺节目进入了快速发展期。先是学习港台，继而是日韩，当下是直接学习欧美，空间地域逐渐扩展，文化跨度越来越大，形成了当下的"引进热潮"。元素引进在相当比例的综艺节目中都不同程度地存在，从最初的眼前一亮到现在的习以为常，几乎常态化。甚至有不少学者认为，拥抱引进、拥抱欧美，欧美化成为中国电视文艺的唯一出路。

2013年的综艺节目中，从海外引进的节目模式或类型多达四五十种。海外模式引进出现"井喷"，本土创新再引热议。一方面，有学者基于海外模式引进有其显著优势，提出唯西方化、引进化至上的观点；另一方面，有学者也认为必须看到，引进并非是万能的，能否进行有效本土化

改造是关键性因素。[1] 针对此种情况，有学者提出在"拿来"综艺节目、俘获观众收视的同时，我们也应该加强研发创新，树立自主品牌，提升核心竞争力，让创新引领电视发展的潮流。有学者指出，近几年，电视节目模式克隆成风，"同质化严重"一直是我国电视业界的一大弊病。如今，对于海外电视节目模式版权的引进同样遭遇了过度追捧。仅仅凭借那种带有侵权色彩的初级模仿，其实难以掌握节目的深层理念和制作流程。节目出品方不惜高价购买海外版权。一味的引进更易加剧电视媒体对海外模式的依赖，抑制从业人员的自主创新能力。[2]

不同国家和地区优秀电视节目交流和交易是正常现象，电视欠发达国家向发达国家学习是必然的过程也是必要的环节。对待中国电视节目引进与原创的问题，盲目乐观和过于悲观都有偏激之处，正确的态度应该是：既把电视节目引进当作正常的文化交流现象，又要看到电视节目引进只是一种手段，不是目的。电视节目引进与原创是辩证统一的关系。[3]

引进的产品或形态，难免也会带有这样那样的意识形态色彩，在价值观层面对中国主流文化造成冲击。但整体而言，有学者认为我们不必过分担心：第一，民族文化本身就带有拣选和同化功能；第二，民众的媒介素养有较大提高；第三，文化消费是注意力经济，注意力的容纳能力有限；第四，节目引进符合文化开发的基本特征。当然，不必过分担心不意味着在电视节目引进中不存在问题。必须看到的是，在当下的电视综艺节目中，引进过多，一哄而上，导致了不少问题：一是内容良莠不齐，二是同质化现象严重，三是惰性导致创造力枯竭。[4]

无论是有关管理部门还是媒体自身，必须明白，引进是有限度的，娱乐是有底线的。对社会和管理部门来说，应当以开放的态度面对节目引进，以奖励的方式鼓励本土原创，以专业的方法管控综艺节目；对媒体自身来说，关键是遵守传播伦理。一方面在引进节目时要注意拣选，注意本土化改造，注意量的控制；另一方面要使自己充满活力，富于创

---

① 苗棣、毕啸南：《中国电视娱乐节目 2012 年度盘点》，载《电视研究》2013 年第 3 期。
② 严三九：《关于引进海外电视选秀节目模式的思考》，载《中国广播电视学刊》2013 年第 10 期。
③ 周建新、胡智锋：《电视节目引进为何压倒原创》，载《光明日报》2013 年 11 月 23 日。
④ 张政法、胡智锋：《电视综艺节目"引进"为何愈演愈烈》，载《光明日报》2013 年 7 月 6 日。

造力。对于海外电视节目引进我们不必恐惧，但是必须警醒；对于本土电视节目原创，我们不必妄自菲薄，但绝不能妄自尊大。将引进与原创相统一，将学习与改造相结合，坚持自信自觉、兼容并蓄、洋为中用、以我为主的原则，适度引进、科学引进、合理引进，从而生产创作出既有全球视野又有民族情怀，既有先进理念又有本土特色的高智慧含量、高艺术水准的电视节目。

市场作为综艺娱乐节目发展的指挥棒之一有其积极意义和巨大能量，但同时也要看到市场调节同样有其局限性，此时政府作为综艺娱乐节目发展的另一个指挥棒需要发挥其匡扶的作用。《关于进一步规范歌唱类选拔节目的通知》，无疑是政府在传媒管理与服务方面的一种探索和寻找自身更为恰当的角色定位。电视传媒的内容生产必须保持平衡的状态，保持国内与国外、本土与全球、原创与引进、热内容和冷内容、单一与多元等内容结构的平衡，各卫视平台与相关传媒机构需要在平衡中找差异、在差异中求发展。

就当下性而言，中国电视节目生产的本土化问题，也是在日趋激烈的媒介竞争局面已经形成的前提下提出来的。有学者认为它涉及三个问题：一、中国电视面临新媒体环境；二、新媒体环境下中国电视节目生产"本土化"问题；三、电视节目生产"本土化"进程中的自觉意识。在"新媒体"环境下，中国电视应当在技术、制度、观念几个层面上做较大力度的"整合"工作。本土化观念并非一个封闭的、停滞不动的观念，而是一个流动的跟随中国社会发展而不断发展着的概念。"本土化"体现在电视的节目内容、文化构成、审美品格与表述方式等多个方面。中国电视节目生产的"本土的"目标追求若能实现，中国民族电视的发展则将获得一次良好的历史机遇。要真正抓住这次历史机遇，需确立"精品"意识、"品牌"意识、"本土化"与"国际化"相结合的意识。①

（2）民族化与本土化。在重视并倡导电视文艺本土原创的基础之上，有学者也提出构建本土电视文艺研究学派的观点。电视虽然属于典型的舶来品，但中国电视并不是欧美电视的翻译版，中国电视在近六十年的发展过程中，逐渐形成了自己的鲜明而独特的文化特征。有学者认为，

---

① 胡智锋：《中国电视节目生产的本土化战略与对策》，载《文艺研究》2001 年第 4 期。

应当以中国美学的独特视点去研究中国影视艺术现象，既吸收世界影视艺术的精华，又坚持中国文化的民族特征，实现中国美学与西方美学在中国当代影视艺术实践中的汇融。只有这样，我们才能创造出具有现代意识与民族风格的影视作品，建立影视艺术的中国学派。①

不少学者对建立电视文化的民族学派这一问题表达了自己的观点。有学者认为，"中国影视美学的研究重点之一，就是要观照中国传统文化的影响、民族文化心理的构成与影视艺术形式的对接。"有学者认为，"作为技术，影视艺术确实是完全从西方输入的；作为一种艺术样式，它不可避免地受孕于 20 世纪中国美学语境。中国影视美学的发展历程明显留有中国现代美学演进的刻痕，从美学观念、美学形态与表达策略等方面都呈现了中国影视美学的独立特征。"还有学者认为，"探讨中国传统文化与中国影视美学的关系或许可以成为一个切入角度。起码在源远流长的中国传统文化当中，已经生成了自觉的审美主体，建立了约定俗成的审美方式，并积淀了丰厚的审美趣味，这一切可以作为论证中国各个艺术门类美学的基础依据，影视美学也不例外。"②

《民族化：影视艺术的实现路径与未来目标》《民族文化是电视艺术创作的不竭源泉》《让华夏文化跃然纸上——数字化时代电视的新使命》等论述都着意于建构一个民族化的价值观，用发展的眼光表述了电视在新时代的使命，只有弘扬民族文化，才能让电视艺术焕发出新的活力。

六、价值取向：娱乐化、大众化、产业化与媒介责任之论

新世纪以来，电视文艺实践逐渐呈现了鲜明的娱乐化、大众化、产业化的特征，适度的娱乐化、大众化、产业化的实践有助于电视文艺乃至整个电视生态的发展，而在实践中，娱乐化、大众化、产业化的实践常常因为矫枉过正而变得过度。电视文艺实践的问题，深刻地影响着对电视文艺思考的状态。对于中国电视文艺思潮而言，娱乐化、大众化、产业化、媒介责任便构成了一组至关重要的结构，并成为新世纪电视文艺思潮体量巨大且相当重要的讨论。

---

① 黄会林：《中国景观美学争议》，载《当代电视》1998 年第 8 期。
② 黄会林、周星等：《"中国影视美学研究"笔谈》，载《中国社会科学》1999 年第 3 期。

（1）关于娱乐化的争鸣。物质生活需求得到基本满足之后，人们更加渴求精神生活需求的满足。为了满足和迎合中国老百姓对于休闲娱乐的需求，中国电视刮起了一场旷日持久的"娱乐旋风"。这场"娱乐旋风"似乎印证了西方消费社会、大众文化、全民狂欢等理论的合理性，它也引发了一股新的电视文艺思潮争鸣。

对娱乐化持赞同态度的学者认为，当展现自我、彰显个性已成为青年一代的意识主流，当精英文化的传统领域正逐渐被大众文化所侵蚀，当快乐作为一种生存理念日益被大众消费社会所接受时，以年轻受众为目标的电视娱乐节目也获得了肥沃的生长土壤。中国电视节目对于娱乐元素的明确追求使娱乐转向文化艺术创作的本体，成为中国电视与国际接轨、市场化发展、产业化运营的必要环节。《"娱乐"：从功能到本体——电视节目类型构成要素分析》《〈震撼一条龙〉：电视娱乐节目生产走向的一次探索》《"我的梦想，我的舞台"——〈星光大道〉与〈非常6+1〉节目理念浅析》《电视娱乐节目运营模式的突破》《寻找与娱乐的共谋之路——试析"东方夜谭"栏目的娱乐性传达》等论文，对娱乐节目的生产运营模式、节目中体现的"娱乐"元素、需要改进的制片制度以及未来走向做了细致的探究。

同时，娱乐化过度也是理论界批评的热点所在。有学者分析了近年来传媒乱象的主要表现，如"愚乐"受众、品格低下、失实与失度、有偿新闻与有偿不闻等，并对传媒乱象的原因进行了分析，认为应"从宏观、中观、微观三个层面与建立长效机制来确保'把关'落到实处，杜绝传媒乱象"。[①]有专家力图为当前娱乐化过度的现状开出药方，认为电视娱乐应做到娱乐有"尺度"、有"界域"、有"文化"、有"精神"。[②]还有学者提醒电视综艺节目应居安思危，警觉其滑向"审丑"边缘的危险。电视综艺节目的本土化创作生产应符合中国人的身心健康节奏，适应中国特色审美规律，从而使电视综艺节目的发展在中国特色的审美文化规制中达到和谐、交融、统一。[③]有学者从电视发展的纵向规律出发，

---

① 周建青：《传媒"乱象"与"把关"》，载《现代传播》2010年第10期。
② 欧阳宏生、闫伟：《快乐有度过犹不及》，载《当代电视》2010年第2期。
③ 冷淞：《新语境下电视综艺节目的净化与创新》，载《声屏世界》2010年第10期。

认为电视娱乐的发展是分层级的，"目前的电视娱乐主要处于泛娱乐和娱乐化层级。泛娱乐是指电视节目中存在广泛的娱乐现象；电视进入娱乐化层级后，其再进化的层级就是'化娱乐'"，[1] 这对当下电视的泛娱乐化给出了乐观的未来。

当然，对娱乐化的争鸣与探索，是基于对具体电视文艺形态的分析基础之上的。对娱乐化问题的思考，是伴随着并结合着诸如对真人秀节目、婚恋类节目等本时期大热的节目的分析而开展的。真人秀节目，是现代生活的体验版和演绎版，或者可以说是具有控制力的虚拟版。但是它总的还是在引领大家的生活，给大家展现这种生活价值的多样性。所以它不仅仅是娱乐，而且还是一种新生活方式的引领者。因此出现在荧屏之上即收到了一股巨大的收视狂潮，然而随之而来的一拥而上的跟风和模仿，诸多"真人秀"的缺点也暴露了出来。"窥视：对隐私的窥探""残酷竞争：对人性阴暗面的展示"就是其中不容忽视的因素。有学者就尖锐地指出："虽然'超女'这种选秀节目有它的观众需求，但它的文化含量和思想含量非常少，甚至微乎其微。这样的节目太多的话，会对我们几千年沉淀下来的优秀的文化造成颠覆性的破坏。"也有学者认为，真人秀节目是舶来品，中国的国情有其特殊性。如果不能有效地寻找到一种为中国特定的价值评判所认同的内涵，不能在收视率和伦理性、娱乐性和社会责任之间找到平衡，真人秀节目在中国的发展前景不会特别乐观。[2] 类型的形象只是表皮，如果不能认识到其内涵的特质，只学皮毛是很难做大的。

"当娱乐节目将文化、爱情、包括一切神圣和不神圣的东西进行消费化、商品化的时候，娱乐节目本身的游戏化构成了一场对文明的挑战。正是由于娱乐节目经济效益的本质，它才最有可能被文化工业生产成为一种霸权。"[3] 与平民选秀节目相比，明星真人秀节目的优势明显：首先，明星号召力强，无需经过漫长的海选、造势就有眼珠效应，巨大的粉丝群出于对偶像的关心，很容易转化为稳定的收视人群；再则，明星具有

---

① 刘进、曹佳音：《电视娱乐层级及其"化娱乐"观照》，载《电视研究》2011 年第 5 期。
② 苗棣、杨乘虎：《差异与融通：全球化视野中的中外电视艺术比较》，载《现代传播》2007 年第 2 期。
③ 尹鸿、杨乘虎：《文化、创意、产业：中国电视的三维空间》，载《现代传播》2007 年第 1 期。

话题效应，其舞台上的一举一动，出位或是落寞，常常引发多家媒体的主动报道，客观上为节目的火爆起到了推波助澜的作用；最后，明星参加选秀，省去了海选、后续包装等环节的资源消耗，同时也去除了平民选秀节目"万一选不出众望所归的新秀"的忧患。如此，不得不说，真人秀制作者的制作策略和制作手段较以往都更加高明。从正向的角度看，娱乐化大潮下涌现的一些娱乐节目制作手法，也是电视娱乐节目开始升级换代的表现，提升了中国电视的创意水平，创意能力也得到了前所未有的释放。

在娱乐化背景之下，作为婚恋交友节目的典型代表，江苏卫视的《非诚勿扰》成了大多数专家学者广泛聚焦的节目。有学者认为其具有五点成功元素：定位制胜、规则制胜、角色制胜、制作制胜、理念制胜；[1] 还有学者从《非诚勿扰》整体表现入手探究，认为该栏目的优势是主动抓取大众心脉，避免屈就媚俗的创新构想："《非诚勿扰》主动激发受众的动机，有力套取年轻人关注的自信，显示了趋众时潮中别具一格的差异性"；[2] 有的学者认为它借助婚恋的舞台，演绎了观众们的情感选择和态度，寓情于乐，使得娱乐节目产生了不可忽视的社会意义；[3] 有的文章认为每一期节目内容的精心策划、对技术环节的精细追求，以及对节目结构的精心设计，将《非诚勿扰》推上了一个台阶，并指出"制作为王"也许才是今后国内电视娱乐节目的发展方向；[4] 还有的学者认为《非诚勿扰》使"中国电视开始从电视平民化走向平民电视化，即从平民被电视到电视被平民……这是一种难能可贵的社会进步。"[5] 也有学者对《非诚勿扰》的成功做了冷静的关于娱乐节目的反思，提出把个人情感这样一个隐私问题通过媒体平台向公众传播，制作者必须有一个恰当的价值取向把握和价值判断的底线；[6] 节目应更多探讨"当代年轻人情感婚恋和家庭生活价值观"问题，潜移默化地引导观众对爱情、婚姻、家庭等价值

---

① 许敏球、许晓：《〈非诚勿扰〉节目成功元素分析》，载《当代电视》2010年第6期。
② 周星：《〈非诚勿扰〉：朝着幸福的感觉努力》，载《现代传播》2010年第5期。
③ 尹鸿、霍志静：《〈非诚勿扰〉：寓情于乐》，载《现代传播》2010年第5期。
④ 苗棣：《制作为王：〈非诚勿扰〉的成功之道》，载《现代传播》2010年第5期。
⑤ 俞虹：《电视平民化与平民电视化之辨析》，载《现代传播》2010年第5期。
⑥ 许行明、郑汝宁：《情感大众化的价值取向》，载《南方电视学刊》2010年第1期。

观的思考。①

（2）关于大众化的争鸣。作为文化消费的重要载体，作为大众文化的重要形式，电视文艺的语态不断降低，以适应大规模受众的趣味与需求。大众文化批判、殖民主义研究、女性主义研究等多元文化研究来源，影响到电视文艺思潮，电视文艺思潮也从传媒领域延伸到更广阔的社会文化领域。

对大众化（也包含一定的娱乐化）问题的讨论，新世纪以来两派学者各有所持。一方面，支持大众化、娱乐化的学者，会从"从教化工具到大众文化的位移""市场与政府的双重力量""生产与流通的'准市场化'""输入与输出的文化接近性"等方面，论述中国电视剧之所以成为国人当代最重要的文化现象的政治和经济的基础性原因，认为电视剧作为中国大众最喜爱的虚构性艺术形态，它的时代映像和历史实践，充分"见证"了20世纪90年代以来中国电视剧"在有中国特色市场与行政双轨运行的背景下"的长足发展，不啻为"当代中国媒介在各种权利角逐中演变历程的缩影"，反映了当代中国政治、经济、文化的分化和冲突，对当代中国社会的影响是多方面、复杂而深刻的。②"一方面是'主旋律'电视剧在继续努力维护国家意识形态的权威，另一方面是大量的通俗电视剧通过市场机制来形成文化产业格局"。而参与电视剧生产的"知识分子"，作为电视信息传播的"看门人"，只能在既坚守又妥协中达成艺术的共谋，从而表达"对历史和现实、社会和人生的批判认识和反省"。③

另一方面，对大众化、娱乐化多有反对态度的学者也有坚持。新世纪之初，《守望电视剧的精神家园——回眸20世纪90年代一场电视剧文化的较量》系统梳理了20世纪90年代以来精英文化、主导文化与大众文化的激烈冲突，认为是"不同形态文化的较量"。以对古装剧、戏说剧、武侠剧、偶像剧的严厉批评，对娱乐狂欢的痛心疾首，对大众文化以销魂蚀骨的方式改写电视剧民族特色和精神品格的警示，从而意欲取代精英文化和主导文化以登临文化霸主的野心，旗帜鲜明地显示了精英

---

　　① 刘原：《〈非诚勿扰〉：一直都在追求主流价值观》，载《南方电视学刊》2010年第1期。

　　② 尹鸿：《意义、生产与消费——当代中国电视剧的政治经济学分析》，载《现代传播》2001年第4期。

　　③ 尹鸿：《冲突与共谋——论中国电视剧的文化政策》，载《文艺研究》2001年第6期。

知识分子深厚的忧患意识、历史情怀和文化使命。① 有学者分别从把中国当时的主流电视剧的艺术走向界定为"娱乐电视剧主旋律化""主旋律电视剧娱乐化",认为这是迎合西方现代大众文化思潮的盲目乐观,认为中国电视剧的文化发展策略不是向大众文化低头,而应该是始终不懈地"追求思想精深、艺术精湛、制作精良和老百姓喜闻乐见的完美统一"。②

（3）关于产业化与市场化的论争。从计划经济到市场经济的巨大转变,很大程度上改变了中国社会的整体面貌,也改变了中国电视的整体风貌。虽然在以"作品"为主导阶段,中国电视就受到了市场化浪潮的改造,但远不及以"产品"为主导阶段那么明显和直观。电视从单一的事业属性变成了事业和产业的双重属性,这种转变一定程度上影响了中国电视文艺实践观念和理论思潮。

有学者对广播电视产业特征及其运行规律进行研究,认为要加强对电视节目市场的研究,必须明确建立电视节目市场的目的。我国建立电视节目市场的目的,一不是把中国电视台办成西方国家的电视台,二不是按照生产物质资料的企业模式去经营我国的电视台,而是根据我国电视台的两重性特点,通过建立同市场经济相适应的电视节目市场,充分发挥市场机制的作用,克服高度集中地计划经济体制下电视节目制作和发行中的一些弊端。建立电视节目市场的目的主要是:第一,更充分地发挥电视的喉舌功能;第二,促使电视节目生产走向良性循环的轨道;第三,促使电视台管理职能的转变。③

有学者断定,媒介变革有三种力量:经营动力、规模动力、技术动力,认为在政治与资本的博弈中、在国际化、数字化和制度创新的压力下,促成了媒介产业化的进程与进展,探究了媒介产业化进程中的三种突出矛盾（事业和产业的矛盾、生存空间的矛盾、开放与封闭的矛盾）,分析了网台分营、制播分离、频道分营、宣传与报道分离中的制度安排,指出媒介产业化出现了集团化进程中的恐龙危机、文化体制改革的两难选择、战略发展中的国企病,指明了媒介产业化的未来发展应着力两个

---

① 曾庆瑞:《守望电视剧的精神家园》,载《杭州师范学院学报》2000年第2、4期。

② 曾庆瑞:《艺术事业、文化产业与大众文化的混沌和迷失》,载《现代传播》2002年第2期。

③ 周鸿铎:《关于电视节目市场研究》,载《现代传播》1996年第3期。

形态（竞争和供需平衡），拓展三个无限（生产、传输和需求），圈绕四个环节（生产、集成、网络和服务），构建三个保障系统（媒资管理系统、家庭信息平台、媒体决策支持系统）。媒介的产业化进程将遵循媒介产业演进的客观规律和中国媒介产业化渐进性的现实处境。①

有学者对电视剧市场进行了较为全面的论述，归纳了当时电视剧市场的交易方式，即"原始方式，以物易物""补偿方式，低价交易""直销方式，市场交易""买断方式，现金交易"。②有学者认为中国电视剧发展历史是和市场机制建立相互印证的，市场条件下宏观调控的必要性和政策性，如何看待市场原则与政策调控的关系三方面进行深入剖析，引人思索。③还有学者将有关韩剧及其现象的话题放在"全球化"背景下，对其"制播合一"的本土生产以及"弱文化强势转换"的国际传播做了一次有意义的尝试性探讨，认为我国的电视剧真正做到"走出去"，就要不断地完善自身的体制，建立有序的市场环境。④有学者以国外纪录片市场化运作个案为例，论证了纪录片市场化运作的方向和途径，并对国内纪录片市场化过程中存在障碍的主观、客观原因进行了分析。⑤

2009年8月，国家广电总局下发了《关于认真做好广播电视制播分离改革的意见》，这是自1999年制播分离概念首次提出以来，第一部专门针对制播分离改革发布的指导性政策文件。历时十年之后，制播分离改革大幕重启，再次成为电视界热门话题，引发了专家学者从不同的角度对制播分离改革的意义、方法、问题、个案进行探讨。

从宏观上来看，"制播分离意味着生产方式的变化；对电视行业来讲，制播分离意味着价值链、产业链的裂变和延伸；对社会来讲，制播分离则意味着电视资源和社会资源的一种社会交换和重新分配。"⑥也有学者从资源整合的角度来探讨分离的内在含义，"将部分内容制作资源从现有的事业体制中剥离出来进行公司化改造，以增强其市场活力。但这并不是制播分离，而是通过剥离来完成内部分工或体制改造，通过重塑

---

① 黄升民：《"媒介产业化"十年考》，载《现代传播》2007第1期。
② 徐宏：《电视剧如何走向市场》，载《当代电视》1995年第5—8期。
③ 周星：《电视剧市场化政策的思考》，载《南方电视学刊》2004年第4期。
④ 张国涛：《本土生产与国际传播》，载《南方电视学刊》2005年第5期。
⑤ 何苏六：《纪录片市场化：中国问题与外国方法》，载《现代传播》2005年第1期。
⑥ 陆地：《制播分离：老话题的新解读》，载《电视研究》2009年第4期。

市场主体，来完成未来更高层面的资源整合和产业整合。"① 有专家认为，该轮制播分离的关键词不是"分离"，而是"分制"。中国广电改革的制播分离的目的，不是优化产业结构，而是为了转变广电市场运行机制而进行的一种探索。当前制播分离改革的重点是在转制上下功夫，而不是把制作和播出拆开。② 有学者指出，我国的广播电视制播分离改革仍存在问题，并尚没有推广至全国。要持续推进制播分离改革，从整体来说要从七点进行改革，深化人事体制和分配体制改革，完善政府的法律法规政策，形成统一的节目市场交易，建构成熟的节目质量评估机制，组建多种制播分离的模式，鼓励跨地区行业合作，关注受众需求。③

制播分离改革的目的在于加强资源整合，推进电视产业化发展。除了直接剖析制播分离改革，也有不少学者从产业角度解析电视业发展之路。有的学者从供应商、潜在进入者、替代品、客户、行业竞争对手这"竞争五力"全面分析了电视产业的环境。④ 有的学者梳理和阐释了世界各广播电视规制所依据的"社会主义法治理论、社会责任理论、资源稀缺理论、'把关人'理论、主动侵入理论、影响理论"这六种广电规制理论。⑤ 电视传媒作为党和人民的喉舌并且作为现代传播媒介，具有意识形态和商品价值双重属性。制播分离改革再次提出，旨在更好地发展这两重功能。"区分事业与产业并妥善处理两者关系，既成为加快我国广播影视业改革发展非常迫切需要破解的重大理论课题，更成为在科学理论指导下推进深化优化体制机制改革、理顺各类关系、加快广电事业产业发展、规范发展秩序迫切需要解决和突破的重大实践课题。"⑥

具体到操作模式上，有学者从改革现状入手，分析了制播分离目前在我国运行的模式、面临的问题，在此基础上总结出改革发展趋向，并就实际操作提出建议，"在改革过程中共同存在许多需要突破的瓶颈，主要包括以下三个方面：（1）节目交易市场条件尚未形成，（2）制播双方

---

① 尹鸿：《分离与整合》，载《中国广播影视》2009 年第 8 期（下）。
② 尹鸿：《"分离"或是"分制"？》，载《现代传播》2010 年第 4 期。
③ 哈艳秋、苏亚萍等：《我国广播电视制播分离研究》，载《现代传播》2010 年第 10 期。
④ 罗霆：《基于"竞争五力"模型的电视产业环境分析》，载《现代传播》2009 年第 3 期。
⑤ 王四新：《论广播电视规制的六种理论》，载《现代传播》2009 年第 3 期。
⑥ 胡瑞庭：《试论区分事业产业的广播影视改革发展路径》，载《视听纵横》2009 年第 3 期。

关系复杂、矛盾突出，（3）缺乏相应的激励机制和节目经营体系。"①"只要守住三条底线：一是外资不进来，二是播出平台不搞公司化，三是广电绝对控股，就应当大胆地尝试制播分离。"②

很多人对"制播分离"的认识存在误区，制播分离并非单纯停留在电视节目制作机构和电视节目播出机构相剥离这一观念。我国电视媒介实施制播分离的客观条件，无论从宏观角度、市场角度、媒介改革角度，还是体制改革角度都已基本形成；③有学者就推进制播分离改革中所遇到的棘手问题展开探讨，并对制播分离后电视内容产业的发展趋势进行展望；④还有的专家总结了新一轮制播分离的特点，认为"新一轮制播分离与国际潮流更加贴近，对产业发展规律更加尊重，与人民群众日益增长的内容消费要求更加结合，与经济社会的发展更加适应。"⑤真正的制播分离改革，都是电视台借助节目资源通过企业的市场运作，使其达到效益最大化。现在所谓制播分离的成功案例都是如此。有的专家认为："中国电视目前的状况，不是分不足而是合不够，……为中国电视的分久必合找到出路，才是中国电视的发展之道。"⑥

（4）关于媒体责任的呼唤。无论是电视文艺的娱乐化、大众化，还是产业化，一旦超过合适的度量，使得电视文艺过度偏离应有的坚守和方向，便会招致诸多问题，阻碍电视文艺的功能与价值的实现，甚至使得电视文艺的身份认同产生危机。过度娱乐化、大众化、产业化的重要外化结果，便是对收视率的过度依赖；矫正过度娱乐化、大众化、产业化的重要内在方式，便是对媒体责任、电视媒体责任的声声呼唤，这也是本时期中国电视文艺思潮的重要组成部分。

对造成电视媒体低俗化的原因进行有选择、有侧重的分析是不少学者的解读途径。如对于收视率与低俗化之间的关系进行探讨，"收视率

① 李岚：《新时期电视制播分离改革的现状、问题与趋向》，载《电视研究》2009年第4期。
② 欧阳常林：《分类管理内容生产，有序推进制播分离》，载《中国广播影视》2009年第7期。
③ 周鸿铎：《对"制播分离"的误解与厘清》，载《视听界》2010年第1期。
④ 李岚：《制播分离政策解读及产业模式解析》，载《当代电视》2010年第3期。
⑤ 陈共德：《新一轮制播分离要处理好五个关系》，载《视听界》2010年第1期。
⑥ 严三九、吴艳：《上海广电"台化"及制播分离改革这一年》，载《南方电视学刊》2010年第1期。

是中国电视的进步，而将收视率变为导向和最终目标则是中国电视的歧途。"① 正因为电视媒体过多地着眼于传媒经济的市场性质，才产生了"收视率主义""收视率导向"等错误观念，使收视率作为文化质量识别方式的意义几乎丧失殆尽，而成为一种深得分利联盟依赖的、可见的利益分配机制，"以收视率为利益分配方式的收视'钓鱼'活动，用低俗化的节目内容来吸引观众的注意力，以收视率的客观与民主性质为外衣，神话了整个媒介行为的合法性。"② 也有学者对媒体责任与低俗化之间的关系进行了探讨，认为"电视传媒在传播活动中放弃自身社会责任、片面迎合部分受众低级趣味的不良倾向"③ 是造成低俗之风日盛的重要因素，"三俗"现象"在很大程度上是因为媒体的'稚化'，进而又把受众'化稚'"。④ 还有学者从接受角度进行解读，认为狂热追捧的受众也是这一现象的催化剂，"娱乐化的快感生产和消费是当下电视文化的主体，窥视、游戏和狂欢是其典型形式。"⑤

正处于白热化的市场竞争环境中的中国电视媒体，生存压力不断逼迫电视人向收视率靠近以至于妥协。正是在这种市场环境和强烈利益诉求之下，为了片面地追求高收视率，追求荧屏奇观现象，一些品位低俗、格调不高的电视产品纷纷出炉，造成了媒体责任的严重缺失。有学者从构建和谐社会的大局出发，对时下火爆全国的选秀节目做了较为理性的思考，指出"电视传媒和社会各个事业领域都有义务承担起自己的社会责任，着眼大局……为营造一个良性、健康、可持续发展的传媒文化生态和社会文化生态做出自己的努力。"⑥

电视业在激烈竞争、白热化追求收视率的过程中，也造成了荧屏上盲目跟风、品位低俗的恶性循环，叫好不叫座与叫座不叫好的现象同时存在，一度造成了业界的困惑。有学者呼吁要科学认识收视率与收视质量之间的辩证关系。⑦ 有学者认为绿色收视率是指我们重视收视率、收

① 时统宇：《民族的文化记忆与电视的文化担当》，载《电视研究》2011年第8期。
② 李雯：《电视节目低俗化：一种收视"钓鱼"的分析视角》，载《电视研究》2011年第2期。
③ 罗治林：《电视节目低俗化现象分析》，载《电视研究》2011年第6期。
④ 张振华：《文化的理性与自觉》，载《中国广播电视学刊》2011年第8期。
⑤ 陈龙、杜晓红：《试论当下电视娱乐文化的快感表征》，载《中国电视》2011年第4期。
⑥ 胡智锋：《"娱乐选秀热"的忧思》，载《人民日报》2006年9月17日。
⑦ 仲呈祥：《收视率与收视质量》，载《人民日报》2006年7月6日。

视份额，但对收视率、收视份额不是绝对化，不是单一、片面追求收视率，更不是所谓的"收视率为王"。有学者针对如何实现"绿色收视率"，在文中提出了频道制这一核心方法，他指出实现频道制是协调绿色和收视率二者之间矛盾的有效方法，让不同的频道承担不同的任务，用不同的指标去考核，这样才能够保证绿色收视率得到有效的实施。有学者指出，如果央视能够成功地实现由中心制向频道制的转轨，那么各频道就能够各施其职，从而成功地实现"绿色"和"收视率"兼得。[1] 为了弥补收视率指标重"量"轻"质"的不足，人们将满意度指标纳入电视业调研体系内。[2] 满意度是一种以品质为取向的评价指标，它是指由收看某一频道或节目的观众对该频道或节目给自己的视听感受进行评价。进行满意度调查，既要包括总体满意度，也要具体到每个细分项目的满意情况。[3] 这种数据可以作为收视率的一个有效补充，便于更加全面地考量电视节目的质量。但也有文章指出，满意度主观性较强，弹性相对较大。[4] 这种方式是非常笼统而划一的，满意度调查仍然无法获得观众们直接的意见信息。很显然，与数据打交道，无法替代与观众的直接信息互动。

电视是社会的主流媒体，需要倡导主流价值观，这是一个关乎社会责任意识的问题，就收视率而言则具体体现在导向问题上。收视率导向体现的是一种商业意识形态通过社会科学的变种向传媒文化所传递的诉求，以社会科学研究面目出现的收视率参与建构了电视商业性的物质基础的那一部分，提供了电视工业流水线的生产标准。[5] 收视率导致低俗化，实际上是部分业内人士对收视率的商业逻辑认识不清，硬要用这一商业工具去解读思想和文化现象的结果。[6] 所以收视率导向的问题，除了技术层面的问题外，更严重则在于：收视率导向关乎国家的文化安全；收视率导向导致电视节目过分商品化，实质上具有反文化的本质。[7] 如

① 王甫、吴涛、胡智锋：《2005 中国电视备忘录》，载《现代传播》2006 年第 1 期。
② 刘燕南：《反馈的变奏："数字受众" vs "意见受众"》，载《现代传播》2008 年第 2 期。
③ 王海东：《从"观众来信"到"满意度调查"》，载《当代电视》2008 年第 5 期。
④ 刘燕南：《热话题 冷思考》，载《中国电视》2008 年第 10 期。
⑤ 时统宇、吕强：《收视率导向批判——社会的醒思》，载《现代传播》2008 年第 3 期。
⑥ 王兰柱：《收视率之所为与所不为》，载《中国电视》2008 年第 10 期。
⑦ 时统宇：《收视率与国家文化安全》，载《视听界》2008 年第 5 期。

果不进行相应的反思和积极的体制探索，收视率导向的恶果将戕害远未达到丰裕社会发展水准的中国内地的精神文明。

此外，许多专家从电视节目娱乐化问题、审美取向与价值、媒体责任等多个方面就婚恋交友节目进行了探讨与论争。有的学者对婚恋交友节目中存在的低俗化、同质化等现象进行了批评与反思，认为其表现出主流价值观念的丧失和公共媒体责任的缺失，并建议提升电视相亲节目的内涵和品质，重建和完善服务化的体系；[①] 有学者指出，婚恋交友类节目的兴起满足了社会需要、文化需要和电视传媒自身的行业需要，"要用辩证的方法和发展的眼光，在社会主义核心价值观的引领下趋利避害，正确把握节目创意和媒体责任的关系，正确认识科学引导和盲目误导的关系，正确理顺收视率和唯收视率的关系"，从而促进节目的良性发展；[②] 还有的学者从我国经济社会发展、传播学观念以及新的节目形态三个角度剖析了电视相亲节目铺天盖地而来的原因，认为该类节目应传递和引领主流价值观，"节目传递和引领主流价值观的功能是我们这个时代所需要的，只要坚持正确的导向，保持健康的基调，这类节目应该有其生存的价值和意义。"

七、形态发展：单一与融合之论

技术作为最重要的生产力，不仅催生了新媒体的出现，而且重构了传统媒体的疆界，不断推进着传统媒体与新媒体的融合进程。在相关政策的大力推动下，在媒介融合的深度影响下，电视文艺实践发生了巨大变化，电视文艺思潮也呈现出一些新的特点。

面对媒介融合之局，电视文艺实践和研究有两种取向：一种是"以我为主"，也即以传统的电视为融合的积极的主体，以新媒体为工具辅助电视的发展，这种思维下的实践与研究往往最终还是陷入到"单一"的思维，也即自觉不自觉的认为传统电视为大；另一种是"多元融合"，也即认为电视与新媒体应该同时相向而行、相互融合，突破单一思维，不

---

① 项仲平、杜海琼：《电视相亲节目低俗化现象的反思与服务化的品质追求》，载《电视研究》2010 年第 9 期。

② 杨洪涛：《论电视婚恋交友的得与失》，载《当代电视》2010 年第 11 期。

复分裂之念，走向多元融通。①

传统媒体正在面临一些新的危机。这些危机包括：第一，受众的关注度会受新媒体冲击，呈明显下降的趋势，目前我们可以看到新媒体正在瓜分传统电视受众的市场；第二，电视的内容更加显出它的封闭和无用；第三，市场份额的明显下降；第四，行业整体的体制僵化、内耗严重，竞争力下降。与之形成鲜明对比的是新媒体正以它的个性化、人性化、互动化为越来越多的受众喜爱。

新媒体改变了媒体与受众的交流方式，从单一的观众单向接受改变为从被动收看到主动选择，从不平等交流到相对交流，从以传媒为主体到用户至上。新媒体的传播方式日臻完善和日趋多元化，产生了自己独特的传播价值，甚至构建出新媒体的美学。传统媒体已经受到了新媒体的严峻挑战，二者的融合趋势已经势不可挡。这主要表现为融合当中的媒介和文化产业与媒介产业的集群化。也有学者谈及新旧媒体能共融的原因在于：新媒体对原有传播媒介的不足进行了全面的补偿，这不仅改变了人类的文化传播过程，也深刻影响着传统媒体在新的技术和时代语境中的前途命运。②

当今的媒介生态可以用四个词形容，即"新旧并存、功能互补、边缘融合、形态创新"。③ 数字化的媒介生态环境也带来了电视业的深刻变革，对此，有文章归纳了电视业的四点变化：第一，频道数量大大增加；第二，收视质量大大提高；第三，彻底改变收视习惯；第四，大大增加服务功能。④ 同时，随着数字技术的飞速发展，21 世纪人类社会正在形成一种"多媒体视像文化"，"它建立在现代电子媒介和网络传播媒介的基础上，以快捷直观、通俗易懂的方式，将人类原本拥有的语言、文字、印刷、影视等各种媒体结合起来，将对人类的社会观念形态、生活方式、思维习惯、甚至文化教育方式、审美娱乐方式等方面产生巨大

---

① 刘俊、胡智锋：《内容·机构·人才与收益：论当前媒介融合时代的电视活力》，载《编辑之友》2015 年第 3 期。

② 李怀亮：《新媒体发展对当代传媒经济的影响》，http://news.xinhuanet.com/newmedia/2007-12/20/content_7284909.htm。

③ 熊澄宇：《数字化时代媒体发展的格局与走向》，载《中国传媒科技》2009 年第 1 期。

④ 彭吉象：《数字时代的影像美学》，载《现代传播》2009 年第 2—3 期。

的冲击和影响。"

"作为传统大众媒体的中国电视业,正面临着来自多方面的新媒体冲击。而移动电视的出现,在各个方面拓展了传统电视,填补了服务的空白。"① 对于移动视听媒体,曾有学者侧重国内手机媒体发展现状,指出手机电视已经成为西方媒体产业发展的热门,在国内也发展迅速,并进一步提出,应打破手机、电视网络的围墙,让手机本身成为一个与其他媒介连接的"遥控器",引发娱乐方式的创新;② 也有文章以 LED 大屏幕为代表的户外电子媒介作为研究对象,认为它"绝非户外广告牌的视听拓展,不仅具有新技术昭示的广阔的市场前景,而且在城市公共场所可能产生的文化意义也异常深远。"③

在数字化的语境下,媒介融合成为了电视发展的必然趋势。对此,有学者提出了媒介融合中资源整合问题的"利""弊"之说:"一方面,资源整合实现了媒介资源总量的增长,并通过媒介资源的相互作用,产生了原本不存在的新的资源或能量;另一方面,资源整合可能导致原有资源优势有所丧失,产生负面效应。同时,资源整合本质是利益调整,要平衡利益关系,实现共赢,就加大了融合的难度。"④ 也有学者指出了目前我国媒介融合研究的局限性,认为目前的媒介融合研究存在研究视角相对单一、价值判断标准多以西方发达国家为标准等问题,并创造性地提出:"媒介融合带来的新传播格局严重降低了既有新闻传播管理机制的有效性,改革方式的动力机制如何形成成为了面向媒介融合规制的中国研究的核心命题。"⑤

在媒介融合语境下,"三网融合"问题再度成为学界思考的热点,甚至成为媒介融合思潮的一个前奏。2010 年,三网融合继续成为国家广电系统重点推进的政策,1 月 21 日国务院发布了《关于推进三网融合的总体方案》。"三网融合不仅是我国当前和今后一个时期应对国际金融危机的重大举措,也是培育战略性新兴产业的重要任务……国务院颁布《三

① 董年初、熊艳红:《试析移动电视与传统电视的产业关联》,载《电视研究》2009 年第 8 期。
② 陆地、谢盼:《国外手机电视发展现状分析》,载《中国广播电视学刊》2009 年第 1 期。
③ 陆晔、邓之湄:《户外电子媒介的文化意义与市场前景》,载《电视研究》2009 年第 10 期。
④ 蔡雯:《资源整合:媒介融合进程中的一道难题》,载《新闻记者》2009 年第 9 期。
⑤ 朱春阳:《媒介融合规制研究的反思》,载《国际新闻界》2009 年第 6 期。

网融合总体方案》和《三网融合试点方案》将大大推动我国三网融合工作的有序进行，创新有中国特色的三网融合之路。"[①] 有的学者从战略性角度着手，阐述了中国广电在三网融合新阶段的战略方位、战略意义、战略优势和战略对策。"坚持业务融合和战略合作，参与主导融合进程和产业格局构建，发挥广电战略优势和主力军作用"。[②] 一些专家对面临三网融合所带来平台化趋势的广电、电信网络运营商提出两点建议：一是抑制冲动，回归本位；二是全力打造平台核心竞争力。[③] 还有的专家则直击三网融合背后的四大问题：通讯媒体化与媒体通讯化的问题，双向准入与双向合作问题，三网融合与三业竞合问题，体制与规制问题，并认为国外媒体融合的立法经验值得我们借鉴。[④] 业界逐渐认识到：以一种新的网络或传播方式完全代替原有三种网络可能性不大，更大的可能是三种网络技术以满足用户需求为目标分别向着共同的方向演进，或是多种网络技术组合以满足用户需求。业界将在"融合"的概念下重新认识未来的产业形态，而"台"与"网"的关系则是广电行业三网融合的关键所在。[⑤]

　　许多学者从我国广电系统的背景与行业体制、机制入手，为中国特色的三网融合道路出谋划策。我国的广电与电信行业在性质任务、资本准入、内容监管方式等方面均不同，因此推进我国的三网融合必须按照《总体方案》的要求探索建立符合我国国情的三网融合模式，做到"两个服从、一个尊重"；广电应发挥自身频谱资源、内容资源、人才资源、制作播出能力、公信力和控制力的优势，从理念与共识创新、体制机制与政策创新以及广电网络建设创新入手加以推进。有学者则对广电如何应对三网融合出谋划策，建议广电人"应当树立开放、融合、合作和共同发展的新理念，以开放的心态对待融合，以融合的方式实现最大限度的传播，以最大限度的传播赢得社会效益和经济效益。"[⑥]

---

①　杨伟光：《建立中国特色的三网融合之路》，载《当代电视》2010 年第 10 期。

②　黄勇：《论中国广电在"三网融合"新阶段的战略方位》，载《现代传播》2010 年第 9 期。

③　谷虹、黄升民：《三网融合背景下的"全战略"反思与平台化趋势》，载《现代传播》2010 年第 9 期。

④　鲍金虎、赵媛：《试析三网融合背后的四大问题》，载《电视研究》2010 年第 11 期。

⑤　林起劲、曾会明：《台网联动应对三网融合》，载《中国广播电视》2010 年第 11 期（上）。

⑥　黄勇：《广电如何应对三网融合》，载《中国广播电视学刊》2010 年第 7 期。

总之，中国电视文艺的发展，不仅需要实践观念的更新和升级，更需要理论思潮的突破和前进。改革开放之后，进入"作品"时期的中国电视文艺比"宣传品"时期更加重视实践观念的更新和升级，更加重视理论思潮的突破和前进。新时期以来，在一代又一代实践者和研究者思想火花的碰撞下，在一次又一次的观念探索与理论争鸣中，中国电视文艺思潮不断向前涌动。大浪淘沙，积土成山，许多真知灼见经历了时间和实践的考验，在这一波又一波浪潮的不断推动下，一个具有中国特色的电视理论体系得以建构和日渐完善。

第三节　新媒体语境下电视文艺的创新空间

中国电视文艺作为当代中国文艺的重要一支，以其独特的媒介特质和艺术特质，在从新时期到新世纪的发展阶段，都发挥了独特的、重要的功能，成为中国当代文艺成长最快、影响最大的艺术品种。中国电视文艺思潮，在从新时期到新世纪发展中，在围绕着中国电视文艺的本质、特征、形态、传播、发展方向、价值取向、增长理念等，展开了广泛而深入的探讨与争鸣，形成了大量富于思想、富于见地、富于价值的理论学术观点，这些成为当代文艺思潮当中有机的、独特的、重要的组成部分。

在新时期的文艺思潮中，电视文艺思潮因为电视发展史的短暂，而并不如其他艺术形式的思潮那样有充分时间得以成长。电视文艺思潮在诸多问题上，有时甚至难称成流成股的"思潮"，一些内容或许只是对一些现象的思考回应。但毕竟，新时期以来的近四十年间，经由中国电视文艺观察与思考者不断的自觉研究，电视文艺这一当代中国人接触最密集、甚至是最重要的审美经验来源的面目，不断清晰与明朗，这本身便是中国人文研究者的一种自我确证。面对未来，我们认为，中国电视文艺思潮理应体现出以下特质：（1）时代性，鲜明的时代气质与色彩，与时俱进的品格；（2）人文性，在价值取向、社会责任、文化品位等方面应更多探讨；（3）专业性，电视独特的专业特点，包括对象、语言、审美等；（4）实践性，强烈的服务与指导实践的意识、能力与水平；（5）融合性，传统电视媒体与新媒体深度融合下的艺术思潮。

特别是进入新世纪，随着数字技术、通信技术的发展，IPTV、网络电视、手机电视、移动电视、户外大屏等新媒体样式相继出现，社会已经处在了一个新媒体所营造的语境之中。新媒体一方面对传统媒体产生了极大冲击，改变着传媒的格局与生态；另一方面也对社会生活各个领域产生着极大冲击，创造着新的社会生活景观。面对新媒体的强势冲击，电视文艺的受众与利益正日益受到新媒体的蚕食。传统媒体与新媒体的深度融合成为大趋势，新旧媒体混合、兼容而共生的格局，或许是传统电视媒体突破自身的必经之道。但是，因为新媒体门槛较低，融合过程中难免出现鱼龙混杂的电视文艺生态，那些不经鉴定和推敲、思想浅表和格调低下的产品会经常在移动互联网上出现。

在这种背景下，未来电视节目的创新空间何在？电视各种类型节目又将呈现怎样的趋势？电视文艺向何处去？这些都成为电视业界与学界普遍关注的问题。

一、新媒体的扩张不能取代电视的强大社会影响力

尽管目前电视面临的前所未有的挑战，但新媒体的扩张尚不能取代电视的强大社会影响力。一方面，我们必须清醒地看到：一是新媒体正在非常强力地瓜分传统电视的受众市场。新一代年轻人主要的信息和娱乐通道是新媒体，电视受众的关注度明显下降，电视的收视率整体下降。二是电视的内容体系日显其封闭。电视不论是内容生产还是内容传播，在线性的时空状态下的呈现，远不及新媒体状态下的自由度和个性化。在信息资讯和娱乐等传统优势领域，电视对受众的吸引力已开始转向新媒体。三是电视市场份额急剧减少。传统电视所占有的市场不论是广告还是付费，都正在被新媒体瓜分和占有，尤其是各种风险投资似乎更眷顾新媒体。受国家相关政策等因素的制约，许多资本难以进入传统媒体，这也使电视的产业发展遭遇瓶颈。四是电视体制机制趋于老化。在几十年的运行中，电视形成了成型的体制与机制，对庞大的电视从业者的管理以及电视生产运营、传播的管理，成本极高，内耗突出，负担沉重。由于新媒体没有传统媒体的积淀，轻装上阵，充满活力，电视与之相比较竞争力显然不足。

另一方面，我们同样也必须看到，新媒体也有它自身的巨大局限：一是概念大于平台。即围绕着新媒体探讨多、概念多、说法多，而相比较而言，概念是远远大于平台的，以 IPTV 和手机电视为例，从现实看，还没有几家获得执照资格。二是平台大于内容。即有限的平台基本上又是传统的内容，适合新媒体的内容还远远没有生产出来，也就是说平台存在，但是内容还比较陈旧，并没有完全适应新媒体的要求。三是内容大于需求。即有限的内容远远不能满足受众的需求，它并没有引发更广泛的群体对这些内容的强烈需求。这样表达并非否定新媒体的价值，因为按照规律，任何媒体都有从弱到强的积累过程，目前新媒体只是处于一个初创阶段，存在的种种局限也是必然的。

二、实现从内容生产、传播方式到盈利模式的转型

媒介融合的时代大潮，有助于重新构建电视文艺内容产业的价值链。电视需要运用互联网思维并依据受众收视习惯的变化，在内容生产上，内容仍是决定未来胜负的关键。这在同质化、雷同化和泛娱乐化的电视文艺充斥荧幕，电视文艺品格不断跌落的当下，要与新媒体展开竞争，就必须把"内容"生产当作首要任务，放到更加突出的地位。"微时代"的影视艺术要积极应对美学、技术、艺术、格局等方面的时代转型，并保持动态和深刻的批判和矫正，就必须重构电视文艺的人文精神以肩负起自身的社会责任。同时，主流的评估模式和新的传播生态，要求新的视听作品评估体系具备实现跨媒介、多重价值和大数据的评估功能；[1]影视大数据成为影视互动体验与量化认知的根本，必定对影视的未来创作与发展产生深远影响。在传播方式上"互动和参与"是视听媒介融合时代电视发展的根本规则，是媒介新生态时期电视发展的需要；[2]随着电视嵌入社交网络，其传播方式由传统的"内容"传播正逐渐转向"关系"传播。[3]在产业转型上，传统广播影视正在与新媒体融合，逐步转型为

---

[1] 陆地：《视听作品评估的新思路》，载《新闻与写作》2014 年第 7 期。

[2] 余志为：《语法更新的历史：从"冷媒介"视角分析中国电视进化史》，载《现代传播》2014 年第 11 期。

[3] 藤依舒、袁媛：《从"内容"传播走向"关系"传播》，载《新闻界》2014 年第 15 期。

具有现代品质的现代视听传媒；① 融合共赢是媒介融合时代的传媒格局，如及时调整体制、机制、理念，广电的主流媒体地位难以轻易动摇。②

三、新媒体语境下电视文艺依然具有良好发展空间

面对新媒体来势凶猛的冲击与挑战，电视是否意味着已成昨日黄花了？是否已到了穷途末路的境地了？未必！恰如媒介发展史上新兴媒体的崛起并不会使传统媒体走向消亡，电视文艺如果在新兴媒体的刺激下重新认知，发掘自己的媒介优势，还是可能变被动为主动，走向新生的。

首先是内容的主流化。中国电视在长期的历史进程中，倚靠其强大的背景和资源，在主流化内容的生产和传播中，占据着垄断的地位，在公众中形成了较高的权威性，在信息采集、制作、编排和播出的全过程中，都有着较为严格的审查、把关和监控。而相比较而言，新媒体在这一方面的自由度和个人化色彩更重，主流化和权威性不够。面对新媒体的挑战，电视只有不断提高其节目的主流化和权威性才可以维持其内容的强势。

其次是直播日常化。与新媒体相比，电视的弱势在于互动性、参与性不够，但电视如果能够将线性封闭的生产播出状态尽可能调整到直播的状态，以现在进行时的姿态与生活同步，而且这种直播应当是大量的、日常化的，这就可以极大地提高观众的参与和互动，以声像文字全息的优势充分张扬直播的魅力。从 2008 年《抗击暴风雪》到 5.12 汶川大地震爆发，全国各大电视频道并机直播《抗震救灾 众志成城》，实现了直播日常化。尤其是对重大事件及时启动直播，不仅使中国电视获得了巨大的公信力与影响力，也塑造了中国良好的国家形象与民族形象。

再次是高端大制作。新媒体的优势在于信息海量，但其劣势在于信息的过度海量。在数量上，电视很难与新媒体来比拼；但从质量和品质来看，电视则拥有相当大的潜力与作为。近年来，中央电视台推出的大型纪录片《故宫》《大国崛起》《森林之歌》《复兴之路》等，以其恢宏的

---

① 庞井君：《传统广播影视转型的理论透视和战略选择》，载《现代传播》2014 年第 3 期。
② 高长力、胡智锋：《需求与引领：传媒生态与监管服务之变》，载《现代传播》2014 年第 1 期。

气势、丰富的内涵、深厚的底蕴、浓丽的色彩、精湛的制作造就了中国电视荧屏的鲜亮的风景。这给人们一个启示：集中优势兵力，打造荧屏精品，瞄准国际前沿，推出思想性、艺术性和观赏性俱佳的大制作，是电视文艺拓展自己生存发展空间的重要途径。

电视文艺的发展壮大，既需要在内容生产、形式创新、传播方式和产业形态上的不断突破，也需要思想观念的更新和理论建设的积累，特别是先导性的理论思维更是不可或缺。新的历史条件下，理论建设任务比任何时候都更加迫切。

（胡智锋、刘俊、张陆园、熊锋）

第五章　新时期美术书法思潮述评

伟大的改革开放事业创造了许多奇迹。在汗牛充栋的中国思想典籍中，或许是只占零散几页的中国美术书法艺术，而这近四十年却是思想激荡，别开生面。中国美术、书法界从来没有像今天这样议出多门，从来没有这样多彩多姿。

——它们有的如山泉小溪，在某一领域展开，在某一通道推进，动静不是很大，但绵绵不绝。

——它们有的如大江大河，激越向前，一浪接着一浪，裹挟着一切，又似乎被裹挟着，奔腾。

——它们有的如大海汪洋，激荡着，在大气环流中，时而自主如浪涌，时而被动如舟楫。

第一节　新时期美术思潮的线索及特点

一、线索——一个特殊形状：> == <

因为历史与现实的诸因缘，也因为政治与艺术的诸因素，近四十年中国美术、书法界的思潮性活动形成了一个特殊的形状：> == <，有些类似两头没有封闭的朝鲜族长鼓。

1976 年 10 月，"文化大革命"戛然而止，特别是 1978 年 12 月的中国共产党十一届三中全会以后，由于艺术家政治生命的复活，美协等机构的复工，美院等院校的复课，美术类刊物的复刊与书法类刊物的创刊，相关书籍的再版与出版，中国美术界似乎是一步从严冬跨入了春天，中国书法家协会不久即应运而生。春天里，自然是万物复苏、竞长。

1989 年在中国美术馆举行的"中国现代艺术展"因为"开枪事件"而被中断，新起的中国美术、书法界现代主义艺术浪潮也因为当年的政治风波而呈瓦解状，蓬勃而有些无序的思潮陡然收紧。1992 年初邓小平发表南方讲话，进一步肯定了改革开放的大方向，美术、书法界思想与情绪的平复与再展开则经历几年才落实，由此而形成了近十年的狭长通道。

2003 年夏末，随着令人恐怖的无厘头疾病"非典"的突然消失，中国文物与艺术品市场的爆发性增长局面出现，继而有了中国美术、书法界一些论争的重启以及许多新的思想动态的自主形成与发散。由是至今，中国美术、书法界之意识形态与学科发展又呈现出一种开放式的状态。总之，中国美术、书法界近四十余年的思潮性态势是令人欣喜的，不仅从无到有，而且从小到大，从浅到深。简而述之，可分为三个阶段。

1. 1977—1989：痛定思痛，反思令门户洞开

1976 年 10 月，"文革"结束，曾经被视为"四旧"之一的中国画、书法与"崇洋媚外"的油画开始苏醒。苏醒的是曾经被沉重压抑的创造力，但更多的是"文革"前十七年的恢复——老干部"出山"、老画家"出洞"、老作品"出库"、老观点"出口"。

老干部"出山"。他们官复原职，拨乱反正。所谓"乱"，自然是"文革"中达到"顶峰"的"文化专政"；所谓"正"，自然是发端于1942 年毛泽东《在延安文艺座谈会上的讲话》、特别是"文革"前十七年逐步形成的新中国文艺思想、文艺政策与文艺界的组织人事制度等。1981 年 5 月成立的中国书法家协会不仅成为了广大书法家的组织，也使一部分有书法基础的老革命有了发挥余热的机会与场所。正是在一批老干部重掌天下的过程中，一些人士也开始反思，反思"文革"以及"文革前十七年"的偏转、"文艺为政治服务"的偏重、"五四"新文化运动的偏执……焦点则是所谓的"文艺是阶级斗争的工具""文艺为政治服务"等。

老画家"出洞"。他们曾经被视为牛鬼蛇神，被打成"反动学术权威""黑画家"之类。在和平年代，通常而言，美术、书法家中的绝大多数只是艺术家，有的甚至只是手艺人，他们或许不大考虑国家前途与人类命运这样的大问题。然而，在"文革"刚刚结束的那些日子里，这些

"出了洞"的老艺术家主要是干两件事：一是与会，从自身出发，控诉"四人帮"及其爪牙对其施加的暴行，痛说悲惨家史；一是动笔，把自己的手艺捡回来，四处挥毫泼墨，欢庆第"N"次解放。当然，也有诸如吴冠中这样的艺术家，曾经因为艺术血脉不正统而饱受排挤，因此他想到了自己的传承，想到了艺术的出路。在 1979 年第 5 期《美术》上，他发表的《绘画的形式美》曾经引起了数年的热烈讨论，现在看来，这场讨论的实质还是在于文艺与政治的关系。

老作品"出库"。这包括有些"文革"前创作的作品，曾经被锁进库房，现在被重新张挂；有的是"文革"中被损坏的作品，得到修复后重新张挂；有的是作品被毁，老艺术家带着子弟创作性恢复，然后再次张挂。这不仅使各大博物馆、美术馆、民艺馆重新打开了大门，也顺应旅游人口的逐年大幅增加，催生并保障了一大批画廊、画店的出现。这些作品基本上是"文革"前十七年在"社会主义现实主义"创作思想指导与容让下完成的，其思想与情怀还是"革命的""进步的""健康的"，但也仅此而已，几无弦外之音。

老观点"出口"。这出口不是外贸，而是说出口。"文革"中，许多人失去了言论自由，继而失去了思想自由。"文革"结束，人们有了说话的权力，有了思想的权力，也有了通过说话、写作、绘画、书写等表达思想与情感的权力。

从文艺思潮涌动的角度看问题，那些年美术、书法界的思想动态与情绪走向，主要是四个字："痛定思痛"。人们控诉噩梦般的"文革"十年，十年的艰难苦楚，十年的困厄压迫，十年的走投无路，并由此而联系"文革"前逐步形成的"极左"思潮一统天下、铁桶天下，以及思想领域的相对贫瘠与数度荒芜。

祖开胸怀，展露伤痕，何一个"痛"字了得。

老画家控诉"文革"。他们曾经被停止了教学的权力，放弃了创作的权力，被罚进了牛棚不能回家，被强令去打扫厕所，有的甚至被自己学生组成的红卫兵抄了家。没有被抄家的，夜半三更无人时，也让夫人烧毁了自己的许多精心之作。此时，他们有了发言权，但大多是自诉其苦，顶多言及"乌云压城城欲摧"。

中青年艺术家从控诉"文革"到反思造成"文革"浩劫的文艺状态，

继而寻找出路。所谓出路，一是思想出路，这与当时的思想解放运动一致；一是艺术出路，追求创新，追求突破，追求个性化，甚至允许异端。遗憾的是，其动因是自身的，其手段与目标几近全盘引进。这种政治与主义上的锋芒，经过 1983 年的"反精神污染"与 1987 年"反对资产阶级自由化"受到重挫，其中的领头羊出走天涯；而其艺术与创作上的追求，则几经折腾而转入民间，社会评价由官方舆论转为口口相传或以非公开出版物面世。也有一部分在归入了高等院校的"第 N 画室"，成了纯粹的研究性课题，起于画室，止于课堂。

体现在艺术创作上，这股思潮的表现形式自然是一些较有影响的展览，如 20 世纪 70 年代末期在北京的"星星画会"展览、1985 年的"半截子画展"。此外，在 80 年代初、中期，各地相继出现了一批中青年艺术群体，举行了一些有影响的展览，如"北方艺术群体""浙江 85 新空间""厦门达达""江苏艺术周大型展览""江西第二届青年美展""湖南'0'的艺术集团展""深圳零展""山西现代艺术展""河北米羊画社展"……从而形成了中国现代主义艺术风潮——"85 新潮"。1985 年的"前进中的中国青年美展"是其高潮，1989 年 2 月初在中国美术馆开幕的"中国现代艺术展"则被视为其"终结"的标志。那一扇扇开启的艺术思潮之门，随着政治风波开始闭合。

2. 1989—2002：热潮消退，冷却、冷静的开始

1989 年政治风波后，曾经十分活跃的艺术思潮也随之冷却、平伏。1992 年春天，邓小平的南方讲话让中国社会回到了一个相对冷静的状态，政治上如此，思想上如此，艺术上亦如此……在经历了轰轰烈烈的十多年巨大社会变革之后，无论政治，还是艺术，都需要一个思考的过程，人们开始逐渐转向冷静，艺术家们开始转向自我审视。

此时，由国家与机构组织的群团性艺术展览得到了自上而下的恢复，特别是由中国美协、中国书协及其他国字号团体组织的活动，长期占主体的现实主义风格和写实手法再呈强势。相关的学术论争从前些年的一边倒试图转变成了另一个一边倒。不过，在民间相关的学术活动、艺术活动，却出现了某种平和状态，大家各说各话，各干各事。在北京，90年代初，一些艺术家在北京西郊的圆明园租住农民房子，形成了后来驰名中外的"圆明园画家村"。此后，又出现了一个艺术家聚集的"东村"

艺术区。这一西一东两个艺术村，成为中国现代主义艺术的基地。也因为在京外国人的关注与支持，这两个艺术村又成为了中国当代艺术进入国际的桥头堡。其后，这两个艺术村先后因治安与城市建设的拆迁而解散，这个艺术圈所谓"文化理想主义"开始幻灭，以方力钧、岳敏君、刘炜等人为代表的"玩世现实主义"，渐渐取代了思想上的道路问题与创作上的宏大叙事，画面语言重新回归写实，开始将关注的目光由历史转向现实、由社会转向自身。个体的存在经验普遍成为创作的关注对象。

"85 新潮"对于传统艺术的冲击十分激烈。南京青年评论家李小山更是提出了"中国画已步入穷途末路"。但是，依然有一批中青年艺术家深感读书之不足、思想之不足、个性之不足，故想起了老祖宗，画起了文人画。传统积淀丰厚的北京、南京两地的中青年艺术家自觉地选择了对于传统文人画的承续，选择了对于思想不一、价值不一、走向不一、个性不一的追求，故而有了想法乃至口号，有了展览和画册，有了人们称之为新文人画的人和事、画与论，进而成为了一种现象、思潮，成为了新时期中国美术界的重要一翼——新文人画。

然而，中国对外开放与经济建设取得的巨大成就是中心热潮，不可能停留在相关领域。当 2003 年春夏之交，突然而来的"非典"（SARS）突然而去时，中国社会、中国艺术似乎是被释放出来的众神，一时热点四起，热闹非凡。

3. 2003—2015：市场启动魔方，务实、迸发、多样亦多元

2003 年春天，北京乃至全中国都那么小心翼翼的。"非典"何其令人恐怖！然而，在那年夏天，北京有几场因此而延迟了的文物与艺术品拍卖，虽然上拍的东西不是十分特别，引发的行情却是特别的好，特别的令人意外。特别的行情不仅使拍卖界、文博界感觉到了春天没有离去，依旧欣欣向荣，也使中国美术、书法界有了焕然一新的感觉、焕然一新的行情。行情，作为商业、市场、经济的一个重要术语、一个重要指标、一个重要现象，从此深刻地影响着中国美术、书法界，广泛地影响着中国美术、书法界……

中国美术、书法界从此公开地步入市场的轨道，且大步流星地，无论公私，无论长幼，无论文野，无论内外。自然，市场那无形的手也影响着中国美术、书法界的思想变化、学术走向、创作动向。

在圆明园画家村、东村艺术区、宋庄艺术区之后，北京城东北角的一片电子工厂被改造成了画廊区，即今天的798艺术区。这个艺术区的形成、其中的画廊主办的活动、推出的画家及其作品不仅使之成了北京民间自发的艺术中心，也成了中国当代艺术的展示场与策源地。画廊成为艺术思潮起伏的洋面，有些类似当年法国巴黎画派聚集的蒙玛特高地与美国纽约大量空置厂房，转为画廊与艺术家工作室的苏荷区。"85新潮"及"中国当代艺术"通过在华外国使馆人员、外国商社工作人员、外国来华务工人员、外国来华教学人员进入了外国人的视野，自然也引起了外国画廊、艺术推广机构与收藏人士、机构的注意。"中国当代艺术"作为中国现代主义艺术的代名词，特别是其体现的思想观念与情感情绪，契合了西方有关人士对于当代艺术走向与艺术市场选择的考量标准。因此，"中国当代艺术"自本世纪初起，步入了西方艺术的视野，并于2007年前后因为天价成交而一鹤冲天，令人侧目。

独立策展人是由西方引进的一个崭新职业。这些独立策展人通过策划展览，来表达自己的艺术理念、价值标准。早在"85新潮"时，已有一些批评家从事此业，如在北京中国美术馆举办的"批评家提名展"等，但作为一个响亮的职业、特别是作为西方艺术展的中国代言人，却是在本世纪初出现的。

同时，中国美术、书法界的思想、理念、观点等等风向一改以往的组织提供、布置贯彻、学习落实而成了千军万马，各行其是。只有正式的出版物才能发行，许多画展、特别是一些重要学术性倾向明显的活动往往自行印制画册与"文集"，与会人员人手一册便足矣。国家的展览场馆有比较严格的展品审查制度，但许多展览不在这些场馆举行，而在画廊、画店、内部场所、甚至露天举行。有的自生自灭，有的不胫而走。

中国美术、书法界到如今，已然形成了众说纷纭的局面。广大艺术家对于国家大局的关心、对于民生疾苦的关注、对于艺术创新的追求等等，是当前中国美术、书法界的思想主体，从而出现了主干挺立、枝叶繁茂、意气风发、纵横放达的欣然态势。

二、特点——一方隆起的高原

以改革开放为标志的新时期，是新中国历史上思想最为活跃、讨论最为充分、成果最为丰硕、也应该是影响最为深远的时期。恢复也罢，改革也罢，开放也罢，建设也罢，调整也罢，坚持也罢，一切都源于邓小平启动的思想解放运动，一切都归纳于民族复兴的建设大潮。中国美术、书法界这些年来的思想动态、思潮转换、创作风向，都和全社会的风云变幻相关，或者说，中国美术、书法界以自己的方式与努力，促进了当代中国社会的思想解放运动，促进了中国社会的精神文明建设，促进了中国社会的现代化进程，促进了中国社会与国际社会的交流，促进了当代社会与千古风流的承接。

发生在中国美术、书法界的思想之争、观念之争，是当代中国社会思想解放运动的一部分，与时代脉搏共震幅。"笔墨当随时代"，是清初画家石涛的名言，也是一个常说常新的话题，也是鼓荡于近四十年中国美术、书法界的一个主潮，也就是中国美术与书法的现代性问题。这个命题的再次提出、生发与一些阶段性结论与成果，都是与古老的中国、落后的中国、庞大的中国与现代国际社会的关系、中华民族的伟大复兴相关联的。无论是中国画、中国书法、中国民间艺术等传统艺术的保护与现代化问题，还是油画、版画、雕塑等舶来品、半舶来品的引进与民族化问题，或者是西方古典与现代主义艺术的本土化以及这种本土化的个性化问题，始终与中国现代化的每一步战略的展开相联系，急亦急，缓亦缓。由"伤痕美术"参与的关于若干历史问题的讨论，由乡土美术引发、参与的关于农民、土地与中国社会形态认识的讨论，由吴冠中引发的艺术形式问题以及他与张仃两位老人关于"笔墨等于零"的传统艺术形式问题的讨论，特别是由"中国当代艺术"引起的西方现代主义艺术借鉴与中国传统艺术现代化问题的讨论，因为与当代中国的现代化问题丝丝相扣而一同起起落落，其成败得失、顺涩甘苦，都与当代中国的社会思潮相对应，相激励，共命运。

围绕着美术、书法展开的争论不少乃学理之争，视野远比从前开阔，格局远比从前开阔，影响远比从前开阔，体现了当代思想广大的人文格局。这说明，当代中国的学术环境远比从前优越，当代中国的学界人士远比从前从容，当代中国的学术起点远比从前高迈。晚清民国，中华民族的思想大纲是根据"救亡图存"开列的，所以，在美术、书法领域，提出的革命性口号是"打倒四王"与"打倒二王"。美术界的革命对象是清初"四王"，即清代宫廷画家中的王时敏、王鉴、王原祁、王翚，他们之间是老师和朋友的关系。在绘画风格与艺术思想上，受董其昌影响，有食古不化之弊。其中的王原祁深得康熙皇帝赏识，学生很多，逐渐形成一个独立的画派——"娄东画派"，这个画派声势浩大，几乎左右了当时的画坛。其高超的绘画技巧与僵化的习气，与清皇朝的保守倾向一致。书法界的革命对象是晋代王羲之、王献之父子。如此追溯遥远，其原委是董其昌继承了二王的委婉秀丽，得到了乾隆皇帝的推崇与效仿，有失于萎靡柔弱，故康有为提出要"倡导碑学，打倒帖学"的"书法革命"。这等革命性口号在你死我活的时代自然畅行无阻，延展到新中国成立之后，前十七年的"敌我"之争、"文革"十年的"全面"斗争，尖锐的矛盾致使学术之争经常处在非此即彼的状态。近四十年来，纷争不断，有些也关涉到高层，也运用了政权，但大多还是难分胜负，但等时日。如今，谁要在学术领域里作一锤子买卖，已然行不通了。这些年来中国美术、书法界的一些学术之争，虽然个别也有行政方式解决的，但相关的学术问题并没有因此而结束，稍待时日，又被展开。绝大多数问题依旧在那儿酝酿着、存在着、讨论着……这就是学术，而不是政治；这就是争论，而不是斗争。

品鉴是中国传统审美的主要方式，也是学术论争的主要方式。近四十年，几经周折，几经沉淀，品鉴之争开始回复到了古之优雅状态。由于品鉴产生争论甚至残酷的斗争，历朝皆有，有名的如秦朝的"焚书坑儒"、宋代苏东坡的"乌台诗案"与清代的"《明史》案"等，当代知名的莫过于20世纪60年代针对长篇历史小说《刘志丹》提出的"利用小说进行反党活动，是一大发明"，因此而蒙冤受害之人上万。当代中国美术界影响最大的品鉴之争则是70年代初发生的"批黑画展"，牵扯到当时健在的许多知名美术家。改革开放以来，关于具体作品从内容到形式的争论虽然越来越少，但在开始的十余年，却是不时可见，且往往引导美术、书法界在一些观念与学术方面获得阶段性的成果，甚至解决一些历史遗留问题，如：由罗中立的油画《父亲》引发的农民形象如何表现与新中国"阴暗面"能否暴露之讨论，由周思聪、卢沉的《矿工图系列》引发的工人阶级形象塑造与变形手法问题之讨论，由吴冠中、张仃"笔墨等于零"与否引发的传统艺术价值问题之讨论等等，从而与创作互动，使创作之流奔涌向前。由此而显示的成果不仅仅是关于某一具体作品的评价问题、相关艺术家的创作评价问题、相关艺术创作倾向的评价问题，而是在极左路线统治下形成的某一思维模式被彻底否定了——关于艺术作品的讨论只局限在艺术讨论的范畴内，决不能上升到政治、法律的高度，变成整人的方法与途径。由此，中国美术、书法界的所有关于思想与艺术的讨论、争论绝大多数成为了常态，而非变态。

近些年，中国美术、书法思潮讨论与创作有两个不怎么相干的领域，人员有交集，议题却不怎么相干，以特殊的方式展示了当代社会人文建设的蓬蓬勃勃。一个是以中国美协、中国书协等机构组织的相关创作活动与学术讨论，而且是逢活动必讨论，凡讨论必有"成果"，画册越来越大，文集越来越厚。另一个是独立策展人组织的展览及相关学术活动，也是逢活动必讨论，凡讨论也"结果"。这又分土洋两个级别。土者，是独立策展人在组织展览的同时，约请一批美术、书法批评家为展主开一个座谈会，给展主一个略高于实际的好评，"好评如潮"随后出现在一些媒体上。洋者，是独立策展人带着其遴选的一干艺术家，在海外的某个双年展、文献展现场，留影、录像、对话，与海外展览学术主持交流，然后，出一本书，或者包一个杂志专刊。这样，中国美术、书法界在国内是一套语言系统，在境外又是一套语言系统。一般而言，关于艺术家个案的讨论不关乎思潮，中国美协、中国书协组织的全国性活动及相关的学术讨论有些是关乎思潮的，在境外举行的由独立策展人组织的展览单元及其学术活动有些是关乎思潮的。前者关乎国内思潮，后者关乎国际思潮，两个思潮在多数情况下是不相干的。虽然，它们有可能来自当下人类关心的一个共同话题，譬如说：反战、环境保护、可持续发展、保护妇女儿童等。学术状态的境界有高低之分，有宽狭之别，无论如何，高比低好，宽比狭好；惟高惟宽，方能展开思潮，成就思想，有利创作，有功千秋。

第二节　新时期美术书法思潮的起落沉浮

当代中国美术、书法近四十年发展过程，虽然短暂，却有着其历史少有的激越与丰富、广阔与深厚，梳理之，可以分为几个时期。

一、历史留下的伤痕，是残忍的美丽、痛苦的深刻

在极左思潮影响上，社会精神生活天地与艺术思维空间被无情地挤压，十年"文革"几近癫狂。在这些岁月的巨石缝隙中，多数人如沙粒与青苔，或依附其上，或静立其侧，也有人被挤压了，宽厚的领导与善良的人们识之为"疯"了，所以，我们在李青萍、沙耆、石鲁等人幸存的作品中，曾看到新中国美术史肌体上的那些零星"伤痕"。

"文革"结束，全党、全军、全国各族人民在一次空前的历史性高热渐次退去后，人们才知道沉疴之重，才发现自身已然遍体鳞伤。1978年8月11日，《文汇报》以一个整版的篇幅登载了复旦大学中文系学生卢新华的短篇小说《伤痕》，反响强烈，报纸加印至150万份。随之，《连环画报》约请下乡知识青年出身的刘宇廉、陈宜明、李斌将之改编成了同名连环画《伤痕》，获得广泛好评。次年，他们又应邀创作了连环画《枫》。几经周折，作品才许面世，获得了《建国30周年全国美术展览》一等奖。之后又出现了《发人深思》（原名《不！》张红年·油画·1978）、《为什么》（高小华·油画·1979）、《1968年×月×日雪》（程丛林·油画·1979）、《父亲》（罗中立·油画·1980）、《春风已经苏醒》（何多苓·油画·1982）、《彝女系列》《荷花系列》（周思聪·中国画·1980年起）等作品。

卢新华的《伤痕》发表后，文学界、文艺界从之出发，对于文艺作品揭露社会的阴暗面、涉及人性人道主义等问题进行了热烈的讨论。连环画《伤痕》依从了小说的基调，但绘画语言直率的视觉感，还是给人以强烈的冲击。高小华的油画《为什么》、程丛林的《1968年×月×日雪》，直接地表现了"无产阶级文化大革命"中不同派别"武斗"之后的现场，前者是特写，画中人物疲惫不堪，伤痕累累，透过人物的目光，艺术家在那儿发问，人与人之间的这场不智争辩，人与人之间的这场殊死搏斗，到底是为什么？后者是全景，通过众多人物的刻画，通过一个特殊场面的描绘，再现了当年的"同室操戈"和人们在无知冲动下的荒唐。两件作品以油画强烈的表现力，提出了对于"伟大的无产阶级文化大革命"的质疑。这对于当时政治思想领域的"拨乱反正"、彻底否定

"文革"是有力响应。作品因此而入选全国美展，并获得银奖。

罗中立的油画《父亲》创作起源于一个感人的故事。一个除夕夜晚归收粪农民的身影，深深地触动了四川美术学院在校生罗中立。1980年12月，以西方曾经流行的照相写实主义手法创作的《父亲》进京参展，当即引起轰动与争论。这么多年来，提及中国油画，提及新时期的美术创作，人们的脑海里马上会显现那位满脸皱纹的老农民：他端着一只破碗，略带苦涩的微笑，平和地看着我们。中国是一个农业大国，在占全人类人口五分之一的总人口中多数是农民。对于农民，中国人都有着十分复杂的情感，艺术家也不例外。解放前，美术作品中的农民多数是可怜的"流民"与"愚民"。"文革"前的十七年，不少艺术家表现过农民的新生活、农村的新气象，从打土豪分田地，到走上农业合作化道路，农民对于土地的权力得到了艺术的申张，农民对于和平生活的喜悦得到了艺术的表现，农民对于中国共产党与毛主席的感恩更是得到了充分但也有些夸张的记载与表现。可是，新中国成立这么多年了，农民关于"幸福生活"的愿景却没有兑现。广大农村、广大农民还在贫困线上下挣扎。罗中立的《农民》正是通过中国人民之"父亲"的照相式刻画，强烈地冲击着人们的心灵。

在"文革"结束以后的文化反思大潮中，中国美术界是一支生力军。从反思"文化大革命"的必要性、正确性，响应中国共产党十一届三中全会的决议，宣告了中国社会重新从神的时代走入人的时代。

从揭示张志新等"文革"中遇难英雄的悲剧性，从歌颂英雄的气概到探求英雄失败的原委，再一次宣告了《国际歌》中强调的"从来就没有救世主"这个道理的永恒性。从"文革"武斗场面的再现，直面历史的血腥，从展开英雄的悲剧到展开普通民众的悲剧；从他人的不幸到确认自身存在的不幸，这"伤痕"的揭示既有时代意义，也有了历史意义。由此，这"伤痕美术"就有了广大的篇幅了。

何多苓的油画《春风已经苏醒》创作时，中国美术界经历了"伤痕美术"对"文革"的血腥揭示与批判，开始转向了纵深的追索，乃至文化寻根，却苦于没有明确的出路。在《春风已经苏醒》中，在春暖花开的山坡上，在一头牛与一条狗的注视下，一位农村少女双眼迷离却是专注地看着你。感伤的调子里，春风、春草、少女的背后，却不是春意，而是即去欲来的风霜。其中，不是已经苏醒的春风，更多的是人物、动物、大自然对于春天的渴望。

中年画家周思聪因为《人民和总理》而闻名遐迩，又因为《矿工图》系列如日中天。接着她开始了两个系列创作，一个《彝女系列》，一个《荷花系列》。前者，是她承接与丈夫卢沉合作《矿工图》系列后，独立开始的社会性表达；后者，则是她因为疾病而被动开始的内省性陈述。1982年，她的新作《日出而作 日入而息》，还有《戴月归》《落木萧萧》等表现彝族妇女的作品，在有些萧索的晚秋景致里，无论是老年人、中年人，还是小姑娘，基本是统一的木讷表情，且多数负重而行。四川凉山之行，周思聪突然改变了以往艺术家、包括她本人在内的去边疆找绚烂色彩、欢乐舞蹈的习惯，发现了凉山彝族女性头上的天空是凝固的、背负的重担是凝固的、脸上的表情是凝固的，宽大的衣衫下是粗壮的身躯，粗粝的脸上是呆滞的眼神，岁月的意义没有了，历史的意义没有了。进入中年的周思聪即为类风湿所折磨，严重时，几乎不能握笔，因此，有了她笔下那些"轻描淡写"的荷花。在中外艺术家反复表现吟咏的荷花上，周思聪又展开了一片天地。无论是她从李可染学习山水带进来的水墨晕染作品，如《一湖烟雨半湖花》；还是她借助矾水等特殊手段创造的斑驳迷离作品，如《自在水云乡》《绿雾》以及统一标题为《荷》的系列作品，都是她心境的写照，都是她情绪的流露，都是她思想的痕迹，都是她的泪痕与血迹，都是那样的伤感，让人挥之不去。她选择了与世俗、文人、宗教都关系密切的荷花，来自我反省，来自我安慰，来自我解脱。

反思，作为发生在新的历史时期的一场深刻文化思潮，起于血淋淋的历史，也伴随着一丝丝血红血红的挣扎。这在中国美术界是一种从未有过的经历——大胆地表现、激越地表现，因此而撕开了自己的胸膛，可惜的是，这种尖锐至今已然有些钝了，思想的锋芒有如晨星，有些寥落了。

二、那么多的主义，那方倾斜的平台

在中国美术史上，这是特殊的一页。翻开这一页的，似乎是一只来自"太空"的手。这就是1979年9月27日在北京中国美术馆东侧小花园铁栅栏外，由黄锐、马德升等自发的"星星画会"展览。23人、163件作品，包括油画、版画、木雕、中国画等。9月29日，展览被北京市公安局东城分局查封，理由是"影响了群众的正常生活和社会秩序"，作品被收缴。11月下旬，经抗议，也是在江丰、刘迅等美术界革命前辈的支持下，画展搬进北京市美协的画廊——北海公园的画舫斋续展。这次画展打破了长期以来的约束与表达禁忌，这些艺术青年公开抒发自己、表达自己。他们的口号为："用自己的眼睛认识世界，用自己的画笔和雕刀参与世界。"

把中国现代主义艺术从大规模的运动型送入日常状态的，则是两声枪响。1989年2月5日下午，中国美术馆，浙江美术学院学生肖鲁用一把借来的枪，朝自己的装置作品《对话》开了两枪。参观的人们先是好奇地拥向枪响处，然后是逃向大门。当天，"中国现代艺术展"被查封。中国现代主义艺术从此步入低潮，回到民间。

从1979年的星星画会展览到1989年的中国现代艺术展，整整十年，一批又一批中青年艺术家把自己的目光投向西方，投向外部世界。他们的认识是自己的，因为他们从自己的生活与经历出发；他们参与世界的"画笔与雕力"却不是自己的，而是来自西方。中国美术界开始了中国美术史上最大规模的一次引进、模仿、借鉴……从西方现代主义艺术之父塞尚的作品开始，到西方当下艺术状态，一百余年来西方世界流行的所有艺术形式以及引发它们或它们引发的艺术思潮，几乎都在中国艺术舞台上粉墨登场——印象派、野兽派、抽象派、立体主义、拼合艺术、未来主义、辐射主义、构成主义、形而上绘画、达达主义、超现实主义、魔幻现实主义、表现主义、精确主义、抽象表现主义、具体艺术、色域绘画、行为艺术、政治波普、环境艺术、偶发艺术、光效应绘画、极少主义、新现实主义、照相写实主义、观念艺术……它们或先或后；或原作展，或印刷品；或轰轰烈烈，或悄然而至——时间浓缩了，空间浓缩了。在蜂拥而至中，它们之间的继承关系、平行关系或对立关系被有意无意地隐盖了、消弭了，甚至颠倒了；它们的虚实、优劣被有意无意地忽略了、抹煞了，甚至调和了。

西方现代主义艺术的蜂拥而至与良莠不分，说明了中国人精神空间的一时空洞。曾经盛行一时的审美观和它从属于的价值观、历史观被毅然决然地否定扬弃后，中国人的审美空间与艺术家的思想空间亟待填补，从数千年历史所积淀的文明形态中还一时难以提取与刚刚被否定扬弃的一切绝然不同的东西，推倒重来还需要一个过程，最实用、最快捷的手段是拿来主义。而这，又和对外开放的大气候相一致。一扇陡然敞开的大门，不可能保证陡然进入的一切是有条有理的；一条饥肠辘辘的汉子面对一大堆食物，是不可能细嚼慢咽的。然而，中国人的精神空间既不是一个狭小局促的盒子，也不是一个深不可测的黑洞。它既需要充实，也需要秩序。不能否定这些年艺术家、理论家、批评家在艺术精神空间建构上的努力与成就，但也不能否定这一工程的无理起伏、局部缺乏与整体无序。到如今，除了画册越来越精美外，我们对于西方现代主义艺术的研究可以说早就开始，但进展缓慢；对于西方现代主义艺术及其思想背景，我们有了不少的介绍，但还缺乏足够的理论清理与分析；我们对民族艺术传统精神的现代阐释带有相当的撒气使性的成分，有鲜明的针对性，但缺乏应有的高度。中国人、中国艺术家既应该撰写自己的美术史与美术批评史，也应该对世界美术及其批评、包括西方美术及其批评的生存状态与发展方向加以评说、检讨。

西方现代主义艺术的蜂拥而至与良莠不分，说明了中国艺术语言的相对贫乏。在过去的许多年里，艺术创作总是处在一种尴尬的境地：在艺术内涵上，强调浪漫主义；在艺术语言上，强调写实主义，且不容变异与冲和。这样，既导致了艺术精神的贫乏，也导致了艺术语言（风格、形式、手段乃至材料）的单调。艺术精神与艺术语言的互律互动作用，在短暂的时间跨度与狭窄的艺术空间里难以体现，人们常常是在回眸历史时才恍然大悟，才表达出已然迟缓的重视意愿。西方现代主义艺术的引进，不仅丰富了我们的艺术语言，也开拓了中国艺术家的思路，激发了他们的创造性，从而也创造了新的艺术语言。但是，中国艺术有自己的民族传统，中国人有自己民族的审美习惯，当代中国有西方现代主义艺术语言难以表现的独特的思想方式与生活状态，中国人对自己的艺术家及其作品有自己独特的要求，或者说，中国的艺术家应该有对于世界美术史的独特贡献。然而，我们常常看到的，是对西方现代主义艺术的拙劣或巧妙的模仿，是对西方现代主义艺术思潮的明确或模糊的响应，还有的从模仿洋人走向模仿自己人，彼此抄来抄去。

西方现代主义艺术的蜂拥而至与良莠不分，说明了中国艺术家心态的焦虑。国门甫启，西风正劲，中国艺术家陡然发现，世界竟如此斑斓，我们离世界竟如此遥远，新鲜感不久即兑换成了失落感。失落，然后奋起。奋而不起，或者走向沉思，或者走向烦躁。遗憾的是，沉思者，难得一见；烦躁者，比比皆是。烦躁的艺术家、批评家一同扑向门外刚刚展露的那个世界，你摘一捧，我拾一堆，东南西北，满载而归，刚刚放下，又扑回去，又是摘，又是拾，又满载而归……如此反复，堆积在自己场院里的，到底是什么呢——观念众多，主义众多，流派众多……摘拾时，还有些清醒，此时，便有些眼花缭乱了，心绪不宁了，手足无措了。个中有少数明智者，蓦然回首，顿时醒悟，开始拾掇，已觉头绪繁杂，理不胜理了。中国当代艺术要发展，中国艺术要自立于世界艺术之林，必须抓紧对进关的西方现代主义艺术及其思想基础的清理检讨。否则，中国美术史上的这一特殊之页将是没有句读的一页。

在世界美术史上，这是特殊的一页。在那些年里，随着西方现代主义艺术的蜂拥而至，中国现代主义艺术也轰然而起："85 新潮"——中国现代艺术展——"中国当代艺术"等，模仿——改造——自立，这是中国现代主义艺术的基本进程。应该说，从艺术语言来看，中国现代主义艺术正在逐步走向成熟。

"85 新潮"，是模仿的高潮。艺术家们参照画册、图片、声像等资料与观摩原作，模仿西方某一形式或风格来复制一种基本外来的观念，但针对的是中国的历史与现实。1989 年初的中国现代艺术展是模仿的结局与改造的高潮。艺术家们从繁复的外来艺术中找到一些具有启发性的形式或风格，给予改造，以表达对某一外来观念的认同或表现来自现实与自身的独特感受。

但是，中国现代主义艺术的生存状态是艰难的，其前行的步履也是艰难的。这艰难来自于历史土壤的排斥。西方现代主义艺术的出现与发展有两个引子，一个是现代科技的发展，一个是东方艺术的进入。近几十年来，西方出现了东方主义，西方的一些现代主义艺术家在痛苦与困惑中把眼光投向东方，开始研究中国的古代哲学，特别是孔子的中庸之道、老庄的宇宙本体论哲学、道教的超然意识以及禅宗的虚静、精进理论。这些学说之所以得到西方现代主义艺术家的青睐，一方面是虚静等哲学观念含有深邃的辩证思维方式，蕴藏着对生命、人性及宇宙奥妙的深度挖掘，包含着生气贯注的韵味与迁想妙得的灵感，与艺术的关系颇为直接与密切，是西方哲学及其思维方式所不及或未曾涉猎的；另一方面，这些观念的生活源泉和西方后工业社会人们的无奈心态相近或相似。但是，东方主义只是西方现代主义艺术家的一种自救措施，它依旧运行在西方由他们自己的历史与现实规定的通道里。脱胎于西方现代生活、植根于西方历史土壤的现代主义艺术是一个难以分割的整体，并不是某一种材料、某一种手段、某一种风格可以定义的。西方现代主义艺术从一进入中国开始就被确定在参照体系中，所以能够容忍其蜂拥而至，但是，中国历史拒绝为中国的现代主义艺术全面提供土壤，这也是中国现代主义艺术作品能够在西方搭乘"红色列车"，大行其道，而在国内步履有些艰难的原因之一。

这艰难来自于现实生活的排斥。近几百年来，中国动乱频仍。每一次动乱不管始作俑者的动机如何美好，其结局总是导致中国社会向后退一大步。所以，这些年来，稳定高于一切、发展是硬道理，不仅是国家的方针，也得到了老百姓的拥护。中国现代主义艺术和其他社会科学一样，必须服从于这个大趋势。这与现代主义艺术基因是相冲突的，西方现代主义艺术也不是在野党所为，但是，对现实生活的干预是其基调。如此，中国现代主义艺术从一开始就处在困境之中：或者强行公开为之，便为社会所不容，如 1989 年的中国现代艺术展中的枪击行为、几乎所有波普艺术、绝大部分行为艺术与一部分观念艺术；或者局限在艺术家圈子里，成为了艺术家的个人行为，既不是职业行为，更不是社会行为，如绝大多数装置艺术。社会的排斥，也可以说艺术家自绝于社会，使中国现代主义艺术要么保持其学术上的先锋性而自我封闭，要么只能点到为止，以简单化的方式来体现一种幽默与智慧而不关痛痒。

这艰难来自于大众审美的排斥。当时，中国是一个正从农业文明走向工业文明的国度，后工业文明还是一个企图实现的梦想。中国是一个文盲与半文盲众多、审美活动对于多数人尚属可有可无，连知识界的审美习惯还停留在架上绘画的程度。中国是一个民族性强悍、民族传统强大的国度。和工业文明与后工业文明相生相伴、与西方文化思潮相呼相应、以西方历史文化传统既相承又对立的西方现代主义艺术虽然和东方文化、包括中华文化有一定关系，但要想在中国迅速获得普遍共鸣、并转化为本土艺术是很困难的，甚至是不可能的。社会进程不允许艺术家走得太远，大众审美心理也不能承受过多超出习惯的艺术风格和艺术种类。在相当长的时间里，中国大众的审美心理于油画偏于俄罗斯巡回画派、止于印象派，雕塑止于罗丹，版画止于柯勒惠支，能接受毕加索、马蒂斯、莫迪里阿尼、蒙克、米罗，容忍康定斯基、达利、夏加尔就已属不易了，劳森柏等西方现代主义艺术家的作品来到中国只能在美术界、文化界引起轰动，普通老百姓只是看个新鲜而已，甚至看都不看。在崇洋心理十分浓厚的时代背景下，西方现代主义艺术大师的境遇尚且如此，中国本土的现代主义艺术家们的道路自然越走越狭窄，前途自然越来越迷茫。

这艰难来自于艺术家本身的素质低下。西方现代主义艺术的出现与盛行，有其深刻的历史原因与社会基础，也有其不可忽略的历史意义与现实价值，但是，西方现代主义艺术也有着不少误区：西方现代主义艺术排斥理性，过分强调"自我张扬"，否认美术的认识功能；西方现代主义艺术语言上的生涩与费解，造成艺术家与大众的严重心理阻隔；从装置艺术发展而来的纯粹物体化、自然化、生活化走向，远离人类曾经花费数千年共同创造并倚重的美学范畴，使历史出现不应有断层；现代科技手段在现代主义艺术中的运用到了反客为主的程度，使艺术家主体逐渐模糊；各种艺术边界的打破、特别是艺术与生活边界的打破，等于取消了艺术的审美独立性和不可替代性。对西方现代主义艺术的良莠不分和一部分中国艺术家与艺术青年本身素质低下，中国现代主义艺术便迷失在这些误区当中而难以自拔。

而历史土壤、现实生活与大众审美心理的排斥，不仅没有改善由于一部分艺术家和艺术青年素质低下而导致的中国现代主义艺术的艰难时世，反而在一定程度上引发了他们的逆反心理。这样，中国现代主义艺术的平台越来越倾斜。如果社会不加以应有的关注，舆论不加以必要的引导，艺术家们不反省调整，无论是其初衷还是其目标都是应该倾向于大众的现代主义艺术，在中国就可能变成一种"贵族"艺术，而这不能不令人啼笑皆非。

西方现代主义艺术从观念到形式的引进不是为了扩大其疆域，让中国成为西方艺术一部分，而是应当以这种来自异域的力量助推中国艺术的现代性，并以之助推中国文化的现代性，助推中国社会的现代性。

三、千古风流，莫被雨打风吹去

1985 年 7 月，南京艺术学院中国画专业研究生李小山在《江苏画刊》上发表了《当代中国画之我见》，文中提到："中国画已到了穷途末日的时候。"这个说法如同一枚炸弹，轰开了那些有形或无形的堡垒与城墙。三十年来，一直是中国美术界的一个时大时小的话题。有趣的是，它肯定是一枚冲天的反传统的信号弹，又似乎是一声悠扬的古调琴声。

在"85 新潮"的波涛中，李小山的这声呐喊只是对于中国传统艺术的一声警示，在现代主义艺术的狼群中并没有多少凶狠之处。但是，在 20 世纪 90 年代，对于它的反应却坚韧得很，在中国画界很吹了一阵复古风，或曰"新古典主义"：汉唐气象浓烈、宋元笔意摇曳、明清墨色泼洒。外行虽然看不出多少热闹，内行却是大有门道可窥。当然，此复古非彼复古，颇有些时代特色。这就是所谓的"新文人画"。

所谓文人画，是指文人以及文人出身的士大夫所作之画，以别于民间绘画和宫廷绘画。文人画的由来可以追溯到汉代，张衡、蔡邕皆有画名。魏晋南北朝时期，宗炳以山水明志"澄怀观道，卧以游之"，充分体现了文人以画自娱的心态。姚最进一步总结为"学不为人，自娱而已"，成为文人画的基本主张。唐代大诗人王维以诗入画，后世奉他为文人画鼻祖。明代董其昌在其《画禅室论画》中提出："文人之画自王右丞始，其后董源、巨然、李成、范宽为嫡子，李龙眠、王晋卿、米南宫及虎儿皆从董巨得来，直至元四大家黄子久、王叔明、倪元镇、吴仲圭皆其正传。吾朝文沈则又远接衣钵。"总的看来，文人画的作者们基本上都是在野或一时不得志的文人，他们以画自娱、以画解嘲、以画忘忧，故任意而为，任性而为。

进入现代，以徐悲鸿为代表的学院派无论彩墨、水墨，强调写生，强调刻画，使强调笔墨情趣的文人画步入边缘；由中国美协等机构组织的中国画创作与展览，不论为官为民，均强调宣传与配合，使重视个人情趣与独立思考的文人画处于劣势。改革开放带来的宽松思想环境，艺术上的多元选择与经济来源的扩大，西方社会许多年的"文化寻根热"

传导入境，使得一部分中青年艺术家，特别是古都北京、南京两地的中青年艺术家主动地选择了对于传统文人画的承续。

当代文人画，也就是人们常说的新文人画，并非改天换地，可以说是振兴，也可以说是复兴。"五四"新文化运动、"文化大革命"，致使中国传统文脉摇摆、中断了，故要正之续之。从美术方面来看，承续文脉的最直接、最可靠，或者说能够一举多得的手段，便是承续文人画的传统。可以说，黄宾虹曾经结束了文人画的一段历史，但也开启了中国美术新的一段历史。他所追求的"浑厚华滋"的美学理想不仅与中华民族近百年求独立、求和平、求发展的伟大事业相击和鸣，也在结束清代以降中国画固守传统的大潮上树起了高大的桅杆与鼓涨的风帆，让人们看到了中国美术的新世纪曙光。这些年的新文人画，也就是在多年研究光大黄宾虹的山水艺术、齐白石的大写意艺术的基础上迸发的，为时不长，人数不多，却不乏成就。

遗憾的是，当代新文人画并非历史整理的结论，而是一种进行式。这么多年下来，这批人如同一个江湖，时大时小、时高时低，甚至时有时无地存在着、热闹着或沉寂着；有人坚持着，甚至一成不变；有人变化着，甚至翻天覆地；有人摇摆着，甚至左右逢源……这么多年又过去了，这么多人又过去了，这么多画又过去了，仔细品呷，越来越觉得有些乏味，甚至有些异味。

中国历史、中国文艺史上有一个特殊的现象，即"诗之余"。从前，文人们在谈论家国大事时，有情要抒、有感要发、有气要出，多写诗为之；当不涉及家国大事时，他们会填词、弄曲、画画、刻印，这些便是所谓的"诗之余"。宋代苏东坡与辛弃疾开创了豪放派词，可在《文与可画墨竹屏风赞》中，苏东坡却说："与可之文，其德之糟粕；与可之诗，其文之毫末。诗不能尽，溢而为书，变而为画，皆诗之余。"实际来看，这"余"虽然有些小，有些静，有些委婉，有些偏离，但是，中国文人的独特品性在这"余"中，得到了充分的保证，既不需要故作高深，也不需要委曲求全；更重要的是中国文人的独立思考得到了充分的保证，既不需要迎合上司，也不需要随波逐流。在一个历史悠久的大国、在许多年的极左思潮狂卷之后，中国当代艺术家特别需要传承历史中那股顶天立地的书生气。

何谓书生气，前人之述最为常用的是修改过的孟子所言："达则兼善天下，穷则独善其身。"达时，神采飞扬，才华横溢，尽其才而得其所，是故文人们不必也无暇填词弄曲涂抹丹青了；而一旦仕途不顺，英雄无用武之地，甚至几受挫折，备遭打击，此时，便归隐山林田园，诗也罢、词也罢，书也罢、画也罢，自然是书生意气，挥洒江天。从创作的角度说，传承中国文化，一定要张扬中国传统文化中的"文人意气"。

文人意气也有天下事的元素，或者说，孔子的浩叹、庄子的逍遥、屈原的投江、陶渊明的"采菊东篱下"、苏东坡的"不辞长作岭南人"都与其政治抱负不遂有关，但他们的千古文采却得益于他们撞南墙而回望的文人意气。因为文人意气而与上不通、与人不和、与家不顺，造成其政治理想伟大、政治成就渺小的悲剧，由此而产生的巨大悲情却出人意料地激发了奇异的想象力，产生了瑰丽的艺术品，引发了不绝的或大或小的共鸣。其实，包括上述千古名流在内，许多人是仅有治国方略，却非治国之材，在文学艺术家中，许多人连生活自理的能力都缺乏。对于多数人来说，放下自己不能实现的远大社会理想与政治抱负，踏踏实实地做一个文学艺术家，恐怕是明智之举。布衣终身的齐白石不是名满天下吗？！

不贪仕途，不用偷奸耍滑，安心画室，却还是画不出自己想要的画来，还是跟在时尚、时俗后面，还是跟在古人、他人后面，何以如此？原因可能很多，文人意气缺乏可能是其中之一。所谓文人意气，前提是你这个人得有文化、且创造文化，然后你得有一股骨气、有一股清气、有一股戾气。有骨气可以遇公侯而不惧，遇暴力而不偃，保持一个文学艺术家的独立人格。有清气而不从世俗，不从流俗，不从庸俗，保持一个文学艺术家的高贵品格。从医学的角度看，戾则乖张、偏执；从艺术的角度看，有戾气而不自伤，则可以突破现存的格局，开辟新的领域。因骨气而保持清醒的思考能力，对社会、历史、未来，有文学艺术家自己的深刻的认识与表达。因清气而拥有凛然不可侵犯的气质，以及对于主题、题材、语言选择与表达的脱颖而出、高出一筹。因戾气而不人云亦云，而别出心裁，而别具一格，创造出真正的有价值的新意。

文人意气是古代文人解决与处理一切问题的最终手段，也常常是最佳手段，最少你可以因此而得到社会的谅解与理解。但是，文人意气可不能解释为：一切可以意气了事的。一个文学艺术家要想自己心爱的田野摇曳着姹紫嫣红，得花费一辈子的心血耕耘。其中的不二法门，则是手不释卷，否则，你很难保住"文人"的本事与本色，如此，也就没有了文人画了，遑论新旧？！

四、中国当代艺术，一枚硬币的两面

中国当代艺术，从字面上来理解，它可以分解为是地域概念——"中国"，时间概念——"当代"，主体词——"艺术"三个部分。不过，这只是中国当代艺术这枚硬币的一面，而其另一面是：以北京宋庄一部分艺术家如方力钧、岳敏君、杨少斌与张晓刚、王广义、曾梵志为代表的中国当代"现代主义艺术"及其影响，西方人士与市场人士称之为"中国当代艺术"。或者说，前者是一个泛指，后者是一个特指（笔者以加引号与前者分别）。实际上，在大家的理解与运用中，二者是两股道上跑的车，各有各的主张，各有各的成果，各有各的领地，各有各的评价，各有各的影响，虽然有高低之分、有多寡之别。

近四十年来，国有机构组织了许多行业活动与专业活动。这些活动包括数届全国美展、专项活动展、纪念展、学术专题展及其他联展与个展等等。从展览主题而言，都是与国家的政治活动、社会生活重点相关，与行业的学术动向相关，由此产生的作品大约有这样几类：（1）革命历史主题性创作、现实社会生活重大主题的正面表现；（2）革命思想的图释或书写，包括领袖语录或重要文件片断；（3）历代先贤、当代英雄或好人好事正面描绘；（4）其他现实生活的正面表现；（5）优秀传统文化如唐诗宋词的表现与书写；（6）其他健康的、积极和思想与情感、情绪的表露。

大体而言，其艺术语言、艺术手法、艺术风格是广大人民群众"喜闻乐见"的。这四字大体可以理解为，创作方面，西画类如油画、雕塑、版画、水彩水粉或宣传画等是"写实的"，而中国画则是"写意的"或"写实的"；风格方面，"文革"前十七年是"社会主义现实主义"，"文革"中是"革命现实主义与革命浪漫主义"，"文革"后是"现实主义"或"写实主义"。当然，只要内容的需要，是可以借鉴、借用非主流艺术的语言、手法、风格乃至观念的。虽然有的几经讨论，方得认可。这些，是当代中国美术事业的主体，也是美术创作的主体，代表着国家与社会

美术文化的基本倾向，或者说是这是当代中国社会的美术主潮，自然也可以视为当代中国美术、书法界的主体思潮。

这些年来，中国美术、书法界"大师"丛出，拜金主义盛行，目睹之，探究之，从艺术思想的角度观，当代中国美术、书法界应当重视主题、题材的"重大"与否与个性、风格的"沉雄"与否。

无论是机构还是艺术家个人，总体而言，都应当以"天下为重"。国家大事、社会大计、民生大局应当得到艺术家充分关注与表现，历朝历代的艺术家也是不负历史众望的，因而有了那些大场面、大格局的巨作与杰作。同时，我们也可以从徐悲鸿笔下的奔马、李可染笔下的水牛中体会到艺术家对于历史的感应，谛听到滚滚而来的大潮之声。当艺术家的心声与时代、历史的呼唤共鸣时，当艺术作品的审美境界与民族事业的发展前景重合后，自然引得四方服膺八方响应，自然能在艺术的长河里成为里程碑。

艺术作品要体现"天下兴亡匹夫有责"的壮烈情怀，因而可能呼风唤雨。我们不能小觑那些精雕细刻的艺术家，不能小觑那些浅唱低吟的艺术家，不能小觑那些插科打诨的艺术家，不能小觑那些闲云野鹤般的艺术家，甚至不能小觑那些有所得即举步不前、自我欣赏不已的艺术家，但是，对于一个民族、一个国家、一个时代而言，铁板铜钹高歌"大江东去"自然比红牙檀板小唱"杨柳岸晓风残月"来得充实，来得激越，来得鼓舞人心，自然也来得主流，甚至因此而首先并充分地获得未来。对于创作而言，为天下所重是一大原则。这重，即是外界对于作品的重视，尤其是作品本身的分量，所以，我们要十分在意作品思想含量的深刻与否、历史价值的厚朴与否与人文精神的凝重与否，不重天下之所重，便难以为天下重。

对于"大道理"的无理排斥，对于纯形式的着迷探求，曾经在一段时间造成了书画创作中的"精神性贫血与语言性虚脱"，特技与制作使之走向极端，家长里短使之格局偏狭。所以，对于当代中国美术、书法艺术还应当有品格方面的要求：追求艺术作品审美品格的史诗性与永恒性，这就是人们常说的"沉雄"。沉雄，是对于我们这个时代、对于我们的生活、对于我们的过去和未来既有浓厚的研究与表现的兴趣，更有思想的认知高度与感觉的体会深度。你是艺术家，你可以不是思想家和其他专家，但是，你应该通过作品、通过艺术使自己跻身其中，而不是矮人一等，而不是人家永远的小学生，更不是人家简易的传声筒。当一件艺术品退而成为了一张照片的翻版，甚至是一条新闻的图解，艺术创作成为了复制，艺术家成为了工匠，日复一日，年复一年，生活是稳当了，思想懒汉现实之笨拙是显而易见的，其未来之局促也是可想而知的。

沉雄是对于我们的艺术与文化传统、对于人类的艺术与文化传统的虔诚之心、钻研之力与驾驭之势。中国画的现代性命题、油画等外来艺术的民族化命题、中国美术的当代性命题既需要宏观的清醒的把握，更需要大家富有长久力与个性化的探索。跟风、耍小聪明可能得到一时的快乐，却不会得到历史的肯定，不会得到长足的进步。

与此同时，中国当代艺术的另一面也在理解与不理解的争执中，首先获得了西方世界的认可，从北京圆明园画家村到北京宋庄画家村、798艺术园区的变迁，名声响亮；同时，宋庄艺术家应邀参加中国美术家代表大会，方力钧、张晓刚、王广义等艺术家在境内外艺术品市场上频领风骚，2004年在世界艺术品市场异军突起。有关的议论丛出：有人说，这是西方资产阶级打着艺术的幌子，在中国培养扶持异类的政治势力；有人说，这是西方资产阶级运用商业的杠杆，在中国培养扶持异类的艺术势力；有人说，这是西方资产阶级运用金钱的力量，在中国培养扶持异类的经济势力。这其中有没有上述指陈的企图与可能，是一件谁也说不清的事。"中国当代艺术"自西方开始、走向东方、继而在境内构成商业奇迹与艺术号召力，是不争的事实。但是，在政治上警惕其造成思想上的混乱是一回事，在艺术上如何认识之、批评之，则是另一回事。从这些年的情况看，横加指责是无济于事的。这几年，"中国当代艺术"在境内外艺术品市场上的上升势头沉滞了，其中的许多泡沫，在资本构成的金色池塘中闪闪烁烁、明明灭灭，却是不争的事实。

一般而言，一个艺术家、一件艺术品要进入市场大都有三部曲：画廊代理，展示；艺术博览会推广；拍卖会调剂，提升……最终，其中的一部分进入博物馆，一部分为收藏家秘不示人，一般性作品则在人与人之间、机构与机构之间转让来、转让去……以致破败不堪，自然消失。当然，能够完整演示这三部曲的艺术家与艺术品是很少的，半途而废是司空见惯的。在世的艺术家有没有后续之力，过世的艺术家有没有长久魅力，进入市场的艺术品要避免夭折，归根到底就在于其有没有充分的学术支持。所谓学术支持，应当是有关人士深入的个案研究，应当是有关学术界比较基本的肯定或围绕之展开了比较充分的争鸣，应当是不同历史阶段中、不同文化背景下的相互印证。以之观察评估"中国当代艺术"，是难以做出准确结论的。历史最终如何评价"中国当代艺术"还是一个未知数，因为它作为一股艺术思潮、一种文化现象至今只有不到四十年的历史，且一直处在为圈外人看不懂、圈内人很少认同的境地。曾几何时，"中国当代艺术"平地起高楼，其佼佼者身价达数千万人民币，堪与齐白石、徐悲鸿、傅抱石等近现代中国艺术巨匠比肩。问题是，画价可以比高下，历史评价与知名度、享誉度却是不可同日而语的。因此，我们不必凭空怀疑他们得到的拍卖"天价"，但可以怀疑他们能不能经得起美术史的检验，能不能经得起艺术品市场的反复淘洗。

至今，中国艺术品拍卖的最高纪录是宋代黄庭坚的书法长卷《砥柱铭》，2010 年北京保利春季拍卖会上以人民币 4.368 亿元成交；"中国当代艺术"作品拍卖名列第一的是现年 51 岁的曾梵志作品《最后的晚餐》，2013 年香港苏富比秋季拍卖会上以 1.804 亿余港元成交，约合人民币 1.423 亿元。虽然二者之间的差价两倍多，但仍让大家觉得有些不自在。所以如此，不完全在于黄庭坚与曾梵志之间的学术落差有多大，还在于曾梵志的作品拍卖到如此高度，其市场手段有些过于刚性——"中国当代艺术"的市场运作者或持有者急于出货。我们希望，关于"中国当代艺术"的一切市场现象都是自然而然的，但是，中国传统艺术品如《砥柱铭》般拥有的无比稀缺性、高不可及的历史知名度与学术地位，陡升至 4 亿多尚有疑问。毕竟，黄庭坚作品很少面市，宋代作品面市上亿元成交也是近几年来才出现的。宋代距今近千年，可靠的在世作品屈指可数，能够上市流通的更是少之又少，其市场表现尚且是随着中国经济的高速发展才渐热的。而"中国当代艺术"家大多是中青年，近些年，其作品在境内外拍卖市场中过千万者却大有人在，且跨栏十分轻松。当然，我们可以依靠时间，看到这些千万级拍卖品的未来，但我们不能等到那时才有一个结论。其实，日本有例为证。约二十年前，日本从西方以高价购买了一大批印象派艺术家的作品，其中有大家精品，有大家小品，也有一般画家的重要作品与一般作品。日本经济一落千丈后，大家精品如梵高者依然观者如潮，身价高企，而他们的小品、特别是那些一般画家的作品，无论重要与否，虽然当时亦是身价百万收藏的，如今却是半价出让亦无人接盘。印象派可是经过学术苛求的艺术流派，所以强弱悬殊，就在于那些一般作品与一般画家没有经过市场的充分转让，或者说日本收藏家与艺术品投资人当年有些贸然，不分青红皂白，统统拿下，向西方交了一笔不菲的学费。在西方与港台资本大手笔运作"中国当代艺术"的这些年里，我真担心，内地初涉其间的投资者们已然充了冤大头。所以，在纽约、香港的拍卖会上，我们不难听说"中国当代艺术"的西方投资者如何获取了暴利，却几乎没有听说哪几位是"中国当代艺术"的收藏家。也就是说，"中国当代艺术"的收藏队伍不大且极不稳定。缺乏充分的学术评估，缺乏充分的市场选择，缺乏充分的收藏队伍，因此我们有理由认定，"中国当代艺术"近几年的横空出世是西方艺术品资本运作高手们的杰作之一，其中的泡沫成分是十分肯定的。

2007 年秋天，"中国当代艺术"在纽约艺术品拍卖中掉头直下，所以，苏富比拍卖公司于第二年将此项业务转移至香港，希望借大陆和台湾的近水楼台之势，力挽狂澜，最少也可以集烛光而为火炬。殊不知，春天还在香港热火朝天的"中国当代艺术"，当年秋天即遭寒遇冷。随后，"中国当代艺术"在香港起起落落，几大天王的作品忽高忽低，几无由头。因此，人们说，"中国当代艺术"进入了冰河期，或委婉地说其进入了调整期。

作为艺术品市场中的一个板块，"中国当代艺术"经过许多年的酝酿，通过提升而突进到一个崭新的平台，然后进入横盘或低位整理，这本是市场运行的普遍现象，不足为怪。只是因为"中国当代艺术"前些年的"提升"有些反常的超速，庄家手段有些过于凶狠，远远地超过了人们的承受力与想象力。所以，当"中国当代艺术"在拍卖会上大量流标，许多人便有了"不幸果然言中"的快感，便高高兴兴地断言其步入了市场辅路，狭窄而且时不时地遇上红灯。这对于在学术上拼杀至今、市场中曾经无人问津的"中国当代艺术"来说，有些苛刻，却在情理之中。"中国当代艺术"自身的存在与发展都需要进入"冰河期"——冷静反思，需要进入"调整期"——补充能量。

20 世纪 20—30 年代，自海外归来的中国艺术家们即有了与西方现代派艺术几乎同步的叛逆之举，如"决澜社"。后来因为战乱的破坏与极左思潮的压制，中国的现代主义艺术迟至近三十年才奋起直追，蓬勃而起。三十多年前的中国改革开放事业启动，也催生了形式上大多模仿西方、内涵上表达激越思想与愤懑情绪的"中国当代艺术"。这些年来，其中的模仿成分越来越少，思想越来越平和，情绪越来越沉静，特别是市场行情越来越好，以至身价飙升。高高在上了，四顾有些茫然的"中国当代艺术"家们离市场越来越近，离学术却越来越远，离艺术也越来越远，离其出发点也越来越远。

当年，"中国当代艺术"虽然有时有些偏激，甚至个别的还有较大偏差，但艺术家们对"文革"极"左"思潮及其余孽的反击，对于因循守旧的传统思想堡垒的冲击，对于复杂社会现象与未知世界提供的独特视角，以及个人情怀、情绪的直接表现等等是有冲击力与震撼力的，是有令人耳目一新之处的，也可以说是当代社会思想发展不容忽略的组成部分。但是，到如今，当初那股初生牛犊不怕虎的劲儿哪儿去了呢?！当初那么尖锐的文化批判力哪儿去了呢?！几位被称为"天王"级别的艺术家多年来满足于自己重复自己的状态，在"光头""大牙""色斑""面具""喊口号"等等耀眼的个性符号下，有些苍白，有些空泛，有些疲软，甚至有些媚态。他们的成功又被后续的其他艺术家们总结为:"寻找符号——强化符号——重复符号"的艺术←→商业模式，由此而出现的中小名头大都是"各领风骚三五天"。在北京宋庄艺术节上，人们对"艺术集市"中大行其道的模仿之风多有微词。重复自己，重复别人，这是艺术创作的大忌。因为市场行情大好，"中国当代艺术"这几年可以说是无所顾忌。到如今，市场开始冷清，收藏家与投资人都开始谨慎，"中国当代艺术"家们理应开始反躬自省，理应迈步向前了。

"中国当代艺术"因为在西方走红而外转内销，因此，他们曾经被一些人指责为"洋奴艺术"。"中国当代艺术"这样借别人酒杯浇自己胸中块垒，是一个比较复杂的问题，不好这样简单下结论。自20世纪以来，叛逆传统、甚至远离传统是西方艺术的主流，艺术市场、艺术投资虽然有别出心裁的时候，但在多数情况下是顺流而下、顺势而为，所以，当西方现代主义艺术被轮番运作、几无新意、机会不多之后，西方艺术机构便把目光投向外部世界，先是俄罗斯，继而东欧各国，然后便是中国大陆……"中国当代艺术"的叛逆性正中下怀，双方不谋而合，一拍即合，遂成气候。由此也产生了一定的负面影响，这就是一些后续的年轻艺术家过多地把眼光投向西方艺术品市场，甚至惟西方艺术品经纪人是从。在他们的作品中，"中国当代艺术"初始阶段的文化批判性无迹可寻，中国改革开放、民族复兴的伟大事业表现甚少，中国人含蓄而又坦荡、机智而又坚强的胸襟与操守表现甚少，而对历史遗存的问题、前进中出现的困难、取舍间产生的错误，一些艺术家却是不分青红皂白，嬉笑怒骂，大打出手，逞一时英雄，图片刻痛快，得蝇头小利而失大节。更多的则是鸡毛蒜皮、家长里短的市井生活写照，或者是不能公之于众的私人生活空间展示，甚至还有变态、猥琐、无耻的心理与偏执、阴暗心绪的显露坦陈，因为无知而自诩创新，因为无聊而终日絮絮叨叨……

无论是抬头看天，还是埋头种地，"中国当代艺术"都应当调整。

说"中国当代艺术"进入调整期是轻松的，因为有陡降的市场行情为依据。但是，说到如何调整，又有些沉重，不能不从有关的方面，如理论、市场和艺术家主体诸方面探求。所谓"中国当代艺术"包括理论家所总结的"玩世写实主义"，后来又有所谓的"艳俗艺术"。一般而言，"玩世写实主义"作品有两个特质，一是形式上的变形与夸张，而其内在是写实的、现实的，或者说，艺术家以玩世不恭的方式进行对现实的批判性描述。"艳俗艺术"与之相似，艺术家在表面华丽几近奢靡的物事与场景描绘中，企图对于当代社会的生活表面化、物质化进行批判。这些作品印证并展示了当代文化思潮中的重要一翼，也可以说是当代美术艺术中最有活力、最有内涵、最值得研究的一部分。但是，它们恰巧缺乏研究。近几年，中国美术理论界出了一批艺术策展人，他们中的多数是从策划"中国当代艺术"展览起步的，但是，每次展览策划"成功"之后，他们却有如熊瞎子掰棒子，掰一棒扔一棒，撤下一批艺术家，寻找另外一批艺术家。所以，新人辈出是"中国当代艺术"充满活力的所在，其副作用则是那些"中国当代艺术"现象没有得到理论的聚焦，没有得到应有的批评。个案研究与阶段性总结的缺乏使"中国当代艺术"的学术定位有了一个开头，却只是有了一个开头。自然，这不利于"中国当代艺术"的长足发展。前些年，外国艺术资本在全世界寻求新的热点时，发现了"中国当代艺术"，于是与港台艺术资本联手，力推"中国当代艺术"。当然，市场不是学术，不可能阳光普照，所以，就有了所谓"中国当代艺术"的"F4"（方力钧、岳敏君、张晓刚、王广义）以及前些年不断突破的拍卖天价。当这种让人咋舌的行情如过山车般陡升陡降时，人们对于"中国当代艺术"或幸灾乐祸，或指责有加。实际上，对于"中国当代艺术"的当初为人诟病、现在为人嘲笑，中国美术批评界也是难逃干系的。

听说，行情好了之后，订单不少，当红的"中国当代艺术"家们大都有了助手。助手画了多少，自己画了多少，虽然只有天知道，但作品中的思想深刻与否、情感真切与否、情绪通畅与否、语言由衷与否，外人是可以感觉得到、把握得到的。常言道，"愤怒出诗人"。这"愤怒"可以是关于历史的反省，也可以是关于社会的观察；可以是真理的揭示，也可以是遐思的穿透；可以是积怨的宣泄，也可以是时弊的针砭；可以是人生的失意，也可以是世道的炎凉……但是，如果是要"出诗人"，即产生优秀的艺术品，就有三个条件，也即微言、大义、真诚，缺一不可。近几年的"中国当代艺术"，特别是那几位当红"F"的作品，精致自不待言，大义则越来越了无痕迹了，或者说他们曾经具有的大义——对于极"左"思潮的反讽已经毫无新鲜感了，而"真诚"二字的缺失则是他们的创作及行情急转直下的原因所在。请来的助手肯定是听话的，他可以再现你的符号、模仿你的风格，甚至可以追随你的思路，但是他不能转达你的情感，或者说主创者与助手间的情感没有必然的通道。古今许多艺术大师都说，创作就是投入战斗，而且是肉搏血刃。一个艺术家想象自己能运筹帷幄之中、决胜千里之外，大将军似的，似乎有些可笑。可怕的是，他们的作品依旧是精心描绘的，甚至比从前的作品精致了不少。这种俗话说的"牛屎外面光"一类的作品对于艺术家与观赏者来说都是极其有害的。美术史的常识告诉我们，粗制滥造的作品是垃圾，会轻易地为人所弃，而精致之作则是毒物，在明眼人处有如鸡肋，尚且弃之可惜，在门外汉处就可能是宝贝，所有者会秘不示人，或者津津乐道。如此，一个艺术家应当追求的给人美感或启示不仅是一句空话，而且是背道而驰！

当然，既然是市场，就不仅仅是艺术家的事，甚至可以说主要不是艺术家的事。当"中国当代艺术"屡创天价时，有记者采访当事艺术家，得到的答复几乎是惊人的一致："这件作品当初我是以很低的价格卖的，你应该去问现在出卖作品的人。"可是，在"中国当代艺术"的市场领域，只有个别人士大谈自己如何以低价论堆收购的情况，而几乎无人在"天价"收藏后谈感想。如果"天价"成交真的是境外机构的市场谋略，倒真是值得庆幸的事。否则，中国收藏界人士在"中国当代艺术"市场运行方面的设想与方法更需要调整。不过说到底，"中国当代艺术"市场行情当初的一鹤冲天、近年时不时的风声鹤唳，还是得归因于其学术性与生命力，还是得指望艺术家努力。

五、书法与实用疏离，艺术的立身之本何在

自 1981 年 5 月成立中国书法家协会以来，中国书法独立地在有组织的状态下向前发展着。但是，发生在中国书法界的学术性讨论大多在社会发展与文化转型的框架内进行，虽然也联系到书法的古往今来，如关于书法美学的讨论基本是跟着李泽厚的本体论美学走；所谓当代新儒学书法的思想力量来自新旧传统碎片，与新文人画同步；此外，诸如"流行书风"的评价、中国日本韩国等汉文化圈围绕或解构传统汉字书法的"主义展"等，在圈子里十分热闹，甚至可谓触目惊心，但是，一离开书法界，一离开展览的"当下"，有了时间与空间的距离，书法界的这些学术活动便有些让人觉得深入不够、展开不够。其实，三十多年来的中国书法艺术，其守成与发展、务虚与务实，基本是围绕着中国书法的"现代性"展开的，而这个命题又常常以一个话题展开、演绎，并纠结着。

这个话题就是：当代书法，离写字有多远？！离观众有多远？！

先民因为生活，创造了文字；因为交流，创造了书法。如此绵延上千年，书法家数不胜数，但都是业余的。到了近代，由于硬笔的引进与推广，书法的实用功能不断弱化，逐步走向了纯艺术，有了职业的书法家。但是，书法依旧与写字息息相关。到了今天，书法曾经受到电脑的巨大冲击，但是，随着人们对于本身素质的重视，特别是少儿教育与老年人生活中书法比重的提高，书法再次受到极大的重视。人们重拾传统，临帖摹碑，不亦乐乎。在专业界，书法创作达到了空前的多元，其中的一些书法家作品全然与写字无关了。

有的书法家以汉字的象形原则为由，在纸上追求岩画的效果，以绘

画的一些简单原理来指导结体、安排章法，且美其名曰：书画同源归于源。有的书法家把以碑为代表的民间书法风格推向极端，在纸上以笔代刀，把刻石以及刻木、刻竹的一些效果当成书法风格，且美其名曰：创新。其实是明晃晃的日本来历。

有的书法家似乎更深刻些，但也更浮躁些。你不是说书法以点划为原则吗？他便散锋乱扫，逆锋倒窜，拖泥带水；你不是说书法以笔顺为原则吗？他便吞吞吐吐，甚至缺胳膊少腿；你不是说书法是线条的艺术吗？他便一通泼墨泼彩加泼水，或者拓几个黑点了事；你不是说书法是抽象艺术吗？他便抽象到底，让一大堆线缠来绕去。这让人想起美国画家波洛克在 20 世纪 60 年代的让人体沾上墨彩，在白布上拖拉人体。

无论是画，还是刻，还是洒泼，还是划拉，虽然这些书法家依旧用毛笔，用宣纸，用墨，但都远离写字而去。由此产生的疑问是，既然是书法，又何必去画画呢？又何必去雕刻呢？有了绘画，有了雕刻，书法只能是书法，这各得其所的道理怎么也不应该是书法发展的障碍，是解构的对象呀？！

无论是原理，还是定义，都是千百年来从事书法艺术的人们不断摸索出来、不断完善的。要打破之，虽然需要足够的胆量，也不容易。但是，一门艺术的发展光有胆量是不够的。把原有的一切全盘否定，痛快是痛快，最终会落得个无家可归的。

其实，安守于写字这块土地，书法家们也是大有所为的。怎么写是一个方面，写什么也是一个方面。对于书法艺术来说，如车之双轮、鸟之双翼。内容上一味的唐诗宋词元散曲，形式上的千变万化都可能是过眼烟云。或者写一些自己的诗文，而这些诗文无论从立意、境界，到风格、手法，乃至修辞，大多平庸，几无新意与个性。问题是，谁来道破这个"笑话"呢？！

书法规则的形成与发展是这门艺术的流变，而其根基则是写字的社会需要。或者说，写字是书法与生活联系的主要纽带。撤掉这根纽带，皮之不存，毛将附焉？！书法，从词义来说，首先是写字的法度。所以有这个法度，就是要让别人能认识你写的字，进而体会你的感觉，领略你的才情，抚慰他的心灵，发现社会的变化，促进历史的进步。从前，书法是人们交流的媒材，无论是文告、上疏，还是信札、笔记，人只要识字，就能看懂。到了这几十年，书法展览的组织者常常要求篆书、草书的作者附加释文，其目的也是为了让观众看得懂，跟得上。

当代书法家们既然不在乎书法与写字的关系，也就不会在乎书法与观众的关系了。或者说，这些书法家从他们把书法与写字断然分开之时，也就把自己的作品与观众分开了。因为，当代中国的绝大多数观众的审美水平即使再提高，也还是从写字这个角度来理解、欣赏、要求书法的。这几年，一些现代书法作品的展览所以观众寥寥无几，也就是这个原因。

本来，书法家愿意怎么写就怎么写，是所谓创作自由的一部分，无可厚非，更何况中国文化有"凡有井水处即能歌柳词"的传统，也有"藏之名山，传之后代"的传统。问题是，这些书法家要办展览，要出书法集，要掌声，要市场……这一切都建立在拥有众多观众，而不仅仅是三两个评论家的喝彩之上。更大的问题是，这些书法家还屡屡在一些书法比赛、展览中得大奖。中国号称书法大国，这个"大"来源于悠久的书法历史和深厚的书法传统，也来源于人数庞大的书法爱好者队伍。当这些爱好者跟随颜、柳、欧、赵，晨起临碑、入暮读帖时，书法家却把碑帖弃之如敝屣，这不成心让爱好者们为难吗？后者在一阵茫然之后，毅然决然再一次选择了颜、柳、欧、赵，便让当代书法家们为难了！

因此从观众考虑，自然也从创作考虑，更迫切的事是如何加强文化修养，让作品透露出更多的书卷气；如何提高精神境界，让作品体现出更多的人文情怀；如何深入生活、扩大视野，让作品与时代精神契合等。

当然，中国书法界目前还需要重点考虑的是各级领导干部对于书法艺术的明里暗里的无边无际的热情。2013年春节之后，有媒体爆料称，新一届陕西省书法家协会主席团成员多达破天荒的64人。这不是孤立的现象，也是一股潮流，即领导干部、专业人士不顾一切、不择手段地"朝钱看"。美协不好进，基本功的门槛太高，把硬笔字改成毛笔字，便成为书法家了，在位时在所属范围到处题匾；快退位了，赶紧进入书法界，保得"绿水长流"，甚至试图"名垂青史"。加入了艺术家协会，就是公认的艺术家；当了协会的理事，就是公认的著名艺术家；当了协会的主席副主席，就是公认的艺术大师。这是他们的逻辑，也是当今社会人们的粗略共识。所以，一到文联各协会换届，许多人便忙碌起来：有干了一辈子的文联老同志力争这最后改善待遇的机会，有高等院校科研机构的专业人员不甘他人越俎代庖力争保持体面的机会，有仕途不畅或临近退休的领导干部力争这战略性转移的机会，有爱好艺术的社会闲散人员力争这进入主流社会的机会，有曾经附庸风雅的艺术活动赞助商力争这成为儒商的机会，也有什么都不是但有关系的人力争这不得白不得的机会……一时间，各色人等，粉墨登场，拼死一搏，其中的表现以及由此展示的思想、心态、情感，几乎都与作为一个正常人的道德良知平常心相违背，更与作为一个艺术家应有的操守美德与使命感相违背。他们的逻辑是简单的，他们的思想是浮浅的，他们的行为是拙劣的，可是，他们的初步愿望实现了。在今天，在众目睽睽之下，在千夫所指之下，那份浩浩荡荡的主席团名单还是一张"光荣榜"吗？！

在文联各协会当中，这些年，书法家协会与美术家协会可以说是赶上了"黄金年代"，因此，发生在书协与美协改选换届中的一切不当与无耻，大都与"黄金"有关。据说，这两个协会会员都有一定的市场行情，理事与主席们的行情自然是水涨船高。一般老百姓不知道谁是真正的艺术家，谁是混世魔王；一般艺术品收藏者不知道谁可能名留后世，谁可能只是昙花一现；特别是不少领导干部与企业家，难得有时间与精力研究专业问题，对于别人送上门来的书画礼品，或给别人准备书画礼品时，只能凭道听途说，只能凭艺术家的身份。这样，是不是协会会员，是不是协会领导，似乎是太重要了。在商品大潮中，金钱似乎万能，艺术家也是人，也有七情六欲，但是，我们不能因为文联各协会地处机构边缘而忽略其重要性，不能因为艺术家有个性无大碍而听任其私欲鼓荡，更不能让拜金主义充斥在艺术的空间里，不能让一切不正之风在艺术界大行其道。

艺术家没有特权，文联各协会、包括书协与美协也没有特权，既然是国家正式的组织机构，用的是纳税人的钱，必要的组织原则必须遵守，现行的人事制度必须贯彻，公民的道德标准不能降低，艺术创作与事业的规律不能违背，国家荣誉、人民利益……在艺术的天地，也是永远神圣不可侵犯的。

争权夺利是一股浊浪，似乎不关思潮。其实，浊浪大了，浊浪多了，以至于排空的地步，也就是思潮了，只是，其内里没有多少深度，概括之仅一"俗"字足矣！

当然，思潮的有无与优劣、风潮的有无与优劣等，并不能决定中国书法创作的存在与发展。也因此，我们在当代书法创作的浩荡大军中可以看到气势与力量，这就是继往开来，这就是吐故纳新，这就是劈山夺路……经过了初创时的忙乱冲击，经过了西方现代主义艺术的冲击，经过了商品大潮的冲击，经过了官吏退占之潮的冲击，中国书法在高拔的千古书坛，理当有拨云揽月的气度。有了神清气爽的立身之本，获得数以亿计的拥趸者，中国书法、书法家自是挺立于艺术之林了。

第三节　当代美术书法的现状与期许

条分缕析，扒梳整理，新时期中国美术、书法思潮的纷扰沉浮，静而观之，其中有思想之争（关涉主义）、观念之争（关涉学理）、品鉴之争（关涉品位），也有意气之争（关涉来路），甚至是地位之争（关涉门派）、利益之争（关涉住房收入出国机会等）等等，看似简单，说来却是甚为复杂。

人们常讲，当代中国是一个没有艺术大师的时代，虽然大师的桂冠四处飞扬。面对河南安阳的殷墟刻辞甲骨，面对四川广汉三星堆的青铜人像，面对甘肃敦煌的石窟壁画，面对陕西西安的兵马俑阵，面对湖南长沙马王堆的彩绘帛画，面对陕西礼泉的昭陵六骏，面对宋代范宽的《溪山行旅图》，面对时而静穆时而奔放的千年碑帖法书，面对时而素朴时而华彩的历代陶瓷器皿，甚至面对20世纪30年代的木刻与漫画，还有齐白石的红花墨叶、黄宾虹的郁勃山川、徐悲鸿的行空天马与傅抱石的散锋皴法等等，当代艺术家难免汗颜。但是，当代中国美术的发展又是空前的，这就是其在主题、体裁、题材、风格、语言、材料、程序诸方面的多元迸发态势。虽然有过反复和挫折，当代艺术家还是真正地拥有了表现一切的权力，也有了这种精神与物质的可能。主流与非主流艺术不仅和平共处，而且在许多情况下是共享互生、相携而进的。美术各门类各有各的天地，各有各的目标，也各有各的造化与成就。传统的与现代的、激进的与沉稳的、写实的与写意的、磅礴的与精微的、狂放的与收敛的，或者是兼工带写的、中西融合的、标新立异的……中国美术的深刻性虽然差强人意，其丰富性却是历史上从未有过的——这样的自由欢快，这样的摇曳多姿，这样的色彩纷呈。但是，我们也应该看到，当代美术创作存在着重大主题表现不够、历史进程描述不力的缺陷，而大题小做、无病呻吟的情况并不少见。如何在读书的时候进一步提高境界，如何在写生的时候进一步开掘生活，如何在创作的时候进一步推敲斟酌，如何在艺术之内多花一点功夫、在艺术之外少用一点力气，是值得当代艺术家重视的。

近两年，"画派打造"成为了一些省份宣传文化部门、特别是美术界的一个工作重点、一个讨论热点。有的人认为画派不能打造，有的人认为画派可以打造，有的人甚至认为画派必须打造，但不管大家如何议论，一些省份在那儿热火朝天地"打造着"画派：陕西的黄土画派、广西的漓江画派、山东的齐鲁画派、甘肃的敦煌画派、四川的巴蜀画派……还有若隐若现的新海派、新京派、新新金陵画派等等相继"出炉""问世"。

此轮画派打造的提出，基本缘于一些地方文化部门的政绩构想，至少是先后被纳入了各地的政绩工程。以一个响亮的口号来动员一个地域的艺术家、组织一次或几次活动、召开一次或几次学术研讨会、出版一部或几部大型画册，甚至形成一种前所未有的团结向上的美术事业新格局，是可以做到的，也未尝不可。但是，这种以政治运动的方式来组织艺术创作活动的做法，对于一个画派的起步或形成却是不够的，有些让人觉得牵强，有艺术大跃进之嫌。于是，各大"画派"的批准与推动之机构、策划与组织之人士在其构想计划与行动宣言中，树起了一面面猎猎作响的旗帜。

他们有的古为今用，譬如说甘肃画派借用中国美术圣地——敦煌的石窟艺术；有的甚至借用到历朝历代，譬如说山东画派从北宋的李成说到当代的于希宁；有的则想到了他为我用，譬如说广西的漓江画派想到了曾经在桂林写生过的齐白石、徐悲鸿、李可染；有的则无所不包，譬如说巴蜀画派的推进者将之列入包括重庆在内的古今巴蜀文化。即使如此，这些画派的提出仍带有明显的区域性。在网络四通八达、地球等于一个村庄的当下，艺术创作的地域特色越来越弱化，由此而提出一个地域性的口号来自行其是是否合适？在冷战已然结束、交流与交锋十分充分的当下，艺术思潮的嬗变频率越来越迅速，由此而提出一个通今达古、无所不包的口号来囊括一切是否合适？关键是，这些口号对于当地有无号召力，对于外地有无影响力，对于艺术有无创造力，对于未来有无生命力。口号的提出如果与艺术的发展关系不大，也无所谓。一届政府、一方人士应当有所作为，这也是可以理解的，也应当得到各方面的支持，毕竟，有所为总比无所事事好。而且，在文化方面，是可以提出一个自觉的高度问题，即使从前没有也可以尝试。可是，"打造画派"的提出为什么被认为是"勉强之举"，甚至让人担心成为艺术上的"大跃进"、商业上的几个人致富呢？就在于其提出的方式是非艺术的，其目的是非艺术的，其罗列而不是形成的格局是非艺术的。有必要提醒那些热衷于打造画派的人们，特别是那些画派的领头人，要拿出作品，而不是一年一个旧作新展；要提升高度，而不是原地打转转；更要踏下心来，读书学习，研究人，研究社会，研究历史，研究艺术，而不是在那儿前呼后拥地画个写生，四面威风地画个小画，气吞山河地说段空话套话，自我安慰地拿钱买来批评家与媒体的"高度评价"。廉价的"好评如潮"涨得也快，退得也快。最终，这些人为拼凑的所谓画派只会是昙花一现，毕竟，历史是改不了的，艺术是喊不出的。

艺术思潮可以说是一个时代的艺术追求之潮、艺术创造之潮、艺术成就之潮，所以，艺术思潮的形成与否、澎湃与否、滚滚向前与否，必须综合诸神之力。

回顾近四十年中国书画艺术发展历程，真有隔世之感。从那个人人自危、噤若寒蝉、色调单一的年代到如今这个艺术家们四体畅达、神采飞扬、几近为所欲为，其间的距离有如天壤。

在任何一个民族中，艺术家都是一个特殊的群体，或者说他们都是一群难以管束的孩子。所以，在中国历史上，不乏艺术家特立独行的故事，也不乏统治者铲除异端的故事。极左思潮留下的历史教训就是在思想领域、也包括艺术领域的天地越来越小，道路越走越窄。"文革"十年，更是取消了大家思想的权利，取消了艺术家创作的权利，几乎给中华民族文化造成灭顶之灾。正是对历史的反思，也是艺术创作自身的需要，改革开放以来，经过"拨乱反正"，冲破了"阶级斗争工具论""为政治服务论""主题先行论""题材决定论""形式技巧可有可无论"等等艺术思想领域的诸多樊篱。经过解构重组，当代艺术界重新获得了思想的自由与表达的自由，重新获得了创作的自由与展示的自由，重新获得了出售作品的自由与自享其成的自由。而这种自由的获得并非政治运动所致或行政命令的强制所为，而是在艺术领域通过讨论获得的。这些年，关于艺术形式与形式主义、"85新潮"与西方现代主义艺术的引进、人体艺术展与性文化、中国画是否步入了穷途末路、文人画的格调与时代精神、油画的民族性与乡土性、中国画的笔墨价值有无、行为艺术与反文化、当代艺术"与国际接轨"、艺术批评与艺术策展、当代书法的书写性与表现性、当代书法的传承与创新等等，涉及艺术思想、艺术创作、艺术管理与艺术家修养方面的纷争有的已经平息，有的还在进行，有的还会有反复，但是，没有一个艺术家因言获罪，没有一个理论家因噎废食，中国当代美术、书法艺术因此获益匪浅。当然，我们在珍惜蓝天辽阔、清风徐来的同时，也应当看到，面对难以理出头绪的艺术界，面对令人眼花缭乱的艺术品，特别是面对众多艺术学子的饥渴茫然的眼神，人们看到了批评的失语与批评家的缺席。这不能不说是一个令人遗憾的事。

《尚书·君陈》有言："有容，德乃大。"这"容"是宽容，是理解，是鼓励，也是善意，是默许，是等待；是自信心，是原动力，是想象力，是创造力，也是思想的无终无止，是情感的无边无际。有容之大，容得下天，容得下地，自然、也应该容得下那些个日夜不宁、耽于创造的艺术灵魂。正如这新时期艺术成就是千舟竞发、波澜不息所成，未来中国美术、书法艺术的发展也应当是思想激荡、多元不一、各尽天才的态势。

（邵建武）

第六章　新时期音乐艺术思潮述评

　　这里旨在通过"音乐思潮"这样一个独特的切入点，回溯新时期以来中国当代音乐领域各种思潮的发生、发展与演革的历程，从中既可梳理出音乐思潮发展线索以及对于音乐进程的深刻影响，又可从一个特殊视角管窥到当代音乐发展的些许脉络。评判其优劣，总结其得失，为未来深入研究这一时期音乐发展史提供一些较为明晰的思想线索。

　　改革开放以来，中国音乐经历了一个十分复杂的发展过程。对于这个阶段的音乐生活的评价，不同观点、理论和文化批评学者曾经给予诸多论述。内容涉及到教育、创作、表演、传播各个方面，研究方法涉及美学、心理学、社会学各个层面，表达方式见诸专业学报、刊物、报纸、网络媒体乃至电视专题、专业或民间文化论坛。若对这个时期音乐思潮做出全面的梳理和总结是个极为庞大的课题，需要学界对此进行多年的、基于从资料梳理到理论升华的科学研究，决非一人之力可以完成。本文仅就影响大众音乐生活的社会影响度作基点，对三十多年来音乐思潮进行以时间为经、以主要思潮动向为纬的梳理，以期提供一个可供学界进行深入探讨和批评总结的基础性参考。

　　尽管新时期音乐思潮有着极为丰富的内容，涉及到多个领域和层面，但总体来说仍有一定的脉络可循。概括起来主要有三点：一是音乐思潮的发展总是追随着改革开放条件下以新作品为核心的创作实践而发展；二是音乐思潮的发展在与音乐各个实践领域的互动中，存在着相互促进亦有相互背离、相互影响亦有相互碰撞、相互融合亦有相对独立的发展轨迹，既有"两岸猿声啼不住，轻舟已过万重山"的殿堂与民间的风马牛不相及，也有"我劝天公重抖擞，不拘一格降人才"的相得益彰；三是音乐思潮的表达方式极为丰富，已经超越了以往理论和实践二元化的分野，故其所产生的社会基础和社会影响也相应地呈现出极为复杂的状态，这在观察音乐实践和音乐生活时务必充分注意。

以此为基础，本文将分三部分讲述：第一个部分是以时间为序对新时期音乐思潮发展阶段的总体述评；第二个部分介绍新时期音乐思潮的重要学术讨论；第三个部分是关于当代音乐的现状与走向的观察与思考。

第一节　新时期音乐思潮发展的三个阶段

中国共产党十一届三中全会宣布了中国当代史上一个崭新的发展时期的到来，确立以经济建设为中心、全面改革开放成为重要的国策。这对经历过"文革"十年的中国人民来说是一个前所未有的重大转折。此后的三十年多间，中国的政治、经济与文化生活发生了天翻地覆的变化。对音乐界来说，无论是音乐创作还是理论研究等各个领域的发展无不深受这些变化的影响和制约。而新时期音乐思潮的发展，总是伴随着社会政治、经济和文化生活的发展，伴随着音乐创作实践的发展和大众社会音乐生活的需求的变化。我们大致上可以把新时期音乐思潮的发展分为三个阶段。

一、1978—1988：音乐的复苏与探索时期

这个阶段的特点是：社会生活发生了迅猛的变化。确立以经济建设为中心，从农村实行"联产承包责任制"到城市私有经济的发端等改革措施给社会带来极大震动。对外开放，西方大量政治、经济、文化方面的译介引发了思想界的大动荡，极大地激发了以"回顾与反思"为核心的思想解放运动。这些大社会层面的变化当然会影响到音乐界。由"文革"的"高强硬响"时代走出来的大众自然而然地产生了对抒发人之常情的音乐作品的需求，一大批被批判过的抒情歌曲重新走向舞台，再次获得了新的艺术生命；同时，以复苏早期电影音乐插曲传统风格为代表的抒情歌曲创作应运而生。进入80年代早期，恢复高考后第一批音乐学院的毕业生们开始了现代音乐创作，引发了巨大的争议。同时，对外开放带来了海外流行歌曲的传播，也同时影响到内地相应流行歌曲演唱和早期创作的兴起。在此背景下，音乐学界开始了一场旷日持久的关于

"新潮"音乐和流行音乐的争论。由于这两个现象被某些学者称为"怪胎",故此可用"两个怪胎"论来概括这个阶段音乐思潮的重大交锋。

这个十年的文艺思潮又可以分为两个不同阶段。

第一个阶段为 1978—1985 年,主要特点是大众对抒情歌曲的需求导致抒情歌曲创作的发展和流行音乐的兴起。

1980 年,中央人民广播电台和中国音协《歌曲》编辑部联合举办了"全国人民喜爱的歌"的评奖活动,其结果评出了是历史上著名的"十五首抒情歌曲"。这些创作音乐上歌词上虽然具有了时代特征,旋律上大大增强了抒情性,也拓展了题材,更多地还是对 50 年代和 60 年代初期抒情群众歌曲传统的继续和拓展,歌颂祖国、民族、时代和劳动的题材占了极大部分。倒是少数作品由于作品载体的不同而开始有了向流行音乐的靠拢。《乡恋》采用了探戈节奏,李谷一使用了十足带有"靡靡之音"色彩的"气声"唱法而引起了激烈争议,一方面是听众的喜爱,歌曲迅速风靡,一方面则遇到了上纲上线的政治化批判。王立平在电影《潜水姑娘》中,第一次使用夏威夷吉他演奏了一段优美的主题,反应比较平和;在电视片《哈尔滨的夏天》中,他又在"太阳岛上"运用了东南亚船歌的律动:"小伙儿弹起六弦琴,姑娘们穿上了游泳装",同样获得普遍认可。上海的屠巴海等人创作了一批轻音乐曲,《春风杨柳》是其中最优美的一首。毕晓世在广州参与组建了"紫罗兰"乐队,从此电子舞曲则伴随着复兴的交谊舞热而到处传播。这些动向显示了"流行"与"传统","民间"与"官方"的微妙区别,也显示了缓慢的过渡。

1980 年,新复刊的《北京晚报》举办了一场"新星音乐会"。9 月 18 日的《北京晚报》发表《推出新人,推荐新歌》一文,特地说明:"为什么叫'新星音乐会'?新星,就是新的明星,过去,人们忌讳提明星这两个字,我们认为,为实现四化,各行各业都应该有自己的明星。"后边又说:"一个时期以来,音乐界有一种现象,对于新的歌手、新的歌曲,这也挑剔,那也指责,这也不行,那也不是,弄得人家无所适从。我们认为,批评是需要的,但首先要爱护,要扶持。多给他们创造一些条件吧,让他们先唱出来,让广大人民群众来鉴定。"而这场音乐会上,演唱的作品也大多与"十五首抒情歌曲"相类似。

20 世纪 80 年代初期的另一个音乐现象,就是海外影视剧插曲和港台流行歌曲的传入。这类作品也分两个部分，一部分是中国早期30—40年代流行歌曲的延续，一部分是50—60年代以来海外华语流行音乐的新创。其中最典型的代表人物是邓丽君，她的歌声一时间传遍大江南北。此外，经过中央电视台介绍，台湾校园民谣也风行于内地。

与此同时，还有一个与音乐产业有关的大事就是音像业的大发展。1979年广州太平洋影音公司成立，打破了中国唱片总公司一家垄断的局面。三四年间，中国成立了近三百家音像企业。大批的盒式录音带成为了青年人最时髦的文化消费，其中流行歌曲自然占有绝大的比例。

对于80年代早期的种种音乐现象，在理论界和舆论界引发了激烈的争论。1980年，中国音协在北京召开了一场专门针对当下流行音乐取向的讨论会，称为"西山会议"。在会上，一些专家对于以邓丽君为代表的港台音乐表达了否定的观点，称其软绵绵、萎靡不振，是含低级趣味、反映腐朽颓废情调的乐曲。同时还批评了内地著名音乐家张丕基、王酩及李谷一的《乡恋》。在这次会议上，邓丽君的歌曲被正式冠以"黄色歌曲"和"靡靡之音"的称谓。1982年，由《人民音乐》编辑部编辑、人民音乐出版社出版了《怎样鉴别黄色音乐》一书，集中了对邓丽君为代表的歌曲的批判意见。对于朱逢博、李谷一、苏小明、程琳等较早应用流行唱法的一批歌手，也多受到专业领域音乐界人士的批评。这类批评的主要原则仍然是以传统的美学观念为基础，新兴的流行音乐因此成为影响波及整个社会的"怪胎"。

同样在"西山会议"上包括会前会后，也有不少人士表明了不同的声音，对于历史上的"靡靡之音"以及80年代海外流行歌曲的传入以及内地流行音乐创作的尝试，表示要历史地、辩证地予以分析。其中，由《北京晚报》发起的关于《何日君再来》的讨论，是具有代表性的例证。而这场讨论最终不了了之，也说明了80年代早期对于流行音乐兴起的不同观点的尖锐对立。

1986—1989年为第二个阶段，流行音乐开始盛行。

1986年，北京为世界和平年举办了"让世界充满爱"的大型音乐会，这场晚会宣告了内地流行音乐的全面崛起。此后，内地的流行音乐原创在广州、北京两大基地全面展开。在经过80年代前期模仿、学习流行音乐创作与制作的基础上，两地音乐人针对港台流行歌曲的风行进行了独立思考，得出了要以流行音乐形式表达这代人对历史和生活思考的结论，并切实付诸行动。这种思考和研讨集中表现在广州太平洋影音公司、广州中唱公司、广州新时代影音公司、广州白天鹅音像公司以及北京中国录音录像出版总社、东方歌舞团录音公司、中国录音录像出版总社等新兴的音像公司所形成的流行音乐创作群体的创作活动中，尤以1987年前后北京声像艺术公司主动组织的音乐沙龙为探索中心。其间与此后，一大批具有强烈北方民族民间音乐色彩，吸收西方摇滚乐手法，具有强烈文化批判性的作品相继问世，史称歌坛"西北风"。这批作品与80年代早期抒情歌曲共同构成了80年代改革开放在音乐界歌曲创作领域的最高成就。当然，1988年左右音像界也已经出现了一批只求经济效益的粗俗制作，比如以"囚歌"及大量翻唱的海外流行歌曲制品为代表，"娱乐至上"、市场为王的音乐制作理念，开始作为一种暗潮影响着新兴的流行音乐产业的创制作和传播。

在传播上，中央电视台青年歌手大奖赛于1986年开始设立"通俗唱法"组别，同年中国音协也举办了首届"孔雀杯"民歌通俗歌曲大赛，从而在某种角度上给予了流行音乐的"官方"认可。随着一批年轻的音乐评论人开始介入流行音乐的研究和评价，这一时期对于流行音乐的批评声音相对减弱。

到80年代中期，以各大专业音乐学院恢复高考后的历届作曲系毕业生为主体的、被命名为"新潮"音乐的作品，相继以个人作品音乐会的方式上演。这些创作者大多在学院内学习传统古典音乐创作技法的基础上，尽可能地听赏和研究了西方20世纪的现代作品与作曲技术并尝试付诸实践，他们的音乐成果在专业音乐界引发了广泛而激烈的讨论。

1986年8月7日至13日，辽宁省音协、省文联理论研究室、《中国音乐学》编辑部、《人民音乐》编辑部、《音乐研究》编辑部，共同发起并主办了"当代中国音乐的紧迫问题和音乐理论家历史使命研讨会"，由于会议在辽宁兴城召开，史称"兴城会议"。参加会议的76人多是音乐理论界各学科较具代表性的中青年音乐理论家，他们围绕"当前中国音乐的紧迫问题和音乐理论家的历史使命"这一中心议题，就当时音乐理论界的各种问题进行了广泛讨论。就学科归属来看，包括了音乐批评、中外音乐史学、民族音乐学、音乐技术理论、音乐社会学、音乐美学等学科，有 29 篇论文摘要发表于 1986 年第 3 期的《中国音乐学》上，其中的许多观点实际上成为此后音乐界各种思潮发展的一个重要起源。

这次会议关于"新潮"音乐创作的讨论，也围绕着鼓励探索和尝试、处理好外来技法与本土文化、形式与内容等诸多方面进行，既有美学层面的思辨，也有技法上的总结和评析，揭开了此后"新潮"音乐讨论的序幕。正如居其宏所言："'新潮'音乐创作实践和创作观念在音乐界引起了强烈的反响。当青年作曲家于 1980 年至 1987 年上半年相继推出自己的创作并已相应地进入了一个调整期之后，有关'新潮'创作实践及其观念的冲击，音乐理论界也相应地出现了以'观念更新'为主旨的思潮并引发了日渐深入的讨论。这样也就日益暴露了音乐界对现实的和历史的、时间的和理论的一系列重大问题的意见分歧。"

围绕着"新潮"所引起的理论界的讨论大致可以分成两个阶段：第一阶段大约从 1980—1987 年初。在这一时期，青年作曲家陆续推出了自己的作品，由于他们大量运用了现在作曲技法从而与传统形式形成某种断裂，强烈地震动了音乐界。同时，青年作曲家又通过各种途径表达并阐述了自己的哲学、美学观念，亦给理论界以较大影响。理论界在最初涉及"现代作曲技法"一些言论中，基本持中庸的态度。之后，随着"新潮"作品的陆续推出而出现了一批理论文章，对其开拓意义和探索精神予以积极的评价。这一阶段较重要的文章有李西安《他从迷惘中走来》(《人民音乐》1985 年第 10 期)，王安国《我国音乐创作"新潮"纵观》(《中国音乐学》1986 年第 2 期)，李西安、谭盾、瞿小松、叶小钢《现代音乐思潮对话录》(《人民音乐》1986 年第 6 期)，汪立三《新潮与老根》(《中国音乐学》1986 年第 3 期)，李曦微《新音乐的思索》(《中国音乐学》1986 年第 2 期)，戴嘉枋《面临挑战的反思》(《音乐研究》1987 年第 1 期)，舒泽池《"现代技法"与中国现代音乐创作》(《中国音乐学》1986 年第 2 期)等文章，逐渐形成了一种对"新潮"音乐基本肯定的态势。在这一阶段，对"新潮"音乐也有一些委婉的批评。而实际上对"新潮"的激烈批评和否认的意见也已在音乐界出现，只是较少公开发表。因此，也可以说，这一阶段有点"一边倒"，对"新潮"的赞赏成为主流，所给予的估价更多的是观念层次上的评论。

这种情况没能持续很久。1987 年 5 月 15 日，中国音协召开了纪念

《讲话》发表45周年座谈会。会上，一些人即对"新潮"、对戴嘉枋《面临挑战的反思》、居其宏《归来兮，批评之魂》及李西安、谭盾、瞿小松、叶小钢《现代音乐思潮对话录》等文章，对改版后的《人民音乐》等提出了极为激烈的批评。1987年第4期的《文艺理论与批评》上，发表《音乐艺术要走社会主义道路》一文，基本否定了"新潮"音乐，也否定了为"新潮"提供支持的理论工作者的主要观点。同年10月，于江阴召开的中国史学会年会及当代中国音乐研讨会上，吕骥发表了类似的意见，戴鹏海则予以反批评。1988年底，《文艺报》辟专栏组织了如何看待"新潮"与通俗的音乐讨论。刘经树于《人民音乐》1988年第2期上撰文《崛起的一群，迷惘的一群》，对"新潮"作曲家做出了批评。金兆钧于《中国音乐学》1988年第4期发表《从"新潮"论争看音乐价值观之分歧》。至此，对"新潮"的讨论进入一个较为深入也比较正常的阶段。

从至今见诸文字的讨论文章看，围绕着"新潮"的讨论显示出了在一些基础理论的重要分歧以及对历史和现实之评价的对立意见。其中主要包括：一是音乐艺术的本质、地位、功能；二是音乐与社会的关系；三是音乐的价值判断；四是对建国以来中国音乐史的评价乃至延伸到整个20世纪中国音乐史的评价；五是对新时期音乐创作的基本评价等等。

到20世纪80年代后半期，对于"新潮"音乐的讨论基本上限于音乐学界内部，并未在社会层面上引起较大的反映。

可以概括地说，20世纪80年代是音乐思潮空前活跃、关注面不断扩展、新观念新问题不断呈现的时期。这个时期，恢复高考后毕业于音乐院校的一批中青年学者开始登上学术论坛，论题涉及音乐各个领域。一批非音乐专业、活跃在传媒领域的记者开始介入音乐评论，主要聚焦于流行音乐领域，形成了日后被称为"乐评人"的评论队伍，也成为了音乐评论的一支方面军。这个时期的音乐思潮，主要还是围绕着"新潮"音乐和流行音乐这两大新兴音乐现象或说"两个怪胎"为核心展开。

二、1989—1999：音乐界全面、多元的发展时期

1989年以后，中国的改革开放经历了第二个发展时期。以邓小平"南方讲话"为标志，经济建设进入了高速发展时期，音乐界甚至整个文化界也相应地进入了一个多元化发展阶段。特别是声乐界，形成了以

"美声""民族""通俗"唱法并存的"三足鼎立"局面，古典、民族、流行似乎也成为相对应的三大社会音乐生活分野。这一时期的音乐思潮虽然仍围绕着"古今""中外""雅俗"等基本范畴进行思考与讨论，但已经进入了更多吸取国际研究成果，力图建立新历史条件下的中国音乐话语体系，深入到作品的创作研究、教育改革研究、新传播方式体系研究乃至作品及其影响的社会学、心理学等多个层面，故可称此阶段为"三足鼎立"阶段。

这十年也可以分为两个不同的阶段。第一个阶段是1990—1995年，有两个来自市场化的事件对日后中国音乐的发展产生了巨大影响。

一个是1989年广东珠江经济台开始广播节目改革。口播节目的出现，预示着以往播音员仅仅作为传声筒的身份开始向节目策划、主持人身份转变，节目内容大大扩展。在这种情形下，音乐开始成为各类节目的必要附加成分，这就大大推进了各类音乐在社会生活中的应用。此时，中国政府开始对海外音乐的进口和加工实施许可证制度，大量海外古典音乐、轻音乐包括流行音乐得以大量引进并在主流媒体中播放，特别是正处在发展高潮期的港台音乐得以出现在各种广播节目中。1983年起，全国各地的广播电台由于立体声播放技术的发展纷纷开设音乐台，音乐在前所未有的规模上渗入到社会生活的各个角落。

另一个是1989年卡拉OK厅开始引进中国。仅一年之内，广州的卡拉OK厅就发展到一百多家，北京发展到七十多家。作为一种新兴的大众文化消费方式，卡拉OK迅速占领了绝大份额的大众音乐消费市场。由于当时中国还没有卡拉OK伴奏带的生产系统，所有卡拉OK歌厅的软件就全部来自于港台地区，内容几乎全为港台作品和日本作品。对此，中宣部意识到生产内地歌曲卡拉OK伴奏带的紧迫性。1991年，由中宣部牵头，北京部分音像出版企业受委托紧急生产了一批内地歌曲卡拉OK伴奏带，题为《中华卡拉OK曲库》。

广播电台改革和卡拉OK的引进，海外音乐产品的许可制度加上1990年《中华人民共和国著作权法》的颁布，进一步改变了中国社会音乐生活的格局。在此形势下，中国的音乐创作、表演和传播加速了变化进程。

20世纪90年代前期的音乐变化，主要体现在市场化进程的加速，文化产业概念悄然出现。继 80 年代后半期文化界盲目"下海"经商的尝试失败后，现代文化企业的探索从另一个角度重新开始。虽然在理念上仍然存在文化产品的"社会效益"和"经济效益"的激烈争论，但文化可以面对市场、文化产品可以作为商品的观念渐渐形成共识。在流行音乐界，新生一代的创制音乐人开始意识到：传统的创作、纸质媒体发表，通过电影、电视和广播媒体传播的流程，已经应该在现代企业化经营的模式下变革。在学习港台流行音乐产业体系的同时，广东、上海、北京几乎与 80 年代初期同时开始了流行音乐生产企业化、传播市场化的尝试。这一时期被称为"包装时期"。从 1992 年杨钰莹、毛宁登上中央电视台春节晚会开始，这种新的模式被证明获得了成功，鼓励原创、推出新人成为流行音乐界的共识。这种共识与"西北风"时期的不同之处在于："西北风"时期音乐人更重视的作品的文化使命感而较为忽视市场需求；"包装"模式则在于要尊重市场需求，特别是开始对听众音乐需求的调查研究，学会对歌手的"量身定做"，学会利用媒体进行对作品和歌手的"营销"。经过数年的努力，新培养的一批歌手伴随"量身定做"的新作品，集中于 1993 至 1995 年间发布，史称"94 新生代"。

90 年代初期对于"新潮"作品的讨论和争论还在继续，但主要局限在专业音乐界。1996 年《音乐研究》第 2 期和《文艺理论与批评》第 3 期，发表石城子的文章《评"新潮"交响乐》，对"新潮"音乐和对"新潮"音乐持肯定态度的观点进行了系统的梳理和批评。李正忠的文章《关于讲政治》也对"新潮"音乐及其理论支持者进行了强烈的批评。居其宏则在《音乐生活》1998 年第 10 期发表《别了，政治"木乃伊"》予以反驳。此后，这种讨论和争论已经进入了一个比较平稳的阶段。对于"新潮"音乐的态度也从"态度表态"状态进入了"就事论事"的状态，即争论的双方不再是从创作理念、美学原则甚或"站队"的角度进行论战，而是落实到具体作品的深入分析和评价上。针对"新潮"的某些作品也有业内人士敢于发出"皇帝的新衣"式的批评。

第二个阶段是 1996—1999 年。伴随着经济的快速发展，音乐产业似乎走在一条高度繁荣的大路上，无论是"古典音乐""民族音乐"还是流行音乐，似乎都找到了大发展和大繁荣的契机。文化市场发达兴旺导致了消费至上的观念越发强劲。特别是大量晚会的畸形发展导致了"卡拉

OK"式的翻唱成为主流，创作上则出现了大批新型的"假大空"作品。在这个时期，理论界已经出现了文艺批评向市场化"捧杀"和"骂杀"的趋向，人们难以看到独立的、具有理论深度的艺术探索。此一时期，倒是伴随教育投资的加大以及大学扩招带来的音乐基础学科建设，获得了较好的发展契机，许多课题在音乐教育领域纷纷上马，在学术浮躁之风渐盛的同时，却也在音乐学术建设上开辟了新的研究领域。

这个时期比较令人瞩目的是关于"新民乐"的讨论。1997年，北京电视台组织了一场民族器乐与电声制作相结合的创作音乐会，不少民乐演奏名家和流行音乐制作人参与了这次活动，引发了业内人士的关注。此后，中央电视台四套于1998年策划制作了系列电视节目"新民乐"，引发了业内人士的讨论。2001年，音乐制作人王小京组建了"女子十二乐坊"，同年在北京展览馆举行首演，其后举行了一场专家论证会，来自音乐界的专家学者及媒体代表进行了热烈的讨论。其中既有对民乐流行化的反对之声，认为民乐流行化实际上是违背了民族民间音乐的固有审美特征；也有不少意见认为民乐的发展不妨有多种尝试，正如"新潮"音乐中有很多民乐现代派化的尝试一样，民乐的流行化也许能开辟一个新的空间；更有人认为"新民乐"是流行音乐利用民族民间资源的一种探索，效果如何关键还在于创作制作者站在什么角度上处理，它可以是高度艺术化的，也可能是大众化通俗化的。

2003年，"女子十二乐坊"专辑在日本发行，取得巨大成功，并由此引发了民乐组合的热潮。在此后一段时间，各种形式的"新民乐"组合纷纷成立。"新"民乐组合从文化内涵和表演类型可分为不同类型：一是传统民乐组合。这类民乐组合有明确文化理念，虽迎合了市场需要，但并不专为演艺市场而存在。他们以中国文化内涵、传统民乐审美取向和音乐表现手段为基础，以传统或新创作具有民族文化品格和音乐韵味的作品为依托，走传统民乐革新和发展的道路。文化审美内涵与品格精英化，属于传统学院派或雅文化审美范畴。二是典型"新"民乐组合。它们多为演艺市场而成立，有些甚至临时搭伴而成，这类组合走青春靓丽的时尚化、通俗化路线，虽以民族乐器为介质，但表演方式、舞台类型与传统民乐大相径庭。偏重大众文化审美，音乐表现手段强调自我个性释放，表演中会加强炫技取悦观众，相当一部分作品是流行歌曲的简单改编和配器，组合间同质化现象严重，不过，市场需要是评判一切的标准。在表演形式上"新民乐"组合又可分为三种类型：一是纯民族乐器组合类型：传统多乐器组合（如"卿梅靖月""中国印象"等）和单一民族乐器组合（如"天籁筝乐团"等），这两种组合多以传统音乐厅舞台表演为主，民族乐器加迷笛伴奏的现代民乐演奏组合，如"十二乐坊""非凡乐队"等，此类组合数量最多且以商业演出为主；二是民族乐器为主加异国乐器的组合形式，有如中西乐器组合，民族乐器加小提琴等西乐，有的与流行乐队相结合；三是电声民族乐器组合，如电二胡、电琵琶等。

时至今日，对于"新民乐"已经少见理论界或舆论界的讨论，更多的类似实践还在进行。对此，白晓伟认为："民乐组合一定程度继承了传统民乐小乐队的形式与思路，究其表演形式而言，是对建国后民乐大乐队大作品思维的反思，是中国传统民族器乐表演形式的回归，可视为这是深刻认识到传统民乐组合形式的优劣及音乐语汇、音色特点规律后的新发展。民乐组合现象源于民乐界对建国后自身发展道路及审美模式文化的反思。""我们需要承认文化审美有差异性，会有雅俗共赏的优秀作品，但不同层次民众有不同文化审美需求，对民乐作品有不同偏好。当下社会我们更应提倡差异化审美，不能也不可能越俎代庖，将不同层次的审美需求同质化，这样只会导致文化样式与特色单一化，极大伤害甚至扼杀文化创新的积极性。广开思路，注重不同层面的文化需求，提倡差异化审美，方能带来文化内涵多元化和艺术样式多样化，这也才是中国民乐步入健康而可持久发展的必由之路。"（《人民音乐》2015年第8期）

回首20世纪90年代，音乐界各个领域确实展现了种种大发展大繁荣的景象，各种思潮也呈现了林林总总的波澜起伏。然而，伴随着经济的高速发展，中国音乐界从改革开放初期以来长期隐伏的一些隐患，如知识产权保护不力、盗版横行、创作上的新"假大空"风气日益上涨、对经济利益的畸形看重等等也一直在不断发展。学术上的浮躁之风也不断增强，正常的音乐批评逐渐让步于利益圈子的代言。

三、2000—2015：音乐进入深刻的蜕变期

进入新世纪以后，中国的改革开放进入到从构建"和谐社会"到实现中华民族历史复兴的"中国梦"阶段。互联网在世界范围和中国范围

内的高速普及深刻地影响着中国政治、经济、文化的新发展，自然也深刻地影响到音乐界的发展格局。总起来看，中国音乐的创作在此阶段既保留着多元化的发展特征，更深刻地受到了伴随着互联网和经济高速发展带来的多种影响。音乐产品的日益商业化和市场化、传播手段的无门槛化、音乐创作与表演乃至教育领域的"娱乐至死"化引发了新的动荡与思考。特别是伴随着互联网与自媒体的高速发展，"唱片已死"深刻地改变了世界范围内音乐的存在方式，故此阶段可以简称为"唱片已死"阶段。这也可以大致分为两个阶段论述。

第一个阶段是 2000—2010 年，这个阶段最大的社会变化是互联网时代的到来。20 世纪末期，互联网进入中国大众生活，绝大多数人没有意识到这个近似于奢侈品的虚拟世界会怎样影响到整个社会的变革和生活方式的变化。事实上，互联网对于音乐界最重要的影响是开始了传播方式的又一次革命。

在此之前，无论传统传媒如何变革，仍然存在着"把门人"的角色，音乐的传播很大程度上仍受电视、广播、报刊的限制。同时，音乐的创制作也仍然受着传统出品路径的控制，无论哪个领域都有着比较层级化的管理体制。互联网渐渐地改变了这一切。从创作制作上讲，原本必须经历的音乐生产体系被打破，数字化的音乐制作硬件和软件的飞速发展使得任何人可以不依赖他人的合作制作自己的作品——从演唱演奏到编曲；从传播上看，任何人可以利用新生的互联网自由快速地上传自己的作品；从舆论上看，任何人都可以在 BBS 社区以及随之而来的自由反馈方式在互联网上发表言论，学者和评论人的地位受到了彻底的威胁。网上对各类音乐作品的支持来自天南地北，超越了地域和传统媒体的限制。在这种局面下，互联网悄悄但迅速地改变着前二十年的音乐发展格局。传统的音乐创作、制作、表演和传播虽未完全失去领导地位，但很快就受到了严重的威胁。音乐思潮的涌动也变得更加个人化和碎片化。"两岸猿声啼不住，轻舟已过万重山"的态势再次成为现实。

体现在具体领域里，互联网对流行音乐造成的最大颠覆，让经过二十多年初步建成的唱片工业体系，几乎是在一夜之间成为昨日黄花；互联网对音乐无条件的自由下载，使得音乐版权保护的初步成果丧失殆尽。同时，却又则在音乐作品无门槛限制上传的条件下，仿佛也在一夜间造就了无数的草根音乐人。《东北人都是活雷锋》已成为网络歌曲的传奇，也开创了歌坛上的"草根"时代。随着"微博"和"微信"的出现，造成了既有传播媒体与网络媒体之间的二元分裂：传统意义上的创作、表演和传播遇到了强劲的挑战，歌手与作品的盛衰已远离有组织化社会的控制，传统音乐工业体系进入了再一次大调整阶段。

21世纪的前十年，音乐思潮中值得重视的是关于"中国风"歌曲以及"原生态"音乐的大讨论。事实上，整个新时期以来，"中国风"歌曲创作和表演以及"原生态"音乐的生存与发展一直就在或隐或现的探讨和实践中进行，只是进入了新世纪后，来自实践领域的发展再次引发了舆论界的高度重视。

"新民乐"的探索始自海外的轻音乐制品。这些制品往往采用大众耳熟能详的作品，用电声加民族乐器结合的方式改编，且受音乐国际化的影响而向纵深发展。在内地，20世纪末已经有专门的电声加民族器乐的集体创作活动，进入21世纪，这种尝试越来越多。而关于"新民歌"与"中国风"的讨论，源于周杰伦、王力宏等港台歌手的部分词曲带上中国古典文学或民间音乐元素歌曲的风行，遂造成一时"中国风"潮流，被许多舆论力赞为弘扬传统中国文化的佳作。也有不少人强调，这种融合了传统中国文学和民间民族音乐元素并加以现代流行音乐的包装手法，其实自20世纪30年代即已有之，80年代"西北风"与相当多的港台歌曲也有类似风格。无论如何，"中国风"热的出现，都是对多年来流行歌曲一味追求西化及"哈韩""哈日"风气的反弹。重要的还是音乐本身的审美容量而不在形式。

"原生态"唱法源于人类社会学，有学者指出其实就是学界原有的"民族民间唱法"。"原生态"的兴起，源于流行音乐创作中常用的原生态唱法的歌手伴唱，更成就于世界非物质文化遗产保护在中国的进展。中央电视台第十二届青年歌手电视大奖赛增设了"原生态"唱法受到热烈欢迎，遂也引发了关于"原生态"唱法从挖掘、保护、发展、利用各个方面的大讨论。当然也存在着不同的意见，比如，"原生态"重在保护传承，不适于现代人的审美；"原生态"可以保护，重在活态传承；"原生态"可以在现代创制作条件下继续发展变化等等。这两个领域的讨论既见于音乐学界，也见于民间化的社会领域。但各方意见并不存在非此即彼式的争论，而更多的是互补和理解基础上的讨论。

第二个阶段是 2010—2015 年。这期间社会生活又发生了重要的发展和变化，党的十八大后"中国梦"目标的提出、整顿党风八条规定的实施、反腐的强力推进等，深刻地改变着社会格局，从而也深刻地影响到音乐界的动态。

首先，由政府投资的大型晚会趋于消失，由此改变了演出市场的格局，相应地，结合文化惠民工程的民间音乐节开始兴盛。其次，互联网免费时代随着有偿下载的尝试或即将结束，音乐产权保护可望进入一个较为乐观的发展时期，中国的音乐产业将迎来一个新的发展阶段。三是音乐产权保护意识日益深入人心。2012 年 3 月 31 日，国家版权局在官网上颁布了《中华人民共和国著作权法》（修改草案）。该草案公布后，在音乐界产生强烈反响。为此中国音协流行音乐学会，于 2012 年 4 月 10 日邀请部分音乐家及中国音像协会唱片工作委员会部分成员召开座谈会。会上，与会人士交流了对"修改草案"的意见和修改建议，决定在广泛征求业内人士及法律界人士意见的基础上，通过正常渠道把这些意见与建议反映给相关部门，引起了立法部门领导的重视，音乐人的许多意见最终得以在法条中采纳修改。

这个五年，音乐思潮更多地表现在由音乐类选秀节目引发的论争中。其中最典型的表现为围绕着"中国好声音"和"我是歌手"等真人音乐秀出现的大讨论。"中国好声音"和"我是歌手"等节目，均源自于"超级女声"类由国外购买版权的音乐选秀。2005 年，"超级女声"节目因其高度娱乐化的操作赢得超高收视率。此后数年中，由于"娱乐至上"而招致音乐界和大众的批评。2012 年，"中国好声音"制作方购买了荷兰方的节目版权，以其明星导师制、盲听双向选择制和乐队现场呈现等，引发了巨大的收视热；同期，"我是歌手"也因其明星现场对抗及淘汰赛制吸引了大量观众，其热潮至今未衰。

对于"中国好声音"和"我是歌手"等节目的业界关注和观众热议，基本处在两种截然不同的层面上。对于大部分观众来说，这类节目最大的特点是所谓的真比真唱；对于相当多的业界人士来说，这类节目最大的优点是引进了现场乐队，结束了电视台音乐类节目长期对口型假唱的弊病。然而，更多的业内人士对于这类节目的潜规则，即不准演唱新作品表示不满。他们认为：中国从来不缺好声音和好歌手，缺的是具备艺术水准和时代特点的好作品。如乐评人王小峰所说："'中国好声音'显然是用另一种新颖的方式再一次对音乐进行破坏。""'好声音'的最大特点是：说的比唱的好听。你看，在流行音乐日趋衰败、电影日趋繁荣的今天，歌手的演唱越来越一般，而评委的表演越来越精彩。如果还以音乐的名义说三道四，那就显得有点荒诞了。"尽管"中国好声音"制作方接受有关人士建议，尝试在没有先例的情况下制作了"中国好歌曲"原创节目，得到较为普遍的赞许，但依然有人对其"密室创作"的不科学性提出了批评。

从以上对新时期音乐思潮的简单概述中可以看出，音乐思潮围绕的主要核心仍然集中在两个方面：一是以"新潮"音乐为代表，如何处理传统与创新、本土与国际的关系；二是以流行音乐为代表，如何处理高雅与流行、生活与艺术的关系。而关于这两大关系的探索与讨论无不与改革开放三十多年来的政治、经济、文化等社会生活密切相连。

第二节　新时期音乐思潮的一些重要论题

如前所述，新时期音乐思潮涉及整个音乐领域，内容极为丰富，形成了许多贯穿始终的重要论题。这些论题推动着新时期音乐的发展进步，成为新时期音乐思潮的重要组成部分。

一、当代音乐史的"回顾与反思"

"回顾与反思"的话题，实际上来自20世纪80年代中期的"反思热"。在"实践是检验真理的唯一标准"的大讨论背景下，在思想解放的运动中，在改革开放的早期探索和实践中，对中国现当代音乐史的"回顾和反思"就成为必然。由李焕之主编的《当代中国音乐》于1984年启动，自然需要对新中国音乐史的一系列重大问题进行深入而充分的讨论，这也就成为"回顾与反思"的直接动因。

这一"回顾与反思"的音乐思潮，80年代，主要论题集中在对近现代中国音乐发展过程中关于音乐创作观念、音乐批评观念以及具体的政策、法令、法规等领域；90 年代，更多集中在西方音乐创作观念与技法的影响，借鉴吸收西方音乐文化的经验与教训以及外来音乐与本土音乐关系等领域。

依照居其宏的总结，"回顾与反思"大体涉及四个基本思潮，即新启蒙主义音乐批评思潮、人本主义音乐批评思潮、后殖民主义音乐批评思潮及基于现代化的音乐批评思潮。新启蒙主义音乐批评思潮主要活跃于80 年代，重要论域有音乐与政治的关系、音乐的内容与形式的关系、音乐批评在中国当代音乐发展史上的性质和作用问题、"音乐异化论"问题等。人本主义音乐批评思潮也始于 80 年代，重要论域有音乐主体性问题、创作自由问题等等。后殖民主义音乐批评思潮始于 90 年代，直接受文化界、思想界后殖民主义批评理论的影响，其重要论域则是如何看待本民族音乐与外来音乐之关系，特别是如何处理借鉴和吸收、反"欧洲中心论"等不仅涉及历史、更关切当下发展的论题。基于现代化的音乐批评思潮不仅关于中国音乐如何处理"现代性"，更关乎如何看待历史的发展以及未来的走向。

有关"回顾与反思"的大讨论实际上导致了当年老中青三代音乐家的广泛参与。《中国音乐学》《人民音乐》分别开辟了专栏进行讨论。20世纪 80 年代，这一讨论主要集中在对近现当代中国音乐发展过程中的方针、政策、法令法规以及首次影响的音乐创作观念和批评观念的回顾和反思。20 世纪 90 年代，这一讨论主要集中在对近现当代以来西方音乐观念与技法对中国专业音乐创作和批评的正反两个方面的影响，现代性与民族性、全球化与本土化相互关系等方面。

"回顾与反思"音乐思潮所处的特定历史环境，决定了对许多问题来不及深入展开，许多话题是不完整的，甚至存在片面性，但它确为当时正在蓬勃兴起的诸多音乐学科提供了思考的原点，开辟了思路，因而具有特别的历史价值。

二、20 世纪中国音乐发展道路之争

新时期以来，关于中国音乐发展道路的话题继续了以前的讨论，参与讨论的人数众多、观点不一。其中主要涉及到对"欧洲中心论"的批判从而导致对中国音乐发展道路起点的质疑，对"全盘西化论"的讨论

和对中国音乐发展史的基本判断问题，关于建立中国音乐基本理论的争论，关于如何处理中国音乐发展"向西方乞灵"等问题。以上讨论主要在学界进行，既涉及中国音乐发展史上若干重大问题的探索，更关系到中国音乐发展未来的设计。某种程度上，这一思潮仍然在当下进行着。

三、"重写音乐史"的思考与实践

"重写音乐史"的起因显然受到了80年代文学界"重写文学史"的影响，1988年、2001年，学者戴鹏海两度提出"重写音乐史"，《人民音乐》《中国音乐学》《中央音乐学院学报》《音乐艺术》等多家报刊也开辟专栏，引发学者普遍关注及深入讨论。

"重写音乐史"音乐思潮主要涉及音乐史研究和写作中的史观、史料、史实及史笔等问题。主要指向是近现代及当代中国音乐发展史，但也涉及到历史观问题、资料建设问题及历史评价标准等多方面的问题。这一思潮无疑是上述之"回顾与反思"思潮在音乐史学研究领域中的延伸和扩展。"重写音乐史"在起初实际上是围绕着对汪毓和的《中国近现代音乐史》这样一本长期作为专业院校教材的影响广泛的专著进行，随后而扩展到更为广泛的领域，如关于音乐史专著、教材的写作规范，音乐史学与其他学科的关系问题，史学规律和学术史研究方法与学术性著作写作的个性化问题，等等。

四、音乐美学思潮及其论争

新时期音乐美学思潮的发展在音乐理论界独树一帜，由于其研究的相对抽象性，所以具备更多的思辨色彩。在80年代至90年代初，音乐美学的研讨曾有有关"反映论""机械论""主体论"的热烈讨论；90年代中期则有关于"自律论""他律论"及"音心对映论""和律论"的激烈争辩。此后又有关于"音乐存在方式"的专题讨论。其中，围绕于润洋的"音乐学分析"、蔡仲德的"向西方乞灵"、周海宏的"音乐何需懂"、韩锺恩的"音乐临响"等都是引发广泛讨论和争议的话题。总的说来，音乐美学思潮的影响在实践中更多地涉及的是音乐学领域和音乐教育领域，并在进入21世纪后逐渐向其他相关音乐学分支领域延伸，形成更为复杂的研讨局面，学科融合、学术多元的特点。从学科层面而言涉及音乐美学、音乐教育学、中国传统音乐、音乐心理学、音乐史学等，从学术视角而言涵盖表演、教育、创作、聆听、表达、批评、理解、应用等方面。多学科的交融和多视角的切入为问题的研究提供了丰富而开阔的视野，而学科本质、治学方法等等基础问题同样存在广泛的争论。

五、中国民族管弦乐乐队建设问题的讨论

中国民族管弦乐乐队建设问题的讨论，实际上焦点在于"交响化"问题。在实践领域，早在 20 世纪初"西风东渐"之后在传统基础上吸收西方管弦乐队建设手法就一直在进行，20 世纪 50 年代以中央民族广播乐团成立，标志着这种借鉴西方管弦乐队、以中国民族乐器为主体的探索进入了较为成熟的阶段。此后，在作曲家、指挥家的共同努力下，也出现了一批较为成熟的优秀作品。

进入新时期后，随着创作和表演实践的发展，一些问题逐渐浮现并引发了更为广泛的讨论。其中几个焦点体现在：

一是中国民族管弦乐队是否一定要完整地模仿西方管弦乐队的编制？是否可以组建针对中国民族民间音乐的特质包括中国民族民间乐器特性的乐队？

二是中国民族管弦乐队是否一定要追求西方管弦乐队的"交响化"？是否可以探索"中国式交响"乐队的独特发展路径？

三是中国民族管弦乐队的发展方向是一元化好还是可以开放式发展，鼓励多种多样的尝试。

关于中国民族管弦乐队建设的讨论至今还在进行，这些讨论较少以争论性方式表达，较多结合于各个领域的表演实践来展开。大体上，建设大型民族管弦乐队与多种样式的管弦乐队可以并行不悖，民族管弦乐队建设需要与创作实践、表演实践乃至民族乐器改革密切结合，民族管弦乐队可以吸收西洋乐器乃至现代电声乐器等话题上取得了一定的共识。

六、中国民族声乐的建设和发展方向的讨论

中国民族声乐在新时期取得了很大发展，发轫于 20 世纪 50 年代民族声乐发声方法科学化、教学学院化、表演专业化的进程在 20 世纪 80 年代取得了显著的成就，特别是中国音乐学院声乐教学体系逐渐完善，

一批"民族唱法"歌手在国内重要比赛中获得成功后，以中央电视台青年歌手大奖赛为核心，"民族唱法"遂得以成为所谓"三分鼎立"的重要歌唱流派。也因为此，"中国民族声乐"的建设和发展在新时期以来一直成为一个争论不休的话题。这些争论的主要焦点是：

一是中国民族民间唱法极为丰富，是否有必要一统于"学院派"的"科学"唱法。这种意见以强力推崇"原生态"唱法的田青为代表，强烈反对"学院派""罐头加工"式的教学和表演。

二是"学院派"唱法的教学严重造成了"千人一面""千声一腔"的后果，如此发展对中国民族声乐发展极为不利。而不少来自学院教师的看法则是，教学一直坚持着因人施教的原则，出现这种现象不能责怪教师，而取决于评价体系。

三是在双方的争论中，除了个别极端的音乐家，大部分参与争论的学者或音乐家都自觉不自觉地运用了辩证法，即"学院派"会表示：我们当然欣赏原生态音乐，我们当然知道声乐艺术必须有个性，但我们还是需要有科学化的训练，否则不能提高；而"原生态"方会表示：我们不是说音乐艺术不需要提高，不是不承认现代科学声乐训练方法，但这方法也不止一种，至少不是现在盛行于中国音乐学院中的这一种。

一个"但"字，仍然尖锐地表明了双方在根本上的冲突。争论的双方与其是站在学术层面上，不如说是在争夺关于中国民族声乐发展方向的话语权。这才是问题的实质。事实上，在普及与提高的关系上，在原生态与艺术生态的关系上，古往今来大量的艺术实践和理论探索应该说已经基本解决了这些问题。现在争论的双方除去一些极端化的观点，对于民族民间音乐的挖掘、抢救、保护、传承乃至继承、发展、创造等等一些基本美学范畴的看法倒未必有多么尖锐的冲突，真正的冲突乃是在当下中国社会转型期内对中国文化发展现状和未来的话语权冲突。这样的冲突固然具有学术上的深层问题，更是改革开放以来中国音乐界和中国音乐文化的深层变化和内在冲突的结果。

七、中国音乐著作权保护问题

中国音乐著作权保护问题是新时期出现的"老问题"。1950年后，中国没有实质意义上的著作权保护。1990年，《中华人民共和国著作权法》

颁布。事实上，在出版界特别是在音乐界迄今为止著作权法尚未得到应有的重视。长期以来，有法不行是中国音乐著作权法的实质现状。

为此，很多人士多年以来为中国音乐著作权进行了不懈的努力。谷建芬、王立平、崔健、陈哲等音乐家早在 80 年代即为中国著作权法的保护呼吁奔走，而在当时，包括很多国家领导人都质疑著作权法存在的必要。此后，中国音协与中国版权局成立了"中国音乐著作权协会"并开始工作，在极为艰难的条件下逐步推进。二十余年来，一方面在法律法规建设上在逐步接近国际化立法标准，一方面在执法上仍然举步维艰。

2012 年 3 月 31 日，国家版权局在官网上颁布了《中华人民共和国著作权法》(修改草案)。该草案公布后，在音乐界产生强烈反响。为此，中国音协流行音乐学会于 2012 年 4 月 10 日邀请部分音乐家及中国音像协会唱片工作委员会部分成员召开座谈会。会上，与会人士交流了对(修改草案)的主要意见和修改建议，决定在广泛征求业内人士及法律界人士意见的基础上，拟定对《中华人民共和国著作权法》(修改草案)的意见与建议，通过正常渠道反映给相关领导和有关部门，并同时决定联合召开媒体见面会。2012 年 4 月 11 日，中国音协流行音乐学会及中国音像协会唱片工作委员会联合召开媒体见面会，向新闻界发布了对《中华人民共和国著作权法》(修改草案)的意见及修订建议。其后，按照有关领导的批示，中宣部及中华人民共和国新闻出版总署就修法工作开展了广泛的调研，经过两轮修订，最后的草案接受了绝大部分建议。

与此同时，媒体也就中国音乐著作权保护这一威胁和影响音乐创作及产业发展的痼疾展开了热烈的讨论。中国音乐著作权保护前所未有地引发了全社会的关注。

八、中国新时期歌剧创作的讨论

由于歌剧生存环境的变化和艺术观念、歌剧趣味的发展，中国新时期歌剧创作出现了明显的两极分化的趋势：一种是雅化趋势，即沿着严肃大歌剧的方向继续深入开掘，把歌剧综合美感在更高审美层次达到整合均衡作为主要的艺术探索目标。这种探索的早期成果是《护花神》(黄安伦曲)、《伤逝》(施光南曲)，随后是《原野》(金湘曲)、《仰天长啸》(萧白曲)、《阿里郎》(崔三明等曲)、《归去来》(徐占海曲)，到了

90 年代之后，又有《党的女儿》（王祖皆、张卓娅曲）、《马可波罗》（王世光曲）、《安重根》（刘振球曲）、《楚霸王》（金湘曲）、《孙武》（崔新曲）、《张骞》《苍原》（徐占海等曲）、《鹰》（刘锡金曲）、《阿美姑娘》（石夫曲）等作品。另一种是俗化趋势，即把美国百老汇音乐剧作为参照系，探索在中国发展我们自己的通俗音乐剧的途径。这方面最早的成果是 80 年代初的《我们现代的年轻人》（刘振球曲）、《山野的游戏》（李黎夫曲）、《风流年华》（商易曲）和《友谊与爱情的传说》（徐克曲），此后这类探索贯穿于整个 80—90 年代至今，如三宝的音乐剧系列《金沙》《蝶》《钢的琴》《三毛流浪记》《王二的长征》《聂小倩与宁采臣》、李小兵《星》、孟庆云《二泉吟》，以及小剧场歌剧《再别康桥》（周雪石曲）、《凭什么爱你》（小柯曲）等等。

对待中国歌剧的发展，有不少作曲家坚持要以西方经典歌剧为模本进行创作，也有人认为中国歌剧还应当坚持 20 世纪 40 年代以来民族歌剧的创作传统。有的则认为西方古典歌剧可以但不应成为当代中国歌剧写作的范本，主张在西方古典歌剧和中国本土民族歌剧基础上再度创新；更有的认为随着生活的发展，中国歌剧应当重点向音乐剧转移。其中关于歌剧音乐剧究竟是"以剧为本"还是"以乐为本"、其音乐语言是"民族化为本"还是"国际化为本"、其题材是"传统题材为本"还是"当代题材为本"争论和研讨的几个重点。纵观几十年来的研讨和实践，各种主张都对应着一定的创作和表演实践，也产生了一批"叫好叫座"的作品，但总的看来，"叫好叫座"的成功剧作在大量的作品中仍属寥寥。

九、音乐传播的研讨

中国新时期音乐传播格局的变化在 20 世纪 80 年代初主要体现在音像产业的兴起，从 1979 年广州太平洋影音公司成立至 1983 年，中国先后成立了三百多家音像出版公司，彻底打破了中国唱片总公司在唱片出版业的垄断，从而也改变了主要以收听广播、观看电影来听赏音乐的音乐接受格局。从 20 世纪 80 年代初起，全国各省音乐家协会及相关部门纷纷创办音乐刊物或报纸，也从很大程度上改变了音乐作品和学术观点的传播格局。1989 年，中国广播业开始改革，直播节目进入百姓生活，同年，卡拉 OK 进入内地，再次改变了音乐传播的局面。1995 年后，互联网进入中国，2000 年后互联网全面进入大众生活，彻底改变了中国音乐从创作、制作、发行、传播乃至教育各个领域的生态。

围绕着音乐传播也一直存在着各种讨论和争论。在 20 世纪 80—90 年代，一类观点是传媒应当成为时代的排头兵，应当积极推广一切新的作品、新的风格、新的尝试；另一类则认为传媒首先还要履行"喉舌"职能，执行"把关人"的作用。进入 90 年代后，在传媒产业化背景下这种冲突又体现为传媒本身的利益与其公众身份的关系中，体现在传媒以销售率、收听率为主还是强调"喉舌"和"把关人"作用，到了互联网时代，这种冲突更是表现在"平台为王"还是"内容为王"的新层面上。"互联网＋"时代的来临意味着在今后一个时期，音乐的存在方式将接受更大更新的考验，以往音乐创制作、表演、传播和基础教育等相对分工明确的领域将产生前所未有的调整甚至是颠覆式的变化，基于此的音乐传播也将前所未有地进入可能延伸并衍生到多个音乐领域。这都提出了崭新的课题。

十、"中国音乐走向世界"的讨论

1999 年，中央民族乐团首次在维也纳金色大厅演出，引发了"中国音乐走向世界"的大讨论。近年来，由于多有关于国内演出团体在海外著名演出场地演出质量的批评和争论。此一话题还在继续。

随着改革开放的不断深入及中国国际影响的不断提升，文化"引进来""走出去"不但是学界的话题，也已进入国家政策的关注层面。因此，关于"中国音乐如何走向世界"也自然成为音乐界讨论的重要话题。

关于此话题，正反方的意见都乐于引用"越是民族的，越是世界的"这一论题。一些意见认为：我们越是在形式和内容上把"中国元素"传达出去就是能够为世界所接受的；另一些意见认为："越是民族的"，应当指的是民族精神的审美内涵的真实性，而不主要体现在形态层面。而所谓"越是世界的"，则在很大程度上取决于任何一种艺术作品的物质载体。在音乐中，这就是音响结构，或者如同我们常说的，它包括旋律、和声、节奏、音色这些基本要素。在人类社会中，音乐文化的交流必然引发具有通感性的世界化音乐语言的探索和形成。"越是民族的，越是世界的"，如果表述为"越是能够深刻表达一个民族精神内涵和审美特色，同时具有审美通感语言形式的艺术作品，越是具有世界性的艺术作品"，可能更为严谨一些。

近年来，面对越来越多对"中国音乐走向世界"做法和炒作的批评，商业化、平庸化的"走向世界"已经收到了遏制。但是，中国音乐究竟如何"走向世界"并没有达成共识。这是因为，音乐作为一种文化如何"走向世界"并不是"走到世界"所能解决。其次，中国音乐以何种姿态和形态"走向世界"，仍然需要从理论到实践的大量探索。

除以上所述思潮外，新时期音乐界关注的问题还有很多方面，例如"学术创新与学术规范"的讨论、"音乐批评学科建设"、中国民族民间音乐的传承、保护与发展，中国中小学音乐教育等话题包括中国音乐产业的发展等话题都曾在不同时期和不同领域、不同环境下引发过热点讨论。本文因篇幅有限，不再一一赘述。

第三节　关于当代音乐思潮的几点思考

纵观改革开放以来音乐思潮的发展，我们可以看到，近四十年来中国的音乐思潮在改革开放的大背景下始终成为社会文化思潮的一个重要组成部分。这一历史时期最重要的音乐实践领域即艺术音乐领域与大众音乐领域所产生的一系列音乐思潮围绕"新潮音乐"和"流行音乐"为轴心展开了丰富多彩的论战，并由此影响到中国音乐文化和产业发展的方方面面。这些思潮或由音乐创作实践的新发展所引发，或由学者面对现实、追往历史而挑起，前者如关于"新潮音乐"与"流行音乐"所引发的旷日持久的争论；后者如上述当代音乐史的"回顾与反思""20世纪中国音乐发展道路之争""'重写音乐史'的争论与实践"等等。我们可以看到，不论是源自音乐生活现实的刺激还是学者自身思考的深化，这些音乐思潮都既反映了改革开放条件下的音乐生活给人们的思考与反思，也在一定程度上反作用于改革开放以来的音乐实践。尤其是在几十年来的音乐创作领域、音乐教育领域、音乐传播领域以及音乐产业领域中，我们可以直接看到很多音乐思潮的直接影响。很多音乐学者积极参与创作、教育与传播实践，不少创作者、制作者乃至经理人也在理论研讨领域积极发声，呈现了这一历史阶段中互动争鸣的特点。

自然，在这个历史阶段中，我们至今也仍然可以看到许多值得深思并继续深入研讨的问题：

一、"两岸猿声啼不住，轻舟已过万重山"的基本态势

纵观三十多年新时期音乐思潮，可谓百家争鸣。几代学人包括业余音乐爱好者对于新时期中国音乐的发展均有各自的见地，其思想和观点在不同领域通过不同的传播途径影响了中国新时期音乐的发展进程。但值得担忧的是，几十年来，"两岸猿声啼不住，轻舟已过万重山"的理论和实践相分离或相疏远的态势却一直是个大问题。我们从前文可以注意到，在不少领域存在着严重的自说自话、自欺欺人的状态。尤其是创作界与批评界老死不相往来或互不相容、互不相通的现象相当严重，如曾经轰动一时的"谭卞之争"即是一例。更多的理论研究成果在实际的创作、表演、传播、教育等实践领域并没有能够有效地结合。特别是新世纪以来，学术界重职称而轻学问的倾向相当严重，很少能出现 20 世纪 80年代和 90 年代那样的有担当、重分量的学术之声。而这种现象在所谓的严肃音乐界、民族音乐界包括流行音乐界都普遍存在。这就提示我们在观察中国音乐思潮的时候必须记住这个"大路朝天各走半边"的问题。

二、"我劝天公重抖擞，不拘一格降人才"的历史机遇

在回顾新时期音乐思潮的时候，我们也应当看到如今我们面临着"我劝天公重抖擞，不拘一格降人才"的历史机遇。这个机遇就是伴随着互联网时代来临，人们的社会音乐生活已经并还将发生重要的变化。特别是在新媒体高速发展的时代，我们既可以看到信息的碎片化带来的恶果，也能看到更加活跃的思想和表达；我们既要看到互联网带来的全球化、新垄断化的音乐产业新格局，也要看到无论技术如何高度发展，音乐创作与表演仍然必须坚持以人为本的方向。我们所做的应该是因势利导，在学界、在大社会环境中进一步加强音乐理论和音乐批评的建设。要充分利用和把握新媒体的自组织功能，进一步创造良好的学术和批评平台，以做到既有高层设计又有实践基础，既有百花齐放之大众喜闻乐见之音乐高原，也有高屋建瓴、精品迭出之音乐高峰。

三、"黄钟毁弃瓦釜雷鸣"的现状与对策

新时期中国音乐经过了三十多年的发展历程。凝聚了几代音乐家辛勤的汗水和心血。虽历经风雨，有过失误和挫折，但总体上创作繁荣、人才辈出、事业发展、成就辉煌。

目前，音乐所赖以生存的客观环境已发生了很大变化。随着社会政治经济生活特别是音乐传播方式的不断发展，音乐出现了前所未有的多元化和多样化的发展趋势，大众关注的热点也在不断转移和分散，伴随经济的高速发展和大众文化的不断娱乐化倾向的增强，音乐受到了前所未有的冲击和挑战。可以观察到：音乐在现代条件下越来越难以作为一门独立的艺术形式而存在。"黄钟毁弃瓦釜雷鸣"的现象并不是危言耸听。音乐向何处去？已成为后新时期中国音乐工作者所面临的艰难选择。

首先，音乐作为伴随人类思维发展最早出现的一种艺术样式，它是其中最基础的形态，也是相当多的艺术门类得以共生和发展的母体独特艺术样式。电子时代多媒体的兴盛给音乐的发展带来了更大的存在维度，但音乐艺术纯粹性将促使今后音乐家们必须从更深的意义上予以探索，音乐存在方式的无限多样化可能也给了今后音乐家们更大的开拓空间。

其次，音乐产业的发展要求对经济利益给以充分考虑，固然对纯粹意义的音乐审美是个严峻考验，但是音乐经济给社会带来的崭新生活形态和方式势必为音乐创作提供新的题材和主题，增添新的表现内容。音乐产业将可能拥有的巨大空间将对词曲作家和相关音乐工作者提出一系列崭新的挑战，如何做到社会效益和经济效益相统一仍然是需要探索的重要课题。

作为一种与大众生活紧密相关的艺术形式，中国音乐的发展包括它的理性建树期待着良好的生态环境。如何打造富于活力、养分充足、可持续发展的一片良园沃土，是中国音乐百花齐放百家争鸣的前提条件。

（金兆钧）

第七章　新时期舞蹈艺术思潮述评

第一节　新时期舞蹈思潮简要梳理

"文革"结束，特别是党的十一届三中全会"解放思想，实事求是"思想路线的确立，大大激发了舞蹈界摆脱"四人帮"文艺思想束缚的热情，他们拨乱反正，恢复元气，全方位发挥自身专业优势，或拥抱传统，探索历史，采撷民族优秀文化；或打开心扉，反映现实生活，使出浑身解数，投入到舞蹈新天地的开拓事业之中，舞出了时代强音。

在 1980 年前后的几年间，舞蹈界的一个首先引人注目的景观便是各地纷纷"翻箱倒柜"，恢复上演新中国成立后十七年积累的各种类的优秀舞蹈作品，舞蹈《荷花舞》《红绸舞》《孔雀舞》，舞剧《宝莲灯》《小刀会》《五朵红云》，大型音乐舞蹈史诗《东方红》等优秀作品重新登台一展风采，各省市也纷纷汇集了本地的优秀节目组成专场上演；同时，新中国培养成长的一代国家级的优秀舞蹈家也纷纷开个人舞蹈专场晚会，将自己积累的优秀作品一并展示于舞台。这一时期举办了个人舞蹈专场晚会的有"陈爱莲独舞晚会"（1980 年），"资华筠、王堃、姚珠珠三人舞蹈晚会"（1981 年），"崔美善独舞晚会"（1981 年），"石钟琴、欧阳云鹏芭蕾舞晚会"（1981 年），"刀美兰独舞晚会"（1982 年），"赵青舞蹈作品晚会"（1982 年）等。一时间，舞台上的舞蹈开始百花齐放，争奇斗妍，这是对"文革"十年文化专制主义的一种拨乱反正；在百废待兴的历史转折当口，一定程度上缓解了当时人们迫切需要丰富精神文化食粮的审美饥渴。

走过了"文革"十年文化浩劫和长期的思想压抑后，舞蹈创作者如久旱逢甘霖，全体的创作激情都极大地迸发出来，勇于实践者各显神通，一时间涌现出了很多新作品，年轻的一代舞蹈表演创作新人也在思想解放的氛围中成长起来。80年代伊始，文化部在大连主办了第一届全国舞蹈（单、双、三人舞）比赛。在这次舞蹈的盛会中，涌现出了许多现实题材和革命历史题材的优秀之作，如《再见吧，妈妈》《希望》《小萝卜头》《啊！明天》《无声的歌》《割不断的琴弦》《海浪》；年轻舞蹈新秀有华超、刘敏、王霞、刘文刚、欧鹿、赵湘等。南京军区前线文工团创作演出的双人舞《再见吧！妈妈》，以当时著名的反映对越自卫反击战主题的歌曲《再见吧！妈妈》为主旋律，塑造了勇敢奔赴前线的年轻战士与送他上战场的母亲的感人形象。《无声的歌》由沈阳军区前进文工团创作演出，表现的是在"文革"中被迫害至死的优秀共产党员张志新烈士。南京军区前线文工团的另一个男子独舞《希望》，则是以内心情绪与外部动作紧密配合的抽象化语言，表现了人民从十年动乱的精神桎梏中获得自由解放、憧憬未来的精神面貌。这些作品与当时的人民群众产生的强大的感情共鸣。究其原因，著名舞评家胡尔岩认为："一个重要的背景是不应被忽视的，那便是在十年动乱时期，舞蹈家与国家共命运、与人民共患难的历史事实。由于有这样一段经历，舞蹈家的选材心理，表现为一种时代的迫切感。人民的积愤、抗议、理想和前景在'一赛'（即第一届全国舞蹈比赛）的大部分作品中得到呼应和宣泄。舞蹈家用身体的语言唱出来自己心中的歌，也是当时人民最爱听的歌。故而，当人们看到《再见吧！妈妈》等一批作品时，能从这纷繁多样的舞蹈形象中，获得审美经验中最美好的体验——共鸣，从而得到心灵的满足。"①

当然，对于舞蹈艺术来说，观念思潮与现实中业态的发展往往扭结渗透于一体，舞蹈界理论思潮的引领功效并不像文学、美术等个体性较强的艺术那么鲜明。舞蹈的群体性运作方式以及这门艺术独特的肢体语言特点，使其思潮的呈现带有实践性、群体性、延续性、正统性的特征。扼其要者，可简单地划分为三个阶段：

一、1979—1989：解放思想，寻求突破

伴随着文坛的"文化寻根热"思想主潮在社会上的汹涌，带动了舞蹈的文化意识觉醒，激发了各舞蹈种类的创作演出激情。在一系列

---

① 见《胡尔岩舞评舞论汇集》，中央民族大学出版社 2014 年版，第 1 页。

的恢复性演出的同时，出现了寻根问祖的仿古乐舞和中国古典舞"身韵"、土风熏热的民间舞新作，以及西方古典芭蕾舞的学习搬演。这些举动的发生都与当时的社会的巨大转变期的大环境密切相关。从被极左错误文化路线的严重禁锢、破坏和混淆中得以获得解放，全方位温故知新，放眼八方，一方面回顾和整理，清理家珍；一方面面向世界和未来，纷纭呈现，多思勤辩。这一时期出现过"舞蹈观念更新""舞蹈的文学性""舞蹈寻根热""中国民族民间舞蹈生命力"等重大问题的理论探讨，表现了此时思想解放的突出特征，舞蹈界热衷探讨问题、寻找真理的思想活跃状态。

二、1990—2000：突破禁区，纵深发展

随着改革开放的深化，市场经济的日益活跃壮大，人民的物质文化生活空前丰富，艺术市场的种种活态与现象纷至沓来，文化消费观念的变化激活了不同的观赏需求，中国舞蹈呈现出繁荣发展的良好局面。在思想性、艺术性、观赏性三位一体的创作理念成为主流的同时，也出现了不少高举个性大旗、意在表现自我的现代舞主张和实践探索。特别是在国有艺术团体深化体制改革，大范围的"转企改制"的时代浪潮中，舞蹈的艺术定位、审美取向发生了剧烈的变化，面对市场的文化需求对舞蹈创作进行定位，以观众的喜好为准绳进行创作，以票房和盈利为考察创作成功与否的指数，成为已经"转企改制"后的舞蹈团体的思考生存之道的核心理念。与此同时，中国古典舞"身韵"的教学成果推广，也孵化出颇具规模的"学院派"古典舞作品和身手绝佳的舞者。

三、2000—2015：多元追求，融合发展

文艺的交融和相互借鉴，综合艺术形式要素的再扩充，戏剧的舞蹈化、杂技的舞蹈化、舞蹈的杂技化、舞台的炫目化、舞蹈技艺娱乐化，显示了新世纪舞蹈与其他艺术或科技融合的时代特征。这一方面是因为受国际文化潮流的影响所致，一方面也是艺术发展自身的螺旋上升模式的重现。中国现代舞思潮日益促成规模性实体的呈现，以地方文化建设政绩为考量的综合性大型舞蹈创作（如舞剧、歌舞实景作品）遍地开花。"非物质文化遗产保护"观念的启发引导下，民族民间舞蹈的民间表演和

舞台呈现的问题也随之浮出水面，成为纠结于舞蹈编导心头的难题。

第二节　新时期舞蹈艺术思潮述略

一、关于"舞蹈要有舞蹈"的争鸣

　　自 1976 年 10 月，粉碎"四人帮"，"文革"结束。中国舞蹈界迅速涌入时代潮流之中，努力肃清极左文艺思想和创作理念在舞蹈领域的影响和流毒，奋力挣脱强加在创作者身上的艺术枷锁，回顾与总结新中国成立以来优秀作品创作经验，站在历史发展的转折点上，解放思想，锐意创新，各种舞蹈创作观念也不时发生着碰撞。1977 年，《舞蹈》第 4 期发表署名尔充的文章《舞蹈要有舞蹈》，认为对"四人帮"在艺术创作方面所造成的危害和影响不可低估，舞蹈作品里没有舞蹈的现象，还不能立即杜绝。这需要我们认真总结舞蹈创作的经验教训，从实践中寻找规律，求其擅长，避其局限，不断提高舞蹈艺术的表现力。具体而言，作者提出了几个创作观点：首先要善于选择适合舞蹈表现的题材，找到适合展开舞蹈的"角度"，为进入具体创作时能舞起来打开通途，而不是作茧自缚。……题材、表现角度的选择是主要的。但是，在一部作品里有没有舞蹈，舞蹈是否准确生动地表现了内容和人物，归根结底还在于舞蹈形象本身的创造是否成功。作者又以《草原女民兵》和《水乡送粮》两个舞蹈作品为例，说明"当主题一经确定，编导就要以十倍的努力倾注于舞蹈形象的创造之中，务使其准确、鲜明、生动、优美，引人入胜、动人心弦。那种但求政治内容无过、不求艺术形式尽可能完美的思想，实在是一种懒汉艺术观；也是一种还没有从'四人帮'文化专制主义束缚下解脱出来的精神状态。"作者强调，舞蹈编导的舞蹈创作如何获得鲜明、丰富、精美、耐看的舞蹈形象，必须要有在长期深入生活的基础上认识生活、表现生活的本领，要善于从现实生活中提炼出生动新颖的舞蹈形象；要善于批判地继承、发展我国民族民间舞蹈和借鉴外国优秀的舞蹈遗产，在坚定正确政治方向的统率下，艺术表现手段越多越好。文章特别提出舞蹈要有舞蹈的观念：即认真研究舞蹈艺术的规律，充分发挥舞蹈艺术表现生活、塑造人物的功能，努力创造出丰富多彩、千姿百态的舞蹈形象。

此文刊出后，引起了业界的争鸣和讨论。《舞蹈》杂志在 1978 年第 2 期上刊登了王元麟、彭清一直接针对《舞蹈要有舞蹈》的文章《不许为"四人帮"涂脂抹粉》，文中除了批判了尔充文章所论创作观点与"四人帮"的"主题先行""题材决定论"等文艺创作路线相同，也提出了自己的观点："创作手段也应当是在深入生活中学习的，但这不主要就应当是指学习在人民群众中久已流传的原民间艺术方法么？那时延安文艺工作者表现工农兵在形式运用上，首先就学习并改造了群众的秧歌舞。我们要表现人民的思想感情是和运用人民喜闻乐见的艺术形式分不开的。"

《舞蹈》1979 年第 1 期继续组织文章讨论，刊登了苏祖谦的文章《舞蹈就是要有舞蹈》，文中力挺尔充的基本观点，并对"四人帮"文艺创作路线的错谬加以了归纳："他们完全从反革命的政治需要出发，分配主题，规定题材，拼凑情节，捏造人物，无中生有地杜撰事件，随心所欲地设置矛盾冲突，炮制了大批阴谋文艺毒草作品。这些作品，颠倒了现实生活中的阶级关系，歪曲了现阶段的革命斗争任务。他们为了把文艺事业完全纳入篡党夺权的阴谋轨道，是不管什么艺术特点的。那种政治上十分反动、形式上七拼八凑，不伦不类、根本不是舞蹈的东西，却钦定为优秀舞蹈，对《翻案不得人心》的大肆鼓噪，就是明显的一例。"以此说明尔充文中的核心观点的实际内涵与"四人帮"的阴谋文艺创作路线决然不同。苏文认为："要想舞蹈艺术更好地反映生活、生动地体现主题思想的话，必须从此时此地人民的劳动和斗争生活出发，抓取有典型意义的、可舞性强的动作，借鉴民族民间舞蹈的韵味、动律，加以夸张、变形和规范，使之节奏化、规律化，创造出既有民族风格、又有时代气息的舞蹈形象和新的舞蹈语汇来。那种弄一个原有的花鼓灯的'抢板凳'小段，装进争看样板戏的内容的'新创作'，是无论如何不能给观众以新鲜感的。"而"对于古人和外国人毫无批判地硬搬和模仿，乃是最没有出息的最害人的文学教条主义和艺术教条主义。"

从这次论争中，反映出新时期开启之际，舞蹈创作急需明确创作方针、方向、方法的客观现实。论争各方都是首先以肃清"四人帮"阴谋文艺创作原则的流毒，为新时期舞蹈创作投石问路为前提和目的。在论争过程中，反映出了舞蹈创作题材内容的"可舞性"问题，舞蹈语言、语汇的来源及应用等舞蹈创作本体性、根本性的问题，无论是尔充文中所强调的"要善于从现实生活中提炼出生动新颖的舞蹈形象"，还是王、彭文中侧重的舞蹈创作手段"主要就应当是指学习在人民群众中久已流传的原民间艺术方法"，这些观点对舞蹈创作来说都是必不可少的。这些观点在不同的角度都涉及到了舞蹈艺术本质属性和特性的理论界定问题，同时也是舞蹈创作实际中，必须要面对和明确的艺术观念和方法路径问题。这样的争论加深了舞蹈创作人员对创作方法和理念的更深更广的理解和认识，对随之而来的1980年前后出现的新时期舞蹈创作的第一轮高潮，事实上起到了编创理论上的启发和引领作用。

二、关于"舞蹈观念更新"大讨论

1985年，距第一届全国舞蹈比赛已数年过去，在这段时间里，国家实行改革开放的国策，文化上大力开展对外交流，国外访华舞蹈演出日渐增多和频繁，形式和种类也丰富多彩。芭蕾的新古典风格剧目，现代舞门派殊异的风格，当代舞的振聋发聩的手段……在社会和民众生活中，迪斯科舞蹈、舞厅舞迅速铺延，青年人手提卡带录音机在校园、公园聚集跳迪斯科成为一种风靡一时的"时代歌舞"景象；在艺术舞台上，中外舞蹈节目和剧目的对比呈现之下，国外的舞蹈艺术观念和创作方法，以及由这些新方法新观念指导下，舞蹈作品所传达出的崭新而强烈的艺术感染力，自然使得中国舞蹈工作者受到心灵和思想上的强烈冲击，进而也引发了他们深入的思考。对那些怀有强烈的创新欲望，又对当下的舞蹈创作手段深感局促和不满足的新生代编导们，这种探求的愿望更加强烈。这年5月22日至29日，如期举行的中国舞蹈家协会第五次全国代表大会在北京召开，来自全国舞蹈界的代表480人参加。吴晓邦向大会作了"为努力攀登社会主义舞蹈艺术高峰而奋斗"的报告。与会代表热烈探讨舞蹈的大政方针，纷纷自发组合成立各种舞蹈专项学会，如"中国舞蹈编导学会""中国舞蹈教学学会""中国舞蹈史学会""中国舞蹈美学学会""中国儿童歌舞学会""中国民族民间舞蹈研究会"。尽管事后这些学会并未全部履行学会工作和职能，但是从此动态中反映出了当时舞蹈界思想活跃、干劲十足，渴望组建队伍集体公关、协同发展的精神面貌。在会议期间，"有几位中青年的编导，他们在大会的空隙时间，发起了几次'恳谈会'，话题是在 80 年代的舞蹈创作上，关于'舞蹈观念更新'的问题。这些中青年的编导们着力于创作、探索，希望我国的舞蹈艺术除了建立在深厚悠久的民族民间传统的基础上发展以外，同时能更大胆地引进一些新的舞蹈理论和观念。从舞蹈的功能上更深化它的哲理性，内容上更直接地介入生活，并在创作手法上更突出个人的创作个性和风格，为我国百花齐放、群芳争艳的舞蹈艺术园地增添一些新的品种，注入一些新的血液。"①

这一具有鲜明时代特征的舞蹈文化思潮问题，在半年后的当年 10 月由文化部和中国舞蹈家协会联合于南京举办的"全国舞蹈创作会议"上，得到了更加深入广泛的探讨。本次会议的参会者 200 多人，包括了全国各省、自治区、直辖市、中国人民解放军、中央各有关部委的舞蹈编导和舞蹈理论工作者，可以说是当时舞蹈创作和理论领域主力人员的一次大集合。会议以分组讨论的形式，围绕舞蹈的时代性和时代精神、舞蹈功能及美学特征、舞蹈民族性和民族风格、民间舞与创新、编导素质与舞蹈理论水准等众多关键问题展开研讨。会议期间，安排了两场新作演出，体裁涉及中国民族民间舞和一些带有创新手法的舞蹈作品。观摩后形成的基本看法，一是民族民间舞类节目方法陈旧，表达缺乏新意；二是以创新为特色的舞蹈节目则见仁见智，分歧明显。这次全国创作会议可以说反映出当时舞蹈界活跃、澎湃、纷呈的思潮涌动。在闭幕式上，中国舞蹈家协会主席吴晓邦致闭幕词，他重点讲述了中国特色和社会主义舞蹈、加强舞蹈理论研究、建设理论队伍等问题。他认为："所谓社会主义舞蹈，就是要求我们的舞蹈创作要在总体上起到促进社会主义事业的作用，起到鼓舞人民为历史进步而奋斗的作用，起到礼赞光明、幸福和批评愚昧、落后的作用。从目前这个阶段说，就是要求我们的舞蹈创作者不要忘记自己的社会责任，要唤起人民的爱国热情，激发他们为'四化'而献身的精神力量。无论你选择什么题材（古代的、现代的），用什么手法（古典舞、民间舞、现代舞），只要发挥了认识、教育、审美、娱乐等作用，从而维护了历史的进步，促进了'四化'大业，那就

---

① 唐满城：《在思潮面前有所思》，载《舞蹈》1986 年第 2 期。

是社会主义舞蹈。""应该肯定地说，中国特色主要不是一个阶级分析的问题（不是无产阶级或资产阶级、社会主义或资本主义的问题），而是一个从总体上，从内容与形式的统一上去认识中华民族文化的特殊价值与魅力的问题。"他还指出：舞蹈理论研究历来是我们工作中的薄弱环节，一大批舞蹈工作者的理论及文化基础比较薄弱，所以要广泛学习舞蹈基本理论和应用理论的各个方面，包括学习艺术哲学、美学、心理学、社会学，研究人体运动规律等；建立系统的舞蹈学科，广泛开展舞蹈学科分科的学术研究活动，把舞蹈理论研究工作推向科学发展的新阶段。[①]

　　会后，舞蹈界主流媒体、重要理论阵地《舞蹈》杂志、《舞蹈艺术》丛刊继续组织刊登文章，发表围绕"舞蹈观念更新"的各方意见。《舞蹈》杂志1986年第2期刊登应萼定《谈创新》一文。在文章中他从创作与生活的关系角度来分析，并认为传统的、已有的舞蹈程式动作是舞蹈创作的工具和手段，不能成为舞蹈创作本身。认为当下的舞蹈创作视野狭窄，思想禁锢，"我们用那些固有动作组成一个狭窄的'取景框'，在浩瀚的生活中作定向的观察，有多少生动的内容、深刻的题材从这'取景框'的四周被疏忽……前人流传给我们的动作的一种凝固的思维方式，实在是阻碍舞蹈创作向深度与广度开掘的'紧箍咒'"。

　　《舞蹈艺术》丛刊在1985年第4辑刊登了赵大鸣、苏时进的《应当变革的舞蹈美观念》，应萼定的《简谈舞蹈观念的更新》，胡嘉禄的《应重视舞蹈的独立价值》。在这三篇文章里，明确提出"舞蹈观念更新"的宏观理念，并进而从各自对舞蹈作品的创作、舞蹈艺术的创新、舞蹈美学概念的界定等方面详加论述。赵大鸣、苏时进认为，当代意义上的舞蹈创作在古代并不存在，传统舞蹈及审美观念注重的是舞蹈优美造型动作，以观赏娱乐为美，而当代舞者，应该成为"社会生活的代言人，是新时代思想观念、审美观念的倡导者"；"传统观念中的舞蹈美的标准，不应成为限制和束缚今天舞蹈创作的准绳，而应为今天的审美观念所吸收容纳，给予它恰当的地位，起到它应起的作用"；认为舞蹈创作为了真实地表现人类的内心世界，动作不可能始终漂亮潇洒，"扭曲变形如果反映了生活的真实并打动了观众，就是一种美。"

―――――――――――

　　① 见《舞蹈》1986年第2期。

应萼定在文章中深刻认识到舞蹈语言的来源问题，认为一部舞蹈作品的创新取决于"深刻认识人体动作（我称它为外部动作）与内心情感（我称它为内部动作）之间的关系问题"，具体而言即"从内心动作（情感变化）出发进行创作，而不是从外形动作的大小或某种风格浓淡出发搞创作，是一个很重要的问题，是能否丰富题材，开掘现代人更深更复杂的内心境界，从而建立中国舞剧体系和舞蹈语言体系的关键。新的舞蹈观念，最根本的观念，就应建立在对这个方向的探索上。在这个基础上，我们才能正确地研究人体是怎样传情达意的，舞蹈的功能到底是什么等等一系列问题。"胡嘉禄从人类大脑思维特点之一的模糊性角度，提出"观摩舞蹈，舞台上流动的姿态、跳跃的节奏、变幻莫测的队形、跌宕起伏的情节，总是把人引入感情基调的总体感受之中。某种虚幻的意念，使人决不会苛求动作的考证性。"

应该说，"舞蹈观念更新"口号鲜明的提出和集群式的倡导者的出现，真切地反映了此时的舞蹈创作领域继续在理论和观念上突破现状、勇敢创新的氛围。事实上，这次"舞蹈观念更新"的大讨论，发端于1985年，其引发的思潮一直延续到20世纪80年代的中后期，1986年的《舞蹈》杂志仍在发表围绕该问题的各种理论争鸣文章，如1986年第2期上刊登的唐满城《在思潮面前有所思——关于"舞蹈观念更新"》及同年第8期刊登的《再谈"舞蹈观念更新"与思潮》，第5期刊登于陂的《"舞蹈观念更新"琐思》。这些文章各抒己见、畅所欲言，反映了在"舞蹈观念更新"的理论探讨中，也包含着不同角度和经验背景下的不同解释和认识。但总体而言，由"舞蹈观念更新"讨论引发的艺术问题、艺术见解，都是建立在各方深切盼望要为创造更多更新的中国特色社会主义新舞蹈而出谋划策的出发点上，客观上这场讨论也引发和延伸出了关于舞蹈艺术本质属性再认识、舞蹈美的本质内涵、舞蹈语言的生成、舞蹈功能范畴等根本问题，并使之浮出水面、症结昭然。《舞蹈》杂志还开辟"当代舞蹈思潮"专栏，许多在创作一线的舞蹈编导纷纷提笔撰写自己创作的见解，由此形成了一个时期内十分宽松活跃、积极向上的舆论探讨氛围。

恰在此时，对"舞蹈观念更新"持积极倡导意见的一批青年编舞家，也正是活跃于创作一线的实践者，他们将这一思想观念在自己的创作中积极探索和大胆实践，创作出了一批在主题深刻、贴近现实、语言新颖、风格独特的新作佳品。如在随后于 1986 年 10 月在北京举办的第二届全国舞蹈比赛上，苏时进、尉迟剑明编导的群舞《黄河魂》夺得一等奖。这个作品生动地以舞蹈的语言和言说方式，表达了中华民族不畏艰难、奋力抗争、追求光明的民族精神，"它在《黄河大合唱》音乐的伴奏下，突出地塑造了'黄河船夫'与'黄河波涛'的双重形象。舞蹈语言一方面从对水浪、浪势的模仿中，从对船夫动作形态的模仿中提炼和升华，另一方面也在其中加入了中国山东民间舞'鼓子秧歌'中的动作韵律，以突出黄河船夫形象的沉稳和强韧。《黄河魂》的巧妙在于'船夫'与'波涛'形象之间不着痕迹的转换。"其创作手法"是对现实的夸张、变形，是对中华民族历史命运和前进力量的形象比喻。"[①] 这个作品的成功，在于它形象的准确，而形象的准确在于舞蹈动作和动作流完全是为这个作品所独创的，它被当时称为中国现代舞的代表作之一，今天看来，也当之无愧地成为当代中国舞蹈的经典之作。

从在第二届全国舞蹈比赛的一百多个参赛节目来看，荣获最高荣誉一等奖的作品，都在舞蹈语言上或多或少有新的突破，在舞台上构筑了崭新的舞蹈美的样式。这些作品的编导从众多的舞蹈编导中脱颖而出，引领了当时舞蹈创作的新潮头，他们的创作节目也受到广大观众和专业人士的认可和喜爱，如群舞《黄河魂》《海燕》《奔腾》《小溪·江河·大海》，双人舞《新婚别》《踏着硝烟的男儿女儿》，独舞《雀之灵》等。

"舞蹈观念更新"的思潮，在 20 世纪 80 年代中期开始产生了深远的影响。无论是旗帜鲜明的倡导者、理论家，还是默默在实践中耕耘探索的舞蹈人，"舞蹈观念更新"讨论中提出的各种问题皆是舞蹈创作领域无法回避的现实问题、迫切问题、长期问题。由于中国是一个古老的文明古国，五十六个民族在历史长河中曾经创造出夺目的舞蹈文化遗产，这些遗产在千百年的积淀中凝结于舞蹈的一举手一投足间。而中国人民的现实生活和思想观念又是崭新的内容，要么面传统之壁而图破之，积极和准确地反映时代主流，但在更长历史长河的荡涤下，也可能失误乃至失败；要么故步自封，抱残守缺，有可能被时代洪流湮灭，也可能沧

[①]　冯双白：《百年中国舞蹈史》，湖南美术出版社、岳麓书社 2014 年版，第 286 页。

海桑田，最后留下了精华。这样的问题，至今仍然还是一个仍需认真对待、深入研究和切实解决的现实问题。

如此，三十年前的这场讨论，更凸显其舞蹈艺术新思想的启蒙价值，它"碰触了当时中国当代舞蹈发展的核心问题，因此新观念的倡导，从思想观念上、理论阐述上对时代提出的新问题给出了新的回答，有力地推动了舞蹈艺术创作的进步。"[1]

三、中国古典舞"身韵"训练体系及影响

1. 从"二化"（科学化、系统化）到"三化"（革命化、民族化、群众化）。"中国古典舞"的概念是在 1950 年由欧阳予倩首先提出来的，是新中国成立后出现和建立的新生事物。中国古典舞的参与者北京舞蹈学院教授唐满城，在回顾古典舞创建历史时认为："解放后，党和国家给了我们一个光荣而艰巨的任务，让我们在传统的基础上重建光辉的、独立的，能和芭蕾舞一样屹立于世界之林的中国古典舞。我有幸作为最早的参加者之一，而且一直没有间断地工作、探索至今日。当时，我们能够看得见、摸得着的古典舞传统就是戏曲舞蹈，国家组织了我们一批二十来岁的年轻人向硕果仅存的京、昆老艺人学习，希望通过我们整理、发展出新的中国古典舞。"[2] 但是由于各种主客观原因，20 世纪 50 年代从京剧、昆曲中整理出来的"中国古典舞"更像是去掉唱、白的戏曲，缺乏舞蹈艺术独有的本质属性，正像舞蹈理论家叶宁总结之所说"在当时的情况下，要变戏曲的旧程式为舞蹈的新程式，为培养中国舞蹈演员，适应新的舞蹈创作的需要，绝不是一件轻而易举的事，也不可能一蹴而就。当时，可以说我们自身先天不足，存在着幼稚病；客观上实用主义严重，存在着急性病，因而旧的、新的、洋的搅在一起，煮出来的是一锅夹生饭……"[3] 具体而言，就是 20 世纪 50 年代初创时期的中国古典舞，在中国传统的京剧、昆曲和武术中提取选用了一部分身段、武功动作，为了适应专业的舞蹈教育和训练，又由当时的苏联专家伊丽娜提出的要"科学化、系统化"的方向，借鉴了芭蕾舞教学经验，按照芭蕾基训的体系、

---

① 冯双白：《百年中国舞蹈史》，湖南美术出版社、岳麓书社 2014 年版，第 281 页。
② 见《舞蹈艺术》1990 年第 3 期。
③ 叶宁：《漫话古典舞》，载《舞蹈》1986 年第 4 期。

分类、方法和训练原则，将取自京剧、昆曲、武术中各自分散的舞蹈动作加以梳理、归纳和开拓发展，初步达到了系统、有效、全面训练演员身体素质、技术能力的目的，但同时也留下了上身古典、下身芭蕾，跳、转、翻、托举带有明显芭蕾痕迹的问题。这使得"中国古典舞"从它一诞生就有一种"杂交"的性质。

尽管在"科学化、系统化"思想指导下形成的"中国古典舞"基训体系，在今天看来，明显的带有国家文化建设思想的时代印记，以苏联专家的美学观、学科观为宗旨，而忽视了中华民族传统的、古典的舞蹈文化所本应具备的、最应该强化和突出的"民族性"。但在当时，它的快速建立和迅速用于舞蹈创作教学实践，的确解决了中国舞教材匮乏的紧急需求，同时也催生出了一批享誉全国的作品，如舞剧《宝莲灯》《小刀会》《鱼美人》，独舞《春江花月夜》等，给广大人民群众提供了既有传统的元素又在形式上明显耳目一新的审美食粮。

1963 年 8 月 16 日，周恩来总理在人民大会堂河北厅召集音乐舞蹈座谈会并发表了"对音乐舞蹈革命化、民族化、群众化的问题"的讲话。讲话从舞剧《宝莲灯》《小刀会》访问朝鲜人民民主共和国的问题，引申谈到音乐舞蹈存在比较严重的崇洋思想的现状，讲到了关于文艺工作的方针，关于阶级性、战斗性、民族化、现代化，关于艺术标准、创作表现形式等方面的问题。明确提出音乐舞蹈必须进一步民族化、大众化，以树立民族音乐舞蹈为主体，可单独成立民族音乐舞蹈院校和表演团体等意见，中国舞蹈家协会书记处上报了《关于当前舞蹈工作的主要情况、问题和民族化的几点意见》的报告。1963 年 12 月 25 日至 1964 年 1 月 3 日，文化部、中国舞蹈家协会协、中国音乐家协会在北京联合召开首都音乐舞蹈座谈会。周扬、林默涵在会上做了重要报告。会议的中心议题是：音乐舞蹈如何和社会主义经济相适应，更好地为社会主义革命和建设服务。会后，《光明日报》《文艺报》和《舞蹈》杂志等开辟讨论"音乐舞蹈革命化、民族化、群众化问题"的专栏。此次关于"三化"的讨论一直延续到"文革"前夕。

这场重要的讨论，通过"从文化部到舞协等，层层召开一系列的座谈会，联系舞蹈界的教学、创作中对待借鉴、继承中存在的问题，展开学术性的讨论和批判。在创作上批判'花鸟鱼虫'，在教学上重点批判

'崇洋思想'。"① 在中国古典舞教学体系中业已存在的"先天问题",便在此次"三化"讨论中成为典型目标,被认为是生搬硬套芭蕾,思想上有"洋教条"的错误倾向。随后的"文革"十年,中国古典舞的教学研究被迫中断,中国古典舞自身的生存已不能保,更枉谈其体系的改革和完善。

2."民族化"精神指引下形成的中国古典舞教学"四性"体系及"身韵"课程。十一届三中全会后,在拨乱反正、解放思想的方针指导下,自1980年北京舞蹈学院建立本科学制的中国舞教育系,同时急需本科教育使用的中国古典舞主课教材。"因为毕竟时代发展了,人们审美的要求提高了,要改变'"文革"'给古典舞造成的严重后果,既不能退回到戏曲舞蹈的起点上,又不能继续沿着'土芭蕾'的路子走下去。首先必须改变一种观念:似乎强调风格必然要戏曲化,强调舞蹈必然要芭蕾化。必须探索一条既对民族传统有更深的继承性,又具备鲜明的舞蹈性、时代性和科学性的路子;既对已经走了几十年的训练方法给予充分肯定,又在审美层次和舞蹈语汇上有真正新意和突破的路子。"②

从传统文化中寻求古典舞的深层审美风格,进一步完善新中国成立后建立起来的脱胎于戏曲、武术的中国古典舞教学和创作实践,成为北京舞蹈学院中国古典舞教师们的神圣使命。这一使命的核心思想是建立在"文革"前"三化"方针中"民族化"的文艺思潮主脉之上的。自1980年始,经过四年的教学实践,终于诞生了中国古典舞教学体系中的新成员——"身韵"。"身韵"的舞蹈语系,是从浩如烟海的戏曲舞蹈、武术动作中提取动律、元素,进而拆分重组,提炼了中国传统艺术注重"形、神、劲、律"的构成,确立中国舞人体形态的"拧、倾、圆、曲"的曲线美和"刚健挺拔、含蓄柔韧"的气质美;舞蹈动作遵循在"平圆、立圆、八字圆"中"游动"的运行路线;腰腿部动作定位在"提、沉、冲、靠、含、腆、移、旁提"等传统遗存的优秀、典型化的动作为依据;在训练程序上做到了循序渐进、由浅入深、层层发展的科学性。

"身韵"的诞生,标志着中国古典舞不仅可以满足四年本科制中国舞演员和教员的培养目标,且在20世纪80年代中期到90年代前后,迅

---

① 李正一等:《中国古典舞教学体系创建发展史》,上海音乐出版社2004年版,第49页。
② 唐满城:《唐满城舞蹈文集》,中国戏剧出版社1993年版,第76页。

速产生优质的教学训练成果，培养出在舞台上熠熠生辉的中国古典舞演员，如 20 世纪 81—90 年代先后涌现的李恒达、沈培艺、丁洁、李忠梅、官明军、张润华、山翀、黄豆豆，以及 21 世纪的古典舞新秀刘震、汪子涵、武魏峰、刘岩、王亚彬、唐诗逸等。"身韵"的出现还解决了中国古典舞发展历程中长期存在的一个不足——课堂教学与舞台创作脱钩。受"身韵"的熏陶和影响的一大批有着"身韵"风范舞蹈新作出现，在舞蹈界产生强大的影响，并由此引领着 2000 年前后中国古典舞舞台创作的主流，先后创作出了《黄河》《梁祝》《长城》《秦俑魂》《木兰归》《轻·青》《姜姜长亭》《风吟》《扇舞丹青》《书韵》在全国各大舞蹈比赛中获得头奖的优秀作品。这些作品的表演者几乎无一例外受到中国古典舞"身韵"训练的造就，拥有高超的舞蹈技能和身体表现力，能够在舞台上展现出前所未有的一种带着明显"身韵"技法的舞蹈动态。究其原因，概因"'身韵'是为中国古典舞的语汇言说找到了一种更为深邃的文化风格意境，它的动作语言作为一类基础，给编舞者们提供了更多的属于该舞种的韵母与符号，并反作用到舞蹈本体的开放与应用上，使剧目创作的思路得到了更为广泛的拓展。"[1] 也就是说，"身韵"的动作系列带有明显的元素开放性，比较适于舞蹈编导进行生发扩展和拆解重组，以此形成连贯的舞蹈语句来表达作品主题。在每个具体作品创编中，编导们以"身韵"体系为母体，"变形，但是不变风格的根本审美特征，从而创造出新的动作，新的形象，成为 21 世纪以来古典舞优秀作品的共同特征。《风吟》《醉鼓》《绿带当风》等，都有这个特点。"[2]

著名编导陈维亚在他谈自己创作女子独舞《木兰归》时说："由古典身段发展的古典身韵，使原来断开的动作连接成线，上穿下盘，左倚右靠。……面对《木兰归》如此强烈而规律的节奏，怎样使身韵与其融合？使之既不失去韵律美感，又富有节奏动感，从而开拓身韵的节奏表现力。为此，我们采用'穿行其间'的方法。在气韵连绵中突然地闪凝、断顿，用以与节奏撞击而强化点，形成动作与节奏的同步；闪凝、断顿之后的气韵连绵用以与节奏形成对比而强化线。闪、断是韵线的开始，韵线又

---

① 金浩：《新世纪中国舞蹈文化的流变》，上海音乐出版社 2007 年版，第 1 页。
② 冯双白：《百年中国舞蹈史》，湖南美术出版社、岳麓书社 2014 年版，第 333 页。

是闪、断的积蓄。……这种延伸强化，与前面谈到的闪凝、断顿结合，进一步强化了古典舞点与线的内在联系，既区别于'古典身段'，又发展于'古典身韵'。"① 这一具体的创作经验虽然是针对某一个具体作品的，但这一在"身韵"的基础上进行开掘、生发、转换、变形的创作思潮，可以说是改革开放后至今的中国古典舞创作主流。

北京舞蹈学院中国古典舞教授孙颖积几十年对传统舞蹈的研究和教学经验，通过细心研读古代文献和出土文物，提出了自己独特的"中国古典舞"创建思想，并在创作实践中获得令人瞩目的成就。他自 20 世纪80 年代起，陆续撰写了十篇论述中国古典舞的文章，后全部收录于他的《中国古典舞评说集》。在该书前言中，孙颖概括了自己十论中国古典舞的核心观点有三：一是继承观。他认为中国古典舞艺术体系不应该死守戏曲中京剧、昆曲两个剧种，还应该广开资源尽力全面地探索传统，研究古代。二是发展观。他认为不应该继续走"科学化"的芭蕾基训与中国戏曲舞蹈两相结合的路子，而应该自主创新，在我们的文化母体内创建中国自己的民族体系。三是价值观。他认为民族舞蹈是一门文化，不一定要追求"高精尖"的技术、技巧组合能力；不赞成搞中外舞蹈多元拼接，因追求技术效应而削弱文化属性。这一思想也指引着孙颖进行了舞台创作实践，于 20 世纪 80 年代中期他率先在中国歌剧舞剧院推出带有鲜明汉魏历史内容和舞风的舞剧《铜雀伎》，继而于 90 年代后又先后推出女子群舞《踏歌》、男子群舞《谢公屐》、女子群舞《楚腰》等。《踏歌》一经问世便迅速红遍大江南北，它特有的古典美感韵味，让人如沐春风，成为 20 世纪 90 年代至今社会普及率最高的舞蹈之一。

通过在北京舞蹈学院中国古典舞系开设"汉唐专业"，孙颖的艺术思想和教学结合起来，通过招收培养一批又一批学生，将他的理念、思想和教学表演实体传播到天津、重庆等地落地生根，他的舞蹈思想、舞蹈实践和舞蹈教学已经形成中国古典舞建设中的一脉强劲潮流。客观地讲，孙颖的中国古典舞文化建设思想本质与"身韵"等其他中国古典舞文化建设思想所包含的本质是一样的，都是为了在当今的时代建造中国人特有的舞蹈文化大厦，但是做法有所不同，价值考量和参照物也有区别，

---

① 陈维亚：《由〈木兰归〉谈古典舞创作》，载《舞蹈艺术》1994 年第 1 期。

但他们对整体的中国古典舞全局而言都是有价值的。

四、从"乡舞乡情"创作潮到"非遗"观念来袭

改革开放，经济建设为中心的国策，使中国人民的物质文化生活得到了极大的改善，旅游观光、都市文化消费成为新的时代风景线。民众旅游观光的兴起，促进了国内各地区文化的交流和传播，对地方和民族舞蹈文化的猎奇成为一时的大众文化消费热点。同时，随着改革开放，中国城镇文化的繁荣，都市中带有特有时代特征的时尚歌舞也蔚然成风；"歌伴舞"这种新舞蹈样式也开始出现在各地的歌舞厅和综艺晚会中。

在这样的社会文化氛围中，20世纪80年代中期，伴随着民族文化意识的自觉和强化，在思想文化领域出现了一股文化寻根热潮。首先，作为文化领域政府主导行为的一个重大举措，就是中国十大民族民间文艺集成志书工程在1981年的启动。1981年9月，《中国民族民间舞蹈集成》总编辑部在北京成立。主编由中国舞蹈家协会主席吴晓邦担任。此项工程由文化部副部长周巍峙统领，由文化部系统层层下达文件成立各省、市、县级集成编辑部，建立队伍，每年从财政拨专款下拨。从田野调查到志书撰写，全国数千人参与了这项浩大的文化工程。由此项工程的在全国的全面开展和推广，在随后的一二十年里，受益于集成工作的成果，许多潜藏于民间，从未予以重视和整理的民族民间舞蹈得以显山露水，走到时代的舞台前沿。首先，从20世纪80年代初起，便陆续在全国各地纷纷举办民间歌舞大会、调演性质的活动，如，1980年的全国部分省市自治区农民业余艺术调演，1980年9月由文化部、国家民委联合在北京举办的全国少数民族文艺汇演，1982年2月举行的河北省民间音乐舞蹈汇演，1983年的北京市民间花会，1983年的江苏省民间舞蹈会演，1984年的云南省首届民族舞蹈会演，1984年的河南省第五届民间音乐舞蹈汇演，1985年的四川省民族民间舞蹈会演，1985年的广西壮族歌舞节，1987年的首届北京龙潭花会大赛……可以说，一时间民族民间舞蹈之花开遍。

以《中国民族民间舞蹈集成》的初步挖掘整理成果为基础，全国范围内，以各级文化馆、群艺馆和专业歌舞团体为表现主体的、各具地方特色的民间舞——"风情歌舞"大量出现在20世纪80年代中后期，在

全国掀起了民间歌舞风起云涌之势。其中产生了不少较有影响的佼佼者，有1986年由文化部、广播电影电视部联合举办的第一届全国民间音乐舞蹈比赛中涌现了双人舞《元宵夜》、三人舞《担鲜藕》、群舞《安塞腰鼓》等令人耳目一新的民间舞。这些舞蹈皆取材于民间原生形态的舞蹈资源，由于添加了积极乐观、豁达奔放的民族气质，民族风味十足，情感亲切强烈。这些节目凭借电视直播的平台，一夜之间享誉全国。1987年，由山西省歌舞剧院创作演出的大型民族风情歌舞《黄河儿女情》在第五届华北音乐舞蹈节上引起轰动，旋即全国热传。其中的舞蹈《看秧歌》《难活不过人想人》以其特有的西北浓烈的乡土风情，强烈地冲击着人们的审美神经，给观众带来一种别开生面、大土大美的艺术享受。舞蹈艺术舞台上从此开始出现一种被专家解读为"俗美""丑美""怪美"的民间样式。这样的舞蹈审美潮流的出现，植根于中国广大民众的根深蒂固的民俗情怀，"俗、丑、怪"为特征的舞蹈美的展示，带着浓烈的土地芬芳，以及粗犷豪迈的黄土气息，具有强烈的情感冲击力和感染力。这是一种非常接地气的艺术样式，所以极易引起广大观众的情感共鸣，并得到认可。

延续着这一依恋于"乡舞乡情"的民族民间舞奔腾潮流，至20世纪90年代后，在原生形态民族民间舞的沃野中被养育成长起来的新一代舞蹈舞台创作杰出人才开始出现。1991年，张继钢的民间组舞专场《献给俺爹娘》一炮打响，其中的《黄土黄》《一个扭秧歌的人》将西北黄土高原上的民生、民情、民风生动地表现出来，尤其是在舞动着的肢体中所流淌出的爱爹娘、爱土地、爱国族的情感，深刻而感人。《献给俺爹娘》舞蹈晚会和他随后创作的一系列"乡舞乡情"类作品，成为当时我国文艺思潮中寻根动向在舞蹈中的典型体现。

在文化寻根热潮中，中国民族民间舞蹈的创作中面临新的时代课题，舞蹈创编者们面对丰富多彩的、千百年历史长河中形成的五十六个民族的民间舞蹈，如何去保护、创新？这一问题是中国舞蹈长期探索而仍未完全破解的难题。持守民间舞蹈的民间原貌，往往因缺少时代气息和现实要素而显得落后陈旧；而对民间舞蹈的民间原貌加以改动，则极易因断裂了民间舞蹈原貌的根系而变得面目全非，失去民族舞蹈的语言辨识度和历史厚重感，其中的尺度分寸很难把握。云南是中国民族民间舞蹈大省，具有丰富的民族舞蹈创作实践经验和卓越的成绩，相对于其他省份的民族民间舞蹈，云南的创作具有代表性。1992年，为迎接第三届中国艺术节在云南举行，云南省组织创作了一台以舞蹈为主的《云南民族民间歌舞》晚会（后更名为《跳云南》）。《跳云南》在第三届中国艺术节期间推出，产生了极为热烈的反响，特别是以彝族《跳菜》等舞蹈节目，表现彝族婚礼上的喜庆歌舞，由一群男性表演者肩托菜盘，自跳自唱，充满了粗野、狂放的舞蹈风格，令观众交口称赞。创作者之一钱康宁总结这台歌舞遵循的是"土、新、美"的原则："土，即是尽量保持民族民间歌舞的原始形态和基本风格；新，即指节目尽量以1988年以后新挖掘整理的为主；美，就是在保持民间歌舞基本风格的前提下，尽量提高其艺术性和审美价值。"①

尽管"土、新、美"的创作原则是针对《跳云南》这一具体作品的，但是其基本结构和思路，在20世纪90年代以及随后的一段时期，都是民族民间舞创作共同"默认"的追求，只是在不同的地区，其具体呈现出来的程度有所差别。这一时期还先后涌现了表现东北黑土地风情的舞蹈专场《黑土地》（1991年），表现东北乡民风情的《月牙五更》（1991年），表现西北黄土高原风情的《黄河水长流》（1995年），表现闽南风情的《悠悠闽水情》（1995年）和《惠安女》（1996年），表现云南傈僳族风情的《啊，傈僳》（1998年）等诗化风情类展示的作品。

从世界范围来看，人类各个种族的民族文化遗产也越来越受到国际社会的重视。自进入21世纪后，跟我国民族民间舞蹈密切相关的"非物质遗产"概念开始在全社会得到关注。这一思潮由国际社会和国家上层发起、引领和设计，通过宣传、教育迅速将"非物质遗产保护"观念普及深入到社会各个阶层。其思潮的源头起自20世纪70年代国际社会对世界文化和自然遗产的重视。联合国教科文组织于1972年在巴黎即通过了《保护世界文化和自然遗产公约》，确立了国际社会保护人类物质遗产的义务。但人类文化遗产中另一种重要形态，即用文物、建筑群和遗址等物质类文化遗产不能概括的文化遗产所面临的更为严峻的被破坏和快速消亡的现象，日益引起《公约》各缔约国的关注，最终被提上联合国

---

① 钱康宁：《云南民族音乐散论》，中国文联出版社2006年版，第71页。

教科文组织的议事日程。该组织开始对文化遗产做出了物质遗产与非物质遗产的区分，并于 1982 年，在教科文组织内部特别设置了一个管理部门，叫做"非物质遗产"Nonphysical Heritage 部门。为了弥补《公约》对非物质文化遗产的遗漏，联合国教科文组织于 1989 年 11 月在巴黎通过了《保护民间创作建议案》，正式在教科文组织文件中提出了保护非物质文化遗产的建议。只是这个建议案中是以"民间创作"来指代"非物质文化遗产"的称谓。其对民间创作内容的界定，与后来教科文组织和有关文件中对于"非物质文化遗产"的定义基本一致。如 1997 年，教科文组织第 29 次全体会议通过的《人类口头和非物质遗产代表作宣言》中，对"人类口头和非物质遗产"的界定，就基本沿用了上述建议案。

2001 年，教科文组织通过了《世界文化多样性宣言》，强调了世界各民族包括"非物质文化遗产"在内的全部文化遗产对于维护人类文化多样性的重要意义，呼吁加强对非物质文化遗产的保护。宣言提到：文化多样性是交流、革新和创作的源泉，对人类来讲就像生物多样性对维持生物平衡那样必不可少。从这个意义上讲，文化多样性是人类的共同遗产，应当从当代人和子孙后代的利益考虑予以承认和肯定。并在宣言中提到文化多样性与人权、文化多样性与创作、文化多样性与国际团结几方面的内容。

2003 年 10 月，联合国教科文组织通过了《保护非物质文化遗产公约》。这是迄今为止教科文组织有关非遗保护最重要的文件。2005 年 10 月，教科文组织通过了《保护和促进文化表现形式多样性公约》。以上的《保护世界文化和自然遗产公约》《保护非物质文化遗产公约》《保护和促进文化表现形式多样性公约》共同构成了保护文化多样性国际法体系的骨干公约，体现着当今人类社会对于传统文化的基本认识和对策框架。上述一切，都是"非物质文化遗产"热潮于 21 世纪开始在中国兴起的国际思潮背景。

在这一国际文化思潮的影响和推动下，2004 年 8 月 28 日，在第十届全国人大常委会第十一次会议上，表决通过了中国政府正式加入联合国教科文组织《保护非物质文化遗产公约》的批准决定。随后，2006 年 9 月 14 日"中国非物质文化遗产保护中心"在中国艺术研究院挂牌成立。该机构是经中央机构编制委员会办公室批准成立的国家级非物质文化遗产保护的专业机构，承担全国非物质文化遗产保护的有关具体工作，履行非物质文化遗产保护工作的政策咨询；组织全国范围普查工作的开展；指导保护计划的实施；进行非物质文化遗产保护的理论研究；举办学术、展览（演）及公益活动，交流、推介、宣传保护工作的成果和经验；组织实施研究成果的发表和人才培训等工作职能。2007 年，文化部成立了非物质文化遗产司。其主要职责为：拟订非物质文化遗产保护政策，起草有关法规草案；拟订国家级非物质文化遗产代表项目保护规划；组织开展非物质文化遗产保护工作，承办国家级非物质文化遗产代表项目的申报与评审工作；组织实施优秀民族文化的传承普及工作；承担清史纂修工作。2009 年 10 月，联合国教科文组织第 35 届大会审议通过在中国建立亚太地区非物质文化遗产国际培训中心的申请报告。亚太非遗国际培训中心的成立，充分体现了国际社会对中国开展非物质文化遗产保护工作中取得的成果以及我国为世界非物质文化遗产保护作出自身贡献之愿望的充分认可，为亚太地区非物质文化遗产保护工作揭开了崭新的一页，对于在联合国教科文组织《保护非物质文化遗产公约》框架下开展亚太地区多边合作，维护亚太地区文化多样性和创造性，促进人类共同发展具有重要的意义。中心致力于宣传和推广《保护非物质文化遗产公约》，组织地区性和国际性非物质文化遗产保护培训活动，提高教科文组织亚太地区会员国在非遗保护方面的能力。

自 2006 年起，包含着音乐、舞蹈、戏曲、说唱等众多门类的国家非物质文化遗产名录中的部分项目，年年在国家"非遗日"前后在各地登台上演，在全社会产生了广泛积极的宣传效果。这些演出中舞蹈类的节目有朝鲜族农乐舞、新疆维吾尔木卡姆艺术、基诺族的《基诺大鼓舞》、蒙古族的《少女萨吾尔登》、苗族芦笙舞《滚山珠》、羌族的《尔玛吉》、达斡尔族的《鲁日格勒舞》、藏族的卓舞《雅砻春潮》等。还有一些非遗调演，选调非遗表演项目比较集中的省份来进行整台演出的呈现。如2010 年 2 月 27 日至 3 月 30 日在北京举办的"全国少数民族非物质文化遗产项目调演"，一共调集了"高原奇葩——青海省专场""羌魂——四川省专场""侗歌声声——贵州省专场""草原欢歌——内蒙古自治区专场""八桂风谣——广西壮族自治区专场""多彩哈达——西藏自治区专场"等九台演出，共上演近 120 个节目。

可以说一时间,"非物质文化遗产"的观念从媒体宣传到剧场呈现而得到空前推广,也成为中国舞蹈界思考和面对的热门问题。而对于中国舞蹈创作领域来说,"非物质文化遗产"的保护观念与民族民间舞创作理念形成了一对同时冲击创作者思想的并头潮。随着一批又一批国家级、省市级非物质文化遗产舞蹈类名录的公布,原本早已是民族民间舞创作者长期关注并熟稔的舞种纷纷上榜。一方面,"非物质文化遗产保护"的观念要求对民间舞蹈原汁原味地保护;另一方面,舞台艺术的规定性、国家文艺方针的创新性要求,使得创作者在作品中开始既想寻求"传承保护"的表现样式,又要遵循舞蹈创新的基本规律,处于两难的境地中。特别是一些地方急于拿出成果,因此在缺乏深入的理论探讨和支撑下,出现了一些不成熟的舞台表现:有一些作品中,开始加入老者、长辈的角色,并有其对晚辈、儿孙、后代进行教育和引导的表演桥段,或者穿插一段模拟民间祭祀仪程的表演。有的作品直接在作品的某个段落上将民间艺人请上台表演一段不经任何处理打磨的原生形态民间舞蹈。这些艺术处理手段都尚处于粗放、图解和描摹的低级水平。原生形态舞蹈的当代剧场呈现样式、规律、要义等都还是亟待解决的理论命题。

五、"元素教学"模式的孵化器效应

自 20 世纪 80 年代初,在以北京舞蹈学院为核心的中国高等舞蹈教育领域,以培养中国高精尖舞蹈专业表演和创作人才的园地里,对各民族原本经千百年来积淀下来的民间舞蹈样式,采取的是一种叫做"课堂元素教学法"的民族民间舞蹈课程教学模式。这一教学方法首先由北京舞蹈学院许淑英、潘志涛等开拓,在 20 世纪 80 年代末基本成型,形成了基本的元素提炼方法后,应用于汉族、蒙古族、藏族、维吾尔族、朝鲜族等许多民族民间舞蹈的提炼整理,并在随后的时间里被不断更新细化,又以北京舞蹈学院在全国舞蹈高等教育中的强大引领作用,波及到全国舞蹈院校民间舞教学中。"元素教学"基于对民族民间舞蹈进行条分缕析的解构进而重构的动机,其思想体系的最终目的,是为原本形态分散凌乱、风格千变万化、表演千人千面等不易系统把握的纯民间舞蹈,归纳提炼出一套能够易于课堂教学传授、有助于为创作者提供形态典型准确的舞蹈基础语汇。具体而言,即"从纯民间的风格、动态中提取大量可以单独使用的动作素材，使其'元素化'，成为能够遣词、造句的语素。这样，学院派就可以将这些元素作为他们文化理想与文化诉求的载体，在此基础上进行舞蹈剧目的编创。"①

对于这一"课堂元素教学"方法，曾任北京舞蹈学院民间舞系主任的赵铁春有详细的理论阐释："中国民族民间舞的创作必须以中国五十六个民族（不同区域）的民间舞蹈动作、动律为载体，突出民族性、地域性、民俗性。这是区别种类、净化舞种、族群认同，更是对创作和表演的最起码的评价标准。一、'扎进去'吃透，必须知道梨子的滋味。（1）一个中国民族民间舞的编导，在其创作之前首先要'扎进'生活或叫做'深入'生活，到某个民族地域中去了解、体验当地的风土人情、生活习惯。（2）要真正了解并懂得尊重民族地域的价值取向及宗教（禁忌）习俗。（3）要了解熟知某个民族的心态及追求，要寻找到属于他们自己独特的情感、思想和传达方式。（4）要掌握（也包括准确的判断）某个民族地域的风格化的舞蹈动态，要研究它的舞蹈风格、动律特点及动作衔接规律。二、'浮出来'创新，必须具有思辨联想的头脑。（1）一个民族民间舞的编导，首先要对某个民族地域风格动作有较准确的把握，而后应有清醒的头脑使自己跳出来成为旁观者，并冷静地思考，在捕捉、判断、思辨联想中循环往复，在否定和肯定的过程中决定取舍。（2）在把握某个民族地域风格动作后，如何将动作、动律因作品需要而变化、发展，重新构筑作品中的动作、动律、衔接、过渡等，但前提是不能破坏主体审美风格，从而形成既属于某个民族风格的动态又符合作品自身独特的动态审美规律的创作。（3）编导要具备一定的功力将作品形式和内容统一起来，并运用思辨联想使之创新，创作出源于生活又高于生活的舞台民族民间舞作品。"②

此处的"扎进去"和"浮出来"的舞蹈创作思想和路线，基本还是新中国成立以来中国主流意识形态中所倡导的文艺创作要"深入生活""高于生活"的路数，核心价值与中心任务是创造代表时代的、既脱胎于传统又高于传统的新的艺术样式。可以说这样的认识和思想在中国

---

① 金浩：《新世纪中国舞蹈文化的流变》，上海音乐出版社 2007 年版，第 52 页。
② 赵铁春：《"DNA"的确认，是与不是之间》，载《舞蹈信息》2005 年 8 月 1 日。

舞蹈界是非常强大和普遍的，应该说到目前为止还没有谁提出了与之明显有别的其他民族民间舞蹈创作理论观念。但随着"课堂元素教学"观念得到广泛认同，措施和方法得以实施运行并随之在创作实践中的不断加以应用后，浮现出的问题却也相当明显。首先，当今的舞蹈创作人员由于各种社会、个人、环境种种原因，绝大部分或者无暇、或者无意真正做到"深入生活"，这种理论建构带有很大的理想色彩；其次，学院教育要为舞台创作服务和提供孵化器的目的，决定了它的思想意识趋于主流和正统，审美指归趋向高雅和精致。而高雅和精致又隐藏着趋同甚至雷同的隐患，以学院审美的单一、统一替换了民间审美、民族审美的自由和多元，进而使得一些创作出来的舞台民族民间舞蹈作品充满了提纯过的精致"香水味"，而流失了丰厚质朴的"乡土气"。

虽然在新时期以来，由"课堂元素教学法"孵化或者延伸创作出来的学院派民族民间舞也有一些艺术水准较高的作品，如塔吉克族女子独舞《花儿为什么这样红》、朝鲜族女子独舞《扇骨》、苗族女子群舞《水姑娘》、朝鲜族男子独舞《残春》、汉族男子群舞《鼓舞声声》等，但整个中国学院派舞蹈对纯民间舞蹈原生生命体的"解构"与"再构"的大一统思路和能动做法，与国际社会对此问题所持有的主流观念和行动原则不尽相同，它是否经得起历史文化和时间长河的荡涤磨砺，确不得不令人在乐观中审慎。

六、个性、自由、多元的现代舞思潮

现代舞，从观念到实体皆为舶来品。它原本于20世纪20—30年代诞生于欧美，是当时西方文明发展到后工业化后出现的社会矛盾和焦虑而引发的一场深刻改变了世界舞蹈格局的艺术革命。在当时脱亚入欧、全盘西化的东邻日本，现代舞观念和方法也得到传播，在那个时期留学日本的中国新舞蹈的先驱吴晓邦也深受影响，后来带着他对现代舞的理解和对中华民族的赤心回到中国，开始用他的"新舞蹈"表现生活现实和复杂人性，这是现代舞的思潮在中国最早的波澜。改革开放后，现代舞从观念、思潮到语言和教学系统在逐渐一步步进入中国。在这个过程中，正统的主流舞蹈观念与新来乍到的现代舞观念之间充满了试探、迂回、较量乃至抵制、渗透的复杂关系。

在改革开放之初，"现代舞"在主流舞蹈界还没有被全面准确的引介和认知。1980年5月31日，中国舞蹈家协会在北京召开了现代舞座谈会，会上展示了一些侧重面不同的观点，基本上有两种：一种认为现代舞反映了资本主义社会生活和精神，从主观出发，表现个性，概念抽象，很少考虑艺术的社会效果和积极的思想意义；另一种认为现代舞是资本主义及其文明和个性解放的产物，有历史的进步意义，许多作品表现了严肃的主题和哲理性的内容。谈到中国要借鉴现代舞的目的，一种认识是以"我"为主融化它，目的是发展民族舞蹈文化；一种认为应首先对现代舞进行全面深入系统的介绍了解、研究分析之后取其精华、去其糟粕；也有的认为借鉴与吸收应首先立足于批判，应该用辩证唯物主义的观点加以区别，吸收那些在历史时期有进步意义的东西。从这次会议的讨论中，可以看出当时对于现代舞不同的理解和观点，在认识上并未取得一致，在某种程度上决定了当初现代舞的进入和落地会遭到质疑和拒绝的态度。

　　然而，改革开放的时代大潮不可阻挡，在20世纪80年代，中国舞蹈工作者开始在报刊书籍中系统译介西方现代舞的历史、流派，传播现代舞的思想和艺术成就。西方现代舞的多变面孔、深刻社会关怀、强有力的肢体语言，通过知识传播开来。也有中国舞蹈教育工作者开始赴北美学习现代舞，并回国传授。与此同时，先后有许多知名的西方现代舞团来华访问演出，如1980年的加拿大安娜·怀曼舞蹈团、1981年的美国罗宾斯舞蹈团、1985年美国阿尔文·艾力舞蹈团、澳大利亚崔诗·布朗舞蹈团等，这些个性鲜明的现代舞作品让中国舞蹈工作者大开眼界，深受冲击和启发。1980年11月，美国舞蹈节会长查尔斯·里哈率领的美国舞蹈代表团来华进行了为期24天的访问，这是中美建交以来首次访华的单一舞蹈考察团。他们先后在北京舞蹈学院、中央芭蕾舞团、文化部文化艺术研究院舞蹈研究所、中国舞蹈家协会及上海、成都、昆明等地进行了交流和考察。1983年7月，美中舞蹈艺术交流中心主任王晓蓝女士率团访华，她与随团成员、美国现代舞鼻祖之一玛莎·格雷姆的学生罗斯·派克在中国舞蹈家协会的组织安排下，向中国同行传授了格雷姆的现代舞体系和训练方法。此举是美国现代舞嫡系传人第一次直面中国的舞者教授现代舞技术，在京及部分外省的舞蹈工作者前来学习。这次学习在中国舞蹈界产生了一定的影响，在于它出现在刚刚改革开放的时段，向中国舞蹈界带来了一种全新的肢体语言表达方式，颇有启示意义。

虽然时有西风吹拂，但是在整个 20 世纪 80 年代前半期，真正的西方现代舞作为一个有独立思想和技法的舞种在中国，特别是文化中心的北京、上海尚未落地生存。在这方传统、正统的审美观念和艺术理念极为牢固的地域，现代舞的一切被审慎地思索着，保持着距离观察着，全国性的舞蹈展演、比赛、活动等几乎都看不到现代舞的身影。究其根由，著名舞蹈理论家冯双白在他的著作《百年中国舞蹈史》中总结到："中国现代舞的晚出有多方面的原因。中国的社会现实和艺术发展有着自己的鲜明特点，与西方有很多不同。真正历史本质上的现代主义的舞蹈，在中国尚处在完全的探索阶段。从大背景上说，中外社会制度不同，政治思想准则不同，社会历史进程不同，当是现代舞在中国晚出的主要的客观原因。其次，……在一个观赏娱乐性的舞蹈延续了千百年的国度里，芭蕾的审美原则与艺术表现生活的风格化、程式化的方法并不与中国舞蹈艺术传统发生冲突。现代舞则根本不同了。它在反叛芭蕾艺术之僵化时，主要针对的实质是芭蕾舞与人类内心真实世界的叛离。它在审美理想上与现当代中国舞蹈文化发展一直遵循的精神和方法也是不同的。……真正以矛盾双方出现的，……是创作思想方法的冲突，是审美理想与精神的冲突。……另外，西方现代舞在其发展中支脉众多，流派纷呈。其中有真正严肃的、艺术品位高的派别和作品，也的确有品位低下、以非艺术为时髦的流派和作品。良莠难分是现代舞很难为国人轻松接受的另一个重要原因。"[①]

尽管步履艰难，但是从 20 世纪 80 年代后期，现代舞在中国缓慢而逐步地走近人们的视野，尤其在中国现代化思想和进程相对更加开放和快速的南方广东，现代舞得到了积极勇敢的欢迎和拥抱。1986 年，时任广东舞蹈学校校长的杨美琦获美国亚洲文化协会资助参加了于美国北卡罗来纳州举办的现代舞蹈节，此行对她积极致力于现代舞教育体系在中国的落地、生长、开花、结果，产生了重大影响。而杨美琦对现代舞的思考和理念，以及这些观念在她力主督办的中国现代舞教育从起始到发

---

① 冯双白：《百年中国舞蹈史》，湖南美术出版社、岳麓书社 2014 年版，第 275—276 页。

展，乃至由现代舞教育规模化培养出的一批批中国现代舞者和现代舞编创人才的成长中，得到了具体的实现。多年后她在文章中依然对自己当年对现代舞的认识、理解和采取的行动，始终抱有坚定信念。她说："我是一个非常推崇美国舞蹈高等教育的人，从1986年第一次赴美的两个半月的学习考察开始，就一直被它迷恋、激动至今，并以美国的教育观念、育人目标、课程内容、教育方法，成为我在中国推进现代舞事业和培养中国舞蹈本土人才的重要参照、理想、目标，从不动摇。我不怕别人说我'崇洋媚外'，因为现代舞本来就不产生和发展于中国，而是20世纪诞生于美国、发展于欧美的艺术。我尊重这发展了百年的舞蹈文化，也尊重西方千千万万的舞蹈艺术的创造者，为人类文明带来如此丰富多样、饱含思想观念、智慧、才华的舞蹈。更尊重那些投身于现代舞教育和人体科学研究的教育家、科学家们为舞蹈艺术的实践和发展提供了科学原理和人才保障。要引进现代舞艺术，从教育开始，当然要老老实实地学习，向美国和欧洲的艺术家、教育家、科学家、编导、舞者学习，先拿来后消化，再孕育出中国现代舞艺术家自己的作品，这个认识—实践—再认识—再实践的过程是必须的。……细想起来，我对现代舞的神往并不来自对某个舞团、某个作品的激情，而根本是美国舞蹈教育对我灵魂的开启，使我读懂了现代舞艺术的核心文化价值，即尊重每个人的艺术创造，是一种在自由、平等、民主的社会意识下，对每个人创作潜质的呵护和引导；在艺术上鼓励思考、探究未知、标新立异的创新精神，促进现代舞艺术永远以最新锐的面貌更直接地与社会的发展、科学的进步、人类精神文化的多元需要同步发展。"[1]

正是这样的对现代舞的认识和信念，贯穿到杨美琦从1987年到2004年先后主办三期现代舞班的日常学习和创作。她首先从通过教学对这些学生进行现代舞观念的启蒙，然后对他们进行现代舞专业技能和知识的培训。特别是1987年至1991年的第一个广东舞蹈学校现代舞班，第一次在中国大陆引进美国现代舞专业教学，教学采用中外合作的方式，由美国舞蹈节主席查理斯在美国各大学选择优秀老师前来执教，由美国亚洲文化协会洛克菲勒基金会提供教师的基本工资和旅费，由广东舞蹈学

① 杨美琦：《现代舞教育的实践与思考》，载《舞蹈》2013年第5期。

校负责在中国的所有教学和生活开支。用三年教学、一年实习、四年制的方式，培养真正理解现代舞文化，从身体技能到思想理念都真正掌握现代舞精髓的专门人才。这批学生成为了中国第一代系统学习了现代舞技术的专业舞者，在三年的学习中，世界各地高校的现代舞教师在课堂中所传授的文化艺术观念，对身体文化的诠释和理解，耳濡目染地影响着这一批批学生，使他们具有了现代舞精神所倡导的追求个性化表达、绝不重复别人、也不重复自己、永远求新的艺术观。在他们在中间诞生了后来享誉中外的现代舞名家，如沈伟、王玫等。1992 年，当第一批现代舞班的学生毕业时，便顺势由他们为成员组建了中国第一个职业的现代舞舞团——广东实验现代舞团，杨美琦出任团长。这个舞团的成立标志着中国现代舞的发展进入了一个全新的时期，开启了西方现代舞在中国的本土整合的历史新局面。随后，北京现代舞团于 1996 年成立，与广东实验现代舞团构成了一南一北双峰并峙、齐头并进的现代舞格局。这两个团体在 20 世纪 90 年代后期至 21 世纪初，推出了数量可观的本土现代舞作品，由中国现代舞者创作表演，以现代舞的表现手法反映中国人的思想感情。

应该说 20 世纪 90 年代后期，中国现代舞在本土整合历程中，呈现出活跃、积极的态势，优秀人才崭露头角，亮眼作品不断涌现，活动组织频繁。如 1991 年，第一批广东舞蹈学校现代舞班的毕业生便受到美国舞蹈节的邀请，参加了第 58 届美国舞蹈节，表演了他们自己的作品，被美国舞蹈评论界誉为"历史性的创造"。1994 年，广东舞蹈学校的学生沈伟在北京推出了"沈伟个人现代舞作品专场——小房间"，这是中国现代舞蹈史上第一个以"现代舞"命名的个人舞蹈专场。在这场演出中名为《不眠夜》的作品用枕头作为道具，身体与枕头之间的各种互动和关联动作，被诠释为私密空间中的各种个性化的情愫，从形式到内容，无不体现了现代舞"个性、自由、多元"的精神追求。而这样的精神追求，是沈伟等在现代舞班的学习生涯中被熏陶而成的。伴随着现代舞观点的传播和现代舞人才向社会的涌入以及他们用所学所想创作出的一批批与过往中国传统舞蹈样式迥然有别的作品，现代舞开始成为中国舞蹈的一道夺目的风景线。

同一时期，与现代舞如影随形的现代艺术观念也开始传播和蔓延。

1995 年首届中国现代艺术小剧场展演在广东举办，跨界、融合、交叉、混搭、即兴的表演艺术国际潮流在这次展演中得到体现，原本不受任何既定模式规限的现代舞更加开放和自由，甚至不局限于身体舞姿呈现方式，真正做到了跨界和融合的表演，如文慧和吴文光的作品《同居生活》、桑吉加的《扑朔》等。

1994 年，中国首届现代舞大赛在北京、东莞、深圳分阶段举行。这次比赛带有官方性质和主流心态。其宗旨是：以中国舞蹈家为创作主体，借鉴西方现代舞的训练方法、创作和表演意念、技法的舞蹈作品参赛；提倡具有时代精神、健康心态和创造意识，特别鼓励富有创造性的作品；提携新人新作，鼓励中国题材、当代题材。在这一导向性的评比宗旨中，透露出当时中国舞蹈界对待现代舞的审慎的欢迎态度和民族主义、现实主义和积极向上世界观的统领立场。从最终的获奖结果来看，本届大赛还是主要实现了其对创作意识的绝对肯定，以及对编舞新人的热情褒奖。沈伟编导的《不眠夜》荣获一等奖；高成铭编导的《罡风》、张守和编导的《秋水伊人》荣获二等奖；万素编导的《同窗》、高成铭编导的《旧故事》、贺竹梅编导的《三寸金莲》获得三等奖。这其中的许多人后来成长为现代舞或者富有鲜明现代编舞意识的著名舞蹈编导。

1999 年，北京雷动天下现代舞团成立，标志着该团艺术总监曹诚渊的现代舞艺术理念在中国的文化中心实现了落地。曹诚渊出生、成长于香港，在欧美和香港受大学和研究生教育。1979 年从香港大学工商管理硕士毕业后，在家人的资助下，创办了香港城市当代舞团，出任首任团长，并于 1980 年 7 月在香港举行了名为《尺足》的首次公演。曹诚渊后来在回忆文章里谈到："有许多朋友赞赏城市当代（即香港城市当代舞团），认为舞团能够做到每个制作的风格都不一样，能不断给人新鲜的感觉。这个功劳我可以受之无愧，是因为我对现代舞的多元艺术理念，带领着舞团历经风风雨雨，而到今天城市当代的舞者，能以充满自信又不拘一格的表演方式，屹立于国际舞台上。"[1] 可以说对现代舞"多元、自由"属性的艺术理解和认知，也贯穿在曹诚渊此后对广东现代舞团和北京雷动天下现代舞团的艺术路线的管理之中。1992 年广东现代舞实验现

① 曹诚渊：《舞者不忧》，MCCMCREATIONS2012 年版，第 46 页。

代舞团成立，曹诚渊即出任艺术总监；1999 年出任北京现代舞团艺术总监；2005 年成立北京雷动天下现代舞团，并担任团长。在这些中国现代舞团体的执掌位置上，曹诚渊把多年经营、管理、带领香港城市当代舞团的成功经验和艺术理念也推行在中国内地的几个舞团里，他认为："城市当代舞蹈团已经成长，而且它的艺术路线和得失经验，正是中国内地有志于现代舞的舞者和舞团的导向指标；我之所以能够把现代舞蹈带进中国，并让它开花结果，全是因为城市当代舞蹈团的支持和典范作用。"①具体而言，曹诚渊的现代舞创作理念在他回答美国舞蹈界问询他的现代舞有什么文化特征时明确表示："现代舞在形式和形状上根本没有什么特定的文化特征。现代舞作为一种艺术形式，在中国，跟在美国或世界其他地方的本质都是一样，就是表达个人，而不是国家或民族的观点。这种个人的观点可以用任何形式和形状来展现。……中国的现代舞注重的是每一个人的不同风貌和独特品味，所以中国的现代舞者只会跟随自己的想象力来创作，结果将是天马行空，因人而异。……我更不会早早给我的舞者定下方向指标，拿些什么既定的'文化特征'来影响他们创作的内容和形式。"②

的确，因为这样的现代舞创作理念在曹诚渊所主掌的现代舞团得到了实行，从香港城市当代舞蹈团，到广东现代舞团，再到北京雷动天下现代舞团，每年所推出的编导家的作品可谓林林总总，各有特色。除了比较成熟、著名的现代舞编导会受邀驻团编创新作，本团的舞者也可以贡献自己相对稚嫩的作品，共同打包命名推出。如，李悍忠、马波在广东现代舞团创作的《满江红》，这个节目 2004 年曾跟随胡锦涛主席出访南美；中央民族大学舞蹈学院毕业的藏族舞者桑吉加也后来成为北京雷动天下现代舞团的驻团编导，推出了他的舞作《无以名状》《重置》等；广东现代舞团的驻团编导刘琦推出了她的舞作《临池》等业已成熟的中国现代舞作品。连入团一段时间后，只要舞者有表达意愿，舞团也会将这些相对稚嫩的新作包装起来，向社会展示。在所有这些作品中，其编舞者过往专业舞种训练的痕迹已被所创作的全新作品的内容、气质、风

---

① 曹诚渊：《舞者不忧》，MCCMCREATIONS2012 年版，第 207 页。
② 曹诚渊：《舞者不惧》，MCCMCREATIONS2010 年版，第 196—197 页。

格所置换，统合在现代舞的艺术观念的运用和追求之中。

曹诚渊现在统管着香港城市当代舞蹈团、广东现代舞团和北京雷动天下现代舞团，同时每年还在广东和北京分别举办现代舞周和现代舞双周等大型活动。可以说由他牵头的这一片现代舞天地，是中国目前表现最为活跃、最为规模、最具影响的现代舞阵营。在这个阵营中，众多的中国现代舞艺术家们在挥洒他们的汗水，表达自己对社会、生活、生命、自然、环境的思考和感受。彰显个性、自由表达、多元包容的思潮在这个领地广泛被认同和实践着，也由此不断地催生出一个个现代舞新作，支撑着每一次活动的推进。

第三节　当代舞蹈思潮的得失与期望

首先，20 世纪 80 年代的一些思潮多从舞蹈创作的实际需要和面临的问题出发，务实而急迫，具有鲜明的时代特征。比如，20 世纪 80 年代的"舞蹈观念更新"大讨论，在一个时期的现实舞蹈创作中，起到了重要的引领作用。这些讨论涉及到舞蹈艺术的本质概念和属性问题，思潮涌动中也荡涤着一些固有观念的根基，用于探索的舞蹈编创者的新尝试、新探索纷纷出现。但是，这些问题和这些讨论尽管非常可贵，却也呈现着后继乏力的状况。尤其随着商品大潮的到来，综合国力的提升促成的艺术生产的规模化和力度的加大，一些舞蹈编导和表演者往往是在各种接单创作中疲于奔命，行动超前而思考滞后。

其次，舞蹈界尚不具有旗帜性的舞蹈创作思想家站在潮头起号召和引领作用。舞蹈界的第一线的创作家，往往没有成熟的理论思维能力，而比较有理性思考的理论观点的舞蹈理论家往往缺乏实践经验和体验。能够在创作实际中实现其理论追求的舞蹈家又比较罕见，很多舞蹈编导具有较丰富的编舞经验，却难得具备深厚的思想功力。应萼定、舒巧属于其中的翘楚，他们观点鲜明，其创作与观念相互印证、互为表里，但却没有产生辐射广泛的影响力。

再次，某一思潮或明淌或暗流，延续多个阶段，如艺术创作的"双百"方针、"三化"要求、"四性"标准等，这些与中国主流意识形态所倡导的宗旨，自新中国成立以来一以贯之有直接关系。作为统领方针，的确是由此开发和创生了许多唯新中国文化所特有的、独有的舞蹈艺术形式，也产生了一大批展现新中国崭新风貌的舞蹈艺术佳品彪炳史册。其中成功的经验和教训目前仍缺乏深入总结。

最后，热闹纷纭的舞蹈局面中，许多问题也如躲藏的激流潜伏在事物的表象之下，现实的思量和眼前效益往往成为舞蹈艺术创作的首选目的。有识之士间或振臂一呼，但是大多不能形成合力的思潮，进而来影响事物的发展方向。未来尤其需要舞蹈界在思潮的问题上加深认识和研究，特别是从教育层面着力提高从业队伍的文化素质，这些都仍然是长期未解决，至今仍需要迫切加强的工作。

（茅慧）

第八章　新时期曲艺思潮述评

新时期以来，中国社会发生了深刻巨变。作为有着至少 1500 多年信史的传统曲艺，也伴随着这场深刻而又巨大的社会变迁，经历了十分曲折的多样化发展。其间既有自身复苏、回归与探索的多彩演进，也有创演勃兴、低迷与徘徊的跌宕起伏，更有基于各种倾向性创演现象的批评论争与理论碰撞，还有其与中国社会思想变革因缘际会的相互激荡。改革开放的历史年轮，在曲艺的创演实践和理论批评中，有着特殊的折射与体现；曲艺作为具有某种自足性的文化存在，也在这一历史变革过程中发挥着特殊的作用，经历了诸多的阵痛。从艺术思潮的角度回溯其历程，检视其面貌，总结其得失，探索其规律，对于促进其在未来的健康持续发展，无疑具有十分重要的意义。

第一节　新时期曲艺潮动的基本面貌：线索及特征

中国曲艺是一个品类构成异常繁多的艺术门类，不仅有长于叙事的"说书"、长于抒情的"唱曲"和长于说理的"谐趣"等大的审美类型，而且各个大类还包含许多小类。比如"说书"，既包括北京评书、苏州评话、四川评书、湖北评书、扬州评话等，以徒口讲说的方式来表现金戈铁马式的"大事件""大场面""大人物""大悲欢"等内容的"大书"；又包括苏州弹词、湖南渔鼓、陕北道情、山东琴书、西河大鼓、四川竹琴、乌力格尔等，以说唱相间的方式擅长表现恋爱婚姻与儿女情长即家长里短、凡人琐事、聚散离合、爱恨情仇等内容的"小书"；还包括山东快书、四川金钱板、陕西快书、快板书、岭仲、陶力、柯尔克孜达斯坦等，以韵诵吟咏的方式主要表现英雄征战与豪侠情志即传奇之事、仗义之人、义气之情等内容的"快书"。"唱曲",既包括单弦牌子曲、鼓子曲、兰州鼓子、青海越弦等采用曲牌体唱腔演唱的"牌子曲";又包括京韵大鼓、梅花大鼓、单琴大鼓等采用板腔体唱腔演唱的"板式曲";还包括四川清音、湖南丝弦、广东粤曲、东北二人转等板牌混合体唱腔演唱的"杂曲"等。"谐趣",既包括北京相声、上海独脚戏、蒙古族笑嗑亚热、朝鲜族才谈等长于逗趣的"相声";又包括数来宝、天津快板、陕西快板等"快板";也包括四川谐剧、陕西独脚戏等"谐戏"。真可谓琳琅满目,五彩缤纷。

面对如此繁多的品种样式,要想全面而又深入地在思潮的意义上梳理和总结其在新时期以来的发展状况,难度之大可想而知。更何况,这些成百上千数量庞大的曲艺品种,分布在全国不同地域的不同民族之中,又具有各自不同的发展条件和发展水平,其所呈现的发展面貌及思潮状态,因而各有行迹、各具特色,实在难以面面俱到、逐一穷尽。这就使得我们对于新时期以来曲艺思潮的概略性考察,只能主要限定在或者说围绕着一部分既有相应专业团体作为发展依托,又有现代传播条件而为大多数人所可了解,还有一定知名度较高的代表性人物与节目作为实践参照,同时在较长时期或较大范围内形成相应创演倾向与批评话语的代表性曲种或者曲种类型,如北京相声、北京评书、二人转、苏州弹词、"鼓曲"等进行相应的考察,感受它们在新时期文艺发展进程中的脉动,以期窥斑见豹、一叶知秋,也许大体不谬。

一、1976—1982:艺术复苏的呐喊与荣光

"文化大革命"期间,全国城乡的曲艺活动,几乎都被当作"四旧"而受到禁止,成了革命的对象,遭到空前的破坏。数来宝、相声等曲种形式更是被污蔑为"叫花子"和"耍贫嘴"。1976年10月,随着粉碎"四人帮",被压抑十年之久的曲艺艺术,也和其他文艺形式一样,迎来了重生的春天,并以自己独特的呐喊宣告了自身的复苏,加入了思想解放的时代合唱。

北京相声作为采用普通话表演而传播较广、又以酝酿笑声为审美旨归从而为广大民众所喜闻乐见的曲艺形式,在揭批"四人帮"的过程中,站在了时代前列,充分展现出特殊时期"轻骑兵"和"尖刀班"的独特

作用。尤其是《帽子工厂》《特殊生活》《如此照相》《假大空》等一批新创节目的及时推出，不仅通过对"文化大革命"中极左思潮带给人们日常生活种种异化现象的辛辣揭露和讽刺批判，让世人更加深刻地认清了"文化大革命"的荒谬与危害，并微笑着与过去告别；而且通过对极左岁月荒诞世相的艺术揭示，在引发人们精神共鸣的审美创造中，也使自己成为了热切呼唤思想解放的时代先声。同时，又在重新展现传统艺术多样姿彩的复苏过程中，极大地慰藉和满足着人们因"文革"造成的空前文娱饥渴，填补着精神生活的审美空白，从而体现出确证自身艺术价值与抒发时代心理诉求的双重意义。

曲艺对极左思潮的控诉批判和对思想解放的热切呼唤，在社会上引发了空前反响。1979 年有个非常重要的标志性事件，就是刘兰芳和她的丈夫王印权合作改编的传统北京评书《岳飞传》在全国 17 个省区 60 多家省市级广播电台的陆续播出。当时在许多地方，甚至出现了人们为争听电台播出的评书节目《岳飞传》而街巷人稀的盛况。如果说，之前以揭批类相声为代表的曲艺创演对于极左思潮的艺术清算，主要停留在揭示和嘲讽的指斥层面，而以《岳飞传》为代表的传统评书改编上演并大范围走红的空前景象，一方面表明曲艺创演对于思想解放的呼唤，已然推进到了更为深广的情感层面；另一方面也表明，藉着艺术创演与时代心理的这种高度契合，传统曲艺的自身价值得以进一步确认并加快了全面复苏的节奏与步幅。尤其是《岳飞传》对一心精忠报国却受到莫须有诛杀的民族英雄岳飞及其爱国形象的艺术塑造和审美渲染，在极大地引发人们对"文革"中全面迫害老一辈革命家的错误现实进行比照联想的同时，也强烈地激发了人们内心深处要求对受被迫害的那些老革命老干部老专家们的平反共鸣，鼓荡着拨乱反正的时代气息。粉碎"四人帮"之初以相声为代表的曲艺创演揭批指斥极左思潮的那种较为情绪化的思想批判，藉此深入到通过控诉极左罪恶而呼唤全新伦理与秩序重建的崭新阶段。其间及之后跟进的一些相关曲艺创演的主题指向，还不同程度地体现出反思"文革"根源的思考痕迹，显示出它们与文学等其他文艺样式相类的审美建构趋向及艺术思维特征。

与此同时，全国各地其他许多曲种尤其是北方京津地区的京韵大鼓、梅花大鼓、单弦牌子曲及东北地区的二人转等唱曲形式和南方苏浙沪吴语地区流行的苏州评话与苏州弹词等说书形式，也都陆续恢复演出。特别是那些具有音乐性本体构成的曲种，通过积极编演缅怀周恩来等老一辈革命家和讴歌张志新等烈士的抒情性节目，以别一种方式呼号呐喊，回应时代召唤，呼应思想诉求。与北京相声、北京评书等等一道，为曲艺在新时期头几年的艺术复苏，赢得了非常良好的社会声誉。大批老一辈著名艺术家复出登台，上演各自拿手的优秀经典节目，也给曲艺的艺术复苏和价值激扬，注入了更为丰富的历史意涵。

二、1982—1992：回归本体的振兴与迷蒙

在经历了揭批"四人帮"的宣泄与亢奋，以及呼唤思想解放的深情与激越之后，曲艺发展面临的新问题，也很快浮出水面并集中凸现出来。那就是如何在复苏后的业态恢复过程中，回归到曲艺本体的振兴。即由之前的激情澎湃转向深沉反思，重续因"文革"浩劫而大范围中断的艺术传统。对此，身为党和国家领导人的陈云作为曲艺特别是苏州评弹的热切爱好者，于1982年提出了振兴和发展苏州评弹乃至整个曲艺要"出人、出书、走正路"的著名观点，并很快成为曲艺界的重要遵循。

期间，随着传统节目的逐步恢复上演，老一辈著名曲艺家如相声名家侯宝林和马三立、山东快书名家高元钧、苏州弹词名家蒋月泉等重又登上舞台，京韵大鼓名家骆玉笙等更是重新焕发艺术青春，显露出宝刀不老的艺术风范。步入中年的相声名家马季、北京评书名家袁阔成、苏州弹词名家余红仙、四川清音名家程永玲等，成了曲艺舞台的中坚。但是，经历了"文革"十年的停顿和破坏，虽然新时期之初也陆续涌现出姜昆、侯耀文（相声）、籍薇（梅花大鼓）、陈玲玉（粤曲）等一批青年新秀，但整体的人才队伍青黄不接，艺术的传承格局面临断档。尽管通过恢复或兴办曲艺学校以培养专业人才的问题提上了议事日程，但能使曲艺健康持续发展的内外环境仍然异常险峻。如何振兴曲艺，便成为当时业界普遍思考的一个主要问题及努力方向。

在此情况下，老中青几代曲艺工作者的努力很快取得了明显成效，创作表演一度呈现出活跃态势。以1985年袁阔成改编的长篇传统北京评书《三国演义》在中央人民广播电台的全年连播、田连元改编的长篇传统评书《杨家将》在辽宁电视台等全国多家电视台的陆续播出为标志，

传统经典的恢复和搬演因为搭上了现代传媒的时代快车而取得了较大的成绩与反响；以 1987 年至 1992 年连续六届的央视春晚及其他一些综艺晚会的持续演播为标志，由姜昆和梁左联手创作并与唐杰忠合作表演的《虎口遐想》《电梯奇遇》《特大新闻》《着急》等节目所代表的新相声，成为这时期堪称辉煌的曲艺景观。而积极借鉴新的方法，热情关注时代脉动，也成为当时曲艺创演的重要特征。姜昆和梁左合作的相声作品，在继承自身优良的讽刺传统、聚焦变革年代的时代世相、关切转型时期的社会心理的同时，还借鉴和引入了当时文学界颇为时兴和流行的"意识流"与"荒诞感"等外来技法，大大丰富了曲艺的创演内涵。一些节目及所达到的思想深度与艺术高度，庶几具有非常经典的审美品格，昭示出丰富鲜活的时代表情。比如《特大新闻》中"天安门广场……要改成农贸市场啦"[①] 的著名台词及所传达的思想意蕴，就具有十分特别的价值和意义：既是当时中国社会聒噪崇商风气的绝妙写照和发展走向不无极端的审美隐喻，也是相声艺术创作表演思想思维异常活跃和背景环境空前宽松的别样见证，更是曲艺创演回归本体确证自我之独立品格与自在意识的一种觉醒。

虽然，回归本体过程中这种艺术创演主体意识的翛然抬头，意味着长期以来曲艺所习惯的"工具"功能的悄然降沉。但是，伴随回归与振兴的努力以及创新探索的实践，此一时期的曲艺创演也出现了不少的问题：一是恢复上演传统节目的过程中，由于管理和引导不够，许多偏远地区的说书演出，存在着思想内容的鱼龙混杂问题；[②] 二是新编节目的创演实践中，因为急功近利忙着赚钱，有意无意媚俗迎合，致使有些节目出现了艺术格调的低级粗俗状况；三是形式技巧的革新探索中，囿于传统继承的链条缺失，不时有手段和目标的冲突背离现象；四是许多服务各种中心工作的创演活动，由于要切合即时性口径并完成指令性任务，事实上成为某种政策导向性的传声筒或标语口号式的说教词。凡此，均使当时曲艺的传统回归和艺术振兴效果，常常事与愿违、南辕北辙。

同时，伴随各地的曲艺表演团体在 20 世纪 80 年代初期陆续开始的

---

① 梁左著，王朔主编：《笑忘书》，长江文艺出版社 2013 年版，第 267 页。
② 脱士明：《〈雍正剑侠图〉剖析》，载《曲艺》1983 年第 1 期。

艺术管理体制和经营分配机制的改革探索，曲艺发展还面临着商品经济条件下如何适应社会即自我生存的问题。特别是许多团体以"承包"为手段的经营机制改革，虽然一定程度上激发了艺术生产和营业演出的活力，但也带来一些不容忽视的弊端与问题。比如怎样规避粗制滥造并克服"一切向钱看"的偏向，[①] 如何正确处理艺术生产和艺术积累、演出数量和节目质量、经济效益与社会效益的关系，[②] 怎样统筹精神产品的商品属性与艺术属性，[③] 如何协调娱乐与审美的关联，[④] 如何避免改革变成改行[⑤] 等等。而这些看似间接的外部因素，又切切实实地直接影响着曲艺创演的实践走向与价值评判的观念尺度。对于曲艺的现实发展，产生着极大的制约作用，也使曲艺在此一时期的回归与振兴，陷入某种无序与无奈的迷蒙和纠结状态。

三、1992—2005：应对变革的调整与偏误

随着 1992 年初邓小平南方讲话的发表和中共十四大的召开，中国社会的改革步伐进一步加快。建立社会主义市场经济体制，被明确为中国经济体制的改革目标。这一政策指向，不仅决定了中国社会的发展趋势，也深刻影响着包括曲艺在内的文艺演革理路。

首先，面向市场虽然解放了生产力，促进了百花齐放、各显神通、应运而生的民营曲艺班社，随社会文化环境的变化调整而方兴未艾、蓄势待发。但由于缺乏相应的深入调研和顶层设计，也给曲艺发展带来不少问题。特别是外部环境的变化尤其是走向市场进程中经济杠杆作用的陡然放大，使得曲艺创演的目的，更多地被引向了赢利的方向。而文化消费的习惯转化，包括茶馆式书场的普遍式微和剧场演出的大量赔本，以及观众与听众老化的普遍现实，又使曲艺的传统演出市场极为萧索。再加上管理体制改革与经营机制转换的较大变化，使得许多体制内的专业曲艺团体在转制企业后的创演经营中，发展目标自觉不自觉地由过去

---

① 侯宝林：《让人们笑得更美》，载《曲艺》1983 年第 8 期。

② 周良：《当前评弹改革中的几个问题》，载《曲艺》1983 年第 5 期。

③ 夏雨田：《精神产品首先要讲精神效益》，载《曲艺》1983 年第 9 期。

④ 周良：《总结过去，着眼未来》，载《曲艺》1989 年第 11 期。

⑤ 秦世森：《改革不要改行》，载《曲艺》1985 年第 10 期。

的主要围绕"社会效益"转向了不得不去主要关切"市场效益"：创演变成了赚钱，发展让位于生存。偷工减料因而在所难免，粗制滥造也便如影随形，许多曲种的创演经营陷入了恶性循环。

其次，传播手段的变化尤其是电视传播的一家独大及所形成的媒体霸权，使得曲艺创演的形态，出现了削足适履和即时应景的碎片化与快餐化现象。"今天写，明天排，后天演，过后丢"，成为见惯不怪的常态；原本属于正式演出之前静场和拢神之用的"开篇""书帽"及"选曲""选段"形式，成为曲艺创演的节目主体。流风所至，具有独立品格和经典价值的中长篇曲艺节目，极少再有创作和表演。同时，许多电视上播出的曲艺节目，由于过度强化视觉效果，使得舞台审美的听觉特质，受到了相应的忽略乃至削弱；原本应由语言性的叙述表演所主要释放的文学化力量，也让位于动作性表演的戏剧化模仿。曲艺以第三人称统领的演员本色化叙述表演，因此而被许多代言性的戏剧式角色化表演所置换。一些电视里播出的唱曲节目，更是毫无来由地被加上了伴舞，造成了审美效果的喧宾夺主。如此这般，电视在曲艺传播过程中的此类不当处理，成为引发曲艺创演趋向"戏剧化"和"歌舞化"偏误的根源。更为甚者，原本属于角色化代言表演的戏剧"小品"形式，亦即源于戏剧学院课堂教学的作业方式，被电视综艺晚会作为娱乐节目培育形成而更多是属喜剧风格的"话剧小品"，也被许多人当作曲艺看待和经营。在此趋势下，相当一部分相声、二人转和山东快书演员，兼顾甚至主要转向了"小品"创演，这也在客观上扰乱了业界内外对于曲艺自身本质特征的正确认知和准确把握，一定程度上削弱了曲艺自身的发展动力。

同时，受上述两种情形的影响，曲艺固有的创演规律和行业伦理遭到极大地破坏。重形式，轻内容；重短段，轻长篇；重表演，轻创作；重技术，轻艺术；重演员，轻伴奏；重数量，轻质量；重包装，轻内涵；重宣传，轻实干——成为制约曲艺创演繁荣和事业健康发展的主要问题。曲艺作为综合性很强的表演艺术的繁荣发展，因而饱受"木桶理论"的轮番困扰。尤其是由此带来的缺乏原创和"曲本荒"，成为严重掣肘曲艺繁荣的主要瓶颈。与此相应，许多曲艺家盲目迷信创新，疏于对自身艺术的系统学习和传统继承，并将艺术经营的主要精力与方向，更多地投向了舞台技巧，"炫技"由是成为他们的宗教，很少有人注重"内容为王"的追求而崇尚和强化演出脚本的文学力量。

面对变革过程中的这些问题，曲艺在这一时期的发展，总体上出现了长期的徘徊与持续的低迷。创演活动虽然不少，精品力作却不多见。其间，不同时期不同人群的创演心态都很复杂，既有走向市场后迷失自我或趋附媒体时丢失本色的自我流放与随波逐流，也有一觉醒来不甘沉沦而试图改变经营现状的自主思考。如相声界在一度趋之若鹜地迷信并切切实实地受惠于电视技术的巨大传播威力之后，部分具有事业心的领军人物开始沉思电视上的晚会相声背离自身艺术规律的负面效应，并不约而同地喊出了"回归剧场"的口号，希冀通过调整创演的经营姿态，来探寻走出困境的发展路径。这种艺术发展姿态调整最为突出的标志性事件，就是 2003 年 10 月 3 日成立的以"给老百姓演出，为老百姓创作，让老百姓满意"为宗旨、承诺坚持低票价（每张票 20 元）维持不变的"北京周末相声俱乐部"及其运营实践。而从接下来该俱乐部持续十余年间的实践绩效观察，这种每周一场的松散性协作演出实践，尽管效果未必如他们当初所愿，真正完成对于电视相声的抗衡并推动相声艺术健康发展的伦理重建和品质提升，但所透露的观念思考与实践姿态，应予充分肯定。至于其对电视媒体前倨后恭的反差态度，无疑不乏偏激而同样需要反思。

四、2005—2015：发展探索的多元与纷争

2005 年底，以郭德纲及其德云社的相声演出突然爆响并蹿红京城为主要标志，新时期的曲艺发展进入了多元探索和多方纷争的全新阶段。

一方面，民营曲艺班社的纷纷成立与陡然蹿红，包括其在市井茶馆恢复传统性日常演出的经营格局，不仅成为 21 世纪初叶中国社会文化生态及曲艺业态出现相应调整的重大表征，而且成为曲艺创演从之前主要由体制内的专业团体所主导，演变为同时存在体制外民营班社所参与的多元格局。① 这种艺术发展格局的重大调整，使得创演的路径各有不同，

---

① 民营曲艺班社改革开放以来在各地城乡陆续都有出现，但以相声班社为数较多也动静较大。已知较早成立也较有影响的是 1998 年在天津成立的"众友相声社"和 1999 年在天津成立的"哈哈笑艺术团"。之后除京津地区外，全国各大城市如上海、南京、西安、兰州等都有相声班社组建，且以青年演员为主经营。

经营的观念多所差别。特别是一些民营班社为吸引观众和拓展市场，祭出了与体制内专业曲艺团体截然相反的经营策略。比如郭德纲及其德云社，不仅以演出或者会演很多"传统节目"相招徕，而且以"非著名相声演员"的身份噱头相标榜，并因此招致了不小的质疑，引发了不少的口水。看似无端的纷争背后，是曲艺创演观念及社会影响效应的角力与争斗。

另一方面，体制内曲艺团体的舞台创演，由于长期计划经济模式下所形成的经营惯性，以及驻场演出方式面临萧索的条件制约，很难适应新形势的发展要求，也很少推出相应优秀的精品力作，亟待通过全面调适以探索新的发展坦途。在此过程中，之前业已存在的"改行"式"改革"有被进一步放大的趋势。许多专业曲艺团体在面向市场的"转向"过程中，纷纷以经济效益为理由，通过排演大戏，实践着"转行"的行径。以济南市曲艺团 2005 年 8 月在北京举办的第五届中国曲艺节上压轴演出标为"都市情景喜剧"的《泉城人家》（后又标为"方言话剧"）为发端，到 2006 年湖北省武汉说唱团排演大型喜剧《活到就要活快活》，再到 2007 年山西省曲艺团排演"大型笑剧"《咱爹咱妈》，直至 2013 年河南省曲艺团排演"方言话剧"《老汤》，2015 年四川省曲艺研究院排演"大型曲艺剧"《笑娃娃的抗战》和北京曲艺团排演喜剧《我不是保镖》等，曲艺团排演大戏的现象此一时期从未间断。① 这使曲艺在新世纪的健康持续发展，面临极大的挑战；也使曲艺的艺术传承与文化传播，遭遇空前的尴尬。暴露出来的问题，与其说是生存发展的困难与逼迫，毋宁说是艺术观念的糊涂和失落。许多团体和个人甚至自觉或不自觉地以为，曲艺团和曲艺演员参演的戏剧节目，就是曲艺节目或对曲艺的创新发展；抑或认为，将一些曲艺创作和表演的语言技巧等运用到其所创演的戏剧节目之中，是对曲艺艺术的发扬光大。这使业界内外对于曲艺和戏剧的观念认识与实践认知，出现了更大的迷误。

与此同时，面对市场经济的汪洋大海及所带来的各种影响，有些手足无措的曲艺界，围绕自身创演的各种观念与实践，也出现了不同方式

---

① 关于曲艺团排演戏剧节目的情况，之前早已有之，但属个别的孤立现象。如《曲艺》1998 年地 7 期封底的图片报道显示，合肥市曲艺团 1996 年就排演过大型相声剧《都市彩练》。只不过，此类个案在进入 21 世纪之后渐成风潮，偏离了曲艺自身的创演轨道。

的言说表达乃至理论纷争。较为集中的话题，包括相声界的"反三俗"讨论，"绿色二人转"的理念宣示，对"二人秀"的变异批评，对苏州弹词创演满足开篇、偏向中篇、忽视长篇并迷恋"起脚色"等倾向的质疑，等等。尽管其中呈现出虽众声喧哗却交集无序的状态，"只听楼梯响，不见人下来"，既未达成相对统一的思想共识，也未催生相应典范的实践成果，动静较大而效果不显。有些纷争甚至带有江湖分庭的印记和义气之论的痕迹，但却也在散乱的状态中呈示着开放的景象，在各自的喷吐中释放出民主的气息。只是，这种多元纷争但缺少共识和共享的现象后面，暴露出的是缺乏主潮和主导的有效引领。体制内外曲艺创演的审美追求，也是大异其趣：高台时常流于说教，而草根不免任性草莽。其他如格局不断扩大的曲艺文化及艺术交流，由于忌惮语言性的阻碍而轻率改用通用语表演的做法，同样造成了创演"失据"和本体"失语"，折射出"走向世界"过程中的某种"自我迷失"。新世纪以来曲艺发展的调整与探索，可以说，仍然行走在遥远的路上。

第二节　新时期曲艺潮动的主要景观：问题及论争

与改革时代浩浩荡荡的社会变革景象与开放岁月汹涌澎湃的文艺大潮涌动相比，曲艺及其不同曲种在新时期的发展演进，只能算作潺潺小溪里的涓涓细流。一方面，整个新时期的曲艺发展，由于自身构成的品类繁多，各曲种及类型的演进发展情况各异，水平也参差不齐，较之其他文艺样式，缺少发育较为完整的艺术思潮；另一方面，曲艺理论研究和艺术批评的相对薄弱，导致相关的思潮性特点，未能得到及时的归纳和系统的梳理。从而给新时期曲艺思潮的认识与研究，带来很大的困难。只能立足现象，看眼趋向，循迹探幽，把握脉动，尽力发掘和展示其间蕴含的一些具有思潮意味的倾向性脉动，作为从思潮角度观察新时期曲艺发展的凭借与窗口。同时，也透过思潮考察的特殊镜像，留驻新时期曲艺发展的历史侧影。

由于新时期曲艺的潮动景象主要出现在北京相声、北京评书、二人转、苏州弹词、"鼓曲"等代表性曲种及类型之中，因而对曲艺潮动的景观透视，也只能选取并通过这些曲种或者类型来展开。同时，由于新时期曲艺潮动及其论争主要是在创演现象与理论批评的互动观照中展开，因而所聚焦的主要问题，也基本上围绕着曲艺的健康与持续发展。

一、围绕北京相声展开的各种辩难

由于采用普通话表演而便于在更大的范围被欣赏和接受，又因能够给人带来笑声而为广大的听众所喜闻乐见，更因占据了广播与电视等现代传媒的传播先机而被插上了愈加声名远播的科技翅膀，北京相声在新时期的发展因而占尽了各种天时。同时，北京相声在新时期由勃兴而低迷的总体发展态势，以及这期间由创演实践到经营策略再到审美观念等等方面所暴露出的种种问题，均使这个时常处在风口浪尖而堪称曲艺弄潮儿的曲种形式，一直在自身纠结及外界质疑的各种诘问与辩难中蹒跚前行，并因此形成了一些创演批评、观念交锋与理论争鸣。检视新时期围绕北京相声展开的各种辩难，较为集中的话题，主要体现在以下几个方面：

1. 围绕舞台表演的"格调"之辩与"雅俗"论争

这是新时期伴随北京相声创演实践持续时间最长也反复频次最多的热点性话题，几乎贯穿于北京相声在新时期的整个发展过程。直接的起因，是由于北京相声的表演舞台上不时出现且反复不断的低俗性内容与粗俗性表演，及所引发的不同批评。20世纪80年代初，随着北京相声在揭批"四人帮"斗争中的荣光逐渐减退，以及整个曲艺界在艺术复苏过程中的本体回归，恢复上演传统节目并积极创演新编节目，成为业界的主要任务。从那时起，北京相声的创演一方面藉着电视传播的激扬等因素而趋于活跃，另一方面也反复暴露出艺术上的种种问题。对此，不仅广大观众提出了批评，指出"相声创作要扩大题材"，不能为图保险只是"歌颂"而不敢"讽刺"；"相声也应该是美的"，"不能丑化英雄形象"①。相声业界更是发出了积极的呼声，如相声大师侯宝林指出，把发牢骚当作说相声，那不是提高人，而是"火上浇油"煽动不满情绪；把早已被

---

① 《相声要坚持走正路——听众和读者对当前相声创作、表演的意见》组文，载《曲艺》1982年第3期，第18—22页。

前辈扬弃了的缺少思想含量的"反正话""俏皮话"和相互谩骂及拿人家父母和妻子开玩笑的"伦理哏"作为对于传统的恢复来搬演，是在走回头路，必须引起高度的警觉；[①] 又如相声名家夏雨田认为，相声是语言性的叙述表演艺术，"现在却有向打、闹、唱、骂发展的趋势"，许多年轻演员在台上不是兢兢业业创造美，而是津津乐道展览丑。这种创演的实质，就是"'一切向钱看'，把艺术当商品，把自己当商品，忘了文艺是为人民服务的，不是为人民币服务的！只讲票房价值，不讲思想价值。"[②] 这种北京相声在创作表演上格调不高甚至沉渣泛起的返祖现象，到了90年代，又一次引起业界及评论界的严重关切，且创演方面的问题及批评界的舆论，与十年之前几无二致。兀自尽管评说，我自依然如故，表明北京相声的沉疴之重，无法在短期之内有所改观。[③]

进入 21 世纪之后，有关北京相声的"格调"之辩，主要体现在话语表达上的"雅俗"论争。对于此类问题的思考，也深化为对北京相声脚本创作及其文学性的呼唤，对从业人员整体文化素养的关切以及特有审美规律的探索，包括对"包袱"功能的阐释及"笑果"目的的探寻。但是，随着民营相声班社在世纪之初的纷纷成立和陆续蹿红，这种指涉相声创演思想品位高低取向的"雅俗"论争，却在某种程度上出现了偏转，表现而为体制内外相声业界的文野对垒和义气之争。争论的双方，因为某些平面媒体的不当炒作及网络媒体的推波助澜，主要聚焦于代表主流相声界的姜昆与代表民营班社的郭德纲之间。尽管郭德纲及其领衔的德云社在蹿红之初，2006 年 2 月也曾应邀与北京周末相声俱乐部共同发出过以抵制"庸俗、低俗、媚俗"的"三俗"创演为核心内容的《倡议书》，但这种倡议在实际效果上姿态大于内容，并未达致切实的约束与真正的目的。接下来的进展甚至还有走向反面的意味。最为典型的表现，就是郭德纲在 2008 年 2 月 22 日于个人博客上撰写的博文《反三俗两年了》所表现出来的对于此等倡导的嘲讽与鄙夷。以至于在 2008 年 3 月初召开的全国政协十一届一次会议上，当姜昆以委员身份再度提交与五年前相类的提案《"灰色文化"危害日趋复杂，加强管理建设势在必行》被

---

① 侯宝林：《回头路走不得》，载《曲艺》1982 年第 8 期，第 14—15 页。
② 夏雨田：《人民需要健康的哈哈》，载《曲艺》1982 年第 8 期，第 17—18 页。
③ 姜昆：《从相声大赛说起》，载《曲艺》1998 年第 11 期。

媒体关注并报道之后，这种较之北京相声的"雅俗"论争更为宽泛的社会文化批评话题，却被某些媒体转移聚焦而为相声界内部的义气纷争。[①] 原本比较正常即事关相声品位的思想论争，因被各种媒体"扭曲"演绎成姜昆与郭德纲个人之间的别样口水，并庶几成为相声业界体制内外似乎是围绕着"雅俗"论争而"分庭抗礼"的认识对垒。其间更不难嗅出体制内外不同阶层之间因缺乏正常沟通与起码互信的相互猜忌与无端过敏，暴露出相声业界缺乏内部伦理与共同价值的多元性经营状况。虽然此等论争由于媒体的不当介入和实践的缺乏落实，事实上始终处于批评与创演两张皮的自说自话与自行其是状态，并一直没有大的起色与改观，但三十多年来如此这般一波三折的交流探讨，对于提醒并遏制北京相声创作表演的继续滑坡与低俗走向，也有着一定的警示作用。怎样通过此等讨论的健康深入开展，真正推进相声的繁荣与发展，因而应当成为业界内外继续不断予以关切的事情。

2. 围绕"包袱"创作与运用开展的理论批评之辩

北京相声在新时期的创演之所以存在着格调不高、品位较低的问题，一个非常核心的原因，就是对于"包袱"创造即"笑声"营造的目的与手段及其辩证关系，未能从理论到实践，实现较为正确的认识理解和相应准确的实践把握。暴露出的问题，一是许多创演在理论上缺乏审美自觉，不知道相声及其"包袱"的创造是一种富有思想文化含量的智慧创造，而非简单一般的逗人发笑技能；二是许多的创演实践误将原本主要是属艺术手段的"笑料"酝酿，当成了舞台审美的最终目的。为笑而笑，止于发笑；缺少智慧，缺乏思想。有些民营班社的草根演员甚至公开表示，自己说相声就是让人高兴和快乐，其他都不关自己的事。对此，曲艺理论评论界及美学界都发出了相应的声音，进行了不同程度和富有针对性的批评与辨析。比如，许多论者指出，作为影响社会人群的精神产品，北京相声除了通过逗人发笑供人娱乐和助人消遣，还有着警人自省、启人心智、劝人向善、引人向上的认识教化功能与关切世道人心、塑造健康人格的综合审美作用。让人"娱乐"不等于使人"愚乐"，"笑的艺

---

① 和璐璐:《姜昆建议管理灰色文化，遭到德云社集体炮轰》，载《北京晨报》2008 年 3 月 13 日。

术"不是"可笑的艺术"。对于"包袱"及"笑料"的创造与运用，因而更属一种艺术的手段，绝非终极的目的。如果不能正确认识和理解这些基本的原理，不管品位，不问效果，甚至放弃担当，堕入低俗，就会由于过度地迷恋手段而无意中迷失了目的，背离艺术的追求，走向审美的反面；进而会在无益于社会人群的同时，消解自身价值，招致指摘的骂名。即当搞笑被简单地理解为相声艺术审美创造的唯一目的时，失却了思想指向性的盲目操作，只能使笑料的构成和"包袱"的组织，变成没有价值判断的胡乱拼凑。

在主要阐释北京相声"包袱"构成艺术运用机理的同时，一些论者还对造成其在创演中所存在的那些将前辈艺术家早已丢弃的"打哏""骂哏""脏哏""伦理哏"、拿残疾人的生理缺陷找笑料的"缺德哏"以及不是靠"说"而是靠翻跟头、摔屁股蹲儿、摔大马趴等等[1]低俗恶毒与无端自虐表现较难去除的更为深层的根源，也进行了刨根问底的揭示。指出，其所折射出的表面原因，是从业人员对于自身艺术高格追求的意识缺乏与思想情怀的道义缺失；而深层次的根本性原因，则是整体的文化素养包括专业知识储备与技能系统训练的严重不足，以及这种由对自身艺术及其审美规律的认识与把握不确切及学习掌握不到位所透示出来的艺术传承的机制缺乏与艺术教育的链条缺失。[2]换言之，北京相声创演实践中长期以来屡屡出现而难见改观的有关"包袱"的内容品格及审美成色缺乏思想蕴藉与审美智慧的低俗与粗俗偏误，与其艺术传承的机制缺乏和专业人才的无以孵化直接关联。在传统的师徒伦理早被打破，而新的现代教育机制尚未确立的情况下，希图许多由个人爱好业余转行进入专业队伍而缺乏受过全面系统艺术教育的从业人员来振兴和繁荣北京相声，无异于痴人说梦。人才资源是第一资源，在没有很好解决艺术传承与人才培养等基础性问题之前，要想从根本上扭转此等困境，都是不容乐观的妄想与奢谈。

3. 围绕"讽刺"功能的被过度强调而引发的价值矫正

北京相声与所有的文艺形式一样，艺术的功能价值是多方面的。娱

---

① 郭富啟：《一个相声爱好者的呼吁》，载《曲艺》2006 年第 7 期。
② 吴文科、姜昆：《关于相声：一次学术与艺术的对话》，载《光明日报》2006 年 6 月 24 日。

乐、认识、教化、审美，都是北京相声创作表演的基本追求。尽管其在体现这些功能与价值时，基于自身的形式特点、审美优长与艺术传统，比较擅长进行讽刺。但是，不能把北京相声的创作和表演，仅仅认定并局限于讽刺一隅。可因种种原因，整个新时期许多人对北京相声的审美功能与社会价值及其认知与表述，每每偏向于讽刺方面，言必称"相声是讽刺的艺术"；甚或认为，不讽刺的相声就不是相声或者不是真正好的相声。这是对北京相声艺术功能与审美价值的片面认识与偏执理解，非常不利于北京相声的多样化全面发展。鉴于此等认识在业界内外比较普遍，许多的评论文章，也主要以此来衡量和评判北京相声的创演发展与优劣成败。对此，一些专业人士进行了及时的回应与矫正。指出，北京相声固然具有讽刺的优长和相应的传统，但其艺术的审美功能却远不至此。不能也不应把北京相声的艺术追求，仅仅局限在讽刺方面，而是应当敞开思路，打开视野，使之全面地多样化发展。

北京相声就其本体的舞台形态而言，既有一个人的"单口"表演，也有两个人的"对口"表演，还有三个人及以上的"群口"表演；节目的形态，既有短篇短段，也有俗称"八大棍儿"即连回表演的中长篇。可惜其在新时期的创作和表演，"对口"明显一支独大，"单口""群口"鲜有硕果；短篇短段成为常态，中篇长篇悄然式微。艺术的传统大为缩水，艺术的传承令人堪忧。如果再在题材内容和主题风格上独倡"讽刺"，则北京相声的发展势必走向更加狭隘的死胡同。面对丰富多彩的现实世界和多样多元的审美需求，北京相声既要讽刺，也要歌颂；既要娱乐，也要审美；既要认识，也要教化；既要普及知识，也要展示技能。否则，那些《地理图》《报菜名》之类普及知识与展示技能的节目，《祖传秘方》《逗你玩》《纠纷》等幽默警心和温婉劝世的节目，以及新中国成立以来相当一部分十分优秀的"歌颂型"节目，都会失去存在的理由与价值的依归。

历史和现实的成功经验也都表明，北京相声的优秀经典节目与其他文艺形式的优秀经典作品一样，固然有着相应集中的题旨与意涵，但其思想与主题的表达，往往是蕴藉而又丰赡的。以人们耳熟能详的经典节目《关公战秦琼》为例，固然被大多数人一般性地理解为对不学无术的军阀之父无知而又霸道的丑恶嘴脸的辛辣讽刺，但不能排除会有人同时感受到这是对旧时代相声艺人遭受欺压与凌辱而不得不忍气吞声的辛酸生活的含泪控诉,更不能怀疑还会有人通过该节目洞察到军阀混战、山河破败、民不聊生的旧中国,发生在那个高而不雅、富而不贵、华而不荣的大户人家那幕虽然可笑却更为可悲的斯文扫地的堪叹图景,进而激发改变现状的冲动与振兴中华的决心。或谓当代中国的现实状况使得人们愈加呼唤北京相声的讽刺功能与战斗传统,但若在理论观念和审美取向上将其创演仅仅引入讽刺一途,实在是一个天大的错误,对于北京相声的全面健康发展影响甚大。而北京相声在新时期后期出现的创演低迷与发展徘徊状况,联系起来看,也与没能全面传扬自身的艺术传统、系统释放自身的形态动能并多样彰显自身的审美功能有关。

4. 围绕"创新"的实践偏误,所展开的逻辑分析与认识厘清

北京相声在新时期的发展充满了创新的精神,既推出了许多关切世道人心与反映时代变迁的优秀新节目,也借鉴吸收了诸如意识流、黑色幽默与荒诞感等等的外来文学技巧。但在创新的过程中,却不乏曲折与弯路,充满了批评与争鸣。比如在 20 世纪 80 年代中后期,许多新生代的演员,不仅大量排演所谓的"化装相声""音乐相声""舞蹈相声""吉他相声",而且出现了代言表演成分愈来愈大即趋向角色化表演的所谓相声节目;并在 90 年代的电视荧屏上,紧随非常红火的"MTV"之后,还出现了因与相声有关而被许多人当作相声指认的"相声 TV"节目。对此,有人认为这些样式都是对相声艺术的丰富和创新,应当容许存在和发展;理论批评界则提出了及时的批评,并进行了逻辑的分析和学理的厘清。

前者如针对批评北京相声表演中"杂以流行歌曲、现代舞蹈、器乐演奏甚至杂技魔术"等做法为"洋闹""背叛相声"和"糟蹋相声艺术"的声音进行辩护指出,尽管这些做法"存在着这样那样的缺点,但对艺术革新来说,无疑是作了有益的尝试","决不能由于出现了一些庸俗的东西,就从根本上否定新样式相声存在和发展的合理性"[①]。有人甚至认为:"相声要打破原有的评价标准","要以宽容的态度允许相声艺术在创作手法和表演手法上的某些尝试和变化,尽管这样做破坏了相声的'规

---

① 戴宏森:《对新样式相声要积极引导》,载《曲艺》1986 年第 1 期。

矩'"①。进而认为，应当鼓励"化妆相声"和"音乐相声"，以"有利于相声的多样性，而这种多样性只是相声的延伸和补充，不会根本动摇相声的语言特性"②。

后者则从多种角度分析论证了此等创新的问题与危害。比如有人认为，将那些自称为"音乐相声、舞蹈相声、迪斯科相声等等新形式的'相声'"当作"相声改革方向"的说法，是不能成立的。因为"相声是一种语言艺术，是靠语言'包袱'来组织整个作品的结构。它是运用'包袱'使观众发笑"，"而现在舞台上出现的这些所谓的相声形式，则是几首流行歌曲加上几件乐器伴奏，个别的地方使用'噱头'来'胳肢'观众"，"至于迪斯科相声，则与相声的形式距离更远"，"纯粹就是舞蹈，何以能冠上相声的名字呢？"③相声理论家薛宝琨更是干脆地将此类表演称之为"泛相声"，认为是对北京相声的稀释与泛化。即如有人所指出的，这种没有"化他为我"即"吸收化用"而仅止于混搭拼凑的"泛化式"相声创新，好比往一杯茶水里胡乱添加各种各样的调味剂，当量变达到一定极值时，势必会形成质变，最终将茶水勾兑成糖水或者苏打水，唯独没有了茶的味儿。也有人针对"相声TV"分析认为，其在"实质上是借用已有的相声题材、相声主题亦即相声文学脚本，辅之以相声说表作为'画外音'的'喜剧性电视小品'的表演形式。在这里，相声以'叙说'为主要手段的本质特征，以甩'包袱'而引发笑声的审美期待，所构成的听觉及想象机制，均被电视以'图像'为主要表现手段和以喜剧情节的哑剧演绎为视觉观赏的审美机制所替代"；且其名目称谓的偏正关系，也依汉语的语法逻辑而明确标示着，其是"TV"而非"相声"④。与之相类，"化妆相声"名称的怪异不通及所透视的信息，也如有论者所指出的，表明其是属于角色化扮演即将演员"化装"而为故事中人物的演戏，而非本色化叙述的相声说演。此类所谓的创新，因而不是对于北京相声本身的艺术创新，而是属于相声对新的戏剧形式的一种衍生。这

---

① 魏秀娟：《媒体专家为相声"把脉开方"》，载《曲艺》2006年第7期。

② 王大胜：《让相声与时代同行》，载《曲艺》2006年第8期。

③ 阿草：《华而不实，并非方向——对"音乐舞蹈"相声的一点看法》，载《曲艺》1986年第1期。

④ 吴文科：《相声TV：是TV不是相声》，载《北京日报》1994年11月4日。

种围绕北京相声创新的相关争鸣，一直延伸到了 21 世纪的初叶，同样未能在整个业界达致相应的共识，也未对创演实践形成明显的影响。

需要顺带指出的是，新时期北京相声业界对于自身艺术的"创新"实践，还延展到对于一些传统知识的"刷新"表述上。也就是说，传统的有关北京相声基本功即所谓"四门功课"的"说学逗唱"式说法，在新时期出现了所谓"说学逗唱演"即"五门功课"式的"创新"与"发展"。其中增加进去的所谓"演"，实际上指的是传统曲艺表演中所说的"做功"，即辅助口头"说唱"的表情动作与身姿意态。乍一看，这种所谓的创新性表述似乎十分正常，但联系到北京相声的诸般创演偏误，及其表述中透视出的逻辑错误，即不难发现，这种对于北京相声基本功的所谓知识理论"创新"及其危害，实在不可小觑和轻忽。表面上看，是对传统知识的一种误解性"丰富"，即对北京相声表演内涵的理解，由于忽视甚或脱离了"说"的主体和"学""唱"的辅助，而有意无意地引向了动作性表演的"做"。事实上，北京相声表演的核心与主体就是"说"，"以说统领，万象归春"，"说相声"就是"表演相声"，无需也没必要再加上一个"演"字。而在"说学逗唱"之外无端地增加一个"演"字，势必会使既在表达的逻辑上形成冲突，也在理解与运用中带来误解。同时表明，北京相声在整个新时期之所以屡屡出现创新的偏误，实际上与其在艺术观念上的模糊不清和理论素养方面的相对不足直接关联。而此等模糊与不足，又与整个业界缺乏对于自身传统的相应继承有关。种种反复不断的偏误性创新后面，都是由于缺乏足够明晰而又自觉的知识与理念支撑所造成的。正如有论者指出的，"没有很好的继承，就谈不上科学的提高。"[①] 而没有深刻继承的创新，很容易成为无本之木和无源之水。将"改革"搞成"改行"，把"革新"变为"革命"，使"创新"成为"创伤"，就会成为自然。换言之，北京相声界在新时期冒出的"说学逗唱演"的所谓艺术构成"基本功"的"创新"说法，不仅是理论知识上比较糊涂的表现，也是创演实践上的屡屡偏误的根源，更是一个需要引起足够警惕的有关审美评判的错误标准。如果不及时地加以厘清和矫正，不仅会贻笑大方，而且会遗患无穷。

---

① 宋湛江：《相声走入低谷原因之浅析》，载《曲艺》2002 年第 4 期。

5. 围绕"回归剧场"的经营路径之选，引发的论争与思考

新时期的北京相声之所以从揭批"四人帮"到 20 世纪 80 年代末的十几年间出现了比较辉煌的发展，一个非常重要的因素，就是由于广播尤其是电视媒体的传播与激扬。之后出现了持续的低迷与徘徊，原因却比较复杂。但业界内外的许多人，却将之归罪于电视，说成是"成也电视，败也电视"。认为电视的巨大节目需求催生了创演的浮躁，"使过去不断实践，千锤百炼，反复切磋的相声创作的漫长过程，缩短为'今天写，明天排，后天演，大后天录'的四部曲，这是对相声创作规律的大破坏。"① 并因此异口同声地喊出了"回归剧场"的口号，标举和强调相声是"剧场艺术"，似乎要与电视划清界限。并希图通过这种对于创作表演经营路径的调整与转向，实现北京相声的全面繁荣与正常发展。对此，有人发出了不同的警告，认为在当今时代，面对电视及互联网络的广泛普及与传播便利，让北京相声的创演一味简单地"回归剧场"，是"相声创演在高技术时代的田园梦想"，并指出这种不乏"反动"的经营策略，也"如鲁迅所言，'好比用手揪着自己的头发想离开地球'，几乎没有可能。"② 相声在与电视的合作传播中，固然存在着被动适应和削足适履的问题，包括"为了上电视把一个完整的段子掐头去尾压缩中间"③ 等等违反艺术规律的编导处理。但不能全怪电视编导，不能将责任全部推诿于电视媒体。业界自身在一个时期以来为上电视不惜趋之若鹜委曲求全并缺乏坚持与坚守而丧失自身艺术立场的妥协与退让态度，更应进行自省和反思。同时指出，"要搞清楚所谓'电视相声'与'剧场相声'或曰'剧场艺术'的真正含义，不能将电视传播这种相声艺术的一种传播手段，作为相声艺术的全部立身根由或者本体实践去看待。'剧场艺术'或曰'剧场相声'的真义，在于创演者心中要有艺术，眼里要有观众，亦即要树立为观众服务的专业思想与审美意识。作为物理学意义上的展示场地概念，不应作为心理学意义上的审美与创演条件去加以混同。"④ 当然，"回归剧场"之论及其实践，尽管存在因噎废食的消极因素，却也表

---

① 姜昆：《从相声大赛说起》，载《曲艺》1998 年第 11 期。
② 吴文科：《"回归剧场"：相声的田园梦想》，载《中国艺术报》2001 年 12 月 14 日。
③ 宋湛江：《相声走入低谷原因之浅析》，载《曲艺》2002 年第 4 期。
④ 吴文科：《"回归剧场"：相声的田园梦想》，载《中国艺术报》2001 年 12 月 14 日。

明着业界在艺术发展上回归自身创演规律的某种自觉。而从"回归剧场"的代表性实践主体"北京周末相声俱乐部"的具体实践过程及其实际效果来看，也非特别切合时宜之举。平心而论，"票价20元不变"的承诺与十余年的不懈坚持，虽然非常可贵，但未藉此孵化出相应突出的新人与新作，却是一个不争的事实。① 所谓"一沓子宣言比不上一次行动"，包括北京相声在内整个曲艺的真正繁荣，最终要靠人才特别是作品亦即节目来说话，舍此别无他途。同时也用事实表明，繁荣北京相声的关键，不是要不要远离电视或者"回归剧场"，而是应当回归艺术自身的创演规律，回归埋头苦干的踏实努力。

除此之外，新时期以来影响北京相声健康发展的因素，还有一个原本不是问题的问题，那就是对"相声剧"的创演及其是否是对相声"创新"的认识。本来，"相声剧"这三个字的称谓已经明明白白地表明，这是属于戏剧范畴的表演形式。其中虽然借鉴了许多相声表演的方法与技巧，甚或主要是由许多相声演员挑班或加盟创演，但它是属戏剧而非曲艺。也就是说，"相声剧"是角色化代言表演的戏剧，而非本色化叙述表演的曲艺。孰料业界内外偏偏对此普遍存在着模糊的认识与含混的表达，致使不仅搅乱了北京相声的知识体系，而且搞混了许多人对北京相声的观念认识，同时还导致业界的某些实践追求也随之发生了偏转：不专心创演相声而忙着去创演"相声剧"，荒了自家的田而肥了别人的地；甚至以为这就是对北京相声的革新与发展，殊不知这是把"改革"变成了"改行"。故而兹事体大，由之引发辨正。如有人认为"相声剧简单的解释其实就是'剧中人说相声'"，"演员在相声剧中虽然是'剧中人'，但是他的台词却不是为剧情发展而服务的"。即相声剧就是"剧中'剧'"，是剧中的人物在"说相声"。然此定义只适用台湾戏剧人赖声川的某些"相声剧"，因为其中确有将相声艺人的演艺生活搬上舞台表现，从而有在剧中说相声的表演情节。对于其他更多的相声剧却不十分适用。对此，持上述观点的人又认为"相声剧作为相声的变种，加入了大量戏剧元素"

① 北京市东城区周末相声俱乐部成立于2003年10月3日，是一个联络全国各地的相声同行进场演出的松散型组织。由于缺乏驻场演出的专业人员，且原创节目并不占主导或者未能在此长期演出和磨砺，因而其预期的效果并不很明显。

却"毕竟是传承自相声"①。似乎"相声剧"属于相声的一种，是对相声的"承传"。前后表述明显自相矛盾。事实上，即便是"剧情中的相声表演"，也应属于戏剧体裁所框范的表演，而非北京相声本身的表演。正如大多数人所认为的那样，这类演出形式由于大量借鉴了相声的逗哏技巧与语言风格，属于喜剧风格的戏剧，而非相声形态的别支。对其的创演因而属于戏剧的范畴，绝非曲艺中的相声。好比姜昆在接受媒体采访时所言："相声剧不是相声。"② 在这里，有必要特别指出的是，这种创演虽然属于一种艺术形式上的衍生式创新，但若和新时期许多曲艺团体纷纷排演大戏的经营风潮联系起来去看，不难发现，其间不同程度地透露着某种不乏思潮意味而偏离自身本体的创演与经营倾向。也尽管这种倾向的根源，主要是由于业界的专业素养存在缺陷，即对自身的专业知识和基本理论缺乏起码的领会与掌握。

同时，新时期围绕北京相声的人才培养问题，也曾出现过一些观念交锋。由于涉及相声乃至整个曲艺的创演提升、专业教育与文化传承等深层次问题，值得在此一提。交锋的起因，是 2010 年由北京相声名家冯巩及其所在的中国广播说唱团与北京电影学院表演学院合作，开办"相声和喜剧表演本科班"。由于我国现行高等学校本科教育的"专业目录"里没有将曲艺包括相声纳入其间，因而引起社会舆论特别是新闻界和曲艺界的广泛关注。许多人因此提出了不同的质疑。比如有些业内人士认为，相声表演人才是靠"口传心授"来熏染培养的，"相声招收本科生，形式大于内容"③；也有人担忧指出："相声是一门'说'的艺术，不是'演'的艺术，电影学院有什么资格培养相声演员？"更有媒体借采访报道炒作传播诡辩之论："课堂教不出相声大师"④；还有人甚至藉此发问："说相声也需要本科教育吗？"言下之意，是相声无需甚或不配享有高等教育。对此，更多的人表示了肯定与支持。认为师资教材和培养方法等等短板固然需要注重和补齐，但将相声乃至整个曲艺人才纳入高等教育，

---

① 李隽轶：《七嘴八舌相声剧》，载《曲艺》2005 年第 10 期。

② 《扬子晚报》2003 年 1 月 6 日 B4 版。

③ 《南方日报》2010 年 2 月 24 日讯（记者 李培）：《冯巩北京电影学院开"学生本科班"遭同行质疑》。

④ 《东方早报》2010 年 2 月 24 日专题报道（记者 潘妤）：《北影开设相声本科班惹争议，课堂教不出相声大师》。

非常必要也势在必行。尤其面对北京相声乃至整个曲艺在新时期以来创演发展的曲折和低迷，全面系统地在较高层次上传承曲艺文化，努力提高从业人员的整体文化素养与专业知识技能，都需要高等教育的介入和关切。"口传心授"与"学校讲堂"不冲突，提高文化层级与提升艺术水准不矛盾。现代社会，任何科学文化知识与专业技能的传承与培养，都有建立自身高等级集约化学校教育机制的必要。这不仅是社会进步和教育发展的必然结果，也是一切科学文化知识和专业技能在现代社会得到有效传承和持续弘扬的客观需求。相声乃至整个曲艺作为中华传统艺术文化的重要组成部分，也必然地享有开展自身高等教育的权利。而有关相声人才是否需要本科教育的思想论争，不仅透视出北京相声乃至整个曲艺人才培养与文化传承的当下窘境，而且折射出社会上一些人对于北京相声乃至整个曲艺的认识偏见与鄙夷态度。以此来看，本次论争对于廓清曲艺传承的一些模糊认识，矫正对于北京相声乃至整个曲艺教育的相关偏见，引发全社会对于曲艺发展的深切思考，都很有意义和作用。

二、基于二人转走向的系列论争

二人转在新时期曲艺发展中的潮动频率，应当说仅次于北京相声。这不仅由于二人转在这一时期的社会影响较为巨大，更由于其间存在的创演与经营问题比较杂多；不但成为社会舆论普遍关注的热点对象，而且成为业界内外展开论争的焦点话题。如果要给二人转在新时期发展中引发议论乃至纷争的主要话题贴上相应的主题性标签，那就是事关节目内容的"好坏"议论和事关艺术形态的"真假"之辩。具体的论争话语，一是关于"绿色二人转"的讨论，二是关于"真假二人转"即"'二人秀'逐灭二人转"的争论，以及与之相关的对于二人转本体形态及功能价值的不同体认。

一是有关"绿色二人转"的讨论。这种讨论的起因，最早要追溯到20世纪80年代末90年代初，随着专业表演团体的体制机制改革与民营职业班社的纷纷成立运营，面向市场的二人转演出，由于管理的相对松散和经营的趋向商业，媚俗迎合的风气逐渐上升，艺术价值的追求相对消减。许多舞台上演出的二人转节目，普遍存在着夹杂低级粗俗内容乃至黄色下流做派的表演。特别是一些节目的"说口"表演，脏话粉词等低级笑料较多，插科打诨的色情做派不少，严重影响着二人转的健康发展，也招致了社会舆论的广泛批评。有的二人转表演，甚至成为政府"扫黄打非"的重点对象。为此，许多关心二人转的人士忧心如焚，并思考着如何扭转和改变现状。在此情势下，由时为新华社主管、新华社辽宁分社在沈阳主办的都市报《时代商报》联合知名艺人赵本山及沈阳和平影剧院，在该报共同发出了一篇题为《清除"沙尘暴"，倡导"绿色二人转"》的倡议书，呼吁同行和观众共同努力，为二人转的健康发展齐心协力。具体内容包括："一、倡导二人转艺人要讲究艺德，文明演出，不为取悦观众而牺牲个人尊严，不以讲粗口、说脏话来迎合观众，丑化自身的形象，掩盖二人转本来面目，坚决杜绝说粗口，讲脏话；二、倡导进行二人转演出的剧场，坚决抵制粗口、黄色二人转的演出，净化沈阳演出市场，更好地弘扬地方文化，剧场应该成为文化传播的文明场所，对于二人转演员的演出进行严格规定，一旦发现有讲粗口现象，一律辞退，不予演出；三、倡导观众以健康的心态来观看二人转演出，尊重二人转艺人，尊重二人转艺术，不以观看粗俗表演为目的，而将二人转的幽默和绝活表演作为看点。观众就是上帝，只有观众心态摆正，才能使演出市场变得纯净。"同时表示："我们联合发出此项倡议，并从自身开始努力，希望社会各界予以监督。只有二人转艺人受到更多尊重，二人转艺术才能在黑土地上长盛不衰。沈阳演出市场的规范、文明就是我们的心愿及目的。"应当说，这份倡议的内容非常值得肯定，如果能够实现，对于二人转的发展善莫大焉。然而，业界内部对于"绿色二人转"的提法有所疑义，认为有从反面承认二人转天生"黄色"的原罪嫌疑；也有人因之提出了"新生态二人转"的概念，试图为二人转的所谓现代"转型"进行辩护，却同样受到了质疑。理由是，这种提法由于变相承认了部分观众不健康视听需求的现实合理性，客观上扮演着默认不良二人转节目的妥协退让角色，很容易成为"变味二人转"和"走样二人转"的"遮羞布"与"保护伞"，受到质疑也就在所难免。[1] 遗憾的是，这种虽未形成观念共识但动机还算良好的倡导，并未带来切实的效果。[2] 不仅

---

① 吴文科：《从二人转"走红"看曲艺当下命运》，载《人民日报》2009 年 7 月 9 日。

② 金芳：《二人转——让我欢喜让我忧》，载《曲艺》2007 年第 12 期。

商业意味始终笼罩着二人转的现实创演，就连对于二人转的净化观念，也有摇摆不定或退化下滑的迹象。如距"绿色二人转"的提出已逾十二年之久的 2014 年 6 月 3 日，在沈阳举办的有许多文化界名流参加的"首届东北二人转研讨会"上，有关二人转的"涉黄"问题，再一次成为议论的重点话题之一。身兼中国曲艺家协会主席的相声艺术家姜昆在会上表示了他对二人转"涉黄"积重难返的担忧，并且指出："之前有人做过一个调查，在网络搜索中搜索二人转，甚至有 5800 多条都跟黄色有关。"吊诡的是，当初参与倡导"绿色二人转"的赵本山却在此刻回应说："二人转就是猪大肠，如果洗干净了，也就不是二人转了！"①其间的意涵耐人寻味。推动二人转健康持续发展的任务，因而依然艰巨。

二是有关"灰色二人秀"的论争。二人转在新时期的创演，不仅存在着内容格调上的低俗乃至黄色问题，也存在着表演形态上的走样乃至变异问题。特别是进入 21 世纪以来，一些职业班社的商业性演出，不仅节目的内容纯然娱乐，就连节目的形态也与传统正宗的二人转表演相去甚远。甚至存在着仅剩下"说口"逗乐与杂耍搞怪而极少完整节目，更鲜见唱曲"正文"的所谓"二人转"表演。换句话说，就是其节目独立创造少，借题发挥多；自主展示少，现挂评论多；完整唱曲少，零碎杂耍多。对此，清华大学哲学系美学教授肖鹰经过专门的调查走访，提出了直言批评，认为赵本山的"刘老根大舞台"所演出的，不是其所倡导的"绿色二人转"，而是假冒伪劣的"灰色二人秀"。并引用《南方日报》记者 2009 年 5 月在广州看过"刘老根大舞台"商演后概括其所谓"绿色二人转"的"三大怪"即"掌声需要讨出来，演员没事互相踩，低级俗套往外卖"以为佐证。进而发出更为强烈的告诫：要"警惕'二人秀'逐灭'二人转'"②。同时，还有人以赵本山作为国家文化主管部门认定的二人转项目非物质文化遗产代表性传承人为由，指摘其有义务有责任典范地传承二人转艺术，没有权利去任性随意地改造二人转艺术。③ 也有

① 《现代金报》2014 年 6 月 9 日的专题报道：《赵本山：二人转就是猪大肠，洗干净就变味》。
② 郝近瑶：《警惕"二人秀"逐灭"二人转"——清华大学教授肖鹰谈赵本山的"文化革命"》，载《中华读书报》2009 年 6 月 10 日。
③ 刘茜、金娟：《二人转传承人经营"灰色二人秀"？——清华大学教授肖鹰谈赵本山传承人资格之争》，载《中国文化报》2009 年 6 月 26 日。

一些人为赵本山及其"刘老根大舞台"的创演实践进行辩护，认为赵本山"只是个演员"，"作品本身所带来的影响与他无关"；并且认为"赵本山为曲艺的继承发展和创新趟出了一条可行之路：既不是保守主义，也不是虚无主义，而是适应大众的需求，紧跟时代的脚步，脚踏实地向前迈进。"① 并引用词典里对"传承"的解释是"更替继承"的表述，认为赵本山对二人转的革新没有错。却未理解"传承"所涵括的"更替继承"之意，是指"一代一代地转授和承接"，即"更替"不是简单的"更换"；② 更有人面对相关的批评，主张"给二人转发展创造宽松的环境"③。此番论争，同样以缺少实质性的交集与反思而没有真正的结果，好比二人转的创演依然如故而我行我素。

通过上述基于"二人转"发展走向的两场论争，不难看出，无论是关乎"好坏"的议论，还是关乎"真假"的争辩，最终都涉及或者说聚焦到一个较为核心的理论与观念问题，那就是对二人转本体形态及其功能价值的不同体认。其中，姜昆与肖鹰等的观点，代表了主流文化对于二人转作为传统艺术样式的正统认知与发展期望；而相对的观点，明显具有娱乐商业文化的实用主义色彩和消费主义倾向，以及言不及义的"跑江湖"与和稀泥痕迹。这种观点上的分野与对立，甚至溢出并延展到了曲艺界和美学界之外。比如黄梅戏表演艺术家韩再芬曾就赵本山徒弟小沈阳的舞台表演发表感言，称"不喜欢"，理由是其节目缺少文化成色，"不注重思想内涵"。而小沈阳的反呛则更值得玩味："能给大家带去快乐的，就是文化！二人转是文化，就是那个快乐文化。"④ 这种振振有词只讲快乐不计手段的观念宣示，与其师傅赵本山面对有人的类似指责所发出的"主题就是快乐，快乐就是主题"的言论一脉相承；也与北京相声某些创演只重"笑料"而不讲"笑果"的做法如出一辙。难怪这两个曲种在新时期中后期的创作与表演，大都是在低俗粗鄙的泥潭中持续打转，难于走出徘徊不前的低迷局面。

---

① 崔凯：《众说纷纭的赵本山现象》，载《曲艺》2005年第9期。

② 刘茜、金娟：《二人转传承人经营"灰色二人秀"？——清华大学教授肖鹰谈赵本山传承人资格之争》，载《中国文化报》2009年6月26日。

③ 《现代金报》2014年6月9日的专题报道：《赵本山：二人转就是猪大肠，洗干净就变味》。

④ 《小沈阳：能制造快乐就是文化》，载《时代商报》2009年3月6日。

三、有关北京评书振兴的难点聚焦

北京评书在新时期的发展，由于演出及传播主要方式的重大变化，存在着"冷热不均"的状况和"新旧两极"的特点。所谓"冷热不均"，一方面是说茶馆书场的传统演出方式整体遇冷，而广播电视以及互联网络等媒体与介质的录制和传播逐渐趋热；另一方面是说普通演员的演出活动比较冷寂，而大家名流的节目播出持续热络。所谓"新旧两极"，一方面是说依托传统节目改编演播的内容比重较多，而新编原创的长篇节目普遍较少；另一方面是说老一辈的艺术家录播节目频繁而且活跃，新生代的年轻从业者人数极少且很难立定脚跟。同时，即便是那些看似较"热"的地方，也不时映射出无法乐观的隐忧。

正是这种比较堪忧的发展格局，使得对于北京评书的振兴议论和传承思考，成为新时期曲艺创演和承续发展的焦点性话题。

首先，现代传媒包括广播电视互联网及磁带 CD 和 MP3 等等，对于北京评书在现代社会的演出传播，发挥了空前便利的推助作用。但是，这类媒体主要是属一种文化传播的大通道而非艺术创演的孵化器，需求量大，要求又高，再加上商业运营背景下的偏向品牌效应，致使追踪或合作的对象，主要是名家与名作。但问收获，不管耕耘。再加上其对茶馆和书场等传统演出传播方式的巨大冲击，都给新节目的原创、新人才的培养、新业态的形成和新生态的培育，带来了极大地挑战。演出和传播之艰，于是成为业界议论的焦点。如有论者指出，在电视上播出评书极大地拓宽了评书的艺术天地，超越了原有的地域而在全国范围内展开，这势必加速优胜劣汰，但也可能造成说书队伍的缩减；同时，在电视中演播评书，切断了演员现场与观众的直接交流，不仅会大大减少反馈信息与有益营养而影响打磨与提高书艺，而且会无法施展乃至废弃"把点开活"与"临场现挂"等艺术优长；① 也有论者指出，随着社会现代化和高科技的发展，根植于农业社会的评书艺术会在电视上泯灭。但此等观点不为其他论者所认同。从新时期后期电视对评书的传播趋向消匿的事实来看，前述的泯灭之忧也不是没有根据。只不过，真正的原因，不是由于现代化和高科技，而是因为现代化进程中由高科技支撑的电视传

---

① 戴宏森：《电视评书的发展与展望》，载《曲艺》1995 年第 5 期。

媒，没有耐心做好与北京评书等说书艺术的合作乃至融合。最早将北京评书于 1985 年搬上电视并创办电视评书栏目的辽宁电视台的曲艺编导史艳芳认为，"评书作为以语言为主的艺术发展到电视评书这一步，仅靠语言的传播是不够的。电视编导还应在背景环境等方面进行艺术处理，即根据书中的情节，准确无误地把握各种景别的镜头，要使观众不仅听得清，还要看得真，帮助演员与观众进行感情交流，沟通关系，发展书情，使其更具感染力。"① 但真正能够做到这样有机录播的电视台及其节目确乎不多。不过，电视这种最初的粗放式经营所损害的，不只是北京评书，还有电视自身。毕竟，电视本身的传播发展最终要依赖北京评书等等内容资源的持续支撑。由此也不难预见，在不久的将来，随着各种传播媒体的走向高度融合，全媒体时代的北京评书传播，必将迎来新的契机。关键的问题，是北京评书界必须自身做好准备，拥有相应充分和高品质的人才及节目资源。同时，电视等现代传媒也要注意培养真正熟悉、尊重和了解北京评书等曲艺创演规律与审美特点的专业编导队伍，以使这种传播合作良性运营和健康发展。

其次，由于现代传媒所主导的北京评书录制传播与欣赏消费，节目需求很大，演播要求较高，供求关系看似宽松实则严苛。这就使得业界对于传统节目的依赖更加增强，较少有时间和精力进行必要的原创与积累。或者即便有了原创，要么没有茶馆与书场式的演出阵地可供长期砥砺和仔细打磨并加工提高而为可以传世的精品，要么草草编成、匆匆录制、急急播出一次性消费，囫囵敷衍拉倒完事。创新和发展之难，因而成为业界思考的热点。比如，有观点认为，继承改编传统节目演出，是北京评书持续发展的必由之路与优秀传统，也是其彰显自身价值和延续艺术生命的必然途径。但不能总是一味地"啃祖"而依赖传统节目过日子，还要有所开拓和创新，给新的传统增添家底，也给新的听众提供所需；另有观点认为，主要依赖传统节目过活不可怕，可怕的是因循守旧、固步自封，一味学舌、活书死说，不仅没有继承和发扬说书艺术的传统精髓，反倒由于编演稀松"撒汤漏水"而造成优秀传统的大量流失。换言之，北京评书和一切曲艺说书形式一样，对于所叙说的题材内容，无

---

① 史艳芳：《浅谈电视评书》，载《曲艺》1994 年第 10 期。

论讲史、公案、传奇、武侠，均应秉持"古事今说，远事近说，虚事实说，假事真说"的审美传统，以此而使历史与现实产生勾连，让艺术与人生发生共振，给受众送去思想与心灵的共鸣。[①] 为此，就要充分发挥北京评书"评"的功能。[②] "评书无评，如目无睛"，"评书不评，若人丢魂"。这些前辈总结传留的艺诀艺谚，就是对北京评书健康发展的最好警醒。新时期以来的许多北京评书节目，包括传统节目和新编节目，一个很大的缺陷就是使原本应当充盈着"评"之风采的说书表演，退化而为简单平面的故事讲述。情感的抒发因此迷失了通道，思想的挥发因而失去了空间。尤其是对传统节目的新编上演，如果缺乏知识与典章的讲解，缺乏是非与爱憎的判定，缺乏道德与伦理的规劝，缺乏价值与思想的引领，势必会将原本丰满鲜活的艺术形象，塑造成缺少血肉与灵魂的僵尸和骷髅。至于语言的鲜活生动，更需入乡随俗，与时俱进。也就是说，北京评书的创演与一切文艺形式一样，题材内容的古今新旧固然需要注意，但如何表现、怎样表现而赋予所演述的内容以鲜活的艺术魅力和丰富的思想内涵，才是最最主要的。也有观点认为，北京评书的节目形态以长篇为主，而鸿篇巨制，原创太难，。对于创演者的要求因而更高。北京评书的创演首先要把主要精力放在对于脚本文学的创作和打磨上，故事要好，结构要巧；人物要活，情节要绕；关子要多，悬念要妙；知识要宽，见解要高；细节要精，语言要俏。这对创演者综合素养的要求，也会非常之高。所谓"世事洞明皆学问，人情练达即文章"，只有知识渊博、思想丰赡，能够旁征博引、借题发挥，并且触类旁通、举一反三，充分彰显"评"的价值与特色，才有可能创演好的北京评书节目。为此，就必须要使创演突出时代感，增加信息量，强调个性化；藉以拉近与听众的距离，丰富艺术的蕴藉，也展示个性的魅力。否则，只能是缺乏魂魄，缺少风神。看似简单和平凡的"一张嘴的艺术"，因而更加需要十分雄厚的艺术与文化素养的综合性支撑。这是说书艺术审美传统对北京评书现实创演的昭示，也是形态构成繁简关系的艺术辩证法对于北京评书繁荣发展的启迪。

[①] 赵柔柔：《评书艺术的特质、价值与风采——专访中国艺术研究院曲艺研究所所长吴文科》，载《传记文学》2015 年第 9 期。

[②] 王玉国：《扬己之长，找回"评"的感觉》，载《曲艺》1999 年第 10 期。

再次，如何在强调继承传统的同时，大力培养传承人，不断推出适应时代需求的原创精品，是确保评书健康持续发展的必然要求。传承与弘扬之忧，因此成为各界关注的难点。涉及的主要内容，包括怎样吸纳新人？怎样孵化演员？怎样坚守阵地？怎样实现突围？对此，坚守在创演传承最前沿的老一辈北京评书艺术家感触最深，也思虑最多。比如北京评书艺术家连丽如，不仅长期身体力行探索新形势下北京评书的坐场演出，新时期先后在北京市西城区什刹海附近开办过"明月楼"书场，在北京原宣武区文化馆坐场带徒演出，一边坚守北京评书的演出阵地，一边培养北京评书的表演新人。还对北京评书的传承发展进行深入思考，不时发出相应的呼吁。如她认为，"北京评书后继乏人的一个主要原因，是书馆的消失。观众在书馆里听书，新人在书馆里练艺，没有书馆就没有评书。"又认为，"评书的难以为继与评书工作者的浮躁、不负责任也大有关系"，"前辈艺人有的一辈子就说一部书，那是一生心血的凝结。而现在动辄上百部，难免鱼龙混杂，参差不齐。"① 曲艺的学术理论与批评界，也对此有着相应地探讨。如有人认为，说书人综合素质的养成，是北京评书实现突破性发展的关键。"随着信息流通越来越方便，人们受教育程度也越来越高"，说书人"必须要有更高的素养、更深邃的思想、更深刻的人生体验和更广泛的知识积累"，才能适应新的时代，担当"说书先生"的角色；并以央视《百家讲坛》的走红为例指出："现在正缺说书式的基本教育，缺少能够让人如坐春风的评书说演，'读图时代'的信息接受与审美鉴赏方式，不能替代内涵深邃又联想丰富的评书式文化创造与消费实践"，"口头传统包括评书创演，事实上是有非常深厚的现实发展土壤和社会历史需求的。"因此而对北京评书的发展充满信心："只要人类存在，口耳不废，北京评书就不会消亡，并且一定大有可为。"② 而对传统继承的考量及对人才培养的冀望，又涉及到包括北京评书在内整个曲艺在当今时代的艺术教育转型及制度层面设计，因而无法在北京评书一个曲种的相关讨论中有所答案并得到解决。

---

① 刘红英：《北京评书路在何方——连丽如的喜与忧》，载《曲艺》2006 年第 12 期。
② 赵柔柔：《评书艺术的特质、价值与风采》，载《传记文学》2015 年第 9 期。

四、对于苏州弹词创演的路径追问

苏州弹词以其悠久的历史、深厚的传统、较多的团体依托和较高的发展水平，而在新时期同类曲种中处于总体创演领先的地位。然而，就是这种发展相对较好的曲艺品种，事实上也存在着由创演实践到理论观念方面的种种问题，并因此引发了许多主要是针对创演路径的相关批评及理论争鸣。

一是针对节目篇幅引出的相关批评与争鸣。这种对于重"开篇"、轻"长篇"、迷信"中篇"的创演经营趋向而引发的批评与争鸣，断续贯穿于新时期的整个过程。看似是对节目篇幅的偏好论争，实则是对苏州弹词艺术特点、审美优长及发展路径的忧思与叩问。比如，新时期伊始，随着苏州弹词演出的逐渐恢复，许多刚入行的年轻演员在对苏州弹词"说噱弹唱"诸般技艺的学习运用与创演实践过程中，急功近利走捷径，重"弹唱"而轻"说表"，近"开篇"而远"长篇"，致使"从观念到实践上，无形之中以'弹唱'代替了弹词'说噱'的主导地位"，并有将苏州弹词的"说书"属性改变而为"唱曲"形态的倾向。对此有人批评指出，必须重新高张苏州弹词"以说表为主的艺术特质"，淡化"唱曲"趋向，回归"说书"本体；有人甚至直言疾呼："长篇书目是评弹艺术的支撑。"[1] 进入 21 世纪后，许多评弹团出于种种目的，热衷于创演由三四回节目构成的"中篇"并形成一种风势。有人甚至鼓吹，"中篇"节目是苏州弹词当代发展的方向，进而主张"可把评弹长篇分成中篇"，认为"弄堂书呒听头"。对此许多人提出了不同意见，指出苏州弹词必须要走长篇为主的创演道路，"如果不说长篇，说书的艺术特色就会大大削弱，而且最后会渐渐失去特色，就会被其他艺术所替代。"[2] 更有人针对"把长篇都截短"成"中篇"演出的意见，警告业界"不要做苏州评弹的'杀手'"[3]。还有人指出，这种苏州弹词创演的"短篇化"和"短段化"倾向，某种意义上讲，也是文化消费快餐化和碎片化在创演领域的一种表现。"中篇"和"短篇"节目虽有自身的相应价值，但"说唱一个简单故事

---

① 刘家昌：《长篇书目是评弹艺术的支撑》，载《评弹艺术》2000 年 5 月第 26 集。
② 方芝：《苏州评弹的长篇》，载《评弹艺术》2000 年 5 月第 26 集。
③ 刘家昌：《不要做苏州评弹的"杀手"》，载《评弹艺术》2012 年 1 月第 45 集。

的‘短篇’，由于篇幅容量太小，无法展开和演绎引人入胜的‘情理’而近乎‘讲故事’；多人合演且分头‘起脚色’的‘中篇’节目，‘分包赶脚’的表演因素一多，即近乎‘坐演话剧’，缺少‘说书’的意趣。并且常常由于一人说表、多人干坐而平添诸多书台表演的现场尴尬”，“并未形成艺术上的表现优势，也未达成艺术表演的有机契合，更非苏州弹词和苏州评话艺术的发展方向。”① 换言之，对于苏州弹词这种说书艺术形式而言，“长篇”是其节目创演的常态与主体，也是其艺术特色的体现与根本；“中篇”“短篇”包括“开篇”节目仅仅是其创演的一些补充。如果没有适当充裕的篇幅容量与体量，说书艺术的魅力与优长就无法充分地彰显出来，情节与思想的丰富内涵也就无所依托和附丽。同时，对于苏州弹词节目形态“长篇”特质的争鸣强调，某种意义上也是对其艺术传统当代继承的忧思与呼唤。如果没有对于“长篇”节目创演传统的系统继承和全面发展，蕴含其间的“说噱弹唱”技艺及其“理味趣细技”的审美特色，也就无所凭借而随之流失。针对节目篇幅容量及其创演经营路径的这种批评与争鸣，特殊价值与深远意义因而不言自明。

二是针对滥用“起脚色”表演技巧而引发的争鸣。“起脚色”是苏州弹词表演于说表叙述过程中，为直观表现故事中人物的言行举止与神情意态，而进行的辅助性模拟包括话语及动作的代言式模仿。好处在于使说书表演的语言叙述不致平淡和呆板，但运用不当乃至大量滥用，也会喧宾夺主而弱化说书的审美特色。尤其随着“中篇”节目在新时期的大量创演和成为风潮，以及动辄由七八个以上乃至十余人参与的合作表演格局，使得对于“起脚色”技巧的运用，由于要照顾书台上多个演员的表演存在，便自觉不自觉地出现过度使用以至滥用的情况。对此，招致了许多议论，也引发了一些争鸣。比如有人指出，“有些突如其来由两三个演员进行的‘角色性对话’表演片段，几近戏剧表演的对白。结果是在破坏观众接受的想象空间、打乱节目整体节奏的同时，失却了苏州弹词表演的优长。”有论者通过分析指出，“出现这种现象，有其客观原因，一是不少中篇是据剧本改编的，很现成，所以角色化的语言就多了”，

---

① 吴文科：《论金丽生对苏州弹词的艺术传承——兼论影响当前苏州弹词传承发展的一些理论与实践问题》，载《江苏文艺研究与评论》2011 年第 2 期，南京大学出版社 2011 年版。

"二是中篇演出，书台上人比较多，尤其弹词，经常有三个档。如果表多了，一个人说话，其他人闲着尴尬，而'白'（角色性对话，包括'起脚色'）多，大家有事做，效果容易热闹。"有人进而引申认为，"苏州弹词创演中'起脚色'泛滥的弊端，不光是一个有着极大偏颇的舞台实践问题，更是一个有着一定市场的理论偏误问题。如果容许这样的苏州弹词艺术观念和理论思维畅行无阻，则苏州弹词的艺术创演无疑会沿着'起脚色'泛滥的路径一直滑落下去，直至'戏剧化'而丧失作为曲艺说书的所有功能与属性。"① 这种忧虑并非没有来由。比如新时期同时存在的有关苏州评弹艺术特征的持续大讨论中，就有人认为，苏州评弹从表演的角度看，是"以口语表述为主要手段表现的戏剧"，是"说的戏"②。而曲艺表演的"戏剧化"倾向在新时期又比较普遍，不止存在于苏州弹词。因此，事关苏州弹词表演主体叙述与辅助模仿之关系的这种实践批评与理论争鸣，意义即不止于对苏州弹词说书特征的维护与审美优长的阐发，也有矫正新时期曲艺创演"戏剧化"偏误的作用。

三是针对艺术追求的某些片面性倾向引发的争鸣。苏州弹词作为一种"说唱相间"的说书表演，形式虽然简便，由一至三人自弹三弦或琵琶自行伴奏演出，但艺术构成的综合性要求其实很高，不仅有曲本文学，还有弹唱音乐，更有说表语言；他如代言模仿的"白"口运用，就达六种之多；再加上辅助性的表情动作、身姿意态与口技功夫，具有"一人一台大'戏'"即葆有以简驭繁的审美效果。但新时期苏州弹词创演在艺术上的追求及价值上的取向，于演员而言，普遍存在着"弹唱崇拜"倾向与"唱调流派"情结。就是说，相当一部分苏州弹词演员，不是将传统继承与节目编演作为艺术实践的主要功课，而将"开篇"式节目的弹唱表演以及将通常采用演员姓名命名的"流派唱腔"的创制，作为主要的追求目标。对此，一些人进行笼统的附和与鼓励，甚至不乏无厘头的怂恿；更多的人则提出了规劝与批评，比如指出，一种艺术流派的形成"既是不同的苏州弹词艺术家弹唱天赋的个性化发挥，也是一些苏州弹词艺术家在弹唱表演某些节目的过程中个人天赋和艺术趣味与所表现的节

---

① 吴文科、周良：《对苏州评弹"起脚色"的讨论》，载《评弹艺术》2005 年 3 月第 34 集。
② 吴宗锡：《就评弹艺术特征给周良同志的信》，载《评弹艺术》1991 年 2 月第 12 集。

目内容及社会的审美风尚等因素相互结合与互动作用的产物，更是时间和历史长期'淘洗'的结果"，"不以个人的意志为转移，也非艺术发展的必然要求，更不是评价一个演员水平与成就的当然标准"。尤其在以弹唱"开篇"节目作为其艺术创演的主要追求和倾向的演员那里，过分夸大或片面单一地追求流派唱腔，其实就是对于苏州弹词作为"说书"艺术审美功能的无形消解。相应地，将心思与精力用于急着创流派，势必会疏于创节目，从而忽视了前提与根本，无异于水中捞月和缘木求鱼，偏误及危害是十分明显的。

此外，随着开放程度的不断提高，新时期以来，苏州弹词的对外艺术交流日趋频繁，其在国内及海外的影响也日渐扩大。在此过程中，许多的交流演出由于种种原因，存在着以"开篇"弹唱替代"说书"表演，很少将正宗典范的"说唱相间"式表演作为节目的主要形态进行对外推介的选取倾向。带来的一个必然结果，就是许多看过此等表演的外地人和外国人，误以为苏州弹词表演就是"弹唱"，属于"唱曲"而非"说书"。同时，有些对外交流性的苏州弹词演出，出于让外地人能够听懂的良好愿望，将原本要用苏州方言即吴语进行"说唱"的正常表演，改成采用普通话等的变通式表演。看似与人为善，实则驴唇马嘴，甚至可说是贩卖假货。这种交流演出节目形态选取上的"以偏概全"倾向及演出经营策略上的"好心添乱"行为，与许多人为使苏州弹词等民族传统艺术"走出本地，推向全国"乃至"冲出亚洲，走向世界"而绞尽脑汁却有些堂吉诃德的一厢情愿不无关联。但却与新时期曾经出现过的"南曲北唱"实验即由北方的曲艺演员采用普通话"说唱"苏州弹词的探索一样，都是不符合艺术规律并被实践证明为此路不通的天真想法与错误做法。也从一个侧面折射着艺术发展上的好高骛远思想与贪大求多心理，更从一个角度透视出包括苏州弹词在内的曲艺发展，在理论上不够自觉的客观实际。

五、攸关曲艺本体发展的观念碰撞

新时期有关曲艺的主要潮动，还体现在几个攸关曲艺本体发展的实践错讹以及由此而起的理念辨析上。

一是关于"小品"的认知问题。新时期通过电视综艺节目推出并走红经年的"小品"表演形式,本属戏剧(话剧)范畴的短小节目形态,却在 1992 年之后,莫名其妙地被业界的一些人误作是曲艺品种加以指认和经营。不仅《曲艺》杂志陆续登其剧本,曲艺界举办的各种展演包括"中国曲艺节"被推上舞台,就连中国曲艺的最高行业奖"牡丹奖"也将其纳入评选范围并屡屡授予。这就使得"小品"形式在无形之中被业界作为曲艺品种进行认知和经营了。一些曲艺界人士,甚至撰文进行合理性论证,如认为"某些喜剧小品本身就是曲艺与电视艺术结合而成的产物",这种"带有曲艺特点的喜剧小品",其"规定性的情节,半假真式的表演,以及甩'包袱'的语言方式等,无不与曲艺血肉相关";[1]进而对所谓"区别于戏剧小品"的"曲艺小品"进行定义:"曲艺小品是对形式简短的偏重角色表演的说话艺术的概称。"[2] 对此,许多业界人士表示了不同的看法与态度。比如相声作家梁左就曾指出:"前些年中国曲协搞过一次'曲艺小品'大赛,我看就有点儿把小品往自己家里抱的意思——那是人家戏剧门里的顶梁柱,人家能舍得给你吗?"[3] 相声大家马季认为"小品"不属曲艺,因而婉拒了黄宏邀他出演 1994 年央视春晚小品《打扑克》的合作请求,理由是"现在都说我打着相声这杆大旗呢……如果打大旗的也去演小品了,相声就不可收拾了。"[4] 另有人通过辨析戏剧的角色化代言扮演与曲艺第三人称统领的本色化"说唱"叙演之本质区别,明确指出"小品是戏剧而不是曲艺。"[5] 还有人面对这场论争,将这个明显属于常识范畴而无需辨正的伪命题当作"学术问题"来指称,表示要允许不同观点的争鸣。动机上不乏和稀泥的意味,实际上却有拉"学术"及其"争鸣"来为错讹认知进行背书的嫌疑。而此等论争,同样几无效果。这从一个侧面透视出创演经营者的傲慢及对理论批评的无视,以及曲艺界从事"小品"创演与经营的人面对本属常识的原则性问题包括理论批评及其辨析厘清,所普遍表现出来的麻木与无畏。

二是关于曲艺创演的"戏剧化""歌舞化"和"杂耍化"倾向问题。

---

① 赵连甲、么树森:《漫谈小品与曲艺》,载《曲艺》1990 年第 8 期。
② 戴宏森:《曲艺小品形式初探》,载《曲艺》1992 年第 7 期。
③ 梁左:《话说"大曲艺"》,载《中国文化报》1995 年 2 月 1 日。
④ 马季:《一生守候》,团结出版社 2007 年版,第 194 页。
⑤ 康伟:《小品:是戏剧而不是曲艺》,载《中国艺术报》1999 年 1 月 15 日。

新时期许多曲艺的创新实践中，不只"化装相声"和"泛相声"，苏州弹词的"起脚色"泛滥等等，都是曲艺创演由于偏向角色化而导致"戏剧化"的表现；"唱曲"动辄加伴舞以及许多少数民族曲种放弃自身的程式性"唱叙"而另起炉灶普遍加入舞蹈动作的舞台表演，都是"歌舞化"的表现；至于被指斥为"二人秀"的那些所谓的"二人转"表演，以及梅花大鼓的"含灯"演唱等等，更是"杂耍化"的典型例证。这些创演倾向的一个共同特征，就是既披着"创新"的外衣，又离开了曲艺的本体，因此而受到了业界内外的广泛批评。学界普遍认为，之所以出现上述偏误，一个带有根本性的问题，就是艺术观念的渐趋模糊即艺术本体的自我迷失。而曲艺的创新，必须提升曲艺的本身进化与魅力水平，强化曲艺自身的形态特点，离开对曲艺艺术这种自身特质的大力弘扬，来进行别的什么所谓创新，或许会创造出其他受人欢迎的东西，并且也不一定就是什么坏事，可那与对曲艺的创新无关，也无助于曲艺艺术本身的繁荣与发展。同时，那些"戏剧化""歌舞化"和"杂耍化"的"创新"偏向的背后，是艺术上的缺乏自觉与自信，以及心理上的比较自卑和自轻，从而才会出现不会自尊与自强的自贱与自残。认为戏剧高级，歌舞时尚，杂耍出彩，唯独看不到自己的优点与自身的长处。"具体说来，就是不能深刻理解和把握曲艺是以口头语言'说唱'叙述的表演艺术这一本体特征并坚持其独有的审美传统，不能分清'说书'与'讲故事'的差异，不能厘清'唱曲'与'唱歌'和'唱戏'的区别，不能分辨曲艺'叙演'与戏剧'扮演'的差别，不知道'笑声'不只是'谐谑'的目的而更是审美的手段。亦即没有弄清楚什么是真正的曲艺和怎样创演好的曲艺，从而导致在曲艺的创作表演和革新实践中，'戏剧化''歌舞化'与'杂耍化'偏向日益严重，将艺术革新原本追求的'化他为我'时常弄成了'化我为他'而浑然不觉。"[1]透示出来的根本问题，因而也是整个业界对于自身艺术基本规律的学习不够和把握不准。

三是关于曲艺团排演话剧样式大型剧目的经营问题。新时期以来，相当一部分体制内的主流曲艺表演团体，不仅大量排演属于戏剧范畴的

---

[1]　吴文科:《曲艺：通过自觉和自信赢得自强与自尊》，载《中国艺术报》2011 年 8 月 12 日。

"小品"节目，而且还排演属于话剧样式的大型戏剧节目。有的如济南市曲艺团排演的所谓"都市情景喜剧"《泉城人家》，还被作为曲艺节目于 2005 年搬上了第五届"中国曲艺节"的大舞台并在闭幕式作压轴演出。其他如武汉说唱团、山西省曲艺团、浙江省曲艺杂技总团、四川省曲艺研究院和北京曲艺团都有在新时期陆续排演大型剧目的跨界实践，由此形成了一股持续时间较长的经营风势，成为一种匪夷所思又令人深思的创演经营现象。对此，有人给予了首肯，称作是曲艺的"一种体制改革"，"可以给各地的曲艺团体一个示范"①；也有媒体在报道此类创演及其专家的研讨意见时指出，"曲艺要发展，要做大做强，只靠队伍壮大、演员增多是不行的，必须打破传统的'小打小闹'的模式"而多去排演大戏。② 当然，更多富有事业心的业界人士，对此表现出深切的忧虑。因为，其所折射的实践错位现象与经营偏向问题，十分异常而又复杂。既非市场经济条件下曲艺团"一专多能"和"多种经营"的自觉考量，也非曲艺团体的曲艺演员"多才多艺"品格的别样展示和"多余能量"的适当释放，而是自身认知的知识不足与创新发展的误入歧途，是对曲艺的基本理论与艺术观念普遍存在糊涂认识与思想迷误的错讹所致。从而警示我们，要想改变此等乱象，必须通过大力发展曲艺的专业教育，普及曲艺的专门知识，提高从业人员的理论素养，藉以把握曲艺的本质特征，强化曲艺的发展动能，规避创演的理念模糊。

四是关于"大曲艺"的观念问题。2005 年出现的"大曲艺"③概念，堪称新时期曲艺界极少的属于自觉提出又自发阐释的艺术发展观念。但就是这种比较自觉而又自发的观念与思想，却在事实上存在着表达的含混乃至逻辑上的矛盾，由此也带来了理解的歧义与运用的模糊。比如，此观念的提出者和倡导者、时任中国曲艺家协会驻会副主席而主持协会日常工作的相声艺术家姜昆，在接受媒体采访时曾对"大曲艺"进行解释："什么是大曲艺？就是有别于旧的曲艺形式和曲艺内容，要吸收其他

---

① 《曲艺》2006 年第 8 期"卷首语"：《曲艺的特点注定老百姓需要它》。
② 《文艺报》2007 年 7 月 12 日头版题为《笑剧〈咱爹咱妈〉艺术创新获好评》。
③ "大曲艺"一语，相声作家梁左早在 1995 年 2 月 1 日于《中国文化报》刊发的一篇署名文章的标题中就使用过，但语义与新时期出现的"大曲艺"观念在意涵上有较大的不同。

艺术门类的长处。"① 又说："提倡'大曲艺'思想，就是以曲艺特征为主和包含曲艺特征的表演，提倡'新的作品、新的面孔、新的表演形式'这三新。"② 后来又概括为"三新塑一大，一大带三新"③。可以看出，姜昆所说的"大曲艺"，按照其前面的解释，应是指有"新形式"与"新内容"并善于吸收其他艺术长处的"新曲艺"；而按照后面的解释，则加上了一个"新面孔"，同时在形式上是指"以曲艺特征为主和包含曲艺特征的表演"。这里的"包含曲艺特征的表演"是否就是指的"曲艺"，语义似乎不很确定也不大好理解。对于提出此一观念或曰思想的动因，依照相关采访的报道，是姜昆一直在思索一个问题：如何在新形势下探索包括曲艺在内的民族艺术的发展道路。可见"大曲艺"所蕴含的内容，是一个崇高而又宏大的主题，探索的是包括曲艺在内民族艺术的前途与命运。为此，姜昆本人在 2007 年一篇题为《用社会主义核心价值观指导曲艺发展》的文稿中，又给出了自己的权威阐释，即提出"大曲艺"的"战略"，是"希望广大曲艺工作者，以创新思维指导曲艺创作，以'新人、新作、新形式'来展现社会主义新曲艺的面貌，不要过分的拘泥于传统'程式'与'表现方式'，只要在主体特质的基础上，符合曲艺的规律，不反对从其他姊妹艺术形式上汲取营养，丰富自己，就是在这样一个指导思想下的艺术实践。"④ 对此，有人认为"这个指导思想从实际出发，是有利于曲艺改革创新的艺术实践的"。也有人从字面出发并发问：到底什么是"大曲艺"？还有"小曲艺"吗？把有人以为具有某些曲艺特点而本属戏剧类型的"小品"拿来创演和经营，就算是"大曲艺"了吗？曲艺有"框"但不是"筐"，传统的"程式"与"表现方式"是曲艺有别于其他艺术样式的安身立命之本，是不能轻易和随便更改的，对之进行怎样的改革，才不算是"过分的拘泥"？应当说，面对新时期以来曲艺"创新"普遍存在的"戏剧化""歌舞化"和"杂耍化"倾向，以及吸纳"小品"和排演大戏等离开本行的经营乱象，这种疑虑和担忧，也不是没有道理。或许是因为存在着理解上的歧义与把握上的困难，此观

---

① 《河南日报》2005 年 6 月 15 日:《强化大曲艺概念，叫响曲艺品牌》。

② 新华网合肥 2005 年 6 月 19 日专电:《姜昆提倡"大曲艺"思想，曲艺要为老百姓演出》。

③ 陈跃、刘世领:《姜昆扬州畅谈"大曲艺"》，载《新华日报》2007 年 5 月 30 日。

④ 戴宏森:《试论曲艺发展观》，载《曲艺》2009 年第 9 期。

念提出不久即趋冷寂，未被更多人在更大的范围延续使用。这也说明，良好的思想必须具有恰切的载体，观念的传达一定要有周延的逻辑；否则极易带来混乱，也很难行稳致远。

此外，新时期早期，曾出现过对曲艺"商品属性"的讨论，中期也曾出现过"关于曲艺艺术革新问题的讨论"，但由于话题比较宽泛，持续时间不长，所论也不够深入，故不专门述列。

第三节　新时期曲艺潮动的相关思考：得失及评价

改革开放近四十年来的新时期，无疑也是中国曲艺发展史上最为跌宕起伏而又色彩斑斓的重要历史阶段。"文革"结束后的思想解放，为曲艺的艺术复苏和本体回归提供了空前的机遇；改革开放的时代巨变，为曲艺的全面振兴与发展繁荣搭建起广阔的舞台；现代传媒的有力激扬，给曲艺的艺术传播与当代影响注入了全新的内涵；市场经济的社会环境，又给曲艺的改革创新与现实发展提出了严峻的挑战。在此过程中，曲艺既创造了属于自己的艺术辉煌，也暴露出各种各样的复杂问题；氤氲其间的各种创演倾向、批评论争与理论思考，作为曲艺发展最具活力的思想动能，一方面体现着曲艺业界的努力与追求，另一方面也折射出社会环境与历史条件包括时代风气等等对于曲艺的各种影响。虽然由主客观因素共同作用而形成的各种潮动，在不同时期、不同曲种、不同领域与不同方面各不相同且各具姿彩，引发原因、观点内容、演化过程与实际效果各种各样又各有长短，但也有些相通与共性的问题，值得从正反两个方面进行相应的总结和思考。

首先，新时期的曲艺创演，与时代同步，和大众同心，主流或者说主潮是好的。依然延续了"说书唱戏劝人方"的传统追求与道义担当，体现出现实主义的精神情怀。从揭批"四人帮"、呼唤思想解放，到呼应拨乱反正、讽刺不正之风，再到欢呼改革开放、关切社会转型，以及表现伟大时代、观照世道人心，都以其积极的姿态、丰富的节目、活跃的身影与独特的品格，确证了自身的存在也发挥了良好的作用，成绩是主要的也是巨大的。但从围绕新时期曲艺的创演潮动及所引发的一些批评与论争看，新时期的曲艺创演在紧跟时代和服务大众的过程中，也存在着一些"宣传化""娱乐化"的实用主义倾向和急功近利甚至唯利是图的趋附浮躁心态。特别是某些专业团体的高台创演，"工具论"的流毒依然存在，"应景性"和"宣传化"的倾向还比较明显，缺乏自身艺术创演的主体意识与本体意识，不能较好地把握思想内容与艺术形式之间的辩证关系，不同程度地存在着"穿靴戴帽"加"标语口号"的倾向，今天写、明天演、后天丢，也就在所难免；而走向市场的许多创演，尤其是许多民营班社的商业性演出，则有一味娱乐、放弃担当、低级粗俗乃至媚俗迎合的倾向。尽管其间也曾经历过回归本体和强调主体的努力与探索，不乏纠错辨伪的批评与论争，但由于体制机制的原因和市场经济环境的影响，包括自身定力的缺乏与专业素养的不足，致使许多创演较难走出急功近利的浮躁怪圈，形成了有数量、缺质量，有"高原"、缺"高峰"的遗憾现象。围绕此类创演实践开展的理论批评及其论争，意义因而十分巨大，具有激浊扬清和引领发展的重要作用。

其次，新时期的曲艺发展，尽管存在着这样和那样的遗憾与不足，但从整个事业的总体发展面貌包括北京相声、北京评书、苏州弹词和二人转等代表性曲种在新时期藉着现代传播媒体的勃兴与市场经济环境的刺激由创演活动到社会影响的比较巨大来看，发展与进步，无疑是空前的和主要的。然而，从这一时期曲艺的创演潮动及批评论争所涉猎的话题内容看，影响创演健康开展的消极因素，却也占了较大的比重。特别是在一些攸关曲艺健康持续发展的重大原则性和根本性问题上，形势实在无法乐观。比如，对曲艺的艺术功能与审美价值的不同体认与实践把握问题，包括节目创演中内容格调及审美品位的不同体认及批评争鸣，占的比例就比较大。这说明，业界对于此类带有原则性和根本性的重大问题，存在着大面积的认识迷蒙，必须予以明辨和厘清。新时期围绕此类问题开展的批评论争，因而频度较高，并形成了许多值得重视和有分量的观点。

如对曲艺艺术的"简便性"特点、现实主义传统、寓庄于谐的魅力与喜闻乐见的品格等，要正确理解并辩证看待。不能浅薄地将曲艺的"简便性"当成是"简单"甚至"简陋"而不按规律地胡乱改造，甚或使改革变为"改行"、革新变成"革命"、创新成为"创伤"；也不能将曲艺的"轻骑兵"功能与"尖刀班"作用片面乃至庸俗地理解为政策"图解"与商业"广告",进而施行曲艺创演的"机械化"生产与"快餐式"消费;更不能将相声的讽刺功能当作唯一的审美价值予以狭隘地鼓吹,让"泛相声"真正泛滥而造成"去相声",甚或为笑而笑不惜粗鄙恶搞,乃至调侃嘲笑残疾、鄙薄优秀传统、消解美好崇高;当然也不能听任某些"二人秀"真去逐灭二人转,不使二人转"被自己的'恣意成长'毁坏形象而导致走向自己的反面"①,并在"唯娱乐化"的主题追求中缺乏底线、荤酸黄段,以至远离"真善美",贩卖"假恶丑"。而对曲艺的艺术功能与审美价值的片面认识与错误理解,在一些高台创作与商业演出中,表现得尤其集中。要么误入"图解"概念的宣传歧路,使原本高格向善的正统教化,由于缺少艺术的审美创造而折断理想的翅膀;要么在走向市场的多元探索中,滑入一味"娱乐"的商业迷途,将有可能对于高台教化美学及宣传灌输创演的观念反拨与行为矫正,由于缺少思想的价值承载而成为精神的垃圾。

再如,对曲艺传统继承与发展创新之辩证关系的不同态度与偏误处理,包括继承的往往"失语"和创新的常常"失据",也在整个新时期一直困扰着曲艺的发展并时常引发相应的论争。这表明,业界在这个事关艺术发展的重大问题上,也存在着糊涂的认识,的确无法回避也必须予以矫正。面对此等潮动的相关论争,也都给出了相应的答案,发出了强劲的声音。如北京评书对于传统节目的新编继承,应强化"古事今说,远事近说,虚事实说,假事真说"的审美传统,积极建立传统节目与现代受众的良好审美关系,而不是淡化"评"的魅力,走向干瘪与僵硬,缺乏思想与风神,退化为仅仅是重复地讲述并不新鲜的陈旧故事;应强化对苏州弹词等各类说书节目尤其是长篇节目的原创与继承,不使其艺术传统由于一味趋向"短篇"及"开篇"式的节目创演而大量流失,也不因迷信"中篇"、依赖"起脚色"和幻想着创造流派唱腔,而失却对于自身艺术传统的全方位学习与系统化继承;应强化对"鼓曲"唱腔等曲唱音乐的大力创新,不使缺乏创腔编排而生搬硬套的"老腔老调"弥漫曲坛。同时强化对于各种曲唱音乐的深刻继承,从对传统的深入学习与

---

① 姜昆:《使二人转更好地转下去》,载《曲艺》2014年第1期。

深刻把握中积聚和升华智慧①，防止创新实践的"荒腔跑调"。

又如，对曲艺创演实践及现代传播中艺术与技术契合关系的处理态度与把握运用，一直影响着新时期曲艺的创演姿态与传播效应，也构成了批评论争的主要原因。这显示，传统曲艺与现代科技的合作与联姻，既是时势发展的必然，也有继续磨合的空间。乘媒体东风，显自身魅力，固然是新时期曲艺创演实现自身价值并取得显赫声名的必然选择与重要动因。但如此类潮动及相关论争所示，曲艺在与媒体的合作过程中，不坚持自己的本体特征，不遵循自身的艺术规律，削足适履，一味妥协，唯媒体需求马首是瞻，最终会吞食消弭自身的苦涩恶果。从北京相声由对电视的趋之若鹜而"回归剧场"，到北京评书在广播电视两种媒体上长短不一的合作命运，等等，都给传统曲艺的现代传播提供着丰富的经验也累积了不少的教训。对于深入思考其在互联网时代的更大传播，也提供着不尽的启示。至于新时期曲艺创演中存在的离开艺术形象塑造和思想内容表达的有机性运用而过度卖弄嗓音或一味炫技讨巧的做法，更是不能较好处理自身创演中艺术与技术关系的典型例证。相关论争对此进行美学批评与理论关照，意义同样十分重大。

还如，对曲艺的常识性认知与本体性发展，新时期也存在很大的欠缺与较多的迷茫，并引发了相关的潮动与辨析性论争。特别针对业界将本属戏剧范畴的"小品"形式进行的错误指认与盲目"领养"，一些曲艺团体对话剧与相声剧等大型剧目的排演风潮，曲艺创演革新实践中屡见不鲜的"戏剧化""歌舞化"和"杂耍化"偏向，以及"大曲艺"观念释出的思想表达含混及可能带来的实践推展误会等等，相关论争也都进行了反复的辨析与明确的厘定。进而指出：一定要强化业界对于曲艺本质特征的领会与把握，以使具有基本的辨别能力和正确的创演运用，既不在创演中迷失自己，也不在革新中丧失本性。为此宣示：曲艺的本色性"叙演"与戏剧的角色化"扮演"不同；唱曲以语言性表达为主的"说唱"与唱歌以音乐性咏叹为主的"歌唱"不同；曲艺表演文学化的言语"叙述"主要是进行听觉审美，而杂耍表演技艺化的技能"展示"主要是进行视觉审美。并且呼吁，要强化对曲艺从业人员专门知识与专业理论

---

① 伊尔根：《鼓曲衰落，何去何从》，载《曲艺》2013 年第 1 期。

的系统训练，全面提高他们的艺术文化素养，避免并杜绝将"小品"、相声剧及话剧作为曲艺进行指认和创演的"改行"行为。

这些辨析与论争，作为对于基本常识的申述，虽然很有必要却不免有些悲哀。并且"拔出萝卜带出泥"，从中勾连出一些更为复杂的深层疑问，那就是，为何会出现此等原本不是问题的问题？形成此种不该论争的论争？由此引申出来的另外一些无可回避的问题，就是通过对从业者专业常识欠缺和基本素养不足的叩问，所牵引出来的对于曲艺的教育传承与理论建设等等境况的深度关切。而与此论争相关的话题，包括2010年春季出现的围绕"相声本科班"教育的有关争鸣，可以视为此等论争极富现实意义的一个鲜明注脚。正是这些形态各异的现象、事关重大的话题、相对集中的讨论与不乏激烈的争鸣，构成了新时期一道道有关曲艺创演批评及理论思考的斑斓图景，也体现出业界内外对于曲艺健康持续发展的热切关注与坚执精神。

再次，虽然在新时期曲艺发展的历史进程中，很少真正形成自觉而有规模、持续而有实绩的创演、批评与理论思潮；前述许多相关的创演现象、批评论争与理论思考，大多都是时隐时现、星星点点、偶有火花且不大连贯，因而只能说是思潮性的动向与迹象。但通过前面的背景扫描与话题梳理，也不难发现，这些潮动现象及批评论争，也有自身内在的聚集焦点与贯注红线，在串起历史的同时也构筑着思想的星空。而从新时期曲艺潮动特别是论争开展的演进过程与实际效果看，不管是断续贯注的话题，还是相对集中的讨论；不管是众声喧哗，还是空谷足音；不管是持续延展，还是昙花一现；不管是个别曲种或部分类型的涉猎，还是宏观状态与整体现象的思考，大都有着比较鲜明的问题意识和十分执着的价值诉求。其间，虽有透过创演成色的不足与创新实践的偏误，对包括重形式、轻内容，重表演、轻创作，重演员、轻伴奏，重技术、轻艺术，重短段、轻长篇，重数量、轻质量，重包装、轻内涵，重宣传、轻实干，等等创演实践偏误倾向与行业伦理紊乱现象的透析揭示，以及乏专业常识、欠基本理论、无高等教育、缺学科户籍等等影响曲艺全面发展的生态要素及政策条件严重不足的引申思索。但这些关乎曲艺发展行业伦理重建、艺术价值重建和生态条件重建的诸多基础性问题，要想从根本上得以解决，必须要有相应科学的顶层设计与政府层面的统筹协调。而这，又是无法一蹴而就的事情，也非本文讨论的主旨。而从一些论争的过程及所显示的效果考量，必须承认，专业知识的匮乏和理论素养的不足，的确严重掣肘着业界相关的讨论与交流。也使有些观点的表达与一些观念的宣示，多"野狐禅"，少学理性；或自相矛盾，或前后反复；或有头无尾，或虎头蛇尾，比较浮躁和随意，缺乏淡定与韧性。"起落明显带着浮躁气和随意性，甚至连主导者们也时不时交织着思想与实践的悖论。"① 在此情势下，一些批评与论争的状态，也便不够持久并且缺少交集，批评的成效与论争的作用，因而大打折扣。至于批评的态度与论争的氛围，既有可贵的说真话，也有刻意的和稀泥。有些论争看似充满宽松气氛与民主精神，实则漫不经心且缺乏真诚。再加上曲艺评论的专业阵地非常稀少，专业理论与评论队伍比较缺乏，思考的场景因而相对冷寂，形成的影响自然十分有限。从而在一个方面显示出曲艺的理论与批评比较薄弱的同时，另一方面也表明着其学术与理论工作的亟待加强。

总之，新时期曲艺的创演潮动及批评论争，虽问题不少，遗憾多多；但成绩很大，意义不凡。其所凝聚形成的许多观点共识，已然成为促动曲艺创演走向繁荣的思想资源；其间遗留存在的诸多复杂问题，也会化作警示整个事业全面协调发展的重要动能。

（吴文科）

---

① 云德：《新时期文艺思潮浅论》，载《中国文艺评论》2015 年第 1 期（创刊号）。

第九章 新时期文艺理论思潮述评

新时期以来，在"思想解放"运动和"改革开放"国策的推动下，形成一股声势浩大的社会思潮，文学理论和美学在其中发挥了极为重要的作用，催生了中国文化领域的巨大变革。有人说，中国 20 世纪 70 年代末 80 年代初的思想解放有点像西方历史上的文艺复兴，也有人说更接近于中国的"五四"运动，从某种意义上说，这场思想解放运动的确是暗含着完成类似于文艺复兴和"五四"运动历史使命潜动机的——把人们从盲目崇拜、极左思想禁锢和虚假理想主义的梦魇中唤醒。这场思想解放运动尽管为期不长，却也取得了巨大的实绩。就文艺理论而言，主要表现在两个方面：一是作为个体的人的价值的确认，二是对客观性评价标准的重视。前者发展成为一种弥足珍贵的人文主义价值诉求，后者则演变为一种瑕瑜互见的科学主义倾向。可以说，思想解放是 20 世纪 70 年代末 80 年代初的一个声势浩大的思潮，涵盖思想文化领域的方方面面，而人文主义和科学主义则可以视为这一大思潮中的两个重要支流。

第一节 人文主义与文艺理论的价值诉求

在中国现当代文艺发展史上，文学理论曾对各类文学史及文学批评发生过重要影响。这或是因为这门学问与社会思潮、社会意识形态联系更紧密一些的缘故。从历史角度看，改革开放的三十多年，是我们反思自己思想历程的过程，也是中国融入国际社会的过程。新时期文学理论的发展演变就鲜明地体现出这一历史特征。这个时期的文学理论是从重新解读马克思主义经典开始的，是在各种西方文学理论观念促动下不断发展演变的，而这一切又与中国人文知识分子的自我意识、价值诉求紧密联系在一起。

一、文艺性质的重估：从阶级性回归人性

文艺如何定位的问题是文艺理论的基本问题，是任何一种文艺理论话语系统建构的逻辑前提。不同派别的文艺理论话语之间的差异，从根本上说都是由这一基本定位所决定的，诸如模仿说的、反映论的、精神分析主义的、形式主义的等等，莫不如此。"文艺为政治服务""文艺是阶级斗争的工具"，这是一个相当长的历史时期里我们的主流意识形态对文艺的性质与功能的基本定位。如果说在战争年代，一个革命的政党，为了战胜强大的对手，需要调动一切可能的力量，要求文艺为政治服务是具有合理性的话，那么在和平年代，要求文艺成为阶级斗争的工具，那就无合理性可言了。因此，拨乱反正、思想解放，首先就要把"四人帮"之流套在文艺上的枷锁打烂，使文艺回归自身。

新时期初期的思想解放运动的一个最主要的、具有标志性的事件，是 1978 年 5 月 11 日《光明日报》发表的特约评论员文章《实践是检验真理的唯一标准》。这篇文章最大的实际意义在于，以往的一切金科玉律、条条框框都是可以突破的，一切的禁区都是可以踏入的。这里不再有预设的绝对律令，一切都可以尝试，最后让结果来评判。这就等于取缔了来自主观意志的任何评判的合法性，因此也就成为打破束缚人们精神枷锁的强有力的武器，成为思想解放的理论依据。在这样一种精神氛围中，让文艺摆脱政治的束缚而回归自身就成为自然而然的事情。于是 1979 年《上海文学》第 4 期发表题为《为文艺正名——驳"文艺是阶级斗争的工具说"》，正式拉开了"为文艺正名"的序幕。同年《上海戏剧》《湖南师院学报》《四平师院学报》等多家刊物刊登讨论文章，掀起了一场"为文艺正名"的热潮。所谓"为文艺正名"，根本上说就是要求文学艺术摆脱"工具说"的束缚，强调尊重"文艺的规律"，真正回归自身。与之密切相关并接踵而至的便是关于"文学的审美本质"的主张。

其实文学原本是什么？它应该成为什么？这样的问题是不一定有确切答案的。文学是历史的产物，它永远会随着历史条件的变化而变化，永远会适应着某种历史需求而发展．无论是从自身体式、规制上说，还是从社会功能上说，都不存在一种亘古不变的所谓"文学"。因此，所

谓"为文学正名"也只能是一种具体的言说策略，其目的并不是要寻找那个本真的、人人认可的文学本体，而是要使文学表达一种与以往不同的声音，承担一种与以往不同的使命。可以说，"为文学正名"作为新时期文学思潮的标志性口号，其所蕴含的意义当然不仅仅限于把文学从政治的战车上解脱出来，使之成为独立的存在。"为文学正名"根本上乃是为人正名。

在极左的年代，在强大的意识形态控制下，人们失去了独立言说甚至独立思想的权利与能力，真正成了随着政治战车的车轮转动的"齿轮和螺丝钉"。因此呼吁文学的独立性实际上就是呼吁人的独立性，人们向往着独立的精神、自由的思想，故而也要求文学成为一种具有独立性的言说方式。德国古典哲学中的那句饱含启蒙精神的名言：要把人作为目的而不是手段，成为这一时期思想解放的基本价值取向。长期以来，早已习惯于"阶级的人""集体的人"身份认同的中国人，对于"我是我""我是独立的人"这类提法已然感到陌生。在思想解放思潮的浸润下，人们久违了的自我意识开始萌动。"为文学正名"的根本旨趣并非让文学回到文学自身，而是让文学成为思想解放的助力，具体说，是成为人道主义精神的话语表征。这也就是"文学是人学"的提法始终伴随着"为文学正名"口号的根本原因。

这场思想解放运动看上去是一场自上而下的运动，是中央粉碎了"四人帮"之后发动起来的。实际上这是一场上下互动的运动——在全国上下民心所向的历史语境中，中央高层顺应了民意，积极推动了运动的展开。1979 年 10 月全国第四次文代会召开，邓小平在《祝词》中明确指出：不能要求文艺"从属于临时的、具体的、直接的政治任务"[1]，并且重申了列宁曾经的名言：在文艺创作领域"绝对必须保证有个人创造性和个人爱好的广阔天地，有思想和幻想、形式和内容的广阔天地"。这无异于是为紧缚于政治的战车上的文艺松绑，是赋予文艺创作以相对独立自主的权利。党和国家最高层的表态至关重要，影响所及，诸如"发扬文艺民主""尊重艺术规律""反对行政干预"等等呼声上下合鸣，声势浩大，成为一时主流。此后，"为人民服务，为社会主义服务"的所谓"二

---

① 邓小平:《在中国文学艺术工作者第四次代表大会上的祝词》。

为方向"取代了"为政治服务"而成为党和国家的基本文艺方针。

毫无疑问，中国新时期以来文学艺术辉煌成就的取得以及多元化格局的形成，都与这一政策的调整密不可分。然而有一个问题是绕不过去的：以往那种作为政治的工具、阶级斗争的工具的文艺，是从政治中获得其存在价值的，那么，文艺不再把"为政治服务"、做"阶级斗争的工具"作为自己的基本功能之后，其合法性何在呢？换言之，文艺从哪里获得自身存在的价值依据呢？于是理论家们找到了"人性"。钱谷融发表在1957年《文艺月报》上的著名论文《论"文学是人学"》也就自然而然地成为新时期文艺理论的法典。在80年代初的数年内，"人学""人性""人道主义""人情""共同美""人的本质""人的本质力量的对象化""人化的自然"等概念与提法充斥着文艺理论与美学的论文与著作。尽管是处于争论之中，但肯定的声音作为主导倾向是明显的。然而由于这场讨论所涉及的并不仅仅是文学艺术领域的问题，故而也不能指望在文艺理论的领域中得到解决。事实上，这场讨论后来演变成为一场政治的和意识形态的论争。文学的自主性、独立性诉求暗含的是人的自主性、独立性诉求，对创作自由的渴望本质上是对人的生存自由的渴望，呼唤文学的审美特性实际上等于呼唤人的个性解放。一时间，文学理论研究就成为整个思想解放运动一个重要的组成部分。在整个80年代，在文学研究领域，文学理论可谓独领风骚，成为时代的号角，其与历史步伐的和谐一致远非其他研究领域可以比肩。让文学回归审美，让人回归人性，文学理论也就理直气壮地成为"人的理论"。在这一时期，围绕文学的"正名"问题出现了众多的文学理论著作与论文，其中最有代表性的是钱中文的《文学原理——发展论》、王春元的《文学原理——作品论》、杜书瀛的《文学原理——创作论》、童庆炳的《文学活动的美学阐释》、王向峰的《艺术的审美特性》、陈传才的《艺术本质特征新论》、陆贵山的《审美主客体》等著作。

在这样历史语境中，一种强大的人文主义思潮形成了，而新时期以来的文学理论话语就是在这一思潮的推动下发展演进的。换言之，一种蕴含着人文主义精神的文学理论话语形成了。就其思想资源而言，早期马克思、卢卡奇与西方马克思主义、弗洛伊德的精神分析主义以及尼采、萨特、海德格尔的存在主义等都受到格外重视，就其表现形式而言，审美特征论、文学主体性、新理性主义以及中国文化热则最为突出。这一文学理论话语系统与在科学主义精神影响下文论话语构成了 80 年代初至 90 年代中期中国文学理论的二重奏。

二、新时期文艺理论的支点：早期马克思的人学思想

在极左思潮占统治地位的时代，在学术论文中援引马恩列斯毛的语录都要用黑体字标出，这是最有力的理论依据。新时期伊始，学术界囿于积习，无论什么学术观点，都还是喜欢从马克思那里寻找根据，只不过是从马克思那里寻找符合当下需求的言语而已。这看上去似乎有点实用主义倾向，然而实际上并不如此简单。应该说，产生于一个半世纪之前的马克思早期的人学思想，能够在 20 世纪 80 年代初的中国学界受到空前重视，绝不是偶然的。

什么是思想解放？其核心就是把人从阶级性的、政治的、模式化的束缚中解放出来，给人性、个体性、主体性以存在的空间，就是重新弘扬被压制的人道主义精神。人们既然把"人性""人道主义"视为思想解放的目标之一，那么在马克思主义的话语体系中就没有什么比青年马克思的思想，主要是《1844 年经济学哲学手稿》中关于人性的论述更强有力的理论支撑了。兴起于 70 年代末 80 年代初的美学大讨论的核心论题正是关于《手稿》的解读。朱光潜、李泽厚、蔡仪等著名美学家及他们观点的拥护者们都是从《手稿》中寻找各自美学主张的理论依据的。例如在出版于 1980 年的小册子《谈美书简》中，朱光潜从《手稿》撷取了关于劳动、人道主义与自然主义的统一、人的本质力量对象化、人化的自然、美的规律等观点加以阐发，从而强调了美、艺术产生于劳动的观点，进一步申述了美的本质是主客体之间相互作用的结果的道理，也有力地批判了"美纯粹是客观的"的主张。李泽厚、蔡仪也都把《手稿》中的人学与美学思想作为各自美学理论的主要依据。可以说，《手稿》强有力地推动了我国 80 年代初的美学大讨论，其影响却并不仅仅限于美学范围。26 岁的马克思在流亡巴黎时写的这部"巴黎手稿"，不是纯粹的经济学，也不是纯粹的哲学与社会学，而是三者的交织融合，可以说是用哲学思辨的方式讨论经济学与社会学的问题。其中关于"人的类特性""自然的人化""人的本质力量对象化""人的异化""人的自我复

归""总体的人""人的全面发展"等提法在很大程度上契合了中国知识分子对"人性"与"人道主义"的理解与诉求，于是在对《手稿》进行解读的基础上，一场关于"美的本质""美的规律"的讨论轰轰烈烈地展开了，同时一场关于"人的本质""人性""人道主义"以及"异化"的讨论也轰轰烈烈地展开了。其实就根本上而言，关于"美的本质"的讨论也就是对于"人的本质"的讨论，是以美学形式出现的人道主义话语建构。这两场讨论具有深刻的内在一致性。

虽然马克思在讨论人的历史发展谈到了"美"与"审美"的问题，但《手稿》绝不是一部美学著作。在马克思看来，人是一种历史的存在，人的全部能力，包括人的感觉能力都是在人与自然的"交换"过程中逐渐形成的。人为了生存不断向自然索取生活资料，自然在提供人的必需品的同时也在不断地改变着人的存在方式以及感知世界的方式。构成人与自然交换关系之中介的是以劳动为核心的人的社会实践。经过长期演变，人对世界的感知能力越来越丰富，终于形成了审美能力，而作为人的对象的世界也不再是与人无关的"物自体"，而是成了"人化的自然界"。自然的"人化"过程也就是"人的本质力量"形成并展开的过程。"只是由于人的本质客观地展开的丰富性、主体性、人的感觉的丰富性，如有音乐感的耳朵、能感受形式美的眼睛，总之，那些能成为人的享受的感觉，即确证自己是人的本质力量的感觉，而且连所谓精神感觉、实践感觉（意志、爱等），一句话，人的感觉、感觉的人性，都是由于它的对象的存在，由于人化的自然界，才产生出来的。"[1]马克思这里所强调的是人的各种感觉能力，包括审美能力，都是在人的实践活动的过程中形成的，都是人与自然"交换"关系的产物，因此这一过程也就是人性或人的本质的形成与展开的过程。人通过对象性活动而占有对象，对象也就成为人的本质的对象化，一切都是自然而然的，是人"按照人的方式与物发生关系"。马克思的这一论述目的是反衬资本主义雇佣劳动的不合理、非人性以及"扬弃私有财产"的必要性。在马克思看来，只有扬弃了私有财产，才是对"人的感觉和一切特性的彻底解放"。由此可见，呼唤真正的人性并提出克服异化的具体方式乃是《手稿》的主旨。这说明，

---

① 《1844年经济学哲学手稿》，人民出版社2000年版，第87页。

80 年代初期中国学界那么热衷于《手稿》是有其历史必然性的。

随着关于"美的本质""美的规律"的讨论不断深入，依据《手稿》给出的思想逻辑，就不可避免地涉及到了人的"异化"问题，而且很快成为讨论的核心话题。我们知道，青年马克思曾经受到费尔巴哈的重大影响，在《手稿》中有相当一部分就是借助于费尔巴哈的观点来批判黑格尔哲学的。"异化"原本是费尔巴哈哲学中使用的概念，主要用来批判基督教神学和斯宾诺莎、谢林以及黑格尔的"思辨哲学"，认为神学和斯宾诺莎等人的哲学本质上是将人的本质或人的思维理解为外在于人的实体存在，使之反过来成为束缚人的力量。青年时代的马克思对于费氏之于黑格尔的颠覆性批判钦佩不已，他借用费尔巴哈的"异化"概念，用以揭示在资本主义社会中被雇佣的劳动阶级的现实状况。马克思的逻辑是这样的：人不同于动物之处在于其维持生存的行为是"自由自觉的活动"或"有意识的生命活动"，按照人的"类特性"或本质而言，人应该得到全面的发展，成为完整的人，而劳动作为最能体现本质的行为应该成为"人的第一需要"。但资本主义的雇佣劳动把一切都颠倒过来了，人在劳动的时候觉得自己像个动物，只有在"饮食男女"之时才感到自己是个人。由此马克思洞见了资本主义制度的不合理，并产生推翻资本主义建立新的社会制度的宏图远志。在新时期思想解放运动中，随着关于"人性""人道主义"问题讨论的日益深入，"异化"问题，尤其是现实社会是否存在异化现象的问题就自然而然地凸显出来了。然而，从某种角度看，这已经不是一个纯粹的理论问题，超出了学术讨论的范围，因此只能偃旗息鼓。

然而对中国知识界而言，马克思主义的影响是无与伦比的，在文艺理论领域尤其如此。在极左思潮主导时期，人们阅读、接受马克思主义的哪些观点、哪些理论，都是受到限制的。当然，在那时特别是 70 年代初期，民间普遍存在着"自行"阅读马克思主义著作的情况，许多年轻人都是从这种阅读中开始觉醒，认清当时当权的所谓马克思主义者们的真实面目。新时期初期的"马克思热"也带有正本清源的意义：人们急于弄清楚，究竟怎样的马克思才是真的马克思。于是人们发现了《手稿》时代的马克思，认识到了马克思的"人学"思想，因此也真正领略到了马克思的深邃与博大，明白了马克思主义真正的逻辑起点之所在。随着对《手稿》研究的深入，在改革开放的宽松环境中，在西方影响至深的马克思之后的马克思主义很快进入到中国学人的视野之中。卢卡奇及其影响下形成的"西方马克思主义"思想谱系渐渐为中国学人所熟知。其中法兰克福学派对中国文学理论研究的影响最为明显。霍克海默、阿多诺、弗洛姆、马尔库塞、本雅明、哈贝马斯等学者的大名，开始频繁出现在中国学者的论文与著作之中。此外那些不属于法兰克福学派的西方马克思主义者，如葛兰西、阿尔都塞、戈德曼，特别是至今依然健在的詹姆逊和伊格尔顿，对中国文艺理论的影响巨大，在中青年的文艺理论论文著作中，甚至到了"言必称伊格尔顿"的程度。

　　西方马克思主义对新时期文艺理论的影响主要表现在下列几个方面：首先，文学艺术的政治性或意识形态性。这是"西马"一个最具有根本性的特征。在马克思主义文艺理论看来，文艺最根本或者最重要的性质不是它表面可以看到的那些东西，而是其背后隐含着的东西。起决定作用的因素往往是深藏不露的。因此在这种文学理论指导下的文学批评与研究总是能够从文学文本或者文学主张中发现政治性或意识形态性，总是可以看出社会阶级之间的矛盾冲突。例如审美或者美学问题人们通常会认为是远离政治的，更与阶级斗争无关，但在伊格尔顿看来，美学这门学问的产生本身就是阶级斗争的产物，是资产阶级意识形态渗透于感性层面的结果。在思想解放运动初期人们向往一种"纯文学"，对"阶级""政治""意识形态"之类的词语颇为忌讳，然而随着"西方马克思主义"的引进，人们惊讶地发现，原来这些词语是无法回避的。这也引发了学界对文学与政治关系的再思考。其次，在社会生活与人的精神生活之间建立某种"同构"关系，认为后者是前者的表现或象征。例如在吕西安·戈德曼的《隐蔽的上帝》中，17世纪法国的社会阶级状况与帕斯卡尔的哲学、拉辛的悲剧作品之间存在着结构上的同构性；又如在詹姆逊看来，"生产模式"是马克思主义文学批评的"主导符码"，社会文化现象总是与社会生产模式之间存在对应关系。自由竞争的市场经济时期的资本主义与现实主义、垄断资本主义与现代主义、后工业社会或晚期资本主义与后现代主义之间是一一对应的。这两位马克思主义批评家显然都受到结构主义的影响，这使得他们的观点看上去似乎有些机械，但确实有大量事例可以证明，而且言之成理。因此人们似乎很难找到反驳的理由。这种观点启发我们的文学理论形成了通过文学现象揭示其背后的社会文化内涵的追问方式，可谓影响深远。第三，研究的目的不在于确定或弘扬某种价值，而在于揭示造成对象之所以如此这般的深层缘由与逻辑。在这一点上，西方马克思主义批评与后现代主义有异曲同工之妙——都不愿意按照研究对象固有的逻辑展开言说，而是执着于探寻那些对象没有说出来的东西，从而揭示其背后更深层的逻辑。在这方面阿尔都塞的所谓"症候阅读"颇具代表性。总之，追问深层意义，揭示对象得以形成的历史原因与文化逻辑，这是西方马克思主义留给新时期中国文学理论的重要方法论启示，对中国文学理论研究具有深远影响。

毫无疑问，西方马克思主义文学批评无论是在西方还是在中国，其影响都是巨大的。但作为文学理论与批评，其局限或者不足也是很明显的。其中最为突出的一点是在其（除了马尔库塞、弗洛姆等精神分析主义马克思主义之外）整个话语系统中"个体""个体性"以及相连带的人的情感、情绪、感受、体验等主体心理因素几乎完全缺席，更别说什么潜意识、无意识之类了。例如在西方马克思主义批评家那里，从来不会涉及作为"个体主体"的气质秉性、创造性以及其他属于个性方面的因素对于文学创作的重要性。即使承认有"个体主体"存在（例如戈德曼），那也是作为"集体主体"的载体而存在的，真正发挥作用的是后者而非前者。阿尔都塞或许是比较有代表性的，在他看来，一个人作为主体甚至先于其作为个体而存在，就是说，在其出生之前社会已经为之预留了"主体"位置。他甫一降生，意识形态的"询唤"功能就开始以既定的程序把他塑造成社会所需要的那个"主体"。而在戈德曼那里，则任何文学文本或者哲学文本，无论其看上去如何具有个性特征，它们都是隐含的"集体主体"思想倾向与价值取向的呈现方式。在这里"个体"实际上是不在场的。即使可以说有"个体"，他也是作为"主体"的个体，因而是意识形态的产物，而不是有血有肉的个人。显然，在这里个人的自我反思、自我批判与超越的能力、独创性、天才等等都被遮蔽了。

对于这一情形，西方马克思主义阵营中的马尔库塞有着比较清醒认识，他受到弗洛伊德主义影响，对个体无意识之于人类精神生活的重要性有所认识。他试图借助于弗洛伊德来弥补马克思主义过于着眼于社会或阶级整体性而忽视个体性的不足。例如他试图融合马克思早期关于人的解放、人的全面发展的思想与弗洛伊德的无意识理论，提出了著名的"爱欲"说。爱欲是一种本能，其与性欲的区别在于它是一种积极的、高层次的生理欲望。马尔库塞用"爱欲的解放"来诠释马克思"人的解放"思想。表面看来，马尔库塞的理论注意到了人的感性、生命力的重要性，但其所谓"爱欲"还是一种抽象的存在，并不能由此而推演出个体主体性、个体独特性在人类精神活动中的位置与作用。

早期马克思的人学思想是西方马克思主义的理论基石，从卢卡奇到伊格尔顿，无不受其沾溉。中国新时期的文艺理论乃以回到真正的马克思为口号，自然而然地把早期马克思的人学思想以及受其影响的各家"西马"理论作为自己的新的理论支点。仅从新时期"人性""人道主义"等的大讨论，既可见其思潮端倪。文学的审美特征问题、文学主体性问题都是在这样一种语境中成为热门话题的。

三、新时期文艺理论思潮中精神分析的意义

在极左思潮时期，学界曾经激烈地批判过所谓"人性论"，搞得人们在"人性"面前噤若寒蝉，不敢置一词。新时期以来，经过了"人性"与"人道主义"大讨论，自80年代以后的文学艺术的创作中，人性的矛盾、复杂性、阴暗面渐渐成为恒久主题，没有什么力量可以阻止作家艺术家们对人性这口深井的开掘。在文艺理论方面则表现为对精神分析主义的空前热衷。换言之，作为社会现象的"异化"问题被避开以后，人自身的非理性的、本能欲望就自然而然地成为文学创作与文学研究的聚焦之点了。

产生于19世纪与20世纪之交的精神分析主义，无论是在心理学领域还是整个人文思想领域都产生了颠覆性的影响。在某种意义上，堪比当年尼采对西方思想界的冲击。以科学的名义并借助于一定的科学实验手段对人的理性之于人的行为的决定性作用提出质疑——这是精神分析主义的核心所在。自文艺复兴以来，理性逐渐成为至高无上的主体力量，作为理性之主要表现形式的意识与自我意识受到空前重视，在哲学界普遍地被视为人的本质。于是意识与自我意识差不多成了人的主体性的代名词，成了决定人的一切行为的最终因素。弗洛伊德的研究颠覆了这一切：在意识背后还有更为根本性的决定者，这就是无意识，而且这

个具有决定性力量的无意识是与人的肉体欲望直接相关联的，是人的意识难以掌控的。这样一来，那作为无比神圣的、有权审判一切的最高法庭的理性大厦便不再那么庄严宏伟了，无意识成了决定性力量。然而无意识却是人们自己无法觉察因而说不清楚的，这就意味着，人类的文化与文明，一切的知识与观念，其实际的动因与功能都与其自我标榜的情形相去甚远，这无异于在尼采之后再一次喊出那振聋发聩的声音：重估一切价值！

"五四"前后，弗洛伊德的学说就已经传入中国，这也恰恰是中国知识界反封建、寻求个性解放，对人性问题空前关注的时期。在当时的知识界主要是把精神分析主义当作探讨人性的方法来使用的。不能否认，在钱智修、汪敬熙、张东荪、朱光潜、潘光旦、高觉敷等专业人士那里，精神分析主义是被作为一门科学或学问来介绍和运用的，但是到了鲁迅、周作人、郁达夫、郭沫若、施蛰存等文学家这里，弗洛伊德的理论就成了他们理解人性、自我解剖的有力武器，也成了他们理解文学并进行文学创作的思想资源。鲁迅曾说："偏执的弗洛特先生宣传了'精神分析'之后，许多正人君子的外套都被撕破了。"① 鲁迅本人的许多作品中都可以看到精神分析理论的痕迹。而郁达夫、施蛰存等人的小说更是精神分析理论在文学创作中的具体实践。然而，由于民族存亡日益成为摆在每个中国人面前的头等大事，在一代"以天下为己任"的知识分子眼中，"集体主体"的重要性远远超过了对"个体主体"。知识界纷纷加入到救亡图存的民族大合唱之中，对人性的挖掘已然不合时宜，精神分析理论也就渐渐沉寂下来。

新中国成立以后，"人性""个人""个性""性""性欲"这类话题在热火朝天的社会主义建设和如火如荼的革命运动面前，显得是那样渺小、阴暗、猥琐，以至于被视为畏途与禁区，言说者寥寥。所以80年代初的精神分析主义能够形成一时热潮，实在是不寻常的事件。构成其文化语境之主要因素的，就是思想解放运动中对个体与个性的再度彰显。从精神分析主义在中国的这两次热潮我们即可见出时隔半个多世纪之久的两次思想解放运动的内在一致性，亦可见出"五四"运动未竟事业对于中

---

① 鲁迅：《"碰壁"之余》，见《鲁迅全集》第3卷，人民文学出版社1981年版，第116页。

国当代知识界的重要意义。

在新时期，素以博学多闻、学贯中西著称的钱钟书 1981 年在《文学评论》上发表了一篇对文艺理论界影响深远的论文：《诗可以怨》。这篇文章原是作者 1980 年 11 月 20 日在日本早稻田大学教授恳谈会上的发言稿，其中有这样一段话谈到弗洛伊德："大家都熟知弗洛伊德的有名理论：在实际生活里不能满足欲望的人，死了心作退一步想，创作出文艺来，起一种替代品的功用……借幻想来过瘾……"这大约是新时期引用弗洛伊德的观点来谈论文艺理论问题的最早尝试了。紧接着，同年的《文艺理论研究》第 3 期刊发了弗洛伊德的《创造性作家与昼梦》（后来一般译为《作家与白日梦》）一文，同时还刊发了苏联《简明百科全书》关于"弗洛伊德"的条目以及一位美国批评家写的《弗洛伊德与文学》一文。此后的十余年间，弗洛伊德的论文著作相继被译介过来，研究弗洛伊德学说的论文与著作也大量出现。在 20 世纪 80 年代中期，凡是研究文学的人，如果不了解弗洛伊德，不能谈论几句"无意识"与"力比多"，那肯定是会被笑为无知或者落伍的。弗洛伊德主义在中国之所以很快形成巨大影响，除了理论界的倡导以外，更有懒于创作界的积极实践——80年代中期一大批受到精神分析主义理论影响的作品涌现出来，诸如张贤亮的《男人的一般是女人》《绿化树》、王安忆的"三恋"等堪为代表。可以说整个 80—90 年代中国文学对"性"或"性爱"的热衷与弗洛伊德学说的引进有着密不可分的关联。应该说，弗洛伊德主义对中国文学界的影响与其说是提供了一种新的知识或研究路径，不如说为人们毫无顾忌地表现或谈论"性"的问题提供了冠冕堂皇的理由。性的问题与文学创作从来都关联紧密，特别是在相当长的一个时期这里成为一个禁区之后，作家、读者与批评家们都对这一空间充满神秘感。于是在这一特定时代，"性"这一禁区的解禁程度也就成为思想解放程度的一个标尺，而作家的勇气与创新也常常在这里得到体现。对于理论研究来说，则是否敢于把文学创作、审美心理这种以前被视为高层次的精神活动与性联系起来，也在一定程度上体现着其是否占到了理论的前沿。

但是，在弗洛伊德主义影响下产生的荣格的分析心理学，却不能与弗洛伊德主义相提并论。荣格对中国文学研究的影响主要表现在"集体无意识"与"原型"两个概念上。而且从某种意义上说，荣格的影响不在弗洛伊德之下。特别是对于中国这样拥有悠久历史和古老文化的国家，"集体无意识"与"原型"作为一种批评范式似乎有着无限的潜力。在弗洛伊德的"无意识"概念的基础上，荣格进行了进一步阐发，他认为，无意识有两个层次："个人无意识"和"集体无意识"。前者只是整个无意识的一小部分，作为基础而存在的是后者。也就是说，"集体无意识"才是决定人类行为的最根本性的因素，而"原型"则是构成"集体无意识"的基本元素。如果说"个体无意识"仅仅联系着个人的行为方式，那么"集体无意识"则联系着群体、民族与文化。这无异于为文学理论与批评开启了一道通向幽深文化传统与民族记忆的大门，较之弗洛伊德的个体心理纵深开掘更具有阐释学意义上的广度与深度。因此，在荣格分析心理学直接影响下形成的以弗莱为代表的"原型批评"，在20世纪50—60年代曾经成为一时之显学。这种批评理论80年代传入中国，以叶舒宪为代表的一批中国学者在介绍"神话—原型批评"的理论观点、操作方法并用之于研究实践方面做了大量工作，对中国的文学研究产生了重大影响。

弗洛伊德精神分析主义理论对于中国新时期文学理论的意义历来缺乏准确的定位，好像这已经是陈年旧事，对当下来说不再具有学术意义了。其实不然。我们今天对文学艺术的理解依然受到精神分析主义的莫大影响。这主要表现在三个方面：第一，文艺的神圣性大打折扣。以往我们对文艺创作具有一种仰视的崇敬，因为从康德美学问世以来，人们几乎都认为文艺创作是天才的事业，我国从王国维到朱光潜都深受康德思想的影响。而从政治或意识形态角度看，马克思主义历来强调文艺的伟大功能，认为文艺事业是革命事业的重要组成部分，同样具有神圣性。然而弗洛伊德学说告诉人们，文艺创作与人人有之的"白日梦"具有同样的形成机制，都是被压抑的本能欲望，主要是性欲的升华或转换形式。对此说法人们不一定尽信，但会觉得文艺创作也就没那么神秘神圣了。第二，机械反映论的文艺观念被彻底否定。所谓机械反映论是指那种认为文艺是社会生活的再现或复制的文艺观，这种文艺观要求文学真实反映生活，成为社会生活的镜子。由于精神分析理论的介入，在社会生活与文学艺术之间就不仅仅存在着有意识、有情感的作者，而且还横亘着深不可测的"无意识"。无论人们对"无意识"抱有怎样的疑惑，在这种理论面前，那种反映、再现的观点都显得是那样简单浅薄，再也不具有说服力了。第三，精神分析主义的引进促进了文学创作和文学理论研究对"禁区"的突破。由于精神分析主义是以科学的面目出现的，因此让人们有足够的勇气去面对自己内心世界幽暗的深谷，使人们敢于暴露自己的卑微与丑陋。于是文学创作和文学理论研究作为人的自我意识是大大深化了。文学理论的追问开始超越"是什么"的层面，而进入到"为什么"的深度。文学研究者不再停留在对文本说出来的东西的审视上，而是更愿意透过文本说出来的而去探寻它没有说出来的，即文本背后隐含的深层意义或意味。作者没有意识到的原因或动因才是真实有效的，而他所意识到的都是表面的，给别人看的，因而是虚假的。

到了 90 年代中期以后，随着大众文化的迅猛发展与相应的文化研究热潮的兴起，弗洛伊德的学说不再那么热了，甚至鲜有人提及了。即使是用结构主义重构了弗洛伊德的拉康也渐渐不那么引人注意了。但是精神分析主义给中国文学艺术的创作和文艺理论留下的深深印记却是无法磨灭的，甚至会历久而弥新。

四、存在主义与阐释学对新时期文艺理论的影响

除了西方马克思主义、弗洛伊德主义之外，对中国新时期以来三十多年文学理论研究形成最大影响的大约要算是存在主义了。20 世纪 80 年代中期，随着"异化"问题讨论的终止，人们便自然而然地开始把目光转向新的理论资源，以尼采、海德格尔、萨特为代表的存在主义思想便引起了中国学人的关注。

尼采对中国学界的影响由来已久，可以追溯到"五四"之前。1904年，王国维发表《叔本华与尼采》《尼采氏之教育观》等文章，称其人为"旷世之天才"，对其"意志"与"超人"之说颇为推重。在有志于改造中国社会的现代知识分子梁启超、鲁迅、陈独秀、李大钊、胡适、沈雁冰、郭沫若等人那里，尼采不啻精神之源泉、前进之动力，其"重估一切价值"的响亮口号，一往无前、鄙视孱弱的"超人"精神，对于他们具有莫大的吸引力。从某种意义上说，尼采对于"五四"前后的一代中国知识分子庶几近乎精神导师的地位。胡适认为："尼采说现今时代是一个'重新估定一切价值'的时代。'重新估定一切价值'八个字

便是评判的态度的最好解释……我以为现在的所谓'新思潮',无论怎样不一致,根本上同有这公共的一点——评判的态度。孔教的讨论只是重新估定孔教的价值。文学的评论只是重新固定旧文学的价值。贞操的讨论只是要重新估定贞操的道德在现代社会的价值……我也不必往下数了,这些例很够证明这种评判的态度是新思潮运动的共同精神。"① 他主张用"评判的态度"看待中国传统文化,也就是冷静客观地重新审视中国传统文化的意思,尼采的"重新估定一切价值"也就成为中国新文化运动重要助力之一。

如果说对于刚刚从传统文人士大夫转变为现代知识分子的陈独秀、鲁迅、胡适那一代学人来说,尼采是他们以"评判的态度"反思传统的理论资源之一,那么在新时期,对于一代刚刚从"文化大革命"的梦魇中醒来的一代知识分子而言,尼采的价值首先同样表现为提供了一种反思的意识与勇气。而对于中国新时期的文学理论与美学来说,则尼采在《悲剧的诞生》中反复阐释的狄奥尼索斯精神与阿波罗精神具有更大的影响力。这两种发端于古老祭祀仪式的精神被理解为最基本的艺术冲动,日神冲动表现为梦,酒神冲动表现为醉,希腊悲剧就是这两种冲动相结合的产物。在尼采的阐述中,尽管日神冲动与酒神冲动的二元结构不容偏废,而且二者也具有相辅相成的相互支撑关系,但给人的感觉是他更钟情于酒神冲动,认为它不仅是人的生命力的自然形态,而且是作为世界本原的意志的直接显现。在中国学者心目中,酒神精神是情感、欲望、非理性的代名词,这对于长期处于某种"禁欲主义"和政治高压下的一代中国知识阶层来说,无异于一种精神的解放,就像嵇康的"越名教而任自然"对于魏晋之际的士人阶层来说具有精神解放作用一样。80年代中期,年轻学人几乎人手一册的《查拉图斯特拉如是说》中对超人、强力意志的张扬,更是令年轻一代血脉贲张。或许是出于误读,至少是片面的接受,尼采在20世纪80年代的中国成了反理性、张扬感性和生命力的文化符号。在当时特有的文化语境中,它与思想解放的步调有某种一致性。对于文学理论而言,尼采的意义首先表现为对长期笼罩在文学理论领域的形而上学思维方式的怀疑与摒弃。形而上学曾经在西方两千

---

① 胡适:《新思潮的意义》,载1919年12月1日《新青年》第七卷第1号。

多年的哲学发展史上居于主导地位。在中国古代原本没有形而上学传统，但随着西学的引进，现代以来形而上学也渐渐影响到中国学人的思维方式。这在人文社会科学的各个学科都有所表现，而在文学理论领域最为突出。诸如对文学本质的追问、对文学创作规律的探寻、对文学理论体系的热衷等等，均可视为形而上学思维方式的具体表现。尼采对西方形而上学传统的质疑和他感性、生命力的高扬，都对文艺理论创新具有重要启发意义。其次，尼采的超人哲学及其对个体生命力的张扬有助于中国文学理论对个性、特殊性与个别性关注。中国的文学理论过于关注阶级性、人民性、原则性、本质、基本规律等等，全都属于普遍性范畴。个性、特殊性、独特性等等受到压抑与遮蔽。这种文学理论往往是整齐划一的，是试图涵盖一切文学现象的，是放之四海而皆准的。尼采哲学与美学对个性、感性、生命力的标举，以及诸如"上帝死了""重估一切价值"等振聋发聩的口号，对于中国新时期文学理论突破各种理论禁区，都具有特别的启发意义。

海德格尔的哲学与美学思想对中国文学理论的影响，从20世纪80年代中后期开始，三十多年长盛不衰。1987年海德格尔的重要著作《存在与时间》中译本出版，1989年新时期中国大陆第一部海德格尔哲学的研究著作《现代西方的超越思考：海德格尔的哲学》（俞宣孟著）出版。1991年中国大陆第一部海德格尔文艺思想研究著作《思与诗的对话：海德格尔诗学引论》（余虹著）出版。一场研读海德格尔的热潮在学界兴起。如果说尼采告诉人们传统的概念形而上学不可信、理性权威不可靠，那么海德格尔则致力于思考人的存在问题，力图告诉人们什么才是可信的与可靠的。在胡塞尔那里，主要关心人的意识是怎样的以及世界如何在意识中被建构，而在海德格尔这里，则主要关心的是人是如何"在世界之中"构成自身、构成世界的。具体的人，即"此在"与"世界"之间是相互建构、相互展开的过程，人的一切行为或者活动，包括身体的与心理的以及精神的，都从一个维度上展开着自身与构成着世界，所以不仅人的意识、知识是构成性的，缘起缘灭的，而且人本身、世界本身也同样如此。所谓真理、美、艺术与存在一样，都是指人在与世界相互展开、相互建构的过程中，对其某一瞬间的关注与凝视，这是对存在本身而不是存在物的注意，即存在的澄明状态。

　　对于新时期文学理论研究来说，海德格尔的影响主要表现在，启发人们从存在论的层面上对文学艺术的崭新理解。以往我们习惯于把文学艺术看作是社会现实在人们头脑中反映的产物，或者理解为一种思想情感的特殊传达形式。而在海德格尔的启发下，人们开始意识到，文学艺术并不仅仅是外在世界在人们头脑中的反映，它实际上就是人的存在方式，也就是世界的构成方式。人与世界的存在借助于文学艺术得以显现。在文学艺术中，存在得以澄明，真理被祛蔽，人的生命本真朗然呈现。在这里，作为被呈现者的存在、真理、人的生命本真都是一回事，它们不是客观的本质或规律，而是人与世界在相互构成中某一瞬间的被关注、被聚焦。因此诗与思在根本上是同一的，它们都关联于存在本身。作为呈现者，最本真意义上的语言和诗歌以及艺术具有同等的重要性，它们的意义在于使被隐匿了的存在澄明。本真的语言与诗歌、绘画等文学艺术的根本价值并不在于给人以娱乐，而在于使人领悟到存在的意义，它们使存在者存在。海德格尔启发我们把文学艺术作为生命的存在方式来理解，作为真理祛蔽、存在澄明的方式来理解，大大强化和凸显了文学艺术的人性价值。

　　海德格尔对中国学界的方法论意义在于：启发人们用构成性的眼光来看待世界上的一切。无论是研究对象还是研究者本身都是构成性的，即是说在一个形成的过程中。某种存在者成为研究对象带有很大的偶然性，是作为行为主体的"此在"与存在者的偶然相遇的产物。这种构成性视野对于破除传统形而上学思维方式具有重要价值。面对一种作为研究对象的文学现象，我们不再将其视为固定之物来看，而是视为各种关联因素的交汇点，是一个依然处于构成之中的过程或者环节。这对于我们突破原有思维定势，以一种动态的观点看待文学艺术现象，无疑具有重要启发。

　　海德格尔是 20 世纪"现象学运动"的重要环节，其后一个重要人物则是萨特。从某种意义上说，萨特在中国文学艺术创作领域的影响力超过海德格尔，而在美学和文学理论方面则依然是海德格尔的影响更为深远。萨特的哲学和文学创作让人明白了"存在先于本质"的真义所在，让人深深领悟了在世界与人生中无处不在的荒诞感。事实上，新时期以来的许多小说都在演绎着萨特式或者加缪式的荒诞，展示着人的自由本质以及这种自由本质在无数个不可预知的偶然性所构成的虚无面前的微不足道。萨特的文艺思想是其存在主义哲学的体现，主要表现在《什么是文学》的论著中。他把文学艺术活动视为人的存在方式，是人的自有本质的展现，无论是创作还是阅读，都是以人的自由为前提的。同时文学艺术又不仅仅是个人的事情，而是一种社会活动，人们通过艺术活动在"介入"现实、超越现实。萨特把文艺看作是一种活动，特别重视读者或欣赏者的重要性，可以说，他是先于接受美学和读者反应批评，提出了作品只有在读者阅读过程中才真正存在的观点。

在现象学—存在主义思想系统中，除了海德格尔和萨特之外，对中国新时期文学理论产生重大影响并参与到人文主义思潮中的另一位理论家是伽达默尔。他是海德格尔的学生，其最大贡献是把现象学和存在主义理论转变为一种方法论，即哲学阐释学。哲学阐释学作为关于阐释行为的本体论意义及其基本特性的学说，有三个基本要点：其一，阐释是文化传统存在与传承的基本方式。任何一种文化都是阐释的结果，人也在阐释中实现自己的主体性。因此，阐释是人的存在方式，人在阐释中存在。其二，阐释的本质是对话。阐释不是一个主体对某种文化文本或"历史流传物"的单方面解读，而是一种"对话"。而"对话"的意思就是意义的双向建构——阐释者与阐释对象都是主体，是两个主体之间的交流互渗构成了阐释的结果。这个结果既不完全属于阐释对象，也不完全属于阐释主体，而是二者的重新组合。所以，在哲学阐释学的语境中没有"原义""本义"或者"真相"。一个"历史流传物"永远向着不同的阐释主体展示出不同意义，因而其意义是生成性的，永无衰竭。其三，阐释行为不是相对主义的，不是"想怎么说就怎么说"，它要受制于双重语境：一是对象的历史语境，即一个文化文本生成与流传过程中遭遇的种种关联因素构成的意义网络，正是这个意义网络决定了这个文化文本的特点与性质。这种历史语境为阐释者提供了阐释的"抓手"，即条件，同时也规定了阐释获得有效性的范围。也就是说，阐释行为要受到阐释对象历史语境的制约，把这一对象置于一定的关系网络中来考察，而不是任意解说。二是阐释语境，即阐释者自身所处的历史语境。这是阐释行为的主观条件，涉及为什么阐释，阐释如何可能以及站在怎样的立场上进行阐释等问题。换言之，阐释语境也就是阐释行为的学术史环境，面对阐释对象，别人说过什么，存在有什么问题，我能说什么等等，都是学术史环境所决定的。这就意味着，对于一种阐释行为来说，要获得有效性而不陷入相对主义的任意解说，既要重建对象的历史语境，又要明了阐释者所处的历史语境，要把历史和学术史这两种视域结合起来，才是一种合理的方法论。

哲学阐释学对中国新时期来的文学研究影响很大，主要表现在三个方面：一是"对话"意识的形成。"我注六经"和"六经注我"曾经是中国传统学术的两种倾向。前者是"古文经学"的基本原则，所谓"注不破经，疏不破注"，主张阐释不能超出对象给出的范围；后者是"今文经学"的基本精神，在阐发所谓"微言大义"的时候充分展开想象力。在具体历史时期，这两种倾向固然都有其存在的合理性与实际效用，但毕竟都不是恰当的学术路径。因为它们都缺乏"对话"精神，都不是在"我与你"的关系中言说。新时期以来，在巴赫金、伽达默尔、哈贝马斯等人相关理论的影响下，"对话"已经成为我们的文学理论与批评中最常见的词语之一，而"对话"意识也在这一代学人中渐渐形成起来，那种"一言堂"的、独白式的或独断论的言说方式已经不那么常见了。二是语境意识。阐释学意义上的"语境"与过去我们常说的"时代背景"不同。一个是普遍的语言环境，一个是特殊的语言环境，判然有别。所谓普遍的语言环境是指研究对象所处的一般性的、共同的外部条件，而特殊的语言环境则指这一研究对象所特有的外在与内在条件。例如研究春秋战国时期的文学思想，诸侯争霸、礼崩乐坏、诸子争鸣肯定是一般性的时代背景，是研究者必须了解的。但是这种了解是远远不够的，因为同样是在这一时代背景之下，为什么儒家思想与道家思想、墨家思想与杨朱思想差异那么大呢？要寻找深层原因就不能不重视特殊的语言环境，即文化语境或历史语境了。我们以往的学术研究都存有脱离具体语境的现象，而文学理论研究表现尤为突出。在概念与逻辑的世界里遨游、架空立论曾经是这个研究领域的普遍倾向。而在当下的文学理论研究中，在具体语境中进行的具体问题梳理与分析已经代替了那种从概念到概念的逻辑推演，一种新的学术研究路向业已形成。我们不能说这完全是拜哲学阐释学所赐，但它起到了相当重要的作用则是不能否认的。三是减弱了"追问真相"的冲动。现代以来，受到西方科学主义、实证主义思想倾向的影响，中国学术研究中普遍存在着"追问真相"的冲动。影响所及，文学理论研究也以揭示"本质""规律"为己任，建构起一个又一个所谓"体系"，宣称找到了文学创作、文学发展或者文学接受的奥秘。这在 20 世纪 80 年代是普遍存在的现象。受到"哲学阐释学"的影响，当下的文学理论研究已然不再那么热衷于"真相"了。阐释活动乃是一种"意义建构"，是通过"视域融合"而获得"效果历史"的过程。所以面对同样一个"历史流传物"，不同的阐释者就会得出不同的结论，就像万花筒，换个角度就呈现不同图案。这里没有哪个是"真相"，都是对象的不同侧面或层面而已。而这些层面或层面并非存在于对象中，而是存在于对象和阐释主体的关系中。有多少种关系，就会有多少个侧面或层面，所以阐释活动永远不会终结，而是呈现一个不断延伸的过程，文化传统正是在这种永无休止的阐释中建立起来并不断延续的。

中国新时期文学理论在接受西方文学理论观念与方法影响的过程中，逐渐形成了自身的发展脉络与基本格局，因为这些话语体系主要是来自西方的，也就导致 90 年代中期出现"失语症"的焦虑。基于这种焦虑与种种现实需求，中国的文学理论家也曾经力图建构某种具有独特性的理论话语，其中最有代表性的就是钱中文提出的"新理性精神"学说。在钱中文看来，新理性精神是以一种新的人文精神为内涵的，旨在反对各种西方思潮中包含的非理性主义、反理性主义、虚无主义倾向，弘扬一种积极进取的文化精神和批判精神。这种新理性精神是开放性的，对于传统中的各种积极因素，对于包括后现代主义在内的各种西方文化学术中的积极因素都要吸收。这种新理性精神具有强烈的现实针对性，是对那种在"物的挤压"中产生的消极、颓废、绝望、荒诞、孤独、无聊等情绪与人生态度的批判与矫正。也就是说，新理性精神是中国学者面对形形色色的西方文化思潮的冲击与现实社会中商品大潮带来的精神问题而提出的抵抗策略，是一代中国人文知识分子重建人文理想与价值秩序的努力，也是新时期文学理论建构中国话语的尝试。

新时期文学理论中的人文主义思潮是我国文化建设进程的一笔宝贵财富，使理论研究保持一种积极的价值追求与批判精神。这种人文主义倾向不再是不切实际的空洞理想，不再是虚幻的乌托邦主义，而是一种合理性追求，是对社会共同体的基本利益与价值观的维护与尊重。这种人文主义倾向不是建立在独断论的基础上，而是各种思想长期磨合碰撞的结果，是"对话"的产物，是"共识真理"。它的价值在于：人们在进行文学理论与批评的研究时有了公认的评价标准，让我们知道怎样的学术研究是有意义的。尽管其中确实接受了西方有价值思想与方法的影响，但它不是舶来的，而是当代中国人文知识分子在古今中外文化遗产的基础上的新的建构，是一种仍在形成中新的文化传统。

第二节　科学主义对新时期文艺理论的影响

中国现代知识分子与传统文人士大夫有许多共同之处，最主要的是那种"以天下为己任"的历史使命感；二者也有许多不同之处，最主要的则是从传统文人脱胎而来的现代知识分子多了一种"追问真相"的兴趣。中国传统文化学术中历来缺乏"追问真相"的冲动，人们更愿意在"天人合一"的思想框架内思考宇宙人生的各种问题。这被现代学人认为是中国自然科学不发达的主要原因之一。事实也是如此，如果没有形成主客体二元对立的思想模式，如何能够建立起现代科学呢？而没有现代科学，在国际竞争中如何不处于被动挨打的地位呢？于是学习西方人的科学精神，以"追问真相"为学术研究之鹄的，就成为中国现代文化传统的基本学术旨趣，而且也成为民族自立与救亡图存的主要措施之一。在特定历史语境中，这是非常必要的，是一条正确的道路。然而影响所及，在人文学科领域形成了一种"追问真相"的冲动，也是传统被割裂了，延绵数千年的古代文化被许多人作为陈词滥调而抛弃了。只是后来由于政治斗争和民族矛盾的需要，这种以"追问真相"为基本特征的科学主义倾向才不得不让位于政治的或意识形态的话语。到了20世纪80年代，一场声势浩大的思想解放运动席卷而来，一代知识分子力图从极左的意识形态的桎梏中挣脱出来，于是那种久违了的科学主义倾向又重新获得生命力，"追问真相"又重新成为人文学科学术研究的主要驱动力之一。在文学理论研究领域，这种科学主义倾向主要表现为借助于自然科学的研究方法来解决文学的问题，从而导致了"本质主义"思维方式的形成以及"老三论""新三论"和文艺心理学、文学符号学、结构主义叙事学等研究方法的兴盛一时。

一、"本质主义"的实质及其影响

所谓"本质主义"是这样一种思维模式：任何一种事物都是由隐藏在现象背后的某种性质所决定的，这种性质是固定不变的，一旦掌握了它，这个事物也就被把握了。"本质""规律"等概念原本是人们对世界存在方式的一种概括，但"本质主义"的失误在于把这些概念形而上学化了，使之成为固定不变的东西，于是复杂的、波诡云谲、瞬息万变的事物被简单化为某种概念或范畴。这样一来，就不是使人的思维适应事物的复杂性，而是反过来，把事物做简单化处理以使其符合人的思维。"本质主义"这种思维方式当然是非科学的，但其与"科学主义"却有着密切联系。科学主义的最大问题是只相信自然科学的方法，不承认人文学科的独特性，试图用科学的，即可以实证的、量化的方法解决一切问题。然而在人文领域很多问题是不可以进行实证研究的，于是人们就试图靠揭示"本质"或"规律"来代替实验和统计等具体科学研究手段。因此"本质主义"也就成为科学主义在人文学科领域的主要表现形式之一。"追问真相"是科学主义倾向的主要特点，这在自然科学领域很有效，因为"真相"可以通过实验、统计等方法得到，也可以在实践中加以检验。然而到了人文学科领域，"真相"就不那么容易追问了。面对同一事件，不同人会发现完全不同的"真相"。于是信奉科学主义的研究者们就用"本质"来置换"真相"，一旦确定了某种现象的"本质"，其"真相"也就不言自明了。但这个"本质"不可以由实证而得到，也无法由实践来检验，于是它就或者处于凭空想象，或者成为某种意识形态观念的话语表征了。

在80年代的中国文学理论界，本质主义可以说是占据主导地位的。这首先是与"为文学正名"的冲动相联系的。文学艺术不再被视为政治或阶级斗争的工具了，它需要重新被命名，于是伴随着为文学"正名"而来的就是对文学"本质"的追问。对此，一大批文学理论研究者付出了极大的热情与精力，几乎人人都是这个领域的"寻宝者"，好像文学的"本质"就藏在某一个地方，谁能找到它，就可以一劳永逸地解决许多复杂文学奥秘。各种学术会议、各种报刊文章都在兴致勃勃地谈论着"文学是什么""文学的本质是什么""文学创作的规律""文学接受的奥秘""文学发展规律"等诸如此类的话题，与美学界关于"美的本质"的大讨论"相映成辉"，构成了一个时期学术研究的主旋律。"审美""自由""情感""意象""形象"等等都曾经被作为文学的"本质"而阐述过。今天看来，这种关于文学本质的讨论在学术上可以说毫无意义可言，但作为一种大的社会思潮的组成部分，其价值与意义也不容小觑：事实上，无论是科学主义还是本质主义，甚至整个"逻各斯中心主义"传统，都曾经发挥过重要的政治的或意识形态的作用，它们都曾经是知识阶层的权力话语，暗含着一种文化霸权。新时期初，本质主义与科学主义曾经是一代知识分子主体性和独立性诉求的话语表征，是他们身份自我确证的方式。在经过了长期的受压制、边缘化的社会境遇或者之后，知识分子希望以一种独立的个体，甚至是启蒙者的身份言说，本质主义和科学主义恰好为他们提供了符合这种身份的言说方式：以本质主义方式言说意味着可以揭示对象的本质，而揭示本质也就意味着从根本上掌控对象，从而获得权威性。如果和"为文学正名"的时代呼声相结合，则本质主义的言说方式恰恰可以为言说者提供成为文学理论权威发言人的可能性。这正是刚刚获得某种独立性的知识分子梦寐以求的。科学主义则以其"客观性""价值中立"等特点为知识分子提供言说的合法性，"追问真相"曾经长期是知识分子的使命，这也正是科学主义能够泛滥于人文学科的重要原因之一。只有当他们意识到这种角色与其另一种身份——意义与价值的建构者——相冲突的时候，他们才会反思科学主义所具有的危害性。

20世纪80年代的西方，科学主义早已经声名狼藉了，而在中国它却成为一代知识分子证明自身价值的方式。文学理论也就顺理成章地成了体现科学主义思潮的研究领域。从表面上看，科学主义是拒斥沦为政治的或意识形态的工具的，因为科学主义试图让文学艺术等人文科学也像自然科学那样具有客观性、精确性。然而实际上科学主义自身也是一种意识形态话语。借助于自然科学成果来争夺话语权是科学主义形成的主要原因。在80年代的中国文学理论界，科学主义之所以颇有市场，与人文知识分子独立性与主体性诉求密切相关。在这一特定历史语境中，"科学"自然而然地被视为可以证明知识分子自身存在价值与独立性的符号，因为科学就意味着客观知识，而客观知识正是知识分子的专利。在科学的旗帜下，知识分子就理直气壮地从政治的战车上独立了出来。

对"方法"的热衷是科学主义在文学理论领域最显著的表现之一。1985 年被中国文学理论界称为"方法年"，那时候几乎人人都在谈论方法，人人都试图寻找更有效的方法。在潜意识中，人们确信只有找到科学的方法，文学理论研究才能有突破性进展。在当时"方法"就意味着"科学"，因此差不多所有被用来解决文学问题的新方法都来自于自然科学领域。诸如"老三论""新三论""心理学""生理学""脑神经科学""热力学第二定律""测不准原理"以及处于人文学科与自然科学之间的语言学都被引进到文学研究中了。一时间在中国学界掀起了一场热闹喧天的"方法"大合唱。究其实质，其实是科学主义思潮的泛滥。

二、各种"新方法"之众声喧哗

新时期文学理论界对新方法的热衷开始于 80 年代初，到 1985 年达到高潮，故而这一年后来被学界称为"方法年"。这一热潮是从"老三论"和"新三论"开始的。1981 年，张世君发表《〈巴黎圣母院〉人物形象的圆心结构和描写的多层次对照》，翌年作者又发表《哈代"性格与环境小说"的悲剧系统》一文，被认为是国内学界运用系统论方法进行文学研究的最早尝试。1982 年甘肃的《当代文艺思潮》创刊，明确倡导新方法，并于第 2 期发表美学家高尔泰的论文《现代美学与自然科学》，强调了系统论、信息论、控制论等自然科学方法在美学和文学研究中的可能性与必要性。1984 年刘炯在《文艺报》第 11 期发表论文《文学的有机整体性和文学理论的系统性》，指出文学与文学理论本身的整体性特征决定了运用系统论方法的必要性。同年，周来祥在《文史哲》第 5 期上发表《建国以来美学研究概论》一文，主张要把信息论、控制论、系统论与模糊数学的方法运用到美学研究中来可以使之成为一门成熟的学科。林兴宅的《论阿 Q 性格系统》则被当时学界视为运用系统论方法研究文学作品最成功的范例，影响极大。一时间，人们争相研究新方法、运用新方法，在短短的几年时间里，数百篇运用系统论、信息论、控制论以及耗散结构理论、模糊数学等方法研究文学的论文集中出现于各种报刊杂志。对当时的文学理论研究者来说，似乎不谈论新方法、不使用新方法就落伍了。人们不约而同地把美学、文学理论乃至整个文学研究取得新突破的希望寄托于新方法。这里透露出来的信息是：只要掌握了科学的方法就能够发现和揭示美学和文学活动的"真相"，而一旦掌握了"真相"，就可以一劳永逸地解决种种学术难题了。人们未及想到的是，文学或者审美活动真的像自然物一样有一个"真相"等着我们去发现吗？试图用自然科学的思维去解决人文学科的问题是科学主义最典型的标志，这正是导致这场"方法热"的最直接原因。而从研究主体角度来看，则刚刚从极左思潮压迫下挣脱出来的一代知识分子急于有所发现与创造，渴望着自己的独立性、主体性得到确证则是更深层的原因。尽管如此，以系统论为代表的自然科学方法的引进对于文学理论或美学研究来说也还是有着一定的积极意义。正如钱中文所说："所谓系统方法，就是把对象放在系统的结构形式中加以考察的一种方法，它始终把握着整体与部分、整体与外部环境的相互联系、相互制约、相互作用的关系之中，综合地考察对象，以达到对问题的最佳处理。系统的思想一般包含下述几个方面：整体思想、联系和制约观点、有序观点、动态观点、最优化观点。将系统论观点应用于文学观念的分析研究，是完全适用的。可以而且应该把文学观念看成一个系统，来分析它的组成部分。"① 在钱中文看来，文学作品和文学理论都是一种多层次的存在，是一种系统的存在，所以运用系统方法可以有效地对它们进行研究。

系统论方法把研究对象看作一个具有有机联系的整体，在其与外部环境的联系中、其内部各组成部分之间的联系中考察其特征，而且把研究对象视为一个处于不断变化之中的动态存在，在各层次、各维度的复杂联系中考察其变化过程，故而可以对研究对象有一个比较深入而准确的把握。但是系统方法并不能解决文学或美学的全部问题。因为："系统思维是一种理论，但主要是把握事物整体的思维方法，而思考的逻辑，尚不是理论逻辑本身。文学研究的目的，在于阐明各个层次的文学观念，所以它还应具有适合于自身的方法。不使用这种方法，只求诸系统思想，理论本身就会成为空洞的架子。由此采用系统的思想方法，目的是为了

---

① 钱中文:《论文学观念的系统性特征》，载《文艺研究》1987 年第 6 期。

改善理论逻辑自身。"① 文学是一种精神性存在，它比自然物具有更多的复杂性与不确定性，这就需要有适合于文学特征的特殊研究方法才行。

文艺心理学是继"老三论""新三论"之后兴起的又一种具有科学主义倾向的文学理论热潮。80 年代的中国文学理论界，弗洛伊德、荣格、皮亚杰、阿恩海姆、维戈茨基等人的名字可以说是充斥学术论文与著作之中的。金开诚的《文艺心理学论稿》（1982 年）、陆一帆的《文艺心理学》（1984 年）、滕守尧的《审美心理描述》（1985 年）、彭立勋的《美感心理研究》（1986）、吕俊华的《艺术创作与变态心理》（1987 年）、钱谷融和鲁枢元的《文学心理学教程》（1987 年）、王先霈的《文艺心理学概论》（1988 年）等中国学者撰写著作与教材相继出版；鲁枢元为代表的一大批中青年学者从 1982 年开始在各种学术报刊发表了数百篇论文。仅文艺心理学丛书就出版了三套：鲁枢元主编的"文艺心理学著译丛书"，陆一帆主编的"文艺心理学丛书"，童庆炳主编的"心理美学丛书"。1987 年在河南郑州、1989 年在湖南张家界两次召开全国性文艺心理学专题研讨会。研究队伍更是极为可观，可以称为团队的就有华中师大王先霈、郑州大学鲁枢元、山西师大畅广元、北师大童庆炳等学者各自带领的青年教师和研究生研究群体。文艺心理学在 80 年代的中国成为一门显学。

那么为什么在中国 20 世纪的 80 年代会出现这样一种文艺心理学研究热潮呢？论者大都把这场文艺心理学热与文学界的"向内转"以及主体性讨论联系起来，这看上去不无道理，"向内转"当然是转向人的内心世界，主体性讨论关注的也是人的精神和心理。但是在我看来这并不是最主要的原因。"追问真相"的动机才是文艺心理学兴盛一时的内在驱力。人们普遍认为："当代世界科学技术的发展，促使学术研究也要实现现代化。像文艺心理学这样的新兴学科，也宜于大量使用实验的方法，使它更加具有实践性和科学性。"② 换言之，文艺心理学就是要借助于心理学的研究成果与方法来研究文艺问题，从而把那些太多的说不清楚的问题说清楚。人们相信心理学作为一门现代科学有能力为文学艺术研究

① 钱中文：《论文学观念的系统性特征》，载《文艺研究》1987 年第 6 期。
② 宋平：《打破笼罩在文艺心理学上的神秘感》，载《中国社会科学》1983 年第 3 期。

提供这种可能性。因此，文学心理学研究热潮就其产生而言确实得益于思想解放运动，得益于人们对主体性的关注，也得益于"向内转"的学术风尚，但是就其深层动机与根本目的来说，则主要是为了"追问真相"或者"说清楚"。当时人们普遍相信，心理学研究，包括精神分析心理学、认知心理学、格式塔心理学乃至生理心理学、脑神经科学的研究成果对于"说清楚"文艺活动的奥秘具有无可替代的积极作用，人们可以通过实验的、调查统计的量化方法是文艺心理学成为一门真正的现代科学。所以，向科学靠拢，借助于科学而发现真相，从而使文学研究获得合法性才是文艺心理学热的主要原因。甚至到了 90 年代末，这种对科学的依赖依然存在着，例如有学者强调："深入揭示审美经验得以产生和实现的内在机制和奥秘，使审美经验研究进入到微观层次，无疑是深化审美心理研究的一个难点和突破口。这就要求更多地吸收现代科学的新成果，使审美经验研究更多地奠基于现代认知心理学、神经生理学、大脑科学以及人工智能等现代科学的最新成果之上。"[①] 这里所表达的正是 80 年代审美心理学或文艺心理学研究的普遍诉求。由此可见，以"追问真相"为特点的科学主义倾向的巨大影响力。

到了 20 世纪 90 年代文艺心理学研究渐渐沉寂下去，原因可能是多方面的，其中最主要的原因恐怕是因为人们渐渐认识到了这种对科学方法的过度依赖存在着问题。经过十几年的潜心研究，发表了上千篇论文，出版了数百部著作，当人们回过头来检视研究成果时却发现那些没有说清楚的问题依然没有说清楚，人们期待的"真相"依然渺然不可见。有些研究创作动机的论文著作已经深入到对大脑两半球的差异、情绪中枢、边缘系统以及脑垂体、肾上腺的考察了，不可谓不科学，但是文学创作的"奥秘"似乎并未被揭示出来。科学方法似乎并非无所不能，于是人们的兴趣就不约而同地转向社会、文化了，去探讨文学艺术作为一种社会现象的复杂性了。当然这并不意味着文艺心理学是一门无用的学问，恰恰相反，80 年代的文艺心理学热是有很大收获的。人们对创作、接受等文艺活动心理机制的探讨虽然不能说揭示出了什么"真相"，但确实把研究引向深入了。许多以前未能进入我们学术视野的现象受到关注了。

---

① 彭立勋：《20 世纪中国审美心理学建设的回顾与展望》，载《中国社会科学》1999 年第 6 期。

比如对于无意识，如果没有精神分析心理学，我们几乎不知道它的存在，现在至少知道它在文艺创作过程的重要性了；又如格式塔心理学美学所讲的"异质同构"以及对视知觉在艺术活动中"概括""变形"等功能的分析对于我们研究绘画、雕塑等视觉艺术提供了很好的视角；再如皮亚杰认知心理学强调的心理图式的"同化"与"顺应"的双向建构，对于我们研究审美经验，例如审美接受的心理过程确实具有很大的启发意义。这就是说，这门学问本身并没有什么问题，是有意义的研究路径。问题是 80 年代我们对这门学问给予了太多的期待，希望依靠它来揭示文艺活动的"奥秘"，从而一劳永逸地解决文艺的"本质""规律"或"真相"问题，这就难免令人失望了。任何一门学问只能解决一定范围内、一定层次上的问题，只要转换了观察角度，新的问题马上就会涌现出来。

除了"老三论""新三论"与"文艺心理学"之外，文学理论研究领域受到科学主义倾向影响的又一突出表现，便是来自语言学的符号学美学和结构主义叙事学。二者的基础都是语言学，而语言学则是一种介于自然科学与社会科学之间的学问。所以符号学和结构主义叙事学是深受科学主义倾向影响的学术研究路径。我们之所以说符号学美学与结构主义叙事学都受到了科学主义倾向的影响，主要是它们所选择的"追问真相"与"价值中立"的言说立场。换句话说，这两种批评方法是把对象作为一种客观存在物来看待的，试图像解剖一具动物尸体那样对文学文本进行条分缕析的分析。按照《结构主义和符号学》的作者特伦斯·霍克斯的观点，《新科学》的作者、18 世纪意大利思想家维柯与 20 世纪初期的瑞士心理学家皮亚杰都是结构主义的先驱式人物，都是受到自然科学的影响而产生的对世界的一种新的认知方式或思维方式。其核心之点是"事物的真正本质不在于事物本身，而在于我们在各种事物之间构造，然后又在它们之间感觉到的那种关系。"[①] 就是说，事物本身并不重要，重要的是事物之间的关系；事物的组成部分本身并不重要，重要的是各个组成部分之间的关系。这种结构主义思维方式最初出现于物理学领域，后来向着其他学科蔓延开来。瑞典语言学家索绪尔把这种结构主义思维

---

① 特伦斯·霍克斯:《结构主义和符号学》，瞿铁鹏译，上海译文出版社 1987 年版，第 8 页。

方式用之于研究语言，从而开创了对 20 世纪社会人文科学领域影响至深的现代语言学；皮亚杰把这种思维方式用之于心理学，从而开创了至今依然有着重要影响的认知心理学；列维·斯特莱斯将其用之于人类学研究，从而开创了对结构主义叙事学具有直接影响的结构主义人类学。这足以说明，结构主义作为一种思维方式那本与系统论、信息论一样，是在自然科学中孕育成熟而后才渗透于人文社会科学的。正是在这个意义上，伊格尔顿谈到结构主义思维方式对文学批评的影响时说"它创造了整个一门新的文学科学—叙事学"①，这"文学科学"一词是意味深长的。

我们再来看符号学。人们都知道，美国哲学家皮尔斯的逻辑学和瑞典语言学家索绪尔的结构主义语言学是现代符号学的两大主要思想资源。皮尔斯本人是位科学家兼数理逻辑学家，他的逻辑学的符号学是作为一门科学来提出的。他的目的是寻找适用于人类一切符号的普遍规则。索绪尔则是语言学家，他试图借助于来自自然科学的结构主义来揭示语言这一人类特殊符号的一般规律。总之就其发生来说，符号学与结构主义叙事学差不多是同源的，都体现着科学主义倾向在人文社会科学中的影响。它们的共同特点，一是价值中立，即把符号作为一种自然存在物那样来审视；二是追问真相，以揭示最普遍的规律与规则为目标。这就意味着，就其思想根基来说，符号学乃是用自然科学精神来研究人文社会科学问题。当人们运用符号学的方法来研究文学文本时，文学符号学便产生了。

结构主义叙事学和文学符号学并没有太多的差异，事实上二者常常被视为同一种文学批评的两种不同的说法。在具体的文学批评实践中很难区分哪是属于结构主义叙事学的批评，哪是属于文学符号学的批评。只不过通常人们提到文学符号学的时候想到更多的是罗兰·巴特，而提到结构主义叙事学的时候更容易想到格雷马斯、托多罗夫和热奈特。实质上二者是同一种批评路径，都是具有科学主义倾向的结构主义精神在文学研究中的体现，并不存在实质性区别。正如伊格尔顿所说："随着布拉格学派的著作，'结构主义'这一术语开始与'符号学'这一字眼或多

---

① 特里·伊格尔顿：《20 世纪西方文学理论》，吴晓明译，北京大学出版社 2007 年版，第 100 页。

或少地混合在一起……但是这两个词是部分重合的，因为结构主义把通常不会被认为是符号系统的一些东西也作为符号系统来研究，例如部落社会的亲属关系，而符号学则普遍地运用着种种结构主义方法。"① 加拿大文学批评家诺思罗普·弗莱虽然不是严格意义上的结构主义者，但他在《批评的解剖》中对文学"叙事范畴"的研究却被认为是结构主义叙事学的典范之作。苏联民间文学研究专家普罗普在20世纪20—30年代对民间故事形态的精彩考察对后来的法国叙事学家们影响巨大。格雷马斯的"符号矩阵"、托多罗夫的"句法理论"、热奈特的"故事、叙事和叙述"理论都既是结构主义叙事学的，也是文学符号学的代表性观点。

在中国学界，结构主义思想和结构主义叙事学和文学符号学的引进同样主要是20世纪80年代开始的。起初也是一批译著或译介文字的出现，主要包括布罗克曼的《结构主义：莫斯科—布拉格—巴黎》（1980）、皮亚杰的《结构主义》（1984）、罗兰·巴特的《符号学美学》（1987）、列维·斯特劳斯的《野性的思维》（1987）、特伦斯·霍克斯的《结构主义和符号学》（1987）、韦恩·布思的《小说修辞学》（1987）、张德寅编选的叙事学代表人物论文选集《叙述学研究》（1989）、热拉尔·热奈特的《叙事话语 新叙事话语》（1990）、华莱士·马丁的《当代叙事学》（1990）、里蒙·凯南的《叙事虚构作品：当代诗学》、米克·巴尔的《叙述学：叙事理论导论》（1995）等。随着西方新叙事学的兴起，以申丹为代表的一批国内学者又展开了译介与研究。在大量引进的同时，国内学者的著作也相继问世，如徐岱的《小说叙事学》（1992）、胡亚敏的《叙事学》（1994）、罗钢的《叙事学导论》（1994）、杨义的《中国叙事学》（1997）、赵毅衡的《当说者被说的时候：比较叙述学导论》（1998）、申丹的《叙述学与小说文体学研究》（1998）、谭君强的《叙事理论与审美文化》（2002）、祖国颂的《叙事的诗学》（2003）等。论文更是数以千计。与"老三论""新三论"及"文艺心理学"的热潮不同，结构主义叙事学和文学符号学的热潮从20世纪80年代至今不衰，而且颇有愈演愈烈之势。即使在当下的中国文学研究领域，这也是最主要的文学批评方

---

① 特里·伊格尔顿：《20世纪西方文学理论》，吴晓明译，北京大学出版社2007年版，第97页。

式之一。

文学符号学或者结构主义叙事学可以说是以其高度的"技术性"而为人文知识分子所青睐的。意义的追寻、价值的评判、意识形态的辩难历来是人文知识分子的长项，繁琐的逻辑推理与关系辨析乃是"理科"，例如数学和物理学的拿手好戏。现在人们把那种研究逻辑和语法的技巧与方法用之于文学文本分析，形成了一门"文学科学"，对于弥补人文知识分子以往的"空疏"之弊大有益处。容易陷入"公说公有理婆说婆有理"的相对主义历来是人文知识分子所头疼的事情，因此把复杂的问题"说清楚"是他们梦寐以求的。从18世纪的维柯到19世纪的孔德，都试图是人文社会领域的研究成为一门"科学"。然而19世纪后半期开始，那种自然科学研究方法与评价标准向人文社会学科的"入侵"引起了许多人的警惕，于是对科学主义的防范，对人文学科独特性的尊重甚至成为一种潮流。到了20世纪初，人们终于找到了折中的策略，以一种既非自然科学，又具有自然科学特性的学问为依托重建人文学科，从而使之成为一门虽不是自然科学，却具有客观性、科学性的学科。于是人们找到了语言学。美国马克思主义批评家佛里德里克·詹姆逊是这样来评价结构主义的："以语言为模式！按语言学的逻辑把一切从头再思考一遍！"[1] 而在法国语言学家海然热看来，则"由于语言学的研究涉及有关人类的最深入的核心问题，并且创造了一套缜密而有章法的辞令，它似乎肩负着样板学科的使命。"[2] 这就是说，语言学的意义与作用远远超出了它的学科范围，成为整个人文社会科学的方法论基础。按照詹姆逊的说法，导致语言学如此重要的原因表面看是语言学更具有科学性，能够代表科技进步，但更深层的原因则是先进国家的社会生活中"真正的自然已不复存在，而各种各样的信息却达到了饱和的程度；这个世界的错综复杂的商品网络本身就可以看成是一个典型的符号系统。因此，在把语言学当作一种方法和把我们今天的文化比作一场有规律的、虚妄的噩

---

① 弗雷德里克·詹姆逊：《语言的牢笼》，钱佼汝译，百花洲文艺出版社1995年版，第2页。

② 海然热：《语言人：论语言学对人文科学的贡献》前言，三联书店1999年版，第3页。

梦之间存在着非常和谐的关系。"① 这无疑是对语言学获得突出地位的有道理的深度阐释。但至少对中国的情况而言除了社会现实的原因之外，还有言说主体，即人文知识分子身份认同方面的原因——在现代的文化语境中，他们不再仅仅满足于扮演"道"，即社会价值秩序的承担者，而是更愿意成为"真理"的发现者。这样的言说姿态还有另一层寓意：摆脱意识形态传声筒角色而获得真正的审美主体性。

三、"追问真相"路径与后现代主义

学术上"追问真相"的研究路径其实乃源于人类的求真本能，当人们面对一个陌生的世界或环境时总会有一种莫名的恐惧感，他们总是希望弄清楚周围的一切，目的就是消除恐惧。在他们的认识能力尚无法真正认识外部环境时，他们就借助于巫术、神话等原始思维方式来达到自己的目的。这是人类学家研究的成果。

对"真相"追问的呈现方式，大体可分为三大类型：第一种类型是纯知识性梳理与发掘，诸如目录、版本、校勘、训诂、传注、辑佚、钩沉、年谱等等。例如阎若璩著名的《尚书古文疏证》，搜罗 128 条证据，判世传《古文尚书》为东晋梅赜伪作，被学界认为解决了经学史上一桩千年疑案。又如钱穆的成名作《刘向歆父子年谱》，胪列 28 条证据，证明康有为《新学伪经考》等今文家主张刘歆伪造古文经之说的不成立。

第二种类型是对普遍性的概括与追寻，也就是寻觅本质、规律、体系、潜体系等。或许是受到柏拉图哲学思想的影响，人们热衷于揭示现象背后的"真相"，而对于眼前的经验世界不那么相信。这里存在着个别性、具体性、直接性与普遍性的关系问题，涉及人类把握世界的不同方式。西方哲学从 19 世纪后期开始对柏拉图哲学进行反思。尼采对生命力的高扬、柏格森对宇宙生命绵延的敬畏、狄尔泰对体验和直觉的空前重视、海德格尔对存在与真理的全新诠释、怀特海对西方哲学"误置具体性谬误"的批判以及整个后现代主义对"逻各斯中心主义""本质主义"的颠覆性反思，都对以往那种对本质、规律、体系、潜体系的热衷提出

① 弗雷德里克·詹姆逊：《语言的牢笼》，钱佼汝译，百花洲文艺出版社 1995 年版，第4 页。

了质疑。

在我们的文学研究中这种"追问真相"的努力原本也占据着主导地位：在文学理论方面，两部最权威的教材：蔡仪主编的《文学概论》、以群主编的《文学基本原理》就是这样的研究路径的产物。在古代文学领域，现实主义与浪漫主义、表现论与再现论的区分同样如此体现了这一特征。这种情形在 20 世纪 80 年代还是很有市场的，人们往往试图通过建构一个宏大的体系或发现一个"本质"范畴来彻底解决文学问题。其实诸如本质、规律、普遍性、体系这类概念都具有合理性，离开了抽象就不会有语言产生，也就不会有人的思维，人就会像动物一样靠本能生存。问题在于本质、规律普遍性这类概念都具有有限性，只是在一定范围内、一定条件下才适用，并不是"放之四海而皆准"的真理。黑格尔在《小逻辑》中对"本质"的相对性问题有很透辟的分析。① 更重要的是，"本质""规律"等普遍性在不同文本或语境中存在样态也是不一样的。例如在文学艺术或者美学领域，"经验的普遍性"就比"逻辑的普遍性"更具有合理性，前者是对体验、感受的标示，后者是对抽象性的概括。例如"豪放词"与"婉约词"的划分属于经验的普遍性，而"现实主义"与"浪漫主义"的划分就属于逻辑的普遍性。② 我们以往文学理论或美学的错误一是忘记了"本质"或"规律"的有限性，把它们的适用范围无限扩大了，这就成了"本质主义"谬误；二是用"逻辑的普遍性"（抽象普遍性）代替了"经验的普遍性"（具体普遍性）。这种"追问真相"的类型存在一种极大的可能性，那就是被某种意识形态话语所绑架，从而成为一种政治性言说，而失去了其"价值中立"的姿态。看上去是在客观地探讨学术问题，实际上是参与了一场意识形态建构的大合唱。不是说文学理论研究不应该参与意识形态建构，事实上文学理论本质上依然属于意识形态范畴，那种貌似"价值中立"的姿态往往是不可信的。

第三种类型是对深层意蕴的探究与揭示。"追问真相"的科学主义倾向还有一种更具有吸引力的研究路径，那就是对研究对象背后隐含的原

---

① 黑格尔：《小逻辑》，贺麟译，商务印书馆 1980 年版，第 241—246 页。
② 参见牟宗三：《中国哲学十九讲》"第二讲"，上海古籍出版社 2005 年版。

因的揭示。一切的学术研究不外乎两种阐释路径：一是顺着对象给出的逻辑的言说，二是摆脱对象给出的逻辑的言说。前者回答"是什么"和"怎么样"的问题，后者回答"为什么"的问题。所谓"为什么"也就是在更深广背景中追问复杂的关联性。例如福柯对隐含在话语或知识系统背后的权力关系的揭示，伊格尔顿以及其他西方马克思主义者对文学艺术下面蕴含的阶级性、政治性、意识形态性因素的发掘，后殖民主义、女权主义对话语系统所表征的身份意识的呈现等等，都是旨在找到某种话语或知识系统的意义生成机制。以往人们问：发生了什么？它是怎么发生的？现在的提问则是：它为什么会发生？是什么因素决定的？应该说这种追问方式在20世纪90年代后期已经逐渐成为中国文学理论研究的主流了。比如人们不再纠缠于古代文论有没有体系或"潜体系"这样的问题，而是对中国古代文论话语形态、行为方式的独特性更感兴趣。人们不再执着于探寻文学创作的心里奥秘，而是开始思考在20世纪80年代的中国学界"文艺心理学"何以竟然成了"显学"？这无疑已经是后现代主义的追问方式了。

早在20世纪80年代初期后现代主义思想就开始进入中国了。最有代表性的事件便是1985年美国著名马克思主义文化批评家弗里德里克·詹姆逊在北京大学的系列讲座以及翌年出版的《后现代主义与文化研究》一书了。在这本小书中，作者几乎涉及到后现代主义的各种理论流派，比较系统地为中国学界展示后现代主义思潮的基本特点，但影响有限。到了90年代，由于历史语境发生了重要变化，知识分子由原来的激情澎湃变得深沉，学术上也便从热衷于建构种种"宏大叙事"转而为批判性反思了。在这种情况下，后现代主义就获得了迅速传播的条件，于是译介文字开始大量出现：1991年有王宁译的《走向后现代主义》，1992年有王岳川、尚水编译的《后现代主义文化与美学》，1993年有刘象愚译的《后现代的转向：后现代理论与文化论文集》等，都在学界产生了很大影响。随后，福柯、德里达、利奥塔、赛义德、克里斯蒂娃、伊格尔顿、詹姆逊等一大批后现代主义理论家或研究后现代主义的文化学者的代表性著作相继被翻译过来，大批相关论文问世，一个后现代主义思潮在中国学界蔓延开来。如果说20世纪的90年代，中国学界对于后现代主义还是以介绍为主，那么到了新世纪，运用或借鉴后现代主义思维方式来重新审视中国古今文化学术问题已经成为一种普遍现象。毫不夸张地说，后现代主义的一些基本观点、方法已经渗透到我们的思维方式之中，成为中国学术的一部分了。

与以往那种积极建构体系、寻找本质与规律的研究路径相比，以质疑、拆解、颠覆为特征的后现代学术无疑是一种新的追问方式。但是从我们的阐释框架来看，后现代主义依然是在"追问真相"。不同以往的是，在后现代主义者们看来，过去的追问是误入歧途了：把"本体"视为真相，而本体不过是心造的幻影；把"本质"和"规律"视为真相，而本质和规律是不存在的；把"结构"视为真相，而结构也同样不过是形而上学的抽象概念。只有清除了这种种"逻各斯中心主义"或"本质主义"的思想垃圾之后，人们才会真正看清事物的本来面目。后现代主义的主要任务就是彻底清理传统形而上学造成的那个庞大无比的奥尼亚斯牛圈。如此看来，后现代主义虽然破除了以往人们在"追问真相"道路上制造的种种神话，但它却还是沿着"追问真相"的道路前进的，其目的是彻底搞清楚人类知识形成的复杂机制，搞清楚人本身的存在。所以整个后现代主义思潮，包括后结构主义、解构主义、后殖民主义、女权主义等等文化理论，应该说是西方源远流长的"追问真相"研究路径的集大成，它的积极意义是很明显的，让人们更加清醒、冷静地思考以往的一切文化与学术的成果，检视其成败优劣，从而更加清楚地知道自己能做什么，应该做什么以及如何去做的问题。

如果说"追问真相"的研究路径本身就存在着种种问题，那么后现代主义就使得这些问题更加凸显了。具体到在文学理论领域这些问题有如下表现：其一是有"强制阐释"之弊。所谓"强制阐释"，用张江的说法就是"背离文本话语，消解文学指征，以前在立场和模式，对文本和文学作符合论者主观意图和结论的阐释。"[①] 换句话说，就是先有一种理论模式和立场，把文学作品作为证明此理论合理性与普适性的材料。"强制阐释"所得出的结论不是对文学作品本身存在的固有意蕴的揭示，而是先在地包含在理论模式与立场之中。这确实是西方文论中存在的一个极为明显而普遍的问题。特别是在后现代主义思潮浸润下的各种文化理

---

① 张江：《强制阐释论》，载《文学评论》2014 年第 6 期。

论更是如此。这些文化理论都有一个预设的理论观点和立场，面对任何文学作品都能以不变应万变，得出符合这一理论预设的结论来。

其二是"科学主义"之弊。科学当然是好东西，但如果把科学思维、科学方法加以泛化就成问题了。人文学科有时候是没有什么"真相"可寻的。特别是文学艺术行为，那是一个趣味的世界，只有当人们相信其规则，承认其"假定的真实性"时才可以进行下去。在这里并不存在一个一旦发现了就可以明了一切的"真相"。所以文学艺术研究除了版本、目录、注释、校勘等基础性工作之外，主要并不是一个追问真相的过程，而是一种对意义的阐释。阐释的目的在于让人们更加明了文学艺术在人类生活中的意义与价值以及这些意义与价值产生的种种条件与过程。因此在文学艺术研究领域一味地"追问真相"实际上具有消解其意义与价值的负面作用。这或许正是苏珊·桑塔格"反对阐释"的主要原因之一。其三是"虚无主义"之弊。科学的追问原本与虚无主义不沾边。但是在对不是纯客观对象进行"客观"追问的时候，虚无主义就出现了。其表现主要是对意义与价值的无视，把研究对象视为一种类似自然物一样的对象来看待。其实"主客体对立"模式只适用于自然科学领域。在人文社会科学领域存在的是"主体间性"问题，研究者与研究者是主体之间的关系。如果把作为人的精神之话语表征的文本视为"客体"，那就必然遮蔽其意义与价值，从而陷入虚无主义。在这里，唯有"对话"才是恰当的阐释路径。这或许正是马丁·布伯、巴赫金、伽达默尔、哈贝马斯等一批社会人文学科领域的大师级人物都强调"对话"的主要原因吧。在我看来，"对话"也正是当下中国文学理论建设的必由之路。

第三节　当代文学理论存在问题及其出路

本世纪初，由美国著名批评家希利斯·米勒的《全球化时代文学研究还会继续存在吗？》一文引发了国内学术界关于"理论之死"的争论。理论死了吗？理论为何会面临困境？中国当代文学理论的出路在哪里？学者们忧心忡忡，纷纷提出解决之道。在众声喧哗之中，占多数的声音似乎是：理论没有死，只要文学还在，就仍有文学理论一席之地。但是今天的文学理论确实不再有昔日的辉煌，面临着艰难的困境与挑战，走向历史、回归语境、联系现实则是文学理论走出低谷的最佳途径。

一、当代文学理论的困境

对于理论是否终结以及缘何要终结，学界大致从以下三个角度来探讨：其一，从"理论"作为一种传统思维方式与言说方式来看。这一派的观点由"理论"自身进入话题，追问何为理论？理论的内在困境是如何产生之类的问题。此处所说的"理论"不是指一般的思辨性论说，"这里说的理论是指传统的、被称之为形而上学的那种思考方式与言说方式。其根本特点是试图用一个概念和逻辑编织起来的世界代替现实世界，并且设定某种精神实体作为世界最本真的存在。"① 按照这一关于理论的传统观点，理论的特性就是用高度抽象的语言来概括某类事物和现象的"本质特征"，就是用二元对立的观点来区分与梳理世间万物，也就是把活生生的现实世界置换为概念与逻辑的世界。在这种传统观点看来，只有上升为理论形态的存在才是最真实、最深刻的，人们鲜活的经验反而是肤浅和虚假的。随着后现代主义思潮的蓬勃兴起，一种解构的、颠覆性的思维方式蔓延到人文社会科学各个领域，对这种理论冲击巨大。后现代主义认为事物没有固定不变的本质，没有唯一原因，甚至没有中心，反对传统的逻各斯中心主义，解构二元对立模式，从根本上颠覆了传统思维方式。在这样的情况下，传统理论便像失了根的稻草一样随风飘荡，无处可去。文学理论作为一种特殊的理论言说方式在后现代浪潮的冲击下也显得伤痕累累，只能是左顾右盼，在尴尬之中徘徊。

其二，从中国当下的文学理论的境况看。大多数学者从理论的现实遭际角度来反思当下文学理论的困境，思考本土的文学理论面对各种来自西方的理论思潮，究竟该何去何从？有些学者认为，中国理论界出现了"失语症"，我们的语言和思维似乎都是由西方移植进来的，缺乏自己的理论特色，"没有自己话语的我们跟西方的所谓'对话'其实只是一厢情愿，其实质是西方话语的独白，我们听不到自己的声音。"② 究竟"失

---

① 李春青：《文学理论：从哲学走向历史》，载《探索与争鸣》2011 年第 10 期。
② 曹顺庆：《从"失语症"到西方文论的中国化》，载《三峡大学学报》2005 年 9 期。

语"与否，可以暂且不论，但中国当代文学理论在国际学界影响甚微，确是毋庸置疑的事实。即使面对中国当下的文学现象，文学理论显得屡弱无力，许多学者认为中国目前的文学理论已经远远落后于文学现象与文学事实："随着市场经济体制的确立，全球化的强大影响，信息技术的日益发达，图像艺术的蓬勃兴起，日常生活的审美色彩愈益浓烈，再次使得人们的审美意识发生激变。这导致文学存在的形式发生了重大变化，文学的版图日益缩小，经典不断遭到解构，引发了种种思潮。"① 而我们的文学理论一直忙着不断地吸收西方的新理论、新思想，却忽略了本土的文学现象，导致文学理论自说自话，与现实大大脱节。旧有的文学理论不能解释新兴的文学现象，传统的理论观点无法建构新时代的意义，因此从这一视角来看，中国的文学理论确实已经处在危机之中。

其三，从理论与实践之关系的角度来看。人们普遍认为，我们的文学理论越来越远离文学实践，越来越成为某个小圈子里的自说自话，对文学创作、文学接受乃至文学批评都缺乏实际的影响力。这样的文学理论就成为一种"没有文学的文学理论"，这应该是文学理论面临的最严重的危机了。当然，也有学者认为，文学理论的价值和意义并不在于指导文学批评与文学创作，而就在于其言说本身。文学理论作为一种知识形态，是人类意识与自我意识的话语表征，其价值就在这里。显然这是个依然需要探讨的问题。

除了上述几种困境之外，中国当下的文学理论还遇到了许多来自社会现实的新问题、新挑战，这主要表现在以下几个方面：

首先，文学理论的研究对象发生了变化。传统地看，文学理论的研究对象就是文学，而这里的"文学"通常指诗歌、小说、戏剧、散文等经典的文学形式，是处在阳春白雪这一层级的，对这种文学作品的欣赏是需要一定的文化知识与修养的。随着大众文化的兴起以及电子传媒时代的到来，"文学"这一原本较为固定的"高雅文化"受到极大挑战，电视剧、电影、广告、流行音乐、综艺节目，甚至于主题公园、主题酒店、街道建筑等等都融合进了文学的因素，一时间，此"阳春白雪"与曾经的"下里巴人"融入同一层级，"文学"在这里显得彷徨和迷惘了。"大

———————
① 钱中文：《文学理论 30 年：成就、格局与问题》，载《华中师范大学学报》2007 年 9 期。

众文化的勃兴首先把种种文化产品变成了泛文学的作品，它们一经出现就改变了文学的既定结构，也形成了一种新的生产与消费模式，还把许多人对文学的理解引导到了大众文化的思路当中。"① 而文学理论更是遇到了从未遇到的问题——这些理论原有的逻辑、范畴、思维方式乃至评价标准都是从传统的文学现象中概括总结出来的，如今面对众多新兴的"下里巴人"，文学理论只能如旁观者般看热闹，却根本无法切入其深层机理，自然也就失去了对形形色色的新兴文学现象或者大众审美文化的解释能力。

其次，文学理论言说者的身份发生了变化。传统的知识阶层在文学创作、文学欣赏与文学批评方面的能力与修养被视为一种身份的象征，而文学（这里指纯文学）也就自然而然地成为知识阶层的专利。在相当长的历史时期里，知识阶层掌控着文学的话语权，自认为是文学的"立法者"。但随着社会的转型，知识分子逐渐失去了往日光辉的身份，社会似乎不再需要他们来立法，其身份也如同曾经的文学一样突然从"阳春白雪"沉落为"下里巴人"——被大众化了。文学既不需要他们来掌控，文学理论的崇高地位自然大打折扣了。有学者认为："由于市场经济的兴起，文学理论作为政治代言人的角色和功能开始隐退，文学理论的政治轰动效应也随之消失了，它开始逐渐被一些另有所图的人从政治的中心置于文化的边缘，仅仅作为文化知识谱系中的一个分支而存在。这引起了一些习惯居于社会意识形态中心的学者的焦虑和不安。"② 这是很有见地的看法。

第三，文学理论失去了元理论的依托。以往我们看到文学理论是那样轰轰烈烈常常会产生一种错觉，以为文学理论是一种足以与哲学、宗教、伦理、政治等量齐观的学问，甚至有时比这些学问更加风光。但我们只要冷静地翻翻文学理论发展史就很容易发现一个事实：任何一种文学理论都必然有所依托——在它背后总有一种可以称为"元理论"的东西存在着，或是政治的，或是宗教伦理的，或是哲学的。这就意味着文学理论根本上乃是一种"中介性"的理论，即某种"元理论"通向文学

---

① 赵勇：《新世纪文学理论的生长点在哪里》，载《文艺争鸣》2004 年第 3 期。
② 肖建华：《文学理论的危机和我们的策略》，载《文艺理论与批评》2006 年第 2 期。

的必经之路。这种"中介性"恰恰就是文学理论的"自性"之所在。文学理论是对于文学现象的解释和概括，可以说没有文学便没有文学理论，然而，文学可以为文学理论提供存在的依据，却无法为其提供言说的方式，文学理论只有依靠另外一种更具有根本性的理论话语才能够向着文学言说。换言之，它需要"元理论"的支撑才能存在。当下的文学理论恰恰缺乏强有力的"元理论"作为支撑，也就必然会陷入危机了。传统的理论一直以为自己可以解释一切，但随着大众文化和后现代思潮的出现，那种不可一世、自高自傲的理论便丧失了昔日那种包举宇宙的勇气，文学理论也随之失去了为文学制定规则的权威的地位与昔日的辉煌。

第四，文学理论受到文化研究的全面挤压。文化研究是一种综合性的，在方法上兼容并蓄的研究路向，极具阐释能力。它传入中国的时间虽不算长，但影响却相当大，而且对于传统的文学理论更是造成巨大的冲击。文化研究虽然并不排斥文学理论，但它将文学的研究方法应用于日常生活当中，形成了"日常生活审美化"研究的热潮。"由于消费文化在大都市中占据越来越重要的位置，因此文化研究的影响力也就与日俱增了，这与文学理论的日渐萎缩刚好形成鲜明的对照。"[①]

二、文学理论摆脱困境的路径

基于对文学理论困境与挑战的分析，学界给出的对策不尽相同，大致可概括为以下几种方案：

其一，走文化研究之路。进入 20 世纪 80 年代之后，西方的文化研究被陆续介绍进来，从文学研究到文化研究也渐趋成为理论界的一个重要走向，此转折日益成为学者们关注的一个焦点。文化研究以其宽阔的研究路径、变动不居的研究模式以及跨学科的研究方法吸引了众多学者的眼光，并日渐成为传统文学理论未来走向的一条重要路径。其中，金元浦、陶东风、王德胜等学者都持乐观与赞成的态度。金元浦将文化研究定义为"一种开放的，适应当代多元范式的时代要求并与之配伍的超学科、超学术、超理论的研究方式。文化研究是当代'学科大联合'的一种积极的努力。"同时，文化研究广阔的"几乎没有边界"的研究范围

① 李春青：《论文学理论发展趋势》，载《东方丛刊》2006 年第 1 期。

也让他深感新的研究方法的到来，他认为"文化研究突破了传统文学研究囿定的研究范围，批判、解构精英主义的文化概念，致力于关注社会中弱势群体的利益，重新审视文化转型期大众弱势群体在不平等社会现实中的地位变迁和它们的文化取向。"① 陶东风也持相近看法，他认为文化研究在今天的中国拥有广阔前景，"文化研究的最大优势和生命力在于它的实践性，在于它对于重大社会文化现象的高度敏感和及时回应，同时也在于它在方法选择上的灵活性，以及它对于最前沿的各种理论（包括哲学的、社会学的、语言学的、社会理论的等等）的及时而灵活的应用。"② 当然，学术界同时也发出了不同的声音，苏州大学鲁枢元便在文章中表示了深深的忧虑，他认为文化研究过度扩张了的研究对象以及过分技术化、功利化、实用化、市场化的绝对话语权力，会将美学历史趋向终结，甚至是人文历史的终结。

其二，理论与批评相结合。持此观点的学者认为我国文学理论发展缓慢的原因是文学理论批评化，即文学理论朝着批评的方向发展，使得理论不但没有开辟出属于自己的道路，反而被批评弱化了自身的学理性，导致科学品格降低。赖大仁认为新时期以来，我国文学理论一直朝着两个方向努力，"一方面是追求文学理论的科学性与学科体系化建设"，"另一种拓展的方向则是文学理论走向批评化"。他虽然在文章中也指出了第二种方向的优势，例如"把文学研究从'形而上'的半空中拉回到了地上人间，直接面对当今社会的各种文学现象，……贴近了文学现实，介入了社会文化生活，拉近了与大众的距离，体现了文学研究的现实人文关怀精神。"但对于文学理论来说，则"障蔽了一些真正值得关注的深刻的普遍性学理问题，……难免会造成文学理论的学理性研究的搁浅，使这个学科的创新发展止步不前。"因此，他反对文学理论跟着批评走，或者完全走向批评，而应当在文学理论的批评化与文学批评的理论化中找到一种"中间状态"的批评理论形态，"一方面为文学理论的批评化提供了一个转换的平台与中介，同时也可以避免文学理论本身的继续下滑；另一方面对于文学批评来说，也可以找到一个并不那么高不可攀的理论

---

① 金元浦：《文化研究：学科大联合的事业》，载《社会科学战线》2005 年第 1 期。
② 陶东风：《文化研究在中国》，载《湖北大学学报》2008 年第 7 期。

提升的平台，同时它也能成为对文学批评实践提供比较切实指导的理论支点。"① 部分学者赞同走理论批评与批评理论一体化的道路，认为"通过文学批评来建设文学理论，应该是一条值得尝试的路径。这条研究路径可以打破文学理论固有疆界，将文学理论和文学批评结合起来，从具体的批评中来阐发文学理论。"简言之，是希望从文学批评实践中寻找文学理论建设的话语资源，以解决文学理论面临的困境。

其三，"大理论"化为"小理论"。随着"理论之后""反理论""理论之死"等观点的出现，"后理论"渐渐进入学界视野。何为"后理论"？通过讨论人们的意见渐趋一致："后理论"并不是什么新理论，而是指理论曾经的辉煌已经结束，叱咤风云的理论大师们也相继辞世，面对如今后现代主义反本质主义、反逻各斯中心主义的浪潮和呼声，理论似乎也进入了"后"的局面。那么，新兴的"后理论"意欲何为？持此观点的学者认为"后理论的特征之一就是告别'大理论'，不再雄心勃勃地创造某种解释一切的大叙事，转而进入了各种可能的'小理论'探索。"② "所谓'小理论'是指具有反思性且面向文化与文学实践的理论，这些理论更应该被理解为一种行动而不是文本或立场观点，它'提供的不是一套解决方案而是进一步思索的前景'，这种理论或许会重新奠定文学性的根基，回归诗学，甚至重新恢复文学与政治关系的生机，重建文学文化的公共领域。"③

其四，走文化诗学的道路。不少学者提出走文化诗学的道路来解决文学理论的困境问题。所谓文化诗学，就是从文化与历史的角度对文学现象进行考察并审视的一种研究路向。从文学史的角度来看，文化诗学提倡走向历史，把研究对象放回到事物发生的具体历史文化环境中；从文学文本的角度来说，文化诗学则是要回归具体语境，对文学文本做深入的细致的研究。对于这一路径，童庆炳用能"进"也能"出"来概括，"文学理论研究一方面要进入文学文本，一方面要走出文学文本。所谓'进入文学文本'就是要重视文学文本的文体研究，所谓'走出文学

① 赖大仁：《文学理论批评化：趋势与问题》，载《甘肃社会科学》2006 年第 1 期。
② 周宪：《文学理论、理论与后理论》，载《文学评论》2008 年第 5 期。
③ 李西建、贺卫东：《理论之后：文学理论的知识图景与知识生产》，载《陕西师范大学学报》2012 年第 3 期。

文本'就是不能仅仅就文学文本谈文学文本，必须把文学文本、文学问题放回到一定的历史文化语境中去把握。"他明确指出，"当今的文学理论似应该有一个回归，就是要讲文学文本、文学理论问题的'历史背景'。"① 有学者特别提出了"走向阐释的文学理论"，指出作为阐释的文学理论不再是仅仅对文学现象做客观性的描述，而是参与到整个文学现象、文学文本的意义生成当中。"我们的文学理论就应该建立在一种真正的历史主义基础之上——将对文学现象的解释活动看作是历史过程的伴随物，这种解释活动不仅为历史或传统规定着，而且它也正是在历史的'邀请'下才出场的。"② 程正民则指出"影响文论研究进一步发展的因素之一，是历史主义精神的缺失，是对历史研究的忽视……弘扬文学理论研究的历史主义精神，坚持历史的和逻辑的辩证统一的方法，是文论研究取得成功的可靠保证，也只有这样才能为文论研究开拓新的境界。"③

从以上四种方案中不难看出学者们给出的文学理论出路的相似性，那便是与当下的文学现象保持联系，与现实生活密切联系，回归到具体的文学文本当中，在具体的历史语境下分析文本以及其他文学现象。文化研究道路的坚持者对于当下现实的关注，以及跨学科的研究方法都让文学理论能够获得现实性的品格。文学批评理论化与"大理论"化为"小理论"的观点则试图让理论进入文本或具体文学现象之中，面对事实本身，庶几可以避免理论的空疏化。文化诗学道路则旗帜鲜明地倡导文学理论历史化、语境化，走向阐释，走向历史，在具体的历史文化语境中做研究，在具体文学文本中阐释并建构意义。

（李春青）

---

① 童庆炳：《文学理论的"泛化"与"发展"》，载《湛江师范学院学报》2008 年第 10 期。
② 李春青：《文学理论还能做什么》，载《北京师范大学学报》2003 年第 3 期。
③ 程正民：《回归历史研究，开拓文论研究的新境界》，载《河南社会科学》2010 年第 2 期。

结　语

　　从 2014 年开始,《新时期文艺思潮概览》课题经过两年多的认真筹备、反复研讨和精心写作,终于达到了预期的目标。

　　说来话长,尝试进行新时期文艺思潮研究的动议,起始于 20 世纪 90 年代初期。当年由李准、丁振海同志牵头,集合了较早关注文艺思潮动态的一批评论界学人,并向国家社会科学基金申报了研究课题。本人受委托执笔起草了课题的申请报告,经过专家的严格评审,获得了重点研究项目的立项。可惜的是,由于参与课题的同志全部来自一线且忙于各自的事务性工作,课题研究无奈拖延下来,课题经费也如数退回。重新关注且捡起这个课题的机缘来得十分偶然,这要特别感谢中宣部对文化名家暨"四个一批"人才工程的项目资助计划。最初,报经项目主管部门同意为自己编选了一套文选,但后来总觉得编辑文选智力投入显然不够,轻易交工似乎有愧于资助,于是又主动申报了一个自主选题。出于对过去一个未了心愿的不甘,选题时几乎是瞬间想到了这个曾经被搁置的新时期文艺思潮课题。在事隔二十年之后,重新研究这个课题,文艺发展的现状已与当年不可同日而语,思路见解也有了很大变化,虽然接续完成了学长们曾经的未了心愿,但看法与结论却与当年大不相同。因而课题只能重新做起,算是我们这些全程见证了改革开放以来文艺思潮发展的学人,对这段历史做的一个学术交代吧。

　　新时期文艺发展进程波澜壮阔,风起云涌,无论是就其规模和形态,还是就其广度与深度,都超过历史上任何一个时期。研究这个时期巨量的文艺现象,非一人之力所能为之。因而,更要特别感谢参与这个课题研究的专家学者,大家出于长期共事的友情和共同的理论兴趣,热情投入其中,广征博引、条分缕析,做了大量归纳梳理的工作,对一些重要门类文艺思潮的兴衰衍变进行了一次全方位的宏观勾勒,把许多可以独立成卷的研究专题精简为单篇文章，其中的辛劳和奉献令人感佩。相信这个大纲式的系统性梳理，对新时期文艺思潮研究的全面拓展是一次有益尝试，或许对未来开展更加深入的学术研究理应是个不错的参考。

为了防止多人执笔可能的风格迥异，我们事先对课题的整体框架进行了初步设计，并经反复讨论达成基本共识。在保证全书体例大致相同的前提下，我们尊重每个专家对研究对象的独立见解，行文上也尽力保持各自写作特点，最后统稿时只对个别章节结构或文字进行了某些技术性修订。

课题写作的具体分工是：

导言、结语、文学思潮部分，由云德执笔；

戏剧艺术思潮部分，由季国平、刘平执笔；

电影艺术思潮部分，由饶曙光执笔；

电视文艺思潮部分，由胡智锋、刘俊、张陆园、熊锋执笔；

美术书法思潮部分，由邵建武执笔；

音乐艺术思潮部分，由金兆钧执笔；

舞蹈艺术思潮部分，由茅慧执笔；

曲艺文艺思潮部分，由吴文科执笔；

文艺学建设思潮部分，由李春青执笔；

选题框架结构设计与成书统一润色定稿由云德完成。

由于本书是集体创作，虽然集中了集体的智慧，却也难免因各自的兴趣差异而对相似文艺思潮有着不尽相同的见解，或因不同的写作个性和叙事方式带来章节间的不尽平衡。粗浅之处在所难免，敬请方家批评与鉴谅。

最后，还要特别感谢中国文联出版社朱庆社长和责编邓友女同志，没有他们的悉心安排，本书不可能以如此理想的状态问世。

云德

2016 年 5 月 6 日